KB116430

4321

4321

1

폴 오스터 장편소설 김현우 옮김

4 3 2 1
by PAUL AUSTER

이 책은 실로 꿰매어 제본하는 정통적인 사철 방식으로 만들어졌습니다.
사철 방식으로 제본된 책은 오랫동안 보관해도 손상되지 않습니다.

시리 허스트베트에게

차례

1.0

집안에 전설처럼 내려오는 이야기에 따르면, 퍼거슨의 할아버지는 재킷 안감에 1백 루블을 꿰매 넣은 채 자신이 태어난 도시 민스크를 걸어서 탈출했다. 서쪽으로 바르샤바와 베를린을 지나 함부르크까지 가서 중국 여제라는 여객선에 올랐다. 배는 사나운 겨울 폭풍을 헤치며 대서양을 건넜고, 20세기의 첫날에 뉴욕항에 들어왔다. 엘리스섬의 이민국에서 입국 심사를 기다리는 동안 그는 동료 러시아계 유대인 한 명과 대화를 시작했다. 그 남자가 말했다. 레즈니코프라는 이름은 잊어버리세요. 여기서는 아무 도움도 안 될 겁니다. 미국에서의 새로운 삶을 위해서는 미국 이름이 필요해요, 좋은 미국식 울림이 있는 그런 이름. 1900년 당시 이사크 레즈니코프에게는 영어가 아직 낯선 언어였기 때문에, 그는 자신보다 나이가 많은 그 동포에게 하나 추천해 달라고 부탁했다. 록펠러로 하세요, 절대 실패 안 할 겁니다. 그 남자가 말했다. 한 시간이 지나고, 다시 한 시간이 지난 후 열아홉 살의 레즈니코프가 자리에 앉아 이민국 직원의 질문을 받을 때가 되자, 그는 남자가 알려 준 이름을 잊어버렸다. 이름은? 직원이 물었다. 좌절감으로 자기 머리를 때리면서, 지친 이민자 청년은 이디시어로 내뱉었다. 이크 호브 파게센Ikh hob fargessen(잊어버렸습니다)! 그렇게 이사크 레즈니코프는 이커보드 퍼거슨Ichabod Ferguson으로 미국에서 새로운 삶을 시작했다.

미국 생활은 쉽지 않았다. 처음이 특히 더 힘들었지만, 처음이라고 할 수 없을 만큼 시간이 지난 후에도 자신이 택한 이 나라에서 예상대로 흘러가는 일은 하나도 없었다. 스물여섯 번째 생일 직후 어찌어찌 아내를 만난 건 사실이지만, 그리고 그 아내, 태어날 때 성은 그로스먼이었던 패니가 다부지고 건강한 세 아들을 낳은 것도 사실이지만, 퍼거슨의 할아버지에게 미국에서의 삶은 여전히 고난이었다. 선박에서 내려 땅에 첫발을 내딛던 날부터 1923년 3월 7일, 시카고의 한 가죽 제품 공장에서 야간 경비원으로 일하다 강도가 쏜 총에 맞아 마흔둘의 나이에 갑작스럽고 이른 죽음을 맞이할 때까지 그랬다.

사진은 한 장도 남지 않았지만 모든 정황으로 볼 때 퍼거슨의 할아버지는 등판이 넓고 손이 큰 거구에, 교육을 받지 못했고, 기술도 없는, 아무것도 모르는 신참 이민자였다. 뉴욕에서의 첫날 오후에 그는 세상에서 가장 빨갛고, 가장 동그랗고, 가장 완벽한 사과를 파는 행상을 마주쳤다. 참지 못한 그는 사과를 한 알 사서 크게 한입 베어 물었다. 기대했던 달콤한 맛이 아니라 쓰고 이상한 맛이 났다. 설상가상으로 그 사과는 기분이 나쁠 정도로 물컹해서 그는 입 안의 속살을 깨물었고, 과일의 내용물이 튀어나와 입고 있던 코트에 묽은 빨간색 물이 튀었고, 알갱이 같은 씨도 묻었다. 그게 그가 처음 맛본 신세계의 맛이었고, 절대로 잊을 수 없는, 저지 토마토와의 첫 만남이었다.

록펠러가 아닌, 어깨가 넓은 잡역부, 이름이 이상하고 가만히 있지를 못했던 이 거구의 유대인은 맨해튼, 브루클린, 볼티모어, 찰스턴, 덜루스, 시카고에서 자신의 운을 시험했고 부두 노동자, 오대호에서 운행하는 대형 선박의 선원, 유랑 서커스단의 동물 조련사, 통조림 공장 생산 라인 노동자, 트럭 운전수, 막노동자, 야간 경비원 등등으로 일했다. 그 모든 노력에도 절대 푼돈 이상은 벌지 못했고, 덕분에 불쌍한 이케 퍼거슨이 아내와 세 아들에게 물려준 건 방랑하던 젊은 시절의 모험담밖에 없었다. 길게 보면 이야기가 돈보다 가치가 떨어진다고 할 수 없지만, 당장은 결정적인 한계들이 있었다.

가죽 제품 회사에서는 약간의 보상금을 지급했고, 패니는 아이들과 함께 시카고를 떠나 뉴저지주 뉴어크로 이사했다. 남편의 친척들이 그녀를 불러들였고, 셴

트럴워드에 있는 아파트 꼭대기 층의 셋방을 명목상의
월세만 받고 내줬다. 남자아이들은 각각 열네 살, 열두
살, 아홉 살이었다. 첫째 루이스는 오래전부터 루로 통
했다. 둘째 에런은 시카고 시절 학교 운동장에서 이유
없이 많이 얻어맞은 뒤로 스스로를 아널드라고 부르게
되었다. 그리고 아홉 살 스탠리는 보통 서니로 알려져
있었다. 생계를 위해 아이들의 어머니는 빨래와 삯바
느질을 했는데, 오래 지나지 않아 아이들도 살림에 보
탬을 주기 시작했고, 각자 방과 후에 일해 번 돈은 전부
어머니에게 줬다. 힘든 시기였고, 빈곤의 위협이 눈을
멀게 하는 짙은 안개처럼 아파트의 방들을 채우고 있
었다. 그 두려움에서 벗어날 방법은 없었고 삶의 목적
에 대한 어머니의 우울한 존재론적 결론을 세 아이들
도 조금씩 받아들여 갔다. 일하지 않으면 굶는 거였다.
일하지 않으면 머리 위의 지붕이 사라지는 거였고, 일
하지 않으면 죽는 거였다. 퍼거슨 가족에게 〈하나를 위
한 모두, 모두를 위한 하나〉 같은 건 존재하지 않았다.
그들의 작은 세상에서는 〈모두를 위한 모두〉가 아니면
아무것도 아니었다.

　할머니가 세상을 떠난 해에 퍼거슨은 아직 두 살이
채 되지 않았었고, 그 말은 그에게 할머니에 관한 기억
이 없다는 뜻이었다. 하지만 집안에 전설처럼 내려오
는 이야기에 따르면 패니는 까다롭고 변덕스러운 사람
이었고, 갑자기 소리를 지르거나 미친 듯이 흐느끼는

일이 잦았고, 아이들이 잘못된 행동을 하면 빗자루로 때렸고, 동네 상점 몇 곳에서 가격을 너무 깎으려다가 출입 금지를 당했다. 그녀가 어디서 태어났는지는 아무도 몰랐지만, 들리는 말에 따르면 열네 살에 고아가 된 상태로 뉴욕에 도착했고, 로어이스트사이드의 창문 없는 다락방에서 모자를 만들며 몇 년을 보냈다고 한다. 퍼거슨의 아버지 스탠리는 부모 이야기를 아들에게 좀처럼 하지 않았고, 아이가 물어봐도 모호하고 짧은, 방어적인 대답만 했다. 어린 퍼거슨이 아버지 쪽 조부모에 관해 그나마 알게 된 정보는 거의 모두 어머니 로즈가 알려 준 것이었는데, 퍼거슨 집안 2세대 며느리들 중 가장 어렸던 그녀는 그런 정보를 대부분 루의 아내 밀리에게서 얻었다. 수다 떨기를 좋아했던 밀리는 스탠리나 아널드보다 훨씬 숨기는 게 적고 말이 많은 남자와 결혼했던 것이다. 퍼거슨이 열여덟 살 때 어머니가 밀리에게 들은 어떤 이야기를 해줬는데, 소문 이상은 아닌 이야기, 사실일 수도 있지만 다시 보면 아닐 수도 있는 근거 없는 추측이었다. 루가 밀리에게 들려준 이야기에 따르면 퍼거슨 집안에는 넷째가 있었다. 스탠리보다 3~4년 늦게 태어난 여자아이였는데, 당시 가족은 덜루스에 정착했고 이케는 오대호에서 운행하는 대형 선박의 선원 자리를 알아보는 중이었다. 몇 달째 가족은 지독히 가난하게 지냈고, 아이가 태어났을 때 이케가 집을 비운 상태였기 때문에, 그곳은 미네소

타였고, 마침 겨울, 유난히 추운 지역의 유난히 혹독한 겨울이었기 때문에, 가족이 살던 집에 난방 기구라곤 나무를 때는 난로 하나밖에 없었기 때문에, 그리고 당시 돈이 너무 없어서 패니와 아이들은 하루에 한 끼로 식사량을 줄여야 했기 때문에, 돌봐야 할 아이가 하나 더 생기는 데 대한 두려움에 사로잡힌 그녀는, 갓난아기를 욕조에 빠뜨려 익사시켰다고 했다.

스탠리는 부모 이야기뿐 아니라 자신에 관한 이야기도 아들에게 별로 하지 않았다. 그런 까닭에 퍼거슨은 아버지의 어린 시절과 청소년기, 서른을 넘기고 두 달 후에 로즈와 결혼하기 전까지 젊은 시절의 그 어떤 모습에 관해서도 명확히 알 수 없었다. 하지만 퍼거슨은 아버지의 입에서 종종 무심히 흘러나오는 말들을 통해 다음과 같은 정보를 얻어 냈다. 스탠리는 형들에게 자주 놀림이나 괴롭힘을 당했다는 것, 삼 형제 중 막내인 까닭에 아버지와 함께 지낸 시간이 가장 짧았고, 그래서 어머니 패니에게 가장 집착했다는 것, 성실한 학생이었고 누가 봐도 삼 형제 중 운동을 제일 잘했다는 것, 센트럴 고등학교 미식축구부에서 엔드를 맡았고 육상부에서 4백 미터 선수였다는 것, 전자 제품을 잘 다룬 덕에 고등학교를 졸업한 1932년 여름에 작은 라디오 수리점을 열었다는 것(본인 표현에 따르면 뉴어크 시내 아카데미가의 벽에 난 작은 구멍, 구두 수선점만 한 가게였다), 열한 살 때 어머니가 휘두른 빗자루에 맞아 오른쪽 눈을 다쳤다는 것(부분 실명 때문에 제2차 세계 대전 당시 4-F등급[1]으로 징집을 면했다), 서니라는 별명을 아주 싫어해서 학교를 졸업하자마자 그 이름을 버렸다는 것, 춤과 테니스를 좋아했다는 것, 형들이 아무리 바보 같은 짓을 하고 본인을 무시해도 한 번도 대들지 않았다는 것, 학창 시절에 수업을 마치면 신문 배달을 했다는 것, 법학 공부를 해보는 걸 진지하게 고려했지만 학비가 없어서 포기했다는 것, 20대 때는 바람둥이로 통했고 결혼할 생각 없이 수십 명의 유대인 여성들과 교제했다는 것, 1930년대, 아바나가 서반구 죄악의 도시이던 시절 여러 번 그곳에 드나들었다는 것, 인생 최고의 야망이 백만장자, 록펠러 같은 부자가 되는 일이었다는 것.

루와 아널드는 둘 다 20대 초반에 결혼했는데, 패니의 정신없는 집안에서 최대한 빨리 벗어나기로, 즉 1923년 아버지가 사망한 후 퍼거슨 집안을 장악한 목소리 큰 지배자에게서 탈출하기로 결심했던 것이다. 반면 형들이 집을 나갈 무렵에도 아직 10대였던 스탠리는 계속 집에 머물 수밖에 없었다. 어쨌든 당시에는 고등학교를 갓 졸업한 상태여서 그랬지만, 시간이 흐른 후에도, 한 해 한 해 쌓여 11년이 지날 때까지 그는 꼭대기 층 셋방에 계속 머무르며 대공황과 전쟁의 전반부를 패니와 함께 겪었다. 어쩌면 무력감과 게으름

1 징집 면제 등급. 이하 모든 주는 옮긴이 주이다.

때문에 그대로 눌러앉았을 수도 있고, 어머니에 대한 책임감 혹은 죄의식 때문이었을 수도 있고, 혹은 그 모든 이유들, 다른 곳에서 살 수도 있다는 상상 자체를 불가능하게 했던 이유들 때문이었을 수도 있다. 루와 아널드는 아이들을 낳았지만, 스탠리는 계속 이런저런 여성들을 만나고 자신의 작은 사업을 확장하는 일에만 전념하면서 만족하는 것처럼 보였다. 그는 결혼에 전혀 관심이 없었고, 그렇게 춤이나 추면서 20대 중반을 지나고 서른 직전에 이르렀을 때까지도 평생 독신으로 살 거라는 점에는 의심의 여지가 없어 보였다. 그러던 중 1943년 10월, 미 육군 5군이 독일로부터 나폴리를 수복한 지 일주일도 지나지 않았던 시점, 마침내 전쟁이 연합군에 유리한 방향으로 진행될 것 같다는 기대가 피어나던 그 시점에 그는 뉴욕시에서 지인의 소개로 스물한 살의 로즈 애들러를 만났고, 평생 독신으로 지내겠다는 매력적인 생각은 금세, 그리고 영원히 사라져 버렸다.

그렇게 예뻤다, 퍼거슨의 어머니는. 녹회색 눈과 긴 갈색 머리가 그렇게 매혹적이고, 기다렸다는 듯이 재빨리 지어 보이는 미소가 그렇게 자연스러웠고, 168센티미터쯤 되는 몸 곳곳에서 드러나는 매력이 그렇게 사랑스러웠기 때문에, 맨 처음 그녀와 악수한 바로 그 순간 스탠리는, 무심하고 보통은 시큰둥하던 스탠리, 사랑의 열병 같은 건 한 번도 경험해 보지 못한 스물아홉 살의 스탠리는 눈앞의 로즈를 바라보며 그대로 녹아내리는 것만 같았다. 갑자기 허파에서 공기가 빠져나가고, 다시는 숨을 쉴 수 없을 것만 같았다.

그녀도 이민자 집안의 자식이었다. 아버지는 바르샤바, 어머니는 오데사에서 태어났고, 두 사람 다 세 살이 되기 전에 미국에 왔다. 따라서 애들러 집안은 퍼거슨 집안보다는 미국에 더 많이 동화된 상태였고, 로즈 부모님의 발음에는 외국인 억양이 조금도 묻어나지 않았다. 두 분은 디트로이트와 허드슨, 뉴욕에서 성장했고, 그들의 부모님이 쓰던 이디시어, 폴란드어, 러시아어는 유창하고 자연스러운 영어에 자리를 내줬다. 반면 스탠리의 아버지는 죽는 날까지 두 번째 언어를 익히느라 애를 먹었고, 어머니는 심지어 그때까지도, 동유럽의 뿌리에서 멀어진 지 반세기가 지난 1943년까지도 미국 신문이 아니라 『주이시 데일리 포워드』를 읽었으며, 자신의 뜻을 표현할 때는 어색하고 뒤죽박죽인 언어, 아들들이 〈이잉글리시Yinglish〉라고 부른, 이디시어와 영어를 결합한 이해할 수 없는 방언을 썼다. 그 점이 로즈와 스탠리 부모님들 사이의 근본적인 차이였지만, 미국 생활에 얼마나 잘 적응했는지 혹은 적응하지 못했는지와는 별개로 운의 문제도 있었다. 로즈의 부모님과 조부모님은 불운한 퍼거슨 집안을 덮친 야만적인 운명의 장난을 어찌어찌 피할 수 있었고, 그 집안의 역사에는 공장에서 강도의 총에 맞아 사망하는 일도, 가난 때문에 굶주림과 절망에 시달리는 일도, 아이가 욕조에서 익사하는 일도 없었다. 디트로이트에서 로즈의 할아버지는 재단사였고 허드슨에서는 이발사였다. 옷감이나 머리를 자르는 일이 그를 부와 세속적인 성공으로 이끄는 직업은 아니었지만, 식탁에 음식을 차리고 아이들에게 옷을 입힐 만큼의 수입은 꾸준히 올릴 수 있었다.

로즈의 아버지 벤저민은 벤 혹은 벤지로 통했는데, 1911년에 고등학교를 졸업하자마자 디트로이트를 떠나 뉴욕으로 왔다. 먼 친척이 뉴욕 시내 의류점에 점원 자리를 구해 줬지만, 그는 지상에서의 짧은 시간을 남성용 양말과 속옷이나 팔면서 보낼 운명이 아님을 깨닫고는 2주 만에 일을 그만뒀고, 그로부터 32년 후, 가정용 세제 방문 판매원, 그래머폰 음반 배급업자, 제1차 세계 대전 군인, 자동차 판매원, 브루클린 중고차 매장의 공동 사장을 거쳐 맨해튼에 있는 부동산 회사를 소유한 세 명의 소수 주주 중 한 명이 되었고, 덕분에 1941년, 그러니까 미국 참전 6개월 전에 브루클린의 크라운하이츠에서 웨스트 58번가의 새 건물로 이사할 만큼 수입이 충분했다.

로즈가 전해 들은 바에 따르면, 그녀의 부모님은 당시 어머니가 살던 허드슨에서 멀지 않은 업스테이트 뉴욕에서 열린 일요일 야유회에서 만났고, 그로부터 반년 후(1919년 11월에) 결혼했다. 훗날 로즈가 아들에게 고백한 바로는 그 결혼은 늘 수수께끼였는데, 부모님보다 어울리지 않는 두 사람은 좀처럼 볼 수 없었기 때문이었고, 그 결혼이 40년 이상 유지되었다는 사실은 분명 인류의 짝짓기 역사에서 가장 큰 의문 중 하나였다. 벤지 애들러는 말이 빠르고 잘난 체하는 남자였고, 새로운 계획을 1백 개쯤 가진 활동적인 야심가였고, 농담을 잘했고, 늘 관심받는 주인공이고 싶어 하는 사람이었다. 그런 그가 어느 일요일 오후 업스테이트 뉴욕에서 열린 야유회에서 벽지처럼 가만히 있던, 수줍음 많은 에마 브로모위츠라는 여성에게 빠진 것이다. 통통하고 가슴이 큰 스물셋의 그녀는 창백한 피부에 풍성한 붉은색 머리였고, 너무 동정인 티가 나고, 너무 경험이 없고, 감정 표현에 관해서는 너무 빅토리아 시대 사람 같아서 누구든 그녀를 보기만 해도 그 입술에 남자 입술이 닿은 적이 한 번도 없었음을 알 수 있었다. 그런 에마와 벤지의 결혼은 말도 안 되는 일이었고, 모든 면을 고려할 때 그들은 갈등과 오해가 가득한 결혼 생활을 할 운명이었다. 하지만 둘은 정말로 결혼했고, 비록 두 딸이 태어난 후로(1920년에 밀드러드, 1922년에 로즈) 벤지는 아내에게만 충실한 삶을 살지는 않았어도 어쨌거나 진심으로 그녀에게 꼭 붙어 있었고, 그녀는 반복해서 부당한 대접을 받기는 했어도 남편에게 등을 돌릴 수 없었다.

　로즈는 언니를 무척 좋아했지만 그 반대도 사실이었

다고 할 수는 없는 게, 첫째였던 밀드러드는 자연스럽게 하느님이 내려 주신 집안의 공주 자리를 차지했고, 나중에 나타난 꼬마 경쟁자에게 프랭클린 애비뉴의 애들러 아파트에는 왕좌가 하나밖에 없음을, 왕좌 하나에 공주도 하나밖에 없음을 반드시 — 필요하다면 몇 번이라도 — 알려 줘야 했기 때문이다. 왕좌를 빼앗으려는 시도에는 선전 포고로 대응하는 수밖에 없었다. 그렇다고 밀드러드가 로즈에게 아주 적대적이었다는 뜻은 아니지만, 그녀의 친절함은 마치 찻숟가락으로 떠주는 것, 분, 시간, 혹은 한 달 단위로 양을 정해 놓고 내주는 것 같았고, 상냥하게 굴 때도 왕족에게나 어울릴 법한 거만한 태도를 보였다. 차갑고 용의주도한 밀드러드와 다정하고 무른 로즈였다. 두 여자아이가 각각 열두 살과 열 살이 되었을 때 밀드러드의 머리가 비상하다는 것, 학교 성적이 좋은 이유가 공부를 열심히 해서만이 아니라 타고난 지적 능력이 탁월하기 때문이라는 것을 분명히 알 수 있었다. 로즈도 충분히 똑똑하고 성적도 나무랄 데 없었지만 언니에 비하면 낙오자에 불과했다. 특별한 동기가 있지도 않았고 의식적으로 그런 차이를 생각하거나 어떤 계획을 품은 것도 아니었지만 로즈는 서서히 자신과 언니를 비교하기를 멈췄는데, 언니를 따라 하려고 애쓰는 일은 실패할 수밖에 없다는 사실을 본능적으로 알았기 때문이다. 자신이 어떤 식으로든 행복을 찾으려면 다른 길로 가는 수밖에 없었다.

그녀는 일에서 해결책을 찾았고, 직접 돈을 벌면서 자신만의 자리를 확고히 하려고 노력했다. 열네 살이 되어 이력서를 쓸 자격이 생기자마자 그녀는 첫 번째 일자리를 구했고, 이런저런 일자리를 전전하다가 열여섯 살이 되자 낮에는 일하고 저녁에는 야간 학교에 다니기 시작했다. 밀드러드가 책으로 빼곡한 자신만의 머릿속 은둔처로 피신하고, 대학에 다니기 위해 집을 떠나고, 지난 2천 년간 쓰인 모든 책을 읽든 말든 상관 없이, 로즈가 원한 것, 그녀가 속한 영역은 현실 세계, 복잡하고 소란스러운 뉴욕 거리였고, 그녀에게는 자립해서 자신만의 길을 만들어 간다는 감각이 있었다. 일주일에 두세 번씩 본 영화들, 클로뎃 콜베어, 바버라 스탠윅, 진저 로저스, 조앤 블론델, 로절린드 러셀, 진 아서 같은 배우가 출연한, 대형 제작사에서 대량으로 쏟아 내던 그런 영화들 속 씩씩하고 영리한 여주인공처럼, 그녀 역시 자신이 젊고 다부진 여성 직업인의 배역을 맡은 거라고, 자신이 주인공인 「로즈 애들러 이야기」라는 영화 속을 살고 있는 거라고 생각했다.

1943년 10월 스탠리를 만났을 무렵, 그녀는 6번 애비뉴 근처 웨스트 27번가에 있는 초상 사진가 이매뉴얼 슈나이더먼의 사진관에서 2년째 일하고 있었다. 로즈는 접수원 겸 비서 겸 경리로 일을 시작했지만, 1942년 6월 슈나이더먼 씨의 조수가 입대하고 나자 그 자리를 이어받았다. 아버지 슈나이더먼 씨는 당시 60대 중반으로, 제1차 세계 대전 이후 아내와 두 아들을 데리고 뉴욕에 온 독일계 유대인 이민자였는데, 괴팍하고 무뚝뚝하게 모욕적인 말을 내뱉는 버릇이 있는 시무룩한 남자였지만 시간이 지나면서는 아름다운 로즈에게 인색하나마 호의를 보이게 되었고, 그녀가 사진관에 온 첫날부터 자기 작업을 유심히 지켜봐 왔다는 사실을 알고 있었기 때문에, 그녀를 수습 조수로 삼아 카메라와 조명, 필름 현상까지, 즉 사진가로서 자신의 모든 기술과 기교를 가르쳐 주기 시작했다. 로즈로서는 그때까지 진로가 막연하기만 했고, 이런저런 사무직 일을 하며 월급을 받기는 했지만 그 외에 내적 만족에 관한 기대는 전혀 없었기 때문에, 사진관에서의 승진으로 갑자기 소명을 발견한 것 같다고 느꼈다. 그건 그저 또 다른 하나의 일자리가 아니라 세상에서의 새로운 존재 방식이었다. 다른 사람들의 얼굴을 바라보는 일, 매일 새로운 얼굴을 마주했고, 매일 아침과 오후의 얼굴이 달랐고, 각각의 얼굴은 나머지 모든 얼굴들과 달랐다. 머지않아 로즈는 다른 사람들을 바라보는 그 작업을 자신이 좋아한다는 걸, 절대 그 작업에 싫증 내는 일은 없을 테고 그럴 수도 없다는 걸 깨달았다.

당시 스탠리는 마찬가지로 징집에서 면제된 두 형과 (각각 평발과 약한 시력 때문이었다) 함께 일했는데, 몇 번의 업종 변경과 확장을 거치는 동안, 1932년에 개업한 작은 라디오 수리점은 스프링필드 애비뉴의 꽤 규모 있는 가구 및 가전제품 판매점으로 성장한 상태였고, 장기 할부, 투 플러스 원, 반년에 한 번씩 진행되는 파격 세일, 혼수 상담 서비스, 국경일 특별 세일 등 당시 미국 소매점들이 쓰던 온갖 판매책을 총동원하고 있었다. 사업에 먼저 합류한 건 아널드였다. 어설프고 그리 똑똑한 편은 아니었던 둘째 형은 몇 가지 영업 관련 일을 하다가 그만뒀고, 아내 조앤과 세 아이를 먹여 살리는 데 애를 먹는 중이었다. 그로부터 2년 후 루도 합류했는데, 가구나 가전제품에 딱히 관심이 있어서가 아니라, 스탠리가 5년 새 벌써 두 번째로 그의 도박 빚을 갚아 주면서 신뢰와 속죄의 뜻으로 사업에 동참하기를 요구했기 때문이었고, 자신이 망설이는 기미를 보이면 남은 평생 다시는 동생에게서 한 푼도 받아 낼 수 없으리라는 사실을 이해했기 때문이었다. 그렇게 〈삼 형제 홈 월드〉로 알려진 사업체가 탄생했지만, 그 회사는 본질적으로 단 한 명, 즉 막내이자 패니의 세 아들 중 가장 야망이 컸던 스탠리의 감독하에 돌아갔는데, 그는 가족 간의 헌신이 다른 모든 인간적 가치에 우선한다는, 어딘가 뒤틀렸지만 아무도 건드릴 수 없는 확신을 가진 인물이어서, 실패한 두 형의 짐까지 기꺼이 떠맡기로 했다. 그런 동생에게 형들은 빈번히 지각하고, 주머니가 빌 때마다 금전 등록기에서 10달러 혹은 20달러씩 챙겨 가고, 날이 따뜻할 때면 점심 후에 골프를 치러 가버리는 것으로 고마움을 표시했다. 스탠리는 그런 형들의 행동에 화가 났을 수도 있지만 한 번도 불평한 적은 없었는데, 우주의 법칙이 친형제에 대해 불평하는 걸 금지하고 있기 때문이었고, 루와 아널드에게 월급을 주느라 〈홈 월드〉의 이익이 어느 정도 줄어드는 걸 감안하더라도 사업은 넉넉하게 흑자를 냈으며, 1~2년 안에 전쟁이 끝나기만 하면 전망은 더 밝아질 것이기 때문이었다. 그때가 되면 텔레비전이 들어올 테고 형제는 그 구역에서 처음으로 텔레비전을 파는 상인들이 될 것이었다. 스탠리는 아직 부자라고 할 수는 없었지만 수입이 당분간 꾸준히 늘 예정이었고, 1943년 10월의 그날 밤 로즈를 만났을 때 인생의 전성기는 아직 오지 않았다고 확신하고 있었다.

스탠리와 달리 로즈는 불같이 열정적인 사랑을 이미 한번 경험해 봤다. 그녀의 연인을 앗아 간 전쟁이 없었더라면 두 사람은 절대 만나지 못했을 텐데, 그녀는 10월의 그날 밤이 오기 한참 전에 이미 다른 사람과 결혼했을 것이었기 때문이다. 그녀와 약혼했던 젊은이 데이비드 래스킨은 브루클린 출신 의학도였는데, 그녀가 열일곱 되던 해 인생에 나타났다가 조지아의 베닝 기지에서 기초 군사 훈련을 받던 중 발생한 갑작스러운 폭발 사고로 사망했다. 그 소식은 1942년 8월에 전해졌고, 이어진 몇 달 동안 로즈는 애도에서 벗어나지 못했다. 망연자실해서 분노하고, 넋이 나가고, 절망하고, 슬픔 때문에 반쯤 실성하고, 밤이면 베개에 얼굴을 묻은 채 전쟁을 저주하기를 반복했으며, 데이비드의 손길을 더는 느낄 수 없다는 사실을 받아들이지 못했다. 그 몇 달간 그녀를 지탱해 준 건 슈나이더먼 씨와의 사진 작업뿐이었고, 거기서 위안을 얻고, 즐거움을 얻고, 아침마다 자리에서 일어날 이유를 얻었지만, 사교와 관련해서는 아무런 의욕이 없었고 다른 남자를 만나는 일에도 관심이 없었기 때문에, 그녀는 사진관과 집, 친구 낸시 페인과의 극장 나들이로 이뤄진 단순한 생활을 반복할 뿐이었다. 하지만 조금씩, 특히 마지막 두어 달 동안 로즈는 이전의 모습을 되찾아 갔는데, 예를 들어 음식을 입에 넣으면 맛이 느껴진다는 사실, 도시에 비가 내리면 자신에게만 그 비가 내리는 게 아니라는 사실, 모든 남녀가, 그리고 아이들까지도 자신과 마찬가지로 물웅덩이를 피해 발걸음을 옮긴다는 사실을 다시금 발견해 나갔다. 아니, 그녀는 데이비드의 죽음이 준 상처에서는 절대 회복할 수 없을 것이었고, 그는 미래를 향해 비틀거리며 나아가는 그녀 옆에 늘 유령처럼 따라다닐 테지만, 스물한 살은 세상에 등을 돌리기에는 너무 젊은 나이였고, 세상 속으로 다시 들어가려는 노력을 하지 않으면 그대로 쓰러져 죽어 버릴 것임을 그녀는 알고 있었다.

스탠리를 소개해 준 사람은 낸시 페인, 비꼬는 말이나 재치 있는 말을 잘하는, 앞니가 크고 팔이 앙상한 낸시, 크라운하이츠에 살던 때부터 로즈의 절친이던 그 낸시였다. 낸시는 캐츠킬에서 열린 주말 댄스파티에 갔다가 스탠리를 만났는데, 그건 브라운 호텔이 〈짝이 없지만 열심히 찾아보려는〉 뉴욕의 유대인 젊은이들을 위해 주최하는 요란한 파티들 중 하나였다. 낸시는 그런 파티를 유대교 청정육 시장이라고 불렀고, 본인이 딱히 열심히 짝을 찾고 있는 건 아니었지만(그녀는 태평양 전선에 투입된 군인과 약혼한 상태였고, 그는 낸시가 마지막 소식을 받아 본 시점까지는 살아 있었다) 재미 삼아 친구와 함께 파티에 갔고, 뉴어크에서 왔다는 스탠리라는 남자와 두어 번 춤을 췄다. 그는 자신을 다시 만나고 싶어 했다고, 낸시는 말했다. 하지만 자신의 순결은 다른 사람에게 주기로 이미 약속했다고 밝히자, 그는 미소를 지으며 깔끔하고 장난스럽게 허리 숙여 인사하고 돌아서서 떠나려 했는데, 그때 낸시가 친구 로즈, 로즈 애들러, 다뉴브강 서쪽에서 가장 예쁜 여자이자 이쪽저쪽 상관없이 세상에서 가장 착한 사람 이야기를 꺼냈다. 낸시는 실제로 로즈에 관해 그렇게 생각했고, 낸시의 말이 진심임을 이해한 스탠리는 그녀의 친구를 만나 보고 싶다는 마음을 전했다. 낸시는 멋대로 이름을 꺼낸 일을 두고 로즈에게 사과했지만, 낸시가 나쁜 뜻이 있어서 그런 게 아님을 아는 로즈는 그저 어깨를 한 번 으쓱해 보이고는 물었다. 그래서, 어떤 사람인데? 낸시 말에 따르면, 스탠리 퍼거슨은 키가 183센티미터쯤 되고, 잘생겼으며, 나이가 좀 들었는데, 스물하나인 그녀가 보기에는 서른쯤 되는 것도 나이가 들었다고 할 수 있었고, 사업을 하는데 꽤 잘나가는 것 같았고, 매력 있고, 예의 바르고, 춤을 아주 잘 췄다. 일단 그 정도 정보를 얻은 로즈는 잠시 말을 멈추고 모르는 사람을 소개받을 준비가 되었는지 생각해 봤는데, 그렇게 지난 일들을 떠올리던 중에, 데이비드가 죽은 지 1년도 더 되었다는 사실을 불현듯 깨달았다. 좋든 싫든 다시 시험해 봐야 할 때가 된 것이었다. 그녀는 낸시를 똑바로 쳐다보며 말했다. 이 스탠리 퍼거슨이라는 사람 만나 봐야 할 것 같은데, 네 생각은 어때?

훗날 로즈가 아들에게 그날 밤 일을 이야기할 때, 스탠리와 함께 저녁을 먹었던 식당의 이름은 말하지 않았다. 하지만 기억이 잘못되지 않았다면 퍼거슨은 그곳이 맨해튼 도심의 어딘가였을 거라고 생각했는데, 이스트사이드였는지 웨스트사이드였는지는 알 수 없지만 흰색 테이블보가 깔려 있고, 종업원들은 검은색 짧은 재킷 차림에 나비넥타이를 매고 일하는 그런 곳이었을 테고, 그건 스탠리가 의식적으로 그녀에게 인상적인 저녁 식사 자리를 만들어 주려 했다는, 또한 원한다면 언제든 그 정도 사치는 부릴 수 있는 사람임을 보여 주려 했다는 뜻이다. 그리고, 맞다, 그녀는 그의 외모가 매력적이라고 생각했는데, 가벼운 발놀림과 우아하고 부드러운 몸동작, 그뿐 아니라 손, 딱 적당한 크기에 힘 있어 보이는 그 손에 놀랐다. 그리고 차분하고 공격적이지 않은 눈빛, 한시도 자신에게서 시선을 떼지 않던, 크지도 작지도 않은 갈색 눈과 그 위의 굵고 짙은 눈썹도 알아봤다. 저녁을 함께 먹는 남자에게 자신이 얼마나 큰 충격을 줬는지, 악수 한 번에 스탠리의 내적 자아가 얼마나 갑자기 녹아내려 버렸는지를 몰랐기 때문에, 그녀는 식사 초반부에 그가 말이 거의 없는 점이 조금 의아했고, 그런 까닭에 그가 유난히 수줍음이 많은 사람이라고 생각했지만, 그건 엄격히 보자면 사실이 아니었다. 그녀 자신도 조마조마했기 때문에, 그리고 스탠리가 계속 말없이 앉아만 있었기 때문에, 결국 그녀는 자신과 상대방 둘 다를 위해 이야기하는 쪽이 되었고, 그건 그녀가 말을 너무 많이 하게 되었다는 의미였다. 시간이 지나면서 그녀는 아무 생각이 없는 수다쟁이처럼 끊임없이 떠드는 자신의 모습에 점점 더 놀랐는데, 예를 들면 언니 자랑을 늘어놓기까지 했다. 밀드러드가 얼마나 뛰어난 학생이었는지, 지난 6월에는 헌터 대학을 최우등생으로 졸업했고 현재는 컬럼비아 대학에서 석사 과정을 밟고 있는데, 영문학과에서 유일한 여학생이고 세 명뿐인 유대인 학생들 중 한 명이라고 했다. 가족들이 얼마나 자랑스러워하는지 모른다고 했고, 그렇게 가족 이야기를 꺼내고 나니 아치 삼촌 이야기가 이어졌다. 아버지의 동생인 아치 애들러라는 분이고, 다운타운 퀸텟의 키보드 연주자로 지금은 52번가에 있는 모스 하이드아웃 바에서 활동하는데, 집안에 음악가가 있다는 게 얼마나 많은 영감을 주는지 모른다고 했다. 예술가, 돈 버는 일 외에 다른 무언가를 생각하는 반항아, 그랬다, 그녀는 아치 삼촌을 사랑한다고, 친척들 중에 단연 제일 좋아하는 분이라고 했다. 그러고는, 필연적으로, 그녀는 슈나이더먼 씨와 하고 있는 일 이야기를 시작했는데, 지난 1년 반 동안 슈나이더먼 씨가 알려 준 모든 기술을 하나하나 열거한 후에, 성미가 까다롭고 입이 험한 슈나이더먼 씨가 일요일 오후에 종종 주정뱅이나 부랑자를 찾아 자신을 데리고 바우어리가(街)에 나간다고, 망가진 영혼들이지만 새하얀 수염에 백발을 길게 기른 두상이 아주 근사한, 고대 예언자나 왕 같은 두상을 지닌 이들을 찾아서는 돈을 주고 사진관으로 와서 모델로 서달라고 부탁한다고 했다. 그런 노인들은 특별한 의상을 입혀서, 즉 터번을 두르게 하고 가운, 혹은 벨벳으로 된 긴 옷을 입혀서 사진을 찍는데, 그건 마치 렘브란트가 17세기 암스테르담의 몰락한 인물들에게 옷을 입혔던 방식과 같다고, 그들에게 쓰는 조명 역시 렘브란트의 조명이라고 했다. 빛과 어둠이 공존하는 조명, 그림자가 깊고, 모든 그림자에 빛이 아주 조금만 닿는 그런 조명이었는데, 이제 슈나이더먼 씨는 그녀를 믿기 때문에 그녀가 혼자서 조명을 설치하게 내버려 두고, 덕분에 수십 장의 사진을 직접 찍기도 한다고 했다. 그런 다음 그녀는 키아로스쿠로[2]라는 단어를 언급했는데, 그제 서야 스탠리가 자기 말을 전혀 알아듣지 못한다는 걸, 그의 입장에서 보자면 자신이 일본어로 말하는 것이나 다름없었을 텐데, 그럼에도 계속 자신을 바라보고, 자기 말에 귀 기울이며, 넋을 잃은 채 아무 말도 없이, 놀란 사람처럼 가만히 앉아 있다는 걸 알아차렸다.

수치스러운 행동이었다고, 부끄러운 짓이었다고, 그녀는 생각했다. 다행히도 주요리가 나오면서 독백이 잠시 끊겼고, 그 틈을 타 그녀는 정신을 차릴 수 있었고, 식사를 시작할 무렵이 되자(무슨 요리인지도 몰랐다) 그렇게 평소와 다른 모습으로 떠들어 댄 수다가 데이비드 이야기를 하지 않게 해주는 보호막이 되어 줬음을 깨달았다. 그건 그녀가 하고 싶지 않았던 유일한 이야기, 절대 하지 않을 이야기였기 때문에, 상처를 보이지 않기 위해 그토록 길고 장황하게 이야기를 늘어 놓았던 것이다. 스탠리 퍼거슨과는 아무 상관이 없는 일이었다. 그는 점잖은 사람처럼 보였고, 징집을 거부당한 것, 그래서 어디 멀리 떨어진 전장의 진흙탕을 휘젓고 다니거나 기초 군사 훈련 중에 폭발 사고로 온몸이 찢겨 나가는 대신, 세심하게 맞춰 입은 민간인 복장으로 이 식당에 앉아 있는 것이 그의 잘못은 아니었다. 아무렴, 그건 그의 잘못이 아니었고, 그렇게 병역 면제를 받은 데 대해 그를 비난한다면 그녀는 무정한 사람

2 명암으로 입체감을 나타내는 회화 기법.

이 되겠지만, 그럼에도 비교하지 않을 수가 없었고, 왜 이 남자는 이렇게 살아 있고 데이비드는 죽어야만 했는지 묻지 않을 수 없었다.

그 모든 것에도 불구하고 저녁 식사 시간은 꽤 잘 흘러갔다. 일단 스탠리가 초반의 충격에서 벗어나 다시 숨을 쉴 수 있게 되자 그가 호감이 가는 사람임이 드러났는데, 다른 많은 남자들처럼 자기 이야기만 하는 게 아니라 상대에게 집중하는 예의 바른 사람이었고, 눈부신 재치는 없을지 몰라도 유머를 알아들을 줄 알았고, 그녀가 재미없는 말을 해도 웃어 줬으며, 일이나 장래 계획에 관해 이야기할 때는 뭔가 단단하고 의지할 만한 사람임이 로즈에게 확실히 전해졌다. 렘브란트나 사진에는 전혀 관심이 없는 사업가라는 건 유감이었지만 적어도 그는 루스벨트 지지자였고(필수였다), 17세기 회화나 사진술을 포함해 자신이 모르는 게 많다는 사실을 인정할 만큼 솔직한 사람처럼 보였다. 그녀는 그가 좋았다. 함께하기에 즐거웠지만, 스탠리가 소위 말하는 좋은 짝의 조건을 모두, 혹은 대부분 지녔다고 해도, 그녀는 자신이 낸시가 기대한 만큼 그에게 빠져들 수는 없음을 알았다. 식사 후에 두 사람은 반 시간쯤 시내를 배회하다가 술을 한잔하려고 모스 하이드아웃 바에 들렀고, 연주 전에 피아노를 조율하는 아치 삼촌에게 손을 흔들어 인사했고(삼촌은 환하게 미소 지으며 윙크했다), 그런 다음 스탠리는 그녀가 부모님과 함

께 사는 웨스트 58번가의 아파트까지 걸어서 바래다줬
다. 엘리베이터를 타고 함께 올라갔지만, 그녀는 들어
왔다 가겠냐고 묻지 않았다. 악수하기 위해 손을 내밀
며(키스를 사전에 예방하는 세련된 방법이었다) 근사
한 저녁 감사했다고 말하고 돌아서서 그녀는 문을 열
고 아파트 안으로 들어갔고, 다시 그를 보는 일은 없을
거라고 거의 확신했다.

스탠리는 사정이 달랐다. 당연했다. 첫 만남의 첫 순
간부터 그랬고, 그는 데이비드 래스킨이나 로즈의 상
심에 관해서는 아무것도 몰랐기 때문에, 서둘러야 한
다고 생각했다. 로즈 같은 여성은 지금 상태로 오래 남
아 있지 않을 테고, 주변에 남자들이 떼로 몰려들 테니
까, 그녀의 매력에는 저항할 수 없으니까, 말이나 동작
하나하나에서 우아하고, 아름답고, 착한 면모가 뿜어
져 나오는 그녀를 보며, 스탠리는 난생처음 불가능한
일에 도전해 보기로, 점점 몰려드는 로즈의 구애자들
을 물리치고 그녀를 차지하기로 결심했다. 이 사람과
반드시 결혼해야겠다고 결심했으니까, 로즈가 아니라
면 다른 누구도 그의 아내가 될 수 없을 테니까.

이어진 넉 달 동안 그는 자주 그녀에게 전화했는데,
귀찮아질 정도로 자주는 아니었지만 정기적으로, 끈기
있게, 여전히 집중력 있고 단호한 태도로, 상상 속의 경
쟁자들을 압도할 전략적인 영리함을 갖추고 그렇게 했
고, 사실 그만큼 진지한 경쟁자가 등장하지도 않았다.

로즈가 스탠리를 만난 10월 이후로 낸시는 두세 번 더 그런 만남을 주선했지만, 그 남자들은 어딘가 부족하다고 판단한 로즈는 다시 보자는 요청을 거절한 채 적당한 때를 기다리고 있었고, 그 말은 스탠리가, 본인은 사방에 널린 가상의 적을 상상하고 있었지만, 빈 땅을 지키는 기사나 다름없었다는 뜻이다. 그에 대한 로즈의 감정은 달라지지 않았지만, 그녀는 방에 혼자 있거나 저녁 식사 후 부모님과 라디오를 듣는 것보다는 그와 시간을 보내는 편이 낫다고 생각했기 때문에 저녁 식사를 같이 하자는 제안을 거절하는 일이 좀처럼 없었고, 스케이트와 볼링, 댄스(그랬다, 스탠리는 춤을 정말로 잘 췄다), 카네기 홀의 베토벤 연주회나 브로드웨이의 뮤지컬 두 편, 영화 몇 편을 함께 즐겼다. 그녀는 스탠리가 정통 드라마에는 아무 감흥을 느끼지 못하지만(「베르나데트의 노래」나 「누구를 위하여 종은 울리나」를 보면서 졸았다) 코미디를 볼 때는 눈을 말똥말똥 뜨고 있다는 걸 금세 알아차렸는데, 예를 들어 전쟁 중 워싱턴의 주택 부족 사태를 재미있게 묘사한 소품 「한 여자와 두 남자」를 볼 때는 두 사람 다 웃음을 터뜨렸다. 조엘 매크리어(진짜 잘생겼다)와 진 아서(로즈가 좋아하는 배우들 중 한 명이었다)가 나왔지만, 그녀에게 가장 깊은 인상을 준 건 미국 뚱보로 변한 일종의 에로스 역을 맡은 찰스 코번의 대사, 영화 내내 반복되던 상품(上品)에, 잘빠진, 멋진 젊은이라는 대사였다.

마치 그게 모든 여성이 원하는 남편의 미덕을 압축적으로 표현한 주문이라도 되는 것 같았다. 스탠리 퍼거슨은 잘빠졌고, 멋졌고, 아직 젊다고 할 수 있었으며, 상품이라는 단어가 곧고, 점잖고, 규범을 잘 따른다는 뜻이라면, 그는 그런 특징들을 모두 갖췄다고 할 수 있었지만, 로즈는 그런 것들이 자신이 찾던 미덕인지 전혀 확신할 수 없었다. 강렬하게 불타는 듯했던 데이비드 래스킨과의 사랑을 겪어 봤기 때문이었다. 그런 사랑은 종종 사람을 지치게 하기도 했지만 끊임없이 형태를 바꾸며 생생하고 예상을 뛰어넘는 면모들을 보인 반면, 스탠리는 아주 무난하고 아주 예측 가능했기 때문에, 그녀는 그런 안정감 있는 성격이 결국 미덕이 될지 흠이 될지 궁금했다.

한편, 그는 그녀를 함부로 대하지 않았고, 그녀가 허락하지 않을 걸 알았기 때문에 키스를 요구하지도 않았다. 이제 그가 그녀에게 완전히 빠졌다는 게, 그녀를 만날 때마다 손을 대지 않고, 키스하지 않고, 함부로 대하지 않으려고 무척 애쓴다는 게 명백했지만 말이다.

한편, 잉그리드 버그먼이 너무 예쁜 것 같다고 그녀가 말했을 때, 그는 아니라는 듯 웃음을 터뜨리고는, 그녀의 눈을 바라보며 세상 가장 고요한 확신을 담아, 잉그리드 버그먼은 그녀에게 명함도 못 내밀 거라고 했다.

한편, 11월 말의 어느 추운 날, 그가 슈나이더먼의 사진관에 갑자기 나타나 사진을 찍어 달라고 한 적이 있다 — 슈나이더먼 씨가 아니라 그녀가 찍어 주기를 원했다.

한편, 그녀의 부모님은 스탠리를 인정했고, 슈나이더먼 씨도 인정했고, 심지어 밀드러드, 잘난 체하는 지식인들의 전당의 공작 부인 같은 그 밀드러드도, 로즈는 훨씬 나쁜 선택을 할 수도 있었다는 말로 긍정적인 의견을 표했다.

한편, 그가 완전히 신이 나서 정신을 놓아 버리는 순간들, 그의 안에서 뭔가 고삐가 풀리면서 갑자기 짓궂고 대책 없는 장난꾸러기 같은 모습을 보일 때도 있었는데, 예를 들어 어느 날 저녁 그녀 부모님의 아파트 주방에서 날달걀 세 개로 저글링 시범을 보여 준 적이 있었다. 2분 정도 아주 빠른 속도로 정확하게 달걀들을 다루다가 갑자기 한 알이 바닥에 떨어졌고, 그는 갑자기 남은 두 알도 일부러 떨어뜨려서 바닥을 엉망으로 만든 다음, 무성 코미디 영화의 배우처럼 어깨를 으쓱해 보이며 〈이런〉이라고 내뱉었다.

두 사람은 그 넉 달 동안 일주일에 한두 번씩 만났고, 스탠리가 그녀에게 마음을 준 방식으로 로즈도 그에게 마음을 주지는 않았지만, 그녀는 그가 자신을 다시 일으켜 세우고 제 발로 설 수 있게 도와준 데 대해 고마운 마음이 들었다. 모든 게 그대로였다면 그녀는 당분간 그렇게 지내는 데 만족했을 테지만, 그녀 쪽에서 그와

함께 있는 데 편안함을 느끼고 둘만의 게임을 즐기기
시작했을 무렵 스탠리가 갑자기 규칙을 바꿨다.

1944년 1월 말이었다. 러시아에서는 9백 일간 이어
지던 레닌그라드 전투가 마침내 끝났다. 이탈리아에서
는 연합군이 몬테카시노에서 독일군에 발이 묶여 있었
다. 태평양에서는 미군이 마셜 제도 습격을 시작할 참
이었다. 그리고 국내 전선에서는, 뉴욕 센트럴 파크 모
퉁이에서 스탠리가 로즈에게 청혼을 하고 있었다. 머
리 위로 겨울의 환한 해가 떠 있고, 구름 한 점 없는 깊
은 하늘이 파랗게 빛나고 있었는데, 1월의 뉴욕을 아주
가끔만 물들이는 눈부신 파란색이었다. 그렇게 햇빛
가득한 1월의 일요일 오후, 끝나지 않는 전쟁의 피바다
와 살육의 현장으로부터 수천 킬로미터 떨어진 곳에
서, 스탠리는 결혼할 수 없다면 아무것도 소용없다고,
그녀를 흠모한다고, 지금까지 누구에게도 이런 감정을
느낀 적 없고, 자신의 온 미래가 그녀에게 달려 있다고
말하는 중이었다. 만약 그녀가 거절하면 다시는 그녀
를 보지 않을 거라고, 그녀를 다시 본다는 생각만으로
도 너무 힘들기 때문에, 그렇기 때문에 그녀의 삶에서
영원히 사라져 버릴 거라고 말하는 중이었다.

그녀는 일주일만 달라고 했다. 너무 갑작스럽고, 너
무 예상 밖의 일이라 생각해 볼 시간이 필요하다고 했
다. 당연하다고, 일주일 동안 잘 생각해 보라고, 다음
주 일요일에, 정확히 오늘로부터 일주일 후에 전화하

겠다고, 스탠리는 말했다. 그런 다음 59번가 쪽으로 난 공원 출입구에서 헤어지기 직전에 두 사람은 처음으로 키스했고, 두 사람이 만난 이후 처음으로, 로즈는 스탠리의 눈에 눈물이 고이는 걸 봤다.

결과는, 물론 오래전에 글로 적혔다. 그 이야기는 모든 이야기를 포함하는, 권위 있는 『지상의 삶의 기록』의 도입부에 등장할 뿐 아니라 맨해튼 기록 보관소에서도 찾아볼 수 있는데, 그곳 대장에 따르면 로즈 애들러와 스탠리 퍼거슨은 1944년 4월 6일, 연합군의 노르망디 상륙 작전이 있기 정확히 두 달 전에 결혼했다. 우리는 로즈가 어떤 결정을 내렸는지는 알고 있지만, 그녀가 그 결정에 이르게 된 과정과 이유는 복잡한 문제였다. 수많은 요소들이 얽혀 있었고, 각각의 요소는 때로 호응하기도, 때로 충돌하기도 했는데, 모든 요소들에 대해 로즈는 양가적인 감정을 품고 있었기 때문에, 그 일주일은 퍼거슨의 미래 어머니에게 고단하고 힘든 시간이었을 것이다. 첫째, 스탠리가 자기가 한 말은 지키는 사람이라는 걸 아는 그녀로서는, 다시는 그를 볼 수 없다는 생각에 움츠러들었다. 좋든 나쁘든 이제 그는 낸시 다음으로 그녀와 친한 친구였다. 둘째, 그녀도 벌써 스물한 살이었다. 여전히 어리다고 할 만큼 충분히 젊은 편이었지만, 당시 대부분의 신부들만큼 어리지는 않았다. 당시에는 여성이 열여덟, 열아홉에 결혼하는 일이 드물지 않았고, 결혼하지 않은 채로 남는 걸

로즈는 절대 원하지 않았다. 셋째, 아니, 그녀는 스탠리를 사랑하지 않았다. 하지만 사랑으로 맺어진 결혼이 언제나 성공한 결혼이 되지는 않는다는 건 이미 증명된 사실이었고, 어딘가에서 읽은 내용에 따르면, 다른 문화권에서 지배적인 중매결혼이 서구식 결혼보다 더 행복한 것도, 덜 행복한 것도 아니었다. 넷째, 아니, 그녀는 스탠리를 사랑하지 않았다. 하지만 사실 그녀는 그 누구도 사랑할 수 없었다. 데이비드에게 느꼈던 〈대단한 사랑〉은 불가능했는데, 왜냐하면 〈대단한 사랑〉은 한 사람의 일생에 단 한 번만 찾아오기 때문이었고, 따라서 남은 평생 혼자 지내기를 원하지 않는다면 이상에 조금 못 미치는 상황을 받아들여야만 했다. 다섯째, 스탠리에게는 짜증 나거나 역겨운 면모가 하나도 없었다. 그와 섹스하는 상상을 해도 속이 불편하지 않았다. 여섯째, 그는 그녀를 미친 듯이 사랑하고, 다정하게 대하고, 존중해 줬다. 일곱째, 2주 전에 결혼하는 상황을 가정하고 그와 이야기를 나눴을 때, 그는 여성도 자신의 관심사를 계속 추구해야 한다고, 여성의 삶이 남편과 집안일에만 묶여서는 안 된다고 했다. 일 이야기를 하는 거냐고, 그녀가 물었다. 네, 일이요, 다른 무엇보다도. 그가 대답했다. 그러니까 스탠리와 결혼하면 슈나이더면 사진관 일을 그만두지 않아도 된다는, 계속 일하면서 사진가가 되기 위한 공부를 할 수 있다는 의미였다. 여덟째, 아니, 그녀는 스탠리를 사랑하지 않았다. 아홉째, 그에게는 존경할 만한 점이 많았다. 그의 장점이 단점보다 훨씬 돋보인다는 건 확실했다. 하지만 왜 영화를 보면서 그렇게 조는 걸까? 낮에 상점에서 일을 너무 많이 했기 때문일까? 아니면 그렇게 눈꺼풀이 떨어지는 게, 감정의 세계에 관해서는 완전히 문외한이라는 뜻인 걸까? 열째, 뉴어크! 뉴어크에서 살수 있을까? 열한째, 뉴어크는 확실히 문제였다. 열둘째, 부모님 곁을 떠날 때가 되었다. 이제 그 아파트에서 지내기에는 나이가 너무 많았고, 어머니와 아버지를 무척 아끼는 건 사실이지만 두 분의 가식은 지긋지긋했다. 아버지의 바람기와 그걸 모른 척하는 어머니가 싫었다. 불과 며칠 전에도 정말 우연히, 점심을 먹으러 슈나이더먼 사진관 근처의 자동판매기 식당에 가던 중에, 아버지가 한 번도 본 적 없는 여자와 팔짱을 끼고 걷는 모습을 봤다. 그 사람은 아버지보다 열다섯 살이나 스무 살 정도 어려 보였고, 토할 것 같고 화가 난 로즈는 달려가서 아버지의 얼굴을 한 대 때려 주고 싶었다. 열셋째, 스탠리와 결혼하면 적어도 어떤 면에서는 밀드러드를 이기는 셈이었다. 밀드러드가 결혼에 관심이 있는지는 모르겠지만 말이다. 현재로서는, 언니는 짧은 연애들을 이어서 하는 데 만족하는 것 같았다. 언니에게는 잘된 일이지만 로즈는 그런 삶에는 전혀 관심이 없었다. 열넷째, 스탠리는 돈을 많이 벌었고, 지금 하는 걸 볼 때 시간이 지나면 더 많은 돈을 벌 것 같았다. 그런 생각을 하면 안심이 되었지만 한편 불안하기도 했다. 돈을 벌려면 늘 돈 생각을 해야 한다. 관심사가 온통 은행 계좌에만 쏠려 있는 남자와 함께 살 수 있을까? 열다섯째, 스탠리는 그녀가 뉴욕에서 제일 예쁜 여자라고 생각했다. 그녀 본인은 그게 사실이 아니라는 걸 알았지만, 스탠리가 진심으로 그렇게 생각한다는 점은 의심하지 않았다. 열여섯째, 눈에 띄는 남자가 하나도 없었다. 스탠리가 또 다른 데이비드가 될 수는 없겠지만, 낸시가 만나 보라고 했던, 칭얼대는 불만투성이들에 비하면 대단히 훌륭한 남자였다. 적어도 스탠리는 어른이었다. 적어도 스탠리는 한 번도 불평하지 않았다. 열일곱째, 스탠리는 그녀와 같은 방식으로 유대인이었다. 선택받은 종족이었지만 종교적인 의식이나 신에 대한 맹세 따위에는 전혀 관심이 없었고, 그 말은 의식이나 미신 때문에 생활이 불편할 일은 없을 거라는 뜻이었다. 하누카, 매해 봄 유월절의 무교병과 네 가지 질문, 아들이 태어나면 포경 수술을 해주는 정도는 따르겠지만 기도하거나 유대교 사원에 가는 일은 없을 테고, 그녀가 믿지도 않는 걸, 두 사람 다 믿지도 않는 걸 믿는 척할 필요도 없을 것이었다. 열여덟째, 아니, 그녀는 스탠리를 사랑하지 않았다. 하지만 스탠리가 그녀를 사랑했다. 그것만으로도 시작해 보기에는 충분할 것이었다, 첫걸음으로는. 그다음은, 누가 알겠는가?

두 사람은 애디론댁산맥의 호숫가 휴양지로 신혼여행을 떠났고, 그건 결혼 생활의 비밀을 알아 가는 일주일, 짧았지만 끝나지 않던 시간이었다. 하나하나의 순간들이, 그저 그 경험들이 새롭다는 이유만으로 한 시간 혹은 하루처럼 묵직하게 느껴졌고, 초조하고 조심스럽게 맞춰 가는 시기, 작은 성취와 친밀한 드러남이 있던 그 시기에 스탠리는 로즈에게 처음으로 운전을 가르쳐 주고, 테니스의 기초를 알려 줬다. 여행을 마친 두 사람은 뉴어크로 돌아와 결혼 생활의 초반부를 보내게 될 아파트로 이사했다. 위퀘이크 구역의 밴벨저 플레이스에 있는 침실 두 개짜리 아파트였다. 슈나이더먼은 결혼 선물로 한 달의 유급 휴가를 줬고, 다시 일하러 나갈 때까지 3주 동안 로즈는 맹렬하게 요리를 익혔는데, 어머니가 생일에 준, 미국 주방 기술에 관한 확고한 지침서인 『정착지 요리법』에 전적으로 의존했다. 책의 부제는 〈남자의 마음을 사로잡는 법〉이었으며, 사이먼 캔더 부인이 편집한 623면짜리 두툼한 책에는 〈밀워키 공립 학교 급식실, 여자 상업 고등학교, 그리고 권위 있는 식단 전문가와 경험 많은 주부 들의 검증을 받은 요리법〉이 담겨 있었다. 초반에는 셀 수 없을 만큼 많은 재앙들이 있었지만, 뭐든 빨리 배웠던 로즈는 이내 무슨 요리든 일단 마음먹고 시작하면 꽤 성공적으로 해낼 수 있게 되었는데, 고기가 타거나, 채소가 숨이 죽었거나, 파이가 끈적끈적하거나, 으깬 감자가

떡이 되는 등, 시행착오가 반복되던 초기에도 스탠리
는 단 한 마디의 불평도 하지 않았다. 그녀가 내놓은 식
사가 아무리 엉망이더라도 그는 하나도 남기지 않고
차분하게 입 안에 떠 넣고, 즐겁게 씹고, 매일 밤, 정말
매일 밤 한 번도 빠지지 않고 고개를 들어 음식이 정말
맛있다고 말했다. 로즈는 가끔 스탠리가 자신을 놀리
는 게 아닌지, 혹은 너무 정신이 없어서 무슨 음식을 먹
는지도 모르는 게 아닌지 궁금했던 적도 있지만, 그녀
의 요리 실력처럼, 함께 사는 것에 관한 그 모든 걱정도
서서히 안정되었고, 곰곰이 생각해 보니, 그러니까 둘
사이에 뭔가가 어긋날 수도 있었을 모든 상황을 고려
해 보니, 그녀는 놀랄 만한, 상상도 못 했던 결론에 도
달했다. 스탠리는 단 한 번도 그녀를 비판하지 않았다. 그에
게 그녀는 완벽한 존재, 완벽한 여인, 완벽한 아내였고,
그런 까닭에, 마치 하느님의 존재는 필연적이라고 주
장하는 신학적 명제처럼, 그녀가 하는 말이나 생각 역
시 필연적으로 완벽했고, 필연적으로 완벽해야만 했
다. 평생 밀드러드와 침실을 함께 썼던 그녀였다. 동생
이 자기 옷을 꺼내 입지 못하게 옷장에 자물쇠를 채웠
던 밀드러드, 영화를 너무 많이 본다고 그녀에게 머리가
비었다고 했던 밀드러드가 아니라, 이제 로즈는 그녀가
완벽하다고 생각하는 남자와 침실을 함께 쓰고 있었
고, 더구나 그 남자는 바로 그 침실에서, 그녀가 가장
좋아하는 방식으로 몸을 만져 주는 법을 빠르게 익혀

가고 있었다.

뉴어크는 따분했지만, 아파트는 강 건너 부모님의 집보다 널찍하고 밝았으며 가구도 모두 새것이었다 (삼 형제 홈 월드에서 가장 좋은 가구들이었는데, 최고라고는 할 수 없었지만 당시로서는 충분했다). 그리고 일단 슈나이더먼 사진관에서 다시 일을 시작하자, 여전히 도심은 로즈의 삶에서 핵심적인 요소였다. 사랑하는, 지저분한, 게걸스러운 뉴욕, 사람들의 얼굴이 있는 도시, 온갖 사람들의 말이 뒤섞이는 바벨 같은 도시였다. 출근을 하려면 매일 느릿느릿 운행하는 버스를 타고 뉴어크펜실베이니아역에 가서, 기차를 타고 12분쯤 이동해 또 다른 펜실베이니아역에 내린 후 슈나이더먼 사진관까지 걸어야 했지만, 그녀는 그 여정이 힘들지 않았다. 사람들 구경을 할 수 있어서 그랬고, 그녀는 특히 열차가 뉴욕에 도착해 멈춰 선 순간을 좋아했는데, 그 순간에는 말없이 뭔가를 기대할 때처럼 온 세상이 숨을 참는 듯한 짧은 정지 상태가 언제나 뒤따랐고, 잠시 후 문이 열리면 모든 이들이 쏟아져 나갔다. 객차에서 내린 승객들로 승차장은 순식간에 붐비고, 그녀는 같은 생각으로 바쁘게 움직이는 사람들 틈에 뒤섞이고, 모두 같은 방향으로 움직이고, 그녀도 그런 군중 한가운데서 다른 이들과 마찬가지로 일터로 향했다. 그녀는 자신이 독립된 존재임을 느꼈다. 스탠리와 함께이지만 동시에 자기 자신이기도 한 그 느낌은 새로운 느낌이었고, 기분 좋은 느낌이었다. 역 계단을 올라 바깥 공기 속에 모여 있는 또 다른 군중에 합류하고 나면, 그녀는 웨스트 27번가 쪽으로 걸음을 옮기며 그날 사진관을 찾을 다양한 사람들을 상상했다. 새로 태어난 아이와 함께 온 엄마 아빠, 야구 유니폼을 입은 꼬마, 결혼 40주년 혹은 50주년 기념사진을 찍기 위해 나란히 앉은 노부부, 졸업 가운과 학사모 차림으로 미소 짓는 여학생, 여학생 친목회의 여학생들, 남학생 친목회의 남학생들, 파란 제복 차림의 신참 경관, 그리고 당연히 군인들, 군인들이 점점 늘고 있었다. 아내나 여자친구, 혹은 부모와 오는 군인들도 있었지만 대부분은 혼자, 휴가를 받아 뉴욕에 나왔거나 전선에서 고향으로 돌아가는 길에 뉴욕을 거치는 군인들, 혹은 누군가를 죽이러 가거나 죽음을 맞이하러 가는 군인들이었고, 그녀는 그 모든 군인들을 위해 기도했다. 모두 팔다리가 멀쩡하고 숨이 붙어 있는 상태로 무사히 돌아올 수 있게 해달라고 기도했고, 매일 아침 펜실베이니아 역에서 웨스트 27번가로 걸어가며, 곧 전쟁이 끝나게 해달라고 기도했다.

스탠리의 청혼을 받아들인 데 대해 심각하게 후회하거나 고통스럽게 재고하는 일은 없었지만 그럼에도 결혼 자체에는 분명 단점들이 있었고, 그중 어느 것도 직접적으로 스탠리의 탓이라고 할 수는 없었지만 그럼에도 여전히, 그와 결혼함으로써 그녀는 그의 가족과도 결혼한 셈이어서, 술에 취한 듯한 부적응자 삼총사와 어울릴 때면 어떻게 스탠리가 미쳐 버리지 않고 소년기를 지나올 수 있었는지 궁금했다. 먼저 그의 어머니, 여전히 정력적인 패니 퍼거슨, 당시 60대 중반에서 후반을 지나던 그녀는 157~159센티미터쯤 되는 키에 찌푸리고 안절부절못하는 표정으로 주변을 살피는 백발 마녀 같았는데, 가족 중 누구라도 곁에 가기를 꺼렸기 때문에 모임이 있을 때면 혼자 안락의자에 앉아 중얼거리곤 했다. 특히 다섯 명의 손주들, 여섯 살에서 열한 살 사이의 그 아이들은 패니를 죽을 만큼 무서워했는데, 그녀는 아이들이 선 넘는 행동을 할 때마다(크게 웃기, 소리 지르기, 쿵쿵 뛰기, 가구에 부딪치며 장난치기, 트림 크게 하기 등이 선 넘는 행동이라고 한다면) 사정없이 머리를 쥐어박았고, 직접 손찌검을 할 수 없을 만큼 멀리 있을 때면 전등갓이 흔들리도록 큰 소리로 야단쳤다. 로즈가 처음 인사드리던 날 패니는 로즈의 볼을 꼬집으며(아플 만큼 세게 꼬집었다) 〈봐줄 만한 처녀〉라고 판정하듯 말했다. 하지만 그 말을 한 다음에는 로즈가 머무르는 내내 그녀를 무시했고, 이후에도 찾아갈 때마다 형식적인 인사를 제외하면 아무런 소통이 없었는데, 패니는 다른 두 며느리 밀리와 조앤도 똑같이 대했기 때문에 로즈는 그런 상황을 개인적으로 받아들이지 않았다. 패니의 관심사는 오직 아들들, 매주 금요일 저녁 식사에 의무적으로 참석하는 아들들이었고, 아들과 결혼한 여자는 그림자 같은 존재에 불과해서 이름도 제대로 기억하지 못할 정도였다. 패니는 아주 가끔씩, 비정기적으로 만났기 때문에 로즈에게 특별히 문제 될 게 없었지만, 스탠리의 형들이라면 이야기가 달랐다. 그 둘은 스탠리의 가게에서 일하는, 스탠리가 매일 만나는 사람들이었고, 또한 그녀가 본 남자들 중 가장 잘생긴 두 사람이라는 사실, 에럴 플린(루)과 케리 그랜트(아널드)를 닮은 신적인 외모를 지녔다는 충격적인 사실을 알고부터 그녀는 그 둘이 너무도 싫어졌다. 그녀는 두 사람이 천박하고 솔직하지 못하다고 생각했다. 맏이 루는 아주 바보는 아니었지만 미식축구 도박, 야구 도박에 빠져 온전한 생활을 못 했고, 둘째 아널드는 반쯤 천치였는데, 술을 너무 마셔서 눈빛이 탁했고, 틈만 나면 그녀의 팔이나 어깨에 손을 대거나 팔이나 어깨를 세게 쥐고는 인형, 아기, 미인 등등으로 불렀고, 그때마다 그녀의 혐오감은 깊어졌다. 그녀는 스탠리가 형들에게 상점 일자리를 준 것도 싫었고, 두 사람이 스탠리가 없는 곳에서, 심지어 때로는 면전에서도 그를 놀리는 게 싫었다. 착한 스탠리, 그 둘보다 백배쯤 훌륭한 스탠리였지만 형들 앞에서는 그런 티를 내지 않았고, 그들의 비열함과 게으름, 그리고 모욕에 한 번도 맞서지 않고 견디며 상당한 자제심을 보였는데, 로즈는 자신이 생각지도 않게 성인(聖人)과, 다른 사람에 대해 절대 나쁜 생각을 하지 않는 보기

드문 영혼과 결혼한 게 아닌가 의심하다가도, 한편으로는 스탠리가 그저 만만한 사람일 뿐이라고, 자기 뜻을 관철하기 위해 싸워 본 적이 없는 사람일지 모른다고 생각하기도 했다. 형들의 도움을 거의 혹은 전혀 받지 못한 상태에서 스탠리는 삼 형제 홈 월드를 잘나가는 상점으로, 안락의자와 라디오, 식탁, 아이스박스, 침실 가구, 믹서 등이 가득한 크고 환한 전시장으로 키워 냈는데, 수입이 많지 않은 중산층을 위해 중간급 품질의 상품을 대량으로 들여와 판매하는, 그 자체로 20세기를 대표하는 분위기를 풍기는 놀라운 공간이었다. 하지만 신혼여행 이후 몇 주 동안 몇 번 가게를 방문했던 로즈는 이제 그곳을 다시 찾지 않았는데, 단지 다시 일을 시작했기 때문만이 아니라 거기에 가면 불편했기 때문이고, 스탠리의 형들과 함께 있으면 행복하지 않고, 있을 곳이 아니라는 느낌이 들었기 때문이다.

하지만 가족에 대한 실망은 그 형들의 아내와 아이, 퍼거슨 집안 사람이지만 진짜 퍼거슨은 아닌 사람들, 이케와 패니, 그리고 둘의 자식들이 지나온 참사를 함께 겪지 않은 그 사람들 덕에 어느 정도 누그러들었고, 로즈는 새로운 친구라고 할 수 있는 밀리, 조앤과 빠르게 친해졌다. 두 여성 모두 그녀보다 꽤 나이가 많았지만(서른넷, 서른둘이었다) 그녀를 퍼거슨 집안의 동등한 구성원으로 환영해 줬고, 결혼식 이후 로즈에게 진짜 자격을 부여했는데, 그 자격이란 다른 무엇보다 그녀도 동서들끼리의 비밀을 공유할 권리를 얻었다는 의미였다. 로즈는 특히 말이 빠르고 줄담배를 피우는 밀리에게 깊은 인상을 받았는데, 너무 말라서 몸 안에 뼈가 아니라 철사가 있는 것 같은 밀리는, 영리하고 자기주장이 강했으며 자신이 결혼한 루가 어떤 남자인지 이해하고 있었다. 그녀는 교활하고 방탕한 남편에게 쭉 충실했던 것과는 별도로 그에 대한 모순 섞인 조롱을 끊임없이 쏟아 냈는데, 그런 현명하면서도 신랄한 모습에 로즈는 종종 웃음이 터지려는 걸 참아야 했다. 다음으로 조앤은 어딘가 단순한 사람이었는데, 마음이 따뜻하고 너그러워서 자신이 머저리와 결혼했다는 생각은 못 하는 것 같았다. 로즈는 그녀가 너무나 좋은 엄마라고, 무척 온화하고, 인내심 있고, 다정한 사람이라고 생각했는데, 그에 비하면 입담이 매서웠던 밀리는, 역시 조앤의 아이들만큼 행동이 바르지는 않았던 자신의 아이들과 종종 갈등을 일으키기도 했다. 밀리의 두 아이는 열한 살 앤드루와 아홉 살 앨리스였고, 조앤의 세 아이는 열 살 잭과 여덟 살 프랜시, 그리고 여섯 살 루스였다. 모두 나름대로 매력적인 아이들이었지만 앤드루는 예외였는데, 그 아이는 거칠고 공격적인 면이 있어서 동생을 때린 일로 밀리에게 자주 야단맞았다. 로즈가 가장 좋아했던 아이는 프랜시, 이론의 여지 없이 프랜시였는데, 그건 그녀로서도 어쩔 수가 없었다. 그 아이는 너무 아름답고, 너무 눈에 띄게 생기가 넘쳤고, 두 사람은 처음 만나던 날 서로 첫눈에 반한 것만 같았는데, 키가 크고 머리가 적갈색인 프랜시는 로즈 품에 달려들며 로즈 숙모, 우리 새 로즈 숙모, 너무 예뻐요, 너무 예뻐요, 진짜 너무 예뻐요, 이제 우리 영원히 친구 하는 거예요, 하고 말했다. 그렇게 시작된 관계는 이후로도 이어졌고 두 사람은 서로에게 완전히 빠져들어서, 로즈는 가족이 식탁에 둘러앉아 있을 때 프랜시가 무릎 위로 올라와 학교 이야기, 최근에 읽은 책 이야기, 혹은 자기에게 못된 말을 한 친구 이야기, 엄마가 생일에 사주기로 한 선물 이야기 등등을 하는 상황보다 더 좋은 건 세상에 없는 것 같다고 생각했다. 그 여자아이는 부드러운 로즈의 몸에 폭 묻혀 편안해했고, 그렇게 아이가 이야기하는 동안 로즈는 머리나 볼, 등을 쓰다듬어 줬고, 그러다 보면 로즈는 자신의 몸이 떠 있는 듯한 기분이, 자신과 프랜시가 둘이서만 그 방과 집과 거리를 벗어나 하늘 위를 떠다니는 듯한 기분이 들었다. 그랬다, 그런 가족 모임은 소름 돋을 만큼 싫었지만 거기에는 또한 보상도, 전혀 있을 법하지 않은 순간에 벌어지는, 기대치 않은 작은 기적들도 있었고, 로즈는 신들은 원래 비이성적이라고, 자기들이 원할 때 원하는 곳에서 선물을 하사하는 거라고 결론을 내렸다.

로즈는 본인도 어머니가 되기를, 아이를 낳고, 자기 몸으로 아이를 잉태하고, 자기 몸 안에 또 하나의 심장이 뛰기를 바랐다. 그보다 중요한 일은 없는 것 같았다. 슈나이더먼 사진관 일도, 언젠가 사진가로서 독립하겠다는, 간판에 본인 이름을 내건 사진관을 열겠다는 먼 훗날의 명확하지 않은 계획도 그보다 중요하다고 할 수 없었다. 그런 야망도 새로운 생명을 세상에 내놓는 일보다, 아들이든 딸이든 아이를 낳고 남은 인생 동안 그 사람의 어머니가 되고 싶다는 단순한 욕망보다 강하지는 않았다. 스탠리도 자기 몫을 하면서 피임 없이 그녀와 사랑을 나눴고, 신혼 초기 18개월 동안 로즈는 세 번 임신했다. 하지만 세 번 모두 유산했고, 세 번 모두 임신 3개월 단계에서 그렇게 되었고, 그래서 1946년 4월, 결혼 2주년을 맞이하기까지도 둘 사이에는 아이가 없었다.

의사들은 그녀의 몸에 이상은 전혀 없다고, 건강 상태도 좋고 언젠가는 열 달을 다 채우고 아이를 낳을 수 있을 거라고 했지만, 유산에 따른 상실은 무겁게 그녀를 짓눌렀고, 그렇게 태어나지 못한 아이가 이어질수록, 하나의 실패가 다른 실패로 이어질수록 여성성 자체가 자신에게서 빠져나가는 것 같은 느낌이었다. 그녀는 유산할 때마다 며칠을 울었고, 데이비드의 죽음으로 몇 달을 운 이후로 처음 그렇게 울었지만, 그다음엔 평소의 긍정적인 로즈, 언제나 회복하는 현실적인 로즈가 되어 낙심에 따른 자기 연민과 슬픔을 딛고 다시 일어나곤 했다. 스탠리가 없었더라면 낙담한 그녀가 어디까지 추락했을지 장담할 수 없었는데, 그는 확고하고 차분한 태도를 유지했고, 그녀의 눈물에 당황하지도 않았으며, 유산할 때마다 그건 일시적인 후퇴일 뿐 결국에는 모든 일이 잘 풀릴 거라고 확신을 줬다. 그가 그렇게 이야기해 줄 때마다 그녀는 스탠리와 가까이 있다고 느꼈고, 그 다정함에 감사한 마음이 들었고, 아주 제대로 사랑받고 있다고 느꼈다. 그의 말을 믿는 건 아니었다. 그건 당연했지만 — 다른 모든 증거가 그의 말이 틀렸음을 알려 주는데 어떻게 믿는단 말인가 — 그래도 그런 위안이 되는 거짓말을 듣고 있으면 마음이 풀렸다. 그렇지만 한편으로 그녀는 스탠리가 매번 유산 소식을 침착하게 받아들이고, 태어나지도 않은 아이가 그녀의 몸에서 핏덩어리가 되어 나왔다는 사실에도 괴로워하지 않는 모습이 혼란스러웠다. 스탠리는 아이를 갖고 싶다는 욕망을 공유하지 않는 걸까? 그녀는 궁금했다. 어쩌면 스스로는 그런 자신의 감정을 의식하지도 못하겠지만, 만약 그가 앞으로도 지금처럼 그녀를 독차지하기를 은밀히 원하는 거라면? 충실한 마음을 가르지 않아도 되는 아내, 아이와 아버지 사이에서 애정을 쪼개 주지 않아도 되는 아내를 원하는 거라면? 그녀는 그런 생각을 스탠리에게 말하지 않았고, 그런 근거 없는 의심으로 그를 모욕하는 일은 꿈도 꾸지 않았지만, 머릿속에서는 의심이 떠나지 않았고, 만약 스탠리가 아들로서, 동생으로서, 그리고 남편으로서 자신의 의무를 너무 훌륭히 해나가는 사람이라면, 어쩌면 아버지 역할까지 할 여력은 남아 있지 않은 게 아닐까 자문해 보기도 했다.

1945년 5월 5일, 유럽에서 전쟁이 끝나기 사흘 전에 아치 삼촌이 심장 마비로 사망했다. 마흔아홉, 그 누구라고 해도 죽기에는 끔찍이 이른 나이였고, 상황을 더욱 어색하게 만든 건 장례식이 유럽 전승 기념일에 열렸다는 사실이었다. 입을 굳게 다문 애들러 가족이 묘지를 떠나 브루클린 플랫부시 애비뉴에 있는 아치의 아파트로 돌아오는 동안 사람들은 거리에서 춤을 추고, 자동차 경적을 울리고, 세상의 한쪽 절반에서 전쟁이 끝난 걸 흥겹고 요란하게 축하하고 있었다. 소음은 몇 시간이나 이어졌고, 아치의 아내 펄과 열아홉 살 난 쌍둥이 딸 베티와 샬럿, 로즈의 부모님과 언니, 로즈와 스탠리, 다운타운 퀸텟의 나머지 단원 네 명, 열 명 남짓한 친구와 친척, 이웃 들은 창문 차양을 내린 채 고요한 아파트 안에 앉거나 서 있어야 했다. 그들이 그렇게 오랫동안 기다려 온 좋은 소식이, 아치의 죽음이 불러온 무거운 분위기를 조롱하는 것 같았고, 집 밖에서 들려오는 환희에 찬 노랫소리는 무심한 신성 모독의 목소리처럼 들렸고, 브루클린 전체가 아치의 무덤 위에서 춤추는 것 같았다. 로즈로서는 절대 잊을 수 없을 오후였다. 본인의 슬픔 때문만은 아니었는데, 그 슬픔 역시 오래 기억할 만큼 큰 것이었지만, 그뿐만 아니라 밀드러드가 정신을 놓고 위스키를 일곱 잔이나 마신 뒤 소파에 쓰러졌고, 아버지가 상심해 소리 내어 우는 모습을 처음 봤기 때문이었다. 또한 그 오후에, 로즈는 운이 좋아 아이를 낳게 되면 이름을 아치로 짓겠다고 다짐했다.

8월에는 히로시마와 나가사키에 원자 폭탄이 떨어진 후 세상의 다른 쪽 절반에서도 전쟁이 끝났고, 이듬해인 1946년 중반, 로즈의 결혼 2주년 기념일이 지나고 두 달쯤 후에 슈나이더먼은 자신이 곧 은퇴할 예정이며 사진관을 매입할 사람을 찾고 있다고 했다. 함께 일하면서 그녀가 발전했음을 감안할 때, 이제 능숙하고 경쟁력 있는 사진가가 되었음을 감안할 때, 로즈 본인이 사진관을 물려받을 의향이 있는지 궁금하다고 그는 물었다. 그건 슈나이더먼 씨가 그때까지 한 칭찬 중 최고였다. 로즈는 기분이 좋아졌지만, 그럼에도 적절한 때가 아니라는 걸 알았다. 그녀와 스탠리는 교외에 집을 사기 위해, 뒷마당과 나무들, 차 두 대가 들어가는 차고가 있는 주택을 사기 위해 지난 2년간 저축하고 있었고, 집과 사진관 둘 다를 살 여유는 없었다. 그녀는 슈나이더먼 씨에게 남편과 상의해 보겠다고 했고, 그날 저녁 식사 후에 바로 이야기를 꺼냈다. 스탠리가 고려할 것도 없다고 대답하리라 예상했는데, 그는 그녀더러 직접 선택하라고, 주택을 기꺼이 포기할 수 있다면, 그리고 가격이 감당할 수 있는 수준이라면 사진관을 물려받아도 괜찮겠다고 해서 그녀를 놀라게 했다. 로즈는 소스라치게 놀랐다. 스탠리가 주택을 무척이나 사고 싶어 한다는 건 그녀도 잘 아는 사실이었는데, 그런 그가 갑자기 아파트로 충분하다고, 거기서 몇 년 더 살아도 아무 문제 없다고 말하다니 모두 사실이 아니었다. 그런 식으로 스탠리가 거짓말을 하는 바람에, 그녀를 흠모하고 그녀가 원하는 걸 가질 수 있게 해주려고 거짓말을 하는 바람에 그날 저녁 로즈의 마음속에서 뭔가가 달라졌고, 그녀는 자신이 스탠리를 사랑하기 시작했음을, 진심으로 사랑하기 시작했음을 깨달았다. 만약 삶이 그런 식으로 좀 더 이어진다면 그녀가 그와 사랑에 빠지는 일도, 불가능해 보였던 두 번째 〈대단한 사랑〉에 빠져 휘청거리는 일도 가능할 것 같았다.

급하게 결정하지 않아도 돼요, 그녀가 말했다. 나도 주택을 사고 싶으니까. 그리고 조수에서 사장이 되는 건 너무 큰 변화잖아요. 내가 그럴 준비가 됐는지도 모르겠어요. 우리 천천히 생각해 봐도 될까?

스탠리는 천천히 생각해 보자는 말에 동의했다. 다음 날 아침 사진관에서 만난 슈나이더먼 씨 역시 천천히 생각해 보라고 했다. 그리고 열흘 후, 그녀는 자신이 다시 임신했다는 사실을 알게 되었다.

지난 몇 달 동안 그녀는 새로운 병원에 다니고 있었다. 시모어 제이컵스라는 남자는 믿을 수 있는, 착하고 똑똑한 의사라는 느낌이 들었는데, 그녀 말에 정성껏

귀 기울이고 서둘러 결론을 내리지도 않았다. 그녀가 과거에 세 번이나 유산한 경험이 있었기 때문에, 의사는 매일 뉴욕으로 출퇴근하는 생활은 그만두라고, 임신 기간에는 사진관 일을 그만두고 집에서 충분한 휴식을 취하며 지내라고 독촉했다. 갑작스럽기도 하고 조금은 구식 처방처럼 들린다는 걸 의사도 알았지만, 그는 그녀를 걱정했고 로즈에게는 이번이 아이를 가질 마지막 기회가 될 수도 있었다. 마지막 기회, 그녀는 코가 크고 갈색 눈동자에 동정 어린 빛을 띤 마흔두 살의 의사가 전하는, 성공적으로 엄마가 되기 위해 해야 할 일들에 귀를 기울이며 그렇게 되뇌었다. 이제 담배와 술도 안 됩니다, 그가 덧붙였다. 고단백 식단을 엄격히 유지하고, 매일 비타민 보충제를 드시고, 규칙적으로 특별 운동도 해야 합니다. 제가 2주에 한 번씩 왕진을 가겠습니다. 조금이라도 불편하거나 통증이 느껴지면 곧장 병원에 전화하셔야 합니다. 잘 아시겠습니까?

그랬다. 모든 게 분명했다. 그리고 그걸로 집을 살지 사진관을 살지 하는 딜레마도 끝이었다. 슈나이더먼과 함께했던 날들은 끝이 났고, 사진가로서 그녀의 일에 지장이 생기고 삶이 완전히 뒤집혀 버렸다는 건 말할 것도 없었다.

로즈는 기분이 들뜨면서 동시에 혼란스러웠다. 자신에게 여전히 기회가 있다는 걸 알아서 들떴고, 일곱 달동안 가택 연금 생활을 견뎌야 한다고 생각하니 혼란스러웠다. 셀 수 없을 만큼 많은 일을 조정해야 할 텐데, 그녀뿐 아니라 스탠리도 그래야 했다. 이제 그가 장을 보고 요리도 대부분 해야 했기 때문이다. 불쌍한 스탠리, 그렇게 열심히 일하고 그렇게 오랫동안 일에 매달리고 있는데, 이제 일주일에 한두 번 아파트를 청소하고 빨래해 줄 사람을 고용하기 위해 추가로 돈을 써야 했다. 일상의 거의 모든 면이 달라질 것이고 그녀가 깨어 있는 시간에는 수많은 금지와 제약이 따를 텐데, 무거운 물건을 들어서도 안 되고, 가구를 이리저리 옮겨서도 안 되고, 무더운 여름에 닫힌 창문을 열려고 애써서도 안 되었다. 자신을 엄격히 지켜봐야 했고, 그동안 무의식중에 해온 수천 가지의 크고 작은 일을 신경 써야 했고, 당연히, 테니스(이제 그녀는 테니스를 좋아하게 되었다)나 수영(어릴 때부터 좋아했다)도 할 수 없었다. 말하자면 활력이 넘치고 운동을 좋아했던 그녀가, 늘 몸을 움직이고, 뭔가 속도를 느끼고, 전력을 다하는 활동에서 온전히 자기 자신이 되는 기분을 느꼈던 그녀가, 이제는 가만히 있는 법을 익혀야 했다.

그런 막막한 지루함에서 로즈를 구원해 준 건 다른 누구도 아닌 밀드러드였는데, 로즈가 훗날 아들에게 들려준 바에 따르면, 밀드러드는 자주 집에 들르며 로즈가 꼼짝달싹 못 하고 지내야 했던 그 몇 달을 대모험의 시간으로 바꿔 줬다.

종일 집 안에서 라디오를 듣거나 그 바보 같은 텔레

비전만 보면서 지낼 수는 없잖아, 밀드러드는 말했다. 한 번쯤은 머리를 쓰면서 진도를 따라잡아 보는 게 어때?

진도를 따라잡는다고? 밀드러드의 말을 이해하지 못한 로즈가 물었다.

너는 모르겠지만, 의사 선생님이 특별한 선물을 주신 거야, 언니가 말했다. 선생님이 너를 죄수로 만들어 준 거지. 다른 사람들에게는 없고 죄수에게만 있는 건 바로 시간이야. 한없이 많은 시간. 책을 읽어, 로즈. 독학을 시작하라고. 이건 기회야, 내 도움이 필요하다면 기꺼이 도와줄게.

밀드러드의 도움은 독서 목록의 형태로 전해졌다. 이어진 몇 달 동안 몇 개의 독서 목록이 만들어졌고, 당분간 영화관에 갈 수 없게 된 로즈는 태어나서 처음으로 이야기에 대한 갈증을 소설로 채워 나갔다. 좋은 소설들, 본인이 직접 골랐다면 끌렸을 범죄 소설이나 베스트셀러가 아니라 밀드러드가 추천한 소설들, 분명 고전이면서도 로즈를 염두에 두고 고른, 로즈가 재밌게 읽을 수 있을 거라고 밀드러드가 생각한 책들이었는데, 그 말은 『모비 딕』, 『율리시스』, 『마의 산』은 절대 목록에 오르지 않았다는 뜻이다. 그런 책들은 훈련이 안 된 로즈가 읽기에는 너무 벅찰 것 같았다. 하지만 그 밖에도 고를 수 있는 책은 많았고, 한 달 한 달 지나며 몸 안에서 아이가 자라는 동안 그녀는 책 속을 헤엄치

듯 돌아다녔는데, 그녀가 읽은 열 권 남짓한 책들 중에는 실망스러운 작품도 있었지만(예를 들어『태양은 다시 떠오른다』는 얄팍한 가짜처럼 느껴졌다) 대부분은 처음부터 끝까지 그녀를 사로잡았다. 『밤은 부드러워라』,『오만과 편견』,『환락의 집』,『몰 플랜더스』,『허영의 시장』,『폭풍의 언덕』,『마담 보바리』,『파르마의 수도원』,『첫사랑』,『더블린 사람들』,『8월의 빛』,『데이비드 코퍼필드』,『미들마치』,『워싱턴 스퀘어』,『주홍 글자』,『메인 스트리트』,『제인 에어』를 비롯한 많은 작품들이 그랬다. 하지만 그렇게 갇혀 지내는 동안 발견한 작가들 가운데 가장 큰 울림을 준 이는 톨스토이였는데, 악마 같은 톨스토이는 삶의 모든 면을 이해하는 듯했고, 그녀가 보기에는, 인간의 감정이나 정신에 관해 알아야 할 모든 것, 그 감정이나 정신의 주인이 여자든 남자든 상관없이 모든 것을 이해하는 듯했다. 남성인 톨스토이가 여성에 관해 어떻게 그렇게 정확히 알 수 있었던 건지 그녀는 궁금했고, 한 사람이 그처럼 모든 남성과 모든 여성이 될 수 있다는 게 말이 되지 않는다고 생각했다. 그래서 그녀는 톨스토이의 작품을 대부분 섭렵했는데,『전쟁과 평화』나『안나 카레니나』,『부활』같은 대작들뿐 아니라 짧은 작품, 그러니까 중편소설, 단편소설까지 읽었고, 그중 가장 강렬한 인상을 남긴 건 약 1백 면짜리 소설『가정의 행복』이었다. 젊은 신부가 품었던 환상이 시간이 흐르며 서서히 깨져 가는 과정을 묘사한 작품이었는데, 너무 가슴에 와닿아 결말 부분에서 그녀는 흐느끼기 시작했고, 그날 저녁 집에 돌아온 스탠리는 그런 모습을 보고 깜짝 놀랐다. 소설을 다 읽은 건 오후 3시였지만 그녀의 눈은 저녁까지도 눈물에 젖어 있었던 것이다.

아기의 출생 예정일은 1947년 3월 16일이었지만, 3월 2일 오전 10시, 스탠리가 일하러 나가고 두 시간쯤 후에, 아직 잠옷 차림으로 침대에 누워 엄청나게 부풀어 오른 배에 『두 도시 이야기』를 올려놓고 읽던 로즈는 갑자기 방광이 눌리는 듯한 느낌이 들었다. 그래서 소변을 보려고 침대 시트와 담요를 걷은 후 천천히 몸을 일으키고, 커다란 몸뚱이를 침대 가장자리로 천천히 옮기고, 바닥에 발을 내려놓은 후 일어섰다. 화장실로 한 발 내딛기도 전에 따뜻한 액체가 허벅지 안쪽으로 흘러내리는 게 느껴졌다. 로즈는 움직이지 않았다. 창문을 마주하고 있었고, 창밖으로 안개처럼 작고 가벼운 눈발이 휘날리는 광경이 보였다. 그 순간 모든 게 멈춘 것 같다고, 그녀는 생각했다. 세상에서 그 눈을 제외하고는 아무것도 움직이지 않는 것 같았다. 그녀는 다시 침대에 앉아 삼 형제 홈 월드에 전화를 걸었지만, 전화를 받은 직원은 스탠리가 외부에 일을 보러 나가서 점심 전에는 돌아오지 않을 거라고 했다. 제이컵스가 일하는 병원에 전화를 걸었지만, 비서는 그가 막 외출했다고 알려 줬다. 이제 두려움에 빠진 로즈는, 자신이 병원에 갈 거라고 제이컵스 선생님에게 전해 달라고 한 다음 밀리에게 전화를 걸었다. 동서는 벨이 세 번 울리고 전화를 받았고, 그리하여 그날 그녀를 데리러 온 건 밀리였다. 차를 타고 베스 이즈리얼 병원의 임산부 병동으로 가는 짧은 시간 동안, 로즈는 스탠리와 자신이 태어날 아이의 이름을 미리 정해 놓았다고 이야기했다. 딸이라면 에스터 앤 퍼거슨으로 할 생각이었다. 아들이라면 아치볼드 아이작 퍼거슨이란 이름으로 살아가게 될 것이었다.

밀리는 룸 미러를 통해 뒷좌석에 웅크리고 앉은 로즈의 상태를 살폈다. 아치볼드라, 밀리가 말했다. 정말 그렇게 지을 거야?

네, 그럴 거예요, 로즈가 대답했다. 아치 삼촌 때문이에요. 아이작은 아버님 이름에서 가져온 거예요.

씩씩한 아이가 되기를 바라야지, 밀리가 말했다. 뭔가를 더 말하려 했지만 다음 말을 꺼내기도 전에 그들은 병원 입구에 도착했다.

밀리가 가족들을 불렀고, 다음 날 새벽 2시 7분 아기가 태어나던 순간에는 모두 병원에 와 있었다. 스탠리, 로즈의 부모님, 밀드러드와 조앤, 심지어 스탠리의 어머니까지 도착했다. 그렇게 퍼거슨이 태어났고, 어머니의 몸에서 나온 후 몇 초 동안 그는 지상에서 가장 어린 인간 생명체였다.

1.1

어머니의 이름은 로즈이고, 그는 나중에 신발 끈을 직접 매고 침대에 오줌을 싸지 않을 만큼 자라면 어머니와 결혼할 생각이었다. 퍼거슨은 로즈가 이미 자기 아버지와 결혼했다는 사실을 알고 있었지만, 아버지는 나이 든 사람이고 머지않아 죽을 것이었다. 아버지가 죽고 나면 퍼거슨은 어머니와 결혼할 것이고, 그때부터 그녀의 남편은 스탠리가 아니라 아치일 것이었다. 아버지가 죽는 건 슬픈 일이지만 너무 슬픈 일은 아니었고, 눈물을 흘릴 만큼 슬픈 일은 아니었다. 눈물은 아기들이나 흘리는 것이고, 그는 더 이상 아기가 아니었다. 여전히 눈물이 나오는 순간은 있었는데, 그건 당연하지만, 넘어지거나 다쳤을 때뿐이었고, 다쳤을 때는 예외였다.

세상에서 제일 좋은 건 바닐라아이스크림과 부모님 침대에서 뛰는 것이었다. 세상에서 제일 나쁜 건 복통과 열이었다.

그는 이제 사워볼 사탕이 위험하다는 걸 안다. 그 사탕을 아무리 좋아한다고 해도 더 이상 입에 넣어서는 안 된다. 너무 미끄러워서 삼키지 않을 수가 없는데, 사탕이 너무 커서 배 속까지 내려가지 못하고 기도에 걸릴 수 있고, 그러면 숨쉬기가 곤란할 것이다. 사탕을 먹다 캑캑거렸던 날을 잊을 수 없었다. 어머니가 달려와 그를 들어 올려서는 뒤집어서 한 손으로 발목을 쥐고, 그의 입에서 사워볼이 튀어나와 바닥에 떨어질 때까지 다른 손으로 등을 두드렸다. 어머니가 말했다. 이제 사워볼은 안 되겠다. 아치. 너무 위험해. 그 사건 이후로 어머니는 그와 함께 사워볼이 든 그릇을 주방으로 가져가서, 빨간색, 노란색, 초록색 사탕을 하나씩 쓰레기통에 버렸다. 어머니가 말했다. 아디오스. 사워볼. 그렇게 재미있는 단어가 있었다. 아디오스.

그 일이 벌어진 건 뉴어크의 아파트 3층에 살던 아주 오래전이었다. 이제 그들은 몬트클레어라는 동네에 있는 주택에 살았다. 주택은 이전의 아파트보다 컸는데, 사실 이제 그 아파트는 잘 기억나지 않았다. 사워볼 사건, 그의 방에 있던 베니션 블라인드, 어머니가 유아용 침대를 접어서 넣고 그가 처음으로 침대에서 혼자 잠든 날 정도만 기억에 남아 있었다.

그의 아버지는 아침 일찍 집을 나섰는데, 종종 퍼거슨이 깨기 전에 나가기도 했다. 집에 와서 저녁을 먹을 때도 있었지만 가끔은 퍼거슨이 잠자리에 들 때까지 돌아오지 않았다. 그의 아버지는 일을 했다. 그게 남자 어른들이 하는 것이었다. 그들은 매일 집을 나서서 일 했고, 그렇게 일했기 때문에 돈을 벌었고, 돈을 벌었기 때문에 아내와 자식들에게 이것저것 사줄 수 있었다. 그게 어느 날 아침 아버지의 파란색 자동차가 집에서 멀어지는 모습을 바라보며 어머니가 그에게 해준 이야 기였다. 괜찮은 합의인 것 같다고 퍼거슨은 생각했지 만, 돈과 관련한 부분은 좀 혼란스러웠다. 돈은 아주 작 고 더러운데, 그 작고 더러운 종잇조각이 어떻게 자동 차나 집처럼 커다란 것들을 가질 수 있게 해주는 걸까?

부모님은 차가 두 대 있었는데, 아버지의 파란색 디 소토와 어머니의 녹색 셰보레였다. 퍼거슨은 차가 서 른여섯 대 있었고, 비가 와서 밖에 나갈 수 없는 우울한 날이면 그것들을 상자에서 꺼내 거실 바닥에 미니어처 행렬을 만들곤 했다. 문이 두 개 달린 차와 네 개 달린 차, 컨버터블과 덤프트럭, 경찰차와 구급차, 택시와 버 스, 소방차와 시멘트 믹서, 배달 트럭과 스테이션왜건, 포드와 크라이슬러, 폰티액과 스튜드베이커, 뷰익과 내시 램블러, 한 대 한 대가 모두 달랐고, 조금이라도 비슷한 차량은 한 대도 없었으며, 그중 하나를 거실 바 닥에서 밀며 놀 때면 퍼거슨은 허리를 굽혀 텅 빈 운전 석을 들여다보곤 했는데, 자동차가 움직이려면 운전사 가 필요하니까, 그는 자신이 운전석에 앉아 있는 상상을 했다. 아주 작은 사람, 엄지손가락 맨 위 마디만 한 사람이었다.

어머니는 담배를 피웠지만 아버지는 아무것도 피우지 않았는데, 파이프 담배나 시가도 피우지 않았다. 올드 골드. 참 듣기 좋은 이름이라고 퍼거슨은 생각했고, 어머니가 담배 연기로 고리를 만들어 줄 때마다 큰 웃음을 터뜨렸다. 종종 아버지가 어머니에게 로즈, 당신 담배 너무 많이 피우는 것 같아라고 했고, 어머니는 고개를 끄덕이며 인정했지만, 여전히 이전만큼 많이 피웠다. 그와 어머니는 녹색 차를 타고 일을 보러 나갈 때마다 앨스 다이너라는 작은 식당에서 점심을 먹었는데, 그가 초코우유와 그릴드치즈샌드위치를 다 먹고 나면 어머니는 25센트짜리 동전을 주며 담배 자판기에서 올드 골드를 사다 달라고 부탁했다. 동전을 받을 때마다 그는 어른이 된 것 같았고, 세상에서 제일 좋은 그 기분을 만끽하며 화장실 사이 벽면에 담배 자판기가 세워져 있는 식당 뒤쪽으로 씩씩하게 달려갔다. 자판기 앞에 도착하면 뒤꿈치를 들고 팔을 뻗어 투입구에 동전을 넣고, 잔뜩 쌓여 있는 올드 골드 아래쪽의 손잡이를 당기고, 커다란 기계 안에 있던 담뱃갑이 손잡이 아래 은색 홈통에 떨어지는 소리를 들었다. 당시 담뱃값은 25센트가 아니라 23센트였고, 한 갑이 나올 때마다 새로 주조된 1센트짜리 동전 두 개가 셀로판 포장지 안에 함께 들어 있었다. 어머니는 늘 그 2센트는 퍼거슨이 갖게 했고, 어머니가 식후 담배를 피우며 커피를 마저 마시는 동안 그는 손바닥 위에 동전 두 개를 놓고 거기 새겨진 남자의 옆얼굴을 들여다보곤 했다. 에이브러햄 링컨, 혹은 어머니가 종종 이야기한 바에 따르면 정직한 에이브였다.

퍼거슨과 부모님만 있는 작은 가족 외에 생각해야 할 두 가족이 더 있었다. 아버지의 가족과 어머니의 가족, 즉 뉴저지의 퍼거슨 집안과 뉴욕의 애들러 집안이었다. 한쪽은 삼촌 두 명과 숙모 두 명, 사촌 다섯 명이 있는 대가족이었고, 다른 쪽은 할아버지와 할머니, 밀드러드 이모만 있는 소가족이었는데, 종종 필 종조할머니와 쌍둥이 어른 사촌인 베티와 샬럿이 포함될 때도 있었다. 루 삼촌은 날렵한 콧수염을 기르고 철테 안경을 썼으며, 아널드 삼촌은 캐멀 담배를 피우고 머리가 붉은색이었다. 조앤 숙모는 키가 작고 통통했으며, 밀리 숙모는 키가 조금 더 크고 아주 말랐다. 사촌들은 자기들보다 많이 어리다는 이유로 대부분은 퍼거슨을 무시했는데, 프랜시만은 예외여서 퍼거슨의 부모님이 영화를 보러 가거나 다른 집에서 열리는 파티에 갈 때면 그녀가 와서 그를 봐주곤 했다. 프랜시는 뉴저지 가족 중에서 그가 압도적으로 가장 좋아하는 사람이었다. 그녀는 그에게 아름답고 복잡한 성이나 말을 탄 기사들을 그려 줬고, 바닐라아이스크림을 마음껏 먹게 해줬고, 재미있는 농담을 해줬고, 언제 봐도 예뻤으며,

갈색과 붉은색이 섞인 머리를 길게 기르고 있었다. 밀드러드 이모도 예뻤지만 머리카락이 어머니처럼 짙은 갈색이 아니라 금발이었고, 어머니는 밀드러드 이모가 자기 언니가 맞다고 계속 이야기했지만 두 사람이 너무 다르게 생겼기 때문에 그는 종종 그 사실을 잊어버리곤 했다. 그는 할아버지를 파파라고 부르고 할머니는 나나라고 불렀다. 파파는 체스터필드 담배를 피웠고 머리카락은 거의 다 빠지고 없었다. 나나는 조금 통통한 편이었고 마치 목 안에 새가 갇혀 있는 것처럼 재미있는 소리를 내며 웃었다. 유니언과 메이플우드에 있는 퍼거슨 가족의 주택보다는 뉴욕에 있는 애들러 가족의 아파트에 가는 게 더 좋았는데, 특히 홀랜드 터널을 지날 때면 수백만 개의 똑같은 정사각형 타일이 붙은 해저 터널을 지나는 것 같은 신기한 느낌이 들었고, 그 해저 여행을 할 때마다 타일들이 그토록 깔끔하게 맞아 들어가 있는 모습에 놀랐고, 그토록 엄청난 작업을 하려면 사람이 몇 명이나 필요했을지 궁금했다. 뉴욕의 아파트는 뉴저지의 집보다 작았지만 고층이라는 장점이 있었다. 아파트는 6층이었고, 거실 창밖으로 콜럼버스 서클 주위를 지나는 차들을 바라보는 일은 절대 질리지 않았는데, 특히 추수 감사절이면 창문 바로 앞을 지나가는 연례 퍼레이드를 구경할 수 있었고, 커다란 미키 마우스 풍선이 얼굴을 스치는 것만 같았다. 뉴욕에 가는 일이 또 좋았던 건, 아파트에 도착하면 늘 선물이 있었기 때문이다. 할머니가 주는 사탕 상자, 밀드러드 이모가 주는 책과 음반, 그리고 발사나무로 만든 모형 비행기, 파치지(이 또한 멋진 단어였다)라는 보드게임, 여러 종류의 놀이 카드, 마술 도구, 빨간색 카우보이모자, 진짜 가죽 총집에 든 6연발 장난감 총 세트 등, 할아버지가 주는 온갖 특별한 선물들이 있었다. 뉴저지 집에는 그런 풍성함이 없었기 때문에, 퍼거슨은 바로 뉴욕이 자신이 있어야 할 곳이라고 판단했다. 그가 왜 우리는 뉴욕에 계속 살 수 없냐고 묻자, 어머니는 환한 미소를 지으며 아빠한테 물어봐라고 했다. 아버지에게 물었을 때는 엄마한테 물어봐라고 했다. 그가 보기에 어떤 질문에는 대답이 없는 것 같았다.

그는 남자 형제가 있으면 좋겠다고 생각했다. 형이라면 더 좋겠지만 그건 이제 불가능하니까 남동생이라도 만족할 수 있을 것 같았고, 만약 남자 형제가 아니라면 여자 형제, 심지어 여동생도 받아들일 수 있을 것 같았다. 같이 놀거나 이야기할 상대가 없다는 건 종종 외로웠고, 다른 아이들은 모두 남자 형제나 여자 형제가 있고, 몇 명씩 되는 아이들도 있다는 사실을 경험으로 알게 되었으며, 적어도 그가 아는 한 세상 어디를 봐도 자신만이 유일한 예외였다. 프랜시에게는 잭과 루스가 있었고, 앤드루와 앨리스에게도 서로가 있었고, 길 아래쪽에 사는 친구 보비에게는 남자 형제 하나와 여자 형제 둘이 있었고, 심지어 자신의 부모님도 어릴 때는 형제자매와 함께 지냈는데, 아버지에게는 형이 둘 있었고 어머니에게는 언니가 있었다. 수십억 명의 세상 사람들 중 자신만 평생 홀로 지내야 한다는 건 불공평해 보였다. 아기가 어떻게 만들어지는지 정확히는 몰랐지만, 아기는 엄마 배 속에서 시작된다는 것, 그렇다면 엄마가 그 과정에서 꼭 필요한 존재라는 것 정도는 배웠고, 그 말은 자신의 지위를 독자(獨子)에서 누군가의 형제로 바꾸려면 우선은 어머니와 대화해야 한다는 뜻이었다. 다음 날 아침 퍼거슨은 그 문제를 꺼냈고, 자기를 위해 새 아기를 만드는 일을 서둘러 주지 않겠냐고 어머니에게 갑자기 부탁했다. 어머니는 몇 초 동안 아무 말 없이 서 있다가, 무릎을 꿇고 앉아 그의 눈을 바라보며 머리를 쓰다듬어 줬다. 이상하다고 그는 생각했다. 전혀 기대하던 상황이 아니었는데, 1~2초 동안 어머니는 슬퍼 보였고, 너무 슬퍼 보여서 퍼거슨은 순간 그런 부탁을 한 걸 후회했다. 이런, 아치, 어머니가 말했다. 당연히 동생이 있으면 좋겠지, 나도 네가 동생을 갖게 해주고 싶단다. 그런데 엄마는 아기 낳는 일을 끝마쳤고 더는 못 할 것 같아. 의사 선생님한테 그 얘기를 들었을 땐 네가 안됐다고 생각했는데, 다시 생각해 보니 그렇게 나쁘지만은 않을 것도 같아. 왠지 아니? (아치는 고개를 저었다.) 왜냐하면 엄마는 꼬마 아치를 너무 사랑하기 때문이야. 내 안에 있는 사랑은 모두 너를 위한 것뿐인데 어떻게 다른 아이를 가질 수 있겠니?

　일시적인 문제가 아니라는 걸 그는 깨달았다. 영원히 그럴 것이다. 형제자매는 앞으로도 없을 테고, 그건 퍼거슨으로서는 견딜 수 없는 상태였기 때문에 그는 상상의 동생을 만드는 우회로를 택했다. 절박한 행동이었을지언정 분명 아무것도 없는 상황보다는 나았고, 그 존재를 보거나, 만지거나, 냄새를 맡을 수 없다고 해도 그로서는 다른 선택지가 없었다. 그는 새로 태어난 남자 형제를 존이라고 불렀다. 현실 법칙 따위는 적용되지 않았기 때문에 존은 그보다 나이가 많았다. 네 살이 많았는데, 그 말은 존이 퍼거슨보다 키도 크고 힘도 세며 똑똑하다는 뜻이었고, 길 아래쪽에 사는 보비 조지, 늘 축축한 녹색 콧물로 코가 막혀 있어서 입으로 숨을 쉬는 보비 조지와 달리 존은 책을 읽고, 글을 쓸 수 있으며, 야구와 미식축구도 아주 잘한다는 의미였다. 퍼거슨은 다른 사람들이 방 안에 함께 있을 때는 절대 소리 내어 존에게 말을 걸지 않았는데, 존은 그만의 비밀이었고, 다른 사람들, 심지어 아버지나 어머니에게도 그의 존재를 알리고 싶지 않았기 때문이다. 딱 한 번 실수한 적이 있지만 마침 프랜시와 함께 있을 때 벌어진 일이라 문제는 없었다. 그날 저녁 프랜시가 그를 봐주러 와 있었는데, 다음 생일에 말을 선물로 받고 싶다고 그가 존에게 말하는 걸 뒷마당에 나가다가 듣고는 누구와 대화하는 거냐고 물었다. 퍼거슨은 프랜시를

너무 좋아했기 때문에 사실대로 말했다. 그녀가 자신
을 비웃을 줄 알았는데, 프랜시는 마치 상상 속 형제를
만드는 일에 동의한다는 듯 그저 고개만 끄덕였고, 그
래서 그는 프랜시도 존에게 말을 걸 수 있게 허락해 줬
다. 이어진 몇 달 동안 그가 프랜시를 만날 때마다 그녀
는 먼저 평소 목소리로 퍼거슨에게 인사한 다음, 허리
를 숙여 그의 귓가에 입을 가까이 대고는 안녕, 존, 하
고 속삭였다. 퍼거슨은 아직 다섯 살도 안 된 나이였지
만 이미 세상에는 두 개의 영역이 있음을, 눈에 보이는
영역과 보이지 않는 영역이 있고, 가끔은 눈에 보이지
않는 것들이 보이는 것들보다 훨씬 더 생생할 수 있음
을 이해했다.

　제일 좋은 곳은 뉴욕에 있는 할아버지의 사무실과
뉴어크에 있는 아버지의 상점이었다. 할아버지 사무실
은 두 분이 사는 아파트에서 한 블록 떨어진 웨스트
57번가에 있었는데, 우선 마음에 드는 점은, 아파트보
다 높은 11층에 있었기 때문에 웨스트 58번가에서 창
밖을 내다볼 때보다 훨씬 재미있는 풍경을 볼 수 있다
는 것이었다. 주변의 훨씬 먼 곳까지 시선이 가닿았기
때문에 센트럴 파크는 말할 것도 없이 더 많은 건물을
구경할 수 있었고, 아래쪽 거리의 자가용과 택시 들도
더 작아 보여서 마치 집에서 갖고 노는 장난감 자동차
같았다. 다음으로 좋은 점은 사무실에 타자기와 계산
기가 놓인 커다란 책상들이 있다는 사실이었다. 타자

기 소리는 종종, 특히 줄이 바뀌면서 벨이 울릴 때면 음악 같았고, 몬트클레어 집의 지붕을 때리는 세찬 빗소리나 창문에 돌을 던질 때 나는 소리를 떠올리게 했다. 할아버지의 비서는 도리스라는 깡마른 여성이었는데, 팔뚝에 검은색 털이 나 있고 숨을 쉴 때면 민트 향이 났다. 그는 도리스가 자신을 〈퍼거슨 님〉이라고 불러 주고, 도리스 본인이 〈언더우드 씨〉라고 부르는 타자기를 쓸 수 있게 해줘서 좋았는데, 그는 이제 막 알파벳을 깨치는 중이었기 때문에, 그 육중한 기계의 자판에 손가락을 얹고 a 자나 y 자를 길게 쳐보면 기분이 좋았고, 혹은 도리스가 바쁘지 않을 때면 그녀에게 자기 이름을 쳐볼 수 있게 도와 달라고 부탁하기도 했다. 뉴어크의 상점은 뉴욕의 사무실보다 훨씬 컸고 물건이 아주 많았다. 뒤편 사무실에 타자기 한 대와 계산기 세 대가 있었을 뿐 아니라 매장에는 수많은 소형 도구와 대형 가전제품이 줄지어 늘어서 있었고, 2층 전체에는 수많은 침대와 탁자, 의자가 진열되어 있었다. 퍼거슨은 그 물건들을 만지면 안 되었는데, 아버지와 삼촌들이 없을 때면, 혹은 그에게 등을 돌리고 있을 때면 종종 냉장고 문을 슬쩍 열고 특유의 냄새를 맡아 보거나, 침대에 몸을 던져 스프링을 시험해 봤다. 그런 짓을 하다 들켜도 화를 내는 사람은 없었지만 아널드 삼촌만은 가끔씩 예외였는데, 삼촌은 종종 그를 붙잡고 물건 만지면 안 돼, 아가, 하고 무서운 목소리로 말하곤 했다. 그는 그런 투의 말을 듣는 걸 좋아하지 않았고, 어느 토요일 오후 삼촌이 뒤통수를 너무 세게 때린 나머지 아파서 울음을 터뜨렸을 때는 특히 기분이 좋지 않았지만, 어머니가 아널드 삼촌은 얼간이라고 아버지에게 말하는 걸 엿들은 후로는 더 이상 신경 쓰지 않았다. 그뿐 아니라 텔레비전 구경을 시작하고부터 침대와 냉장고는 더 이상 그에게 흥미를 불러일으키지 못했다. 필코사와 에머슨사의 신제품 텔레비전은 다른 모든 진열 상품을 압도했다. 열두 개 혹은 열다섯 개의 모델이 출입구 왼편의 벽에 나란히 전시되어 있었고, 모두 소리를 죽인 채 켜놓은 상태였는데, 퍼거슨은 채널을 이리저리 돌리며 각 텔레비전에서 서로 다른 일곱 개의 프로그램이 동시에 나오게 하는 걸 무엇보다 좋아했다. 그렇게 움직이는 화면들의 소용돌이에 빠져드는 건 정신이 나갈 만큼 즐거운 일이었다. 첫 번째 화면에는 만화, 두 번째 화면에는 서부극, 세 번째 화면에는 드라마, 네 번째 화면에는 교회 예배 장면, 다섯 번째 화면에는 광고, 여섯 번째 화면에는 뉴스 진행자, 일곱 번째 화면에는 미식축구 시합이었다. 퍼거슨은 이 화면 앞에서 저 화면 앞으로 뛰어다니고, 머리가 어지러워질 때까지 원을 그리며 돌았는데, 점점 화면에서 멀어지며 돌았고, 덕분에 동작을 멈추면 일곱 개의 화면을 모두 동시에 지켜볼 수 있었다. 그렇게 많은 일이 동시에 벌어지는 광경을 지켜보고 있으면 늘 웃음이 났다. 정말, 정말 재미있었고, 아버지 역시 그게 재미있다고 생각했기 때문에 그가 그런 놀이를 하게 내버려 뒀다.

아버지는 대체로 재미있지 않았다. 일주일에 6일은 아주 오래 일했는데, 가장 길게 일하는 날은 수요일과 금요일, 상점을 밤 9시까지 여는 날이었고, 일요일에는 오전 10시나 10시 30분까지 늦잠을 자고 오후에 테니스를 쳤다. 아버지가 제일 자주 하는 말은 엄마 말 잘 듣고였고, 제일 자주 하는 질문은 착하게 지냈지?였다. 퍼거슨은 착하게 지내며 엄마 말을 잘 들으려 애썼고, 가끔은 제대로 해내지 못하고 착하게 지내거나 엄마 말을 듣는 걸 까먹을 때도 있었지만, 운이 좋게도 아버지는 한 번도 알아차리지 못하는 것 같았다. 아버지는 너무 바빠서 알아차리지 못하는 것 같았고, 퍼거슨은 그 점은 다행이라고 생각했다. 그가 착하게 굴지 않거나 말을 듣지 않을 때도 어머니는 좀처럼 그를 야단치지 않았기 때문에, 아버지는 밀리 숙모가 아이들에게 그러듯이 그에게 고함을 치지도 않고, 아널드 삼촌이 잭에게 그러듯이 그를 때린 적도 전혀 없었기 때문에, 퍼거슨은 퍼거슨 집안에서 자기 가족이, 비록 너무 작기는 하지만 최고의 가족이라고 결론지었다. 아버지가 그를 웃게 만들 때도 종종 있었는데, 그런 순간이 아주 드물었기 때문에 퍼거슨은 아주 크게 웃음을 터뜨렸다. 그런 일이 자주 있었더라면 그렇게 크게 웃지 않았을 것이다. 그런 재미있는 일들 중 하나는 아버지가 그를 높이 던져 주는 것이었는데, 아버지는 아주 힘이 센데다 울퉁불퉁하고 단단한 근육 덩어리였기 때문에, 그 놀이를 실내에서 할 때면 퍼거슨은 거의 천장까지 올라갔고 뒷마당에서 할 때면 더 높이 올라갔다. 아버지가 자신을 떨어뜨릴지도 모른다는 생각은 한 번도 들지 않았고, 그 말은, 그가 자신이 안전하다고 확신하는 상태로 있는 힘껏 입을 벌리고 배 속에 있는 공기를 내뱉으며 크게 웃음을 터뜨렸다는 뜻이었다. 또 다른 재미있는 일은 아버지가 주방에서 오렌지로 저글링하는 모습을 구경하는 것이었고, 세 번째로 재미있는 일은 아버지의 방귀 소리를 듣는 것이었다. 방귀 자체로도 재미있었을 뿐 아니라, 그가 있는 자리에서 방귀를 뀔 때마다 아버지가 저런, 호피가 간다, 하고 말했기 때문이다. 호피는 퍼거슨이 아주 좋아하는 텔레비전 프로그램에 등장하는 카우보이 호펄롱 캐시디였다. 아버지가 방귀를 뀐 후에 그런 말을 하는 이유는 세상에서 가장 큰 수수께끼였지만, 아무튼 퍼거슨은 그게 좋았고 아버지가 그 말을 할 때마다 웃음을 터뜨렸다. 방귀를 호펄롱 캐시디라는 카우보이로 변신시키는 건 정말 이상하고 재미있는 생각이었다.

퍼거슨의 다섯 번째 생일 직후에 밀드러드 이모가 헨리 로스와 결혼했다. 키가 크고 머리가 빠지기 시작한 남자였는데, 밀드러드 이모와 마찬가지로 대학교수라고 했다. 이모는 4년 전 영문학 공부를 마치고 배서 대학교에서 가르치고 있었다. 새로 생긴 이모부는 팰 맬 담배를 피웠고(탁월한 선택인 데다가 순한 편이었다) 아주 예민한 것 같았는데, 오후 동안에만 어머니가 온종일 피우는 양보다 훨씬 많은 담배를 피웠다. 하지만 퍼거슨이 보기에 밀드러드 이모의 남편의 가장 흥미로운 점은, 말을 너무 빨리, 그것도 아주 길고 복잡한 단어들을 섞어서 하기 때문에 그가 하는 말은 조금밖에 이해할 수 없다는 것이었다. 그래도 그는 마음이 따뜻한 사람처럼 보였고, 웃을 때면 유쾌한 울림이 있었고, 눈빛도 환한 편이었고, 무엇보다 어머니가 밀드러드 이모의 선택에 기뻐하는 게 분명했다. 어머니는 헨리 이모부 이야기를 할 때마다 **훌륭하다**라는 단어를 썼고, 볼 때마다 렉스 해리슨이라는 사람이 생각난다고 했다. 퍼거슨은 이모와 이모부가 아기와 관련한 일에 착수해서 얼른 그를 위해 꼬마 사촌을 만들어 주기를 바라고 있었다. 상상 속 형제는 결국 한계가 있었고, 어쩌면 애들러 집안의 사촌은 〈거의-남동생〉, 혹은 아쉬운 대로 〈거의-여동생〉 비슷한 뭔가가 될 수도 있을 것 같았다. 몇 달 동안 그는 그런 발표를 기다렸고, 매일 아침 어머니가 방으로 들어와 밀드러드 이모가 아기를 낳을 거라고 이야기해 주기를 기대했지만, 그때 무슨 일이 생겼고, 예상치 못한 그 불행 때문에 퍼거슨이 조심스럽게 세운 계획은 모두 엎어지고 말았다. 이모와 이모부가 캘리포니아주 버클리로 이사하게 된 것이다. 두 사람은 거기서 학생들을 가르치고 살면서 돌아오지 않을 거라고 했고, 그 말은 두 사람이 그를 위해 사촌을 한 명 만들어 준대도 그 사촌이 〈거의-남동생〉이 될 일은 절대로 없을 거라는 뜻이었다. 남동생이나 〈거의-남동생〉이라면 반드시 근처에, 이상적으로는 같은 집에 살아야 했다. 어머니가 미국 지도를 꺼내 캘리포니아주의 위치를 알려 줬을 때, 그는 너무 상심한 나머지 오하이오주, 캔자스주, 유타주를 비롯해 뉴저지주와 태평양 사이에 있는 모든 주를 주먹으로 내리쳤다. 약 4천 8백 킬로미터. 불가능한 거리였고, 너무 멀어서 거의 다른 나라, 다른 세계 같았다.

밀드러드 이모가 캘리포니아로 떠나던 날, 녹색 세보레를 타고 어머니와 이모와 함께 공항으로 갔던 일은 그의 유년 시절 기억 중 가장 강렬한 것이었다. 헨리 이모부는 2주 전에 먼저 떠났기 때문에, 8월 중순의 뜨겁고 습했던 그날 함께 갔던 건 이모뿐이었다. 반바지 차림으로 뒷좌석에 타고 있던 퍼거슨은 머리에 땀이 나고, 인조 가죽 시트에 맨다리가 쩍쩍 붙었다. 처음 공항에 가본 날이었고, 비행기를 그렇게 가까이에서 본 것도 처음이었기 때문에 그 기계의 거대함과 아름다움에 흠뻑 빠져들 수도 있었지만, 그날 아침의 기억이 그에게 남은 이유는 두 여성, 즉 어머니와 이모, 한 명은 짙은 갈색 머리이고 한 명은 금발인, 한 명은 긴 머리이고 한 명은 짧은 머리인, 너무 달라서 같은 부모에게서 태어났다는 걸 알려면 얼굴을 한참 들여다봐야 하는 두 여성, 다정하고 따뜻한, 늘 쓰다듬고 안아 주는 어머니와 늘 방어적이고 한 발 물러나는, 좀처럼 사람과 몸을 접촉하는 일이 없는 이모가, 샌프란시스코행 팬 앰 항공기의 탑승구 앞에 함께 있었고, 출발을 알리는 안내 방송이 나오고 작별할 시간이 되자 갑자기, 그게 마치 미리 정해져 있던 비밀 신호라도 되는 듯 흐느끼기 시작했기 때문이다. 눈물이 폭포수처럼 흐르며 바닥에 떨어졌고, 두 사람은 서로를 껴안았고, 그렇게 흐느끼면서 동시에 껴안고 있었다. 어머니는 그의 앞에서는 한 번도 울지 않았고, 이모의 경우에는 그렇게 직접 자기 눈으로 보기 전까지는 이모가 울 수 있다는 사실조차 몰랐는데, 거기 두 사람이 그의 앞에서 작별 인사를 하며 흐느끼고 있었고, 둘 다 다시 만날 때까지 몇 달 혹은 몇 년이 걸릴 것임을 알고 있었고, 퍼거슨은 다섯 살의 몸으로 엄마와 이모를 올려다보며 두 사람이 쏟아 내는 넘치는 감정에 놀랐고, 그 광경이 너무 인상이 강해서 절대 잊을 수가 없었다.

이듬해 11월, 퍼거슨이 1학년에 입학하고 두 달 후 어머니는 몬트클레어 시내에 사진관을 열었다. 출입구 위의 간판에는 로즐랜드 사진관이라고 적혀 있었고, 갑자기 퍼거슨 가족의 삶은 새롭고 더 빠른 리듬으로 흘러갔다. 아침마다 허둥대며 한 명이 제시간에 학교에 가고 나면 다른 두 명은 각자 차를 타고 일터로 향했는데, 이제 그의 어머니가 일주일에 5일 동안(화요일에서 토요일까지) 집을 비웠기 때문에, 집안일을 해주는 캐시라는 여성이 와서 청소, 잠자리 정리, 식료품 구입 등등의 일을 했고, 가끔 부모님이 늦게까지 일하는 날에는 퍼거슨에게 저녁까지 차려 줬다. 이제 그는 어머니를 보는 일이 줄었지만 실상 어머니를 필요로 하는 일도 줄었다. 어차피 이제 신발 끈도 혼자 맬 수 있었고, 결혼하고 싶은 사람을 생각할 때면 그는 두 후보를 두고 망설였다. 캐시 골드는 키가 작고 파란 눈에 긴 금발을 묶고 다니는 아이였고, 마지 피츠패트릭은 키가 아주 크고 머리칼이 붉으며 힘이 무척 세고 겁이 없어서 남자아이 둘을 한 번에 들어 올릴 수도 있는 아이였다.

　로즐랜드 사진관에서 맨 먼저 사진을 찍은 손님은 사진관 주인의 아들이었다. 퍼거슨의 어머니는 그가 기억하는 한 아주 오래전부터 카메라를 들고 그를 찍었는데, 그건 모두 스냅 사진이었고 사용한 카메라도 작고 가벼운, 갖고 다닐 수 있는 카메라였다. 반면 사진관에서 쓰는 카메라는 훨씬 컸기 때문에 다리가 셋 달린 트라이포드tripod라는 기구에 올려놓아야 했다. 그는 트라이포드라는 단어가 마음에 들었는데, 그 말은 같은 콩깍지에 든 콩 두 알[3]이라는 표현처럼 그가 가장 좋아하는 채소인 콩을 떠올리게 했다. 또한 그는 어머니가

3　Two peas in a pod. 〈꼭 닮다〉라는 의미의 관용적 표현.

78

사진을 찍기 전에 조명을 아주 정교하게 조정하는 걸 보며 깊은 인상을 받았는데, 그럴 때면 어머니는 자신이 하는 일을 완벽하게 통제하는 듯 보였고, 그렇게 기술과 확신을 갖추고 일하는 모습을 보면서 퍼거슨은 어머니에 대해 좋은 느낌이 들었고, 갑자기 어머니는 그저 어머니일뿐 아니라 세상에 나가 중요한 일을 하는 사람이 되었다. 어머니는 사진을 찍기 위해 그에게 좋은 옷을 입게 했는데, 그 말은 트위드 스포츠 재킷에 맨 위 단추가 없고 깃이 넓은 흰색 셔츠를 입어야 한다는 뜻이었고, 퍼거슨은 가만히 앉아서 어머니가 자세를 바로잡아 주는 과정을 즐겼기 때문에, 어머니가 웃으라고 할 때마다 어렵지 않게 환한 미소를 지을 수 있었다. 그날은 브루클린에서 온 어머니의 친구 낸시 솔로몬도 함께 있었는데, 결혼 전 이름은 낸시 페인이었던 그녀는 당시 웨스트오렌지에 살고 있었다. 두 아들과 함께 온 뻐드렁니의 낸시는 어머니의 오랜 친구였기 때문에, 그로서는 평생 알고 지내 온 사람이었다. 어머니는 필름을 현상한 후에 그중 사진 한 장을 확대해서 캔버스에 옮기고, 그다음 낸시가 덧칠을 해서 사진을 유화 초상화로 만들 예정이라고 했다. 그건 로즐랜드 사진관이 고객에게 제공하게 될 특별 서비스였는데, 말하자면 흑백 초상 사진뿐 아니라 컬러 유화도 주는 것이었다. 퍼거슨은 그런 일이 어떻게 가능한지 상상할 수 없었지만, 그렇게 어려운 변신을 만들어 내는 낸시는 대단히 좋은 화가가 틀림없을 거라고 짐작했다. 2주 후 토요일, 그와 어머니는 아침 8시에 차를 몰고 몬트클레어 시내로 나갔다. 거리는 거의 텅 비어 있었고, 그 말은 로즐랜드 사진관 바로 앞에 주차를 할 수 있다는 뜻이었는데, 상점을 20~30미터 앞둔 시점부터 어머니는 퍼거슨에게 눈을 감으라고 했다. 그는 이유를 묻고 싶었지만, 막 입을 열고 말을 하려는 순간 어머니가 〈질문은 안 돼, 아치〉라고 했다. 그래서 그냥 눈을 감았고, 어머니는 사진관 앞에 차를 세운 후 그의 손을 잡고 차에서 내릴 수 있게 도와준 다음 자신이 원하는 위치로 그를 데려갔다. 됐어, 이제 눈 떠도 돼. 어머니가 말했다. 눈을 뜬 퍼거슨은 어머니 사진관의 새 진열장 앞에 서 있음을 깨달았고, 그 진열장에는 자신의 커다란 이미지가 두 장 전시되어 있었는데, 각각 가로 60센티미터, 세로 90센티미터 정도였고, 첫 번째 건 흑백 사진, 두 번째 건 첫 번째 사진을 정확히 복제한 컬러 유화로, 후자는 모래색 머리칼이나 녹회색 눈, 그리고 빨간색 무늬가 있는 갈색 재킷까지 실제와 똑같았다. 낸시의 붓놀림은 아주 정교하고 묘사가 정확해서 그는 눈앞에 보이는 게 사진인지 그림인지 분간할 수 없었다. 몇 주가 지났고, 그동안 그 이미지들이 계속 진열되어 있었으므로 낯선 사람들이 그를 알아보기 시작했고, 길에서 불러 세우고는 로즐랜드 사진관 진열장 속 꼬마가 아니냐고 물었다. 그는 몬트클레어에서 가장 유명한 여섯 살 소년, 어머니의 사진관에 걸린 포스터 소년, 하나의 전설이 되었다.

1954년 9월 29일, 퍼거슨은 학교에 가지 않았다. 열이 38.7도 가까이 올라갔고, 전날 밤에는 어머니가 침대 옆에 놔둔 알루미늄 스튜 냄비에 먹은 걸 다 토했다. 어머니는 아침에 출근하며 그에게 잠옷 차림 그대로 집에 있으면서 가능한 한 잠을 많이 자라고 했다. 잠이 오지 않으면 침대에 누워서 만화책을 봐도 된다고 했고, 화장실에 갈 때는 슬리퍼를 꼭 신어야 한다고도 했다. 1시가 되자 열은 37.2도로 떨어졌고 아래층에 내려가 캐시에게 뭐 좀 먹을 수 있겠냐고 물어볼 정도로 몸이 회복되었다. 캐시는 스크램블드에그와 토스트를 만들어 줬고, 음식을 먹은 후에도 속이 불편하지 않자 그는 주방 옆에 있는 작은 방, 부모님이 굴이라고 부르는 작은 거실에 들어가 텔레비전을 켰다. 캐시도 따라 들어와 함께 소파에 앉으며 몇 분 후면 월드 시리즈 1차전이 열릴 거라고 했다. 월드 시리즈. 그게 뭔지는 그도 알았지만, 정규 시즌 경기만 한두 번 봤지 월드 시리즈 경기를 본 적은 없었다. 야구를 싫어하기 때문은 아니었다. 사실 그는 야구 경기 하는 걸 아주 좋아했다. 단지 낮 경기가 열리는 시간에는 대부분 친구들과 밖에서 놀고 있었고, 밤 경기가 열리는 시간에는 이미 잠자리에 들어 있었기 때문일 뿐이었다. 주요 선수 몇 명의 이름은 알고 있었다. 윌리엄스, 뮤지얼, 펠러, 로빈슨,

베라. 하지만 특정 팀을 응원하지는 않았고, 『뉴어크 스타레저』나 『뉴어크 이브닝 뉴스』의 스포츠면을 읽지도 않았으며, 팬이 된다는 게 어떤 뜻인지도 몰랐다. 그와 대조적으로 서른여덟 살의 캐시 버튼은 브루클린 다저스의 열렬한 추종자였는데, 가장 큰 이유는 재키 로빈슨이 그 팀에서 뛰고 있기 때문이었다. 등 번호 42번의 그 2루수를 그녀는 늘 나의 재키라고 불렀는데, 그는 메이저 리그에서 뛰는 최초의 흑인이었다. 퍼거슨은 그 사실을 어머니와 캐시, 둘 다에게 들었는데, 본인이 흑인이던 캐시가 그 주제에 관해서는 할 말이 더 많았다. 열여덟 살 때까지 조지아에 살았던 캐시는 강한 남부 억양으로 말했고, 퍼거슨은 그 억양이 이상하면서도 근사하다고 생각했다. 특유의 나른한 음악성 때문에 캐시의 말을 듣고 있으면 절대 지루하지 않았다. 올해는 다저스가 월드 시리즈에 진출하지 못했다고 캐시는 말했다. 자이언츠에게 졌는데, 자이언츠도 지역 팀이었기 때문에 그녀는 그 팀의 월드 시리즈 우승을 응원하고 있었다. 그 팀에도 훌륭한 유색 인종 선수들이 있다고 그녀는 말했다(그녀는 유색 인종이라는 단어를 썼다. 퍼거슨의 어머니는 피부가 검은색이나 갈색인 사람을 가리킬 때면 니그로라는 표현을 쓰라고 알려 줬기 때문에, 그는 니그로가 니그로라는 단어 대신 유색 인종이라는 단어를 쓰는 게 이상하다고 생각했다. 이 또한 세상이 얼마나 혼란스러운지를 보여 주는

— 또 다른 — 예였다). 자이언츠에도 윌리 메이스나 행크 톰프슨, 몬티 어빈 같은 선수들이 있지만, 아메리칸 리그 최다승 기록을 세운 클리블랜드 인디언스에 이길 가능성은 없다고 했다. 한번 보자고, 캐시는 도박사들이 계산한 승률에 기죽지 않겠다는 듯 말했다. 그녀와 퍼거슨은 자리를 잡고 앉아 폴로 그라운즈에서 열리는 시합을 시청했다. 클리블랜드가 1회 초에 두 점을 내면서 불길하게 시작했지만, 자이언츠가 3회 말에 동점을 만들었고 그다음부터는 팽팽한 투수전이 이어졌는데(매글리 대 레먼이었다), 다른 선수들은 딱히 할 일이 없이 타석에서 안타 하나만 바라고 있었고, 덕분에 시합이 진행될수록 공 하나하나가 점점 더 극적이고 중요해졌다. 4회 연속으로 양 팀의 어느 선수도 1루를 밟지 못하다가 갑자기 8회 초에 인디언스 주자 두 명이 출루하고 타석에는 빅 워츠가 들어섰다. 왼손 강타자가 자이언츠의 구원 투수 돈 리들이 던진 직구를 받아쳤고 공은 중견수 쪽으로 깊이 날아갔다. 너무 멀리 날아가서 퍼거슨은 홈런이 분명할 거라고 생각했지만, 그는 야구와 관련해서는 아직 신참이었기 때문에 폴로 그라운즈가 아주 이상하게 지어진 구장이라는 사실을 모르고 있었는데, 홈 플레이트에서 중견수 쪽 펜스까지 거리가 모든 야구장들 중에서 제일 긴 147미터쯤이었고, 그 말은 워츠가 날린 뜬공이, 다른 구장이었다면 홈런이 되었을 그 타구가 외야석에 떨어질 일은

없었을 거라는 의미였다. 그럼에도 워츠가 친 공은 벼락 같은 타구였고, 중견수 머리 위로 넘어가 펜스까지 굴러가서 적어도 3루타, 어쩌면 장내 홈런이 되어 인디언스가 2점 혹은 3점을 낼 건 확실해 보였다. 하지만 바로 그 순간 퍼거슨은 모든 가능성을 엎어 버리는, 지금까지의 짧은 인생에서 목격한 모든 인간적 성취를 능가하는 운동선수의 위력을 봤는데, 거기 젊은 선수 윌리 메이스가 있었던 것이다. 메이스는 등을 내야 쪽으로 돌린 채 공을 쫓아 달렸는데, 퍼거슨은 사람이 그렇게 달리는 걸 한 번도 본 적이 없었다. 공이 워츠의 배트를 떠난 바로 그 순간부터, 그러니까 마치 공이 나무 배트에 맞는 소리를 듣자마자 그 공이 어디에 떨어질지 정확히 알았다는 듯이, 윌리 메이스는 하늘을 올려다보지도, 뒤돌아보지도 않은 채 공을 향해 질주했다. 공을 보지 않아도 전체 궤적을 알 수 있다는 듯이, 마치 뒤통수에도 눈이 달린 것처럼 달렸고, 포물선의 정점에 도달한 타구는 홈 플레이트에서 134미터쯤 떨어진 지점에 낙하했고, 그 자리에는 윌리 메이스가 팔을 앞으로 뻗은 채 있었고, 공은 왼쪽 어깨를 지나 그가 내민 글러브에 정확히 들어갔다. 메이스가 공을 잡은 순간 캐시는 소파 위로 뛰어오르며 쉰 목소리로 좋았어! 좋았어! 좋았어! 소리쳤지만, 그렇게 뜬공을 잡은 게 끝이 아니었다. 워츠의 배트를 떠난 공을 본 주자들은, 그 어떤 중견수도 그런 공을 잡을 수는 없기 때문에 자신들이

득점하리라는 확신을 갖고 달리기 시작했는데, 덕분에 공을 잡은 메이스는 곧장 뒤돌아서서 내야로 던졌고, 그 역시 불가능할 정도로 멀고 강한 송구였기 때문에 공을 던진 직후 그는 모자가 벗겨지면서 그대로 운동장에 넘어졌고, 그렇게 타자였던 워츠가 아웃되었을 뿐 아니라 주자들도 득점을 올릴 수 없었다. 점수는 아직 동점이었다. 자이언츠가 8회 말이나 9회 말에 점수를 내고 이기는 게 당연해 보였지만 그런 일은 일어나지 않았다. 승부는 연장전으로 이어졌다. 자이언츠의 새 구원 투수 마브 그리섬이 10회 초에 인디언스 공격을 무실점으로 막고, 10회 말에 자이언츠 주자 두 명이 나가자, 분위기에 고무된 리오 듀로셔 감독은 더스티 로즈를 대타로 내보냈다. 참 듣기 좋은 이름이라고, 퍼거슨은 생각했는데,[4] 사람 이름을 웨트 사이드워크[5]나 스노이 스트리츠[6]라고 짓는 것과 다를 바 없었고, 앨라배마 출신의 눈썹이 짙은 그 타자가 몸을 푸는 모습을 보며 캐시는 이렇게 말했다. 볼까지 수염이 난 저 남부 멍청이 좀 봐. 저자가 술에 취하지 않았다는 건 내가 영국 여왕이라는 소리나 마찬가지야. 술에 취했는지 어쨌는지는 몰라도 그날 더스티 로즈의 눈빛은 제대로였고, 어깨가 지친

---

4 원 철자는 〈Dusty Rhodes〉인데, 퍼거슨은 발음이 유사한 〈dusty roads(먼지 자욱한 길)〉를 떠올렸다.

5 Wet Sidewalk(젖은 보도).

6 Snowy Streets(눈 쌓인 거리).

밥 레먼이 던진 그리 빠르지 않은 공이 홈 플레이트를 지나는 순간 그는 그대로 그 공을 때려 오른쪽 담장 너머로 보내 버렸다. 시합 끝. 자이언츠 5 대 인디언스 2. 캐시가 환성을 질렀고 퍼거슨도 환성을 질렀다. 두 사람은 얼싸안고 펄쩍펄쩍 뛰다가 함께 방 안을 돌며 춤을 췄고, 그날 이후 야구는 퍼거슨이 가장 좋아하는 운동이 되었다.

자이언츠는 2차전, 3차전, 4차전을 차례로 이기며 인디언스를 상대로 싹쓸이 우승을 했는데, 일곱 살 퍼거슨에게도 그 일은 커다란 행복을 안겨 준 기적 같은 반전이었지만, 1954년 월드 시리즈 결과에 누구보다 기뻐한 사람은 루 삼촌이었다. 아버지의 큰형 루 삼촌은 도박에서 돈을 땄다 잃었다 하면서 힘든 시간을 보내고 있었고, 늘 따는 돈보다 잃는 돈이 많았지만 가끔씩 이기기도 하는 바람에 완전히 빈털터리가 되지는 않은 상태였다. 영리한 사람들은 모두 클리블랜드에 돈을 걸었기 때문에 생각이 있다면 흐름을 따르는 게 옳았겠지만, 자이언츠는 그의 팀이었고 1920년대 초부터 성적이 좋을 때나 나쁠 때나 그 팀을 응원해 왔기 때문에, 이번에는 확률을 무시하고 머리가 아니라 가슴이 하는 말에 따라 돈을 걸었다. 그는 약세인 팀에 돈을 걸었을 뿐 아니라 자이언츠가 4연승으로 우승할 거라는 데 내기를 걸었고, 그건 거의 환상에 가까운 터무니없는 도박이었고, 도박사는 그에게 3백 대 1의 배당

률을 제시했다. 즉, 2백 달러라는 소박한 금액을 걸었던 루가, 근사한 옷을 빼입은 채 금 단지를 안고 도박장을 나왔다는 뜻이었다. 6만 달러, 당시로서는 어마어마한 거액, 대박이었다. 대단한 수입이었고, 이어진 일들도 놀라웠는데, 루 삼촌과 밀리 숙모는 모두를 집으로 불러 파티를 열었다. 샴페인과 바닷가재, 두툼한 포터하우스스테이크가 넘치는 파티였고, 밀리 숙모의 새 밍크코트를 구경하고 루 삼촌의 하얀색 새 캐딜락을 타고 동네를 한 바퀴 도는 행사도 있었다. 퍼거슨은 그날 딱히 기분이 좋지는 않았지만(프랜시가 오지 않았고, 속이 안 좋았고, 사촌들이 그에게 거의 말을 걸지 않았다) 다른 사람들은 모두 즐거운 시간을 보내고 있는 거라고 생각했다. 하지만 흥겨운 분위기가 끝나고 부모님과 함께 파란색 차를 타고 돌아오는 동안, 그는 어머니가 아버지에게 루 삼촌에 대해 나쁘게 이야기하는 걸 듣고 놀랐다. 어머니가 하는 말을 전부 이해할 수는 없었지만 목소리를 듣고 심하게 화가 났다는 걸 알 수 있었는데, 흥분해서 열변을 토하는 내용을 들어 보니 루 삼촌이 아버지에게 빚을 졌다는 것 같았고, 빚을 갚지도 않고 어떻게 밍크코트와 캐딜락을 살 수 있냐는 것 같았다. 아버지는 처음에는 조용히 듣고만 있다가 잠시 후 언성을 높이기 시작했는데, 그건 그때까지는 좀처럼 볼 수 없는 일이었고, 그뿐만 아니라 갑자기 어머니에게 그만하라고 소리를 지르며 루 삼촌은 돈을 빌려 간 적이 없다고, 6만 달러는 루 삼촌의 돈이니까 본인 마음대로 쓸 수 있는 거라고 했다. 퍼거슨은 부모님이 종종 말다툼한다는 건 알고 있었지만(벽 너머로 두 분이 안방에서 싸우는 소리를 들을 수 있었다) 그가 있는 자리에서 싸운 건 처음이었고, 처음이었기 때문에 세상의 근본적인 뭔가가 달라졌다는 느낌을 지울 수 없었다.

이듬해 추수 감사절 직후, 밤에 강도가 들어 아버지의 창고가 텅 비어 버렸다. 창고는 삼 형제 홈 월드 뒤에 있던 1층짜리 콘크리트 건물이었고, 퍼거슨도 지난 몇 년 동안 몇 번 가 본 적이 있었는데, 축축한 냄새가 나는 거대한 공간에 텔레비전, 냉장고, 세탁기 등 아버지와 삼촌들이 상점에서 파는 물건이 든 합판 상자가 줄줄이 쌓여 있는 곳이었다. 매장에 진열된 상품은 그저 고객들에게 보여 주는 용도로만 썼고, 누군가가 물건을 사고 싶다고 하면 에드라는 직원이 창고에서 꺼내 왔다. 에드는 덩치가 컸고, 오른쪽 팔뚝에 인어 문신이 있었고, 전쟁 중에는 항공 모함에서 복무했다고 했다. 토스터나 램프, 커피포트처럼 작은 물건의 경우 에드가 손님에게 건네면 손님이 직접 자신의 차에 실어 가져갔고, 세탁기나 냉장고처럼 큰 물건의 경우 에드와 또 한 명의 근육질 퇴역 군인 필이 배달용 트럭 짐칸에 실어 손님 집까지 옮겨다 줬다. 그게 삼 형제 홈 월드의 판매 방식이었고 퍼거슨도 그 시스템에 익숙했다. 이제 그도 창고가 사업의 핵심임을 이해할 수 있는 나이가 되었기 때문에, 추수 감사절 이후 일요일 아침에 어머니가 그를 깨워 창고에 도둑이 들었다고 했을 때 그게 무섭고 중대한 사건임을 즉각 알아차렸다. 창고가 텅 비었다는 건 사업을 할 수 없다는 뜻이고, 사업을 하지 못하면 돈을 벌지 못하고, 돈이 없으면 문제가 생긴다. 구빈원! 굶주림! 죽음! 어머니는 상점의 모든 물건이 보험에 들어 있기 때문에 상황이 그 정도로 절박하지는 않다고 했지만 그럼에도 꽤 큰 타격이긴 했고, 곧 크리스마스 쇼핑 시즌이 시작될 예정이었기 때문에 더욱 그랬다. 보험금을 타기까지는 몇 주 혹은 몇 달이 걸릴 것이어서, 상점은 은행의 긴급 대출이 없으면 버티지 못할 거라고 했다. 그사이 아버지는 뉴어크에서 경찰과 이야기하고 있다고 어머니는 말했고, 모든 상품에는 일련번호가 있기 때문에 도둑들을 추적해 잡을 수 있는 가능성이 아주 조금은 있다고도 했다.

시간이 흘렀고 도둑들은 잡히지 않았지만, 아버지는 어떻게든 은행에서 대출을 받았고, 그 말은 퍼거슨 가족이 구빈원에 가는 불명예는 피할 수 있었다는 뜻이다. 삶은 계속되었고 어느 정도는 지난 몇 년과 다르지 않았지만 퍼거슨은 집안에 감도는 뭔가 새로운 분위기를 감지했는데, 음침하고 불편하고 알 수 없는 어떤 기운이 그를 둘러싸고 있었다. 그런 분위기 변화의 원천을 밝혀낼 때까지 시간이 좀 걸렸지만, 어머나나 아버지와 함께 있을 때 두 사람을 관찰한 결과, 아버지와 떨어져 있을 때든 함께 있을 때든 어머니는 본질적으로 똑같다는 사실을 발견했다. 여전히 사진관 이야기를 많이 했고, 여전히 그날분의 미소와 웃음을 보여 줬고, 그에게 말할 때면 여전히 그의 눈을 똑바로 바라봤고, 추워지는 집 뒤편의 포치에서 여전히 열심히 탁구를 쳤고, 그가 어떤 문제를 상담할 때마다 여전히 그의 말에 주의를 기울여 줬다. 달라진 건 아버지였는데, 평소에도 말이 많지 않던 아버지는 이제 아침 식사 자리에서 거의 아무 말도 하지 않았고, 정신을 딴 데 둔 채 없는 사람처럼 행동했고, 마치 뭔가 더 어둡고 심각한 일, 누구에게도 말하고 싶지 않은 일에 빠져 있는 것만 같았다. 새해가 되고 언젠가, 그러니까 1955년이 1956년으로 바뀌고 퍼거슨은 용기를 내서 어머니에게 뭐가 잘못된 건지, 왜 아버지가 그렇게 슬프고 서먹서먹해 보이는지 물었다. 도둑 때문이라고 어머니는 말했다. 그 사건이 아버지를 산 채로 갉아먹고 있다고, 그리고 그 생각을 하면 할수록 다른 일은 생각하지 못하게 되는 거라고 했다. 퍼거슨은 이해할 수 없었다. 창고가 털린 건 6~7주 전이었고, 보험 회사는 잃어버린 물건들의 값을 지불할 예정이었고, 은행은 대출을 해줬고, 상점은 여전히 제대로 운영되고 있었다. 걱정할 일이 없는데 아버지는 왜 걱정하는 걸까? 그는 어머니가 망설이는 걸 봤다. 마치 자신이 확신하는 바를 아들에게 알려도 될지 결정하지 못하는 것 같았고, 아들이 그런 이야기를 감당하기에 충분한 나이인지 확신하지 못하는 것 같았다. 어머니의 눈에 의심스러운 눈빛이 스친 건 잠시였지만 그는 충분히 알아볼 수 있었고, 잠시 후 어머니는 그의 머리를 쓰다듬고는 아직 아홉 살도 안 된 그의 얼굴을 똑바로 바라보며 모험을 해보기로, 지금까지 해보지 않은 일을 해보기로, 아버지의 마음을 찢어 놓고 있는 비밀을 알려 주기로 했다. 경찰과 보험 회사에서 여전히 절도 사건을 조사하는 중이라고 어머니는 말했는데, 경찰과 보험 회사 모두 내부인 소행이라고 결론지었고, 그건 낯선 사람이 아니라 상점에서 일하는 누군가가 도둑질했다는 뜻이라고 했다. 삼 형제 홈 월드의 직원들, 창고 직원 에드와 필은 물론 장부를 담당하는 어델 로즌과 수리 기사 찰리 사이크스, 건물 관리인 밥 도킨스까지 모두 아는 퍼거슨은 아랫배에 작은 주먹만 한 통증을 느꼈다. 그 착한 사람들이 아버지에게 그렇게 나쁜 짓을 저지르는 건 불가능했고, 그중 누구도 그런 배신을 할 리가 없었기 때문에 경찰과 보험 회사가 틀린 게 분명했다. 아니야, 아치, 어머니가 말했다. 내 생각엔 그 사람들이 틀리지 않은 것 같아. 그리고 도둑질한 사람은 네가 방금 말한 그 사람들이 아니란다.

무슨 뜻이었을까? 퍼거슨은 궁금했다. 상점에서 일하는 다른 사람이라면 루 삼촌과 아널드 삼촌밖에 없는데, 둘은 아버지의 형제이고 형제는 서로 도둑질하지 않는다. 그렇지 않은가? 그런 일은 벌어지지 않는다.

아버지는 끔찍한 결정을 한 거야, 어머니가 말했다. 수사 의뢰와 보험금 신청을 취소하든가 아널드 삼촌을 감옥에 보내야 했는데, 아버지가 어떻게 했을 것 같니?

아버지는 수사 의뢰를 취소하고 아널드 삼촌을 감옥에 보내지 않았다.

당연하지. 생각도 못 할 일이니까. 이제 아버지가 왜 그렇게 넋이 나갔는지 알겠지?

퍼거슨이 어머니와 그런 대화를 나누고 일주일 뒤, 어머니는 아널드 삼촌과 조앤 숙모가 로스앤젤레스로 이사를 갈 거라고 했다. 어머니는 조앤이 보고 싶겠지만, 피해가 복구할 수 없는 수준이기 때문에 그런 식으로 해결하는 편이 나을 것 같다고 했다. 아널드 삼촌과 조앤 숙모가 캘리포니아로 떠나고 두 달 후, 루 삼촌은 가든 스테이트 파크웨이에서 자신의 흰색 캐딜락을 몰다가 사고를 냈고, 구급차로 병원에 실려 가던 중 사망했다. 신들이 다른 대안이 없다고 판단했을 때 얼마나 빨리 일을 처리하는지 누구 하나 이해하기도 전에, 퍼거슨 일가는 그렇게 산산조각 나버렸다.

1.2

퍼거슨이 여섯 살 때, 어머니가 몇 년 전 그를 잃어버릴 뻔했던 일을 이야기해 줬다. 그가 어디에 있는지 몰랐다는 의미에서 잃어버린 게 아니라, 그가 죽어 버릴 듯하고, 육체가 없는 영혼의 형태로 세상을 떠나 천상에 올라가 버릴 듯했다는 의미에서 그를 잃을 것만 같았다고 했다. 아직 그가 한 살 반도 되지 않았을 때의 일이라고 어머니는 말했는데, 어느 날 밤 그에게 열이 났고, 처음엔 미열이었지만 금세 41도까지 올랐고, 어린 아이임을 고려해도 놀랄 만큼 고열이었다. 어머니와 아버지는 그를 싸 안고 차에 태워 병원에 데려갔다. 병원에서 그는 경기를 일으켰고, 까딱하면 그대로 죽을 수도 있었고, 그날 밤 그의 편도샘을 제거한 의사 역시 아슬아슬한 상황이었다고, 퍼거슨이 죽을지 살지는 자신도 모르겠다고, 이제 신의 손에 맡기는 수밖에 없다고 했다. 어머니는 너무 무서웠다고 말했고, 어린 아들을 잃을지도 모른다는 생각이 끔찍이 무서워서 거의 제정신이 아니었다고 했다.

어머니는 그때가 최악의 순간, 세상이 끝날 것만 같은 순간이었다고 했지만, 그 밖에도 험난한 순간, 예상치 못한 충격과 사고가 닥친 순간이 많았다며 어린 시절 그에게 벌어진 일들, 그를 죽이거나 장애를 안길 수도 있었던 사고들을 늘어놓기 시작했다. 예를 들면 스테이크 조각을 씹지 않은 채 삼키다 목이 막힌 일이나 깨진 유리 조각을 밟아 발바닥을 열네 바늘 꿰맨 일, 발을 헛디뎌 넘어지며 바위에 부딪히는 바람에 왼쪽 볼이 찢어져 열한 바늘을 꿰맨 일, 벌에 쏘여 눈을 뜰 수 없을 만큼 얼굴이 부은 일, 그리고 지난여름 수영을 배우다가 사촌 앤드루가 누르는 바람에 익사할 뻔한 일 등, 하나씩 이야기할 때마다 어머니는 잠시 멈추고 퍼거슨도 그런 일들을 기억하는지 물었는데, 사실 그는 기억했다. 바로 어제 일어난 것처럼 그 일들을 거의 전부 기억했다.

그들이 이런 대화를 나눈 건 6월 중순, 퍼거슨이 뒷마당의 참나무에서 떨어져 왼쪽 다리가 부러지고 사흘이 지난 뒤였다. 어머니가 과거의 작은 재앙들을 늘어놓으며 전하려 했던 건, 그가 몸을 다쳤을 때마다 언제나 나았으며, 한동안은 아팠지만 지나고 나면 아프지 않아졌다는 사실, 다리가 부러진 일도 정확히 그렇게 될 거라는 사실이었다. 깁스를 한 일은 물론 안됐지만,

시간이 지나면 깁스를 풀고 새사람이 된 듯 멀쩡해질 거라고 했다. 퍼거슨은 그렇게 될 때까지 얼마나 걸리는지 알고 싶었고, 어머니는 한 달 정도면 될 거라고 했다. 퍼거슨은 대단히 모호하고 불만족스러운 대답이라고 생각했다. 한 달은 달의 주기이니까 날씨가 너무 더워지지만 않는다면 견딜 만할 테지만, 정도라는 건 그보다 더 길어질 수도 있다는 의미였고, 정해지지 않았으니까, 견딜 수 없을 만큼 길어질 수도 있었다. 그가 그 대답에 담긴 부당함을 모두 받아들이기도 전에 어머니가 다시 물었다. 이상한 질문, 사람들이 그에게 했던 질문들 중 가장 이상한 질문이었다.

너한테 화가 난 거니, 아치? 아니면 나무한테 화가 난 거야?

아직 유치원도 마치지 않은 아이에게 던지기에는 너무 혼란스러운 질문이었다. 화? 왜 그가 뭔가에 화를 낸단 말인가? 그냥 슬프기만 하면 안 되는 걸까?

어머니는 미소를 지었다. 어머니는 그가 그 나무에 나쁜 감정이 없어서 기쁘다고 말했다. 어머니는 그 나무를 사랑하기 때문에, 어머니와 아버지 둘 다 그 나무를 사랑하기 때문에, 웨스트오렌지의 그 집을 산 가장 큰 이유는 널따란 뒷마당 때문이었고, 그 뒷마당에서 최고의 것, 가장 아름다운 것이 바로 한가운데 우뚝 선 참나무이기 때문이었다. 3년 반 전, 뉴어크의 아파트를 떠나 교외에 주택을 구입하기로 결정한 어머니와 아버지는 몇몇 동네를 돌아다녔다. 몬트클레어, 메이플우드, 밀번, 사우스오렌지, 하지만 그곳들 중 어디에도 두 사람에게 맞는 집은 없었고, 맞지 않는 집을 그렇게 많이 돌아보느라 지치고 기운이 빠졌던 그들은, 그 집을 발견하고는 그게 바로 자신들을 위한 집임을 알았다. 어머니는 그가 나무에 화난 게 아니라 기쁘다고, 만약 화가 났더라면 나무를 베어 버려야 했을 거라고 말했다. 왜 베어 버려요? 그가 물었다. 어머니가 그렇게 큰 나무에 도끼질하는 모습, 아름다운 어머니가 작업복을 입은 채 번쩍번쩍 빛나는 거대한 도끼를 들고 나무에 달려드는 모습을 상상하니 웃음이 나기 시작했다. 엄마는 네 편이니까, 아치, 어머니가 말했다. 너한테 적이면 엄마한테도 적이야.

다음 날 아버지는 삼 형제 홈 월드에서 에어컨을 가져와 퍼거슨의 방에 설치해 줬다. 바깥은 덥구나, 아버지가 말했다. 깁스를 한 채 침대에 누워 있는 아들이 편하게 지내기를 바란다는 뜻이었다. 꽃가루 알레르기에도 도움이 될 거라고, 에어컨을 켜면 꽃가루가 들어오는 걸 막을 수 있다고 아버지는 말했다. 퍼거슨은 풀이나 먼지, 꽃에서 나와 공기 중에 떠다니는 이물질에 유난히 예민했는데, 회복 중에 재채기를 적게 하면 다리도 덜 아플 거라고 했다. 재채기를 할 때는 힘을 많이 쓰게 되고, 특히 큰 재채기를 할 때는 온몸이, 머리에서 시작해 발끝까지 채찍처럼 흔들리니까 말이다. 여섯 살의 퍼거슨은 아버지가 책상 오른쪽 창문에 에어컨을 설치하는 모습을 지켜봤다. 상상했던 것보다 훨씬 복잡한 과정이었는데, 먼저 방충망을 떼어 내고 줄자, 연필, 드릴, 코킹 건, 페인트칠을 하지 않은 길쭉한 목판 두 개, 드라이버, 나사 몇 개를 준비했다. 퍼거슨은 아버지가 아주 빠르면서도 조심스럽게 작업하는 모습이 인상적이었는데, 마치 머리에서 내리는 명령 없이도 손이 뭘 해야 할지 아는 것 같았다. 말하자면 그 자체로 특별한 지식을 지닌 자동 손이었는데, 그러다 마침내 바닥에 있던 커다란 철제 사각형을 창문에 고정하는 단계가 되었다. 그렇게 무거운 물건을 들 수 있을까 싶었지만 아버지는 전혀 힘들이지 않고 들어 올리는 듯 보였고, 드라이버와 코킹 건으로 작업을 마무리한 후에는, 집수리를 마치고 나면 늘 흥얼거리는 앨 졸슨의 옛 노래 「아들」을 흥얼거렸다. 너는 알 리가 없겠지 / 보여 줄 수도 없구나 / 네가 내게 어떤 의미인지, 아들아. 아버지는 허리를 굽혀 바닥에 남은 나사 하나를 주운 다음, 다시 몸을 일으키다가 순간 오른손으로 허리를 짚으며 어이쿠, 이런! 허리를 삐끗한 것 같아, 하고 말했다. 근육이 삐끗했을 때는 평평한 바닥에 등을 대고 몇 분 누워 있는 게 좋다고, 아버지는 말했다. 가능하면 딱딱한 바닥이 좋은데 그 방에서 가장 딱딱한 부분은 방바닥이었고, 그래서 아버지는 곧장 퍼거슨의 침대 옆에 나란히 누웠다. 그의 옆쪽 바닥에 몸을 뻗고 누운 아버지를 내려다보는 건 흔치 않은 유리한 상황이었기 때문에, 퍼거슨은 침대 위로 고개를 내밀고 아버지의 찌푸린 얼굴을 유심히 들여다보다가, 어떤 질문을 해보기로 했다. 몇 달째 머릿속에 맴돌았지만 제대로 물어볼 기회를 찾지 못했던 질문, 삼 형제 홈 월드를 하기 전에 아버지는 무슨 일을 했냐는 질문이었다. 아버지는 마치 대답을 찾는 것처럼 천장을 이리저리 살피다가, 갑자기 입가 주변의 근육을 아래쪽으로 움찔했다. 퍼거슨에게는 익숙한 표정이었는데, 아버지가 웃음을 참으려 애쓰고 있다는 신호였고, 즉 뭔가 예상치 못한 상황이 벌어질 거라는 뜻이었다. 아빠는 큰 동물 사냥꾼이었지, 아버지가 무심한 듯 차분하게 말했고, 그때까지 아들에게 한 이야기 중 가장 말도 안 되는 이야기를 들려줄 조짐은 전혀 없었다. 이어진 20~30분 동안, 아버지는 사자와 호랑이, 코끼리, 아프리카의 찌는 듯한 더위에 관해 이야기했다. 울창한 밀림을 헤치고 다니고, 걸어서 사하라 사막을 건너고, 킬리만자로산을 오르고, 거대한 뱀에게 통째로 삼켜질 뻔한 적도 있고, 식인종 무리에 붙잡혀 끓는 물에 던져질 뻔도 했지만, 마지막 순간에 손목과 발목을 단단히 묶고 있던 덩굴을 풀고 자신을 붙잡았던 살인마들에게서 도망쳐 울창한 정글 속으로 들어간 적도 있고, 귀국해 퍼거슨의 엄마와 결혼하기 전에 마지막으로 여정을 떠났을 때는, 검은 대륙이라고 알려진 아프리카의 가장 깊은 오지로 들어가 끝없이 펼쳐진 초원 지대를 헤매다가, 풀을 뜯고 있는 지상의 마지막 공룡 떼를 만난 적도 있다고 했다. 퍼거슨은 공룡이 이미 수백만 년 전에 멸종했다는 걸 알 만한 나이였지만 다른 이야기는 다 그럴듯했고, 전부 사실이라고 할 수는 없겠지만 사실일 수도 있다고, 따라서 어쩌면 믿을 만하다고 생각했다. 그랬을 수도 있을 것 같았다. 그때 방으로 들어온 어머니는, 아버지가 바닥에 누워 있는 걸 보고는 등에 문제가 있냐고 물었다. 아버지는 아니, 아니에요, 그냥 쉬고 있는 거야, 하고 대답하고, 정말 등이 아무렇지도 않다는 듯이 벌떡 일어나서는 창문 쪽으로 다가가 에어컨을 켰다.

과연 에어컨 덕분에 방이 시원해졌고, 재채기도 줄었고, 냉기 덕분에 깁스 아래 다리도 많이 가렵지 않았다. 하지만 냉방이 되는 방에서 지내는 데는 단점도 있었는데, 일단 어색하고 혼란스러운 소음이 그랬다. 소음이 들릴 때도, 들리지 않을 때도 있었는데, 들릴 때면 그 단조로운 소리가 불쾌했고, 더 나쁜 점은 차가운 공기가 밖으로 나가지 않게 하기 위해 창문을 닫고 지내야 한다는 것이었다. 창문은 늘 닫아 놓고 에어컨은 늘 켜둬야 했기 때문에 밖에서 새들이 우는 소리를 들을 수 없었는데, 다리에 깁스를 한 채 방에 처박혀 지내는 동안 유일하게 좋았던 건 창밖 나무에서 들려오는 새 소리뿐이었던 것이다. 짹짹거리고, 노래하고, 재잘거리는 새들의 소리는, 퍼거슨이 느끼기에 세상에서 가장 아름다운 소리 같았다. 그러니까 에어컨에도 장점과 단점, 이점과 불편함이 있었고, 세상이 그에게 허락한 다른 것들과 마찬가지로 그것 역시, 어머니의 표현에 따르면, 축복의 양면이었다.

나무에서 떨어진 사고와 관련해 그를 가장 괴롭힌 건, 피할 수 있는 일이었다는 사실이었다. 속이 안 좋아서 토할 때나 거스턴 선생님이 페니실린 주사를 놓을 때처럼 필요한 경우라면 통증이나 고통을 받아들일 수 있었지만, 필요도 없는 통증은 양식에 어긋나는 것이었고, 따라서 어리석고 견딜 수 없는 것이었다. 처키 브로어를 탓하고 싶은 마음도 조금은 있었지만, 결국 그건 빈약한 변명에 불과하다는 점을 퍼거슨은 깨달았다. 처키가 나무에 올라가 보라고 도발했다고 해서 달라지는 건 없었다. 퍼거슨은 도발을 받아들였고, 그 말은 그도 나무 위에 올라가고 싶었고 올라가기로 선택했다는 뜻이었고, 따라서 사고의 책임은 그에게 있었다. 퍼거슨이 먼저 올라가면 자신도 따라 올라가겠다고 처키가 약속했다가 나중에 발뺌한 것도 마찬가지였는데, 처키는 겁이 난다고, 가지가 너무 높아서 키가 작은 자신은 올라갈 수 없다고 했다. 하지만 처키가 그를 따라 올라오지 않았다는 사실은 중요하지 않았고, 처키가 함께 있었어도 퍼거슨이 떨어지는 일을 막을 수는 없었을 것이다. 그렇게 퍼거슨은 떨어졌다. 그는 안정적으로 잡을 수 있는 거리보다 적어도 약 6밀리미터 더 먼 가지에 팔을 뻗다가 그만 손을 놓쳐 떨어졌고, 그 결과 왼쪽 다리에 석고로 깁스를 한 채 갇혀 있었고, 깁스는 한 달 정도 더 몸에 붙어 있을 테고, 그건 한 달보다 길다는 뜻이었고, 그런 불행한 상황에 대해 탓할 사람은 자기 자신밖에 없었다.

그런 비난을 받아들이고 지금 상황은 전적으로 자기 잘못 때문이란 걸 받아들였지만, 그건 사고를 피할 수 없었다고 말하는 것과는 아주 다른 이야기였다. 어리석었다, 그게 본질이었다. 다음 가지에 손이 닿지 않았음에도 계속 나무를 오르려 한 건 단지 어리석은 짓일 뿐이었다. 하지만 그 가지가 조금만 가까이 있었어도 어리석은 짓은 없었을 것이다. 처키가 그날 아침 초인종을 누르고 놀러 나가자고 하지 않았더라면 어리석은 짓은 없었을 것이다. 부모님이 적당한 집을 찾아 돌아본 동네들 중 다른 곳으로 이사했더라면 처키 브로어도 몰랐을 테고, 처키 브로어가 이 세상에 있다는 사실조차 몰랐을 테고, 그가 올라갔던 나무 자체가 뒷마당에 없었을 테고, 그러니 어리석은 짓도 없었을 것이다. 재미있는 생각이라고, 퍼거슨은 속으로 말했다. 자신은 그대로인 채 다른 일들이 달라질 수도 있다는 상상. 다른 나무가 있는 다른 집에 사는 같은 소년. 다른 부모님과 지내는 같은 소년. 같은 부모님이지만 하는 일은 지금과 다른 부모님과 함께 지내는 같은 소년. 예를 들어 아버지가 여전히 큰 동물 사냥꾼이고 그들 모두 아프리카에 살았다면 어땠을까? 어머니가 유명 영화배우이고 그들 모두 할리우드에 살았다면 어땠을까? 남자 형제나 여자 형제가 있었다면 어땠을까? 아치 종조부가 죽지 않고, 그의 이름이 아치가 아니었다면 어땠을까? 같은 나무에서 떨어졌는데 다리가 한쪽이 아니라 양쪽 다 부러졌다면 어땠을까? 양쪽 다리와 양쪽 팔이 다 부러졌다면 어땠을까? 그가 죽었다면? 맞다, 무슨 일이든 일어날 수 있었고, 일이 한 가지 방식으로 일어났다고 해서 다른 방식으로 일어날 수 없었다는 뜻은 아니다. 모든 게 다를 수 있었다. 세상은 똑같은 세상이지만, 만일 나무에서 떨어지지 않았더라면 그에게는 다른 세상이 펼쳐졌을 것이다. 그리고 만약 그가 나무에서 떨어져 다리만 부러진 게 아니라 죽어 버렸다면, 다른 세상이 펼쳐지는 게 아니라 살아갈 세상 자체가 없어졌을 것이다. 그랬다면 그를 묘지로 옮기고 그의 몸을 땅속에 묻어야 했을 어머니와 아버지는 얼마나 슬펐을까. 너무 슬퍼서 두 분은 40일 밤낮을, 40개월을, 440년을 눈물 흘리며 지냈을 것이다.

학기가 끝나고 여름 방학이 시작되려면 아직 일주일 반이 남아 있었고, 그 말은 퍼거슨이 유치원 졸업을 못 할 만큼 수업을 많이 빠지지는 않을 거라는 뜻이었다. 감사한 일이라고 어머니가 말했고, 분명 맞는 말이었지만, 퍼거슨은 사고 후 초반에는 감사해할 기분이 아니었다. 늦은 오후에 처키 브로어가 동생과 함께 깁스를 구경하러 오는 것만 제외하면 이야기를 나눌 친구도 없었고, 아버지는 아침부터 밤까지 직장에 나가고 없었고, 어머니는 가을에 열 예정인 사진관으로 쓸 빈 상가를 알아보러 몇 시간씩 차를 몰고 다녔고, 가정부 완다는 정오에 퍼거슨에게 점심을 가져다주고, 화장실에 가는 대신 방에서 소변을 볼 수 있게 우유병을 대줄 때를 제외하고는 대부분 빨래나 청소로 바빴다. 그렇게 수치스러운 상황도 견뎌야 했고, 그 모든 건 어리석게도 나무에서도 떨어졌기 때문이었다. 더욱 좌절하게 한 건, 책이라도 읽으면 시간을 보내기 좋았겠지만 그는 아직 읽기를 배우지 않았다는 사실이었다. 텔레비전은 아래층 거실에 있었기 때문에 볼 수가 없었고, 일시적으로 생활권 밖에 있게 된 퍼거슨은 우주에 대한 밑도 끝도 없는 질문을 생각하거나, 비행기 혹은 카우보이 그림을 그리거나, 어머니가 만들어 준 문자 표를 보며 글씨 연습을 했다.

그러다 상황이 조금 나아졌다. 고등학교 3학년을 마친 사촌 프랜시가, 버크셔즈에서 열리는 여름 캠프에서 상담사로 일하러 떠나기 전 며칠 동안 퍼거슨네 집에 와서 말동무가 되어 줬다. 어떨 때는 한 시간, 어떨 때는 서너 시간을 보내다 갔는데, 그로서는 당연히 하루 중 가장 즐거운 시간, 유일하게 즐거운 시간이었다. 프랜시는 그가 가장 좋아하는 사촌이었고, 엄마 쪽뿐 아니라 아빠 쪽까지 통틀어 그 어떤 사촌보다 훨씬 좋아했다. 게다가 프랜시는 이제 어른이 된 것 같다고 그는 생각했는데, 가슴도 나오고 몸의 곡선이 그의 어머니를 닮아 갔고, 또 어머니와 마찬가지로, 프랜시가 하는 이야기를 듣고 있으면 그는 마음이 침착해지고 안정되었다. 그녀와 함께 있으면 그 무엇도 잘못되지 않을 듯한 느낌이 들었고, 심지어 어머니와 함께 있는 것보다 더 좋을 때도 있었는데, 그녀는 그가 무슨 행동을 하고 무슨 말을 하든, 심지어 그가 완전히 정신을 놓고 제멋대로 굴더라도 절대 화내지 않았기 때문이다. 그의 깁스를 꾸며 보자는 생각을 한 것도 영리한 프랜시였다. 모두 세 시간 반이나 걸렸는데, 그녀는 아주 섬세한 붓질로 흰색 석고에 눈부신 파란색과 빨간색, 노란색을 칠해서 소용돌이 모양의 추상화를 그렸고, 그는 정신없이 빠르게 돌아가는 회전목마에 탄 기분이었다. 새로 그의 몸의 일부가 된 보기 싫은 그 자리에 아크릴 물감을 바르면서 그녀는 남자 친구 이야기를 했다. 게리, 고등학교 미식축구팀에서 풀백을 맡다가 지금은 대학생이 된 덩치 큰 게리. 그가 다니는 윌리엄스 대학은 버크셔즈에 있었는데, 여름 동안 두 사람이 함께 일할 캠프에서 멀지 않았고, 그녀는 그 시간이 너무 기대된다고 했다. 그런 다음 그녀는 배지를 받았다고 선언하듯 말했다. 당시 퍼거슨에게는 익숙하지 않은 표현이었고, 프랜시는 게리가 자신에게 친목회 배지를 준 거라고 설명해 줬지만 친목회 역시 퍼거슨이 이해할 수 없는 단어였고, 프랜시는 한 번 더 설명하다가 환하게 미소를 지으며 몰라도 된다고 했다. 중요한 점은 배지를 받는 건 약혼의 전 단계이고, 게리와 자신은 가을에 약혼을 발표할 계획이고, 다음 여름에 자신이 열여덟 살이 되어 고등학교를 졸업하면 게리와 결혼할 거라는 사실이라고 했다. 그에게 그런 이야기를 하는 이유는 아주 중요한 일을 부탁하고 싶기 때문인데, 부탁을 들어줄 수 있겠냐고 그녀는 물었다. 무슨 부탁? 퍼거슨이 물었다. 결혼식에서 반지 전달자를 하는 거야, 그녀가 대답했다. 다시 한번 퍼거슨은 무슨 말인지 못 알아들었고, 다시 한번 프랜시는 설명해 줬다. 그러니까 그가 파란색 벨벳 쿠션 위에 놓인 반지를 들고 예식장에 걸어 들어오고, 게리가 그 반지를 전해 받아서 그녀의 왼손 네 번째 손가락에 끼워 주면 결혼식이 완성될 거라고 했다. 설명을 들으며 퍼거슨은 그게 꽤 중요한 일이라는 데 동의했다. 어쩌면 지금까지 맡았던 일들 중에 가장 중요한 것일지도 몰랐다. 그는 진지하게 고개를 끄덕이며, 하겠다고 약속했다. 수많은 사람들이 지켜보는 가운데 결혼식장을 걷는 건 당연히 긴장되겠지만, 또한 손이 떨려 반지를 바닥에 흘려 버릴 가능성도 있지만, 프랜시가 부탁한 일이니까 해야만 했다. 프랜시는 이 세상에서 그가 실망시키면 안 되는 유일한 사람이었으니까.

다음 날 오후 프랜시가 집에 왔을 때, 퍼거슨은 그녀가 울었다는 사실을 즉시 알아차렸다. 코가 빨갰고, 양쪽 눈동자 주변에 흐릿하게 붉은 기운이 번져 있었고, 손수건을 꼭 쥐고 있었다. 아무리 여섯 살짜리라고 해도 그 정도 증거면 진실을 알 수 있었다. 퍼거슨은 혹시 프랜시가 게리와 싸운 건지 궁금했고, 만약 갑자기, 예상치 못하게 그녀가 배지를 돌려줘야 했다면, 결혼식도 취소되었다는 뜻이고, 그러면 자신이 벨벳 쿠션에 반지를 얹고 행진할 일도 없을 것이었다. 그는 그녀에게 왜 기분이 좋지 않은지 물었고, 그녀는 그의 상상과 달리 게리라는 이름은 말하지 않은 채 로젠버그라는 부부에 관한 이야기를 시작했는데, 두 사람이 전날 전기의자에서 튀겨져 죽었다고 했다. 두려움과 역겨움이 가득한 목소리였고, 잘못된 거야, 잘못된 거야, 잘못된 거야, 하고 말을 이었다. 두 사람은 아마 죄가 없을 텐데, 줄곧 자신들은 죄가 없다고 했는데, 유죄라고 말했으면 목숨은 구할 수 있었을 텐데 왜 처형을 받아들였을까? 두 아들 때문이라고, 프랜시는 말했는데, 어린 아들이 둘 있고, 정말 죄가 있는 부모라면 죄를 부정해 가면서까지 자식들을 고아로 만들 리가 없다고, 그러니까 두 사람은 무죄임이 분명하고, 결국 아무 이유도 없이 죽은 셈이라고 했다. 퍼거슨은 프랜시가 그렇게 분노한 목소리로 말하는 걸 들어 본 적이 없었고, 남이라고 할 수 있는 누군가에게 저질러진 부당한 일에 그렇게까지 동요하는 사람을 본 적도 없었다. 프랜시는 분명 로젠버그 부부를 직접 만난 적이 없었을 테고, 그렇다면 그녀가 이야기하고 있는 건 지독히 중요한 일, 그 사람들이 튀겨져서 죽을 정도로 심각한 일이란 뜻이었다. 얼마나 끔찍한 생각인가, 기름이 부글부글 끓는 뜨거운 팬에 담긴 치킨 조각처럼 튀겨지다니. 그는 로젠버그 부부가 무슨 짓을 했기에 그런 벌을 받은 거냐고 사촌에게 물었고, 프랜시는 그들이 비밀을, 원자 폭탄 제조와 관련한 중요한 비밀을 러시아인들에게 넘겼다는 혐의를 받았는데, 러시아인들은 공산주의자이기 때문에 두 사람도 치명적인 적이 되어 버린 거라고 설명했다. 로젠버그 부부는 반역죄로 기소되었는데, 그건 조국을 배반했기 때문에 반드시 사형해야 하는 무시무시한 죄목이었다. 하지만 이 사건에서 죄를 저지른 건 미국이었다. 미국 정부는 죄 없는 두 사람을 도살했고, 프랜시는 남자 친구이자 장래의 남편이 했다는 말을 전했다. 게리 말로는 미국이 미쳐 버렸대.

그 대화로 퍼거슨은 아랫배에 주먹을 한 대 맞은 것 같았고, 마치 나뭇가지에서 손가락이 미끄러지며 나무에서 떨어질 때처럼 정신이 없고 두려웠다. 의지할 곳이 없다는 소름 끼치는 느낌, 주변에도 아래에도 온통 공기뿐, 어머니도 없고, 아버지도 없고, 하느님도 없고, 아무것도 없이 온통 순수한 허공밖에 없는 상태에서 몸이 땅으로 떨어지는 상황, 머릿속에는 마침내 땅에 닿은 후에 벌어질 일에 대한 두려움뿐이었다. 부모님은 로젠버그 부부의 처형 같은 이야기는 절대 하지 않

았고, 원자 폭탄이나 치명적인 적, 잘못된 판결, 고아가
되어 버린 아이들과 튀겨지는 어른들 같은 이야기로부
터 그를 지켜 줬다. 프랜시가 대단히 감정적으로, 분노
에 가득 차 그 모든 이야기를 쏟아 내는 걸 듣고 나자
퍼거슨은 완전히 놀라움에 사로잡혔고, 그건 아랫배에
주먹을 맞았다기보다, 정확히는 텔레비전 만화에서 본
장면처럼 10층 창문에서 떨어진 철제 금고가 머리 위
로 곧장 날아온 것 같았다. 철썩. 사촌 프랜시와 5분 동
안 이야기를 나눴을 뿐인데, 모든 게 철썩 하고 부딪쳐
산산조각 났다. 저 바깥에는 큰 세상, 폭탄과 전기의자
가 있는 세상이 존재하는데, 그는 그 세상에 관해 아는
바가 거의 없거나, 혹은 전혀 없었다. 바보였고, 너무
절망적인 바보여서 그런 자신이 창피할 지경이었다.
멍청한 어린이, 세상에 있기는 하지만 있어야 할 이유
는 모르는, 마치 의자나 침대가 자리를 차지하고 있는
것처럼 그저 자리만 차지하고 있는 몸뚱이, 있으나 마
나 한 어리석은 자, 그런 상황을 바꾸려면 당장 시작해
야 할 것 같았다. 유치원의 런드퀴스트 선생님은 초등
학교 1학년이 되면 읽고 쓰는 법을 배울 거라고, 서두
를 필요 없고 다음 해가 되면 머리가 그런 걸 배울 준비
가 될 거라고 했다. 하지만 퍼거슨은 다음 해까지 기다
릴 수 없었다. 당장 시작하지 않으면 또 한 번의 여름을
무식하게 지나친 데 대해 스스로를 비난하게 될 것 같
았다. 읽기와 쓰기가 첫걸음이라고 결론지었다. 자신

이 세상에 있는 이유를 모르는 입장에서 먼저 그것부터 해야 한다고. 비록 심각하게 의심이 들기는 하지만, 그래도 만약 세상에 정의가 있다면 누군가 나타나 그를 도와줄 것이었다.

그 주 주말, 할머니가 등장해 도움을 줬다. 일요일에 할머니가 할아버지와 함께 웨스트오렌지로 와서 그의 옆방을 차지했고, 그대로 7월까지 머무를 예정이었다. 그는 할머니가 오기 전에 목발 한 짝을 마련했고, 덕분에 2층을 자유롭게 돌아다닐 수 있게 되면서 우유병에 오줌을 누는 굴욕은 이제 없었다. 하지만 혼자 힘으로 아래층까지 내려가는 일은 아직 엄두도 내지 못했다. 계단을 내려가는 여정은 너무 위험했기 때문에 누군가 안아서 옮겨 줘야 했는데, 그건 끓어오르는 분노를 말 없이 삼키며 견뎌야 하는 또 하나의 굴욕이었다. 할머니는 너무 약하고 완다는 덩치가 너무 작았기 때문에 그를 아래층으로 옮기는 건 아버지나 어머니가 해야 했고, 따라서 아래층에는 이른 아침에만 내려갈 수 있었다. 아버지는 7시 조금 지나서 출근했고 어머니는 여전히 사진관 자리를 찾고 있었기 때문이다. 상관은 없었는데, 그는 늦잠을 자지 않아도 괜찮았고, 위층의 으스스한 무덤 같은 방에 늘어져 있는 것보다는 차양 친 현관 앞에 앉아 오전이나 오후를 보내는 편이 더 좋았다. 날씨는 종종 덥고 습하기도 했지만 그 풍경 안에는 새들이 있었고, 새들은 그 무엇보다 위안이 되어 줬다.

그 현관 앞에서 그는 마침내 문자와 단어, 그리고 구두점의 신비를 터득했는데, 할머니의 지도 아래 where(어디)와 wear(입다), whether(어느)와 weather(날씨), rough(거칠다)와 stuff(물건), ocean(바다)과 motion(동작)의 차이 같은 이상한 것들과 to(−에게)와 too(역시)와 two(둘)의 차이 같은 복잡한 수수께끼들을 정복해 나갔다. 그때까지 그는 운명이 자신의 할머니로 정해 준 그 여인에게 특별히 가깝다는 감정을 느끼지 못하고 있었다. 맨해튼 도심에서 온, 눈에 띄지 않는 나나, 온화하고 다정한 사람이라고 생각했지만, 너무 조용하고 내성적이어서 어떤 관계를 만들어 가기가 쉽지 않았고, 할아버지 할머니와 함께 있을 때는 떠들썩하고 미친 듯이 활달한 할아버지가 온 방을 차지하고 있는 듯 보였고, 그런 까닭에 그늘진 곳에 남겨진 할머니의 존재는 거의 지워진 것 같았다. 땅딸하고 동그란 몸, 굵은 다리에, 촌스러운 옛날 옷과 넓적하고 낮은 굽의 심심한 신발 차림이었던 할머니는, 퍼거슨에게는 늘 다른 세상에 속한 사람, 다른 시공간에 사는 사람, 그래서 이쪽 세계에서는 절대 편안함을 느끼지 못하고 관광객 같은 기분으로 현재를 사는 사람, 얼른 지금 이 순간을 지난 다음 본인이 있던 곳으로 돌아가기만을 바라는 사람 같았다. 그렇지만 할머니는 읽기와 쓰기에 관해서라면 모르는 게 없어 보였고, 퍼거슨이 도와줄 수 있겠냐고 부탁하자 그의 어깨를 톡톡 두드리며 당연히 할 수 있다고, 그럴 수 있어서 영광이라고 했다. 에마 애들러, 벤지의 아내이자 밀드러드와 로즈의 어머니인 그녀는 알고 보니 인내심 많고 묵묵한 선생님이어서, 체계적이고 치밀하게 손자를 지도하는 일에 착수했는데, 첫날에는 그의 수준을 면밀히 알아보는 일부터 시작했고, 그렇게 그가 그때까지 배운 걸 확인한 다음 자신만의 수업 계획을 만들어 냈다. 할머니는 그가 이미 알파벳 스물여섯 자 중 대문자는 전부, 소문자도 대부분 읽을 수 있다는 사실에 고무되었고, 그가 이미 꽤 많이 알고 있기 때문에 자기 일이 짐작했던 것보다 훨씬 덜 힘들 것 같다고 말했다. 이어진 수업은 크게 세 부분으로 나뉘었는데, 오전에 90분 동안 쓰기 수업, 그리고 점심시간, 오후에 90분 동안 읽기 수업, 다시 휴식(레모네이드나 자두, 쿠키 등을 먹었다), 그다음에는 45분 동안 현관 앞 소파에 함께 앉아 할머니가 가리키는 단어들, 할머니 생각에 그가 이해하기 어려울 것 같은 단어들을 그가 소리 내어 읽는 수업이었다. intrigue(끌어들이다), melancholy(우수), thorough(철저하다)처럼 철자가 복잡한 단어들을 가리키는 할머니의 통통한 오른손 검지를 바라보고, 할머니의 핸드크림 향과 장미 향수 향을 맡으며, 그는 언젠가 그 모든 게 저절로 가능해질 때를, 자신도 지금까지 세상에 살았던 다른 사람들처럼 읽고 쓰게 될 날을 상상했다. 퍼거슨은 손재주가 좋은 아이는 아니었는데, 참나무에서 떨어졌던 사고가 그 증거였고, 더 어린 시절에 그에게 따라붙었던, 미끄러지거나 넘어졌던 사건들은 말할 것도 없었다. 그래서 그는 읽기보다 쓰기 수업이 더 힘들었다. 할머니가 내가 하는 거 잘 봐, 아치, 하고 말한 다음 천천히, 예를 들면 대문자 B나 소문자 f를 줄에 맞춰 예닐곱 번 정도 써주면 퍼거슨은 할머니의 글씨를 따라 쓰려고 애썼다. 한 번 만에 성공할 때도 있고 제대로 하지 못할 때도 있었지만, 대여섯 번을 시도해도 잘 되지 않으면 할머니가 손을 그의 손 위에 겹치고, 손가락으로 그의 손가락을 감싼 다음, 그렇게 두 개의 손으로 종이 위에 글씨를 올바르게 써 내려갔다. 그런 친밀한 가르침 덕분에 그의 실력은 빠르게 향상되었는데, 추상적 형식이라는 영역에 속했던 행위가 손에 잡히고 구체적인 것이 되었고, 글자 하나하나의 선을 따라가는 동안 그의 손 근육이 특별한 훈련을 받는 것만 같았다. 그렇게 반복해 연습하고, 이미 익힌 단어에 더해 매일 새로운 단어를 네다섯 개씩 배우는 사이에 퍼거슨은 어느새 상황을 파악하고 실수를 줄여 나갔다. 읽기에 관해서라면, 연필도 필요 없고 내키는 대로 달릴 수 있어서 매끄럽게 진도가 나갔다. 서너 단어짜리 문장에서 시작해 2주 만에 열 개에서 열다섯 개쯤 되는 단어로 이뤄진 문장으로 옮겨 갈 때도 큰 장애물은 없었고, 그는 할머니가 떠나기 전까지 읽기 훈련을 마치겠다고 결심했는데, 일단 새로운 사실이 머릿속에 들어오면 절대 잊어

먹지 않도록, 그만큼 세상을 잘 받아들일 수 있는 상태로 스스로를 만들겠다고 마음먹은 것 같았다. 할머니가 문장을 하나씩 적어 주면 그가 소리 내어 읽는 식이었다. 제 이름은 아치입니다부터 시작해서 테드가 달리는 것을 보세요, 또 오늘 아침은 아주 덥습니다, 또 깁스는 언제 풀 거예요?, 또 내일은 비가 올 것 같습니다, 또 작은 새 울음소리가 큰 새 울음소리보다 아름답다는 게 재미있습니다, 또 나는 나이 든 할머니여서 처음 읽기를 배울 때의 기억은 나지 않지만, 너만큼 빨리 배우지는 못했을 거란다 같은 문장을 읽은 후에, 그의 첫 번째 책『못된 생쥐 두 마리 이야기』를 읽기 시작했다. 톰 섬과 헝카 멍카라는 생쥐 두 마리가 어느 여자아이의 인형의 집 안에 든 음식을 먹으려다가 그게 진짜가 아니라 모형임을 알고는 그 집을 망가뜨리는 이야기였는데, 퍼거슨은 화가 난 쥐들이 집을 부숴 버리는 장면의 폭력성, 좌절되고 해결되지 못한 배고픔에 뒤따른 난폭함 같은 것들이 너무 좋았다. 할머니 앞에서 큰 소리로 책을 읽어 가는 동안, 더듬거린 단어는 perambulator(유아차), oilcloth(방수포), hearth-rug(난로 앞 깔개), cheesemonger(유제품 장수)처럼 뜻을 알 수 없는 어려운 단어 몇 개뿐이었다. 좋은 이야기라고, 아주 재미있다고, 책을 다 읽은 그가 할머니에게 말했다. 그렇지, 아주 유쾌한 이야기지, 할머니도 동의했다. 그런 다음 그의 이마에 입을 맞추며 할머니보다 더 잘 읽었구나, 하고 덧붙였다.

다음 날, 할머니는 그가 밀드러드 이모에게 편지 쓰는 걸 도와줬다. 이모와는 거의 1년째 못 보고 있었다. 당시 이모는 시카고에서 교수로 일하며 게리 같은 큰 대학생들을 가르치고 있었다. 물론 게리는 이모네 학교가 아니라 매사추세츠의 윌리엄스 대학에 다니고 있었고, 이모가 일하는 학교는 또 다른 무슨 대학이라고 했다. 게리를 떠올리면서 자연스럽게 프랜시를 생각하게 되었고, 열일곱 살인 프랜시가 벌써 결혼 이야기를 하는데 밀드러드 이모가, 엄마보다 두 살이나 많고 프랜시보다는 훨씬 나이가 많은 이모가 아직 누구와도 결혼하지 않은 게 이상하다는 생각이 들었다. 할머니에게 밀드러드 이모는 왜 남편이 없냐고 물었지만, 그런 질문에는 따로 답이 없는 것 같았다. 할머니는 고개를 저으며 잘 모르겠다고, 아마 이모가 일이나 그런 것 때문에 너무 바쁘거나 아직 적당한 사람을 못 찾은 것 같다고 했다. 그런 다음 할머니는 그에게 연필과 함께 줄이 있는 작은 종이를 내주며, 편지를 쓰기에는 제일 좋은 종이라고, 먼저 이모에게 하고 싶은 말을 충분히 생각한 다음에 직접 써보라고 했다. 문장을 짧게 써야 한다는 점을 명심하라고도 했는데, 그건 그가 긴 문장을 읽을 수 없기 때문이 아니라, 쓰기는 읽기와 다른 일이고, 글자들을 적어 내는 데만도 시간이 걸리므로, 편지를 끝까지 쓰기도 전에 지쳐서 그만두면 곤란하기 때문이었다.

사랑하는 이모에게, 퍼거슨은 편지를 쓰기 시작했다. 할머니가 물결치는 높은 목소리로, 마치 글자 하나하나로 이루어진 짧은 노래를 부르듯 철자를 불러 줬고, 그렇게 높아지기도 하고 낮아지기도 하는 멜로디를 따라 그의 손이 편지지 위에서 움직였다. 나무에서 떨어져서 다리가 부러졌어요. 할머니가 와 계세요. 할머니가 읽기와 쓰기를 가르쳐 주십니다. 프랜시 누나가 깁스를 파랗고, 빨갛고, 노랗게 색칠해 줬습니다. 누나는 전기의자에서 튀겨진 사람들 때문에 화가 났어요. 마당에서 새들이 노래합니다. 오늘은 새를 열한 종류까지 셌습니다. 저는 황금방울새가 제일 좋아요. 『못된 생쥐 두 마리 이야기』와 『서커스단 강아지 피위』를 읽었습니다. 이모는 바닐라아이스크림과 초콜릿아이스크림 중에 뭐가 좋아요? 이모가 얼른 우리 집에 오면 좋겠습니다. 사랑해요, 아치.

튀겨진이란 단어를 쓰는 데는 이견이 있었다. 할머니는 그 표현이 비극적인 사건을 전하기에는 너무 저속하다고 했지만, 퍼거슨은 다른 단어를 쓸 수 없다고 뜻을 굽히지 않았다. 프랜시가 그 사건을 이야기할 때 바로 그 말을 썼기 때문에 바꿀 수가 없다고, 그뿐 아니라 아주 생생하고 역겹기 때문에 그게 정확한 단어라고 생각한다고 했다. 결국 그 편지는 그의 편지였고, 그렇다면 그가 원하는 걸 쓸 수 있어야 했다. 다시 한번, 할머니는 고개를 저으며 말했다. 너는 물러서지 않는구나, 아치, 그렇지? 손자는 이렇게 대답했다. 내 말이 맞는데 왜 물러서요?

편지를 봉투에 넣고 얼마 후에 퍼거슨의 어머니가
예정보다 일찍 돌아왔다. 3년 전 웨스트오렌지로 이사
하면서부터 어머니가 타고 다니던 문 두 개짜리 폰티
액, 아버지와 퍼거슨이 저지 토마토라고 부르던 그 차가
털털 소리를 내며 도로를 따라 내려왔다. 자동차를 차
고에 넣은 후 어머니는 마당을 가로질러 성큼성큼, 평
소 걸음걸이와 조금 다르게, 걷는 것과 가볍게 달리는
것의 중간쯤 되는 빠른 걸음으로 현관을 향해 다가왔
는데, 얼굴을 알아볼 수 있을 만큼 가까이 왔을 때 보니
환한 미소를, 유난히 빛나는 커다란 미소를 짓고 있었
다. 이어 어머니는 본인의 어머니와 아들을 향해 손을
흔들어 보였는데, 그 따뜻한 인사는 뭔가 기분이 굉장
히 좋다는 의미였고, 퍼거슨은 어머니가 현관 계단을
오르기도 전에 무슨 말을 할지 정확히 알 것 같았다. 예
상보다 일찍 돌아온 데다가 기분 좋은 표정을 하고 있
다는 건, 오랫동안 끌던 건물 구하기가 끝났다는, 사진
관으로 쓸 자리를 찾았다는 뜻이었다.

건물은 몬트클레어에 있다고, 어머니는 말했다. 웨
스트오렌지에서 조금만 가면 되는 거리였고, 필요한
비품을 다 넣을 수 있을 만큼 클 뿐 아니라, 번화가 한
가운데 떡하니 자리 잡고 있었다. 당연히 수리를 좀 해
야 했지만, 임대는 9월 1일부터였고 그 정도면 충분히
계획을 세워서 첫날부터 공사를 시작할 수 있었다. 너

무 다행이라고 어머니는 말했다. 마침내 좋은 소식이 찾아왔지만 여전히 문제도 있었다. 사진관 이름을 정해야 했는데, 지금까지 떠오른 이름은 모두 어머니 마음에 들지 않는다고 했다. 〈퍼거슨 사진관Ferguson Photo〉은 f 소리가 반복되기 때문에 좋지 않았다. 〈몬트클레어 사진관〉은 너무 심심하고 〈로즈의 초상 사진〉은 너무 가식적이었다. 〈로즈 사진관Rose Photo〉은 o 소리가 반복되어서 별로였다. 〈교외 초상 사진〉은 사회학 교과서 제목 같았다. 〈모던 이미지〉는 나쁘지 않았지만, 사람들이 드나드는 사진관보다는 잡지 느낌이 들었다. 퍼거슨 초상 사진. 카메라 센트럴. F 조리개 사진관. 암실 마을. 라이트하우스 광장. 렘브란트 사진관. 페르메이르 사진관. 루벤스 사진관. 에식스 사진관. 모두 아니었다. 모두 구리고 이제 더는 머리가 돌아가지 않는다고, 어머니는 말했다.

퍼거슨은 질문을 하며 끼어들었다. 어머니와 아버지가 함께 춤을 추러 갔다는 곳 이름이 뭐냐고 물었다. 로즈로 시작하는 그곳, 결혼 전에 두 분이 갔다는 그곳 말이다. 퍼거슨이 그 일을 기억하고 있던 건 어머니가 거기서 두 분이 좋은 시간을 보냈다고, 정신이 없을 정도로 춤을 췄다고 이야기한 적이 있기 때문이었다.

로즐랜드, 어머니가 말했다.

그런 다음 어머니는 할머니를 돌아보며 로즐랜드 사진관이 어떻겠냐고 물었다.

나는 마음에 드는데, 할머니가 말했다.

너는, 아치? 너는 어떻게 생각해? 어머니가 물었다.

나도 마음에 들어요, 그가 말했다.

나도, 어머니가 말했다. 세상에서 가장 좋은 이름은 아니겠지만, 뭔가 느낌이 있어. 하룻밤만 있어 보자. 내일 아침에도 여전히 느낌이 좋으면, 문제 해결이야.

그날 밤, 퍼거슨과 부모님과 할머니가 2층 침실에서 자는 동안 삼 형제 홈 월드에 불이 났다. 새벽 5시 15분에 전화가 왔고, 단 몇 분 만에 아버지는 암녹색 플리머스를 몰고 뉴어크로 가 피해 상황을 확인했다. 에어컨이 계속 켜져 있던 바람에 퍼거슨은 전화가 울린 건 물론, 아버지가 서둘러 나간 것도 까맣게 모른 채 잠들어 있었고, 7시에 일어난 후에야 무슨 일이 있었는지 알게 되었다. 어머니는 초조해 보였는데, 퍼거슨이 보기에는 그 어느 때보다 혼란스러워하고 정신이 없었다. 바위처럼 확고하고 지혜로 가득하다고 늘 생각했던 어머니가, 이제는 자신과 똑같이 슬픔이나 눈물, 절망에 쉽게 굴복하는 연약한 존재로 보였다. 어머니가 그의 어깨를 팔로 감싸 안는 순간 그는 겁에 질렸는데, 단순히 아버지의 상점이 불타 버렸고 이제 가족이 살아갈 돈이 없어서, 그래서 구빈원에 들어가 남은 인생 동안 죽과 말라 빠진 빵만 먹으며 지내야 해서가 아니었다. 그런 상황도 충분히 나쁘지만, 그보다 더 무서운 건 어머니가 그보다 강하지 않다는 사실, 세상이 때리면 어머니도 그와 마찬가지로 아파한다는 사실, 어머니는 그저 그보다 나이가 많을 뿐, 둘 사이에 차이가 없다는 사실을 알게 된 것이었다.

아버지가 불쌍해서 어쩌니, 어머니는 말했다. 평생 키워 온 가게인데 말이야, 일하고 일하고 또 일했는데, 그 모든 게 허사가 된 거야. 누군가가 성냥을 그었고, 벽에 있는 전선에서 누전이 일어났고, 그렇게 20년간 열심히 길러 낸 사업이 잿더미가 되어 버렸구나. 하느님도 잔인하지, 아치. 하느님은 세상의 착한 사람들을 지켜 줘야 하는데, 그러지를 않는 거야. 하느님은 착한 사람에게도 나쁜 사람과 똑같이 고통을 주는 거야. 데이비드 래스킨도 죽게 내버려 두고, 아버지 가게에 불이 나게 하고, 죄 없는 사람들이 수용소에서 죽게 내버려 두는데, 그런데도 사람들은 하느님이 친절하고 자비롭다고 하지. 무슨 말도 안 되는 소리니.

어머니가 말을 멈췄다. 퍼거슨은 어머니의 눈가가 눈물로 촉촉해진 걸 알아차렸다. 어머니는 이미 말을 너무 많이 해버렸다고, 여섯 살 어린이 앞에서 그런 씁쓸한 마음을 다 표현할 수는 없다고 생각했는지, 쏟아져 나오려는 말을 참으려는 듯 아랫입술을 깨물고 있었다.

걱정 마, 어머니가 말했다. 그냥 속상해서 그런 것뿐이야. 아버지가 화재 보험을 들어 놓았으니까 우리한테는 아무 일도 없을 거야. 운이 아주 나쁜 건 맞지만,

잠시만 그런 거고 결국 다시 좋아질 거야. 너도 알지, 아치? 그렇지?

퍼거슨은 고개를 끄덕였지만, 그건 어머니를 더 속상하게 하지 않기 위해서일 뿐이었다. 어머니 말처럼 다시 좋아질 거라고 그는 생각했지만, 역시 어머니 말처럼 하느님이 잔인하다면, 그렇게 되지 않을지도 몰랐다. 확실한 건 아무것도 없었다. 2천3백 일 하고도 25일 전에 세상에 태어난 후 처음으로, 모든 기대가 사라졌다.

그것만이 아니었다. 데이비드 래스킨은 또 누구란 말인가?

1.3

그의 사촌 앤드루가 죽었다. 작전 중에 총에 맞았다고 퍼거슨의 아버지는 설명해 줬다. 그 작전이란 남한과 북한 사이에 놓인 몹시 추운 산악 지대에서의 야간 순찰이었고, 중국 공산군의 총알이 앤드루의 심장을 관통해 열아홉의 나이에 죽어 버린 것이다. 1952년이었고, 다섯 살 난 퍼거슨은 방에 있는 다른 사람들처럼 자신도 비참한 기분이 되어야 할 것 같았다. 우선 밀리 숙모와 사촌 누나 앨리스는 10분에 한 번씩 울음을 터뜨렸고, 슬픔에 빠진 루 삼촌은 줄담배를 피우며 바닥만 쳐다보고 있었다. 하지만 퍼거슨은 자신에게도 요구되는 그 슬픔을 제대로 끌어모을 수 없었다. 슬프지 않은데 슬프려고 애쓴다는 게 뭔가 잘못된 것 같고 부자연스러웠다. 실은 그는 단 한 번도 사촌 형 앤드루를 좋아한 적이 없었는데, 앤드루는 그를 졸부, 꼬맹이, 꼬마 똥 대가리 등으로 불렀고, 가족 모임에서 그의 대장 행세를 했고, 그가 충분히 용감한지 확인해 보겠다며 옷장에 가둔 적도 있었다. 딱히 퍼거슨을 괴롭히지 않을 때도 앤드루는 자기 동생 앨리스를 돼지 면상, 개 대가리, 연필 다리 같은 못된 말로 불러서 퍼거슨으로 하여금 역겹고 창피하다는 생각이 들게 했고, 자신보다 한 살밖에 어리지 않지만 키는 머리 하나쯤 작았던 사촌 동생 잭을 넘어뜨리거나 때리는 일을 유난히 재미있어했다. 퍼거슨의 부모님도 앤드루가 문제가 있는 아이임을 인정했는데, 적어도 퍼거슨이 기억하는 한, 그는 사촌 앤드루가 학교에서 장난을 치고, 선생님에게 말대꾸하고, 쓰레기통에 불을 지르고, 창문을 깨고, 수업을 빼먹는 등 비행이 너무 심해서 교장 선생님이 11학년 때 퇴학시켰다는 이야기를 들은 적이 있었다. 그다음엔 자동차를 훔치다 걸려서 판사가 교도소나 군대 중에 하나를 선택하라고 했고, 그래서 앤드루는 입대했고, 한국에 파병된 지 6주 만에 죽은 것이었다.

그 죽음이 자신의 가족에게 미친 충격을 퍼거슨이 온전히 이해하기까지는 시간이 필요했는데, 그것이 자신에게 준 궁극적인 영향을 파악하기에는 아직 너무 어렸기 때문이다. 그 영향은 그가 일곱 살 반이 되어서야 분명해졌고, 따라서 앤드루의 장례식에서부터 그의 작은 세계를 박살 내버린 사건이 일어나기까지 2년 동안은, 늘 현재 시제뿐인 흐릿한 어린 시절을 보냈다. 무미건조한 학교생활, 운동과 놀이, 친구들, 텔레비전 프로그램, 만화책, 이야기책, 앓았던 일, 무릎이 까지거나 팔다리에 멍이 들었던 일, 종종 벌어졌던 주먹다짐, 도덕적 딜레마, 그리고 현실의 정체에 대한 수많은 질문이 있던 그 시간 내내 그는 부모님을 사랑했고, 역시 부모님에게서 사랑받으며 지냈다. 그 사랑의 대부분은 활기차고 애정이 넘쳤던 어머니 로즈 퍼거슨에게서 나왔는데, 어머니는 그들이 살았던 밀번의 중심가에서 로즐랜드 사진관을 운영했다. 아버지의 사랑은 조금 적었고, 그래서 더 소중했는데, 속을 알 수 없던 아버지 스탠리 퍼거슨은 거의 말이 없었고, 아들의 존재도 희미하게만 의식하고 있는 듯 보였다. 하지만 퍼거슨은 아버지는 생각할 거리가 많다는 것, 삼 형제 홈 월드 운영은 온 힘을 다해야 하고 쉬는 시간도 없는 일이라는 것을 이해했고, 그렇기 때문에 아버지가 어쩔 수 없이 늘 정신을 딴 데 팔고 있는 거라고 생각했다. 하지만 아버지가 정신을 딴 데 팔지 않고 아들에게만 집중하는 흔치 않은 시간에는 아버지 역시 그를 알아본다는 것, 아들을 다른 사람과 착각하고 있지 않다는 것을 확실히 느낄 수 있었다. 다른 말로 하면 퍼거슨은 안전한 기반 위에서 살았고, 물질적 지원도 안정적으로, 세심하게 이뤄졌다. 안정된 집, 하루 세끼의 식사, 새로 다린 옷들이 주어졌고, 견뎌야 할 육체적 고난이나 성장을 방해할 감정적 고통 같은 건 없었고, 다섯 살 반에서 일곱 살 반까지 그 2년 동안 그는, 교육자라면 건강하고 평범하며 지적 능력이 평균 이상인, 20세기 중반의 괜찮은 미국 소년이라고 할 만한 존재가 되어 가고 있었다. 하지만 퍼거슨은 본인 삶의 내적인 소용돌이에만 사로잡혀 눈앞의 관심사를 벗어나는 일에는 관심을 기울일 수가 없었고, 그의 부모님은 걱정을 어린 아들에게 드러내는 종류의 사람들이 아니었기 때문에, 그로서는 1954년 11월 3일에 닥친 재앙, 에덴동산 같았던 어린 시절에서 그를 몰아내고 삶을 완전히 뒤바꿔 버린 그 사건에 대비할 수 없었다.

그 운명의 순간이 닥치기 전에 퍼거슨이 전혀 모르고 있던 일들은 다음과 같다.

1) 아들의 죽음에 따른 루와 밀리의 슬픔은 너무 컸고, 거기에 자신들이 부모로서 실패했다는 사실, 망가진 인간이라고 할 만한 인간을 길러 냈다는 사실까지 더해졌다. 양심이나 윤리적인 바탕이 없던 비행 소년, 규범과 권위를 무시하고, 기회가 있을 때마다 소란을 피우며 즐거워하던 아이, 거짓말쟁이, 처음부터 끝까지 남을 속이던, 불량 인간을 만들었다는 자책감이었다. 루와 밀리는 자신들의 실패 때문에 힘들어했다. 자신들이 아이에게 너무 엄했는지, 아니면 너무 물렀는지 궁금해했고, 아이가 자동차를 훔친 일, 결국 사형 선고가 된 그 사건을 막기 위해 자신들이 어떻게 했어야 했는지 궁금해했다. 군대 생활이 아이를 바로잡아 줄지도 모른다는 기대에 입대를 추천했지만, 아들은 바로잡히

는 대신 관에 누인 채 땅속에 묻혀 버렸다. 그런 까닭에 그들은 아들의 죽음까지도, 다루기 힘들고 늘 화에 차 있던, 그렇게 허비하고 만 아들의 인생뿐 아니라, 신의 버림을 받은 한국의 그 얼음처럼 차가운 산악 지대에서 맞이한 죽음까지도, 자신들의 책임인 것 같았다.

2) 루와 밀리는 술에 빠져들었다. 두 사람은 유흥을 위해 강박적으로 술을 마시는 부부, 감당할 수 있을 만큼 적당히 취했을 때는 과장된 모습이 매력적으로 보이기도 하는, 술 좋아하고 태평한 부부였다. 둘 다 주량이 상당했는데, 이상하게도 깡마른 밀리 쪽이 술이 더세서 몸을 가누지 못하거나 혀가 꼬이는 일이 거의 없었던 반면, 몸집이 훨씬 큰 그녀의 남편은 종종 도를 넘었고, 심지어 앤드루가 죽기 전에도 퍼거슨은 삼촌이 소란스러운 가족 모임 도중에 소파에 드러누워 코를 골며 자는 모습을 본 적이 있었다. 그런 일이 있을 때마다 가족들은 재미있어했지만, 이제 아들이 죽은 후로루의 주량은 더 늘어서, 파티나 저녁 식사 전의 칵테일 시간, 저녁 식사 후의 잠자리 술 정도가 아니라, 점심 식사를 하며 낮술을 먹는다든가, 재킷 주머니에 플라스크를 넣고 다니며 틈틈이 홀짝이는 수준까지 되었다. 당연히 그런 음주가 죄책감으로 가득한 찢어진 가슴을 다스리는 데는 도움이 되었지만, 숙취는 상점 업무에 영향을 미치기 시작했고, 손님들에게 월풀이나 메이태그 세탁기의 장점을 이야기할 때 횡설수설하는

일도 종종 있었다. 횡설수설하지 않을 때는 자주 짜증을 부렸는데, 짜증을 부릴 때면 사람들에게 무례하게 굴면서 즐거워했기 때문에 삼 형제 홈 월드의 일에는 전혀 도움이 되지 않았고, 결국 퍼거슨의 아버지가 끼어들어 기분이 상한 손님에게서 루를 떼어 놓은 다음 집에 가서 좀 자면서 쉬라고 했다.

3) 루가 도박에 빠져 있다는 건 모두가 알았다. 밀리가 뉴어크 시내 뱀버거 백화점에서 구매 담당자로 일하지 않았다면 그의 가족은 오래전에 파산했을 텐데, 루가 삼 형제 홈 월드에서 받는 봉급은 대부분 마권을 사는 데 들어갔기 때문이다. 음주벽이 통제를 벗어나면서 판돈이 큰 도박에 돈을 거는 버릇도 심해졌는데, 루는 인생에 한 번 있을 법한 거창하고 죽이는 한 방, 도박사들이 두고두고 이야기할 전설적인 베팅을 꿈꿨고, 그런 어림짐작이 점점 더 변덕스러워지면서 잃는 돈도 점점 커졌다. 1954년이 되자 빚은 3만 6천 달러에 이르렀고, 10년 넘게 경마 도박을 알선해 주던 업자 아이라 번스틴의 인내심도 바닥났다. 루는 현금이 필요했는데, 자신의 선의를 증명해 줄 1만 달러나 1만 2천 달러 정도의 두둑한 돈뭉치를 마련하지 않으면 야구 배트를 들고 놋쇠 너클을 찬 남자들이 당장 들이닥칠 태세였다. 다시는 도와주지 않겠다는 동생의 말이 진심이었다는 걸 알았기 때문에 스탠리에게 도움을 요청할 수는 없었고, 대신 그는 돈을 훔치기로 했다. 삼 형

제 홈 월드에서 G. E.사의 물건을 공급하는 도매업자에게 발행하던 수표에 대해 지급 정지를 요청하고, 그 돈을 자기 앞으로 빼돌린 것이다. 결국에는 들킬 걸 알았지만 상점과 도매업자는 상호 신뢰를 바탕으로 거래했고, 실제 거래와 장부상 거래 사이에는 몇 달의 시차가 있었기 때문에 그 몇 달 동안 제자리로 돌려놓으면 될 일이었다. 9월 말, 퍼거슨의 삼촌은 그렇게 할 기회를 발견했다. 한 번 더 도매업자에게 가는 수표를 빼돌려야 했지만, 만약 모든 일이 잘 풀리면 횡령한 9천 달러는 열 배쯤 불어날 터였고, 그건 두 차례 지급 중지된 수표들을 메우는 건 물론, 번스틴에게 빌린 돈을 모두 갚고도 상당한 돈다발이 남을 만큼 충분히 큰 금액이었다. 월드 시리즈가 곧 열릴 참이었다. 인디언스의 전력이 자이언츠에 비해 압도적으로 강했기 때문에 클리블랜드[7]에 거는 건 큰 의미가 없었다. 대신 루는 이렇게 생각했다. 만약 클리블랜드가 그렇게 강한 팀이라면 4연승으로 우승을 못 할 이유도 없잖아? 그런 베팅이 훨씬 매력적이었다. 4연승으로 우승하면 열 배였던 반면, 게임별로 클리블랜드가 이기는 쪽에 걸 때의 배당금은 푼돈에 불과했다. 루는 다른 업자, 즉 번스틴이 아닌 업자를 찾아갔고, 동생 회사에서 훔친 9천2백 달러를 인디언스에, 그 팀이 자이언츠에 한 게임도 지지 않고 우승한다는 데 전부 걸었다. 퍼거슨의 삼촌이 1차

7 클리블랜드 인디언스

전을 어디서 봤는지는 아무도 몰랐다. 스탠리와 아널드를 비롯한 삼 형제 홈 월드의 직원들과 50~60명의 손님, 진짜 손님이라기보다 집에 텔레비전이 없는 자이언츠 팬들이 상점에 모여 중계를 기다리는 동안, 루는 혼자 시합을 보기 위해 슬그머니 빠져나갔다. 아마 동네 술집이나 다른 장소, 아무도 자신을 지켜보지 않는 그런 곳이었을 텐데, 그곳에서 그는 8회 초 워츠가 친 플라이 볼을 메이스가 달려가 잡는 광경을 지켜보며 두려움에 떨었고, 더욱 끔찍하게도, 몇 분 후에는 로즈가 레먼의 투구를 오른쪽 관중석으로 날려 버리는 걸 보며 영혼이 무너져 내리는 기분을 맛봐야 했다. 한 남자가 멋지게 배트를 휘둘렀고, 다른 한 남자의 삶이 폐허가 되었다.

4) 10월 중순, G. E. 도매업자는 8월 초에 배달했던 트럭 한 대분의 냉동고와 에어컨, 선풍기, 냉장고에 대한 지급 기록이 없다고 스탠리에게 알렸다. 영문을 몰랐던 스탠리는 삼 형제 홈 월드의 경리였던 어델 로즌에게 달려갔다. 로즌 부인은 쉰여섯 살의 통통한 과부로, 노란 연필을 머리에 꽂고, 단정한 서체와 엄격하게 줄을 맞춘 장부의 미덕을 믿는 사람이었다. 스탠리가 상황을 설명하자 그녀는 자신의 책상 서랍에서 회사의 수표책을 꺼내 8월 10일 자의 보관용 부본을 확인했다. 지급 예정이었던 14,237달러 16센트가 정확히 지급되었음을 알 수 있었다. 스탠리는 어깨를 으쓱했다. 그는

우편 사고가 난 모양이라고 하고는, 8월에 발행한 그 수표는 지급 정지를 요청하고 G. E. 도매업자에게 새로운 수표를 끊어 주라고 로즌 부인에게 말했다. 다음 날, 로즌 부인은 매우 당황한 표정으로 해당 수표에 대한 지급 정지 요청이 이미 오래전인 8월 11일에 있었다고 스탠리에게 보고했다. 그건 무슨 뜻일까? 아주 잠깐, 정말 아주 잠깐 동안 스탠리는 로즌 부인이 자신을 속인 게 아닌가 하는 생각이 들었다. 그때까지 성실하게 일해 온 종업원, 지난 11년 동안 남몰래 스탠리를 좋아해 왔다는 사실을 온 천하가 아는 그녀가 장부를 조작한 걸까 하는 생각이 들었지만, 어쩔 줄 몰라 하며 존경을 담은 눈빛으로 자신을 바라보는 그녀를 보며, 그건 말도 안 되는 생각임을 깨달았다. 그는 아널드를 매장 뒤쪽 사무실로 불러 사라진 1만 4천 달러에 관해 아는 바가 있는지 물었지만, 아널드는 그 사실을 처음 알게 된 로즌 부인만큼이나 놀라고 당황한 표정을 보이며 도무지 무슨 이야기를 하는 건지 모르겠다고 했고, 스탠리는 형을 믿었다. 다음으로 그는 루를 불렀다. 집안의 큰형은 처음에는 모든 걸 부정했지만, 스탠리는 형이 눈을 맞추지 못하고 자꾸 어깨 뒤쪽의 벽만 쳐다보는 게 마음에 들지 않았고, 그런 형을 압박하며 8월 수표의 지급 정지에 관해 아는 바가 없느냐고 들볶았다. 그런 일을 할 수 있는 사람은 루뿐이라고, 로즌 부인은 잘못이 없고 스탠리 본인과 아널드도 모르는 일이기 때문에 루가 유일한 용의자라고, 루일 수밖에 없다고 다그치며 최근의 도박 활동에 관해 꼬치꼬치 묻기 시작했다. 돈을 얼마나 걸었는지, 모두 얼마나 잃었는지, 어느 야구 시합에 걸었는지, 어느 미식축구 시합에 걸었는지, 어느 권투 시합에 걸었는지 따져 물었고, 스탠리가 강하게 압박하면 할수록 루의 몸은 점점 약해지는 듯 보였다. 마치 두 사람이 링 위에 뒤엉켜 있고 말 한 마디 한 마디가 주먹이 되어 복부나 머리를 강타하는 것 같았고, 루는 무릎이 풀린 사람처럼 서서히 휘청거리기 시작하더니, 어느새 의자에 앉아 양손으로 얼굴을 가린 채 흐느끼며 들리지도 않을 만큼 작은 목소리로 띄엄띄엄 털어놓기 시작했다. 스탠리는 자신이 들은 말에 너무 놀랐는데, 사실상 루는 그가 저지른 일은 조금도 유감으로 생각하지 않았다. 유감으로 생각하는 부분이 있다면 일이 계획대로 되지 않았다는 점, 아름다운 무결점 계획이었는데 인디언스가 자신을 실망시키고 월드 시리즈 첫 경기에서 져버렸다는 사실이었다. 씨발 윌리 메이스, 씨발 더스티 로즈 때문이라고 그는 말했고, 스탠리는 마침내 형에게 희망이 없음을 이해했다. 다 큰 어른이 야구 선수 한두 명을 자기 문제의 원인으로 지목하는 건, 정신 상태가 어린이 수준을 벗어나지 못했다는 의미였다. 그것도 멍청한 어린이, 루 본인의 아들, 이제 죽어서 땅에 묻힌 앤드루 퍼거슨 이병만큼이나 빈약하고 결함이 많은 어린이의 정신 상태였다. 스탠리는 당장 나가라고, 다시는 돌아오지 말라고 형에게 말할 뻔했지만, 그럴 수가 없었다. 그건 너무 갑작스럽고 너무 가혹할 것 같았고, 그래서 무슨 말을 할까 생각해 봤지만, 화가 어느 정도 가라앉을 때까지, 적어도 후회하지 않을 말을 할 수 있을 때까지는 아무 말도 할 수 없다는 걸 알았다. 루가 들려준 말에 따르면 자신들 모두가 이 사태에 휘말린 거였고, 상점도 끝이었다. 퍼거슨의 아버지는 루가 무슨 이야기를 하는지 전혀 알 수가 없었기 때문에 좀 더 침묵을 지켰고, 형이 정말로 제정신이 아닐지도 모른다고 생각했다. 그때 루가 번스틴 이야기를 꺼냈고, 자기 빚이 얼마인지도 말했다. 당시 2만 5천이 넘었고, 그것도 빙산의 일각일 뿐이었던 게, 번스틴이 이자를 붙이기 시작했기 때문에 전체 금액은 매일매일 오르고, 오르고, 또 오르는 중이었고, 지난 2주 동안 대여섯 통의 전화가 걸려와 빚을 갚지 않으면 대가를 치르게 될 거라고 협박했다고 했다. 그 말은 다양한 의미일 수 있었는데, 밤에 남자들이 덮쳐 그의 뼈를 하나하나 분질러 놓을 수도 있고, 염산으로 눈을 멀게 할 수도 있고, 아니면 밀리의 얼굴에 흉터를 내거나 앨리스를 유괴할 수도 있고, 그것도 아니면 밀리와 앨리스를 둘 다 죽여 버릴 수도 있다고, 자기는 무섭다고, 너무 무서워서 잠도 오지 않는다고 루는 동생에게 말했다. 집에는 주택 담보 대출이 두 건이나 걸려 있고, 이미 회사에서도 2만 3천 달러나

빌렸는데 어디서 돈을 구해야 할지 모르겠다고. 이제 스탠리도 무릎이 풀리기 시작했고, 정신이 없고 어지러웠으며, 더 이상 온전히 자기 자신이 아니고, 정신은 어디 다른 곳을 떠도는 것 같았다. 그는 루 반대편에 있는 책상 의자에 앉아 어떻게 1만 4천 달러가 갑자기 2만 3천 달러가 되었는지 궁금해했다. 그렇게 형제가 회색 철제 책상을 사이에 두고 마주 보는 동안, 루는 번스틴이 제안한 게 있는데 자기가 보기에는 그게 유일한 해결책인 것 같다고, 스탠리가 마음에 들든 안 들든 반드시 그렇게 해야 할 것 같다고 했다. 무슨 소리야? 스탠리가 물었다. 7분 만에 처음으로 입을 여는 것이었다. 우리 상점에 불을 질러 주겠대, 루가 말했다. 그래서 보험금을 받으면, 모두 나눠 갖는 거야. 스탠리는 아무 말도 하지 않았다. 아무 말도 하지 않아야 했기 때문에 아무 말도 하지 않았다. 그때 그의 머릿속에 떠오른 건 형을 죽여 버리고 싶다는 생각밖에 없었는데, 그 생각을 소리 내어 말한다면, 그대로 형의 목을 졸라 죽여 버리고 싶다고 루에게 말한다면 어머니가 무덤에서 일어나 그에게 저주를 퍼부을 것 같았고, 그러면 남은 평생 괴로울 것 같았다. 마침내 스탠리는 자리에서 일어나 문을 향해 걸어가다가, 문턱 앞에서 잠시 멈추고 말했다. 형 말은 못 믿겠어. 그는 사무실을 나갔고, 뒤에서 형이 외치는 소리가 들렸다. 믿어 줘, 스탠리. 그 방법밖에 없어.

5) 스탠리는 우선 로즈에게 이야기하고 싶었다. 아내 앞에서 짐을 내려놓고 루를 말릴 수 있게 도와 달라고 하고 싶었지만, 매번 말을 꺼내는 데 애를 먹었고 매번 실패했다. 아내가 하게 될 말을 견딜 수 없을 것 같았기 때문에, 아내가 무슨 말을 할지 알고 있었기 때문에 매번 마지막 순간에 포기하고 말았다. 경찰서에 갈 수는 없었다. 아직 아무 범죄도 일어나지 않았는데, 구체적인 물증도 없이 자기 형이 범죄를 꾸미고 있다고 신고하는 동생이 어디 있단 말인가? 그리고 번스틴과 형이 정말로 범죄를 저지른다고 해도, 그가 경찰서에 가서 형을 체포해 달라고 말할 수 있을까? 루가 위험에 처했다. 그들은 그를 눈멀게 하겠다고, 아내와 딸을 죽이겠다고 협박하고 있었고, 만약 스탠리가 나선다면 그 역시 그런 상해나 사망에 책임이 생기고, 그 일의 일부가 될 것이었다. 의도와 상관없이 공모자가 되는 셈이었고, 만약 일이 잘못돼서 번스틴과 루가 체포된다면 형은 조금도 망설이지 않고 스탠리 역시 공범이었다고 말할 것이었다. 그랬다. 그는 루를 경멸했다. 루를 생각하기만 해도 속이 아픈 것 같았지만, 동시에 그런 증오를 느끼는 자기 자신에게도 깊은 혐오감을 품고 있었다. 그건 죄악이자 역겨운 마음이었고, 더더욱 행동에 나서지 못하게 하는 마음일 뿐이었다. 로즈에게 사정을 털어놓지 못했다는 건 자신이 현재가 아니라 과거를 선택했다는 뜻이라는 걸 그는 알았다. 남편으

로서의 자신을 부정하고 아들이자 형제로 지냈던 어두운 세계, 더 이상 머무르고 싶지 않지만 도무지 탈출할 수 없는 그 세계로 더 깊이, 훅 빨려 들어간 셈이었다. 이어진 2주 동안 스탠리는 두려움과 분노에 휩싸여 정신이 나간 상태로 침묵에 빠진 채 모두와 거리를 두고 지냈고, 좌절감에 끓어올랐고, 자신의 머릿속에 있는 폭탄이 언제 터질까 궁금했다.

6) 그의 짐작대로, 함께하는 — 혹은 함께하는 척하는 것 외에 대안이 없었다. 그는 번스틴 무리가 무슨 계획을 세우는지 세세한 부분까지 따라잡아야 했고, 그런 것들을 알기 위해서는 자신도 같은 편이라고 믿도록 루에게 확신을 심어 줘야 했다. 다음 날, 마지막 대화, 그러니까 그 방법밖에 없어, 하는 말로 끝났던 싸늘한 대화가 있고 스물네 시간 후에 스탠리는 루에게 마음을 바꿨다고, 자신의 더 나은 판단에 반하여, 또한 마음속으로 깊은 혐오감을 느끼며, 역시 다른 방법은 없는 것 같다고 말했다. 그런 허언은 원하는 결과를 낳았다. 스탠리도 한배에 탔다고 생각한 루는 나사가 빠진 사람처럼 벌벌 떨면서 감사를 표하고, 동생을 가장 소중하고 믿을 만한 동료로 대하기 시작했고, 스탠리가 계획을 망치고 화재를 막을 생각밖에 없는 이중 첩자일지도 모른다는 의심은 한 번도 하지 않았다.

7) 두 명이 있다고 루는 그에게 알려 줬다. 전과 없는 전문 방화범과 그와 호흡을 맞추며 망을 보는 사람이

있고, 날짜는 기상 예보에서 비가 온다고 하지 않는 한 다음 주 화요일, 11월 2일에서 3일로 넘어가는 밤이라고 했다. 루는 침입 경보를 해제하고 범인들에게 상점 열쇠를 건네주기로 했다. 자신은 그날 밤 집에 있을 예정이라고, 스탠리도 똑같이 해달라고 했지만 스탠리에게는 그날 밤 다른 계획이 있었다. 단 하나의 계획, 불 꺼진 상점에서 기다렸다가 방화범들이 작업을 시작하기 전에 쫓아내는 일이었다. 스탠리는 범인들이 총을 가져올지 알고 싶었지만 루는 잘 모르겠다고 했다. 번스틴이 거기까지는 이야기하지 않았지만 무슨 상관이냐고, 자신들과 상관도 없는 일을 왜 걱정하는 거냐고 되물었다. 누군가가 엉뚱한 시간에 상점을 지나갈 수도 있으니까, 하고 스탠리는 말했다. 경관이나 개를 데리고 산책 나온 남자, 파티를 마치고 집으로 돌아가는 여자 등이 있을지 모르는데 다치는 사람은 없었으면 좋겠다고, 그는 말했다. 보험금 30만 달러 때문에 사업장을 태워 버리는 것도 이미 충분히 나쁜 짓인데, 그 과정에서 지나가던 무고한 사람이 총에 맞아 죽기라도 하면 남은 평생을 교도소에서 보내게 될 거라고 했다. 루는 거기까지는 생각해 보지 않았다. 그 문제도 번스틴과 상의해 봐야 할 것 같다고 했지만, 스탠리는 그럴 필요 없다고, 루가 뭘 원하든 상관없이 번스틴 쪽 사람들은 하고 싶은 대로 할 거라고 했다. 그 말로 대화는 끝이었고, 형을 두고 아래층 전시장으로 내려가는 동안 스탠리는 총이 있는지 없는지가 꽤 중요한 미지의 변수임을, 자신의 계획을 망쳐 버릴 수도 있는 변수임을 깨달았다. 화요일 전에 자신도 총을 마련하는 게 이성적인 준비일 거라고 생각했지만, 그의 안에서 뭔가가 망설이게 했다. 평생 총에 거부감이 있던, 그래서 쏴 보기는커녕 손에 잡아 본 적도 없던 그였다. 아버지가 총에 맞아 돌아가셨고, 31년 전 시카고의 창고에서 권총을 지니고 다녔지만 아무 소용이 없었다. 아버지는 쏴보지도 못한 38구경 권총을 쥔 채 돌아가셨고, 어쩌면 그렇게 총을 지니고 있었기 때문에 돌아가신 건지도 몰랐다. 살인자는 자기 목숨을 구하기 위해 다른 선택지가 없었던 건지도. 아니다. 총은 너무 복잡한 문제인 데다가, 일단 당신이 누군가에게 무기를 겨누면, 특히 그 누군가 역시 무기를 들고 있다면, 스스로를 지키기 위해 의지하는 그 물건 때문에 당신은 시체가 되어 버릴 수도 있다. 번스틴이 삼 형제 홈 월드에 불을 지르기 위해 고용한 사람은 청부 살인자가 아니라 방화범일 뿐이었다. 루의 말에 따르면 전직 소방관이고 좋은 사람이라고 했다. 불을 끄는 일로 생계를 유지했던 사람이 이제 재미와 수입을 위해 불을 지르고 다니는 것뿐인데, 그런 사람이 무슨 이유로 총을 지니고 다니겠냐고 했다. 망보는 사람은 또 다른 문제였다. 당연히 어깨가 떡 벌어진 인물일 테고 완전 무장을 한 채 상점에 나타나겠지만, 그 남자는 전직 소방관이 맡은 일을 하는 동안 밖에서 기다릴 거라고 스탠리는 예상했다. 자신은 두 사람이 나타나기 전에 건물 안에 들어가 있을 테니까, 결론적으로 총은 필요 없을 것 같았다. 그렇다고 빈손으로 간다는 뜻은 아니었다. 야구 배트면 충분할 것 같았다. 36인치짜리 루이빌 슬러거 배트라면 32구경 권총 못지않게 효율적으로 방화범을 쫓아낼 수 있을 것이었다. 11월 2일이 되기까지 2주 동안 스탠리의 정신 상태를 감안하면, 루의 자백을 들은 후로 그의 머릿속을 헤집었던 악마 같은, 반쯤 미친 듯 통제를 벗어난 생각의 소용돌이를 감안하면, 야구 배트 아이디어는 너무나 말이 안 되게 웃기다는 생각도 들었다. 너무 웃겨서 그 생각이 들었을 때 그는 큰 소리로 웃음을 터뜨렸고, 그의 허파 밑바닥에서 올라온 웃음은 벽에 맞고 터지는 납 산탄처럼 입 밖으로 튀어나왔다. 따지고 보면 그 무시무시한 소동도 야구 배트 하나, 더스티 로즈가 9월 29일 폴로 그라운즈에서 사용했던 그 배트 하나 때문에 벌어진 일이었으니, 다른 배트를 들고 자신의 상점을 태워 버리려는 남자에게 머리를 박살 내 버리겠다고 위협하는 건 그 소동을 마무리할 완벽한 방법인 것 같았다.

8) 2일 오후, 스탠리는 로즈에게 전화해 저녁 식사는 집에서 할 수 없을 것 같다고 말했다. 어델과 함께 밤늦게까지 일할 거라고, 금요일에 예정된 회계 감사에 대비해 장부를 확인해야 하는데, 자정까지 해야 할 것 같

다고, 그러니 기다릴 필요는 없다고 했다. 화요일에 상점은 5시에 닫았고, 5시 30분이 되자 모두 퇴근하고 스탠리만 남았다. 아널드, 로즌 부인, 에드와 필, 찰리 사이크스, 밥 도킨스까지 아무도 없었고, 루는 아예 결근을 해버렸다. 그날 아침 상점에 나오는 게 너무 무서웠던 루는 열이 난다며 온종일 집에 처박혀 있었다. 번스틴 쪽 사람들은 새벽 1~2시까지는 오지 않을 것 같았고, 홀로 몇 시간을 보내야 했던 스탠리는 밖에서 저녁을 먹기로 했다. 뉴어크에서 가장 좋아하는 식당 모이시스에 가서 마음껏 먹기로 했는데, 동유럽 유대인 요리 전문점으로 옛날에 어머니가 해주던 요리와 똑같은, 서양 고추냉이를 넣은 소고기찜이나 감자피로건, 생선살경단, 무교병수프까지, 다른 시대, 다른 세계의 농민들이 먹었던 별미를 내놓는 곳이었다. 모이시스에 들어서면 스탠리는 사라져 버린 유년 시절로 돌아갈 수 있었는데, 그 식당 자체가 하나의 유물로, 테이블에는 싸구려 비닐 테이블보가 깔려 있고 천장에는 먼지 긴 전등갓이 매달려 있는, 허름하고, 우아하다고 할 수 없는 곳이었다. 하지만 모든 테이블에 파란색 혹은 녹색 탄산수병이 장식처럼 놓여 있었고, 그 병들을 볼 때마다 그는 이유는 알 수 없지만 행복감이 몰려왔다. 뚱하고 예의도 없는 종업원들이 이디시어로 이야기하는 걸 들을 때도 편안한 기분이 들었는데, 아무리 노력해봐도 그 이유 역시 설명할 수가 없었다. 그래서 스탠리는 그날 밤 보르시와 사워크림 약간으로 시작해 절인 청어, 오이와 감자팬케이크를 사이드로 곁들인 플랭크 스테이크(웰던)까지, 어린 시절의 음식들로 저녁을 먹었고, 세로줄이 있는 깨끗한 컵에 탄산수를 따르고 찬찬히 식사하는 동안 돌아가신 부모님을 떠올리고, 구제 불능인 두 형, 그렇게 오랫동안 마음에 상처를 준 그 형들을 떠올리고, 또 아름다운 로즈를 떠올렸다. 로즈는 자신이 가장 사랑하는 사람이지만 한 번도 충분히 사랑해 주지는 못했다는 사실을 이제 그는 이해하게 되었고, 자신에게 어딘가 답답하고 꽉 막힌 부분이 있다는 사실, 자신이 생겨 먹은 모습에 그렇게 결함이 있기 때문에 그녀가 받아 마땅한 것들을 주지 못했다는 사실이 아팠다. 그리고 꼬마 아치도 있었다. 수수께끼 덩어리 같은 아들, 물론 활달하고 머리 회전도 빠른 녀석이었고, 대부분의 다른 아이들보다 나은 아이였지만, 녀석은 처음부터 자기 엄마의 아들이었고, 엄마에게만 너무 집착했기 때문에 스탠리는 한 번도 아들의 마음속으로 들어가 볼 수 없었다. 이제 일곱 살 반이 되었는데, 스탠리는 여전히 아들의 생각을 읽을 수 없어 당혹스러웠던 반면, 로즈는 항상 알고 있는 것 같았다. 마치 태어날 때부터 주어진 어떤 능력, 여자들에게서는 불타오르는 반면 남자들에게는 좀처럼 주어지지 않는 능력이 있는 것 같았다. 스탠리가 그런 문제들을 깊이 생각해 보는 일은, 자신을 돌아보며 실패와 슬픔을,

조각조각 이어 붙인 삶에서 튀어나온 실밥 같은 것들을 살펴보는 일은 흔치 않았다. 하지만 상황 자체가 흔치 않은 상황이었고, 2주 동안 침묵을 지키며 속으로만 고민해 온 그는 지쳐 있기도 했다. 간신히 버티고 있었고, 비록 버티고 있다고는 해도 똑바로 걸음을 옮기기가 힘들 만큼 불안정했다. 음식값을 지불한 후 차를 타고 삼 형제 홈 월드로 돌아온 그는 자기 계획이 도대체 말이 되는 건지 궁금했다. 자신이 옳고 루를 비롯한 다른 사람들이 잘못되었기 때문에 당연히 자신의 계획대로 되리라고 착각하는 건 아닌가 하는 생각이 들었고, 만약 그렇다면, 당장 차를 타고 집으로 가서 상점이 불타게 내버려 둬야 할 것 같았다.

9) 그는 8시가 조금 지난 시각에 상점으로 돌아왔다. 온통 암흑이고 온통 고요했다. 꺼진 텔레비전과 잠든 냉장고 들이 만들어 내는 한밤의 무(無), 그림자들의 묘지. 남은 평생 자신이 한 짓을 후회하며 지낼 거라는 점, 자신의 계산은 틀릴 수밖에 없다는 점을 조금도 의심하지 않았지만, 그렇다고 다른 생각이 있는 것도 아니었고, 이제 와서 다른 생각을 하기에는 너무 늦어 버리기도 했다. 열여덟 살에 사업을 시작했고, 지난 22년 동안 일이 곧 그의 삶, 하나뿐인 삶이었는데, 루와 그의 사기꾼 무리가 그걸 망치게 내버려 둘 수는 없었다. 그 장소에는 단순한 사업장 이상의 의미가 있었기 때문에, 그곳은 곧 한 사람의 인생이고, 그 사람의 인생이

곧 그 상점이었기 때문에, 방화범들은 그 사람에게 불을 지르는 것이나 마찬가지였다. 8시에서 몇 분 지난 시각. 앞으로 몇 시간이 남았을까? 적어도 네 시간, 어쩌면 대여섯 시간일지도 몰랐다. 아무것도 하지 않고, 칠흑 같은 어둠 속에서 어떤 남자가 기름통과 죽음의 성냥갑을 들고 나타나기만을 기다리기에는 긴 시간이었지만, 야구 배트가 보기만큼 강하기를 희망하며 말없이 앉아 기다리는 수밖에 없었다. 그는 뒤쪽 사무실, 입구 반대편 벽에 있는 책상에 딸린 로즌 부인의 의자에 자리를 잡았다. 사무실과 매장 사이 벽에는 직사각형 창이 있었고, 그가 앉은 자리에서는 출입구부터 이어지는 매장 전체를 볼 수 있었다. 그러니까 상점이 완전히 암흑 상태가 아니면 볼 수 있었다는 뜻이다. 기름통을 든 방화범은 틀림없이 주머니에 손전등을 챙겨 올 테고, 스탠리는 문이 열리는 소리가 들리고 불빛이 보이는 순간, 불과 1~2초에 불과하다 할지라도 그사이 남자의 위치를 파악할 수 있을 것이다. 그다음에는 즉시 매장 조명을 켜고, 야구 배트를 치켜든 채 사무실에서 뛰쳐나가며 있는 힘껏 소리를 질러 방화범을 쫓아낼 것이다. 그게 계획이었다. 행운을 빌자, 스탠리, 그는 그렇게 혼잣말을 했다. 만약 운이 그의 편이 아니라면, 성호를 긋고 죽음을 맞이하는 수밖에 없었다. 기다리는 내내 그는 로즌 부인의 의자에 앉아 있었다. 바퀴가 달리고 앞뒤 좌우로 기울일 수도 있는 보통의 사

무실 의자였는데, 잠시 앉아 있기에는 충분히 편했지
만 장시간 앉아 있기에 좋은 의자라고는 할 수 없었다.
장시간이라 하면 그가 앉아 있어야 할 네다섯 시간을
뜻했는데, 스탠리는 불편한 편이 나을 거라고 판단했
다. 조금 불편해야 잠이 들지 않을 수 있을 것 같았기
때문이다. 그의 생각은 그러했다. 그는 회색 철제 책상
앞, 로즌 부인의 의자에 앉아 앞뒤로 몸을 흔들며 그때
가 인생 최악의 순간이라고, 그때보다 더 불행하고 외
로운 느낌이 든 적은 없었다고 생각했다. 어찌어찌 그
날 밤을 탈 없이 넘긴다고 해도, 루의 배신 때문에 나머
지는 모두 산산조각 나고 만 셈이었다. 그 밤이 지나고
나면 아무것도 이전 같지 않을 것이었다. 스탠리가 루
를 속였다는 걸 안 이상 번스틴은 다시 협박을 시작할
테고, 루와 밀리는 위험에 처하게 될 테고, 형 부부에게
무슨 일이 생기면 그건 스탠리의 머릿속에 박혀서 그
는 죽을 때까지 그 일을 간직한 채 살아가게 될 것이었
다. 하지만 자신의 계획에 따르지 않을 수도 없었다. 보
험 사기단으로 걸려 감옥에 갈 수는 없는 일이었다. 아
니, 그들이 상점을 불태우게 내버려 둘 수는 없었다. 반
드시 막아야만 했다. 스탠리는 그런 생각을 했고, 그건
지난 2주 동안 줄곧 생각하고 또 생각한 것들이었기 때
문에 더 이상은 무의미하다고, 자신이 할 수 있는 일이
한계에 이르렀다고, 자기는 너덜너덜해졌고, 말할 수
없을 정도로 피곤하며, 너무 피곤해서 세상에 살아 있

는 것 자체를 견딜 수 없을 지경이라고 판단했다. 시간이 지나며 서서히 눈이 감겼고, 잠시 후 그는 잠들지 않으려는 의지를 꺾은 채 책상에 올려 뒀던 두 팔에 얼굴을 대고 엎드렸고, 2~3분 만에 잠들었다.

10) 방화범이 침입하고 이어서 50리터가 넘는 기름을 붓는 동안에도 스탠리는 줄곧 자고 있었다. 맡은 일을 하기 위해 침입한 방화범은 스탠리가 뒤쪽 사무실에서 자고 있다는 사실은 까맣게 몰랐기 때문에, 아무런 죄의식 없이 성냥을 긋고 삼 형제 홈 월드에 불을 질렀다. 방화범은 자신이 불을 지른다는 자각은 있었지만, 나중에 살인으로도 기소될 거라는 점은 짐작도 하지 못했다. 퍼거슨의 아버지에 관해 말하자면, 전혀 가망이 없었다. 그가 눈을 떴을 때는 이미 반쯤 의식을 잃은 상태였고, 들이켠 연기 때문에 몸을 움직일 수도 없었다. 고개를 들고 화상을 입은 폐로 숨을 들이쉬려고 애쓰는 사이 불길이 사무실 안쪽까지 번졌고, 일단 그렇게 들어온 불길은 순식간에 스탠리가 앉아 있던 책상까지 덮치며 그를 산 채로 삼켜 버렸다.

여기까지가 퍼거슨이 모르고 있던 일들, 한국 전쟁에서 사촌이 전사한 후 뉴어크 화재 사건으로 아버지가 사망할 때까지 2년 사이에 벌어진, 그가 몰랐던 일들이다. 이듬해 봄, 루 삼촌은 교도소에 갔고, 그와 함께 방화범 에디 슐츠, 망을 봤던 조지 아이오넬로는 물론, 계획의 배후였던 아이라 번스틴도 교도소에 가게 되는데, 그때쯤에 퍼거슨은 이미 뉴저지 교외 지역을 떠나 뉴욕에, 83번과 84번가 사이의 센트럴파크웨스트에 위치한 방 세 개짜리 아파트에 살고 있었다. 밀번의 사진관은 팔았고, 아버지의 생명 보험금 20만 달러가 세금도 없이 어머니에게 주어졌기 때문에 재정적인 부담은 없었다. 가정에 충실하고, 실용적이고, 늘 책임감 강했던 스탠리 퍼거슨은 심지어 죽은 후에도 계속 그들을 먹여 살렸던 셈이다.

먼저, 11월 3일의 충격이 있었다. 어머니가 눈물을 흘리고, 숨이 막힐 듯 세게 그를 껴안고, 오열하며 떨리는 몸으로 그를 짓누르고, 그런 다음 몇 시간 후에 뉴욕에서 할아버지와 할머니가 오고, 다음 날 밀드러드 이모와 폴 샌들러 이모부가 오고, 그사이에도 퍼거슨 집안 사람들이 수없이 오갔다. 흐느끼는 두 숙모 밀리와 조앤, 굳은 표정의 아널드 삼촌뿐 아니라, 아직은 들키지 않은 배신자 루 삼촌까지 드나들면서 너무 혼란스럽고 시끄러웠으며, 집에 사람이 너무 많았고, 퍼거슨은 구석 자리에 앉아 그 광경을 지켜보면서 무슨 말을 하고 무슨 생각을 해야 할지 몰랐고, 너무 얼어붙어서 울 수도 없었다. 아버지가 죽는 상황은 상상도 해보지 못했다. 전날 아침까지 살아 있었고, 아침 식사 자리에서 『뉴어크 스타레저』를 보며 날씨가 추울 것 같으니 학교에 갈 때 목도리를 하고 가라고 퍼거슨에게 이야기했던 아버지였다. 그게 아버지가 그에게 한 마지막 말이라는 게 납득이 되지 않았다. 날들이 흘러갔다. 그는 빗속에 어머니와 나란히 서서 아버지를 땅속에 묻는 광경을 지켜봤다. 랍비가 알아들을 수 없는 히브리어로 추도사를 낭독했는데, 그 소리가 너무 불편해서 퍼거슨은 귀를 막고 싶었다. 이틀 후 그는 뚱뚱한 코스텔로 선생님과 2학년 반 친구들이 있는 학교로 돌아갔지만, 모두들 그를 피하는 것 같았고, 차마 그에게 말을 걸지 못하는 것 같았다. 그의 이마에 X 자 표지가 찍혀서 사람들이 다가오지 못하는 것 같았고, 코스텔로 선생님은 친절하게도 수업을 듣지 않아도 좋으니 자리에 앉아 보고 싶은 책을 보라고 말해 줬지만, 그건 상황을 더욱 악화할 뿐이었다. 평소에는 큰 즐거움을 주던 책들이었지만 그는 집중할 수가 없었고, 생각은 자꾸만 책 속의 단어에서 벗어나 아버지 쪽으로 흘러갔다. 땅속에 묻힌 아버지가 아니라 천국에 있는, 그러니까 천국이라는 곳이 있다면 거기에 있는 아버지를 생각했고, 아버지가 정말 거기에 있다면 지금 자신을, 자리에 앉아 책을 읽는 척하는 자신을 내려다보고 있는 게 아닐까? 그러면 좋겠다고 퍼거슨은 속으로 혼잣말을 했지만, 다시 생각해 보면, 그렇다고 해도 그게 무슨 도움이 되는 걸까? 아버지는 그의 모습을 보면 반가워할 것이다. 그건 맞지만, 그러면 자신이 죽어 버렸다는 사실이 조금은 견딜 만해지겠지만, 자신을 내려다보는 사람을 퍼거슨 본인은 볼 수 없다면, 그 일이 그에겐 무슨 도움이 된단 말인가? 무엇보다도, 그는 아버지의 목소리가 듣고 싶었다. 그게 무엇보다 그가 그리워하는 점이었고, 비록 아버지가 말수가 적은 사람, 긴 질문에 짧게 대답하는 기술이 탁월한 사람이기는 했지만, 퍼거슨은 늘 아버지의 목소리를 듣는 걸 좋아했다. 음악처럼 가락이 있고 부드러운 그 목소리를 앞으로는 절대 들을 수 없다는 사실이 그는 한없이 슬펐고, 그건 너무 깊고 광활한 비통함이어서 세상에서 제일 큰 바다라는 태평양을 채우고도 남을 것 같았다. 날이 추울 것 같구나, 아치. 학교 갈 때 목도리 꼭 챙겨 가.

　세상은 더 이상 현실이 아니었다. 세상의 모든 게 당연히 그랬어야 하는 어떤 모습의 가짜 복사판에 불과했고, 세상에서 벌어진 일들은 벌어지지 말았어야 하는 일들이었다. 그 후로 오랫동안 퍼거슨은 자신만의 환상에 빠져 지냈는데, 낮에는 몽유병 환자처럼 넋을 놓고 다녔고 밤에는 쉽게 잠들지 못했다. 더 이상 믿을 수 없어진 세상이 지긋지긋했고, 눈앞에 펼쳐진 모든 게 의심스러웠다. 코스텔로 선생님은 좀 더 집중하라고 이야기했지만, 이제 그는 선생님의 말을 들을 필요가 없었다. 그녀도 선생님 역을 연기하는 배우에 불과했다. 그리고 부탁도 하지 않았는데 친구 제프 밸소니가 그에게 테드 윌리엄스 야구 카드를, 톱스 컬렉션에서 가장 귀한 그 카드를 거저 주는 남다른 희생정신을 보여 줬지만, 퍼거슨은 일단 고맙다고 말하고 주머니에 넣은 다음 집에 돌아와 찢어 버렸다. 이제 그런 행동도 가능했다. 11월 3일 전에는 상상도 할 수 없었던 일들이지만, 비현실적인 세상은 실제 세상보다 훨씬 컸고, 그 세계에서는 자신이면서 동시에 자신이 아닐 수 있는 여지가 넘칠 만큼 충분했다.

어머니가 나중에 알려 준 바에 따르면, 그렇게까지 서둘러 뉴저지를 뜰 생각은 없었지만, 갑자기 소문이 퍼지면서 거기서 나오는 수밖에 없었다고 했다. 크리스마스를 열하루 앞두고 뉴어크 경찰은 삼 형제 홈 월드 사건을 해결했다고 발표했고, 다음 날 아침 에식스와 유니언 카운티의 모든 신문 1면에 추악한 범행의 세부 사항이 실렸다. 형제 살해. 도박계 핵심 인사 체포. 전직 소방관 출신 방화범 보석 없이 구속. 루이스 퍼거슨 여러 건의 죄목으로 기소. 어머니는 그날 그를 학교에 보내지 않았고, 다음 날도, 그다음 날도, 크리스마스 방학이 시작될 때까지 계속 보내지 않았다. 너를 위해 그러는 거야, 아치, 어머니는 말했지만, 그는 학교에 가지 않는 게 크게 불편하지 않았기 때문에 애써 이유를 묻지 않았다. 한참 후에, 형제 살해라는 말에 담긴 끔찍한 의미를 온전히 알고 난 다음에야 그는 어머니가 동네에 돌던 사악한 말들로부터 그를 보호하려 했던 것임을 이해할 수 있었다. 이제 그의 이름은 추악한 이름이 되어 있었고, 퍼거슨 집안 사람이라는 사실은 곧 저주받은 집안의 일원임을 뜻했다. 그래서 이제 곧 여덟 살이 되는 퍼거슨이 집에만 머무르는 동안 어머니는 집을 부동산에 내놓고 사진관을 살 사람을 물색하고 다녔고, 그 와중에도 신문사에서는 어머니 쪽 입장을 듣기 위해 전화하고, 부탁하고, 간청하고, 괴롭히는 일을 멈추지 않았기 때문에, 더는 견딜 수 없다고 판단한 어머니는 크리스마스가 지나고 이틀 후, 여행 가방 몇 개에 짐을 챙겨 파란색 셰비의 트렁크에 실은 다음, 할머니와 함께 셋이서 뉴욕으로 출발했다.

이어진 두 달 동안 그와 어머니는 웨스트 58번가에 있는 조부모님의 아파트에서 지냈다. 어머니는 이전에 언니 밀드러드와 함께 쓰던 침실로 돌아갔고, 퍼거슨은 거실에 접이식 어린이용 침대를 놓고 잤다. 그런 임시 조치에서 가장 좋았던 건 학교에 가지 않아도 된다는 점이었는데, 고정된 주소가 없었기 때문에 예상치 못한 해방이 주어졌고, 새로운 집을 찾을 때까지 그는 자유인이었다. 밀드러드 이모는 그가 학교에 가지 않는 데 반대했지만, 퍼거슨의 어머니는 조용히 그런 의견을 물리쳤다. 걱정 마, 아치는 똑똑한 아이니까, 조금 쉰다고 해서 해가 되지는 않을 거야. 어디서 살지 결정되면 학교 알아볼게. 급한 일부터 하고, 언니.

낯선 시간이었다, 그때는. 과거에 그가 알던 것들과 단절되었고, 그들만의 아파트로 이사한 뒤 그에게 벌어질 일들과도 완전히 떨어져 있었다. 묘한 공백기라고 할아버지가 부르던 그 텅 빈 시간 동안, 그는 깨어 있는 모든 순간을 어머니와 함께 보냈다. 상처받은 두 동지는 웨스트사이드를 오가며 함께 아파트를 살펴봤고, 각 집의 장단점을 상의한 후에, 센트럴파크웨스트의 아파트가 자신들에게 이상적인 집이라고 의견 일치를 봤다. 그다음 어머니는 밀번에 있는 집은 가구까지 묶어서 팔기로 했다는 충격적인 말을 전했다. 몽땅 팔 것이기 때문에 두 사람은 처음부터 다시, 단둘이서 시작해야 했다. 그래서 아파트를 정한 다음에는 가구를 사러 다녔고, 침대와 탁자, 램프, 양탄자까지, 두 사람이 다 좋다고 하지 않은 물건은 사지 않았다. 그러던 어느 날 오후, 메이시 백화점에서 의자와 소파를 둘러보던 중에 나비넥타이를 맨 점원이 퍼거슨을 보며 〈왜 얘는 학교에 안 가는 거죠?〉라고 어머니에게 물었는데, 어머니는 말이 많은 그 남자를 매섭게 노려보며 대답했다. 당신이랑 관계없는 일이에요. 낯설었던 두 달 중에 최고의 순간, 혹은 그런 순간들 중 하나였다. 어머니가 그렇게 말하는 순간 갑자기 그의 안에 행복감이 밀려들었다. 몇 주 만에 맛보는 가장 행복한 기분이었고, 그 말에 담긴 건 단단한 일체감, 둘이서 함께 세상에 맞서고 있다는 느낌, 둘이서 다시 일어서려고 노력하고 있다는 느낌이었다. 당신이랑 관계없는 일이에요라는 말은 그런 이중의 효과를 지닌 신념이었고, 두 사람이 서로에게 얼마나 의지하고 있는지를 보여 주는 상징이었다. 가구를 산 다음에는 영화관에 가곤 했다. 겨울의 추운 거리를 피해 두 시간 동안 어둠 속에 숨어 들어가서는 상영 중인 영화를 아무거나 관람했다. 늘 발코니석이었는데, 거기서는 어머니가 담배를 피울 수 있었기 때문이다. 그렇게 앨런 래드와 매릴린 먼로, 커크 더글러스, 게리 쿠퍼, 그레이스 켈리, 윌리엄 홀든을 보고, 서부 영화, 뮤지컬, SF 영화를 보며 어머니는 체스터필드를 연달아 피웠고, 어떤 영화인지는 전혀 중요하지 않았다. 둘은 아무 생각 없이 극장에 들어가「드럼 비트」,「베라크루스」,「쇼처럼 즐거운 인생은 없다」,「해저 2만 리」,「배드 데이 블랙 록」,「원한의 도곡리 다리」,「마음은 청춘」 등을 닥치는 대로 봤고, 한번은, 그 낯선 두 달이 끝나 갈 무렵, 매표소의 여성이 어머니에게 아이가 학교는 안 다니는 거냐고 물었는데, 어머니는 됐고요, 아줌마. 잔돈이나 주세요라고 대답했다.

1.4

처음에는 뉴어크에 있는 아파트, 그는 전혀 기억하지 못하는 그곳이었고, 그다음은 그가 세 살 때 부모님이 구입한 메이플우드의 집이었고, 이제, 그로부터 6년 후 그들은 동네 반대편에 있는 더 큰 집으로 이사하고 있었다. 퍼거슨은 이해할 수가 없었다. 그들이 살던 집은 완벽하게 좋은 집, 구성원이 세 명뿐인 가족이 살기에는 적절한 집 이상이었는데, 왜 부모님은 그렇게 짧은 거리에 있는 곳으로 이사하기 위해 그 모든 짐을 싸는 수고를 한단 말인가 — 그럴 이유가 없는 데 말이다. 4년 전 로스앤젤레스로 이사한 루 삼촌과 밀리 숙모, 혹은 그다음 해 역시 캘리포니아로 이사한 아널드 삼촌과 조앤 숙모처럼 다른 도시나 다른 주로 이사하는 거라면 말이 되겠지만, 심지어 다른 동네로 가는 것도 아닌데 왜 집을 바꾸는 수고를 하는 걸까?

왜냐하면 그럴 여유가 있기 때문이라고, 어머니는

말했다. 아버지 사업이 잘나가고 있었고, 이제 그들은 더 거창한 규모로 살 수 있는 지위가 된 거라고. 거창한 규모라는 표현에서 퍼거슨은 18세기 유럽의 궁전을, 흰색 분가루를 잔뜩 바른 가발을 쓴 공작과 공작 부인 들이 가득 모여 있거나, 스무 명이 넘는 신사 숙녀가 실크 정장을 입고 레이스 달린 손수건을 든 채 웃으며 농담을 주고받는 대리석 연회장을 떠올렸다. 상상력을 조금 더 발휘해 그런 사람들 틈에 있는 부모님을 그려 봤지만, 복장 때문에 어색하고, 웃기고, 괴상할 것 같았다. 그가 말했다. 그럴 여유가 있다고 해서 꼭 뭔가를 사야만 하는 건 아니잖아요. 나는 우리 집이 좋고 그냥 여기서 지내야 한다고 생각해요. 필요 이상으로 돈이 있다면, 우리보다 그걸 더 필요로 하는 사람한테 주면 되잖아. 굶주리는 사람, 몸이 불편한 노인같이 돈이 전혀 없는 사람들이요. 우리 자신을 위해 쓰는 건 옳지 않아요. 이기적이야.

까다롭게 굴지 마, 아치. 어머니가 대답했다. 아버지는 동네에서 두 사람 몫 이상으로 열심히 일했단 말이야. 아버지는 그 돈 한 푼 한 푼까지 다 가질 자격이 있고, 새집을 사서 과시를 하고 싶다면 그것까지 아버지 사정인 거야.

나는 과시가 싫어요, 퍼거슨이 말했다. 올바른 행동이 아니잖아요.

글쎄, 마음에 들든 안 들든 말이야, 꼬마 신사님. 우리는 이사를 할 거야. 일단 정리를 하고 나면 너도 마음에 들면 좋겠구나. 방도 커지고, 마당도 커지고, 제대로 된 지하실도 있거든. 거기 탁구대를 둘 수도 있어. 네가 나를 이길 만큼 실력이 늘었는지 확인해 보자.

하지만 탁구는 지금도 마당에서 칠 수 있잖아요.

춥지 않을 때만 그렇지. 생각해 봐, 아치, 새집에서는 바람 때문에 방해를 받지도 않을 거야.

그는 가족 수입의 일부는 어머니가 초상 사진가로 일하면서 버는 것이지만, 그보다 훨씬 많은 부분, 거의 대부분은 아버지의 사업에서 나온다는 걸 알고 있었다. 〈퍼거슨스〉라는 가전제품 판매점 세 곳이었는데, 하나는 유니언에, 또 하나는 웨스트필드에, 그리고 세 번째는 리빙스턴에 있었다. 오래전에는 뉴어크에 〈삼형제 홈 월드〉라는 상점이 하나 있었지만 지금은 없어졌는데, 퍼거슨이 세 살 반인가 네 살일 때 팔렸고, 지하실 벽에 걸린 액자 속 흑백 사진, 즉 1941년에 상점을 개업하던 날, 미소 짓는 아버지가 간판 앞에서 역시 미소 짓는 두 삼촌 사이에 서서 찍은 기념사진을 제외하면, 그 상점에 관한 기억은 그의 머리에서 완전히 지워지고 말았다. 아버지가 왜 더 이상 삼촌들과 함께 일하지 않는지 그로서는 명확히 알 수 없었고, 게다가 루 삼촌과 아널드 삼촌이 뉴저지를 떠나 캘리포니아에서 새로운 삶을 시작한(아버지의 표현이었다) 이유는 더 큰 수수께끼였다. 6~7개월 전인가, 이제는 없는 사촌 프랜시가 많이 그리웠던 그가 어머니에게 삼촌들 가족이 그렇게 멀리 이사 간 이유를 물었지만, 어머니는 그저 아버지가 돈을 주고 보낸 거야라고만 대답했고, 그건 대답이라고, 적어도 그가 이해할 수 있는 대답이라고는 할 수 없었다. 이제 더 큰 새집으로 이사한다는 유쾌하지 않은 일이 벌어지고 보니, 퍼거슨은 이전에는 크게 의식하지 않았던 뭔가를 알 것 같았다. 그의 아버지는 부자였다. 그는 자신이 쓸 수 있는 정도보다 더 많은 돈을 갖고 있었고, 일이 돌아가는 상황을 보아 하니 하루하루 지날수록 더 부자가 될 것 같았다.

그건 좋기도 하고 나쁘기도 한 일이라고, 퍼거슨은 판단했다. 좋은 이유는, 돈이란 이전에 할아버지가 말했듯 필요악이며, 살아가기 위해서는 누구나 돈이 필요하므로 너무 적게 있는 것보다는 너무 많이 있는 편이 확실히 더 낫기 때문이었다. 반면에 돈을 너무 많이 벌기 위해서는 그 돈을 좇는 데 과도한 시간을, 꼭 필요한 만큼이나, 혹은 합리적으로 여겨지는 것보다 훨씬 많은 시간을 바쳐야만 했는데, 아버지의 경우가 바로 그랬다. 아버지는 가전제품 판매점 제국을 운영하는 일에 너무 열심이어서 갈수록 집에서 보내는 시간이 점점 줄어들었고, 이제 퍼거슨은 아버지를 거의 보지 못할 지경이었다. 아버지는 6시 30분, 퍼거슨이 잠에서 깨기 전인 이른 시간에 집을 나섰고, 세 상점은 모두 일주일에 이틀씩은 밤늦게까지 문을 열었기 때문에,

그러니까 월요일과 목요일은 유니언점, 화요일과 금요일은 웨스트필드점, 수요일과 토요일은 리빙스턴점이 늦게까지 문을 열었기 때문에 아버지는 집에서 저녁 식사를 하지 못하는 날이 많았고, 10시나 10시 30분, 퍼거슨이 잠자리에 들고 한참 후에야 집에 돌아오곤 했다. 아버지를 볼 걸로 기대할 수 있는 유일한 날은 그러니까 일요일이었지만, 일요일도 사정이 복잡하기는 마찬가지였다. 늦은 오전에서 이른 오후까지 몇 시간은 테니스를 쳤는데, 그건 부모님과 함께 동네 테니스장에 가서 어머니와 아버지가 먼저 한 세트를 치는 동안 기다렸다가, 아버지가 어린 시절부터 테니스 친구였던 샘 브라운스타인과 매주 벌이는 시합을 하는 동안에야 퍼거슨은 어머니와 공을 쳐볼 수 있었다는 뜻이다. 퍼거슨은 테니스를 싫어하지는 않았지만, 야구나 미식축구에 비하면 지루한 종목이라는 걸 알게 되었다. 야구와 미식축구는 그가 아는 한 최고의 종목이었고, 심지어 그물 너머로 공을 쳐서 넘기는 종목들만 놓고 봐도 탁구가 테니스보다 위였다. 그래서 그는 야외 테니스 코트를 향해 터벅터벅 걸어갈 때면 봄, 여름, 가을 할 것 없이 복잡한 심경이었고, 매주 토요일 밤이면 다음 날 아침에 비가 오기를 기원하며 잠자리에 들기도 했다.

비가 오지 않을 때면, 테니스를 마치고 사우스오렌지빌리지로 이동해 그러닝스 식당에서 점심을 함께 했고, 퍼거슨은 미디엄레어 햄버거와 민트칩아이스크림 한 그릇을 게걸스럽게 먹어 치웠다. 너무 기다려지는 일요일 만찬이었는데, 그러닝스가 주변 몇 킬로미터 내에서 햄버거를 가장 잘하고, 또 직접 만든 아이스크림을 파는 가게여서일 뿐 아니라 식당 안의 냄새 자체가 너무 좋았기 때문이다. 따뜻한 커피와 구운 고기, 다양한 디저트의 단내가 뒤섞인 냄새가 너무 좋아서 퍼거슨은 그 냄새를 깊이 들이마시면 거의 어지러울 정도로 만족스러웠다. 그런 다음, 두 가지 색(회색과 흰색)이 들어간 아버지의 올즈모빌 세단을 타고 집으로 돌아가 씻고 옷을 갈아입었다. 전형적인 일요일이라면 다음의 넷 중 한 가지 일이 이어졌다. 그들은 집에 있으면서 어머니의 표현에 따르면 빈둥거렸는데, 그건 퍼거슨은 수리가 필요한 것들, 그러니까 변기의 망가진 수세 장치나, 끊어진 배선, 삐걱거리는 문짝을 고치느라 이 방 저 방 돌아다니는 아버지를 따라다니고, 어머니는 소파에 앉아『라이프』지를 읽거나 지하 암실에서 사진을 인화한다는 뜻이었다. 두 번째 선택은 영화를 보러 가는 것이었는데, 일요일에 하는 활동 중 그와 어머니가 가장 좋아하는 일이었지만 아버지는 영화에 대한 두 사람의 열정에 함께 빠져들지는 못했다. 아버지는 영화에는 거의 관심이 없었을 뿐 아니라, 본인 표현에 따르면 앉아서 즐기는 활동(연극, 연주회, 뮤지컬)이라면 모두 마찬가지였다. 아버지에게는 두어 시간 동안 자

리에 꼼짝 않고 앉아서 그럴듯해 보이는 한 뭉치의 바보짓
에 수동적으로 동참하는 일이 인생 최악의 고문인 것
같았지만, 보통은 어머니가 혼자 두고 가겠다고 협박
하면서 의견을 관철했고, 그러고 나면 퍼거슨 가족은
다시 차를 타고 지미 스튜어트의 최신 서부 영화나 마
틴과 루이스(뉴어크 출신의 그 제리 루이스!)의 코미
디 영화를 보러 갔다. 아버지는 영화관의 어둠 속에서
너무 빨리 잠이 들어 언제나 퍼거슨을 놀라게 했는데,
심지어 오프닝 크레디트가 지나가기도 전에 망각 속으
로 빨려 들어갔고, 화면에서 총이 발사되고, 음악 소리
가 커지고, 접시 수백 개가 바닥에 떨어져 깨져도 고개
를 젖히고 입을 살짝 벌린 채 깊은 잠에 빠져 있었다.
퍼거슨은 언제나 부모님 사이에 앉았는데, 아버지가
그렇게 곯아떨어질 때마다 어머니의 팔을 톡톡 쳤고,
어머니가 돌아보면 마치 〈보세요, 또 시작이에요〉라고
말하는 것처럼 엄지로 아버지를 가리켰고, 어머니는
기분에 따라 미소를 지은 채 고개를 끄덕이거나, 인상
을 찌푸리며 고개를 설레설레 저었는데, 어떨 때는 알
아듣기 어려운 짧은 웃음을 터뜨렸고, 어떨 때는 말없
이 음이라고만 내뱉었다. 퍼거슨이 여덟 살이 되었을
때 아버지의 극장 졸도는 거의 일상이 되어서, 어머니
는 일요일의 영화 관람을 두 시간짜리 휴식 처방으로 부
르기 시작했다. 이제 어머니는 더 이상 아버지에게 영
화 보러 가지 않겠냐고 묻지 않았다. 대신 기절하는 약 좀

먹을래요, 여보? 부족한 잠 보충해야죠라고 했고, 어머니가 그렇게 말할 때마다 퍼거슨은 웃음을 터뜨렸다. 아버지가 함께 따라 웃을 때도 있었지만 대부분은 웃지 않았다.

집에서 빈둥거리거나 영화를 보러 가지 않을 때면, 일요일 오후에는 다른 집을 방문하거나 그들의 집을 방문한 손님을 맞았다. 퍼거슨 집안 사람들이 나라 반대편에 가버린 탓에 이제 뉴저지에서 더 이상 가족 모임은 없었지만 근처에 사는 친구는 몇 명 있었는데, 퍼거슨 부모님의 친구, 특히 어머니의 브루클린 어린 시절 친구이자 지금은 웨스트오렌지에 살며 로즐랜드 사진관에서 유화 작업을 하는 낸시 솔로몬, 그리고 아버지의 뉴어크 어린 시절 친구이자 메이플우드에 사는 샘 브라운스타인이 있었다. 브라운스타인은 매주 일요일 오전에 아버지와 테니스를 쳤고, 일요일 오후에 퍼거슨과 부모님은 종종 브라운스타인과 그의 아내 페기, 그리고 세 아이를 방문하기도 했는데, 여자아이 한 명, 남자아이 두 명이었고 모두 퍼거슨보다 네 살 이상 나이가 많았다. 가끔은 브라운스타인 가족이 그들의 집, 이제 곧 그들의 집이 아니게 될 그곳을 방문하기도 했고, 브라운스타인 가족이 아니면 솔로몬 가족이었는데, 낸시와 남편 맥스, 그리고 두 아들 스튜이와 랠프였고, 둘 다 퍼거슨보다 세 살 이상 어렸다. 그러니까 브라운스타인 가족이나 솔로몬 가족을 방문하거나 그들의 방문을 받는 일은 퍼거슨에게 종종 하나의 시험이었는데, 그는 솔로몬 집안 아이들과 놀기에는 나이가 많았고, 브라운스타인 집안 아이들과 놀기에는 어렸고, 사실 후자는 더 이상 아이들이라고 할 수도 없었다. 덕분에 퍼거슨은 그런 모임 중간에 혼자만 떠 있는 기분이 자주 들었고, 어디로 가야 할지 혹은 뭘 해야 할지 알 수 없는 경우가 많았다. 세 살, 여섯 살인 스튜이와 랠프의 장난에는 금방 싫증이 났고, 열다섯 살, 열일곱 살인 브라운스타인 형제와 대화하기에는 본인이 아는 게 별로 없었기 때문에, 브라운스타인 집안을 방문할 때면 열세 살인 애나 브라운스타인과 주로 시간을 보낼 수밖에 없었는데, 그녀는 진 러미 카드놀이나 〈목표 달성〉이라는 보드게임을 알려 줬지만, 애나는 이미 가슴이 나오고 치아 교정기까지 하고 있어서 퍼거슨으로서는 그녀를 똑바로 쳐다보기가 어려웠다. 은색 교정기에는 작은 토마토 조각이나 젖은 빵 조각, 흐물흐물한 고기 조각 등 음식 찌꺼기가 늘 끼어 있었고, 그녀는 자주 웃었기 때문에 그때마다 퍼거슨은 본인의 의지와 상관없이 메스꺼움을 느끼며 고개를 돌려야만 했다.

그럼에도, 이제 이사를 하려는 마당에 그는 아버지에 관한 중요한 정보를 알게 되었고(돈이 너무 많다는 문제, 돈을 버는 데 시간을 너무 많이 쓴다는 문제였는데, 시간을 너무 많이 쓰기 때문에 일주일에 엿새는 아버지를 거의 볼 수 없었고, 그건 퍼거슨으로서는 싫은 일, 적어도 좋지는 않은 일, 혹은 짜증스럽거나 화가 나는 일, 혹은 적절한 단어가 떠오르지 않는 그런 일이었다) 그렇게 아버지 문제를 생각하다 보니, 브라운스타인 가족이나 솔로몬 가족을 방문하거나 초대한 그 지루한 시간들을 돌아보는 게 남자의 일을 연구하는 데, 아버지의 행동과 샘 브라운스타인 혹은 맥스 솔로몬의 행동을 비교하는 데 도움이 되는 것 같았다. 살고 있는 집의 크기가 돈을 얼마나 버는지 알 수 있는 척도라면 아버지는 나머지 두 사람보다 부자였는데, 지금 그들의 집, 퍼거슨 가족의 집, 너무 작아서 더 좋은 집으로 옮겨야 한다는 그 집도 이미 브라운스타인이나 솔로몬의 집보다는 더 크고 더 근사했다. 아버지는 1955년식 올즈모빌을 타고 다녔고 9월에는 캐딜락 신차로 바꿀 예정이었지만, 샘 브라운스타인은 1952년식 램블러였고 맥스 솔로몬은 1950년식 셰보레였다. 솔로몬은 보험 회사의 보험 손해 사정사였고(퍼거슨은 보험 손해 사정사가 무슨 일을 하는지 몰랐지만 그게 무슨 뜻이든 간에) 브라운스타인은 뉴어크 시내에서 스포츠용품점을 했는데, 퍼거슨의 아버지처럼 상점이 세 곳이 아니라 한 곳뿐이었다. 그럼에도 아내와 세 아이를 먹여 살리기에는 충분한 돈을 벌었는데, 한편 퍼거슨의 아버지는 상점 세 곳에서 버는 돈으로 아이 한 명과 아내만을 먹여 살리고 있었고, 그 아내도 페기 브라운스타인과 달리 자기 직업이 있었다. 퍼거슨의 아버지와 마찬가지로 브라운스타인과 솔로몬도 돈을 벌기 위해 매일 일했지만, 두 사람은 아침 6시 30분에 나가지 않았고 밤늦게까지 일하며 아이들이 잠든 후에야 집에 돌아오는 것도 아니었다. 조용하고 무신경한 맥스 솔로몬은 태평양 전쟁에 복무하다 부상을 입어서 다리를 조금 절었고, 말이 많고 활달한 샘 브라운스타인은 늘 농담을 하고 사람 좋은 성격이었는데, 둘은 겉보기로는 그렇게 달랐지만, 핵심적인 부분에서는, 퍼거슨의 아버지와 다르다는 점에서는 놀랄 만큼 유사했다. 두 사람은 살기 위해 일한 반면, 그의 아버지는 일하기 위해 사는 듯 보였던 것이다. 그래서 부모님의 친구들은 지고 있는 부담이나 책임감이 아니라 각자 좋아하는 일로 구분이 되었는데, 솔로몬의 경우는 클래식 음악에 대한 열정(방대한 양의 음반 컬렉션과 직접 제작한 하이파이 시스템)이었고, 브라운스타인의 경우는 농구에서 경마, 육상에서 권투까지 온갖 종류의 스포츠에 대한 사랑이었다. 퍼거슨의 아버지가 일 이외에 신경 쓰는 건 테니스뿐이었는데, 그마저도 조금 인색하고 제한적인 취미일 뿐이라고 퍼거슨은 느끼고 있었다. 일요일 모임 도중에 브라운스타인이 텔레비전을 켜고 야구나 미식축구 시합 중계를 보면 양쪽 집안 남자들은 어른, 아이 할 것 없이 거실에 모였지만, 그의 아버지는 열한 번 중 아홉 번은 영화관에서와 마찬가지로 눈을 뜨고 있기 힘들어했고, 5분에서 10분, 15분 정도 그렇게 애쓰다가 결국 잠들고 말았다.

다른 일요일에는 뉴욕과 메이플우드에 흩어져 있는 애들러 집안 친척들을 방문했는데, 그 모임은 퍼거슨이 남자의 일을 곰곰이 생각해 볼 수 있는 또 다른 연구소 역할을 해줬다. 특히 그의 할아버지와 밀드러드 이모의 남편 도널드 마크스가 있었고, 어쩌면 할아버지는 그렇게 중요하지 않았을 수도 있는데, 너무 옛날 세대였고 퍼거슨의 아버지와 조금도 닮지 않았기 때문에 할아버지를 같은 명단에 올리는 것 자체가 어색한 느낌이 들었다. 예순세 살이었지만 여전히 강인했고, 여전히 자신의 부동산 회사에서 일하며 돈을 벌었지만 그의 아버지만큼 많이 벌지는 못했다. 웨스트 58번가의 아파트는 비좁은 편이었는데, 주방은 아주 작았고 거실도 메이플우드 집의 절반밖에 되지 않았으며, 할아버지가 모는 오래된 보라색 플리머스, 단추를 눌러 기어를 조작하는 그 차는 아버지의 잘빠진 올즈모빌 세단에 비하면 서커스에나 나올 것 같았다. 그랬다, 퍼거슨은 벤지 애들러가 카드 마술을 보여 준다든지, 악수할 때 전기 장난을 친다든지, 숨을 헐떡이며 큰 소리로 웃는 등 어딘가 어릿광대 같은 면모가 있다고 생각했지만, 그럼에도 손자는 할아버지를 사랑했는데, 그건 할아버지가 살아 있는 것 자체를 사랑하는 사람처럼 보였기 때문이다. 할아버지가 이야기를 해줄 때면, 어찌나 빠른 속도로 재치 있게 하는지 마치 온 세상이 할아버지가 쏟아 내는 말로 가득 차는 것 같았다. 대부분은 웃긴 이야기였고, 애들러 집안의 과거에 있었던 가깝거나 먼 친척들 이야기였다. 예를 들면 할아버지 어머니의 사촌 중에 패걸라 플레걸먼이라는 달콤한 이름을 가진 분이 있었는데, 아주 똑똑해서 스무 살이 되기도 전에 9개 국어를 완벽하게 습득했다. 1891년 그분의 가족이 폴란드를 떠나 뉴욕에 도착했을 때 그녀의 언어 능력에 깊은 인상을 받은 엘리스섬의 관리가 그 자리에서 그녀를 채용했고, 그렇게 패걸라 플레걸먼은 30년 이상을 이민국 통역사로 일하며, 1924년 엘리스섬의 사무실이 문을 닫을 때까지 이제 막 배에서 내린 미래의 미국 시민들을 대상으로 수없이 많은 면접을 진행했다. 이야기를 멈추고 길게 쉬던 할아버지는 수수께끼 같은 미소를 지어 보였고, 이어서 패걸라 플레걸먼이 네 명의 남편과 결혼한 이야기, 그 남편들을 모두 먼저 보낸 후에 샹젤리제에 아파트를 얻어 죽을 때까지 파리의 부유한 과부로 살았다는 이야기가 이어졌다. 그런 이야기들이 사실일 수 있었을까? 그게 사실인지 아닌지가 중요했을까?

아니, 그의 할아버지는 열외였기 때문에, 할아버지 본인이 장난삼아 쓰는 표현에 따르면 시시한 이유로 탈락했기 때문에 중요하지 않았다. 하지만 돈 이모부는 퍼거슨의 아버지보다 두 살밖에 어리지 않았기 때문에 유심히 살펴야 할 후보였고, 어쩌면 샘 브라운스타인이나 맥스 솔로몬보다 더 좋은 비교 대상일 수도 있었다. 브라운스타인과 솔로몬은 아버지와 마찬가지로 뉴저지 교외 지역에 살면서 열심히 노력하는 중산층, 그러니까 소상공인 혹은 화이트칼라 노동자였지만, 돈 이모부는 도시의 산물이었기 때문이다. 뉴욕에서 태어나 자라고 컬럼비아에서 공부했음에도, 이모부는 직업이, 적어도 고용주와 정기적으로 나오는 수표가 있는 그런 직업이 없었고, 집에서 타자기로 책이나 잡지 기사를 만들어 내며 지내는 독립적인 사람, 그런 부류의 사람 중 퍼거슨이 가장 먼저 알게 된 사람이었다. 어퍼 웨스트사이드의 아파트에 아내와 아들을 남겨 둔 채 3년 전부터 밀드러드 이모와 함께 살고 있었는데, 퍼거슨에겐 그런 사람도 처음이었다. 이혼한 사람, 1년 전에야 재혼했고, 그때까지 동거 생활의 첫 2년 동안은 퍼거슨의 이모와 죄를 지은 채 살았던 사람(동거를 시작할 때 퍼거슨의 아버지와 할아버지, 할머니, 펄 종조할머니는 모두 인상을 찌푸렸지만 어머니는 그저 웃기만 했다). 그리니치빌리지의 페리가에 있는 돈 마크스 이모부와 밀드러드 이모의 작은 아파트는, 퍼거슨이 보기에 서점이나 도서관을 제외하고는 책이 가장 많은 장소였는데, 세 방의 벽을 따라 늘어선 책장 위, 탁자나 의자 위, 옷장 위 등 어디에나 책이 있었다. 퍼거슨은 그렇게 어지러운 공간에 넋을 잃었을 뿐 아니라, 그런 아파트가 존재한다는 사실 자체가 이 세상에는 그가 아는 것 외에 다른 삶의 방식도 있음을, 부모님의 방식이 유일한 방식은 아님을 보여 주는 예였다. 밀드러드 이모는 브루클린 대학의 부교수이고 돈 이모부는 작가였는데, 두 사람은 틀림없이 그 일들을 하면서 돈을, 어쨌거나 먹고 살기에 충분한 돈을 벌었을 테지만, 퍼거슨이 보기에 두 사람은 돈을 버는 일 외에 다른 어떤 것들을 위해 살고 있는 게 분명했다.

안타깝게도 그 아파트에 갈 기회는 자주 없어서 지난 3년 동안 세 번밖에 가보지 못했는데, 한 번은 부모님과 함께 가서 저녁을 먹었고, 나머지 두 번은 어머니와 함께 오후에 들렀다. 퍼거슨은 이모와 새로 등장한 이모부에게 따뜻한 감정을 갖고 있었지만 무슨 이유에선지 어머니는 본인의 언니와 친하지 않은 것 같았고, 그보다 더 확실했던 슬픈 사실은 아버지와 돈 마크스는 서로 할 말이 전혀 없었다는 점이다. 아버지와 이모 사이가 늘 좋았다는 건 알 수 있었는데, 이제 이모는 더 이상 혼자가 아니었고, 어머니와 이모부 사이도 똑같이 좋을 거라고 확신했다. 문제는 여자 대 여자의 관계와 남자 대 남자의 관계였는데, 어머니는 동생이었기 때문에 늘 밀드러드 이모를 올려다봤고, 이모는 언니였기 때문에 늘 어머니를 업신여겼다. 한편 남자들끼리의 관계에서는 상대의 일과 가치관에 대한 철저한 무관심밖에 없었는데, 한쪽에는 돈이, 다른 쪽에는 말이 있었고, 전쟁 기간에 돈 이모부가 유럽에서 전투에 참가했던 반면 아버지는 고국에 머물렀다는 사실 때문에 문제는 더 복잡해졌다. 하지만 그건 근거 없는 추측이었는데, 왜냐하면 맥스 솔로몬 역시 참전 군인이었지만 그와 아버지는 대화에 문제가 없었기 때문이다. 적어도 아버지가 다른 사람들과 나누는 만큼의 대화는 가능했다.

그럼에도, 추수 감사절이나 유월절 축일, 가끔씩 있는 주말 모임에 두 집은 조부모님의 아파트에서 모였고, 가끔씩은 일요일에 밀드러드 이모와 돈 이모부가 할아버지의 보라색 플리머스 뒷자리에 타고 함께 뉴저지를 방문하는 경우도 있었다. 덕분에 퍼거슨은 돈 이모부를 관찰할 기회가 아주 많았고, 결국은 아버지와 이모부가 배경이나 학력, 일, 생활 방식 등에서 아주 큰 차이가 있음에도, 두 사람이 같지 않은 점보다는 같은 점이 더 많다는 놀라운 결론에 도달했다. 아버지는 샘 브라운스타인이나 맥스 솔로몬보다는 이모부와 더 비슷했는데, 돈을 버는 일을 하든 글을 만들어 내는 일을 하든 상관없이 두 사람은 모두 다른 건 돌아보지 않고 자기 일에만 몰두했고, 그랬기 때문에 일을 하지 않을 때면 초조하고 산만한 사람, 둔감하고, 자기 생각에만 빠져 있으며, 반쯤 눈이 먼 사람이나 다름없었다. 돈 이모부가 아버지보다 말이 많고, 아버지보다 더 웃기고, 아버지보다 더 재미있다는 건 분명했지만, 그건 이모부가 그런 기분이 되었을 때만 그랬고, 이제 이모부에 관해 알 만큼 알게 된 후로는, 퍼거슨은 밀드러드 이모가 이모부에게 말하는 동안 이모부가 이모 얼굴을 똑바로 응시하는 모습을 자주 봤다. 마치 이모 뒤에 있는 뭔가를 찾는 듯했고, 이모 말을 듣는 게 아니라 다른 뭔가를 생각하는 것 같았는데, 그건 아버지가 요즘 어머니를 바라보는 모습과 다르지 않았다. 점점 더 자주, 판유리를 끼운 것처럼 흐릿한 표정을 띠던 그는 자신의 머릿속에 있는 생각 외에는 아무것도 보지 못하는 사람, 그 자리에 없는 사람, 사라진 사람이 되었다.

그게 진짜 차이라고, 퍼거슨은 결론을 내렸다. 돈이 너무 적은지 너무 많은지, 무슨 일을 하는지 못 하는지, 큰 집이나 비싼 차를 사는지 마는지의 문제가 아니라, 야심의 문제였다. 그것이 브라운스타인과 솔로몬이 상대적으로 평온하게 삶을 헤쳐 나가는 이유였다 — 그들은 야심의 저주로 고통받지 않았던 것이다. 대조적으로, 그의 아버지와 돈 이모부는 각자의 야망 때문에 소진되어 갔고, 그 때문에 역설적으로, 저주에 시달리지 않는 사람들에 비해 그들의 세계는 좁아지고 덜 편안해졌다. 야심이란 절대 채워질 수 없는 것이기 때문에, 늘 더 많은 무언가에 굶주려 있기 때문에, 그 어떤 성공도 새로운 성공, 더 큰 성공에 대한 욕구를 잠재울 만큼 충분하지는 않았기 때문에 그랬다. 한 명에게는 상점 한 개를 두 개로 늘리고, 그다음엔 두 개를 세 개로 늘리고, 이제 네 번째, 다섯 번째 상점을 세우는 이야기를 해야 한다는 강박이 있었고, 또 다른 한 명에게 는 한 권의 책은 다른 책으로 가는 하나의 단계일 뿐이 었고, 그렇게 계속 책이 늘어만 가는 삶이 있었는데, 그 러기 위해서도 부자가 되려는 사업가와 마찬가지로 똑 같은 집중력과 하나의 목표만 바라보는 능력이 필요했 다. 알렉산드로스 대왕이 전 세계를 지배하고 나면 어 떻게 될까? 그는 로켓을 만들어서 화성을 침략할 것 이다.

퍼거슨은 인생의 첫 10년을 살고 있었고, 그 말은 그 가 읽는 책이라는 게 어린이 문학의 영역에 머물러 있 었다는 뜻이다. 하디 형제의 신비한 이야기 시리즈, 고 등학교 미식축구 선수나 우주 여행자에 관한 소설, 모 험 이야기 시리즈, 에이브러햄 링컨이나 잔 다르크같 이 유명한 사람에 관한 축약본 전기 등이었는데, 이제 돈 이모부의 정신세계를 알아보기로 한 만큼 이모부가 쓴 책을 읽어 보는 것, 혹은 읽어 보려고 시도하는 것도 좋은 생각인 듯해서 하루는 어머니에게 집에 이모부의 책이 있냐고 물어봤다. 있지, 두 권 다 있어. 어머니가 말했다.

F: 두 권 다? 그럼 이모부가 두 권밖에 안 쓴 거예요?

F의 어머니: 아주 긴 책이야, 아치. 각각 쓰는 데 몇 년씩 걸린 거지.

F: 무슨 내용이에요?

F의 어머니: 전기들이야.

F: 잘됐네. 나 전기 좋아하는데. 어떤 사람들이요?

F의 어머니: 아주 오래전 사람들이야. 클라이스트라는 19세기 초 독일 작가. 그리고 17세기 프랑스 철학자이자 과학자였던 파스칼.

F: 들어 본 적 없는데.

F의 어머니: 사실대로 말하면, 나도 들어 본 적 없었어.

F: 좋은 책이에요?

F의 어머니: 그런 것 같아. 사람들이 아주 좋다고 하니까.

F: 엄마도 안 읽어 봤다는 거예요?

F의 어머니: 여기저기 조금씩은 봤는데, 처음부터 끝까지 읽지는 않았어. 아쉽지만 내 취향은 아니라서.

F: 그래도 다른 사람들이 좋은 책이라고 했다면, 돈 이모부는 돈을 많이 벌었겠네요.

F의 어머니: 꼭 그렇지는 않아. 학자들을 위한 책이라 독자들이 아주 많지는 않거든. 그래서 이모부가 기사나 서평을 많이 쓰는 거야. 책을 쓰기 위해 조사를 하는 동안 수입을 보충하기 위해서.

F: 읽어 봐야겠어요.

F의 어머니(미소를 지으며): 원하면 그렇게 해, 아치. 하지만 진도가 안 나간다고 실망하지는 말고.

어머니가 두 권의 책을 줬다. 각각 4백 쪽이 넘는 긴 분량이었고, 옥스퍼드 대학 출판사에서 낸, 글씨가 작고 그림은 하나도 없는 책이었다. 퍼거슨은 클라이스트 책의 표지보다는 파스칼 책의 표지가 마음에 들었는데, 검은색 바탕 위에 프랑스 철학자의 흰색 데스마스크를 찍은 사진이 황량하게 붙은 그 책부터 도전해 보기로 했다. 하지만 첫 문단을 보자마자, 그는 진도를 나가는 게 문제가 아니라 그걸 전혀 읽을 수가 없다는 사실을 알아차렸다. 이런 건 아직 못 읽어, 그는 스스로에게 말했다. 나이가 들 때까지 기다려야 해.

퍼거슨은 이모부의 책을 읽을 수는 없었지만, 그럼에도 이모부가 자기 아들을 어떻게 대하는지는 관찰할 수 있었다. 퍼거슨에게는 아주 관심 있는 주제, 당연히 본질적인 주제, 애초에 그가 동시대 미국 남자의 일을 체계적으로 연구해 보게 만든 주제였다. 왜냐하면 본인의 아버지에 대한 환상이 점점 사라지면서 그는 다른 아버지들이 아들을 대하는 방식을 주의 깊게 살피기 시작했고, 본인의 문제가 불공평하게도 자기만의 문제인지, 아니면 모든 남자아이의 보편적인 문제인지 밝히려면 증거를 찾아야만 했기 때문이다. 브라운스타인과 솔로몬의 사례를 통해 서로 다른 두 형태의 아버지들의 행동을 엿볼 수 있었다. 브라운스타인이 자녀들과 있을 때 익살을 떨고 친한 척을 하는 쪽이라면, 솔로몬은 진중하고 온화한 쪽이었다. 브라운스타인은 수다스럽게 칭찬을 많이 했고, 솔로몬은 귀를 기울이고 눈물을 닦아 줬다. 브라운스타인은 종종 이성을 잃고 공공장소에서 야단쳤고, 솔로몬은 자기 생각을 드러내지 않은 채 낸시가 아이들을 바로잡게 했다. 두 개의 사례, 두 개의 철학, 두 개의 개성이었는데, 한쪽은 퍼거슨의 아버지와 완전히 달랐고, 다른 한쪽은 어딘가 비슷해 보였지만 본질적인 면에서 달랐다. 솔로몬은 절대 졸지 않았던 것이다.

돈 이모부는 아들과 함께 살지 않고 가끔만 만났기 때문에 아들 앞에서 졸 수가 없었다. 한 달에 한 번 주말에, 여름에는 두 번씩 만났는데, 1년을 통틀어 38일이었다. 머릿속으로 그런 계산을 하며, 퍼거슨은 자신이 그보다는 아버지를 자주 보지만 — 우선 1년에 쉰두 번 일요일마다 봤고, 가족끼리 저녁을 먹기로 해서 아버지가 일터에서 일찍 돌아오는 날이 대충 일주일의 절반은 되었으니까, 그것도 모두 더하면 1년의 모든 월요일에서 토요일 사이 날들 중 150일 정도 되었으니까, 돈 이모부의 아들이 본인 아버지와 보내는 시간보다는 훨씬 많았다 — 거기에는 약점도 있다고 생각했다. 새로 생긴 퍼거슨의 사돈-사촌은 1년에 서른여덟 번 있는 만남의 날을 아버지와 단둘이 보내는 반면, 퍼거슨은 이제 아버지와 단둘이서만 있는 상황이 거의 없었고, 방 안이나 차 안에 다른 사람 없이 둘이서만 있던 때가 마지막으로 언제였는지를 떠올려 보면, 거의 1년 반 전의 어느 일요일, 비가 오는 바람에 매주 하던 테니스 시합과 그러닝스에서의 식사가 취소되고, 그와 아버지가 이전의 뷰익을 타고 늦은 아침을 먹으러 갔던 때였다. 번호표를 든 채 복잡한 터배치닉 식당에 줄을 서서 차례를 기다리는데, 흰살 생선과 청어, 훈제 연어, 베이글, 통에 담긴 크림치즈의 좋은 냄새가 가득했다. 또렷하고 환한 기억이었지만, 그게 마지막이었다. 1954년 10월, 그의 전체 인생 중 6분의 1 전의 일이었고, 그 어떤 것도 기억나지 않는 최초의 3년을 제외하면, 거의 전체 인생 중 4분의 1 전의 일이었다. 그 시점에 퍼거슨은 고작 아홉 살이었으니까, 마흔세 살의 남자에게는 거의 10년에 해당하는 시간이었다.

그 아이의 이름은 노아였고, 퍼거슨보다는 석 달 반이 어렸다. 아쉽게도 이모와 이모부가 동거하는 동안은 두 소년이 만날 수 없었는데, 돈 이모부의 전처는 당연히 밀드러드 이모 때문에 자신이 버려진 상황에 화가 나 있었기 때문에 자기 아들이 가정 파괴범은 물론 그녀의 가족과도 접촉할 수 없게 했고, 그 범위는 애들러 집안을 넘어 퍼거슨 가족까지 확대되었다. 하지만 돈 이모부와 밀드러드 이모가 결혼하기로 결정하자 그런 금지 조치는 사라졌는데, 이제는 모든 게 합법이 되었기 때문에 전처는 전남편에게 그런 요구를 할 입장이 아니었다. 퍼거슨과 노아 마크스는 결혼식장에서 처음 만났는데, 식은 1954년 12월, 퍼거슨 조부모님의 아파트에서 양쪽 집안의 가족과 가까운 친구 스무 명 정도만 하객으로 참석한 가운데 작게 열렸다. 하객 중에 어린이는 퍼거슨과 노아밖에 없었고 둘은 처음부터 죽이 맞았다. 둘 다 외아들로 늘 남자 형제나 여자 형제를 바라 왔고, 나이가 같은 데다가 곧 사촌이 된다는 사실 덕분에, 굳이 말하자면 의붓사촌이기는 했지만 그럼에도 이제 한 가족이 되는 것이었기 때문에, 결혼식에서의 그 첫 만남은 일종의 결혼에 준하는, 연합을 기념하는 의식, 혹은 의붓형제 관계의 시작이었다. 두 사람은 그 자리에서 남은 평생 동안 자신들이 서로 얽히게 되리라는 걸 알았다.

둘은 가끔만 만났는데, 당연히 한 명은 뉴욕에 살고 다른 한 명은 뉴저지에 살았기 때문에, 그리고 노아는 1년에 38일만 만날 수 있었기 때문에 둘은 결혼식 후 18개월 동안 여섯 번이나 일곱 번 만났을 뿐이다. 퍼거슨은 더 많이 만날 수 있기를 원했지만 그것만으로도 돈 이모부의 아빠 역할에 대해 결론을 내리기에는 충분했는데, 그건 자기 아버지의 역할과 완전히 달랐지만 브라운스타인이나 솔로몬의 방식과도 달랐다. 하지만 다시 보면 노아는 특별한 경우여서, 땅딸막하고 뻐드렁니가 있는, 다른 세 아버지의 아이들과는 완전히 다른 악동이어서 그런 아이를 다루려면 특별한 방법이 필요할 것 같았다. 노아는 퍼거슨이 처음 만난 냉소가였고 반항적인 장난꾸러기이자 건방진 떠버리였다. 영리하고, 너무 영리하고, 영리하면서도 웃긴, 당시의 퍼거슨보다 훨씬 눈치가 빠르고 세상 물정도 아는 아이처럼 보였기 때문에 그와 친구가 되면 즐거울 것 같았고, 퍼거슨이 보기에 둘은 이제 분명 친구인 것 같았다. 한편 노아는 어머니와 살며 1년에 38일만 아버지를 만났고 아버지와 함께 있는 동안 끊임없이 그의 인내심을 시험했는데, 퍼거슨은 노아가 아버지에게 반항하는 게 당연하다고 생각했다. 돈 이모부는 본질적으로는 노아가 다섯 살 반일 때 그를 버린 것이나 다름없었기 때문이다. 퍼거슨은 노아를 무척 좋아하게 되었지만 자기 사촌이 구제 불능이고, 싸움 걸기를 좋아하고, 짜증 나는 말썽꾸러기라는 것도 알고 있었다. 따라서 퍼거슨은 아버지와 아들 양쪽 모두에게 애정이 있었는데, 버림받은 아들에게 연대감을 느끼면서 시달림을 받는 아버지에 대한 연민도 느꼈다. 머지않아 퍼거슨은 돈 이모부가 노아를 만날 때 퍼거슨도 함께 가주기를 바란다는 사실을 알게 되었는데, 그에게 중재자 역할, 주의를 분산하는 역할을 기대했던 것이다. 그렇게 그들 셋은 에베츠 필드에서 다저스와 필리스의 야구 경기를 보고, 자연사 박물관에서 공룡 뼈를 구경하고, 카네기 홀의 영화관에서 동시 상영하는 마크스 형제의 영화를 관람했는데, 그런 오후는 늘 노아의 노골적인 불평불만으로 시작했다. 노아는 자신을 그렇게 브루클린까지 질질 끌고 가는 게, 아버지라면 으레 그래야 할 것 같아서 아니냐고 따졌다. 그렇지 않느냐고, 아이들을 뜨거운 지하철에 태워서 야구장에 데리고 가면서도 정작 아버지 본인은 야구에 아무 관심이 없지 않느냐고 따지거나, 혹은 〈저기 모형 동굴 속에 원시인 보여요, 아빠? 처음엔 아빠를 보는 줄 알았어요〉라든가, 〈마르크스 형제라니! 저 사람들이 우리 친척이라도 되는 거예요?〉라든가, 〈차라리 그라우초[8]에게 나의 진짜 아버지가 아닌지 물어볼까 봐요〉 같은 말을 던지곤 했다. 사실대로 말하자면 노아는 야구를 좋아했고, 직접 하는 데는 끔찍할 정도로 젬병이었지만 모든 다저스 선수의 타율을 외우고 있었고, 주머니에 재키 로빈슨의 사인을(그의 아버지가 준 것이었다) 넣고 다녔다. 사실대로 말하자면 노아는 자연사 박물관의 모든 전시실에 푹 빠져들었고, 아버지가 그만 나가야 할 시간이라고 할 때까지 건물을 떠나지 않으려 했다. 사실대로 말하자면 노아는 「식은 죽 먹기」와 「몽키 비즈니스」[9]를 보며 숨이 넘어갈 듯 웃었고, 영화관을 나서면서 〈대단한 집안이야. 카를 마르크스Marx! 그라우초 마르크스Marx! 노아 마르크스Marx! 마르크스 집안이 세계를 지배하라!〉라고 외쳤다.

아들의 그 모든 야단과 충돌에도, 갑자기 뚱해졌다가 미친 듯이 쾌활해지고 웃음과 공격 사이를 오가는 변덕에도 노아의 아버지는 이상할 정도로 꾸준하게 침착한 모습을 보였고, 아들의 모욕적인 말에 대응하지

8 연기자 가족이었던 마크스 형제 중 셋째.
9 둘 다 마크스 형제가 출연한 작품.

않았고, 도발에 넘어가지 않았고, 분위기가 바뀔 때까지 말없이 그 공격들을 견뎌 냈다. 그건 신기하면서도 전례가 없는 아버지상이라고 퍼거슨은 느꼈는데, 아버지 쪽에서 감정을 통제했다기보다는 자신이 저지른 잘못에 대해 아들이 벌을 내리게 내버려 두는 것에 가까웠다. 참으로 신기한 한 쌍이었다 — 상처받은 아들은 아버지에 대한 적대감 가득한 행동을 통해 사랑을 외치고 있었고, 역시 상처받은 아버지는 아들을 한 대 갈기지 않음으로써, 아들이 자신을 때리게 내버려 둠으로써 사랑을 내보이고 있었다. 하지만 상황이 잠잠할 때면, 전투가 잠시 멈추고 아버지와 아들이 같은 배를 탄 듯 함께 유유히 흘러갈 때면 놀라운 일이 벌어진다는 걸 퍼거슨은 알아차렸다. 돈 이모부는 노아와 이야기할 때 마치 성인을 대하듯 했던 것이다. 아이라고 봐주는 것도 없었고, 아버지답게 머리를 쓰다듬어 주지도 않았고, 이런저런 규칙을 강요하지도 않았다. 아들이 말을 하면 아버지는 귀를 기울여 들었다. 아들이 질문을 하면 아버지는 마치 동료에게 답하듯 대답해 줬다. 두 사람의 대화를 듣고 있으면 퍼거슨은 일종의 시기심을 느낄 수밖에 없었는데, 자기 아버지는 한 번도 그런 식으로 자신과 이야기하지 않았기 때문이다. 존중도 없었고, 궁금함도 없었고, 그렇게 즐거운 눈빛도 없었다. 그 모든 걸 감안할 때, 그렇다면 돈 이모부는 좋은 아버지라고 그는 결론을 내렸다 — 결함이 있는 아버지일 수 있고, 실패한 아버지일 수도 있지만 — 그럼에도 좋은 아버지였다. 그리고 사촌 노아는, 가끔 미친 모습을 보일 때도 있었지만, 가장 훌륭한 친구였다.

6월 중순의 어느 월요일, 아침 식사 자리에서 퍼거슨의 어머니는 여름이 끝날 무렵 새집으로 이사할 거라고 알려 줬다. 다음 주에 아버지와 함께 매듭을 지을 계획이라고 했고, 그게 무슨 뜻이냐고 퍼거슨이 묻자, 어머니는 매듭이란 부동산 용어로 집을 산다는 뜻인데, 돈을 주고 서류에 서명을 하면 새로운 집이 자신들의 집이 되는 거라고 설명해 줬다. 그것만으로도 충분히 우울한 소식이었는데, 이어서 어머니가 한 말은 퍼거슨이 듣기에는 너무 터무니없고 잘못된 것 같았다. 운이 좋아서 말이야, 이 옛날 집을 살 구매자도 찾았단다라고 어머니는 말했다. 지금 그 집에서 아침을 먹는 중인데, 지금까지 그 집에서 살았는데, 아직 짐을 싸서 동네 건너편으로 떠난 것도 아닌데, 어머니는 그렇게 과거형으로 말할 권리가 없었다.

왜 그렇게 우울하니, 아치? 어머니가 물었다. 좋은 소식이야, 나쁜 소식이 아니야. 근데 너는 무슨 전쟁에 끌려가는 사람 같은 표정이네.

그는 아무도 그 집을 사지 않기를 바라고 있었다고, 사람들이 그 집은 그 누구보다 퍼거슨 가족에게 어울리는 곳이라고 생각해서 그 집을 원하지 않기를 바라고 있었다고 말할 수 없었다. 어머니와 아버지가 그 집을 팔지 못하면 새집을 살 돈도 구할 수 없을 테고, 그렇다면 지금 사는 그 집에서 계속 지낼 수밖에 없을 것이었다. 그 말을 할 수 없었던 건 어머니가 너무 행복해보였기 때문에, 꽤 오랜만에 보는 가장 행복한 표정이었기 때문에, 어머니가 행복한 표정을 짓는 일보다 더좋은 건 없었기 때문이다. 하지만 그럼에도 그의 마지막 희망이 사라져 버렸고, 게다가 그 모든 일이 그가 모르는 곳에서 벌어져 버렸다. 구매자라니! 그 알 수 없는 사람은 도대체 누구이고, 어디서 나타났단 말인가? 그 모든 일이 결정될 때까지 아무도 그와 상의하지 않았고, 일들은 늘 그렇게 그가 모르는 곳에서 벌어졌고, 그는 그 일에 관해 한 마디도 할 수 없었다. 그도 자신의 표를 던지고 싶었다! 자신이 어린아이라는 사실이 지긋지긋했고, 그렇게 옆으로 밀려나 해야 할 일을 전달받기만 하는 게 지긋지긋했다. 미국은 민주주의 국가라고 하는데, 그는 독재의 지배를 받고 있었고, 그 점이진저리가 났다. 진저리가 나고 또 진저리가 났다.

언제 그렇게 된 거예요? 그가 물었다.

바로 어제, 어머니가 말했다. 어제 네가 돈 이모부와노아랑 뉴욕에 갔을 때. 정말 놀라운 일이지 뭐니.

왜요?

슈나이더먼 사장님 기억하지? 엄마가 젊을 때 일했던 사진관 주인.

퍼거슨은 고개를 끄덕였다. 당연히 그는 슈나이더먼

씨를 기억하고 있었다. 1년에 한 번쯤 함께 식사했던 퉁명스러운 할아버지. 하얀 염소수염을 길렀고, 수프를 먹을 때 요란한 소리를 내고, 자기도 모르게 방귀를 뀌어 대던 할아버지였다.

그러니까 슈나이더민 사장님한테 다 큰 아들이 둘 있거든. 대니얼과 길버트라고 둘 다 네 아버지 나이랑 비슷한데, 어제 대니얼과 그 아내가 점심을 먹으러 왔었단 말이야. 근데 무슨 일이 있었을까?

말 안 해줘도 돼요.

정말 놀라운 일이야. 그렇지 않니?

그런 것 같네요.

그 집도 애가 둘인데, 열세 살 남자애와 아홉 살 여자애야. 에이미는 내가 본 여자애 중에 제일 예쁘더라. 진짜 심장이 멎을 것 같았다니까, 아치.

걔는 좋겠네.

좋아, 이 심통쟁이야. 근데 그 여자애가 네 방에서 지내면 어떨 것 같아? 신경 쓰이니?

이제 걔 방이고 내 방도 아닌데, 내가 왜 신경을 써요?

학기가 끝나고, 그다음 주에 부모님은 퍼거슨을 뉴욕주에서 열리는 합숙 캠프에 보냈다. 집을 떠나 지내기는 처음이었지만, 두려움이나 망설임 없이 갈 수 있었던 건 노아도 함께 가기 때문이었고, 바로 그 무렵 집 문제가 지긋지긋한 상태였기 때문에, 옛날 집도 아니지만 옛날 집이라고 불린 그 집이나 자기 방을 훔쳐 갈 예쁜 여자아이에 관한 이야기에 싫증이 난 상태였기 때문에, 8주 동안 시골에서 지내는 건 그렇게 나빠져만 가는 일들을 잊는 데 분명 도움이 될 것 같았다. 〈천국 캠프〉는 컬럼비아 카운티의 북동쪽에 있었고, 매사추세츠 경계와 버크셔즈 구릉 지대에서도 멀지 않았다. 부모님이 그를 그곳에 보내기로 한 건 낸시 솔로몬이 몇 년째 그 캠프에 아이를 보낸 사람을 아는 누군가를 아는데 그 사람이 온갖 좋은 이야기를 해줬다고 했기 때문이었고, 퍼거슨이 등록을 마친 후에 어머니가 본인의 언니에게도 말했고, 이모가 다시 본인의 남편에게 말하면서 노아도 등록하게 되었다. 퍼거슨과 그의 사촌은 그랜드 센트럴역에서 캠프의 다른 단원들 무리와 함께 출발했는데, 일곱 살에서 열다섯 살 사이의 남자아이와 여자아이 들은 모두 2백 명 가까이 되었고, 기차에 오르기 직전에 돈 이모부는 퍼거슨을 따로 불러서 노아를 잘 지켜봐 달라고, 아들이 문제에 빠지지는 않는지, 다른 아이들이 아들을 콕 집어서 괴롭히지는 않는지 봐달라고 부탁했다. 돈 이모부가 퍼거슨에 대해 그만큼 확신을 갖고 있고, 그에게서 뭔가 강인하고 믿을 만한 구석을 알아봤기 때문에 그런 부탁을 하는 것이었고, 퍼거슨은 노아를 지키기 위해 최선을 다하겠다고 돈 이모부에게 약속했다.

다행히 천국 캠프는 그렇게 거친 곳이 아니었고, 오래지 않아 퍼거슨은 경계를 늦춰도 좋다고 생각했다.

규율은 느슨했고, 어린이들의 성격을 바로잡는 일을 목표로 하는 보이 스카우트 캠프나 종교 캠프와 달리, 천국 캠프의 상담사들은 아이들이 가능한 한 삶을 즐길 수 있게 하겠다는 덜 야심적인 목표를 갖고 있었다. 새로운 환경에 적응해 나가는 처음 며칠 동안 퍼거슨은 몇 가지 흥미로운 발견을 했는데, 그중 하나는 자신의 조에서 교외에 사는 아이는 자기 한 명밖에 없다는 사실이었다. 나머지 아이들은 모두 뉴욕 출신이었고, 덕분에 그는 플랫부시, 미드우드, 버러파크, 워싱턴하이츠, 포리스트힐스나 그랜드콩코스 같은 동네에 사는 도시 아이들, 브루클린 아이들, 맨해튼 아이들, 퀸스 아이들, 브롱크스 아이들, 중산층이나 하위 중산층에 속하는 교사, 회계사, 공무원, 바텐더, 여행사 직원의 자식들에게 둘러싸여 지내게 되었다. 그때까지 퍼거슨은 여름 캠프란 부유한 금융가나 변호사의 자식들만 가는 거라고 생각했는데, 그의 생각이 틀린 것 같았다. 며칠이 지나고 남자아이와 여자아이 수십 명의 이름을, 그러니까 이름과 성을 다 알게 되고 나서는, 캠프에 있는 사람들이 모두 유대인이라는 사실도 알게 되었다. 부부이기도 한 캠프 운영자(어빙 캐츠와 에드나 캐츠)에서부터 수석 상담사(잭 펠드먼), 각자 상담실을 운영하는 상담사와 보조 상담사(하비 래비노위츠와 밥 그린버그)는 물론 그해 여름에 참가한 224명의 학생들 한 명 한 명까지 모두 그랬다. 그가 다니는 메이플우드의 공립 학교에는 개신교도와 가톨릭교도, 유대인이 섞여 있었지만 여기는 온통 유대인뿐이었고, 퍼거슨은 평생 처음으로 그런 폐쇄적인 민족 공동체에 던져진 것이었다. 일종의 게토라고 할 수 있었지만 이 경우에는 나무와 불과 머리 위 파란 하늘을 날아다니는 새가 있는 야외 게토였고, 일단 새로운 상황을 받아들이고 나니 그 사실 자체는 그에게 그다지 중요하지 않게 되었다.

제일 중요한 건 일과가 온갖 즐거운 활동들로 채워져 있다는 사실이었다. 야구나 수영, 탁구같이 이미 알고 있는 활동뿐 아니라 양궁, 배구, 줄다리기, 조정, 멀리뛰기같이 새로운 활동도 있었는데, 그중 최고는 카누를 저을 때의 깜짝 놀랄 만한 느낌이었다. 튼튼하고 체력이 좋은 아이였던 그는 자연스럽게 육체 활동에 끌렸는데, 천국 캠프의 좋은 점은 여러 활동 가운데 선택을 할 수 있다는 것이어서, 운동에 끌리지 않는 아이들은 배트와 공으로 하는 거친 경쟁 대신 미술이나 도예, 음악, 연극 등을 하면 되었다. 유일한 필수 활동은 수영이었는데, 하루 두 번, 점심 식사 전과 저녁 식사 전에 30분씩 수영을 해야 했고, 모두들 시원한 물에 들어가는 걸 좋아했고, 수영에 익숙하지 않은 아이들은 호숫가 얕은 물에서 물장난을 치면 되었다. 그렇게 퍼거슨이 캠프 한쪽 끝에서 땅볼을 받는 동안 노아는 반대편에 있는 미술 교실에서 그림을 그렸고, 퍼거슨이 사랑해 마지않는 카누를 타고 물살을 가르는 동안 노아는 연극 연습을 하느라 바빴다. 덩치가 작고 외모도 눈에 띄는 노아는 처음 일주일은 퍼거슨에게만 붙어 다녔는데, 초조하고 자신감이 없었기 때문에 당연히 누군가가 자신에게 해코지하거나 욕할 거라고 생각했지만, 그런 공격은 한 번도 실제로 일어나지 않았다. 노아는 이내 자리를 잡았고, 다른 아이들과 친구가 되었고, 앨프리드 E. 뉴먼[10] 흉내로 오두막 친구들이 배꼽을 잡게 했고, 심지어 시간이 지나면서 햇빛에 그을기 시작했다(퍼거슨은 포복절도할 뻔했다).

당연히 말다툼이나 갈등, 종종 주먹다짐도 있었는데, 천국 캠프가 천국 자체는 아니었기 때문이다. 하지만 퍼거슨이 보기에 평범하지 않다고 할 만한 일은 없었고, 한번은 자기 역시 다른 소년과 몸싸움 직전까지 갔지만 불화의 원인이 너무너무 어이가 없어서 싸울 마음도 생기지 않았다. 때는 1956년, 몇 년째 뉴욕이 야구계의 중심으로 우뚝 서 있던 해였는데, 양키스, 다저스, 자이언츠 세 팀이 10년 동안 야구를 지배하고 있었고, 퍼거슨이 태어난 후로, 1948년을 제외하면 늘 세 팀 중 한 팀이, 어떤 해에는 두 팀이 월드 시리즈에 진출했다. 중립적인 사람은 아무도 없었다. 뉴욕 및 주변 지역의 남자, 여자, 어린이는 모두 각자 응원하는 팀이 있었는데, 대부분은 대단히 열성적이었고, 양키스, 다저스, 자이언츠의 팬들은 서로를 싫어했기 때문에 불

10 유머 잡지 『매드』의 마스코트.

필요한 말다툼이나 종종 주먹다짐까지 벌어졌고, 한번은 술집에서 벌어진 총격 사건으로 사람이 죽는 일까지 있었다. 퍼거슨 또래의 남자아이나 여자아이 사이에서 오랫동안 논쟁의 주제가 되었던 건 세 팀의 중견수 중 누가 최고인가 하는 문제였다. 세 선수 모두 탁월했고, 야구 역사에서 가장 빛나던 시기에 뛰었던, 야구계를 통틀어 최고의 중견수 자리를 다투는 선수들이었는데, 덕분에 어린아이들은 듀크 스나이더(다저스), 미키 맨틀(양키스), 윌리 메이스(자이언츠) 각각의 장점에 관해 몇 시간이고 논쟁을 벌이곤 했다. 각 팀의 팬들은 너무 열성적이어서 대부분 자신이 응원하는 팀의 중견수를 맹목적으로, 순수하게, 흔들림 없이 옹호했다. 퍼거슨은 다저스 팬이었는데, 브루클린에서 자라며 다저스 팬이 된 어머니가 약자와 가망 없는 희망에 대한 애정을 주입해 줬기 때문이다. 어머니가 어렸을 때 다저스는 어설프고 때로는 안쓰러울 정도의 팀이었지만, 이제는 강력한 팀, 당시 월드 챔피언이자 무적의 양키스에 맞먹는 팀이었다. 그해 여름 그와 같은 조에 속했던 여덟 명의 소년 중 세 명은 양키스 팬이었고, 두 명은 자이언츠 팬, 세 명은 다저스 팬이었는데, 마지막 셋은 퍼거슨과 노아, 그리고 마크 더빈스키라는 소년이었다. 어느 날 오후, 보통은 〈슈퍼맨〉 만화책을 보거나, 편지를 쓰거나, 이틀 전 『뉴욕 포스트』에 실린 경기 결과를 확인하며 보내는 점심 후의 45분 휴식 시간 동안, 퍼거슨의 왼쪽 침대를 쓰던 더빈스키(노아는 오른쪽 침대였다)가 오래된 문제를 꺼냈다. 더빈스키는 그날 아침 자신이 두 명의 양키스 팬 소년과 이야기를 나누며 스나이더가 맨틀보다 더 좋은 선수라고 확고하게 주장했다고 퍼거슨에게 말하면서, 역시 다저스 팬인 퍼거슨이 전적으로 편을 들어 줄 걸로 기대했다. 하지만 퍼거슨은 그러지 않았는데, 듀크를 존경하기는 하지만 맨틀이 나은 선수이며, 또 맨틀보다는 메이스가 나은 선수라고, 종이 한 장 차이일지는 모르지만 분명 더 나은 선수인데 왜 더빈스키는 사실을 인정하지 않으려는 거냐고 말했다. 퍼거슨의 대답이 너무나 예상 밖이었고, 너무나 차분한 주장이었고, 이성을 넘어서는 신앙의 힘에 대한 더빈스키의 믿음을 너무나 완벽하게 무너뜨리는 것이었기 때문에, 잠시 후 그는 퍼거슨의 침대를 막고 서서 목에 핏대를 세우며 퍼거슨에게 배신자, 무신론자, 공산주의자, 이중 사기꾼이라고 몰아붙였고, 퍼거슨의 생각을 고쳐 주기 위해 그대로 배를 한 대 때릴 것만 같았다. 더빈스키가 주먹을 쥔 채 퍼거슨을 때릴 태세였기 때문에 퍼거슨은 침대에서 일어나 진정하라고 했다. 네 생각은 자유야, 마크, 그가 말했다. 하지만 나도 내 의견을 가질 자격이 있는 거야. 아니야, 없어. 아직 제정신이 아닌 더빈스키가 말했다. 다저스 팬이라면 그러면 안 돼. 퍼거슨은 더빈스키와 싸울 생각이 전혀 없었다. 더빈스키는 보통은 그렇게 화를 잘 내는 친구가 아니었는데, 그날 오후에는 마치 싸움을 바라고 있는 것 같았고, 퍼거슨의 어떤 면모가 너무나 거슬려서 둘의 우정을 완전히 깨버리고 싶어 하는 것 같았다. 침대에 앉은 퍼거슨이 적당히 상황을 빠져나갈지, 아니면 어쩔 수 없이 일어나 싸울 수밖에 없는 건지 고민하는 사이에 갑자기 노아가 끼어들었다. 얘들아, 얘들아, 그가 마치 모든 걸 알고 있는 아버지 같은 저음으로 익살스럽게 말했다. 말도 안 되는 싸움 그만두렴. 최고의 중견수가 누구인지는 우리 모두 알잖아, 그렇지 않니? 퍼거슨과 더빈스키가 동시에 돌아보니 노아는 팔꿈치를 베개에 대고 턱을 괸 채 누워 있었다. 더빈스키가 말했다. 좋아, 하포.[11] 어디 말해 봐. 하지만 정답이라야 할 거야. 두 친구의 주의를 돌리는 데 성공한 노아는 잠시 말없이 미소만 지었다. 바보 같았지만 남달리 보기 좋았던 미소, 퍼거슨의 기억에 박혀서 절대 잊히지 않을 미소, 그가 아동기를 지나 청소년기, 성인기에 이르기까지 자주 떠올리게 될 미소였는데, 그 순수하고 엉뚱한 기발함이 반짝였던 1~2초 동안 아홉 살 소년 노아 마크스의 진심이 언뜻 드러났기 때문이다. 노아는 단 한 마디로 논란을 종식해 버렸다. 나야.

처음 한 달 동안 퍼거슨은 자신이 그곳에서 얼마나 행복한지 의식하지 못했다. 눈앞의 활동에 너무 빠져

11 마크스 형제 중 둘째.

있었기 때문에 멈춰 서서 자신의 감정을 돌아볼 겨를이 없었고, 현재에 사로잡힌 나머지 과거나 그 너머를 볼 수 없었고, 운동 시합에서 잘했을 때 상담사인 하비가 말했던 것처럼 현재만을 살고 있었는데, 아마도 그게 행복의 진짜 정의인 것 같았다. 자신이 행복하다는 것도 모르는 상태, 지금 살아 있다는 것 외에 아무것도 신경 쓰지 않는 상태였는데, 부모님의 방문일이 서서히 다가오고 있었다. 방문일은 8주 캠프 기간이 정확히 절반쯤 지난 무렵의 일요일이었는데, 그날이 가까워질수록 퍼거슨은 부모님을 다시 만나는 일이 그리 기대되지 않아서 놀랐다. 심지어 어머니는 너무나 보고 싶을 것 같았지만 실제로는 가끔씩 힘든 순간에만 보고 싶었고, 아버지는 특히 보고 싶은 마음이 들지 않았는데, 지난 한 달간 그의 머릿속에서 완전히 지워져서 거의 중요하지 않은 사람처럼 느껴졌다. 캠프가 집보다 좋다는 걸, 그는 깨달았다. 친구들 사이에서 지내는 생활이 부모님과 지내는 생활보다 더 풍성하고 성취감 있었는데, 그건 부모님이 그가 이전에 생각했던 것만큼 중요하지 않다는, 불손하고 심지어 혁명적이라고도 할 수 있는 생각이어서 퍼거슨은 밤이면 침대에 누워 그 점에 관해 많이 고민해 봤다. 하지만 정작 방문일이 되고, 어머니가 차에서 내려 자신을 향해 다가오는 모습을 보면서, 그는 예상 밖으로 눈물이 나오려는 걸 참고 있었다. 너무 바보 같다고, 너무나 완벽하게 창피한 행동이라고 생각했지만, 어머니에게 달려가 키스를 받는 수밖에 없었다.

하지만 뭔가 잘못되어 있었다. 이모부도 퍼거슨의 부모님과 함께 왔어야 했지만 보이질 않았다. 노아 아버지는 왜 안 온 거냐고 퍼거슨이 물었을 때 어머니는 긴장한 표정으로 나중에 설명해 주겠다고 했다. 그 나중은 한 시간 후, 부모님의 차를 타고 매사추세츠 경계 인근 그레이트배링턴의 프렌들리스 식당에 점심을 먹으러 가서였다. 평소처럼 어머니가 이야기를 했지만, 이번만큼은 아버지도 주의를 기울이고 함께하면서 퍼거슨만큼이나 유심히 어머니 말을 들었고, 해야만 하는 이야기의 내용이나 그 상황의 분위기를 봤을 때, 어머니가 그가 기억하는 어떤 때보다 혼란스러워 보였던 것도 놀랄 일은 아니었다. 말을 하는 어머니의 목소리가 떨렸는데, 아들에게 최악의 상황은 피하게 해주고 싶었지만, 그 충격을 줄이려면 사실을 왜곡해야만 했다. 지금은 진실이 중요한 순간이었고, 비록 퍼거슨이 아홉 살밖에 되지 않았다고 하더라도, 아무것도 빠트리지 말고 모든 이야기를 해줘야 했다.

이렇게 된 거야, 아치. 어머니가 필터 없는 체스터필드 담배에 불을 붙이고 포마이카 테이블 위로 청회색 연기를 뿜으며 말했다. 돈 이모부랑 밀드레드 이모가 헤어졌어. 결혼이 끝난 거야. 너한테 이유를 말해 주고 싶지만, 이모가 엄마한테도 말을 안 해줘. 이모가 너무 정신이 없어서, 열흘 동안 계속 울고만 있거든. 이모부가 다른 사람을 만난 건지, 아니면 그냥 파탄 난 건지는 모르지만 이모부는 그대로 가버렸고, 두 사람이 다시 합칠 가능성은 없어. 이모부랑도 몇 번 말해 봤는데, 역시 아무 이야기도 안 해주더라. 그냥 자기와 이모는 끝났다고, 애초에 결혼을 하면 안 되는 거였고, 처음부터 모든 일이 잘못된 거라고만 하는 거야. 아니, 노아 엄마한테 돌아간 건 아니야. 이모부는 파리에 갈 계획이라고 했어. 벌써 페리가에 있는 아파트에서 자기 짐을 뺐고, 이달 말 전에 떠날 거야. 그래서 노아 문제가 생긴 건데, 이모부는 떠나기 전에 노아랑 며칠을 함께 보내고 싶어 하거든. 그래서 이모부의 전처, 그러니까 첫 번째 전처 말이야, 그 전처인 퀜덜린이 오늘 캠프에 와서 노아를 뉴욕으로 데려갈 거야. 맞아, 아치, 노아는 떠나는 거야. 너희 둘이 얼마나 친해졌는지, 얼마나 좋은 친구인지 잘 아는데 내가 할 수 있는 일이 없구나. 그 여자, 퀜덜린 마크스한테 전화도 했어. 이모부와 이모 사이에 무슨 일이 있었든 아이들은 계속 연락했으면 좋겠다고, 이 일 때문에 두 아이의 우정이 힘들어지면 너무 안된 일이라고 했는데, 그 여자가 참 만만찮은 사람인 거야, 아치. 모질고 화가 많은 사람, 마음이 얼음같이 차가운 사람이어서 그런 건 상관없다고 하더라. 아이아버지가 파리로 가고 나면 노아는 다시 캠프로 돌아오는 거냐고 내가 물었더니, 말도 안 되는 이야기라

고 했어. 〈적어도 애들이 작별 인사는 할 수 있게 해줘
야죠〉라고 했더니 그 인간이, 뭐라 그랬냐면, 그 인간
이 〈뭐 때문에요?〉라는 거야. 그 말에 내가 열이 받아
서, 평생 그렇게 화가 난 적이 없었는데, 〈어떻게 그런
말을 해요?〉 하고 소리쳤거든. 그랬더니 차분하게 대
답하는 거야. 〈나는 노아가 감정적인 어려움을 겪지 않
게 보호해야 하니까요〉라고 말이야. 너한테 무슨 말을
해줘야 할지 모르겠다, 아치. 그 인간은 제정신이 아니
야. 게다가 이모는 진정제에 취한 채 침대에서 속이 뒤
집힐 만큼 울고만 있지. 이모부는 그런 이모를 두고 가
버렸고, 노아는 너한테서 떼어 놔야만 하고, 솔직히 말
하자면 애야, 정말 지옥 같은 대혼란 아니니. 그렇지
않아?

천국 캠프에서의 두 번째 달은 빈 침대와 함께한 한
달이었다. 철제 스프링 위에 놓인 빈 매트리스, 이제는
없는 노아의 침대를 오른쪽에 둔 채 퍼거슨은 계속 잠
을 잤고, 이제 자신들은 다시는 만날 수 없는 거냐고 매
일 스스로에게 물었다. 1년 반 동안 사촌이었는데, 이
제 더 이상 사촌이 아니었다. 이모가 이모부와 결혼을
했다가 이제 그 결혼을 끝냈고, 대서양 건너편에 사는
이모부는 더 이상 아들을 만날 수도 없었다. 한때 모든
것이 확고해 보였지만, 아침에 해가 떠오르자 세상이
녹아내리기 시작했다.

퍼거슨은 8월 말 메이플우드의 집으로 돌아왔고, 자

신의 방에 작별 인사를 하고, 뒷마당의 탁구대에 작별 인사를 하고, 주방의 망가진 방충망에 작별 인사를 하고, 그다음 주에 부모님과 함께 동네 반대편에 있는 새 집으로 이사했다. 더 큰 규모의 삶이 펼쳐질 시기가 시작되었다.

2.1

그 자신이 기억하는 한, 퍼거슨은 화이트 록 탄산수 병
에 붙은 여자아이의 그림을 보며 지냈다. 어머니가 일
주일에 두 번씩 A & P 슈퍼마켓에 가서 사 오는 탄산
수였는데, 아버지가 탄산수의 효능을 굳게 믿는 사람
이었기 때문에 저녁 식사 자리에는 늘 화이트 록 탄산
수병이 놓여 있었다. 덕분에 퍼거슨은 그 여자아이를
수백 번은 들여다봤고, 상표 속 반쯤 벌거벗은 그 여자
아이의 흑백 이미지를 늘 가까이에서 살펴봤다. 자극
적이면서도 엄숙하고 우아한 여자아이, 작은 맨가슴을
드러내고, 엉덩이에 두른 흰색 허리감개가 벌어져 오
른쪽 다리가 모두 노출된 모습인데, 연못의 바윗돌에
앉아 무릎을 꿇고 손을 짚은 채 몸을 앞으로 기울여 수
면을 내려다보느라 허벅지를 앞으로 내밀고 있다. 바
위에는 제품에 맞게 화이트 록이라고 적혀 있었고, 흥미
로우면서도 그 여자아이와 전혀 어울리지 않아 보이는

점은 등에 투명 날개가 두 장 붙어 있다는 것이었는데, 그건 그녀가 인간이 아니라 신, 혹은 마법에 걸린 어떤 존재임을 암시했다. 팔다리가 아주 날씬하고, 덩치가 작다는 인상을 줬기 때문에 그녀는 성인이 아니라 아이로 여겨졌는데, 봉긋한 작은 가슴은 열두 살 혹은 열세 살 정도에 어울리는 것이었고, 핀으로 말끔하게 고정한 올림머리 덕분에 목과 어깨의 눈부신 맨살이 드러나면서, 어느 남자아이가 진지하게 생각해 볼 만한 유형에 딱 들어맞는 여자아이라고 할 수 있었다. 그 남자아이가 나이가 살짝 더 들자, 그러니까 열두 살 혹은 열세 살이 되자 화이트 록 여자아이의 성적 매력, 육체적 열망과 완전히 각성한 욕망을 불러일으키는 그 요소가 진가를 발휘하게 되었고, 그럴 때면 퍼거슨은 탄산수병을 유심히 바라보는 모습을 부모님에게 들키지 않으려고 노력했다.

랜드 오레이크스 버터 포장지에 무릎을 꿇고 앉은 아메리카 원주민 소녀도 있었다. 두 갈래로 땋은 검은색 머리에 화려한 깃털을 두 개 꽂고 구슬 장식이 있는 머리띠를 두른 사춘기의 그 미인 소녀는, 하지만 옷을 다 입고 있었기 때문에 화이트 록 요정의 경쟁자가 되기에는 문제가 있었다. 옷 때문에 매력이 대폭 줄어들었고, 그뿐만 아니라 옆으로 툭 튀어나온 팔꿈치 부분이 더 문제였는데, 그녀 본인이 랜드 오레이크스 버터 상자를, 그러니까 퍼거슨 앞에 놓인 바로 그 버터 상자를 들어 보이고 있는 모습이어서, 그녀의 그림 안에 또 다시 그녀의 그림이 있는 상황이 흥미로우면서도 조금은 혼란스러웠다. 퍼거슨은 점점 더 작아지는 원주민 소녀가 점점 더 작아지는 버터 상자를 들고 있는 그 모습이, 검은 모자를 쓰고 환하게 웃는 퀘이커교도가 사람의 형체를 알아볼 수 없을 때까지 작아지는 퀘이커 오츠 상자의 그림과 비슷하다고 생각했고, 한 세계 안에 또 하나의 세계가 있고, 그 세계 안에 또 하나의 세계가 있고, 그 세계 안에 또 하나의 세계가 있는 그런 식으로 세계가 원자만큼 작아진 후에도, 그보다 더 작은 세계가 있을 수 있다고도 생각했다. 재미있는 방식이었지만 꿈을 꾸게 만드는 그림은 아니었고, 그래서 아메리카 원주민 버터 아가씨는 화이트 록 공주님에 비해서는 언제나 한참 뒤떨어진 2등에 머물렀다. 하지만 열두 살을 갓 넘겼을 무렵, 퍼거슨은 하나의 비밀을 알게 된다. 그는 길 아래쪽에 사는 보비 조지의 집에 놀러 갔고, 두 아이가 주방에 앉아 참치샌드위치를 먹고 있을 때 열네 살 난 보비의 형 칼이 들어왔다. 키가 크고 뚱뚱한 칼은 수학을 잘하고, 얼굴에 여드름이 잔뜩 났고, 어떨 때는 동생을 괴롭히고 어떨 때는 동등하게 대해 주기도 했는데, 3월 중순의 어느 비 오는 토요일 오후, 변덕스러운 칼은 너그럽게 굴고 싶은 기분이었고, 그래서 두 아이가 주방에 앉아 샌드위치와 우유를 먹고 있는 걸 보고는 놀라운 발견을 했다고 알려 줬다.

그 발견이 뭔지 이야기하지 않은 채 그는 냉장고를 열어 랜드 오레이크스 버터를 꺼낸 다음, 싱크대 서랍에서 가위와 스카치테이프를 꺼내 식탁 위에 내려놓았다. 잘 봐, 그는 그렇게 말했고, 두 소년은 칼이 버터 포장을 여섯 조각으로 자르고, 원주민 소녀의 그림이 있는 큰 조각 두 개를 따로 떼어 놓는 걸 지켜봤다. 칼은 소녀 그림에서 치마 아래로 나온 무릎 아래 맨살 부분을 오려 낸 다음 테이프로 다른 그림에 붙였는데, 놀랍게도 그 무릎이 가슴으로 변해 버렸다. 한 쌍의 커다란 맨가슴, 한가운데의 빨간색 점이 누가 봐도 완벽하게 그린 젖꼭지처럼 보이는 가슴이었다. 새침한 라코타족 원주민 소녀가 매혹적인 성적 대상으로 변신했고, 칼이 씩 미소를 짓고 보비가 비명을 지르며 웃음을 터뜨리는 동안, 퍼거슨은 아무 소리도 내지 않고 그림을 빤히 쳐다봤다. 정말 영리한 조작이라고, 그는 생각했다. 가위질을 몇 번 하고 테이프로 붙이니 버터 소녀가 옷을 벗어 버린 것이다.

보비의 부모님이 구독하던, 그리고 무슨 이유에서인지 절대 버리지 않던 『내셔널 지오그래픽』에도 벌거벗은 여자들의 사진이 실렸다. 1959년 봄, 퍼거슨과 보비는 학교에서 돌아온 후 종종 보비네 차고로 곧장 가서, 맨가슴을 드러낸 여자들의 사진을 보기 위해 잔뜩 쌓여 있는 노란색 잡지 더미를 샅샅이 뒤졌다. 아프리카나 남미의 원주민들을 찍은 인류학 표본 사진이었는데, 기후가 따뜻한 지역에 사는 검은색이나 갈색 피부의 여인들이 거의, 혹은 전혀 옷을 걸치지 않은 채 조금도 부끄러워하지 않는 것 같았고, 그렇게 가슴을 드러낸 상태에서도, 마치 미국 여성들이 손이나 귀를 드러냈을 때처럼 아무렇지 않다는 태도를 보였다. 사진들은 대부분 성적이지는 않았다. 일곱 권 혹은 열 권에 한 번씩은 젊은 미인이 드물게 등장하기도 했지만, 대부분은 퍼거슨이 보기에 그리 매력적이지 않았다. 그럼에도 그런 사진들을 보는 일은 흥미롭고 유익한 면이 있었는데, 무엇보다도 무한하게 다양한 여성들의 몸을 보여 줬고, 특히 그 안에는 크기와 모양이 모두 다른 가슴들이 있었던 것이다. 큰 가슴, 작은 가슴, 그 사이 다양한 크기의 가슴들, 탄력 있게 솟아오른 가슴과 평평하고 처진 가슴, 자신만만한 가슴과 기운 빠진 가슴, 좌우 대칭형 가슴과 짝짝이 가슴, 웃는 가슴과 우는 가슴, 할머니의 말라빠진 가슴과 아이에게 젖을 먹이는 어머니의 터질 듯 부풀어 오른 가슴까지. 보비는 『내셔널 지오그래픽』을 뒤지는 그 모험 도중에 자주 낄낄거리며 웃었는데, 소위 더러운 사진을 보는 것에 대한 겸연쩍음을 숨기려는 웃음이었다. 하지만 퍼거슨은 그 사진들이 더럽다고 생각하지 않았고, 그것들을 보고 싶어 하는 마음을 단 한 번도 부끄러워하지 않았다. 가슴은 여자와 남자를 구분하는 가장 눈에 띄는 특징이었기 때문에 중요했는데, 이제 여자는 그의 아주 큰 관심사였고, 비록 사춘기도 지나지 않은 열두 살 소년이었지만, 소년 시절이 얼마 남지 않았다는 사실은 퍼거슨의 내부에 이미 충분히 혼란을 불러일으키고 있었다.

상황이 달라졌다. 1955년 11월의 창고 절도 사건, 이어서 벌어진 1956년 2월의 교통사고 때문에 퍼거슨의 두 삼촌이 가족 모임에서 사라졌다. 불명예스러운 짓을 한 아널드 삼촌은 이제 멀리 캘리포니아에 살고, 사망한 루 삼촌은 영원히 지상에서 사라져 버렸고, 삼 형제 홈 월드도 없었다. 한 해 내내 아버지는 사업을 유지하려 애썼지만, 경찰은 사라진 물건들을 찾아내지 못했고, 아버지가 친형을 고발하지 않기로 하면서 보험금도 수령할 수 없었기 때문에, 그런 자비로운 행동으로 발생한 손실은 회복 불가능한 것이었다. 빚을 더 내는 대신, 아버지는 퍼거슨의 외할아버지에게 도움을 받아 은행의 긴급 융자를 갚고, 창고와 남아 있던 물건들을 모두 팔아 버리고는 그 건물에 대한 부담감을 지웠다. 그렇게 유령 같은 형들의 존재와 지난 20년 동안 자신의 인생이나 다름없었지만 이제는 망해 버린 사업체에서 벗어났던 것이다. 창고 건물은 지금도 스프링필드 애비뉴의 오래된 그 자리에 그대로 서 있지만, 이제는 〈뉴먼의 가구 할인점〉 간판이 붙어 있었다.

퍼거슨의 아버지는 창고를 판 돈으로 외할아버지에게 진 빚을 갚고, 이전보다 훨씬 작은 상점인 〈스탠리의 텔레비전과 라디오)를 몬트클레어에 열었다. 퍼거슨이 보기에는 그쪽이 이전 상점보다 훨씬 좋았는데, 아버지의 새 상점이 마침 로즐랜드 사진관과 같은 구역에 있었기 때문에 이제 퍼거슨은 원할 때면 언제든 아버지나 어머니의 직장을 찾아갈 수 있었던 것이다. 스탠리의 텔레비전과 라디오가 비좁은 건 사실이었지만 깔끔하고 아늑한 분위기가 있었고, 퍼거슨은 학교를 마친 후 그곳에 가서, 아버지가 상점 뒤 작업대에서 텔레비전이나 라디오를 비롯해 온갖 물건들을 수리하는 동안 그 옆에 앉아 고장 난 토스터, 선풍기, 에어컨, 램프, 레코드플레이어, 믹서, 전기 착즙기, 진공청소기를 분해했다가 다시 조립하는 과정을 지켜보는 걸 좋아했다. 퍼거슨의 아버지가 뭐든 고칠 수 있다는 소문은 금세 퍼져 나갔고, 젊은 점원 마이크 앤토넬리가 상점의 앞쪽 공간에서 몬트클레어 주민들에게 라디오와 텔레비전을 파는 동안, 스탠리 퍼거슨은 대부분의 시간을 작업실에 머무르며 고장 난 물건들이 다시 작동할 수 있게 묵묵히, 그리고 끈기 있게 작업했다. 퍼거슨은 아널드 삼촌의 배신으로 아버지 안에 있던 무언가가 무너져 버렸다는 것, 이전의 사업이 그렇게 줄어들어 버린 일이 아버지 개인에게는 심각한 패배를 상징한다는 것을 이해할 수 있었지만, 어떤 면에서는 아버지에게 좋은 변화도 있었고, 그런 변화의 최대 수혜자는 그의 아내와 아들이었다. 퍼거슨의 부모님이 말싸

움을 벌이는 일이 이전보다 훨씬 줄었다. 집안에 감돌
던 긴장감이 느슨해졌고, 사실 거의 사라진 듯 보일 때
도 있었는데, 어머니와 아버지가 함께 점심을 먹는 광
경을 더 자주 보게 되면서 퍼거슨의 그런 생각은 더욱
확고해졌다. 두 사람은 앨스 다이너의 모퉁이 자리에
서 단둘이 점심을 먹곤 했고, 그뿐만 아니라 어머니는
서로 다른 상황에서, 하지만 언제나 같은 방식으로 아
버지에 관해 말했는데, 그 말들은 모두 결국 네 아버지는
정말 좋은 사람이야, 아치, 이 세상 최고의 남자야라는 뜻이었
다. 좋은 사람, 하지만 여전히 대체로 말이 없는 사람,
이제 록펠러 같은 사람이 되겠다는 과거의 꿈을 포기
해 버린 그 남자와 함께 있는 게, 퍼거슨은 이전보다 편
안했다. 두 사람은 가끔씩 대화도 나눴는데, 대부분의
시간 동안 퍼거슨은 아버지가 자신의 이야기에 귀를
기울이고 있음을 느낄 수 있었다. 대화를 나누지 않을
때도 퍼거슨은 학교를 마치고 아버지의 작업대 앞에
나란히 앉아 있는 시간, 작업대 한쪽 끝에서 아버지가
고장 난 물건을 천천히 분해했다가 다시 조립하는 동
안 자신은 반대쪽 끝에 앉아 숙제를 하는 그 시간을 즐
겼다.

　삼 형제 홈 월드를 운영할 때보다 돈은 덜 풍족했다.
차는 두 대가 아니라 한 대 — 어머니의 1954년식 연청
색 폰티액 — 뿐이었고, 대신 양쪽 문에 아버지의 상점
이름이 찍힌 빨간색 셰보레 배달용 트럭이 있었다. 옛

날에는 부모님이 종종 주말여행을 떠나기도 했다. 주로 캐츠킬에 가서 이틀 동안 테니스를 치고 그로싱어나 콩코드 리조트에서 열리는 무도회에 갔지만, 1957년에 스탠리의 텔레비전과 라디오를 연 이후로는 그것도 멈춰 버렸다. 1958년, 퍼거슨이 새 야구 글러브가 필요했을 때 아버지는 몬트클레어에 있는 스포츠용품점 갤러거스에서 사주는 대신, 차를 타고 뉴어크 시내에 있는 샘 브라운스타인의 가게까지 가서 같은 글러브를 할인가에 사줬다. 가격 차이는 12달러 50센트였다. 샘 브라운스타인의 가게에서는 정확히 20달러였고 갤러거스에서는 32달러 50센트였는데, 길게 보면 그리 큰 차이라고는 할 수 없었지만 충분히 아낄 만한 금액이었고, 생활이 달라졌다는 사실, 이제부터는 꼭 필요한 것 외에 뭔가를 부모님에게 사달라고 부탁할 때는 조심해야 한다는 사실을 퍼거슨이 깨닫기에는 충분했다. 그 일이 있고 얼마 후에는 캐시 버튼이 가정부 일을 그만뒀다. 1952년에 공항에서 어머니와 밀드러드 이모가 울었을 때처럼, 이제 가정부를 둘 여유가 없다는 이야기를 전하던 날 아침에도 캐시와 어머니는 서로를 껴안고 울었다. 어제까지 스테이크를 먹었다면 이제 햄버거를 먹어야 했다. 집안 형편은 한두 계단 떨어졌지만, 제대로 정신이 박힌 사람이라면 그 정도로 허리띠를 졸라맨다고 해서 밤잠을 설칠 일은 없었다. 도서관에서 빌려 읽는 책은 서점에서 파는 책과 같은 책이었고,

공영 테니스장에서 치든 회원제 테니스장에서 치든 테니스는 테니스였고, 스테이크든 햄버거든 같은 소에서 떼어 낸 고기였고, 스테이크가 풍족한 삶을 상징할지는 몰라도 사실 퍼거슨은 늘 햄버거를, 특히 케첩 바른 햄버거를 좋아했다. 그 케첩 역시 퍼거슨이 언젠가 아버지가 아주 좋아하는 두툼한 미디엄레어 스테이크에 쏟아 버린 적이 있는 바로 그 케첩과 같은 것이었다.

일요일은 여전히 일주일 중 최고의 날이었고, 특히 다른 사람 집에 가지도, 손님이 찾아오지도 않는 일요일, 그래서 퍼거슨이 온전히 부모님하고만 지내는 날이 그랬다. 이제 그는 많이 자라 힘도 세지고 동작도 빨라진, 운동에 미친 열두 살 소년이 되었기 때문에, 일요일 아침이면 부모님과의 테니스 시합에 빠져들었다. 아버지와 하는 단식 시합, 어머니와 아들이 한편을 먹고 남편이자 아버지가 혼자 맞서는 2 대 1 시합, 퍼거슨과 아버지가 한편을 먹고 샘 브라운스타인과 그의 둘째 아들에게 맞서는 복식 시합을 치른 후에는, 가족이 함께 앨스 다이너에서 점심을 먹었는데, 그 자리에는 초콜릿밀크셰이크가 절대 빠지지 않았다. 점심 후에는 함께 영화를 보러 갔고, 영화를 본 후에는 글렌리지에 있는 그린 드래건에서 중국 음식을 먹거나, 밀번에 있는 리틀 하우스에서 프라이드치킨을 먹거나, 웨스트오렌지에 있는 펠스 캐빈에서 뜨거운 칠면조샌드위치를 먹거나, 몬트클레어에 있는 클레어몬트 다이너에서 포트로스트와 치즈블린츠를 먹었다. 모두 뉴저지 교외 지역에 있는, 북적대고 가격이 비싸지 않은 식당들이었고, 소란스러운 데다 세련되지는 않았을지 몰라도 음식은 맛있었고, 일요일 저녁이었고, 세 사람은 함께였다. 이미 그 무렵에 퍼거슨은 부모님과 거리를 두기 시작했지만, 일주일 중에 그날 하루만은, 자신들이 원할 때면 신들도 얼마든지 자비로울 수 있다는 환상을 유지할 수 있었다.

밀드러드 이모와 헨리 이모부는 어린 시절 그가 그토록 원했던 애들러 집안 쪽 사촌을 만들어 주는 데 실패했다. 이모부 쪽 문제였는지, 이모 쪽 문제였는지, 아니면 지구의 인구를 늘리지 않으려는 의식적인 거부였는지, 그로서는 이유를 알 수 없었다. 하지만 퍼거슨의 실망에도 불구하고, 서부 해안에 사촌이 없다는 사실이 궁극적으로는 그에게 이점으로 작용했다. 밀드러드 이모는 동생과는 가깝지 않았을지 몰라도, 본인 자식이 없고 다른 조카도 없는 상황에서, 그녀에게 있던 모든 모성애는 하나밖에 없는 아치에게 온전히 쏟아졌다. 퍼거슨이 다섯 살 때 캘리포니아로 떠난 후, 밀드러드 이모와 헨리 이모부는 몇 번인가 긴 여름휴가를 내서 뉴욕을 다시 찾았고, 1년의 나머지 시간 동안 버클리에 머무르면서도 이모는 편지를 쓰거나 종종 전화를 걸어 조카와의 관계를 유지했다. 퍼거슨은 이모에게 차가운

면이 있다는 것, 쌀쌀맞고, 자기주장이 강하고, 종종 다른 사람들에게 무례할 때도 있다는 것을 알고 있었지만, 하나뿐인 조카 아치와 있을 때면 그 이모는 완전히 다른 사람이 되어 칭찬의 말이나 재미있는 이야기를 잔뜩 해줬고, 조카가 뭘 하며 지내고, 무슨 생각을 하며, 어떤 책을 읽는지 궁금해했다. 퍼거슨이 어렸을 때부터 이모는 습관처럼 그에게 선물을 사줬고, 그 수많은 선물들은 보통 책이나 음반이었는데, 이제 그가 나이가 들고 지적 능력도 발달하면서, 이모가 캘리포니아에서 보내 주는 책과 음반의 숫자도 늘어났다. 어쩌면 이모는 지적 조언자 역할과 관련해서는 퍼거슨의 어머니와 아버지를 믿지 못했을 수도 있고, 그의 부모가 교육받지 못한 부르주아에 불과하다고 생각했을 수도 있고, 따라서 퍼거슨을 그 무지의 황무지에서 구해 내는 것이 자신의 의무라고 믿으며 자신이, 오직 자신만이 계몽이라는 고귀한 길로 퍼거슨을 이끌어 줄 수 있는 사람이라고 생각했을지도 모른다. 이모 역시 (언젠가 아버지가 어머니에게 이야기했던 것처럼) 지적 속물일 수도 있었지만, 속물이든 아니든 이모가 진짜 지식인이라는 점, 대학교수로 일하며 생계를 유지하는 대단히 박식한 인물이라는 점에는 이론의 여지가 없었고, 그녀가 조카에게 알려 준 작품들이 그에게 큰 축복이 된 것도 사실이었다.

그가 알고 지내는 또래 남자아이들 중에 그가 읽은

책들을 읽은 아이는 없었고, 밀드러드 이모는 13년 전 임신해 집 안에 갇혀 지내는 동생에게 책을 소개해 줬을 때와 마찬가지로, 조카를 위한 책도 아주 세심하게 골랐고, 퍼거슨은 육체적 배고픔에 버금가는 지적 갈망을 느끼며 이모가 보내 준 책들을 맹렬히 읽어 나갔다. 이모는 여섯 살에서 여덟 살이 되고, 여덟 살에서 열 살이 되고, 열 살에서 열두 살이 되고, 그 후에 고등학교를 졸업할 때까지 급속도로 발달하는 남자아이의 열망에 부합하는 책들이 무엇인지 알았던 것이다. 시작은 동화책이었는데, 그림 형제의 동화책, 스코틀랜드인 앤드루 랭이 묶은 여러 가지 색깔 표지의 동화책, 그다음엔 루이스 캐럴, 조지 맥도널드, E. 네즈빗의 신비롭고 환상적인 소설들, 토머스 불핀치가 풀어 쓴 그리스 로마 신화, 어린이판 『오디세이아』, 『샬럿의 거미줄』, 『천일야화』에서 발췌해 〈선원 신드바드의 일곱 번의 항해〉라는 제목으로 엮은 책이 왔고, 그로부터 몇 달 후에는 『천일야화』 전체를 6백여 쪽으로 축약한 선집이 왔다. 이듬해에는 『지킬 박사와 하이드 씨』, 포의 공포 및 미스터리 소설, 『왕자와 거지』, 『유괴』, 『크리스마스 캐럴』, 『톰 소여의 모험』, 『주홍색 연구』가 왔고, 코넌 도일에 대한 퍼거슨의 반응이 너무 뜨거워서, 그의 열한 살 생일에 밀드러드 이모는 두껍고 삽화가 많이 들어간 『셜록 홈스 전집』을 선물로 보내 줬다. 책뿐 아니라 음반도 있었는데, 퍼거슨에게는 그것도 책

만큼 중요했다. 그가 아홉 살 혹은 열 살 무렵부터 책과 함께 왔던 음반은 이제 서너 달에 한 번 규칙적으로 도착했다. 재즈, 클래식, 포크, 리듬 앤드 블루스, 심지어 종종 로큰롤도 있었다. 책과 마찬가지로 음반과 관련해서도 밀드러드 이모는 엄격하게 교육적인 접근을 유지하며 퍼거슨을 단계별로 안내했다. 루이 암스트롱이 찰리 파커보다 먼저였고, 그런 다음에야 마일스 데이비스가 왔다. 차이콥스키, 라벨, 거슈윈이 베토벤, 모차르트, 바흐보다 먼저였고, 리드 벨리보다는 위버스를 먼저 들어야 했고, 빌리 홀리데이가 부르는 「스트레인지 프루트」를 듣기 전에 먼저 엘라 피츠제럴드가 부르는 콜 포터의 곡들을 들어야만 했다. 안타깝게도 퍼거슨은 악기 연주에 전혀 재능이 없다는 사실을 발견했다. 일곱 살에 피아노를 시작했지만 1년 뒤에 그만뒀고, 아홉 살에는 코넷을 배우다가 그만뒀고, 열 살에는 드럼을 시도했다가 그만뒀다. 무슨 이유에선가 그는 악보를 보는 일이 힘들었는데, 악보에 적힌 기호들을 온전히 이해할 수 없었다. 줄 위에, 혹은 줄과 줄 사이에 걸려 있는 빈 동그라미와 속이 찬 동그라미, 내림표와 올림표, 조표, 높은음자리표와 낮은음자리표 같은 표시들은 글자나 숫자와 달리 한 번에 머릿속에 들어오지 않았고, 따라서 그는 연주하기 전에 음표 하나하나를 먼저 해석해야 했고, 그런 만큼 악보를 받을 때마다 진도가 느려졌고, 결국 어떤 곡도 연주할 수 없었다.

슬픈 패배였다. 보통은 빠르게 효과적으로 돌아가는 그의 머리는 그런 뻣뻣한 음악 기호들을 해석할 때만 문제가 생기는 것 같았고, 그럴 때면 그는 벽에 머리를 찧으며 괴로워하기보다는 그저 싸움을 포기해 버렸다. 음악에 대한 사랑이 너무 크고, 다른 사람들이 연주하는 걸 듣는 귀도 있었기 때문에 그건 슬픈 패배였다. 귀가 예민하고, 작곡이나 연주의 섬세함을 알아들을 만큼 훈련도 되어 있었지만, 연주자로서는 희망이 없는, 완전한 낙오자였다. 그 말은 그는 결국 감상자, 열성적이고 헌신적인 감상자로 남아야 한다는 뜻이었고, 밀드러드 이모는 그런 헌신적인 마음을 살찌워 줄 수 있을 만큼 영리했다. 그런 헌신적인 마음도 우리가 살아 있는 본질적인 이유들 중 하나라고 할 수 있었다.

그해 여름, 헨리 이모부와 동부를 다시 찾은 밀드러드 이모는 퍼거슨의 또 다른 관심사를 분명히 밝히는 데 도움을 줬는데, 그건 책이나 음악과는 관련이 없었지만, 퍼거슨에게 그것들만큼이나, 어쩌면 그보다 더 의미심장한 문제였다. 이모는 유일한 조카와 그의 부모와 함께 시간을 보내기 위해 몬트클레어에 며칠 묵으러 왔고, 첫날 오후 단둘이서 점심을 먹을 때(퍼거슨의 어머니와 아버지는 각자 일하러 나갔고, 그 말은 집에 퍼거슨과 이모밖에 없었다는 뜻이다), 퍼거슨은 식탁에 놓인 화이트 록 탄산수병을 가리키며 왜 그림 속의 여자아이 등에 날개가 돋아나 있는 거냐고 물었다.

이해할 수가 없다고, 그는 말했다. 천사의 날개나 새의 날개, 신화 속 인물에게 기대하는 그런 날개가 아니라, 부서지기 쉬운 곤충 날개, 그러니까 잠자리나 나비의 날개라고, 그래서 너무 혼란스럽다고 했다.

이 여자아이가 누군지 모르는 거니, 아치? 이모가 말했다.

몰라요, 그가 대답했다. 당연히 몰라요. 알았으면 왜 물어봤겠어요?

2년 전에 내가 준 불핀치 책 읽은 줄 알았지.

읽었어요.

전부 다?

그런 것 같은데. 한두 부분은 빼먹었을 수도 있어요. 기억이 안 나요.

괜찮아. 나중에 확인하면 되니까. (식탁에 놓인 물병을 들고, 여자아이 그림을 손가락으로 톡톡 두드린다) 잘 그린 그림은 아니지만 프시케인 것 같네. 이제 기억이 나니?

에로스와 프시케. 그 부분 읽었어요. 하지만 프시케한테 날개가 있다는 이야기는 없었잖아요. 에로스는 날개가 있어요, 날개랑 화살통이요. 하지만 에로스는 신이고 프시케는 그냥 인간이잖아. 예쁜 여자아이지만 그냥 사람 여자아이, 우리 같은 인간일 뿐이잖아요. 잠깐, 이제 기억나요. 프시케는 에로스랑 결혼하고서 영원한 생명을 얻어요. 맞죠? 그렇죠? 그래도 왜 저런 날개를 갖고 있는지는 모르겠어요.

그리스어 프시케에는 두 가지 뜻이 있단다, 이모가 말했다. 나비와 영혼이라는, 아주 다르지만 흥미로운 두 단어이지. 그런데 곰곰이 생각해 보면 나비와 영혼이 아주 다르지도 않잖아, 그렇지 않니? 나비는 애벌레에서 나오잖아. 땅에 붙어 사는 흉한 생명체, 아무것도 아닌 벌레일 뿐인데, 어느 날 그 애벌레가 고치를 만들고, 시간이 어느 정도 지나면 고치가 열리면서 나비가 나오는 거야. 세상에서 가장 아름다운 생명체가 말이야. 그런 일이 사람의 영혼에도 생긴단다, 아치. 암흑과 무지 속에서 투쟁하고, 시험과 불운으로 괴로워하지만, 그런 고통을 견디며 조금씩 정화되고, 자신들에게 닥친 힘든 상황으로 단련되고, 그러다가 어느 날, 만약 그 영혼이 충분히 가치 있는 영혼이라면 말이야, 고치를 깨고 우아한 나비처럼 하늘 위로 날아오르는 거야.

음악에 전혀 소질이 없고, 드로잉이나 회화에도 소질이 없고, 노래나 춤, 연기에도 소름 끼칠 정도로 서툴렀지만, 한 가지 그가 재능을 보였던 영역은 시합, 특히 몸으로 하는 시합이었고, 계절에 따라 달라지는 여러 가지 운동을 모두 잘했다. 날씨가 따뜻할 때는 야구, 쌀쌀할 때는 미식축구, 추울 때는 농구를 했는데, 열두 살이 되었을 때는 세 종목 모두에서 팀에 속해 있었고, 덕분에 1년 내내 쉬지 않고 시합을 했다. 1954년 9월 말의 늦은 오후, 메이스와 로즈가 인디언스를 꺾는 광경

을 캐시와 함께 지켜봤던 잊을 수 없는 그 오후 이후로
그는 야구에 완전히 반했고, 이듬해 진지하게 야구를
시작했을 때 자신이 꽤 소질이 있다는 사실을 알게 되
었다. 주변 친구들 중에서 가장 잘했는데, 수비도 잘하
고, 공격도 잘했으며, 시합 내내 특정한 상황마다 그 중
요성을 본능적으로 직감했다. 그는 누군가가 자신이
잘하는 걸 알아주면 계속 그 일을 하고 싶어 했고, 가능
한 한 자주 하려고 했다. 셀 수 없이 많은 주말 아침, 셀
수 없이 많은 평일 오후, 그리고 셀 수 없이 많은 초저
녁에 공원에서 친구들과 간이 경기를 했고, 그 외에도
스틱볼,[12] 위플볼,[13] 스투프볼,[14] 펀치 볼,[15] 월 볼,[16] 킥
볼,[17] 루프볼[18] 등 수많은 변형 게임은 말할 것도 없었
다. 그러다 아홉 살에 리틀 야구 팀에 들어갔고, 정식
팀원이 되어 등 번호 9번이 달린 유니폼을 입게 되었는
데, 그는 그 팀은 물론 이후에 들어간 다른 팀들에서도
늘 9번을 달고 뛰었다. 아홉 명의 선수를 나타내는 9,
9이닝을 나타내는 9는 야구의 가장 순수한 본질을 나
타내는 숫자였다. 또한 짙은 청색 야구 모자에는 왕관

12 나무토막으로 하는 약식 야구.
13 너무 튀지 않게 구멍을 낸 플라스틱 공으로 하는 야구.
14 계단에 공을 던지며 하는 약식 야구.
15 투수, 포수, 배트 없이 하는 야구.
16 벽에 공을 던지며 하는 약식 야구.
17 공을 배트로 치는 대신 발로 차며 하는 야구.
18 기울어진 지붕에 공을 던지며 하는 놀이.

위에 G 자가 수놓여 있었는데, 그건 리틀 야구 팀의 후원 상점이었던 갤러거스 스포츠용품점을 나타내는 것이었다. 팀에는 전임으로 일하는 자원봉사자 볼더서리 코치가 있었는데, 매주 진행하는 훈련에서 선수들에게 기초 기술을 가르치고, 일주일에 두 번씩 벌어지는 시합에서는 손뼉을 치며 욕을 하고, 작전을 전달하고, 기운을 북돋우는 말을 큰 소리로 외쳤다. 시합은 토요일 오전이나 오후에 한 번, 화요일이나 목요일 저녁에 한 번 열렸고, 그때마다 퍼거슨은 자신의 수비 위치에 섰는데, 그 팀에서 뛴 4년 동안 깡마른 막대기 같던 아이에서 탄탄한 소년으로 성장해서, 아홉 살에는 2루수에 8번 타자, 열 살에는 유격수에 2번 타자, 열한 살과 열두 살에는 유격수에 4번 타자를 맡았다. 관중 앞에서 뛰는 즐거움도 있었는데, 보통은 쉰 명에서 1백 명 정도의 관중이 구경했다. 선수들의 부모와 친척들, 친구들, 사촌들과 조부모들, 그냥 구경꾼들이 있었고, 관중석에서 들려오는 응원과 야유, 고함, 박수, 발 구르는 소리는 투수가 첫 공을 던지고 나서 마지막 아웃이 나올 때까지 그치지 않았고, 그 팀에서 뛴 4년 동안 어머니는 거의 빠지지 않고 구경을 왔다. 퍼거슨은 동료들과 함께 준비 운동을 하면서 어머니가 왔는지 살폈고, 어느 순간엔가 관중석에 나타난 어머니는 손을 흔들며 인사했고, 타석에 설 때마다 퍼거슨은 다른 소음들 사이에서 가자, 아치, 별것 아니야, 아치, 이쪽으로 날려 버려, 아치라고 외치는 어머니의 고함을 들을 수 있었고, 그러다가, 삼 형제 홈 월드가 없어지고 스탠리의 텔레비전과 라디오가 생긴 뒤로는 아버지도 경기장에 나타나곤 했다. 어머니처럼 고함을 지르지는 않았지만, 적어도 다른 관중이 내는 소리를 압도할 만큼 큰 소리로 외치는 일은 없었지만 아버지는 꾸준히 아치의 타율을 계산해 줬는데, 시간이 지나면서 그의 타율은 점점 좋아져서 마지막 시즌에는 말도 안 되게 높은 5할 3푼 2리를 기록했다. 그 시즌의 마지막 시합은 퍼거슨과 밀드러드 이모가 프시케에 관한 대화를 나누기 2주 전에 있었는데, 그때 이미 그는 팀에서 가장 뛰어난 선수였고, 리그 전체에서도 두세 손가락 안에 꼽히는 선수였으므로, 당연히 최고 수준의 열두 살 선수에게 기대되는 타율을 기록하고 있었다.

1950년대에 어린아이들은 농구를 하지 않았는데, 아직 너무 작고, 3미터 높이의 림에 공을 넣기에 너무 약하다고 여겨졌기 때문이다. 그래서 퍼거슨은 열두 살이 되기 전에는 농구 기술을 배우지 않았지만, 미식축구라면 여섯 살 때부터 헬멧과 숄더 패드를 착용하고 꾸준히 해왔다. 발이 특별히 빠르다고는 할 수 없었기 때문에 대부분은 하프백으로 뛰었는데, 공을 단단히 쥘 수 있을 정도로 손이 커진 후에는 위치도 달라졌다. 퍼거슨과 친구들은 그가 패스를 던지는 데 미친 재능을 지녔다는 것, 그가 오른손으로 회전을 넣어 던진

공은 더 빠르고 더 정확하게 날아가고, 결국 다른 누가 던질 때보다 훨씬 멀리 간다는 것을 발견했는데, 열네 살이 되었을 때는 46~50미터 멀리까지 날아갈 정도였다. 그는 야구를 좋아하듯이 신중함과 열정을 가지고 미식축구를 즐기지는 않았지만, 쿼터백으로 뛰는 데는 짜릿한 면이 있었는데, 양 팀 선수들이 뒤엉켜 있는 지점에서 엔드 존까지 27~37미터를 전력으로 달려가는 리시버에게 긴 패스를 성공시키는 것보다 더 기분 좋은 일은 거의 없었기 때문이다. 텅 빈 공간이지만 뭔가 보이지 않는 것으로 이어져 있는 듯한 그 느낌은 농구에서 약 6미터짜리 점프 슛을 성공시킬 때와 비슷했지만, 그렇게 이어져 있는 상대가 그물과 철로 만들어진, 고정된 농구 골대가 아니라 또 한 명의 사람이라는 점에서 더 기분이 좋았다. 그래서 그는 동료들에게 공을 던져 주는 짜릿한 기분을 한 번 더 느끼기 위해, 마음에 들지 않는 부분들(거친 태클, 살인적인 수비, 온몸에 멍이 드는 충돌 등)을 견뎌 나갔다. 그러다가 1961년 11월, 열네 살 반의 나이에 9학년이었던 그는 몸무게가 1백 킬로그램 가까이 나가는 데니스 머피라는 수비수에게 태클을 당하면서 왼쪽 팔이 부러져 병원 신세를 지게 되었다. 다음 해 가을에 고등학교 팀에 들어갈 예정이었지만, 문제는 미식축구를 계속하려면 부모님께 허락을 받아야 한다는 점이었고, 고등학교에 처음 등교한 날 오후 어머니에게 해당 양식을 보여 주자 어머니는 서명할 수 없다고 했다. 퍼거슨은 간청하고, 비난하고, 자식을 과보호하는 신경질적인 엄마라고 못된 말을 퍼붓기도 했지만 로즈는 꿈쩍도 하지 않았고, 그렇게 미식축구 선수로서 퍼거슨의 경력은 끝이 났다.

넌 엄마가 바보라고 생각하겠지, 어머니가 말했다. 하지만 언젠간 엄마한테 고마워할 거야, 아치. 넌 튼튼하지만, 멍청이가 될 만큼 튼튼하거나 덩치가 크진 않잖아. 그런데 미식축구를 하려면 그래야 하거든. 덩치 큰 멍청이, 다른 사람 들이받는 걸 즐기는 얼간이 말이야. 짐승이지. 아버지랑 난 작년에 네가 팔이 부러졌을 때 정말 속상했는데, 이제 보니 그게 축복이고 경고였던 것 같아. 내 아들이 고등학교에서 다쳐 남은 평생 부상당한 무릎으로 절뚝거리며 살아가게 할 수는 없어. 야구에 집중하렴, 아치. 야구는 아름다운 운동이야. 넌 야구 잘하고, 네 경기를 구경하는 것도 아주 재미있는데, 왜 의미도 없는 미식축구 때문에 야구를 못 할 위험을 무릅쓰려는 거니? 정말 패스가 하고 싶으면 터치 풋볼[19]을 하면 되잖아. 케네디 집안을 봐. 그 사람들은 그걸 하잖아, 그렇지? 코드곶에 온 집안사람이 모여 잔디밭에서 공을 이쪽저쪽으로 던지고, 고개를 젖히고 웃잖아. 내가 보기엔 그것도 꽤 재미있을 것 같던데.

케네디. 심지어 지금까지도, 독립적이고, 자유로이 생

19 태클을 금지하는 미식축구의 변종.

각하고, 종종 반항하기도 하는 열다섯 살 소년이 된 후에도 그는 어머니가 자신을 정확히 이해하고, 필요할 때면 곧장 자신의 마음을, 어설프고 늘 이랬다저랬다 하는 그 마음을 꿰뚫어 보는 것에 놀라곤 했다. 어머니뿐 아니라 그 누구 앞에서도 인정하고 싶지 않았지만, 그는 미식축구에 관한 어머니의 말이 옳다는 걸 알고 있었다. 본인도 기질적으로 그런 피 튀기는 전투 같은 상황에는 어울리지 않는다고 여겼고, 아껴 마지않는 야구에만 집중하는 게 어떨까 생각할 때가 있었다. 하지만 어머니는 거기에 그치지 않고, 갑자기 대화의 주제를 바꿔 케네디 가문을 끌어들였다. 어머니는 그게 그에게 훨씬 중요한 이야기임을, 미식축구를 하느냐 마느냐처럼 금방 지나가는 문제보다 훨씬 중요한 이야기임을 알았고, 그렇게 학교 운동부 이야기에서 미국 대통령 이야기로 화제를 바꿈으로써 그건 완전히 다른 대화가 되어 버렸고, 갑자기 더 이상 할 말도 없어져 버렸다.

퍼거슨은 2년 반 동안 케네디를 추종하고 있었는데, 시작은 1960년 1월 3일, 그가 민주당 대선 후보 출마 선언을 했을 때부터였다. 퍼거슨의 열세 번째 생일보다 정확히 두 달 전이었고, 새로운 10년이 시작된 지 사흘째였는데, 무슨 이유에선지 퍼거슨은 흥분되는 새로운 시작의 신호라도 되는 것처럼 그해를 기다려 왔었다. 1950년대에는 그의 의식을 나이 든 대통령, 심장 마비에 걸릴 것 같고, 골프나 치고 다니는 전직 장군이 온통 차지하고 있었다면, 케네디는 뭔가 새롭고, 완전히 놀랄 만한 사람, 세상을 바꾸기 위해 튀어나온 정력적인 젊은이로 그에게 다가왔다. 인종 차별이 있는 부당한 세상, 냉전에 빠진 바보 같은 세상, 핵무기 경쟁을 하는 위태로운 세상, 얼빠진 미국식 물질주의가 대변하는 무사태평한 세상, 다른 후보들이 아무도 그런 문제에 대해 만족스럽게 이야기하지 않는 상황에서, 퍼거슨은 케네디만이 유일하게 미래의 인물이라고 판단했다. 그는 아직 정치는 정치일 뿐임을 이해하기에는 어렸지만, 동시에 뭔가 변화가 있어야만 한다는 것을 이해할 나이는 되었다. 1960년 초반 당시 노스캐롤라이나의 흑인 학생 네 명이 분리 정책에 대한 저항으로 학생 식당에서 연좌시위를 한다든지, 제네바에서 군축 협상이 열린다든지 하는 뉴스들이 쏟아져 나오고 있었는데, 소련 영토에서 U-2 정찰기가 추락하고 조종사 개리 파워스가 체포되면서 흐루쇼프가 파리 정상 회담장을 박차고 나가 버렸고, 그것으로 핵무기 확산을 멈추기로 했던 제네바 협의는 아무런 진전을 보이지 못했고, 이어서 쿠바와 미국의 관계가 악화하면서 쿠바산 설탕의 수입량이 95퍼센트나 줄어들었고, 그로부터 일주일 후인 7월 13일 저녁, 케네디는 로스앤젤레스에서 열린 민주당의 첫 번째 전당 대회 투표에서 대통령 후보로 선출되었다. 그 여름을 시작으로 퍼거슨은 3년 동안 뉴저지의 몬트클레어 머드헨스 팀 소속으로 소년 야구 리그에서 뛰게 되는데, 일주일에 네 번씩 1번 타자 겸 2루수로 출전했다. 팀에서 가장 어린 선수였고, 열네 살 혹은 열다섯 살 선수들이 주축인 팀에서 유일하게 열세 살이었기 때문에 바닥에서부터 다시 시작해야 했다. 7월과 8월의 무더운 날들 내내 신문을 읽고, 『동물 농장』, 『1984』나 『캉디드』 같은 책을 읽고, 베토벤의 3번, 5번, 7번 교향곡을 처음 듣고, 유머 잡지 『매드』를 빠짐없이 챙겨 보고, 마일스 데이비스의 「포기 앤드 베스」 앨범을 듣고 또 듣던 와중에 퍼거슨은 어머니의 사진관이나 아버지의 상점을 불쑥불쑥 찾아갔고, 그렇게 잠시 인사만 하고 나와서는, 한 블록 반 정도 떨어진 민주당 지역 사무소로 달려갔다. 거기서 성인 자원봉사자들이 우표를 붙이는 일을 도와주고 선거 홍보 배지, 차량용 스티커, 포스터 등을 얻어 왔는데, 그렇게 얻어 온 물건들을 자기 방의 네 벽면에 스카치테이프로 빈틈없이 붙여 놓았고, 덕분에 여름이 끝나 갈 무렵 그의 방은 케네디를 모시는 성전으로 바뀌어 있었다.

한참 후, 그러니까 세상을 좀 알고 나서는 그렇게 영웅을 숭배했던 시절을 떠올리며 부끄러워하기도 했지만, 어쨌든 1960년의 그에게는 그게 현실이었고, 세상에 나온 지 13년밖에 되지 않은 그로서는 세상을 더 잘 알 방법도 없었다. 그래서 퍼거슨은 케네디가 선거에서 이기기를 응원했고, 그건 마치 자이언츠가 월드 시리즈에서 우승하기를 기대했을 때와 비슷했다. 정치 선거도 운동 시합과 다를 바 없다는 사실을 그는 깨달았는데, 배트를 휘두르는 대신 말로 싸우는 것이었고, 그렇다고 피가 튀는 권투 시합보다 덜 치열하다고 할 수 없었다. 게다가 대통령 자리를 놓고 싸우는 거라면 훨씬 거창하고 흥미진진한 싸움이었고, 미국 어디에서도 그보다 나은 시합은 찾을 수 없었다. 화려한 케네디 대 음침한 닉슨, 아서왕 대 침울한 거스 씨,[20] 매력 대 적대감, 희망 대 씁쓸함, 낮 대 밤의 대결이었다. 두 후보는 총 네 번 텔레비전 토론을 했는데, 네 번 모두 퍼거슨과 부모님은 작은 거실에서 그 토론을 지켜봤고, 네 번 모두 케네디가 닉슨을 능가했다고 확신했다. 사람들이 라디오 토론에서는 닉슨이 이겼다고 말했지만 이제는 텔레비전이 훨씬 중요했는데, 전쟁 기간에 퍼거슨의 아버지가 예상했듯이, 이제는 어디에나 텔레비전이 있었고, 머지않아 모든 것을 압도할 것이었고, 텔레비전 시대의 첫 번째 대통령은 가족 극장에서 벌어진 전투에서 분명 승리를 거둔 것 같았다.

11월 8일의 승리는 일반 투표에서 10만 표밖에 차이가 나지 않는, 역사상 표차가 가장 적은 승리였지만, 선거인단 투표에서는 여든네 표로 꽤 차이가 났다. 다음 날 학교에 간 퍼거슨은 케네디를 지지하는 다른 친구

20 늘 침울한 사람을 일컫는 표현으로, 20세기 초의 연재 만화 「해피 훌리건」 속 등장인물의 이름에서 유래했다.

들과 승리를 축하했지만, 몇몇 투표 결과는 아직 발표되지 않은 상태였고, 일리노이주에서 아무 소식이 없는 데 대해 벌써 이런저런 이야기들이 돌고 있었다. 시카고의 데일리 시장이 친공화당 구역의 개표기를 훔쳐서 미시간호(湖)에 빠뜨려 버렸다는 소문이 있었고, 그런 비난이 귀에 들어왔을 때 퍼거슨은 받아들이기가 어려웠다. 행위 자체가 너무 괘씸하고 너무 역겨웠는데, 그런 속임수는 선거를 고약한 장난으로 만들어 버리고, 부당한 조작과 거짓말을 희화하는 짓에 불과했기 때문이다. 하지만 그때, 자신의 분노를 있는 힘껏 표출하려던 찰나에 그는 갑자기 생각의 방향을 바꿔 보이 스카우트 같은 태도를 버렸고, 무슨 일이든 가능할 수 있음을 깨달았다. 부패한 사람은 어디에나 있었고, 권력을 가진 사람일수록 부패할 가능성도 더 컸다. 하지만 개표기 이야기가 사실이라고 해도, 케네디가 그 일에 개입했음을 암시하는 건 아무것도 없었다. 데일리와 쿡 카운티에 있는 그의 사기꾼 동료들은 그랬을 수도 있다. 하지만 케네디는 아니었다. 절대 아니었다.

그럼에도, 미래의 인물에 대한 굽히지 않는 확신에도 불구하고, 그날 남은 시간 동안 퍼거슨의 머릿속에서는 미시간호 바닥에 가라앉은 개표기에 관한 생각이 떠나지 않았고, 최종 개표 결과가 나오고 일리노이주의 선거와 상관없이 케네디 당선이 확정된 후에도, 한참 동안 그 기계에 관한 생각을 지울 수가 없었다.

1961년 1월 20일 아침, 그는 몸이 좋지 않으니 학교에 가지 않고 집에서 쉬어도 되겠냐고 부모님에게 물었다. 퍼거슨은 성실했고 꾀병을 부리는 아이가 아니었기 때문에 부모님은 그렇게 하라고 했고, 덕분에 그는 어머니와 아버지가 각자 시내에 일하러 나간 후 텔레비전 앞에 앉아 케네디의 대통령 취임 연설을 볼 수 있었다. 혼자 주방 옆의 작은 거실에 앉아, 춥고 세찬 바람이 부는 워싱턴의 매서운 날씨 속에서 열리는 취임식을 지켜봤는데, 너무 쌀쌀하고 바람이 많이 불어서, 눈물을 찔끔찔끔 흘리는 나이 든 로버트 프로스트, 퍼거슨이 외우고 다니는 노란 숲속에서 두 길이 갈라지네라는 시구를 쓴 바로 그 프로스트가 취임식에 맞춰 쓴 축시를 읽으러 연단에 올라섰을 때, 갑자기 바람이 거세지며 시인이 들고 있던 한 장짜리 원고가 손에서 떨어져 하늘로 날아가 버렸고, 연약한 백발의 시인은 아무것도 읽을 게 없었는데도, 퍼거슨이 느끼기에, 존경할 만한 몸가짐을 잃지 않으면서도 민첩하게 평정심을 되찾았고, 새로 쓴 시가 하늘로 날아가 버린 상황에서, 기억을 더듬어 이전에 쓴 시를 암송했다. 그렇게 재앙이 될 수도 있었던 상황이 조금 어색한 승리의 순간으로 바뀌었는데, 그건 인상적이면서 희극적이기도 했고, 그날 저녁 퍼거슨이 부모님에게 이야기한 것처럼, 웃기면서도 동시에 웃기지 않았다.

이어서 선서를 마친 대통령이 등장했고, 그가 취임

사를 시작하자마자, 꼼꼼하게 작성한 수사학적 문장들
이 퍼거슨의 귀에는 악기 소리처럼 자연스럽게 들렸
고, 마음속으로 품고 있던 기대에 아주 편안하게 부합
했고, 퍼거슨은 마치 음악을 들을 때와 같은 기분으로
연설에 귀를 기울였다. 유한한 인간의 수중에 있습니
다. 우리의 말이 퍼져 나가게 합시다. 대가를 치르고 부
담을 감내할 것입니다. 모든 형태의 가난과 모든 형태
의 인간 삶을 없애 버릴 힘. 전 세계에 알립시다. 횃불
은 넘어왔습니다. 고난을 직시하고, 친구를 돕고, 적에
게 맞설 것입니다. 미국의 새로운 세대. 인류 최후의 전
쟁을 향한 손길을 유예하는, 두려움에 의존하는 불안
정한 균형. 다시 한번 우리를 부르는 나팔 소리가 들립
니다. 해가 저물도록 이어질 기나긴 투쟁을 감내하라
는 부름. 하지만 시작합시다. 이번 세기에 태어나, 전쟁
으로 단련되고, 힘들고 쓰라린 평화를 통해 훈련되었
습니다. 별을 탐사합시다. 물으십시오. 묻지 마십시오.
인류 공동의 적인 폭정, 가난, 질병, 그리고 전쟁 자체
에 맞선 투쟁. 물으십시오. 묻지 마십시오. 하지만 시작
합시다.[21]

　이어진 스무 달 동안, 퍼거슨은 그 미래의 인물이 비
틀거리며 앞으로 나아가는 모습을 유심히 지켜봤다.
행정부 출범과 함께 평화 봉사단을 창설했지만, 4월

---

　21 〈유한한〉에서 〈시작합시다〉까지, 저자는 케네디의 대통령 취임사
에서 발췌한 문장들을 자르고 이어 붙여 놓았다.

17일 피그스만(灣) 침공의 실패로 거의 와해되고 말았다. 그로부터 3주 뒤, NASA는 우주 비행사 앨런 셰퍼드를 축구공처럼 우주로 쏘아 올렸고, 케네디는 1960년대가 끝나기 전에 미국인이 달 표면을 걸어다니게 될 거라고 선언했다. 퍼거슨은 믿기 어려웠지만, 그럼에도 자신이 믿는 남자가 옳았음이 밝혀지기를 바랐기 때문에, 그런 일이 정말로 일어나기를 희망했다. 잭과 재키가 파리에 가서 드골을 만났고, 그로부터 이틀 후에는 빈에서 흐루쇼프까지 만났으며, 눈 깜짝할 사이에, 그러니까 퍼거슨이 처음으로 미국 현대 정치에 관한 책 『1960년, 대통령 탄생 비화』를 다 읽기도 전에, 베를린 장벽이 세워지고 예루살렘에서 아이히만에 대한 재판이 시작되었다. 머리가 반쯤 벗어지고 몸을 떠는 살인자가 홀로 유리 상자 안에 앉아 있는 비통한 광경을, 퍼거슨은 매일 학교를 마친 후 텔레비전으로 지켜봤는데, 두려움을 느끼면서도 화면에서 눈을 뗄 수가 없었고, 시청을 멈출 수도 없었다. 재판이 끝났을 무렵에는 그도 1,245면짜리 『제3제국의 성립과 몰락』을 거의 다 읽었는데, 한때 블랙리스트에 올랐던 전직 기자 윌리엄 시러가 쓴 그 방대한 책은 1961년 전미도서상 수상작이었고, 그때까지 퍼거슨이 읽은 책들 중 가장 길었다. 다음 해에는 또 다른 우주 탐사가 시작되었다. 2월에는 존 글렌이 대류권 밖으로 나가 지구를 세 바퀴나 돌았고, 봄에는 스콧 카펜터가 같은 여정을 한 번 더 했고, 그다음, 제임스 메러디스가 미시시피 대학 최초의 흑인 학생으로 입학한 지 이틀 후에(퍼거슨은 그 모습 역시 텔레비전으로 지켜봤는데, 그 불쌍한 남자가 돌에 맞아 죽지 않기만을 기도했다), 그러니까 10월 초에는 월리 시라가 글렌과 카펜터의 기록을 넘어 지구를 여섯 바퀴나 돌았다. 퍼거슨은 이제 10학년이었고, 몬트클레어 고등학교에서 첫해를 보내고 있었는데, 9월에 어머니가 동의서를 써주지 않았기 때문에 미식축구 시즌에는 참여할 수 없었다. 하지만 시라가 우주여행에 성공했을 때쯤에는 이미 실망감을 극복한 상태였는데, 안마리 뒤마르탱이라는 사람에게서 새로운 관심사를 찾았기 때문이었다. 안마리는 2년 전에 벨기에에서 미국으로 이민을 온 동급생이었고, 그와는 지리와 역사 수업을 같이 들었다. 그 새로운 대상에 대한 그의 애정이 급속도로 커지고 있었던 덕분에, 그 무렵에는 미래의 인물을 생각할 시간도 거의 없었고, 그런 사정 때문에, 10월 22일 밤, 케네디가 미국 국민들 앞에서 쿠바의 러시아 미사일 기지에 관해 이야기하며 해상 봉쇄 계획을 발표하던 순간에도, 퍼거슨은 집에서 텔레비전을 보는 부모님과 함께 있지 않았다. 대신 그는 공원 벤치에 안마리 뒤마르탱과 나란히 앉아 그녀를 껴안은 채 처음으로 키스를 하고 있었다. 보통은 대통령의 일에 촉각을 세우고 지내던 퍼거슨이었지만, 그 순간만은 그것도 그의 관심사가 아니었고, 그리하여 제2차 세계 대전 이후 최대의 국제적 위기, 핵 충돌의 위협, 인류의 종말이 될 수도 있었을 그 사건은 다음 날 아침까지 그의 머릿속에 없었다. 그제서야 그는 다시 대통령 문제에 관심을 보였지만, 일주일 만에 그의 남자 케네디는 러시아인들을 제압했고 위기도 끝났다. 마치 세상이 끝날 것만 같았지만, 얼마 후에 보니, 끝나지 않았다.

추수 감사절 무렵이 되자 그는 사랑이 분명하다고 확신했다. 그동안 누군가에게 반하는 일은 수없이 많았는데, 유치원에서 홀딱 반했던 캐시 골드, 여섯 살 때 마지 피츠패트릭, 열두 살과 열세 살 무렵에 정신없이 함께 노닥거렸던 캐럴, 제인, 낸시, 수전, 미미, 린다, 코니, 주말의 댄스파티들, 달빛 아래 뒷마당이나 지하실에서 했던 키스, 처음으로 어설프게나마 성에 대해 알아 가던 상황들, 침이 묻은 혀의 신기한 느낌, 립스틱 맛, 향수 냄새, 나일론 스타킹이 스치는 소리, 그리고 열네 살 때 갑자기 어린아이에서 청소년으로 도약한 일, 그와 함께 끊임없이 변해 가던 낯선 몸, 시도 때도 없는 발기, 몽정, 자위, 성적인 상상, 밤이면 그의 머릿속에서 그림자처럼 펼쳐지던 외설스러운 이야기들, 젊음이 발산하는 신체적 대변화, 하지만 그 모든 몸의 변화와 대혼란과는 별도로, 새로운 삶이 시작되기 전이나 후나 그가 추구한 건 근본적으로는 늘 정신적인 사랑이었다. 지속적인 관계, 나란히 선 영혼들 사이의 상호적인 애정, 당연히 그 영혼은 몸을 지니고 있었고, 몸을 지니고 있다는 것은 축복이었지만, 정신적인 면이 우선이었고, 언제나 그래야 했다. 비록 캐럴, 제인, 낸시, 수전, 미미, 린다, 코니와 노닥거리기는 했지만, 그중 누구도 자신이 찾던 영혼을 지니고 있지는 않다는 사실을 그는 금세 알아차렸고, 서서히 그 아이들에 대한 관심을 잃게 되면서, 그렇게 자신의 마음에서 떠나가게 내버려 뒀다.

안마리 뒤마르탱과는 이야기가 완전히 반대로 진행되었다. 다른 여자아이들에 대해서는 강렬한 육체적 이끌림으로 시작했지만 알면 알수록 점점 관심이 떨어졌던 반면, 안마리는 처음에 거의 눈에 띄지 않았고, 9월 한 달 동안 그와 말을 몇 마디 나누지도 않았다. 그러다가 유럽사 선생님이 무작위로 둘을 팀으로 묶어 줬고, 퍼거슨은 그녀를 조금 알고 나자 더 알고 싶어졌는데, 알면 알수록 그녀를 더욱 좋게 보게 되었다. 3주 동안 매일 만나 나폴레옹의 쇠퇴와 몰락(두 사람이 공동으로 작성하는 보고서의 주제였다)에 관해 함께 조사하고 나자, 프랑스 억양이 있는 평범한 외모의 벨기에 출신 여자아이는 이국적인 미인으로 변신했고, 퍼거슨의 마음은 그녀에 대한 생각으로 가득 차 터질 듯했고, 그는 진심으로 그녀를 오랫동안 마음에 담아 두고 싶었다. 갑작스럽고 예상치 못했던 점령이었다. 열다섯 살 소년은 무방비 상태였고, 길을 잃은 에로스가 어쩌다가 뉴저지주 몬트클레어에 떨어진 것이었다. 프시케의 남편은 새로운 표를 사서 뉴욕이나 아테네, 혹은 그 어디로든 가버리기 전에, 자신이 갖고 있던 화살을 재미 삼아 쐈고, 그렇게 퍼거슨의 첫 번째 위대한 사랑 모험이 시작되었다.

작지만 아주 작지는 않은 몸집, 신발을 신지 않았을 때는 165센티미터가 조금 안 되는 키, 중간 길이의 짙은 색 머리, 좌우 균형이 잘 맞는 동그란 얼굴, 다부지고 당당해 보이는 코, 통통한 입술, 날씬한 목, 청회색 눈 위의 짙은 눈썹, 발랄한 눈, 빛이 나는 눈, 날씬한 팔과 손가락, 기대했던 것보다 풍만한 가슴, 홀쭉한 엉덩이, 가는 다리와 섬세한 발목, 첫눈에, 혹은 두 번째 볼 때까지도 드러나지 않지만, 친해질수록 서서히 눈에 띄는 미인, 서서히 보는 이의 눈에 들어와 그 후로는 지울 수 없는, 눈을 뗄 수 없는 얼굴, 계속 꿈꾸게 되는 얼굴이었다. 똑똑하고 진지한 아이, 때론 침울해 보이기도 하는, 쉽게 소리 내어 웃지 않고, 미소 짓는 데도 인색하지만, 정작 미소를 지을 때면 온몸이 빛나는 칼, 눈부신 검이 되어 버리는 여자아이. 전학생이어서 친구가 없었고 무리에 끼려는 욕심도 별로 없었는데, 그런 단단하고 자족적인 모습 때문에 퍼거슨에게는 안마리가 다른 여자아이들, 눈부신 가벼움에 휩싸여 웃어 대는 북부 뉴저지의 여자아이들과는 다르게 보였다. 안마리는 그렇게 외부인으로, 브뤼셀이라는 뿌리에서 떨어져 나와 천박하고 돈에 집착하는 미국에 살아야만 하는 존재로 남기로 결심한 것 같았는데, 옷 역시 유럽 스타일을 고수해서 늘 검은색 베레모를 쓰고, 벨트가 달린 트렌치코트나 격자무늬 점퍼스커트를 입었고, 흰색 셔츠 차림에 남자 넥타이를 매고 다니기도 했다. 종종 그녀 본인도 벨기에는 우울한 나라라고, 프랑스와 독일 사이에 긴 회색빛 황량한 땅이라고 인정했지만, 누군가가 그 나라를 홍보기라도 하면, 그 작고 눈에 띄지도 않는 벨기에가 최고의 맥주와 최고의 초콜릿과 세계 어디서도 맛볼 수 없는 최고의 프리트[22]를 만들었다며 맞서곤 했다. 초반에, 그러니까 두 사람이 막 만나기 시작했을 무렵에, 아직 프시케의 남편이 몬트클레어에 머무르면서 생각지도 못했던 희생양에게 자신의 화살을 낭비해 버리기 전에, 퍼거슨이 콩고 이야기를 꺼내며 억압받던 흑인을 수십만 명 학살한 데 대한 벨기에의 책임을 언급하자, 안마리는 그를 똑바로 바라보고 고개를 끄덕이며 말했다. 너는 똑똑한 아이구나, 아치. 천치 같은 미국인 열 명을 모아 놓은 것보다 열배는 많이 아네. 지난달에 이 학교에 처음 왔을 때, 혼자 지내며 친구는 사귀지 않겠다고 결심했거든. 지금 보니 내가 잘못 생각한 것 같아. 누구나 친구가 필요하니까 말이야. 원하면 네가 그 친구가 되어도 돼.

22 감자튀김을 뜻하는 프랑스어 단어.

둘이 처음 키스했던 10월 22일 밤, 퍼거슨은 안마리의 가족에 관해 몇 가지 사실을 알게 되었다. 그 전에도 그녀의 아버지가 유엔의 벨기에 대표부에서 경제학자로 일한다는 것, 어머니는 안마리가 열한 살 때 사망했다는 것, 아버지는 그녀가 열두 살 때 재혼했다는 것, 두 오빠 조르주와 파트리스는 브뤼셀에서 대학에 다닌다는 것은 알고 있었지만 그게 전부였고, 거기에 덧붙여 일곱 살에서 아홉 살까지 런던에서 살았고, 그래서 영어가 유창하다는 것 같은 사소하고 세부적인 점들만 알고 있었다. 그 밤 이전에는, 새어머니에 관한 말은 전혀 없었고, 어머니가 왜 사망했는지에 관한 말도 전혀 없었고, 아버지의 일 때문에 가족 전체가 미국으로 이주했다는 것 말고는 아버지에 관한 다른 말도 없었다. 퍼거슨은 안마리가 그런 주제들을 꺼내고 싶어 하지 않는다는 사실을 눈치채고 말해 달라고 독촉하지 않았지만, 조금씩, 몇 주가 지나고 몇 달이 지나면서 더 많은 정보를 듣게 되었는데, 먼저 그녀 어머니의 암에 관한 소름 끼치는 이야기로 시작했다. 자궁 경부암이 전이되면서 고통이 너무 심해졌고, 절망에 빠진 어머니가 약물 과다 복용으로 자살했다는 게 어쨌든 공식적인 이야기였지만, 안마리는 어머니가 사망하기 몇 달 전부터 아버지는 나중에 새어머니가 된 여성과 바람을 피우기 시작했다고 의심했고, 당시 과부이던 파비엔 코르데, 3년이라는 긴 시간 동안 소위 가족 친구로 지내다가, 이제 눈멀고 열정적인 안마리네 아버지의 두 번째 아내가 된 사람, 그녀의 새어머니가 된 그 사악한 인간이 비밀 연애를 가톨릭교회의 축복을 받는 결혼 생활로 바꾸기 위해, 어머니를 죽음으로 몰고 간 알약을 억지로 어머니 목 안에 쑤셔 넣었는지 어쨌는지는 아무도 모를 일이라고 했다. 노골적인 비방이고 의심할 것도 없는 거짓이었지만, 안마리는 그런 생각을 떨칠 수 없었고, 그 가능성은 점점 그녀를 파먹기 시작했다. 파비엔에게 아무 잘못이 없다고 해도 그녀에 대한 혐오가 줄어들지는 않을 테고, 그녀에게 품은 증오와 경멸의 이유가 줄어들지도 않을 것이었다. 퍼거슨은 사랑하는 이에 대한 동정심이 커지는 걸 느끼며 그런 고백들을 귀 기울여 들었다. 운명이 안마리에게 상처를 줬고, 그녀는 문제가 있는 집안에 갇혀 있는 상태였다. 불쾌한 새어머니와 냉전 중이고, 이기적이고 부주의한 아버지에게 실망했고, 죽은 어머니를 여전히 애도하고 있고, 황량하고 냉담한 미국으로 도피한 후에는 쓸쓸하게 지내고 있었다. 모든 일에 화나고 또 화나 있었지만, 퍼거슨은 그런 그녀의 모습이 무섭기는커녕 그녀가 겪은 거의 연극 같은 고난들 때문에 그녀가 더욱 가깝게 느껴졌다. 이제 그가 보기에 그녀는 비극의 주인공, 운명의 공격에 시달리는 고귀하고 고통받는 인물이 되었고, 미숙한 열다섯 살 소년의 뜨거운 가슴속에서는, 그녀를 그 불행의 굴레에서 구출하는 일이 새로운 사명이 되었다.

그는 그녀가 이야기를 과장하고 있다는 생각은 전혀 하지 않았다. 어머니를 잃은 슬픔이 너무 커서 세상을 보는 시선이 왜곡된 거라는 생각, 새어머니에게 단 한 번도 기회를 주지 않은 채 밀어내고, 그 새어머니는 자신의 어머니가 아니며 그렇게 될 수도 없다는 사실 때문에, 그 외에는 아무런 이유가 없음에도 그녀를 적으로 만들어 버렸다는 생각, 늘 일이 많았던 아버지도 화나 있고 고집 센 딸을 위해 최선을 다하고 있다는 생각, 언제나 그렇듯이, 그녀의 이야기에도 다른 측면이 있을 거라는 생각은 하지 않았다. 청소년기는 극적인 것을 먹고 자라고, 극단 속에서 살 때 가장 행복한데, 퍼거슨 역시 고양된 감정과 터무니없이 비이성적인 것들의 유혹에 관해서라면 다른 소년들만큼이나 취약했고, 그 말은, 안마리 같은 여자아이의 매력이 바로 그녀의 불행함 때문에 더욱더 크게 다가왔다는 뜻이다. 그녀가 더 큰 폭풍우 속으로 그를 끌어들일수록, 그는 더욱 강렬하게 그녀를 원하게 되었다.

그녀와 단둘이만 있는 상황을 만들기는 어려웠는데, 왜냐하면 두 사람 모두 운전을 하기에는 어렸기 때문에 이동할 때는 걸어 다녀야 했고, 덕분에 동선에 한계가 있었다. 의지할 만한 유일한 공간은 학교를 마친 시간이면 비어 있는 퍼거슨의 집뿐이었고, 부모님이 직장에서 돌아올 때까지 두 시간 동안 그와 안마리는 2층 그의 방으로 가서 문을 닫고 있을 수 있었다. 퍼거슨은 그녀와 함께라면 기꺼이 모험에 뛰어들 수도 있었지만, 안마리가 아직 준비가 되어 있지 않다는 사실을 알았고, 그래서 서로 동정을 잃는 일에 관한 이야기는 입밖에 꺼내지 않았다. 1962년에는 그게 그 문제에 대한 대처법이었고, 적어도 몬트클레어와 브뤼셀의 중산층혹은 상류층 집안에서 바르게 자란 열다섯 살짜리들에게는 그랬다. 둘 중 어느 쪽도 시대의 관습을 거부할 용기는 없었지만, 그렇다고 해서 침대를 활용하지 않았다는 뜻은 아니었고, 다행히 침대는 더블 크기여서 두사람이 몸을 쭉 펴고 나란히 눕기에 충분한 공간이 있었기 때문에, 둘은 섹스, 완전한 섹스라고 할 수는 없지만 그럼에도 사랑의 맛과 느낌을 주는 행위들을 하곤했다.

그때까지는 키스뿐이었다. 서로의 입 안, 촉촉한 입술, 목덜미와 귓불에 오랫동안 혀를 대고 움직이고, 손으로 서로의 얼굴을 감싸고, 상대의 머리칼을 만지고, 팔로 몸통이나 어깨, 허리를 안고, 팔짱을 끼는 일 정도였고, 지난봄에는 코니와 있을 때 머뭇거리며 가슴을 만져 봤는데, 역시나 꽁꽁 보호받고 있는 가슴, 블라우스와 브라가 안전하게 가리고 있는 가슴이었다. 그럼에도 코니는 그를 밀쳐 내거나 때리지 않았고, 덕분에그는 또 한 가지 깨달음을 얻을 수 있었다. 이제 안마리는 블라우스를 벗었고, 한 달 전부터는 브라도 풀었는데, 마침 그도 셔츠를 벗고 누웠고, 부분적으로 옷을 벗고 있는 것만으로 다른 모든 즐거움을 넘어서는, 꿈도 꿔보지 못한 즐거움이 느껴졌다. 그렇게 몇 주가 지나자 이제 퍼거슨이 그녀의 손을 잡아 부풀어 오른 자신의 바지 안으로 집어넣지 않도록 막는 건 순전히 그의 의지력뿐이었다. 그런 오후들이 생생하게 기억에 남은 건, 둘이 침대에서 했던 행동들 때문만이 아니라, 그 모든 일이 환한 대낮에, 코니나 린다, 그 밖에 다른 여자아이들과 어둠 속에서 더듬거렸던 것과 달리, 너무 잘 보이는 곳에서 이뤄졌기 때문이었다. 그들이 있는 방에는 햇빛도 함께 있었기 때문에 그는 그녀의 몸을, 자기들의 몸을 볼 수 있었는데, 그 말은 서로의 몸에 닿는 손길이 또한 곧장 하나의 이미지가 되기도 했다는 뜻이다. 무엇보다도 방 안에는 어떤 두려움, 두 사람이 시간 감각을 놓쳐 버리고, 여전히 서로를 껴안고 있는 중에 부모님 중 한 분이 노크하는 상황, 더 나쁘게는 노크 없이 그냥 문을 벌컥 열고 들어오는 상황에 대한 공포가 깔려 있었다. 그런 일은 한 번도 벌어지지 않았지만, 언제든 벌어질 가능성이 있었고, 덕분에 그 오후 시간에는 어떤 다급함과 위험, 금지된 행동의 아슬아슬함이 있었다.

그녀는 그만의 비밀 음악 감상실에 처음 초대된 사람이었고, 둘은 함께 침대에서 뒹굴거나 서로의 지난 이야기(주로 안마리의 이야기였다)를 하지 않을 때면 그의 방 남쪽 탁자에 놓인, 스피커가 둘 달린 작은 기계에 음반을 올려놓고 음악을 들었다. 열두 살 생일에 부모님이 사준 기계였다. 이제 3년이 지나 1962년이었고, 퍼거슨은 그 어떤 음악가보다 바흐를 자주 들었는데, 특히 글렌 굴드의 바흐, 그가 연주한 「평균율」과 「골트베르크 변주곡」, 여섯 개의 무반주 첼로 연주가 끊임없이 이어지던 파블로 카살스의 바흐, 헤르만 셰르헨이 지휘한 「관현악 모음곡」과 「마태 수난곡」을 주로 들었다. 퍼거슨은 특히 「마태 수난곡」이 바흐가 쓴 곡들 중 가장 훌륭한 곡이고, 따라서 인류가 쓴 가장 훌륭한 곡이라고 결론지었다. 그렇기는 해도 그와 안마리는 모차르트(「미사 C단조」), 슈베르트(스뱌토슬라프 리흐테르가 연주하는 피아노곡), 베토벤(교향곡, 사중주, 소나타)을 비롯해 다른 음악가의 곡들도 들었다. 둘은 밀드러드 이모가 보내 준 선물들을 거의 전부 들었는데, 머디 워터스, 패츠 월러, 베시 스미스, 존 콜트레인은 말할 것도 없고, 산 사람이든 죽은 사람이든 상관없이 20세기의 유명한 음악가들을 모두 섭렵했다. 안마리와 함께 음악을 들으면 가장 좋은 점은 그녀의 얼굴을 바라볼 수 있다는 것, 눈물이 고이거나 미소를 지을 때 눈과 입을 유심히 살펴보면서, 특정한 곡에 그녀가 얼마나 깊은 감정적 울림을 느끼고 있는지 확인할 수 있다는 것이었다. 퍼거슨과 달리 그녀는 아주 어릴 때부터 음악 훈련을 받아서 피아노를 잘 쳤고, 뛰어난 소

프라노 음색을 지니고 있었다. 어찌나 목소리가 좋았
는지 그녀는 고등학교 과외 활동을 하지 않겠다는 맹
세를 깨고, 첫 번째 학기 중반쯤에 합창단에 들어가기
도 했다. 바로 그 점, 몸 안에 흐르던 음악에 대한 욕구
가 두 사람을 가장 강하게 묶어 주는 연대감이었는데,
그 욕구란 삶의 그 시기에는 세상에 존재하기 위한 하
나의 방법을 찾고 싶은 욕구와 다르지 않았다.

　그녀에게는 존경할 만한 면이 아주 많다고, 퍼거슨
은 느꼈다. 그녀에게는 사랑할 점이 아주 많았지만, 그
럼에도 퍼거슨은 관계를 계속 유지할 수 있을 거라는
착각에 빠지지는 않았다. 적어도 몇 달이나 몇 주, 혹은
며칠 이상은 어려울 것 같았다. 처음부터, 그녀에게 빠
져드는 마음이 싹틀 때부터 그는 상대의 감정이 자신
만큼 강하지 않다는 걸, 비록 그녀가 그에게 꽤 호감이
있고, 그의 몸과 그의 음반들과 그가 그녀에게 말하는
방식을 꽤 즐기는 것 같기는 했지만, 그는 돌려받는 사
랑보다 주는 사랑이 훨씬 크리란 걸 감지했고, 첫 키스
를 하고 몇 달이 지나자, 그녀가 정한 규칙을 따르지 않
으면 함께할 수 없게 될 것임을 알았다. 그를 가장 미치
게 한 건 그녀의 변덕이었다. 너무 자주 약속을 어겼고,
너무 자주 그가 한 말을 까먹었고, 막상 약속한 날이 되
어서야 몸이 안 좋다거나, 집에 문제가 있다거나, 약속
이 금요일이 아니라 토요일인 줄 알았다는 등의 이유
를 대며 데이트를 취소했다. 그는 가끔 다른 남자 친구

가 있는 건지, 혹은 벨기에에 두고 온 남자 친구가 있는 건지 궁금했지만, 그녀의 행동만으로 그런 걸 알아내기는 어려웠는데, 그녀가 첫 번째로 요구한 규칙이 공공장소에서 애정 표현을 하면 안 된다는 것이었기 때문이다. 그 말은 몬트클레어 고등학교는 금지 구역이라는 뜻이었고, 교실이나 복도, 혹은 식당에서 마주칠 때도 서로 사귀는 사이가 아닌 척해야 했다는 뜻이다. 고개를 끄덕이며 아는 척하거나, 인사를 하거나, 그냥 지나가다 만난 사이처럼 대화를 나눌 수는 있었지만, 서로 사귀는 아이들이 학교에서 아무렇지도 않게 하듯이 키스하거나 손을 잡을 수는 없었는데, 그와의 관계에서 그런 규칙을 지키는 그녀라면, 다른 아이들과도 얼마든지 같은 관계를 유지할 수 있지 않을까? 퍼거슨은 그런 바보 같은 거래를 한 자신이 어리석었다고 느꼈지만, 당시에는 완전히 반해서 정신이 나간 상태였고, 그녀를 잃을지도 모른다는 생각이 자신이 아닌 누군가처럼 행동할 때의 모욕감보다 훨씬 컸다. 그럼에도 둘은 계속 만났고, 함께 보내는 시간은 언제나 매끄럽게 흘러갔고, 그는 그녀와 함께 있을 때 가장 행복하고 가장 생기가 넘쳤고, 두 사람의 갈등이나 불화는 늘 전화로, 몸은 없고 목소리만 오가는 그 이상한 기계로 이야기할 때 터져 나오는 것 같았다. 서로 보지 못한 채 그의 집에서 그녀의 집까지 이어진 전화선을 통해 대화를 나누다가 그녀의 기분이 나쁘다는 걸 감지할 때면, 그는 종종 까다롭고, 고집 세고, 견딜 수 없는 종류의 사람과 이야기하는 기분이 들었다. 그가 알고 있다고 생각했던 안마리와는 완전히 다른 사람이었다. 그중에서 가장 슬프고 가장 기운 빠지게 하는 대화가 3월 중순에 있었다. 학교 야구부의 입단 테스트가 한 달째 진행 중이었고, 그는 매주 사물함 게시판에 붙은 명단을 확인하며, 점점 줄어드는 그 명단에서 애타게 자신의 이름을 찾는 생활을 하고 있었다. 그는 그녀에게 전화를 걸어 자신이 마지막 테스트를 통과했다고, 대표팀에 뽑힌 2학년생 단 두 명 중 한 명이 되었다고 알렸다. 전화 저쪽에서 긴 침묵이 이어졌고, 퍼거슨이 그 침묵을 깨며 말했다. 좋은 소식이라서 너한테 알려 주고 싶었어. 다시 침묵이 흐르다가, 그녀의 감정 없고 차가운 목소리가 들려왔다. 좋은 소식? 그게 왜 좋은 소식이야? 나 운동 싫어해, 특히 야구는 분명 세상에서 가장 바보 같은 운동이야. 허무하고 유치하고 지루해. 왜 너처럼 똑똑한 사람이 멍청이들이랑 섞여서 운동장을 뛰어다니고 싶은 거야? 그만해, 아치. 너 더 이상 애가 아니잖아.

퍼거슨이 몰랐던 건 그런 말을 할 당시 그녀가 술에 취해 있었다는 사실이다. 최근 통화할 때 몇 번 그런 일이 있었는데, 그녀는 몇 달째 자기 방에 보드카를 몰래 갖다 놓고는 부모님이 없을 때마다 마셨고, 그렇게 오랫동안 혼자 폭음한 나머지 그녀 안의 사악한 면모가 깨어나 잔인한 말을 쏟아 냈던 것이다. 밤에 자기 방에 혼자 있을 때면, 낮 동안의 멀쩡하던 그녀, 예의 바르고 지적인 그 여자아이는 사라져 버렸고, 퍼거슨은 그 낯선 사람을 직접 본 적이 없었기 때문에, 단지 그녀와 이야기를 나누고, 화가 난 그녀의 거의 짖다시피 하는 목소리만 들을 수 있었기 때문에 무슨 일이 벌어지고 있는지 전혀 몰랐고, 첫사랑이 파국으로 향하고 있다는 사실도 전혀 몰랐다.

그 마지막 대화는 목요일에 있었고, 적대적이고 모욕적인 말에 화가 나고 혼란스러웠던 퍼거슨은 그녀가 다음 날 아침 학교에 나타나지 않았다는 사실이 거의 반가울 지경이었다. 그는 상황을 곰곰이 따져 볼 시간이 필요하다고 생각했고, 그날 그녀를 만나지 않아도 되었기 때문에 그녀가 준 상처에서 벗어나는 일도 그만큼은 덜 힘들 것 같았다. 금요일 수업을 마친 뒤 그녀에게 전화를 걸고 싶은 충동을 억누르며, 그는 책가방을 내려놓자마자 길 아래쪽에 사는 보비 조지를 만나러 갔다. 학교 대표 팀에 선발된 2학년 두 명 중 나머지 한 명이었던 보비, 덩치가 크고 목이 굵은 보비는 이제 1급 포수였고, 최고의 괴짜였고, 퍼거슨이 함께 뛸 한 무리의 멍청이들 중 가장 멍청한 축에 속하는 친구였다. 그와 보비는 다른 몇몇 야구 멍청이들, 2군에서 뛸 동료 2학년 학생들과 함께 저녁 시간을 보냈고, 자정 몇 분 전에 집에 돌아왔을 때는 너무 늦어서 안마리에게 전화를 걸 수 없었다. 그는 토요일과 일요일에도 잘 참았는데, 일부러 전화기에서 멀리 떨어져 지내며 그녀에게 전화하고픈 유혹에 맞서 싸웠고, 굴복하지 않겠다고 결심했지만 굴복하고 싶었고, 그녀의 목소리를 간절히 다시 한번 듣고 싶었다. 월요일 아침에 일어났을 때는 완전히 치유되어 있었다. 나쁜 마음은 빠져나갔고, 지난 목요일의 납득할 수 없는 폭발에 대해 그녀를 용서할 준비도 되어 있었지만, 학교에 갔더니 그날도 안마리는 결석이었다. 그저 감기나 몸살이거니 짐작할 뿐 심각한 일은 아닐 거라고 여겼고, 이제 그녀와 이야기해도 좋다고 스스로 허락했으니, 점심시간에 식당 입구 옆에 있는 공중전화로 그녀 집에 전화를 걸었다. 아무도 받지 않았다. 벨이 열 번 울리도록 아무도 받지 않았다. 잘못된 번호로 걸었기를 희망하며 수화기를 놓고 다시 걸었다. 벨이 스무 번 울리도록 아무도 받지 않았다.

그는 이틀 동안 계속 전화를 걸었다. 그녀와 접촉하려는 시도들이 실패할 때마다 불안감이 치솟았고, 그렇게 집이 비어 버린 이유를 알 수 없어 더욱 혼란스러웠다. 전화벨이 울리고 또 울려도 아무도 받지 않았고, 도대체 무슨 일이냐고, 다들 어디로 가버린 거냐고 그는 자문했다. 그래서 목요일 아침, 1교시 종이 울리기 한 시간 반 전에 그는 동네 반대편에 있는 뒤마르탱 가족의 집까지 걸어갔다. 몬트클레어의 가장 고급스러운 거리, 퍼거슨이 어렸을 때 저택 거리라고 부르던 거리에 있는, 거대한 잔디밭이 깔린 커다란 박공 구조의 집이었다. 부모님이 보면 안 되니까 집 근처에는 오면 안 된다고 안마리가 고집을 부렸지만, 그로서는 아무도 전화를 받지 않는 상황의 수수께끼를 풀기 위해 가보지 않을 수가 없었고, 답을 얻고 나면 그녀에게 무슨 일이 있었는지에 관한 수수께끼도 풀릴 것 같았다.

그는 초인종을 누르고 기다렸고, 아무도 없는 것 같다는 결론을 내려도 좋을 만큼 오래 기다린 후에 다시 한번 초인종을 눌렀고, 막 돌아서서 떠나려는 순간 문이 열렸다. 어떤 남자, 안마리의 아버지인 게 분명한 ─ 똑같이 동그란 얼굴, 똑같은 턱, 똑같은 회청색 눈이었다 ─ 남자가 그의 앞에 섰다. 오전 7시 20분밖에 되지 않았음에도 남자는 이미 정장을 갖춰 입고 있었는데, 몸에 잘 맞는 진청색 외교관 정장과 빳빳한 흰색 셔츠 차림에 줄무늬 넥타이를 맸고, 아침에 면도를 해서 볼도 깨끗했고, 머리 언저리에서 향수 냄새가 났다. 머리통이 잘생겼다고 퍼거슨은 생각했지만, 눈 주위에서, 어쩌면 눈빛에서 조금 피곤한 기운이 느껴졌다. 초조하고, 산만하고, 감상적인 종류의 시선이었고, 퍼거슨은 그 시선이 어딘가 감동적이라고, 아니, 정확히 말하면 감동적이라기보다는 저항할 수 없는 느낌이라고 생각했고, 그건 당연히, 안마리 아버지의 얼굴이기 때문이었다.

네?

죄송합니다, 퍼거슨이 말했다. 이른 시간이라는 건 압니다만, 저는 안마리의 학교 친구입니다. 지난 며칠 동안 댁으로 전화를 했는데, 그러니까 안마리가 괜찮은지 알고 싶어서요. 그런데 아무도 전화를 받지 않아서, 걱정이 되어서 알아보려고 이렇게 걸어왔습니다.

그런데 이름이?

아치입니다. 아치 퍼거슨.

간단한 이유야, 퍼거슨 군. 전화기가 고장 났거든. 우리 모두 아주 불편했단다. 그래도 오늘은 확실히 수리 기사가 올 거야.

안마리는요?

몸이 좋지 않았어.

많이 아프지는 않은 거죠?

그럼, 다 괜찮을 거야. 하지만 지금은 좀 쉬어야 한다네.

제가 보고 가도 될까요?

미안하다. 네 전화번호를 알려 주면, 몸이 좀 나아지는 대로 바로 전화하라고 할게.

감사합니다. 번호는 안마리가 알고 있어요.

잘됐네. 연락하라고 하마. (잠시 멈췄다가) 이름 다시 한번 말해 줄래, 내가 깜빡한 것 같구나.

퍼거슨입니다. 아치 퍼거슨.

퍼거슨.

안마리에게 제가 걱정하고 있다고 전해 주세요.

그렇게 단 한 번이었던 퍼거슨과 안마리네 아버지의 만남이 끝났고, 문이 닫히고 다시 거리로 나올 때까지, 그는 뒤마르탱 씨가 다시 자기 이름을 잊어 먹지 않을지, 혹은 이름은 기억하더라도 자신에게 전화하라고 안마리에게 전하는 일을 잊어 먹거나, 고의로 말을 전하지 않는 건 아닐지 궁금했다. 자신의 딸을 걱정하는 남자아이로부터 그 딸을 보호하는 건 세상 모든 아버지들의 일이었기 때문이다.

그 후로도 아무 소식이 없었고, 아무 일도 일어나지 않는 기나긴 나흘이 흘러갔다. 퍼거슨은 누군가가 자신을 꽁꽁 묶은 다음 배에서 밀어 버린 것 같은 기분이었고, 호수, 당연히 미시간호보다 작거나 얕다고 할 수 없는 커다란 호수에 가라앉아 숨을 참으며, 시체와 녹슨 개표기 사이에서 숨도 한 번 내쉬지 못한 채 나흘이라는 기나긴 시간을 보내는 것만 같았다. 그렇게 일요일 밤이 되자 그는 폐가 터질 것 같았고, 머리도 터질 것 같았고, 마침내 용기를 내 전화기를 들었고, 뒤마르탱 가족의 집에 전화를 걸자마자 그녀가 받았다. 너무 행복하다고, 그의 목소리를 들어서 너무 반갑다고 그녀는 말했다. 진심인 것 같았다. 그러고는 그날 아침에 세 번이나 그에게 전화를 걸었다고 먼저 말한 다음(사실일 것이었는데, 오전에 그는 부모님과 테니스를 쳤기 때문이다) 보드카 이야기를 꺼냈다. 몇 달 동안 방에서 몰래 마시던 게 지난 목요일, 그러니까 둘이 마지막으로 통화했던 그날 밤에는 폭음으로 절정을 이뤘고, 그녀는 그대로 바닥에 쓰러져 정신을 잃었다. 11시 30분, 아버지와 새어머니가 뉴욕에서 열린 디너파티에서 돌아왔을 때 그녀의 방문이 열린 채 불이 켜져 있었고, 방에 들어간 두 사람이 그녀를 발견했는데, 그녀가 깨어나지 않았기 때문에, 또한 술병이 비어 있었기 때문에 구급차를 불러 병원으로 옮겼고, 거기서 그녀는 위세척을 하고서야 의식을 되찾았지만, 병원에서는 다음 날 아침 그녀를 집으로 돌려보내는 대신 정신과 병동으로 옮겼고, 거기서 그녀는 사흘 동안 검사를 받고, 의사와 상담을 했고, 장기 치료가 필요한 조울증이라는 진단을 받았다. 안마리의 아버지는 최대한 빨리 그녀를 벨기에로 돌려보내기로 결정했고, 그건 그녀가 줄곧 원하던 일, 새어머니에게서 벗어나고 끔찍한 미국에서의 유배 생활을 끝낼 기회였다. 그녀는 애초에 미국에 온 것 때문에 술을 마시기 시작했는데, 이제는 브뤼셀에 있는 이모, 사랑해 마지않는 크리스틴 이모와 함께 살 예정이었고, 그 말은 오빠들과 사촌들, 옛 친구들과 함께 지낼 수 있다는 뜻이었다. 그녀는 행복하다고, 오래전에 느꼈던 것보다 훨씬 더 행복하다고 했다.

이후로 그는 그녀를 한 번밖에 보지 못했다. 수요일의 이별 데이트였고, 그의 어머니도 안마리가 그에게 얼마나 중요한 사람인지 알았기 때문에 평일 저녁의 외출을 예외로 허락해 줬고, 심지어 택시비로 쓰라며 용돈까지 줬다(그런 경우는 처음이었다). 덕분에 그와 그의 벨기에소녀는 부모님 중 한 분이 운전하는 차를 타고 이동하는 쑥스러운 상황을 피할 수 있었는데, 그런 상황이었다면 그가 아직 어리다는 사실이 더욱 부각되었을 테고, 그렇게 어린 나이에는 심각하게 사랑에 빠지는 일이란 없었다. 그랬다, 그의 어머니는 계속 그를, 적어도 그와 관련한 중요한 일에 대해서는 잘 이해하고 있었고, 그로서는 그런 점에 고마워하고 있었다. 하지만 그럼에도 안마리와의 마지막 저녁은 퍼거슨에게 참담하고 어색한 사건이 되고 말았는데, 그는 품위를 잃지 않으려고, 슬픔에 빠져 매달리거나, 울거나, 비통함이나 실망감 때문에 가혹한 말을 하지 않으려고 노력했지만 헛수고에 불과했다. 그게 끝이라는, 그녀를 마지막으로 만나는 날이라는 생각이 저녁 내내 머리를 떠나지 않았고, 설상가상으로 그녀는 그날 밤 최고였다. 아주 따뜻했고, 나의 훌륭한 아치, 나의 아름다운 아치, 나의 눈부신 아치 등등 그에 관해 좋은 말을 해줬는데, 그런 단어 하나하나가 그 자리에 있지 않은 누군가, 죽어버린 누군가를 일컫는, 장례식 추도사에나 어울리는 말처럼 들렸다. 더 나쁜 건 그녀가 평소와 다르게 활기찬 모습을 보였다는 점이었는데, 떠나는 일에 관해 이야기할 때 신나 하는 표정을 보였고, 떠난다는 것이 이틀 뒤면 그를 두고 간다는 것과 같은 의미임을 단 한 번도 생각하지 않는 듯하다가, 갑자기 웃음을 터뜨리며 걱정하지 말라고 덧붙였다. 금방 다시 만날 수 있다고, 브뤼셀에 와서 여름을 같이 보내면 된다고 했지만, 그건 퍼거슨의 부모님이 당연히 그를 유럽에 보내 줄 만한 여유가 있을 거라고 가정하고 하는 이야기였다. 밀드러드 이모와 헨리 이모부가 캘리포니아로 이사한 후에, 오랫동안 단 한 번도 캘리포니아를 방문하지 않았던 그 부모님이 말이다. 그런 다음 그녀는 그로서는 더욱 이해할 수 없고 상처만 되는 말을 했는데, 지난 10월 첫 키스를 했던 공원 벤치에 앉아 3월의 마지막 밤에 다시 키스하며, 그녀는 자신이 떠나는 게 어쩌면 그에게는 더 좋은 일일지 모른다고, 자신이 너무 엉망이고 너무 비정상인 반면 그는 너무 정상이라고, 그래서 그는 자신처럼 아프고 제정신이 아닌 사람이 아니라 건강하고 정상인 사람을 만나야 한다고 한 것이다. 그 순간부터 20분 후 그녀를 집 앞에 내려 줄 때까지, 그는 역겨울 만큼 정상이었던 자신의 인생을 통틀어 가장 큰 슬픔을 느꼈다.

일주일 후, 그는 아홉 장짜리 편지를 써서 브뤼셀에 있는 그녀의 이모네 집으로 보냈다. 그로부터 일주일 후에는 여섯 장이었다. 3주 후에는 두 장이었고, 한 달 후에는 엽서 한 장이었다. 그녀는 한 번도 답장하지 않았고, 여름 방학이 시작될 무렵에는, 그도 그녀에게 다시는 편지를 쓰지 않을 것임을 이해했다.

사실 그는 건강하고 정상인 여자아이에게는 관심이 없었다. 교외의 삶은 따분했고, 건강하고 정상인 여자아이의 문제는 교외를 떠올리게 한다는 점이었는데, 그의 취향에 비해서는 너무나 예측 가능했고, 예측 가능한 여자아이와 사귀는 건 그가 가장 피하고 싶은 일이었다. 단점이 뭐였든, 그를 얼마나 짜증 나게 했든 상관없이 적어도 안마리에게는 놀라운 점들이 가득했고, 적어도 끝나지 않는 기대감으로 가슴을 뛰게 했는데, 이제 그녀가 가고 없으니 모든 게 다시 따분하고 예측 가능해져 버렸고, 그녀가 삶으로 들어오기 전보다 더 가혹했다. 그녀의 잘못이 아니라는 건 알았지만, 그로서는 배신당한 느낌을 피할 수 없었다. 그녀는 그를 버렸고, 이제 그는 멍청이들과 어울리거나 남은 2년 동안 고립된 채 유폐된 삶을 살 수밖에 없었다. 2년 후에는 그곳을 떠나 절대 돌아오지 않을 생각이었다.

　그는 열여섯 살이었고, 여름내 아버지 가게에서 일하고 저녁이면 야구를 하며 시간을 보냈다. 늘 야구였다. 여전히 늘 야구였는데, 아무 생각 없이 하는 소일거리라는 데는 의심의 여지가 없었지만, 그에게 너무나 큰 즐거움을 줬기 때문에 포기할 생각은 전혀 들지 않았고, 이제 그는 지역의 고등학생과 대학생을 위한 리그에서 뛰고 있었다. 치열하고 경쟁이 많은 리그였지

만 그는 몬트클레어 대표 팀에서 뛴 첫해부터 꽤 잘했
는데, 선발 3루수에 5번 타자였고, 좋은 팀, 상위 열 개
팀에서 최고로 꼽히던 팀에서 3할 1푼 2리의 타율을
기록했고, 몸이 자라면서 장타도 많이 치고 있었다. 마
지막으로 쟀을 때 키는 약 180센티미터, 몸무게는
79킬로그램쯤이었다. 그렇게 그는 그해 여름 손을 놀
리지 않고 계속 뭔가를 했는데, 오전과 오후에는 아버
지의 가게에서 일하며 주로 에드라는 직원과 함께 트
럭을 몰고 다니면서 에어컨을 배달하고 설치했고, 배
달할 물건이 없을 때면 다른 직원인 마이크 앤토넬리
와 함께 매장에서 일하거나 마이크가 앨스 다이너에
가서 커피를 마시며 쉬는 동안 대신 가게를 봐줬다. 매
장에 손님이 없을 때는 손님이 들어올 때까지 뒷방의
작업대에서 아버지와 함께 있었다. 이제 거의 쉰이 된
아버지는 여전히 날씬하고 몸이 탄탄했으며, 여전히
작업대에 굳건히 앉아 고장 난 기계들을 수리했다. 자
신의 주변에 벽을 두른 것 같은, 말이 없는 아버지, 뒷
방에 자리 잡은 지 6년이 지난 그 시점엔 거의 엄숙해
보이기까지 했던 아버지였다. 퍼거슨은 비록 기계와
관련해서는 손이 서툴고 기술도 없었지만 계속 도와드
리겠다고 했고, 아버지는 늘 그를 밀어내며, 자신의 아
들은 고장 난 토스터나 만지며 시간을 낭비해서는 안
된다고, 그보다 훨씬 위대한 무언가를 향한 여정에 나
서야 한다고 말했다. 아버지는 정 도움이 되고 싶으면

집에 있는 시집들이나 가져와서 자신이 고장 난 토스터를 만지는 동안 큰 소리로 읽어 달라고 했다. 그래서 퍼거슨은, 지난 1년 반 동안 엄청난 양의 시들을 읽어 왔던 퍼거슨은 그해 여름에 스탠리의 텔레비전과 라디오 매장 뒷방에서 아버지에게 시를 읽어 주며 시간을 보냈다. 디킨슨, 홉킨스, 포, 휘트먼, 프로스트, 엘리엇, 커밍스, 파운드, 스티븐스, 윌리엄스 등의 시를 읽었는데, 아버지가 제일 마음에 들어 한 작품, 아버지에게 가장 큰 인상을 남긴 작품은 「J. 앨프리드 프루프록의 연가」인 것 같았다. 그 모습에 퍼거슨은 놀랐는데, 그런 반응에는 미처 대비하지 못했기 때문에 그는 자신이 뭔가를 놓치고 있었음을, 아주 오랫동안 뭔가를 놓치고 있었음을 깨달았고, 그 말은 아버지에 관해 그때까지 해온 짐작들을 모두 다시 생각해 봐야 한다는 뜻이었다. 마지막 행, 마침내 인간의 목소리가 우리를 깨워, 익사할 때까지를 읊고 낭독을 마치자 아버지는 고개를 돌려 그때까지 한 번도 본 적이 없는 강렬한 눈빛으로 그의 눈을 똑바로 바라봤고, 한참 후 입을 열었다. 이런, 아치. 정말 대단한 작품이구나. 고맙다. 아주 고마워. 그런 다음 아버지는 고개를 앞뒤로 세 번 흔들고는 마지막 구절을 되뇌었다. 마침내 인간의 목소리가 우리를 깨워, 익사할 때까지.

여름의 마지막 주. 8월 28일에 워싱턴에서 대규모 행진이 있었다. 내셔널 몰에서 연설이 이어졌고, 엄청난 군중이 모였다. 수만 명, 수십만 명이 모였고, 훗날 학생들이 암기하게 될 그 연설, 연설 중의 연설, 그날만큼은, 게티즈버그 연설이 그 시대에 그랬던 것만큼이나 중요했던 연설, 미국사의 위대한 순간, 모두가 보고 듣는 공적인 순간, 32개월 전에 있었던 케네디의 취임 연설보다 더 본질적인 말들이 있었고, 스탠리의 텔레비전과 라디오에 모인 사람들은 모두 방송을 지켜봤다. 퍼거슨과 그의 아버지, 배가 나온 마이크와 등이 굽은 에드, 그리고 퍼거슨의 어머니도 와 있었고, 가게 앞을 지나던 행인도 대여섯 명 있었다. 위대한 연설이 있기 전에 몇몇 다른 연설이 이어졌는데, 연설자 중에는 뉴저지 지역의 랍비인 요아힘 프린츠도 있었다. 퍼거슨이 속한 세계에서는 가장 존경받은 유대인이었고, 그의 부모님이 영웅으로 생각하는 사람이었다. 가족은 종교 의식을 따르거나 회당에 나가지는 않았지만, 결혼식이나 장례식, 혹은 프린츠가 사제로 있는 뉴어크의 유대교 사원에서 열리는 성인식 행사 때 그의 연설을 보고 들을 수 있었다. 그 유명한 요아힘 프린츠, 베를린의 젊은 랍비로서 1933년 나치가 정권을 잡기 전부터 히틀러를 비판하고, 다른 누구보다 미래를 명확히 내다보고, 유대인들에게 독일을 떠나기를 촉구했던 인물, 결국 독일 비밀경찰에 수차례 체포되고 1937년에 추방되었던 인물, 당연히 그는 미국에서도 시민권 운동을 펼쳤고, 당연히 그 웅변술과 익히 알려진 용기 덕분에 그날도 유대인을 대표해 연설하게 되었고, 당연히 퍼거슨의 부모님은 그가 자랑스러웠다. 자신들이 악수하고 대화를 나눴던 사람이 카메라 앞에 서서 온 나라를, 전 세계를 상대로 연설했고, 이어서 킹이 연단에 올라섰다. 연설이 시작되고 30~40초 후에 퍼거슨이 돌아봤을 때 어머니 눈에는 눈물이 고여 있었고, 그 모습이 그는 무척 재미있었는데, 어머니가 그런 식의 반응을 보이는 게 적절하지 않아서가 아니라, 오히려 적절하다고 생각했기 때문이다. 그게 어머니가 세상에 얼마나 관심이 많은지를 보여 주는 또 하나의 예였기 때문이고, 또 세상일에 대한 과한, 종종 감상적인 반응, 형편없는 할리우드 영화에도 쉽게 눈물을 흘리는 감정 과잉, 그리고 선한 마음에서 비롯한 낙관주의로 세상을 바라보기 때문에 종종 생각이 복잡해지고 실망하기도 하는 성향을 보여 주는 예였기 때문이다. 그런 다음 이번에는 아버지를 돌아봤다. 정치에는 전혀 관심이 없는 남자, 어머니만큼 삶에 대한 기대가 크지 않은 아버지의 눈빛에는 막연한 호기심과 지루함이 뒤섞여 있었는데, 엘리엇의 쓸쓸한 체념에 그토록 감동했던 바로 그 아버지가 마틴 루서 킹의 희망찬 이상주의는 제대로 받아들이지 못하고 있었다. 퍼거슨은 점점 더 고조되는 킹 목사의 연설, 북소리처럼 반복되는 꿈이라는 단어에 귀를 기울이는 동안, 그렇게 어울리지 않는 두 사람이 어떻게 결혼을 하고, 또 오랫동안 결혼 생활을 유지할 수 있었던 건지 의아했다. 어떻게 자신이 로즈 애들러와 스탠리 퍼거슨 같은 부부에게서 태어날 수 있었는지, 그리고 살아 있다는 것 자체가 얼마나 이상한 일인지, 얼마나 심오하게 이상한 일인지 의아했다.

노동절[23]에 여름의 마지막 바비큐 파티를 위해 스무 명 남짓한 사람들이 집으로 왔다. 그의 부모님은 좀처럼 그런 대규모 모임을 열지 않았지만, 2주 전 어머니가, 주지사가 새로 조직한 트렌턴 예술 위원회에서 후원하는 사진 공모전에서 상을 받았기 때문이었다. 수상과 함께 뛰어난 뉴저지 시민 1백 명을 담은 초상 사진집을 낼 수 있는 지원금이 나왔는데, 그 작업을 위해 어머니는 시장, 대학 총장, 과학자, 사업가, 화가, 작가, 음악가, 운동선수를 촬영하러 주 전체를 돌아다녀야 했다. 작업에 따른 수입도 꽤 되었기 때문에 퍼거슨의 부모님은 몇 년 만에 처음으로 여유가 생겼고, 뒷마당에서 고기를 구우며 수상을 축하하기로 했다. 평소 모이던 이들 — 솔로몬 가족, 브라운스타인 가족, 길 아래쪽의 조지 가족, 퍼거슨의 조부모님과 펄 종조할머니 — 과 함께 다른 사람들도 와 있었는데, 그중 뉴욕에서 온 슈나이더먼 가족이 있었다. 어머니의 옛 상사(현재는 브롱크스의 퇴직자 전용 주택에 사는 이매뉴얼 슈나이더먼)의 작은아들인 마흔다섯 살의 상업 사진가 대니얼

23 미국의 노동절은 9월 첫째 주 월요일이다.

과 아내 리즈, 그리고 그들의 열여섯 살 된 딸 에이미였다. 노동절 파티가 있던 날 아침, 퍼거슨과 부모님이 주방에서 채소를 썰고 바비큐소스를 준비하는 동안, 어머니는 퍼거슨이 어렸을 때 에이미와 알고 지냈고, 함께 논 적도 몇 번 있다고 이야기해 줬다. 하지만 어쩌다 보니 슈나이더먼 가족과 교류가 끊겼고 그사이 12년이 후다닥 지나갔는데, 2주 전 로즈가 뉴욕에 계신 부모님을 뵈러 갔다가 센트럴 파크 남쪽에서 댄과 리즈를 우연히 마주쳤고, 그 자리에서 초대했다고 했다. 그렇게 슈나이더먼 가족이 처음으로 몬트클레어를 찾게 되었다.

어머니는 말을 이었다. 네 표정을 보니, 아치, 에이미가 기억나지 않나 본데, 네가 서너 살 때는 에이미를 꽤나 쫓아다녔거든. 한번은 우리 모두 일요일 늦은 오후에 슈나이더먼 씨의 아파트에 간 적이 있는데, 너랑 에이미가 에이미 방에 들어가서 문을 닫고는 둘이 옷을 홀딱 벗어 버린 거야. 그것도 기억 안 나니? 어른들은 모두 거실에 모여 있었는데, 그때 갑자기 키득키득 소리와 귀가 찢어질 듯한 웃음소리, 꼬마들만 낼 수 있는 흥분되고 통제할 수 없는 소리가 들렸거든. 그래서 다 같이 무슨 난리가 난 건지 확인하러 올라갔지. 댄이 방문을 열었더니 거기 너희가, 그러니까 너희 둘이서 말이야, 이제 세 살 반, 네 살 된 아이 둘이서 홀딱 벗고는 침대 위에서 폴짝폴짝 뛰고 있더라. 무슨 미친 사람들처럼 고개를 뒤로 젖힌 채 말이야. 리즈는 놀란 것 같았지만 나는 그게 너무 재밌었지. 너는 거의 무아지경이 되어 있었어, 아치. 그 작은 몸들이 아래위로 통통 튀고 있고, 방에는 날것의 즐거움이 가득 차 있더구나. 맛이 간 인간 아이 둘이서 침팬지처럼 놀고 있다니 — 웃음을 터뜨리지 않을 수가 없었지. 네 아버지와 대니얼도 웃음을 터뜨렸어. 내가 기억하기엔 그런데, 리즈는 방 안으로 뛰어 들어가 너랑 에이미에게 옷을 입으라고 했지. 당장 말이야. 너도 화난 엄마들 목소리가 어떤지 알지? 당장! 그런데 옷을 다 입기도 전에 에이미가, 내가 들어 본 말 중에 가장 재미있는 말을 했단다. 이제 정신을 차리고 진지해진 에이미가 네 성기와 자기 것을 똑바로 가리키면서 물었거든. 엄마, 아치 거는 저렇게 재밌는데, 왜 내 거는 심심해?

퍼거슨의 어머니는 웃음을 터뜨렸다. 새롭게 떠오른 기억에 큰 소리로 오랫동안 웃었지만 퍼거슨은 그저 미소만 지을 뿐이었다. 어린 시절의 바보 같은 행동에 관한 이야기를 듣는 것보다 더 불편한 일은 없었기 때문에 그 희미한 미소도 이내 사라지고 말았다. 그는 웃음을 멈추지 못하는 어머니에게 말했다. 나 놀리는 게 재밌어요? 그런 거예요?

가끔씩만 그래, 어머니는 대답했다. 자주는 아니고, 아치, 가끔은 참을 수가 없구나.

한 시간 후, 퍼거슨은 당시 읽고 있던 책 『밤 끝으로의 여행』을 들고 마당으로 나가 그해 여름 초에 아버지와 함께 녹색, 짙은 녹색으로 새로 칠한 야외용 나무 의자에 앉았다. 하지만 책을 펼치고 디트로이트의 포드 자동차 공장에서 벌어진 셀린의 모험담을 더 알아보는 대신, 그 자리에 앉아 첫 손님이 도착하기를 기다리는 동안, 자신이 한때 발가벗은 여자아이와 침대에서 뛰논 적이 있다는 사실, 발가벗은 채 발가벗은 여자아이와 뛰논 적이 있다는 사실에 놀라워했고, 그런 적이 있었다는 사실을 까맣게 잊어버린 게 너무 우습다고 생각했다. 지금의 그는 발가벗은 여자아이와 함께 있을 수 있다면 무슨 일이든 할 수 있을 것 같은데, 발가벗은 채 발가벗은 여자아이와 함께 있는 건 외롭고 사랑이 없는 그의 삶에서 가장 중요한 열망인데 말이다. 다섯 달이 넘도록 키스나 포옹 한 번 못 해봤다고 그는 생각했다. 봄 전체와 여름의 거의 대부분을 반쯤 발가벗은 안마리 뒤마르탱의 모습을 그리워하며 지냈는데, 이제 기억도 나지 않는 먼 옛날의 발가벗은 여자아이를 다시 만나려는 참이었다. 에이미 슈나이더면, 의심의 여지 없이 정상이고 건강한 소녀가 되었을 그 아이, 대부분의 여자아이가 그렇듯, 대부분의 남자아이가 그렇고 대부분의 여자와 남자가 그렇듯 따분하고 예측 가능할 테지만, 그로서는, 아직 그녀를 만나 보지 않은 상태에서는 기대하지 않을 수 없었다.

그날 오후 그가 본 게 그의 다음 상대가 될 사람이었

다. 그의 욕망이라는 왕관의 다음 주인, 정상도 아니고 정상이 아닌 것도 아닌 여자아이, 뜨겁고, 두려움이 없고, 자신이 예외적인 존재임을 아는 여자아이였다. 첫 만남이 있고 몇 주 후, 여름에서 가을로 소리 없이 바뀌며 주변 세상이 갑자기 더 어두워지던 무렵, 그녀는 또한 최초의 상대가 되었는데, 그 말은 발가벗은 에이미 슈나이더먼과 발가벗은 아치 퍼거슨이 이제 침대에서 폴짝폴짝 뛰는 대신 나란히 누워 이불 밑에서 뒹굴었다는 뜻이고, 이어진 몇 년 동안 에이미는 그의 젊은 인생에서 가장 큰 기쁨과 가장 큰 고통을 주는 사람, 그의 몸 안에서 함께 지내는, 떼어 낼 수 없는 타자가 되었다.

하지만 일단 1963년 9월의 일요일 오후, 퍼거슨네 뒷마당에서 열렸던 노동절 바비큐 파티로 돌아가서, 부모님의 파란색 셰보레에서 내리던 그녀의 첫 모습에 관해 말하자면, 뒷좌석에서 지저분한 금발부터 불쑥 튀어나오던 그녀는 놀랄 만큼 키가 컸는데, 173센티미터, 어쩌면 175센티미터는 될 것 같았고, 인상적일 만큼 잘생긴 얼굴이었다. 예쁘거나 아름다운 얼굴이 아니라 잘생긴 얼굴, 오뚝한 코와 반듯한 볼, 아직 색깔까지는 알 수 없는 커다란 눈, 뚱뚱하지도 마르지도 않은 몸집, 파란색 반소매 블라우스 안의 작아 보이는 가슴, 긴 다리, 꽉 끼는 옅은 황갈색 바지 안에 자리 잡은 동그란 엉덩이에, 터벅터벅 어색하게 걸음을 옮겼는데,

마치 앞으로 튀어 나가고 싶어 못 견디겠다는 듯이 상체를 내민 모습이었다. 톰보이의 걸음걸이 같다고 그는 생각했지만, 또한 그 이상으로 눈에 띄고 독특했는데, 자의식이 조금도 없어 보인다는 점에서 어딘가 남다른 면이 있다는, 대부분의 열여섯 살짜리 여자아이들과는 다른 여자아이라는 신호를 보내는 듯했다. 그의 어머니가 손님들을 소개해 줬다. 그녀의 어머니(조금 긴장한 것 같았고 살짝 미소를 지었다)와 악수하고, 그녀의 아버지(편안하고 다정했다)와 악수하고, 에이미와 악수하기 전에 이미 그는 리즈 슈나이더먼이 자신의 어머니를 그리 좋아하지 않는다는 걸 알아차렸다. 리즈는 남편이 퍼거슨의 어머니와 반쯤 사랑에 빠졌었다고 의심했는데, 슈나이더먼 씨가 여전히 아름다운 마흔한 살의 로즈와 인사하며 오랫동안 포옹한 걸 보면 사실일지도 몰랐다. 어쨌든 그다음 퍼거슨은 에이미와 악수했는데, 길고 놀랄 만큼 날씬한 손을 잡으며 그는 그녀의 짙은 녹색 눈에 갈색 점들이 있다는 걸 확인했고, 미소를 지을 때는 입에 비해 이가 조금 커 보인다고, 너무 커서 오히려 인상에 깊이 남는다고 생각했다. 잠시 후 그는 처음으로 그녀의 목소리를 듣게 되는데, 안녕, 아치라는 말을 들으며 그는 자신들이 친구가 될 운명임을 아무런 의심 없이 확신했고, 그 시점에는 아직 아무것도 알 수 없었다는 점을 감안하면 당연히 말도 안 되는 상상이었지만, 분명 그랬다. 어떤 느낌, 직감, 뭔가 중요한 일이 벌어지고 있다는 확신, 자신과 에이미 슈나이더먼이 함께 오랜 여정을 떠나게 될 거라는 확신이 들었다.

그날 오후에는 보비 조지와 다트머스 대학 2학년 생활을 앞둔 그의 형 칼도 있었지만, 퍼거슨은 그 둘과는 대화하고 싶은 생각이 전혀 들지 않았다. 약삭빠른 칼이나 머저리 같은, 늘 농담만 하는 보비는 아니었다. 그가 원한 건 파티에 참석한, 다른 유일한 또래였던 에이미와 함께 있는 것이었고, 그래서 악수를 나눈 45초 사이에, 그는 파티 내내 그녀를 독차지하기 위해 자신의 방으로 초대했다. 충동적인 제안이었지만 그녀는 알겠다는 듯이 고개를 끄덕이며 좋은 생각이야, 가자라고 대답했고, 그렇게 둘은 2층에 있는 퍼거슨의 도피처로 올라갔다. 이제 그곳은 더 이상 케네디를 모시는 신전이 아니라 책과 음반이 가득 들어찬 공간이었는데, 책과 음반이 너무 많아서 책장에는 더 이상 꽂을 수가 없어 침대 옆 벽면에 차곡차곡 쌓아 두고 지냈다. 에이미가 방에 들어서며 고개를 끄덕이는 모습을 보고 그는 기분이 좋았는데, 그건 마치 눈앞에 펼쳐진 것들, 성스러운 이름들과 신성한 작품들이 흡족하다고 말하는 듯했고, 이어 그녀는 가까이에서 그것들을 하나하나 살피며 완전 좋은 책이야, 아직 이 책은 못 읽었는데, 이 사람은 한 번도 못 들어 봤어 같은 말들을 하다가, 이내 침대 앞에 자리를 잡고 앉아 버렸다. 덕분에 퍼거슨도 함께 바닥에 앉아 1미터가 안 되는 거리에서 책상 서랍에 등을 기댄 채 그녀를 마주 봤고, 이어진 한 시간 반 동안 둘은 이야기를 나눴고, 누군가 방문을 두드리며 뒷마당에 음식이 준비되었다는 말을 전할 때까지 대화를 멈추지 않았다. 함께 아래층으로 내려간 둘은 햄버거를 먹고, 금지된 맥주를 부모님 앞에서 마셨는데, 양쪽 부모님 넷은 모두 그런 사소한 위반쯤은 눈감아 줬다. 잠시 후 에이미는 가방에서 러키 스트라이크 담배를 한 갑 꺼내 부모님이 보는 앞에서 불을 붙이며 — 그녀의 부모님은 이번에도 눈감아 줬다 — 담배를 많이 피우지는 않지만 식후에 피우는 담배 맛은 좋아한다고 했다. 식사를 마치고 담배까지 피운 후에, 퍼거슨과 에이미는 양해를 구하고 해가 지는 시간에 천천히 동네 산책에 나섰고, 안마리가 떠나기 전 마지막 키스를 나눴던 공원 벤치에 앉았다. 그달 말 토요일에 뉴욕에서 다시 만나기로 약속한 다음 퍼거슨과 에이미는 키스하기 시작했는데, 계획에 없었던, 자신도 모르게 시작한, 입술이 다른 입술을 덮치는 그런 키스였다. 달콤한 침을 잔뜩 묻히며 쉴 새 없이 혀가 움직이고, 이가 부딪치고, 사춘기를 막 지난 두 사람의 몸 아래쪽이 제멋대로 흥분해서 날뛰는, 서로를 잡아먹을 듯 정신없던 그 키스는, 에이미가 갑자기 그를 밀쳐 내고 웃음을 터뜨리면서 멈췄다. 숨이 찬 사람처럼 헐떡이며 놀란 듯 터뜨린 그 웃음에 퍼거슨도 웃음을 터뜨렸다. 세상에, 아치, 지금 멈추지 않으면 잠시 후에는 서로 옷을 벗기고 말 거야. 그녀가 말했다. 그녀는 벤치에서 일어나 그를 항해 오른손을 내밀었다. 가자, 미친 남자, 집에 돌아가야지.

두 사람은 동갑, 거의 동갑이었는데, 2백 개월 대 198개월이었지만, 에이미가 1946년 말(12월 29일)에, 퍼거슨은 1947년 초(3월 3일)에 태어났기 때문에 학교에서는 그녀가 한 학년 위였고, 그 말은 그녀가 곧 헌터 고등학교의 최고 학년이 되는 반면 그는 여전히 그보다 낮은 11학년 구덩이에 머물러 있어야 한다는 뜻이었다. 당시 그에게 대학은 막연한 어떤 곳, 멀리 떨어진 이름 없는 곳에 불과했지만, 그녀는 1년의 상당 기간 동안 지도를 연구했고, 이제 짐을 쌀 준비도 거의 마친 상태였다. 몇몇 대학에 지원할 생각이라고 했다. 모두들 대비책을 마련해야 한다고, 2지망과 3지망을 염두에 둬야 한다고 말했지만, 첫 번째 목표는 바너드 대학이었고, 그게 사실상 유일한 선택이었다. 뉴욕주에서 가장 좋은 대학, 남학생만 있는 컬럼비아 대학의 짝이라고 할 수 있는 여대였고, 어쨌든 제1 목표는 계속 뉴욕에서 지내는 것이었기 때문이다.

하지만 너는 평생 뉴욕에서 살았잖아, 퍼거슨은 말했다. 다른 곳에서 지내 보고 싶지 않아?

다른 곳에도 가봤어, 그녀가 말했다. 많이 가봤는데, 다른 곳은 전부 하품 도시야. 보스턴이나 시카고에 가봤니?

아니.

하품 도시 1, 하품 도시 2야. 엘에이는?

아니.

하품 도시 3.

알았어. 그러면 시골에 있는 학교는? 코넬이나 스미스, 그런 곳 말이야. 푸른 잔디밭과 메아리가 울릴 만큼 큰 운동장이 있는 그런 곳 말이야. 전원 속에서 지적 탐구를 하는 거지.

조지프 코넬은 천재였고, 스미스 형제는 훌륭한 기침약을 만들었지. 하지만 야생 대학에서 4년 동안 차가운 엉덩이로 지내는 건 내가 생각하는 즐거운 생활이 아니야. 안 돼, 아치, 뉴욕이 답이야. 다른 곳은 없어.

그녀를 만난 지 10분도 되지 않아 그런 대화를 나눴고, 뉴욕을 옹호하고 뉴욕을 향한 사랑을 표현하는 그녀의 말에 귀 기울이는 동안, 그는 어쩌면 그녀가 뉴욕을 체화한 인물인 것 같다는 생각을 했다. 확신이 있고 두뇌 회전이 빠르다는 면에서도 그랬지만 특히 목소리가 그랬는데, 브루클린이나 퀸스, 어퍼웨스트사이드 출신의 머리 좋은 유대인 여자아이, 뉴욕 유대인 이민자 3세대의 목소리였고, 그 말은 부모 세대에 이어 두 번째로 미국에서 태어난 세대의 목소리라는 뜻이었고, 말하자면 뉴욕에 사는 아일랜드인의 목소리나 뉴욕에 사는 이탈리아인의 목소리와는 다른 목소리였는데, 세속적이면서도 섬세한, 그리고 날카로운, r 발음을 강하게 내지 않는 점은 아일랜드나 이탈리아 출신과 비슷했지만, 그럼에도 좀 더 정확하게 강조해서 발음하는 경향이 있었다. 그 억양에 익숙해지면 익숙해질수록 그는 계속 그 목소리를 듣고 싶어졌는데, 왜냐하면 슈나이더먼의 목소리는 교외에 속하지 않은 모든 것, 지금 존재하는 그의 삶이 아닌 모든 것, 따라서 가능성 있는 미래에 대한 약속, 혹은 적어도 그 가능성 있는 미래와 함께 있는 현재를 대변하기 때문이었다. 에이미와 함께 방에 앉아 있는 동안, 그리고 이어서 함께 거리를 걸으며 두 사람은 닥치는 대로 이것저것 이야기했는데, 대부분은 메드거 에버스 암살로 시작해 마틴 루서 킹의 연설로 끝난 정신없던 그해 여름, 두려움과 희망이 끊임없이 교차하며 미국의 시대 풍경을 정의하는 것 같았던 그 여름에 관한 이야기였다. 그리고 퍼거슨의 방 책장과 바닥에 있던 책과 음반에 관해서도 이야기했고, 학교생활이나 SAT 시험 이야기도 당연히 빠지지 않았고, 심지어 야구 이야기도 했지만, 그가 그녀에게 묻지 않았던 단 하나의 질문, 어떤 상황에서도 절대 묻지 않겠다고 결심했던 질문은, 남자 친구가 있느냐는 질문이었다. 이미 자신의 모든 힘을 다 쏟아 그녀를 다음 상대로 만들기로 결정했기 때문에, 그는 자신을 방해하는 경쟁자가 몇 명이나 있는지에는 전혀 관심이 없었다.

9월 15일, 노동절 바비큐 파티 이후 2주가 지나지 않왔고, 두 사람이 뉴욕에서 만나기로 약속한 날까지는 6일이 남아 있던 그날 그녀가 전화했는데, 전화한 상대가 다른 누구도 아닌 자신이었기 때문에 그는 그녀에게 남자 친구가 없음을, 두려워할 경쟁자 따위는 없고 자신과 그녀가 서로를 똑같이 생각하고 있음을 알았다. 그가 그 사실을 알게 된 건, 앨라배마 버밍햄의 흑인 교회에서 폭탄이 터져 안에 있던 네 명의 여자아이가 사망하는 사건이 터졌을 때 그녀가 가장 먼저 전화하기로 한 사람이 바로 그였기 때문이다. 미국 내 또 하나의 두려움, 남부에서 퍼져 가던 또 한 번의 인종 전쟁, 2주 반 전에 있었던 워싱턴 행진에 폭탄과 살인으로 복수하겠다는 의지를 드러낸 사건이었다. 에이미는 전화기를 든 채 흐느꼈고, 울음을 참으려 애쓰며 소식을 전했고, 차근차근, 서서히 진정을 되찾은 후에는 그 상황에 대해 어떻게 해야 할지, 어떻게 해야만 한다고 생각하는지 이야기했다. 정치인들이 법률을 제정하는 것과 별도로 시위대가 앨라배마에 내려가 꼴통들과 싸워야 한다고 했고, 자신은 맨 먼저 시위대에 합류할 거라고도 했다. 고등학교 졸업식을 마치면 바로 차를 얻어 타고 앨라배마로 가서 대의를 위해 일할 거라고, 대의를 위해 피 흘리고 그 대의가 자기 삶의 주된 목표가 되게 할 거라고 했다. 우리들의 나라잖아, 그녀가 말했다. 나쁜 놈들이 훔쳐 가게 내버려 둘 수는 없지.

둘은 다음 토요일에 만났고, 가을 내내 격주로 토요

일에 만났다. 퍼거슨이 뉴저지에서 버스를 타고 포트 오소리티 터미널까지 가서 다시 IRT 급행을 타고 웨스트 72번가까지 가고, 북쪽으로 세 블록, 서쪽으로 두 블록을 걸어가 리버사이드 드라이브와 75번가가 교차하는 지점에 있는 슈나이더먼 가족의 아파트로 갔다. 그 아파트의 4B호는 이제 그에게 뉴욕에서 가장 중요한 주소였다. 밖에서 많은 일을 했고 대부분은 단둘이었지만 가끔은 에이미의 친구들이 함께 나갔던 적도 있었다. 브로드웨이와 95번가가 교차하는 지점에 있는 탈리아 극장에서 고다르, 구로사와, 펠리니 등의 외국 영화를 보고, 메트로폴리탄 미술관, 프릭 미술관, 현대 미술관에 가고, 매디슨 스퀘어 가든에서 닉스의 경기를 보고, 카네기 홀에서 열린 바흐 연주회에 가고, 빌리지의 몇몇 소극장에서 베케트와 핀터와 이오네스코의 연극을 관람했다. 그 모든 게 가까이에 있어 쉽게 접근할 수 있었고, 에이미는 늘 어디에 가서 무엇을 할지 알고 있었는데, 맨해튼의 전사이자 공주님은 그에게 도심에서 길을 찾는 법을 알려 줬고, 이내 그 도시는 그의 도시가 되었다. 하지만 그런 토요일들에 그들이 했던 일이나 봤던 걸 통틀어 최고는, 커피숍에 앉아 이야기를 나눈 것이었다. 이후 수년 동안 끝나지 않고 이어질 대화의 시작이었고, 두 사람의 의견이 다를 때나, 방금 본 영화가 좋은지 나쁜지 판단할 때, 혹은 둘 중 하나가 제시한 정치적 의견이 좋은지 나쁜지 이야기할 때면 종종 대화는 뜨거운 논쟁으로 이어지기도 했지만, 퍼거슨은 그녀와의 말다툼이 전혀 불편하지 않았다. 그는 만만한 여자아이들, 툭하면 삐지는 멍청한 여자아이들, 본인들이 상상하는 형식적인 사랑만 원하는 여자아이들에게는 관심이 없었다. 이건 진짜 사랑, 복잡하고, 심오하고, 열정에 찬 불협화음을 허용할 만큼 유연한 사랑이었기 때문에, 그로서는 그녀를 사랑하지 않을 수 없었다. 지치지 않고 무언가를 찾는 눈빛, 폭탄처럼 터지는 커다란 웃음, 예민하고 두려움을 모르는 에이미 슈나이더먼, 언젠가는 종군 기자나 혁명가, 혹은 가난한 이들을 위해 일하는 의사가 될 그녀였다. 그녀는 열여섯 살이었고 이제 곧 열일곱 살이 될 참이었다. 백지 같았던 미래는 이제 완전히 백지는 아니겠지만, 지금까지 썼던 걸 모두 지워 버릴 수도 있음을, 모두 지워 버리고 영혼이 이끄는 대로 어디로든 향할 수 있음을 알 만큼은 젊었다.

키스, 당연히 했다. 포옹, 당연히 했다. 에이미의 부모님이 토요일 오후와 저녁에 집 안에 머무르는 경향이 있다는 불편한 사실 때문에 단둘이서만 아파트에 있을 기회는 제한적이었는데, 덕분에 훨씬 쌀쌀한 리버사이드 파크의 벤치에서 서로 껴안고 있거나 에이미의 친구들이 연 파티에서 몰래 침실로 숨어들어 서로 애무했고, 두 번, 딱 두 번은 늘 집에 있던 그녀의 부모님이 저녁 외출을 나갔을 때, 반쯤 발가벗은 채 에이미

방의 침대에서 흠뻑 빠져들 수 있었는데, 그때도 언제든 문이 벌컥 열릴 수 있다는 익숙한 두려움에 시달려야 했다. 삶을 온전히 자기들 맘대로 할 수 없다는 짜증, 그리고 미칠 듯 흥분한 호르몬이 여건상 제지당하는 상황이 늘면서, 시간이 지날수록 둘은 점점 더 절박해졌다. 그러던 중 11월 중순의 어느 화요일 밤에 그녀가 전화로 좋은 소식을 전했다. 다음 주말에 부모님이 외할머니를 병문안하러 멀리 시카고에 가서 사흘간 뉴욕을 떠나 있을 예정이고, 오빠 짐은 부활절 전날에야 보스턴에서 돌아오기로 했기 때문, 부모님이 안 계신 동안 그녀가 아파트를 독차지할 거라는 이야기였다. 〈주말 내내〉라고 그녀는 말했다. 생각해 봐, 아치. 주말 내내 우리 말고는 아파트에 아무도 없는 거야.

그는 부모님에게 친구 몇 명과 함께 저지 해변에 있는 친구 집에 초대받았다고 이야기했다. 너무 매끄럽고 터무니없는 거짓말이어서 부모님 중 누구도 알아차리지 못했고, 문제의 금요일 아침, 그가 학교에 가며 외박용으로 작은 가방을 들고 나서는 것도 너무나 자연스러웠다. 계획은 학교를 마치자마자 뉴욕으로 출발하는 것이었는데, 운이 좋아 첫 버스를 탈 수 있다면 4시 30분이나 45분에는 에이미의 아파트에 도착할 수 있었고, 첫 버스를 놓치고 두 번째 버스를 탄다면 5시 30분이나 45분에는 도착할 수 있었다. 몬트클레어 고등학교의 따분한 복도와 교실에서 또 하루를 보내면서, 그는 온전히 정신력만으로 시간을 더 빨리 돌릴 수 있다는 듯이 시계를 노려보며 1분을 세고, 한 시간을 셌다. 그러던 중, 이른 오후에 대통령이 댈러스에서 총을 맞았다는 교내 방송이 나왔고, 이어서 케네디 대통령이 사망했다는 소식이 전해졌다.

몇 분 후 모든 교내 활동이 멈췄다. 1천 명의 학생들이 손수건이나 휴지를 꺼내 들었고, 훌쩍이는 여학생들의 볼에 마스카라가 번졌고, 남학생들은 고개를 설레설레 젓거나 허공에 주먹질을 해대며 돌아다녔고, 여학생들이 서로를 껴안고, 남학생과 여학생이 서로를 껴안고, 선생님들도 흐느끼며 서로를 껴안거나, 멍하니 벽이나 문의 손잡이만 쳐다봤다. 머지않아 학생들은 체육관과 식당에 모였지만, 무엇을 해야 할지는 아무도 몰랐다. 책임자는 없었고, 그동안의 반목이나 적대감도 그 순간만은 멈췄고, 더 이상 누구도 적이 아니었다. 잠시 후 교내 방송으로 교장 선생님의 목소리가 흘러나오며 오늘 수업은 마쳤다고, 다들 집에 가도 좋다고 했다.

미래의 인물이 죽었다.

비현실적인 도시.

모두들 집으로 갔지만 퍼거슨은 외박용 가방을 든 채 몬트클레어 버스 정류장으로 가서 뉴욕행 버스를 기다렸다. 부모님에게 나중에 전화는 걸겠지만, 집으로 가지는 않을 생각이었다. 우선은 혼자 있을 필요가 있었고 그다음엔 에이미와 함께 있어야 했다. 그리고 계획했던 대로 주말 내내 그녀와 함께 있을 예정이었다.

비현실적인 도시에서 길은 두 갈래로 갈라졌고, 미래는 죽었다.

버스를 기다리고, 버스에 올라 빈자리를 찾고, 다섯 번째 줄에 앉아 기어 바뀌는 소리를 듣고, 버스가 뉴욕을 향해 출발하고, 터널을 지나는 동안, 그의 뒷자리에 앉은 여성이 흐느끼고, 기사는 앞줄에 앉은 승객에게 믿을 수가 없네요, 씨발 믿을 수가 없어라고 했지만, 퍼거슨은 믿었다. 그는 완전히 넋이 나갔다고 느꼈지만, 자기 몸 바깥의 어딘가를 부유하는 것 같은 느낌이었지만, 그럼에도 동시에 머릿속은 맑고 또렷해서 그대로 무너지거나 울음을 터뜨릴 일은 없었다. 아무렴, 그런 식으로 반응하기에는 너무 큰 일이었다. 뒷자리 여성이 속이 풀릴 때까지 우는 건 상관없었는데, 그러고 나면 그녀의 기분은 좀 나아질 것이었다. 하지만 그의 기분은 절대 나아지지 않을 테고, 따라서 그로서는 울 권리가 없었다. 그에게 있는 건 생각할 권리, 무슨 일이 벌어지고 있는지 이해하려고 애쓸 권리, 지금까지 그에게 일어났던 어떤 일과도 다른 이 일을 이해해 보려고 애쓸 권리뿐이었다. 기사와 이야기를 나누던 승객이 말했다. 진주만 때가 생각나네요. 그러니까, 온 세상이 고요하고 조용한, 나른한 일요일 오전이었거든. 사람들이 잠옷 차림으로 집

주변을 어슬렁거리던 중에 갑자기 〈꽝〉 하고 세상이 폭발하더니, 어느새 우리는 전쟁 중이더라고. 나쁘지 않은 비교라고 퍼거슨은 생각했다. 세상의 핵심을 관통하며 모든 이의 삶을 바꿔 버리는 큰 사건, 뭔가가 끝나고 다른 뭔가가 시작되는 잊을 수 없는 순간. 이게 그런 순간일까, 하고 그는 자문했다. 전쟁 발발에 버금가는 그런 순간? 아니, 꼭 그렇지는 않았다. 전쟁은 새로운 현실의 시작을 알리는 것이지만, 오늘 새로 시작된 건 아무것도 없었다. 그냥 현실이 끝나 버린 것이었다. 그게 전부였다. 세상에서 뭔가가 빠져 버렸고, 이제 하나의 구멍, 한때 뭔가가 있었던 빈자리뿐이었다. 마치 세상의 모든 나무가 사라진 것 같았고, 나무나 산이나 달 같은 대상의 개념 자체가 인간의 의식에서 지워져 버린 것만 같았다.

달이 없는 하늘.

나무가 없는 세상.

버스는 40번가와 8번 애비뉴가 교차하는 지점의 터미널에 도착했다. 뉴욕에 올 때마다 그랬던 것처럼 지하 통로를 통해 7번 애비뉴까지 걸어가는 대신, 퍼거슨은 계단을 올라 11월 말의 해 질 녘 풍경 속으로 들어갔고, 타임스 스퀘어의 지하철역까지 42번가를 따라 동쪽으로 걸었다. 혼잡한 시간의 군중 속에 뒤섞인 또 한 명의 인간이 되어, 죽은 것 같은 표정으로 각자의 일을 하는 사람들을 지났고, 모든 게 그대로면서 또한 모든

게 달라져 버린 듯했고, 잠시 보도를 걷던 그는 다른 사
람들이 모두 멈춰 서서 앞에 있는 건물의 광고판에 흘
러가는 글씨를 올려다보고 있는 광경을 발견했다.
〈JFK 댈러스에서 피격 후 사망 — 존슨 대통령 선서.〉
IRT 승강장으로 내려가는 계단을 막 디디려는 순간,
퍼거슨은 어떤 여인이 친구에게 말하는 걸 들었다. 믿
을 수가 없어, 도러시, 내 눈을 믿을 수가 없어.

비현실적이었다.

나무가 없는 도시. 나무가 없는 세상.

그는 에이미가 학교에서 돌아왔는지 전화로 확인하
지 않았다. 그녀가 아직 친구들과 함께 있고, 혼란에 휩
쓸려 있을지도, 너무 흥분하거나 충격받아서 그가 오
기로 했다는 사실을 잊어버렸을지도 몰랐기 때문에,
4B호 아파트의 초인종을 누르면서도 그는 대답이 있
을 거라고 확신할 수 없었다. 5초간 불안하다가, 10초
간 불안하다가, 마침내 인터컴에서 그녀의 목소리가 나
왔다. 아치, 너니? 아치? 잠시 후 그녀가 문을 열어 줬다.

둘은 암살 소식을 전하는 텔레비전을 몇 시간 동안
지켜보다가, 서로 꼭 껴안은 채 비틀거리며 에이미의
방으로 갔고, 침대에 몸을 눕히고, 처음으로 섹스를
했다.

2.2

『코블 로드 크루세이더』1호는 1958년 1월 13일에 나왔다. 그 아동용 신문의 창립자이자 발행인인 A. 퍼거슨은 1면 사설란에서 『크루세이더』는 〈최선을 다해 사실을 전하고, 어떤 희생을 감수하고라도 진실만을 이야기하겠습니다〉라고 적었다. 창간호 쉰 부의 인쇄는 제작 담당인 로즈 퍼거슨이 맡았는데, 손으로 쓴 원판을 웨스트오렌지에 있는 마이어슨 인쇄소로 가져가서 가로 60센티미터, 세로 90센티미터쯤 되는 용지에 양면 인쇄한 다음, 반으로 접을 수 있을 만큼 얇은 종이에 복사해 만들었고, 그렇게 한 번 접은 덕분에 집에서 타자기로 쳐서 만든, 흉내만 낸 소식지라기보다는 (거의) 진짜 신문처럼 보였다. 한 부당 가격은 5센트였다. 사진이나 삽화는 없었고, 발행인란 위에 있는 약간의 여백을 제외하고는 두 개의 커다란 사각형 속 8단에 손글씨가 빽빽이 채워져 있었다. 글씨를 단정하게 쓰는

데 어려움을 겪고 있는 열한 살짜리 남자아이의 서체였는데, 괴발개발 쓴 글씨와 비율이 맞지 않는 글씨들이 곳곳에 있고, 어딘가 산만한 18세기 신문 같기는 했지만 전체적인 디자인 자체는 충분히 진지했다.

네 줄짜리 단신에서 2~3단에 걸친 특집 기사까지 모두 스물한 개의 기사가 실렸고, 앞면 첫 번째 기사의 제목은 〈인간적 비극. 다저스와 자이언츠, 뉴욕을 떠나 서부 해안으로〉였고, 거기에는 퍼거슨이 가족 및 친구와 진행한 인터뷰가 담겨 있었는데, 가장 극적인 반응을 보인 사람은 같은 5학년 친구인 토미 폭스였다. 〈자살하고 싶은 마음입니다. 남은 팀은 양키스밖에 없는데, 저는 양키스를 싫어하거든요. 어떻게 하면 좋을까요?〉 뒷면의 특집 기사는 퍼거슨이 다니는 초등학교에서 벌어진 소동의 진행 상황을 다뤘다. 지난 6주 사이 네 번이나 학생들이 체육 시간에 피구를 하다가 체육관 벽돌 벽면에 부딪혀 눈에 멍이 들거나, 뇌진탕을 일으키거나, 머리나 이마가 깨져 피를 흘리는 사고가 있었다. 퍼거슨은 추가 사고를 막기 위해 벽면에 보호판을 달아야 한다고 촉구했다. 최근에 다친 친구들의 증언을 듣고(〈그냥 공만 쫓아갔을 뿐인데, 나도 모르는 사이에 벽에 머리를 찧고 뒤로 넘어졌습니다〉라고 했다), 제이미슨 교장 선생님과 인터뷰도 했는데, 선생님도 통제가 불가능한 상황임을 인정하며 〈교육 위원회에도 이야기했고, 이달 말까지 보호판을 달아 주기로 했습니다. 그때까지 피구는 금지입니다〉라고 말했다.

　야구팀이 없어지는 이야기와 머리 부상을 방지하자는 이야기 외에도, 반려동물 실종 사건이나 폭풍에 쓰러진 전봇대, 교통사고, 스핏볼 시합, 스푸트니크 1호, 대통령의 건강 상태뿐 아니라, 퍼거슨 집안과 애들러 집안의 소식도 간략히 실려 있었다. 〈황새 제시간에 도착! ─ 12월 29일 밤 11시 53분, 인류 역사상 처음으로 아기가 제시간에 태어났다. 뉴욕시에 거주하는 22세의 프랜시스 홀랜더 부인이 예정일을 7분 남긴 상황에서 첫아이를 낳았다. 체중이 3.26킬로그램인 아기의 이름은 스티븐으로 지었다. 축하해요, 프랜시 사촌 누나!〉 혹은 〈장족의 발전 ─ 밀드러드 애들러 씨는 최근 시카고 대학 영문학과의 조교수에서 정교수로 승진했다. 그녀는 빅토리아 시대 소설의 세계적 권위자이며 조지 엘리엇과 찰스 디킨스에 관한 책을 출간하기도 했다〉 같은 기사들이었다. 그리고 간과할 수 없었던 또 다른 부분은 뒷면 오른쪽 아래에 위치한 애들러의 농담 코너였다. 퍼거슨은 『크루세이더』를 발행할 때마다 그 코너를 넣을 계획이었는데, 형편없는 농담의 제왕이었던 할아버지를 위한 자리였다. 할아버지는 퍼거슨이 어릴 때부터 썰렁한 농담을 수없이 들려줬고, 젊은 편집장은 그런 농담들을 포함하지 않으면 아쉬울 것 같았다. 첫 번째 기사는 이런 이야기다. 〈후퍼 씨 부부는 하와이에 가는 길이었다. 비행기가 착륙하기 직전에, 후퍼 씨가 아내에게 하와이Hawaii의 w 자가 하와이로 발음되는지, 하바이로 발음되는지 물었다. 《모르겠는데》, 아내가 대답했다. 《도착하면 물어보지, 뭐.》 공항에서 두 사람은 하와이안 셔츠를 입고 지나가는 한 노인을 만났다. 《실례합니다, 선생님》, 후퍼 씨가 말했다. 《여기가 하와이인가요, 하바이인가요?》 노인은 조금도 망설이지 않고 대답했다. 《하바이입니다.》《감사합니다.》후퍼 씨 부부가 인사하자 남자가 말했다. 《천반에요 you're velcome.》

다음 호는 그해 4월과 9월에 나왔는데, 나올 때마다 지난 호보다 나아지고 있다고 부모님과 친척들은 이야기했지만 학교 친구들의 반응은 달랐다. 창간호가 학급에서 바람을 일으키며 성공한 후에 이런저런 불만과 적대감이 표면에 드러나기 시작했다. 5학년, 6학년 학급이라는 폐쇄된 세계에서의 생활은 엄격한 규칙과 위계질서에 지배받았는데, 퍼거슨이 『코블 로드 크루세이더』를 주도적으로 창간함으로써, 즉 아무것도 없는 상태에서 뭔가를 만들어 냄으로써 본의 아니게 그 경계를 넘어 버린 것이었다. 그 경계 안에서 남자아이들이 높은 지위를 얻는 방법이 한두 가지 있었는데, 운동을 잘하거나 최고의 악동이 되는 것이었다. 성적을 잘받는 건 중요하지 않았고, 미술이나 음악에서의 놀랄만한 재능은 전혀 중요하지 않다고 할 수 있었다. 그런 재능은 타고나는 것, 머리 색이나 발 크기처럼 생물학적 특징으로 여겨졌고, 따라서 그 특징을 지닌 사람과 관련이 있다기보다 인간의 의지와 별개인, 그저 자연적인 요소에 불과했다. 퍼거슨은 운동은 꽤 하는 편이었고, 덕분에 다른 남자아이들과 잘 어울리며 무시무시한 따돌림을 피할 수 있었다. 그는 악동이 되는 일에는 관심이 없었고, 주말에 남의 집 우체통에 폭죽을 넣거나, 가로등을 부수거나, 상급반에 있는 예쁜 여학생들 집에 음란 전화를 걸었다고 자랑하는 아이들과도 거리를 두고 지냈지만, 제멋대로 던지는 유머가 있어서 그나마 괜찮은 친구라는 명성을 확고히 유지할 수 있었다. 다른 말로 하자면 퍼거슨은 지금까지 큰 어려움 없이 순탄하게 지내 왔고, 뛰어나지도 뒤처지지도 않은 좋은 성적을 받았고, 급우 관계에서도 재치 있게 굴며 공격적인 태도를 보이지 않았기 때문에 다른 남자아이들의 화를 돋우는 일이 없었다. 주먹다짐한 적은 거의 없었고 영원한 적을 만들지도 않았다. 그러던 중, 열한 살 생일을 몇 달 앞두고 그는 파문을 일으키기로 했고, 그 결심이 직접 제작한 한 장짜리 신문의 형태로 표현되자, 갑자기 같은 반 친구들은 퍼거슨에게 자신들이 짐작했던 것 이상의 뭔가가 있음을, 사실 그는 꽤 영리한 아이, 『크루세이더』같이 복잡한 것을 만들 능력을 갖춘 일류 학생임을 알아차렸다. 5학년 같은 반의 친구들 스물두 명 모두 창간호가 나온 걸 보고는 저마다 5센트짜리 동전을 내놓았고, 훌륭하게 해낸 그를 축하해 줬고, 기사 여기저기에 묻어 있는 재미난 문구를 보고 웃음을 터뜨렸지만, 다음 월요일이 되자 다들 신문에 대해 한마디도 하지 않았다. 『크루세이더』가 창간호만 나오고 끝났더라면 퍼거슨은 나중에 찾아올 슬픔을 느끼지 않아도 되었을 것이다. 하지만 그로서는 〈영리한 것〉과 〈너무 영리한 것〉의 차이를 알 도리가 없었고, 봄에 2호 신문이 나오면 같은 반의 몇몇 친구들이 그에게 등을 돌리게 될 거라는 점도 알 수 없었다. 2호 발행은 그가 지나치게 열심히 한다는, 충분히 열심히 하지 않는 친구들에 비해 지나치게 열심히 한다는 증거였고, 그 친구들이 게으르고 아무짝에도 쓸모없는 촌놈들인 반면 그는 성실한 능력자라는 증거였다. 여자아이들은 한 명도 빠짐없이 여전히 그의 편이었지만, 그들은 그의 경쟁자가 아니었다. 퍼거슨의 부지런함에 부담을 느끼기 시작한 것은 남자아이들 쪽이었는데, 어쨌든 서너 명은 그렇게 느꼈지만, 만족감에 취한 퍼거슨은 그런 낌새를 눈치채지 못했고, 4월 초에 『크루세이더』 2호를 완성했을 때도 성취감에 취해 로니 크롤릭과 그의 무리가 신문을 사지 않는 이유를 이해할 수 없었다. 그냥 그 친구들은 돈이 없는 모양이라고만 짐작했다.

퍼거슨이 보기에 신문은 인류 최고의 발명품이었고, 그는 읽기를 익힌 후로 줄곧 신문을 좋아했다. 아침 일찍, 일주일에 일곱 번 『뉴어크 스타레저』가 현관 앞 계단에 놓여 있었는데, 그가 침대에서 나올 무렵, 이름도 알 수 없고 보이지도 않는 배달원이 잊지 않고 던져 놓은 것이었다. 퍼거슨은 여섯 살 반이 되었을 때부터 아침을 먹으며 신문을 읽는 습관이 생겼다. 다리를 다쳤던 그 여름 동안 의식적으로 읽기를 익히려 했던 그, 어린이의 무지라는 감옥에서 벗어나 세계의 젊은 시민으로 변신하기 위해 노력했던 그는 이제 모든 내용을 이해할 만큼 발전했다. 경제 정책이나, 핵무기를 더 만드는 게 지속적인 평화를 보장할 수 있다는 식의 난해한 개념을 제외하고는 거의 모든 내용을 이해할 수 있었고, 매일 아침 식사 자리에서 부모님과 함께 앉아 각자 다른 면을 뒤적이게 되었다. 아침 일찍부터 대화를 하는 건 쉽지 않아서 가족은 소리 없이 신문만 읽었는데, 각자 읽은 면은 서로 돌려 봤고, 주방에는 커피와 스크램블드에그 냄새, 토스터 안에서 갈색으로 따뜻하게 데워지는 빵 냄새와 뜨거운 빵 조각에 녹아드는 버터 냄새가 가득했다. 퍼거슨은 언제나 만화와 스포츠면부터 시작했는데, 이상하게 매력 있는 낸시와 그의 친구 슬러고, 지그스와 그의 아내 매기, 블론디와 대그우드, 비틀 베일리[24]가 나오는 만화를 보고, 그런 다음 맨틀과 포드, 코널리와 기퍼드[25]의 최근 활약상을 확인했

24 낸시에서 비틀 베일리까지 모두 신문 연재 만화의 등장인물이다.
25 미키 맨틀, 화이티 포드는 야구 선수, 찰리 코널리와 프랭크 기퍼드는 미식축구 선수이다.

다. 다음으로는 지역 뉴스와 전국 뉴스, 국제 뉴스, 영화와 연극에 관한 기사를 읽고, 대학생 열일곱 명이 공중전화 부스 하나에 들어갔다든지, 에식스 카운티 먹기 대회에서 우승자가 핫도그를 서른여섯 개나 먹었다든지 하는 소위 〈이모저모〉 기사로 넘어갔다. 거기까지 모두 읽고 나서도 학교 갈 준비를 할 때까지 시간이 남으면 상업 광고나 자기야, 사랑해, 제발 집으로 돌아와 같은 개인 광고를 봤다.

신문의 매력은 책의 매력과는 완전히 달랐다. 책은 단단하고 영원한 반면 신문은 얇고 읽자마자 버리는 순간적인 것, 다음 날 아침이면 다른 신문으로 대체되는 것이었고, 매일 아침엔 새로운 날을 위한 따끈따끈한 새 신문이 나왔다. 책이 시작에서 끝까지 직선으로 나아가는 것이었던 반면 신문은 늘 동시에 여러 곳에 걸쳐 있는, 동시성과 모순이 뒤범벅된, 여러 이야기가 한 면에 존재하는 매체였다. 각각의 이야기는 세상의 서로 다른 면모들을 드러냈고, 각각의 이야기는 바로 옆에 있는 다른 이야기와 아무 관련이 없는 생각이나 사실을 전하고 있었다. 오른쪽에 전쟁 소식이, 왼쪽에는 숟가락에 달걀을 얹고 달리는 경주 이야기가 실리는가 하면, 위쪽에 불타는 건물 사진이, 아래쪽에는 걸스카우트 동창회 사진이 실리기도 했다. 큰일과 작은일이 뒤섞이고, 1면에 비극적인 사건이, 4면에는 시시콜콜한 사건이 실리는가 하면, 겨울 홍수와 경찰 수사,

과학적 발견, 디저트 조리법, 사망과 출생, 실연한 사람들을 위한 조언, 십자말풀이, 터치다운 패스와 국회에서의 논쟁, 사이클론과 교향곡, 노동 파업과 대서양 기구 횡단까지, 조간신문은 그 모든 소식을 각각의 단 안에 지저분한 검은색 잉크로 채워 넣어야만 했고, 퍼거슨은 매일 아침 그렇게 뒤죽박죽 뒤엉킨 소식들을 너무 재미있어했다. 세상이 그런 거라고, 한데 뒤섞인 커다란 혼란, 수백만 개의 서로 다른 일들이 동시에 일어나는 곳이라고 그는 감지했다.

그에겐 『크루세이더』도 그런 것이었다. 공식 신문 비슷한 뭔가를 통해 자신만의 뒤죽박죽 세상을 만들어 낼 기회, 엄밀히 공식 신문이라고는 당연히 말할 수 없고 기껏해야 어설프게 흉내 낸 것 이상은 아니었지만, 어린아이의 시선으로 제시하는 그 실제 세계는 적어도 정신만은 실제 신문과 가까웠고, 친구들 사이에서도 인상적이라는 반응을 불러일으켰다. 퍼거슨은 바로 그런 반응을, 같은 반 친구들이 고개를 들고 그를 돌아봐 주기를 기대했고, 그런 바람이 이루어진 이상 2호 신문을 만들 때는 더 큰 확신을 갖고, 자신의 재능에 대한 믿음을 갖고 작업했다. 그런 믿음에 눈이 멀어 있었기 때문에, 크롤릭 무리의 부분적인 거부감이 표출된 후에도 그는 무슨 일이 벌어지고 있는지 알 수가 없었다. 그가 정신을 번쩍 차린 건 다음 날 아침이었다. 마이클 티머먼은 그와 가까운 아이들 중 한 명이었는데, 퍼거슨보다 성적이 좋은, 영리하고 인기 많은 학생이었고, 독기 가득한 담쟁이덩쿨 위로 우뚝 솟은 참나무처럼, 로니 크롤릭 같은 사악한 무리와는 비교도 할 수 없는, 거의 영웅 같은 친구였다. 그 마이클 티머먼이 학교 운동장에서 퍼거슨을 부르더니 잠깐 이야기 좀 하자고 했고, 퍼거슨은 기꺼이 친구의 말을 듣고 싶었다. 티머먼은 『크루세이더』가 아주 훌륭한 신문이라고 생각한다고 했고, 반에서 운동이든 공부든 제일 잘하는 친구의 의견은 아주 중요했기 때문에 퍼거슨은 엄청나게 기분이 좋았다. 이어서 티머먼은 자기도 퍼거슨과 함께하고 싶다고, 『크루세이더』 제작에 참여해 직접 기사도 쓰고 싶다고 했다. 그러면 신문이 더 좋아질 거라고, 자기는 1인 신문 같은 건 들어 본 적이 없고 기자 한 명이 모든 기사를 쓰는 건 이상하고 고리타분하다고 생각하는데, 퍼거슨이 기회를 준다면, 그리고 결과가 좋다면 나중에는 기자를 서너 명, 다섯 명까지도 늘릴 수 있을 거라고 했다. 게다가 다들 돈을 조금씩 내서 인쇄비를 마련할 수 있다면 『크루세이더』는 4면 혹은 8면짜리 신문으로 확장될 수 있고, 퍼거슨의 악필 대신 단정한 활자로 제작하면 진짜 신문처럼 보일 거라고도 했다.

퍼거슨은 그런 상황에는 대비하지 않고 있었다. 『크루세이더』는 혼자 하는 작업이라고, 좋든 나쁘든 자신의 작업이지 다른 사람의 것은 아니라고 항상 생각했고, 다른 친구와 그 무대를 나눠 가지면, 여러 친구와 나누는 일은 말할 것도 없고, 불행해질 것 같았다. 티머면은 평가와 제안을 통해 그에게 악필로 제작된 고리타분한 누더기 신문에 대한 통제권을 내려놓으라고 강압적으로 말했지만, 그 역시 그런 문제들을 고려한 적이 있다는 사실은 알지 못했다. 직접 타자기로 칠 수도 있었지만 그러면 신문의 모양새가 달라지기 때문에 하지 않았고, 아직 열한 살밖에 되지 않아서 인쇄업자에게 돈을 지불할 수 없었기 때문에 손 글씨를 택할 수밖에 없었다. 또한 티머면은, 복사 전 원본을 만들기 위해 퍼거슨의 어머니가 마이어슨 씨네 세 아이의 초상 사진을 할인된 가격에 찍어 주기로 협상했다는 사실도 모르고 있었다. 그런 과정을 거쳐서 만든 신문이라고, 그는 티머면에게 말해 주고 싶었다. 비용을 줄이기 위해 물물 교환을 하고, 있는 자원을 활용해 최선을 다해 만든 거라고, 그러니 소위 〈진짜 신문〉을 제작하기 위해 각자 돈을 내는 건 꿈도 꾸지 말라고, 남자아이 다섯 명이 모인다고 그런 비용을 감당할 수는 없다고 말이다. 만약 티머면이 그가 가장 부러워하는 친구가 아니었다면, 퍼거슨은 그냥 신경 쓰지 말고 꺼지라고, 그렇게 좋은 생각이 많으면 직접 자기 신문을 만들라고 했겠지만, 티머면을 존중했기 때문에 머릿속에 떠오른 생각을 그대로 말하지는 않았다. 친구를 모욕할 수는 없었던 그는 겁쟁이의 방법을 썼는데, 〈그래〉 혹은 〈아니)처럼 확답을 하지 않고 한번 생각해 볼게라고만 대답한 것이다. 시간이 지나면서 언론에 대한 티머먼의 새로운 열정이 식기를, 며칠 후에는 제안 자체를 잊어 먹기만을 기대했다.

하지만 잘나가는 아이들이 그렇듯이 티머먼은 뭔가를 포기하거나 쉽게 잊어 먹는 아이가 아니었다. 그 주 내내 아침마다 그는 운동장에서 퍼거슨에게 다가와 결정했냐고 물었고, 매일 아침 퍼거슨은 그를 진정시키려고 애썼다. 어쩌면 좋은 생각일 수도 있어. 하지만 지금은 봄이잖아. 학기 끝나기 전에 새로운 호를 내기에는 시간이 부족해. 둘 다 지금은 리틀 야구 리그 때문에 바쁜데, 일이 얼마나 많을지는 너도 짐작이 되잖아. 몇 주, 아니 몇 달을 해야 하는 작업이야. 일이 너무 많아서 나도 계속할 수 있을지 확신이 없거든. 잠시 두고 보다가, 여름에 다시 이야기하자.

하지만 티머먼은 여름에는 자신이 캠프에 가고 없을 거라고, 당장 결론을 짓자고 했다. 다음 호가 가을까지 못 나온다고 해도 자신이 그걸 할지 말지는 알고 싶고, 무슨 이유 때문에 퍼거슨이 결정을 못 내리는지 모르겠다고 했다. 뭐 대단한 일이라고?

퍼거슨은 궁지에 몰렸다는 걸 알았다. 나흘 연속으로 시달리고 나니 자신이 대답하지 않으면 시련이 절대 끝나지 않을 거란 걸 알 수 있었다. 하지만 정답이 뭐였을까? 함께하고 싶지 않다고 하면 친구 하나를 잃을 것이었다. 티머먼을 신문에 합류시키면 굴복한 스스로를 경멸하게 될 것이었다. 그의 일부는『크루세이더』에 대한 티머먼의 칭찬에 기분이 좋아졌지만, 다른 일부는 더 이상 친구가 아니라 말만 번지르르한 깡패처럼 행동하는 친구가 싫어지고 있었다. 정확히는 깡패라기보다 교묘한 조종자에 가까웠고, 그 조종자가 반에서 가장 힘세고 영향력 강한 아이였기 때문에 퍼거슨은 티머먼의 마음을 상하게 하는 일은 어떻게든 피하고 싶었다. 만약 티머먼이 퍼거슨에게 부당한 대접을 받았다고 느낀다면 반 전체가 적으로 돌아설 테고, 남은 학기 내내 퍼거슨의 삶은 끝없는 비극의 연속이 될 것이었다. 하지만 단지 평화를 지킨다는 이유로『크루세이더』를 망가뜨릴 수는 없었다. 무슨 일이 벌어지든 자신은 자신으로 남을 것이었고, 자존감을 몽땅 잃는 것보다는 따돌림받는 편이 나았다. 그렇지만 할 수만 있다면 따돌림받지 않는 편이 훨씬 나을 것 같았다.

긍정이냐 부정이냐 하는 문제가 아니었다. 퍼거슨에게 필요한 건 〈아마도〉 정도, 확실한 약속으로 자신을 묶지 않으면서도 상대에게 약간의 희망을 주는, 한 발 전진하는 듯하지만 사실은 한 발 물러나서 시간을 버는, 결정을 미루는 위장 전술이었다. 그는 정말로 신문 제작을 즐길 수 있을지 시험 삼아 기사를 써보면 어떻겠냐고, 일단 기사를 완성하고 나면 함께 보면서『크루세이더』에 어울리는지 판단해 보자고 티머먼에게 제안했다. 티머먼은 처음엔 망설이는 것 같았고, 퍼거슨에게 평가받아야 하는 상황을 그리 달가워하는 것 같지도 않았다. 줄곧 A만 받아 왔고 자신의 타고난 지적 능력을 전적으로 확신하는 학생으로서는 당연한 반응이었고, 퍼거슨은 『크루세이더』가 자기 것이지 티머먼의 것이 아니기 때문에 자신에게 확인받는 건 당연하다고 설명했다. 티머먼이 그 일의 일부가 되고 싶다면 자신의 글이 그 신문의 정신, 즉 근사함, 재미, 날카로움이라는 기준에 잘 맞는다는 걸 증명해 보여야 했다. 똑똑한지 아닌지는 중요하지 않다고, 퍼거슨은 말했다. 티머먼은 신문 기사는 한 번도 써보지 않았고, 신문 제작과 관련한 경험이 전혀 없는데, 그의 글이 어떤 울림을 가질지도 모르는 상황에서 어떻게 힘을 합칠 수 있단 말인가? 공정하네. 티머먼이 말했다. 그는 시험용 기사를 써서 자신이 얼마나 잘하는지 증명해 보이겠다고 했다. 그러면 되는 문제였다.

내 생각은 이래. 퍼거슨이 말했다. 제일 좋아하는 여자 배우와 그 이유는? 반 아이들 전부 다한테 물어봐. 남자애든 여자애든 모두한테, 이 질문 하나만 하는 거야. 제일 좋아하는 여자 배우와 그 이유는? 애들이 하는 말은 다 받아 적는 거야, 애들이 말하는 단어 하나하나 그대로. 그런 다음에 설문 결과를 1단짜리 이야기로 만들어봐, 사람들이 읽으면서 웃을 수 있는 그런 이야기로. 웃게 하기가 어려우면 적어도 미소는 짓게 해야 해. 알았지?

알았어, 그런데 왜 남자 배우는 안 해? 티머먼이 말했다.

왜냐하면 1위가 한 명만 나오는 편이 두 명 나오는 것보다 나으니까.

그렇게 퍼거슨은 쓸데없고 불필요한 업무를 티머먼에게 내주면서 시간을 벌었고, 신입 기자가 자료를 모으고 기사를 작성하는 열흘 동안은 상황이 잠잠했다. 퍼거슨이 짐작했듯이 매릴린 먼로가 남자애들 쪽 열한 표 중 여섯 표로 가장 많은 표를 받았는데, 나머지 다섯 표는 엘리자베스 테일러(두 표), 그레이스 켈리(두 표), 오드리 헵번(한 표)이었다. 반면 여자아이들은 먼로에게 열두 표 중 두 표밖에 주지 않았는데, 나머지 열 표는 헵번(세 표), 테일러(세 표), 그리고 켈리, 레슬리 캐런, 시드 셔리스, 데버라 커(각 한 표)가 가져갔다. 퍼거슨 본인은 테일러와 켈리 사이에서 결정할 수 없었기 때문에 동전을 던져 자신의 표를 테일러에게 줬고, 켈리와 헵번 사이에서 역시 비슷한 고민에 빠졌던 티머먼도 같은 동전을 던져 켈리에게 표를 줬다. 당연히 말도 안 되는 조사였지만 뭔가 재미있는 면도 있었고, 퍼거슨은 반 친구들을 일일이 찾아다니며 작은 스프링 노트에 그들의 대답을 받아 적는 티머먼이 꽤 진지하다는 걸 알아차렸다. 취재와 성실함은 최고 점수를 줄 수 있었지만, 그건 단지 시작, 집으로 치면 기초에 불과했고, 티머먼이 그 기초 위에 어떤 건물을 지을지는 아직 불확실했다. 그 친구가 머리가 좋다는 점에는 의심이 없었지만, 그렇다고 글도 잘 쓸 거라는 뜻은 아니었다.

열흘 동안 기다리며 지켜보는 동안 퍼거슨은 양가적인 감정에 빠져들었는데, 티머먼에 대한 자신의 생각에 점점 확신이 없어졌고, 계속 그를 불편해해야 할지 아니면 열심히 일하는 모습에 고마워해야 할지 알 수가 없었다. 그가 기사를 쓸 수 없게 되기를 바라다가도 다음 날 아침이면 성공하기를 바랐고, 기자를 한 명 더 두면 결국 자신의 짐을 좀 덜 수 있는 게 아닐까 생각하기도 했다. 티머먼이 아무 불평 없이 자신의 지시를 따르는 걸 보고 나서는 다른 사람에게 일을 맡길 때의 만족감, 대장이 되는 즐거움이 없지 않다는 사실을 알게 되었고, 그건 새로운 느낌, 책임을 지고 있다는 느낌이었다. 티머먼의 기사가 잘 풀리면 그를 받아들이는 것도 괜찮을 듯했다. 당연히 동업자는 아니다. 그건 절대 아니지만, 한 명의 기고가로 받아들이고, 이어서 기고가를 몇 명 더 받아들인다면 『크루세이더』를 2면 혹은 4면짜리로 확장하는 일도 가능할 것 같았다. 그럴 수도 있었다. 하지만 다시 생각하면, 아닐 수도 있었다. 티머먼은 아직 원고를 넘기지 않고 있었다. 닷새 만에 취재를 모두 마쳤고 그로부터 다시 닷새가 지난 걸 보면, 퍼거슨으로서는 티머먼이 원고 작성에 애를 먹고 있다고 결론을 내릴 수밖에 없었는데, 만약 티머먼이 힘든 시간을 보내고 있다면 그건 원고가 그리 좋지 않을 거라는 의미였고, 좋지 않은 원고는 받아들일 수가 없었다. 티머먼의 면전에서 그렇게 이야기해야 했다. 인기남 마이클 티머먼의 눈을 똑바로 바라보며, 어떤 일에서도 실패라곤 해본 적 없는 그 친구에게 탈락이라고 말하는 상황을 상상해 봤다. 열흘째 되던 날 아침, 퍼거슨은 앞으로 벌어질 상황에 대해 단 한 가지 바람밖에 없었다. 티머먼이 대단한 기사를 쓰는 것이었다.

기사는 나쁘지 않은 것으로 밝혀졌다. 어쨌든 끔찍하게 나쁘다고는 할 수 없었지만 퍼거슨이 기대했던 박력, 사소한 소재를 읽을 만한 이야기로 만들어 주는 재치 있는 요소는 없었다. 거절해야 하는 상황에서 나름 위안이 된 게 있었다면 티머먼 본인도 기사를 좋지 않게 평가하는 듯 보였다는 사실이었다. 그날 아침 학교 운동장에서 완성된 원고를 넘길 때 티머먼은 어깨를 으쓱하며 너무 오래 걸려서 미안하다고, 하지만 생각했던 것만큼 만만한 일이 아니었다고 말했다. 기사를 네 번이나 고쳐 썼는데, 이번 경험을 통해 배운 게 있다면 글쓰기가 진짜 힘든 일이라는 사실이라고 했다.

잘됐다고, 퍼거슨은 생각했다. 완벽남이 약간의 모욕감을 느끼는 상황이었다. 그런 의심, 어쩌면 패배감이라고 할 만한 것을 티머먼이 느끼고 있다면 퍼거슨이 두려워했던 충돌은 일어나지 않을 가능성이 컸고,

그건 좋은 일이었다. 지난 며칠 동안 퍼거슨은 티머먼이 자신에게 주먹을 날리고 그 자리에서 그를 저주하는 상황을 상상해 왔기 때문에, 티머먼의 그런 모습은 매우 긍정적이고 안심이 되었다. 그럼에도, 자신들의 우정을 유지하려면 조심스럽게 대답하고, 티머먼의 발가락을 밟는 일은 피해야 한다는 것도 알고 있었다.[26] 대단한 발가락이었고, 그 발의 주인공은 거물이었다. 꽤 매력적이지만 성질도 만만찮은 친구였고, 퍼거슨은 지난 몇 년 사이에 그가 성질부리는 모습을 몇 번이나 직접 목격하기도 했는데, 가장 최근에는 자신을 건방진 새끼라고 불렀다는 이유로 티머먼이 토미 푹스Fuchs를 때려눕히는 일도 있었다. 싫어하는 아이들 사이에서는 토미 씹새Fucks라고 불리는 그 토미 푹스였는데, 퍼거슨은 토미 씹새가 당한 일을 똑같이 당하고 싶은 마음은 전혀 없었다.

그는 티머먼에게 몇 분만 달라고 말하고는 운동장 구석으로 가서 혼자 기사를 읽었다.

〈질문: 제일 좋아하는 여자 배우와 그 이유는? 밴 혼 선생님의 5학년 반 학생 스물세 명 전원을 대상으로 투표를 실시했다. 우승자는 총 여덟 표를 받은 매릴린 먼로였고, 2위는 여섯 표를 받은 엘리자베스 테일러…….〉

티머먼은 사실을 전달하는 일은 믿을 만하게 해냈지

---

26 〈발가락을 밟다step on one's toes〉는 누군가의 심기를 불편하게 한다는 의미의 관용구이다.

만, 어휘는 단조롭고 거의 생기가 느껴지지 않을 정도로 뻣뻣했으며, 이야기 전체에서 가장 흥미가 없는 부분, 즉 숫자에만 집중했다. 아이들이 자기 표에 관해 덧붙인 말이나 티머먼 본인이 퍼거슨과 이야기하면서 나눈 의견 같은 건 대부분 반영되지 않았다. 그런 생각을 떠올리는 동안 어느새 퍼거슨은 그 기사를 머릿속으로 직접 수정하고 있었다.

《바 바 붐.》[27] 케빈 래시터는 매릴린 먼로가 자신이 가장 좋아하는 여자 배우인 이유는 딱 세 단어로 설명할 수 있다고 했다.〉

《아주 다정하고 지적인 사람처럼 보이잖아, 직접 만나서 친구가 되고 싶어.》페기 골드스타인은 자신이 고른 데버라 커를 그런 말로 옹호했다.〉

《너무 우아하고, 너무 아름다워 — 눈을 뗄 수가 없다고.》글로리아 돌런은 자신이 고른 그레이스 켈리에 대해 그렇게 말했다.〉

《완전 접시잖아》, 앨릭스 보텔로는 자신이 고른 톱스타 엘리자베스 테일러를 두고 그렇게 말했다.《자기 몸 위에 그렇게 많은 남자들을 올려놓으니까. 빨리 자라서 나도 어른이 되고 싶게 한다니까.》》

티머먼에게 돌아가서 처음부터 다시, 다섯 번째로 수정하라고 할 수는 없었다. 웃음을 터뜨리거나 미소를 짓게 하는 글이 아니라고, 사람보다는 이유에 집중

27 va va voom. 성적으로 매력적인 여성을 일컫는 속어.

하는 편이 나을 듯하다고 이야기하는 것도 소용없었다. 그런 이야기를 하기에는 이미 너무 늦었고, 뭘 쓰면 되고 뭘 쓰면 안 되는지에 관해 티머먼에게 강의하는 일만큼은 하고 싶지 않았다. 그는 왕발가락 씨가 있는 곳으로 돌아가 원고를 돌려줬다.

어때? 티머먼이 물었다.

나쁘지 않아, 퍼거슨이 대답했다.

좋지도 않다는 거네.

아니, 좋지 않다는 뜻은 아니야. 나쁘지 않다는 거지. 그건 꽤 좋다는 뜻이야.

그럼 다음 호는 어떻게 할 거야?

모르겠어. 아직 생각 안 해봤어.

그래도 하긴 할 거지, 그렇지?

그럴 수도 있고 아닐 수도 있어. 지금 말하기는 너무 일러.

포기하지 마. 좋은 일을 시작한 거잖아, 아치, 계속해야지.

하고 싶지 않게 되면 그만할 거야. 그런데, 왜 그렇게 신경을 쓰는 거야? 『크루세이더』가 너한테 왜 그렇게 갑자기 중요한 문제가 됐는지 모르겠어.

재미있으니까, 그게 이유야. 나도 그 재미있는 일에 끼고 싶은 거야. 너무 신날 것 같아.

좋아. 그럼 이야기할게. 다음 호를 내게 되면 너한테 알려 줄게.

그럼 나도 뭔가를 쓸 수 있게 해주는 거야?

당연하지, 왜 안 그러겠어?

약속하는 거지?

너한테 기회를 주는 거? 그래, 약속할게.

그렇게 말하면서도 퍼거슨은 자신의 약속이 아무 의미가 없다는 걸 알고 있었다. 이미 『크루세이더』를 영원히 접기로 결심했기 때문이었다. 14일 동안 티머먼과 실랑이를 벌이면서 지친 그는 기운이 고갈되고 의욕 자체를 잃어버렸으며, 이랬다저랬다 하는 자신의 약한 정신력이 지긋지긋했고, 당당하게 맞서며 입장을 지키지 못하는 자신의 모습에 사기가 꺾여 버렸다. 혼자 만드는 신문이 아니면 아무것도 아닌 일이었는데, 일단 파문을 일으키고 의도했던 목표를 이룬 이상 그대로 아무것도 아닌 일로 만들어 버리는 게 나을 것 같았고, 물 밖으로 나와 몸을 말리고는 이제 끝이라고 선언하는 게 나을 것 같았다. 그뿐만 아니라, 야구 시즌이 시작되면서 그는 웨스트오렌지 상공 회의소 파이리츠 팀에서 선수로 뛰느라 바빴고, 야구를 하지 않을 때는 『몬테크리스토 백작』을 읽느라 바쁘기도 했다. 밀드러드 이모가 지난달 그의 열한 번째 생일에 보내 준 어마어마한 분량의 책이었는데, 『크루세이더』 2호에 대한 계획을 접자마자 읽기 시작해서 이제 그 책을 잡으면 완전히 빠져들고 말았다. 지금까지 그가 펼쳤던 책들 중에 단연 가장 흡입력 있었고, 매일 밤 저녁 식사 후 신문의 좁은 단에 맞춰 원고의 글자 수를 조정하는 것보다 에드몽 당테스의 모험을 따라가는 편이 훨씬 재미있었다. 원고 작성은 너무 힘든 작업이었다. 많은 밤을 부모님에게 자는 것처럼 보이기 위해 방 안을 거의 암흑에 가깝게 만든 다음 외알 전등 아래서 눈을 껌뻑이며 보냈는데, 원고 시작을 잘못해서 수없이 수정하고, 지우개를 발명한 사람에게 수많은 감사의 뜻을 말없이 전해야 했던 그는 이제 글쓰기란 단어를 보태는 게 아니라 줄이는 일임을 알게 되었고, 연필로 쓴 단어 하나하나가 복사했을 때도 충분히 잘 읽히게 하기 위해 펜으로 덧쓰는 지루한 작업을 이어 갔다. 〈소모적이다.〉 그랬다, 그게 적당한 표현이었다. 길게 늘어지며 괴로웠던 티머먼과의 대치 상태를 겪으며 그는 소모되었고, 어느 의사든 그렇게 소모된 상태에 대해서는 휴식을 권했을 것이다.

그는 한 달을 쉬었다. 오랫동안 그렇게 좋은 소설은 다시 만날 수 없을 듯한 두려움을 느끼며 무거운 마음으로 뒤마 읽기를 마쳤고, 그로부터 사흘간 세 가지 일이 벌어지면서 그는 생각을 바꾸고 다시 신문을 만들기로 했다. 그저 견딜 수가 없었다. 새로운 머리기사가 떠올랐는데, 그 문장들에 너무 마음이 들떴고, 자음들끼리 부딪치는 운율이 너무 생생했고, 얼른 듣기에는 말이 되지 않는 것 같지만 사실은 말이 되는 그 표현이 오묘했기 때문에 그는 그것들이 활자로 찍힌 모습을 보고 싶었고, 그런 까닭에 신문계에서 완전히 떠나겠다는 맹세를 취소하고 『크루세이더』 3호, 자신이 떠올린 머리기사 〈카라카스의 난장판FRACAS IN CARACAS〉을 1면에 크게 찍을 그 신문을 계획하기 시작했다.

난장판은 5월 13일, 리처드 닉슨이 남미 3개국 순방의 마지막 국가인 베네수엘라에서 시위대의 공격을 받으며 시작되었다. 그가 탄 자동차 행렬이 카라카스 중심가를 지나는 동안, 보도에 몰려든 군중이 닉슨에게 죽음을! 닉슨은 돌아가라!라고 외쳤다. 대부분 젊은이들이었던 시위대는 닉슨이 탄 차에 침을 뱉고 창문을 깨기 시작했고, 잠시 후 분노에 휩싸인 채 차를 좌우로 흔들고 앞뒤로 밀어 대며 곧 뒤집어 버릴 것만 같았다. 순식간에 베네수엘라 군인들이 나타나 군중을 해산하고 닉슨의 차가 지나갈 수 있게 길을 내어 주지 않았더라면 상황은 더 나쁘게 끝났을 텐데, 관련자들 모두에게 그랬겠지만, 특히 닉슨과 그의 아내는 거의 살해될 수도 있었다.

퍼거슨은 그 소식을 다음 날 아침 신문에서 읽었고, 저녁에 텔레비전 뉴스에서 관련 영상을 봤다. 그다음 날 늦은 오후에 사촌 프랜시와 그녀의 남편 게리가 5개월 된 아기를 데리고 퍼거슨의 집을 찾았다. 프랜시 가족은 뉴욕에 살고 있었고, 게리는 컬럼비아 대학 로 스쿨에서의 첫해를 곧 마칠 예정이었다. 4년 전 결혼식에서 퍼거슨이 반지 전달자 역할을 한 후로, 게리는 아내의 사촌 동생을 일종의 제자이자 세상의 이념과 다양한 남성적 가치에 관해 함께 이야기하는 전도유망한 동지로 여겼는데, 덕분에 책이나 스포츠에 대한 두 사람의 대화는 길게 이어지기도 했다. 대화 소재에는 종종 정치가 포함되기도 했고, 정치는 게리가 강박적으로 집착하는 소재였던 데다가(그는 『디센트』와 『I. F. 스톤스 위클리』, 『파티잰 리뷰』를 구독했다), 프랜시의 남편은 지적인 젊은이이자 밀드러드 이모를 제외하고는 퍼거슨이 아는 가장 훌륭한 사상가였기 때문에, 그는 자연스럽게 닉슨이 베네수엘라에서 군중과 마주친 사건에 대해 어떻게 생각하는지 게리에게 물었다. 그들은 함께 뒷마당에서 참나무, 퍼거슨이 여섯 살 때 떨어졌던 그 참나무 아래를 걷고 있었는데, 키가 크고 몸집도 큰 게리는 팔러먼트 담배를 피웠고, 퍼거슨의 어머니와 프랜시는 아기 스티븐과 현관 앞 포치에 앉아 있었다. 스티븐은 포동포동한 풋내기 사람, 한때 퍼거슨 본인이 프랜시에게 그렇게 보였던 것처럼 퍼거슨이 보기에는 한참 어린 아기였다. 두 여인이 웃음을 터뜨리며 번갈아 아기를 안아 보는 동안, 가르치기 좋아하고 늘 진지한 게리 홀랜더는 그에게 냉전과 블랙리스트, 빨갱이 공포에 관해 이야기해 줬다. 불안한 반공산주의가 미국의 외교 정책을 지배하면서 미 국무부는 전 세계, 특히 남미의 사악한 우익 독재자들을 지원했고 바로 그런 이유로 닉슨이 공격을 받았다고 했다. 그가 닉슨이기 때문이 아니라 미국 정부를 대표하기 때문에, 미국 정부가 그런 나라들에서는 수많은 사람에게 미움받고 있고, 자신들을 억압하는 폭군들의 뒤를 봐줬다는 이유로 경멸받고 있기 때문이었다.

게리는 팔러먼트 담배를 하나 더 꺼내 불을 붙인 다음 말을 이었다. 내가 뭐라고 했지, 아치?

퍼거슨은 고개를 끄덕이며 대답했다. 응, 우리 나라는 공산주의를 너무 무서워해. 그걸 막으려고 뭐든 할 거야. 그게 공산주의자들보다 더 나쁜 사람들을 돕는 일이라고 해도.

다음 날 아침, 퍼거슨은 아침을 먹으며 스포츠면을 보다가 처음으로 난장판fracas이라는 단어를 발견했다. 디트로이트 투수가 시카고 타자의 머리로 공을 던지자, 타자는 배트를 내던지고 마운드로 달려갔고, 양 팀 선수들이 운동장 안으로 뛰어 들어와 12분 동안 서로 주먹을 날렸다. 난장판이 수습된 후, 여섯 명의 선수가 퇴장당했다라고 기자는 적었다.

퍼거슨은 어머니를 돌아보며 물었다. 난장판이 무슨 뜻이에요?

큰 싸움이지, 대소동.

그럴 거라고 짐작했어요, 확인이 필요해서. 그가 말했다.

몇 달이 지났다. 크롤릭이나 티머먼을 비롯해 그 누구와도 더 이상의 문제 없이 학기가 끝났고, 밴 혼 선생님 반에 속했던 스물세 명의 학생들은 여름 방학을 맞아 무리를 지어 흩어졌다. 퍼거슨은 8주 동안 열리는 천국 캠프에 두 번째로 참가했고, 대부분의 시간을 야구장을 달리고 호수에 뛰어들어 놀았지만, 점심 식사후 휴식 시간이나 저녁 식사 후 잠잠한 한때 같은 자유시간에는『크루세이더』의 세 번째 호를 위한 기사를 쓰고 전체적인 구성도 생각해 볼 수 있었다. 그는 캠프가끝나고 개학하기 전까지 2주 사이에 집에서 작업을 마쳤는데, 스스로 정한 마감일인 9월 1일에 맞추기 위해매일 오전과 오후, 그리고 대부분의 저녁에도 일했다.그렇게 하면 개학일에 맞춰 어머니가 마이어슨 씨네가게에서 복사할 시간도 충분했다. 새로운 학년을 시작하기에 좋은 방법일 거라고, 그는 생각했다. 초반부에 그렇게 작은 일을 하나 벌여 놓고 그다음에 자신이뭘 원하는지 확인한 후,『크루세이더』를 계속할지 아니면 그걸로 끝낼지 결정하면 될 것 같았다.

새로운 호를 내면 티머먼에게도 알려 주겠다고 약속했지만, 그에게 연락이 닿기 전에 이미 모든 기사가 완성되었다. 캠프에서 돌아오던 날 티머먼의 집에 전화했지만, 가정부는 마이클이 부모님과 두 형제와 함께애디론댁 지역으로 낚시 여행을 가서 개학 하루 전까지 돌아오지 않는다고 했다. 여름 방학 초에는 여자 배우 이야기를 재미있게, 〈바 바 붐〉이 들어가는 기사로써보려고 했지만, 티머먼의 감정을 생각해서 접었다.

그 기사를 싣는 건 너무 잔인한 일임을, 자신의 미련한 노력이 그런 식으로 재치 있게 모욕당한다면 티머먼이 크게 상처를 받을 것임을 알았다. 티머먼의 기사를 계속 갖고 있었다면 예의 차원에서 그대로 싣는 안도 고려해 볼 수 있었겠지만, 이미 4월에 운동장에서 돌려줘 버렸기 때문에 불가능했다. 『코블 로드 크루세이더』의 새로운 호가 퍼거슨네 초등학교 운동장의 정글짐과 교실에 배포될 예정이었지만, 마이클 티머먼은 그에 관해 전혀 모르고 있었다.

그게 그의 첫 번째 실수였다.

두 번째 실수는 그가 게리와 뒷마당에서 나눈 대화를 너무 많이 기억하고 있었다는 점이다. 카라카스의 난장판은 그때쯤 지나간 뉴스가 되었지만 퍼거슨은 그 표현을 놓을 수가 없었고, 그 표현이 머릿속에서 몇 달째 계속 울리고 있었기 때문에, 그는 닉슨이 겪은 일을 머리기사로 쓰는 대신 사설로 만들어 앞면 가운데 박스에 배치하면서, 〈카라카스의 난장판〉이라는 표현만 접힌 부분 위에 보이고 기사 내용은 아래에 보이도록 했다. 게리와의 대화에서 영감을 받은 그는, 미국은 이제 공산주의에 대한 걱정을 멈추고 다른 나라의 국민들이 하는 이야기에 귀를 기울여야 한다고 적었다. 〈부통령이 탄 차를 전복하려는 시도는 잘못된 것이었다. 하지만 그런 행동을 한 사람들은 화나 있었고, 그들이 화낼 만한 이유도 있었다. 그들이 미국을 좋아하지 않는 건 미국이 그들의 적이라고 생각하기 때문이다. 그렇다고 그들이 공산주의자들이라는 뜻은 아니다. 그저 그들이 자유를 원한다는 뜻일 뿐이다.〉

먼저 주먹이 날아왔다. 티머먼이 거짓말쟁이라고 소리치며 그의 배에 주먹을 날렸다. 퍼거슨의 손에 남아 있던 스물한 부의 『크루세이더』가 허공으로 흩어졌고, 세찬 아침 바람에 실려 운동장 곳곳으로 날아가서는, 줄이 끊어진 여러 개의 연처럼 다른 아이들 머리 위로 흘러 다녔다. 퍼거슨은 몸을 일으켜 주먹을 날려 보려 했지만, 여름 방학 동안 7~10센티미터는 더 자란 것 같던 티머먼은 그 주먹을 가볍게 물리치고는 퍼거슨의 배에 한 방 더 먹였다. 첫 번째보다 훨씬 묵직했던 그 주먹에 퍼거슨은 그대로 쓰러졌을 뿐 아니라 숨도 제대로 쉴 수가 없었다. 그때쯤 크롤릭과 토미 푹스를 비롯한 다른 아이들도 퍼거슨을 내려다보며 비웃기 시작했는데, 고름통, 호모, 똥대가리 같은 말이 들렸다. 퍼거슨이 간신히 몸을 일으키자 티머먼이 다시 밀쳐서 세 번째로 쓰러뜨렸고, 너무 세게 밀치는 바람에 퍼거슨의 왼쪽 팔꿈치가 바닥에 부딪히면서 통증으로 몸이 멎는 것만 같았고, 그사이에 크롤릭과 푹스는 그의 얼굴에 흙을 마구 차댔다. 그는 눈을 감았다. 어디선가 여자아이들의 비명 소리가 들렸다.

그리고 훈계와 처벌이 이어졌다. 수업 후에 남아서 학교에서 싸우지 않겠습니다라는 바보 같은 문장을 2백 번

쓰고, 화해의 의미로 티머먼과 형식적인 악수를 했는데, 티머먼은 그의 눈을 똑바로 쳐다보지 않았고, 그 후로도 그의 눈을 절대로 쳐다보지 않았고, 아마도 남은 평생 퍼거슨을 미워할 것 같았다. 그리고 6학년 담임이 된 블라시 선생님에게서 마침내 풀려나려는 순간, 교장 선생님의 비서가 교실에 들어와 퍼거슨에게 교장 선생님이 찾는다고 전했다. 마이클은요? 블라시 선생님이 물었다. 아뇨, 마이클은 괜찮습니다. 오하라 씨가 대답했다. 아치만요.

제이미슨 교장 선생님은 책상에 앉아 『코블 로드 크루세이더』를 들고 있었다. 5년째 이 학교를 책임지고 있는 선생님인데, 해마다 조금씩 키가 작아지고, 몸은 통통해지고, 머리숱은 줄어드는 것 같았다. 처음에는 갈색 머리칼이었던 걸로 퍼거슨은 기억했지만, 그나마 남아 있는, 점점 가늘어지는 머리칼은 이제 회색이었다. 교장 선생님이 퍼거슨에게 앉으라고 하지 않았기 때문에 퍼거슨은 계속 서 있었다.

너한테 큰 문제가 생겼는데, 알고 있지? 제이미슨 교장 선생님이 물었다.

문제요? 퍼거슨이 말했다. 이미 벌을 받았는데, 아직도 문제가 남은 건가요?

티머먼과 네가 벌을 받은 건 싸움 때문이고. 나는 이걸 이야기하는 거야.

제이미슨 교장 선생님이 『크루세이더』를 책상에 내

려놓았다.

말해 봐라, 퍼거슨. 교장 선생님이 말을 이었다. 이번 호에 실린 기사는 모두 네가 쓴 거니?

네, 선생님. 모든 기사의 모든 단어를 제가 썼는데요.

도와준 사람은 한 명도 없고?

한 명도 없습니다.

부모님은? 두 분은 먼저 읽어 보셨나?

어머니는 읽어 보셨습니다. 인쇄를 도와주시기 때문에 제일 먼저 보시거든요. 아버지는 어제까지는 못 보셨습니다.

두 분은 아무 말씀 없으셨고?

특별한 말씀은 없었는데요. 〈잘했어, 아치. 계속 열심히 해.〉 뭐 이런 말씀만.

그러니까 앞면의 사설도 네 생각이라는 거네?

〈카라카스의 난장판〉이요. 네.

사실대로 말해 봐라, 퍼거슨. 누가 네 머리를 공산주의 선전물로 오염시킨 거니?

네?

말해, 아니면 이런 거짓말을 발행했다는 이유로 너를 정학시킬 수도 있어.

거짓말 아닌데요.

이제 막 6학년이 시작되었는데, 그 말은 네가 열한 살이라는 뜻이지? 그렇지?

열한 살 반입니다.

그러니까 너 정도 나이의 남자아이가 이런 정치적 주장을 펼 수 있다는 말을 믿으라는 거지? 너는 반역자가 되기에는 너무 어려, 퍼거슨. 그건 불가능하다고. 나이 든 누군가가 너한테 이런 쓰레기를 주입했을 텐데, 나는 그게 네 어머니나 아버지였을 것 같구나.

부모님은 반역자가 아닙니다, 교장 선생님. 두 분은 조국을 사랑하십니다.

그러면 너는 누구랑 이야기한 거니?

아무도 없어요.

작년에 네가 신문을 시작했을 때, 나도 함께했잖아. 기억하지? 심지어 인터뷰도 해서 기사로 나왔지. 멋진 일이라고, 똑똑한 학생이 할 만한 일이라고 생각했다. 논쟁이나 정치 이야기는 없는 그런 거라고 생각했는데, 너는 여름 방학 동안 빨갱이가 돼서 돌아왔구나. 너를 어떻게 하면 좋니?

『크루세이더』가 문제를 일으킨 거라면, 교장 선생님, 더는 걱정하지 않으셔도 됩니다. 개학 특집호는 쉰 부만 제작했고, 게다가 그중 절반은 싸움을 하면서 날아가 버렸어요. 계속할지 말지 고민하던 중이었는데, 오늘 오전에 싸움이 있고 나서 마음을 정했습니다. 『코블 로드 크루세이더』는 이제 없습니다.

그건 약속이지? 퍼거슨?

맹세할게요.

그 약속 꼭 지켜야 한다. 그럼 나도 정학 이야기는 잊도록 할 테니까.

아니, 잊지 말아 주세요. 정학을 원합니다. 6학년 반 아이들 모두가 저를 싫어하고, 저는 더 이상 학교에 있고 싶지 않아요. 아주 오랫동안 정학시켜 주세요, 교장 선생님.

장난하지 말고, 퍼거슨.

장난 아니에요. 저 따돌림당하고 있다고요. 학교에서 오래 벗어나 있을수록 저한테는 더 좋습니다.

아버지는 이제 다른 일을 하고 있었다. 삼 형제 홈 월드는 없어졌고, 웨스트오렌지와 사우스오렌지 경계 지역에 사우스마운틴 테니스 센터라는 거대한 전천후 시설이 자리 잡았다. 여섯 개의 실내 코트가 있어서 지역 내 테니스 애호가들이 1년 내내 테니스를 즐길 수 있었는데, 폭풍우나 폭설이 와도 칠 수 있고, 밤에도 칠 수 있고, 겨울 아침 해가 뜨기 전에도 칠 수 있었다. 잔디 코트와 하드 코트가 반반씩 있고, 로커 룸에는 세면대와 화장실, 샤워 시설이 갖춰져 있고, 라켓과 공, 운동화, 남성용, 여성용 테니스복을 파는 상점도 있었다. 1953년의 화재는 사고로 판명되어 보험 회사에서 피해액 전액을 보상했고, 퍼거슨의 아버지는 다른 곳에 새로운 상점을 여는 대신 직원이기도 했던 형들에게 넉넉하게 돈을 나눠 준 다음(각각 6만 달러씩이었다), 남은 18만 달러로 테니스장 프로젝트에 착수했다. 루와 밀리는 남부 플로리다로 이사했는데, 그곳에서 루는 개 경주와 하이알라이[28] 업자가 되었다. 아널드는 모리스타운에서 아이들 생일 파티 용품을 전문으로 하는 상점을 열었다. 진열장에는 풍선이나 색종이 끈 장식, 양초, 호루라기, 재미있는 모자, 당나귀 꼬리 달기 게임판이 쌓여 있었는데, 뉴저지는 아직 그런 새로운 기획을 받아들일 준비가 되지 않은 상태였고, 2년 반 만에 사업이 망하자 아널드는 다시 스탠리에게 도움을 청해 테니스 센터의 상점에 일자리를 얻었다. 퍼거슨의 아버지는, 아널드가 가게를 말아먹은 2년 반 동안 자신의 사업에 필요한 자금을 모으고, 적절한 부지를 알아보고 결국 구매했으며, 건축사 및 건설업체와 협의하고, 마침내 사우스마운틴 테니스 센터를 열었다. 1956년 3월, 아들의 아홉 번째 생일 일주일 후였다.

퍼거슨은 전천후 테니스장이 마음에 들었고, 그 동굴 같은 곳에서 테니스공이 날아다니면서 내는, 으스스하게 울리는 소리도 좋았다. 동시에 여러 코트가 사용될 때면 라켓으로 팍, 팍, 팍 공을 치는 소리, 하드 코트에 고무 밑창이 끌리는 소리, 사람들이 힘을 쓰며 내는 한숨 소리가 들리고, 그 누구도 말을 한 마디도 하지 않는 기나긴 침묵이 이어지고, 흰색 운동복 차림의 사람들이 흰색 공을 흰색 네트 너머로 넘기는 진지함이 있는, 테니스장 바깥의 큰 세상 속 어떤 곳과도 다른,

28 중남미에서 인기 있는, 핸드볼와 유사한 구기.

자족적인 작은 세계였다. 그는 아버지가 직업을 바꾼 건 잘된 일이라고, 텔레비전, 냉장고, 스프링 매트리스와 너무 오랫동안 놀았고, 이제 그곳에서 벗어나 뭔가 다른 걸 시도해 볼 때라고 생각했고, 아버지가 테니스를 좋아했기 때문에 그렇게 좋아하는 일을 하면서 돈을 버는 것도 괜찮아 보였다. 한참 전인 1953년, 삼 형제 홈 월드에 화재가 일어난 직후의 그 음울했던 시절, 아버지가 사우스마운틴 센터를 만들겠다는 계획에 착수했을 때 어머니는 그런 모험에 따르는 위험을 경고했다. 아버지는 엄청난 도박을 했던 셈이고, 실제로 사업을 진행하는 동안 부침이 있기도 했다. 심지어 센터가 완공된 후에도 회원 수가 늘어나 회비가 매달 시설 운영에 드는 비용을 넘어서기까지는 시간이 꽤 걸렸고, 그 말은 1953년 말에서 1957년 중반까지 3년이 넘는 기간 동안, 퍼거슨 가족은 로즐랜드 사진관에서 나오는 수입에 전적으로 의존해 생활했다는 뜻이다. 이후 상황은 나아졌고, 테니스 센터와 사진관 둘 다 흑자를 내면서 수입이 넉넉해진 덕에 아버지가 새 뷰익을 사고, 집에 새로 페인트를 칠하고, 어머니가 밍크 숄을 사고, 퍼거슨이 2년 연속으로 여름 합숙 캠프에 갈 수 있었다. 하지만 이제 상황이 좀 편해졌다고 해도, 퍼거슨은 그 안락함을 유지하기 위해 부모님이 얼마나 열심히 일하는지, 두 분의 일이 얼마나 고되고 다른 것에는 신경 쓰지 못하게 만드는지 알고 있었다. 특히 아버지가 심했는데, 테니스 센터는 매일 아침 6시부터 밤 10시까지 문을 열었고, 물론 도와주는 직원들이 있었지만, 예를 들어 척 오세이와 빌 어브래머비츠는 어느 정도는 알아서 센터를 운영할 수 있는 사람들이었고, 전직 열차 짐꾼이었던 존 로빈슨은 코트와 로커 룸 관리 담당이었으며, 아널드 삼촌은 센터 내 상점에 죽치고 앉아서 캐멀 담배를 피우거나 신문이나 경마 소식지를 뒤적였고, 세 명의 젊은 보조원 로저 나일스, 네드 포투나토, 리치 시걸이 예닐곱 시간씩 교대로 일했고, 여섯 명의 고등학생 아르바이트생도 있었지만, 아버지는 날씨가 추운 시기에는 좀처럼 휴가를 낼 수가 없었고, 따뜻한 계절이 되어도 크게 달라지지 않았다.

부모님이 각자의 일로 정신없었기 때문에 퍼거슨은 자신의 문제는 혼자 품어 두는 경향이 있었다. 위급한 상황에는 어머니가 자신의 편이 되어 줄 것임을 알고 있었지만, 사실 지난 1~2년간 그런 비상 상황은, 적어도 그가 어머니에게 달려가 도움을 요청할 정도의 비상 상황은 없었고, 이제 열한 살 반이 되고 보니 과거라면 위급해 보였을 일도 대부분은 직접 해결할 수 있는 소소한 문제에 불과했다. 개학 첫날 운동장에서 두들겨 맞은 건 당연히 큰 문제였다. 공산주의 선전물을 배포했다는 이유로 교장 선생님에게 추궁받은 건 말할 것도 없이 큰 문제였다. 하지만 그 두 문제가 위급하다고 할 만큼 심각한 걸까? 교장실에서 호되게 야단맞고 거의 눈물을 흘릴 뻔했던 것도 잊어버리고, 집으로 돌아오는 내내 눈물을 참으려고 애썼던 것도 잊어버리면 된다. 엉망진창인 하루였고, 어쩌면 나무에서 떨어져 다리가 부러졌던 날 이후로 최악의 날이었으니, 그로서는 눈물을 터뜨릴 이유가 충분했다. 친구에게 맞고, 다른 친구에게 모욕당하고, 앞으로 더 많은 주먹과 더 많은 모욕이 기다리고 있는 상황인데, 마지막에는 겁쟁이 교장, 그를 정학시킬 배짱도 없는 교장에게 반역자라는 소리를 듣는 수모까지 겪었다. 맞다, 퍼거슨은 우울했고, 퍼거슨은 울지 않으려고 애썼고, 퍼거슨은 힘든 상황에 몰렸지만, 부모님께 이야기하는 게 무슨 소용이 있단 말인가? 어머니는 모든 일에 공감해 줄 텐데, 그건 당연하고, 그를 꼭 껴안고 품어 줄 것이고, 다시 어린이로 돌아간 그를 무릎에 눕힌 채, 울먹이며 쏟아 내는 푸념들을 들어주고, 그의 편이 되어 함께 화내고, 제이미슨 교장 선생님에게 전화하겠다며 그를 안심시킬 것이다. 교장 선생님과 약속을 잡고, 어른들끼리 그의 문제를 놓고 언쟁을 벌이고, 모두가 빨갱이의 전복 시도와 그의 빨갱이 부모에 관해 큰 소리로 떠들어 댈 것이다. 그런 일이 무슨 도움이 된단 말인가? 어머니가 무슨 말을 하고 그를 위해 어떤 행동을 하든 다음에 날아올 주먹을 막을 수는 없었다. 아버지는 좀 더 실용적으로 대처할 것이다. 그는 권투 글러브를 꺼내서 퍼거슨에게 주먹싸움의 기술을 알려 줄 것이다. 아버지는 그걸 달콤한 기술이라고 불렀는데, 인류 역사상 가장 잘못 붙인 이름임이 틀림없었다. 아버지는 키가 큰 상대에 맞서 가드를 올리고 몸을 보호하는 기술을 20분 동안 시범 보이겠지만, 아이들이 맨주먹으로 규칙도 없이 싸우고, 늘 일대일로 싸우는 게 아니라 2 대 1이나 3 대 1, 종종 4 대 1로 싸우기도 하는 학교 운동장에서 그런 기술이 무슨 소용이란 말인가? 위급했다. 그래, 어쩌면 위급한 상황일 수도 있었지만, 아버지는 최선의 대책을 모르고 어머니도 최선의 대책을 몰랐기 때문에, 퍼거슨은 그냥 혼자 마음속에 담아 두기로 했다. 도움을 청하지 않을 것이다. 두 분 중 어느 쪽에게든 한 마디도 하지 않기로 했다. 그냥 맞고, 가능하면 운동장에 나가지 않고, 크리스마스까지 죽지 않고 버티기를 바랄 뿐이었다.

그는 학기 내내 지옥에서 지냈는데, 그 지옥은, 그 지옥의 규칙은 매달 달라졌다. 대부분은 맞는 일일 거라고 짐작했다. 두들겨 맞고, 가능한 한 세게 반격하는 일, 하지만 눈에 띄는 곳에서 큰 싸움을 벌이지는 않았고, 개학 후 첫 몇 주 동안 종종 맞았지만 반격할 기회는 한 번도 없었다. 주먹이 아무런 예고 없이 날아왔기 때문인데, 아이들은 어딘가에서 갑자기 나타나 그에게 달려들었고, 팔이나 등, 어깨를 세게 친 다음 퍼거슨이 반격하기 전에 달아나 버렸다. 그 주먹들은 아팠다. 아무도 보지 않는 곳에서 몰래 날아오는 공격, 매번 다른 아이였는데, 그의 반에 있는 열한 명의 남학생들 중 아홉 명이었다. 마치 자기들끼리 회의해서 미리 전략을 세운 것만 같았고, 아홉 명의 아이들 모두에게 맞고 나자 일단은 공격이 멈췄다. 그다음은 무시였는데, 똑같은 아홉 명의 남학생들이 그와 말을 하지 않았고, 퍼거슨이 먼저 뭔가를 말할 때는 못 들은 척했다. 아무 표정이 없는 무관심한 얼굴로 그를 쳐다보며 마치 그가 보이지 않는 것처럼 행동했고, 그렇게 또 한 번의 무의미한 순간은 이내 텅 빈 공기 속으로 사라졌다. 그다음은 바닥에 쓰러뜨리는 것이었다. 한 아이가 그의 뒤에서 무릎을 꿇고 엎드리면 다른 아이가 앞에서 미는 고전적인 수법이었고, 빠르게 중심을 잃은 퍼거슨은 웅크린 아이의 등 위로 넘어졌는데, 머리부터 땅에 부딪힌 적도 여러 번 있었다. 방심한 상태에서 또 당했다는 치욕 외에, 그건 꽤 아프기도 한 공격이었다. 퍼거슨 한 명만 힘들 뿐 다른 아이들은 너무 재미있어했고 너무 크게 웃었는데, 아이들이 어찌나 영악하고 효율적으로 움직이는지 블라시 선생님은 전혀 눈치채지 못했다. 못된 그림, 수학 숙제에 낙서하기, 도시락 가방 훔치기, 사물함에 쓰레기 넣기, 재킷 소매 자르기, 방한용 덧신에 눈 넣기, 책상에 개똥 올려놓기 등, 겨울은 못된 장난의 계절이었고, 실내에서 벌어지는 괴롭힘과 점점 깊어지는 절망감의 계절이었고, 그의 열두 번째 생일이 지나고 몇 주 후 얼음이 녹기 시작하자 다시 주먹질이 시작되었다.

여자아이들이 없었다면 퍼거슨은 분명 산산조각 났을 것이다. 같은 반에 있는 열두 명의 여자아이들은 아무도 그를 적대시하지 않았고, 거기에 두 명의 남학생들도 야만 행위에 동참하지 않았다. 뚱뚱하고 조금 어리숙한 앤서니 델루카, 〈잉어〉나 〈반죽 덩어리〉, 〈철썩이〉 등으로 알려진 그 친구는 늘 퍼거슨을 우러러봤고, 과거에 크롤릭 무리의 괴롭힘을 받곤 했다. 다른 한 명은 하워드 스몰이었는데, 지난여름 맨해튼에서 웨스트오렌지로 이사 온 조용하고 지적인 아이였고, 교외의 신참으로서 여전히 갈팡질팡하는 중이었다. 결과적으로 반 아이들 중 다수는 퍼거슨 편이었고, 그렇게 혼자가 아니었기 때문에, 적어도 완전히 혼자는 아니었기 때문에 그는 힘들게나마 자신이 정한 세 가지 원칙을 지킬 수 있었는데, 그 원칙이란 〈절대 우는 모습을 보이지 말 것〉, 〈좌절감에 화를 못 이겨 반격하지 말 것〉, 〈권위 있는 사람, 특히 부모님에게 한 마디도 하지 말 것〉이었다. 당연히 혹독하고 기운 빠지는 일이었다. 밤이면 수없이 많은 눈물로 베개를 적셨고, 사납고 훨씬 더 정교한 복수를 꿈꿀수록 우울함이라는 바위 계곡으로 추락하는 것만 같았다. 기괴하게 반복되는 정신 상태에서 그는 엠파이어 스테이트 빌딩에서 뛰어내리는 상상을 하고, 자신에게 일어난 일의 부당함에 대해 속으로 열변을 토했는데, 거기에는 안쓰럽고 미친 듯이

고동치는 자기 경멸이, 그런 두려운 상황을 자초한 자신은 벌을 받아 마땅하다는 은밀한 확신이 함께했다. 하지만 그건 사적인 영역이었다. 공적인 영역에서 그는 스스로를 강하게 만들어 갔는데, 아이들이 주먹을 날릴 때 작은 신음 소리도 내지 않고, 땅에 있는 개미나 중국의 날씨를 대하듯 그 아이들을 무시하고, 모욕적인 상황이 생길 때마다 선과 악이 싸우는 거대한 싸움에서는 자신이 승자라고 생각하며 견디고, 여자아이들이 지켜보고 있다는 사실을 알았기 때문에 슬픔이나 패배감은 절대 드러내지 않으려고 애썼다. 그리고 그가 공격에 맞서면 맞설수록, 여자아이들은 점점 더 그의 편이 되어 갔다.

그렇게 복잡했다. 반 아이들은 이제 열두 살이 되었거나 곧 될 나이였고, 몇몇 남자아이와 여자아이는 짝을 지어 다니기 시작했다. 성별에 따른 오래된 구분은 이제 많이 약해져서 여성과 남성이 거의 동등했고, 어느새 남자 친구나 여자 친구에 관한 이야기, 지속적으로 사귀는 일에 관한 이야기들이 쏟아졌다. 거의 모든 주말마다 댄스와 병 돌리기 키스 게임 같은 놀이가 포함된 파티가 열렸고, 1년 전만 해도 여자아이들의 머리를 당기고 팔을 꼬집으며 괴롭혔던 남자아이들이 이제는 키스를 바라고 있었다. 여전히 인기남 1위였던 티머먼은 인기녀 1위였던 수지 크라우스와 연애를 시작했는데, 둘은 학급에서 일종의 왕족 커플, 1959년의 인기

남녀였다. 퍼거슨이 수지와 유치원 때부터 친구였고, 그녀가 괴롭힘에 반대하는 입장을 이끌고 있다는 점이 도움이 되었다. 그녀와 티머먼이 짝이 되고 나서 교실 분위기가 조금씩 달라지기 시작했고, 얼마 지나지 않아 퍼거슨은 자신을 향한 공격의 횟수나 공격에 가담하는 남자아이들의 수가 줄고 있다는 걸 실감했다. 어떤 말도 없었다. 퍼거슨은 수지가 자신의 새 남자 친구에게 최후통첩을 한 거라고 — 아치 괴롭히는 걸 그만두지 않으면 헤어질 거야 — 짐작했고, 티머먼 본인도 퍼거슨을 미워하는 것보다는 수지에게 구애하는 데 더 관심이 있었기 때문에 그대로 물러났다. 그는 여전히 퍼거슨을 경멸했지만 주먹을 날리거나 퍼거슨의 물건에 해코지하는 일은 멈췄고, 티머먼이 대장이고 다른 아이들은 그가 하는 대로 따라 했기 때문에, 일단 티머먼이 〈아홉 명 일당〉에서 빠지자 다른 몇몇도 발을 뺐다. 그래서 학기의 마지막 두 달 반 동안 그를 괴롭히는 아이들은 크롤릭과 그의 얼간이 무리밖에 남지 않았는데, 그 네 명에게 괴롭힘당하는 일이 유쾌하다고 할 수는 없었지만, 아홉 명에게 당하는 것보다는 훨씬 나았다. 수지는 자신이 티머먼에게 이야기했는지 여부를 알려 주지 않았지만(자기 애인에 대한 충실함을 해칠 만한 주제는 언급하지 않는다는 원칙이 있었다), 퍼거슨은 그녀가 그랬을 거라고 거의 확신했고, 그런 고귀한 싸움을 해준 수지 크라우스에게 감사한 나머지, 언젠가 그녀가 티머먼을 차버리고 퍼거슨 본인이 그녀와의 운을 시험해 볼 수 있는 빈자리가 생기기를 기대했다. 그는 초봄 내내 몇 주 동안 그 생각을 했고, 토요일 오후에 함께 아버지의 테니스 센터에 가자고 제안하는 게 최선이라고 판단했다. 센터를 구경시켜 주며 그곳이 어떻게 돌아가는지 자신이 아는 바를 알려 주면, 분명 그녀는 큰 인상을 받을 테고, 키스하기에 적절한 분위기가 마련될 수 있을 것 같았는데, 어쩌면 키스를 몇 번이나 할 수도 있을 것이고 키스가 어렵다면 적어도 손은 잡을 수 있을 것이었다. 뉴저지 모퉁이의 그 동네에서 10대 초반의 연애는 시시각각 변했다는 사실, 평균 연애 기간이 2~3주에 불과하고 2개월만 되어도 마치 10년의 결혼 생활과 맞먹는 듯이 여겨졌던 상황을 감안할 때, 여름 방학이 시작하기 전에 퍼거슨에게도 기회가 오리라는 희망이 말도 안 되는 건 아니었다.

그사이에 그는 글로리아 돌런을 눈여겨보고 있었다. 수지 크라우스보다 예쁘지만 그녀만큼 재미있지는 않은 여자아이였는데, 통통 튀고 성미가 급한 수지에 비해 다정하고 성실한 글로리아에게 퍼거슨이 관심을 가진 건, 그녀 쪽에서 먼저 자신을 눈여겨보고 있다는 사실을 알았기 때문이다. 말 그대로 글로리아는 퍼거슨이 자신을 보고 있지 않다고 생각할 때면 자신 쪽에서 그를 바라봤다. 지난 몇 달간 그는 그녀가 수업 시간에 자신을 바라보는 걸 몇 번이나 알아차렸는데, 블라시 선생님이 학생들에게 등을 보인 채 칠판에 수학 문제를 적는 동안 그녀는 자리에 앉아 퍼거슨이 자신의 커다란 관심사라는 듯 칠판에 있는 숫자가 아니라 그를 관찰했고, 이제 그 관심을 알아차린 이상 퍼거슨 역시 칠판이 아니라 그녀를 바라보기 시작했고, 그렇게 눈이 마주치는 순간이 늘어났고, 마주칠 때마다 서로 미소를 지어 보였다. 인생 여정의 그 단계에서, 퍼거슨은 아직 첫 키스를 기다리고 있었다. 여자아이와의 첫 키스, 엄마나 할머니, 친척들과 하는 사기 키스가 아니라 뜨거운 키스, 성적인 키스, 그저 입술과 입술을 겹치는 것 이상의, 지금까지 가보지 못한 영역으로 그를 데려가는 그런 키스. 그는 그런 키스를 할 준비가 되어 있었다. 생일 전부터 그 키스를 상상해 왔고, 지난 몇 달 동안 하워드 스몰과 그 문제를 놓고 길게 이야기하기도 했는데, 이제 자신과 글로리아 돌런이 교실에서 둘만의 미소를 주고받는 단계가 되고 보니 퍼거슨은 글로리아가 첫 상대가 될 거라고 판단했다. 모든 신호들이 그녀가 첫 상대가 되는 게 불가피하다고 알려 주고 있었고, 그건 사실이었다. 4월 말의 어느 금요일 저녁, 메리우드 드라이브에 사는 페기 골드스타인네 집에 모여 있던 중 퍼거슨은 글로리아와 함께 뒷마당으로 나가 키스를 했다. 둘은 꽤 오랫동안 키스했는데, 그가 상상했던 것보다 훨씬 길게, 아마 10분이나 12분 정도 이어졌고, 4~5분쯤 지나 글로리아가 자신의 혀를 그의 입에 밀어 넣자 갑자기 모든 게 달라졌고, 퍼거슨은 자신이 새로운 세계에 살고 있음을, 다시는 이전의 세계로 돌아가지 않을 것임을 알았다.

삶을 깨워 준 글로리아 돌런과의 키스 외에, 침울했던 그해에 일어난 또 하나의 좋은 일은 새 친구 하워드 스몰과의 우정이 깊어진 것이었다. 하워드가 다른 곳에서 왔다는 사실, 그가 개학 첫날 전학을 와서 누가 누구고 누가 뭘 할지에 관해 편견이나 선입견이 없었다는 사실, 『코블 로드 크루세이더』가 운동장에 뿌려지자마자 샀고, 그 내용을 즐겁게 살펴보던 중 해당 신문을 판 소년이 티머먼 무리에게 공격받는 모습을 목격했다는 사실이 도움이 되었다. 하워드는 옳은 일과 나쁜 일을 구분할 수 있는 소년이었기 때문에 즉시 퍼거슨의 편을 들었고, 그날 이후로 줄곧 퍼거슨에게 충실했다. 하워드 역시 퍼거슨의 친구라는 이유로 종종 공격받았고, 서로를 제외하면 둘 다 외톨이였기 때문에 두 소년은 점점 더 친해졌다. 6학년 왕따들은 그렇게 친구가 되었고, 한 달 만에 절친이 되었다.

하워드, 호위Howie가 아니라 하워드, 단연코 호위는 아니라고 했다. 성은 스몰Small이지만 덩치는 작지 않고 퍼거슨보다 2.5센티미터 정도만 작을 뿐이었다. 게다가 이미 몸에 살이 붙고 있어서 더 이상 말라빠진 어린아이가 아니라 다부진 10대 초반의 모습이었는데,

단단하고 강했으며 신체적으로 두려움이 없는, 고만고 만한 운동 능력을 지칠 줄 모르는 열정으로 보완하는 저돌적인 운동선수였다. 재치 있고 친절했으며 빨리 배웠고, 부담스러운 상황에서도 흔들리지 않는 재능이 있어서 1백 점 만점인 시험에서 티머먼보다 높은 점수 를 받기도 했다. 퍼거슨처럼 책을 많이 읽었고, 퍼거슨 처럼 정치에 관심을 보이기 시작했고, 그림에 놀랄 만 큼 재능이 많은 아이였다. 주머니에 연필을 갖고 다니 며 풍경화나 초상화, 정물화를 거의 사진에 가까울 만 큼 정교하게 그렸고, 만화 같은 것도 그렸다. 만화는 주 로 있을 법하지 않은 말장난을 바탕으로 그렸는데, 아 무 관련이 없는 단어와 단지 발음이 비슷하다는 이유 로, 익숙한 의미와는 다르게 쓴 말들을 다루는 경우가 많았다. 예를 들어 〈그는 너무나 편하게 하늘을 난다He flies Through the Air with the Greatest of Ease〉라는 제목의 그림에서는 한 소년이 커다란 대문자 E를 쭉 뻗은 양손에 든 채 하늘을 날고, 배경의 다른 소년들은 조그만 소문자 e를 들고 고생하고 있었다.[29] 퍼거슨이 좋아했던 그림은 세면도구라는 단어를 일종의 나무로 표현한 그림이었는데, 〈핀스키의 과수원〉이라는 제목의 그 그림에는 맨 위에 체리나무라는 단정한 글씨와 함께 체리나무들이 있고, 중간에 오렌지나무라는 단정한 글

---

29 그림 제목의 〈the Greatest of Ease〉를 〈가장 커다란 E〉로 해석해 표 현한 것이다.

씨와 함께 오렌지나무들이 있고, 맨 아래에 변기나무라는 단정한 글씨와 함께 변기나무들이 늘어서 있었다.[30] 정말 근사하고 재미있는 생각이라고 퍼거슨은 생각했고, 원래의 단어를 둘로 쪼개는, 소리에 대한 감각도 좋았다. 하지만 그런 감각보다 더 중요한 건 눈이었다. 그 눈은 손과 함께 움직였는데, 나뭇가지에 걸린 변기가 그토록 훌륭하지 않았더라면 그림의 효과는 절반에도 미치지 못했을 것이기 때문이다. 하워드가 그린 변기는 아주 제대로여서, 퍼거슨이 본 변기 그림 중에 가장 그럴듯하고 정확하게 표현되어 있었다.

하워드의 아버지는 수학과 교수였는데, 몬트클레어 주립 사범 대학의 학생처장을 맡으면서 가족과 함께 뉴저지로 이사를 왔다. 하워드의 어머니는『헬스 앤드 홈』이라는 여성 잡지의 편집자였는데, 따라서 일주일에 5일 뉴욕으로 출퇴근했고, 늦은 밤이 되어서야 웨스트오렌지로 돌아왔다. 하워드에게는 스무 살짜리 형과 열여덟 살짜리 누나가 있었고(둘 다 집을 떠나 대학에 다니고 있었다), 말하자면 퍼거슨과 놀랍게도 비슷한 상황에 ― 수업을 마치고 집에 오면 아무도 없는, 집안의 유일한 자식 ― 처해 있는 셈이었다. 1959년 교외 지역의 여성 중 직업이 있는 사람은 거의 없었지만, 퍼거슨과 그의 친구는 둘 다 어머니가 집안일만 하는 분

30 〈toiletries(세면도구)〉가 〈toilet trees(변기나무)〉와 발음이 비슷한 것에 착안한 말장난.

들이 아니었고, 그 결과 둘은 같은 반 친구 무리에 비하면 독립적이고 자립심이 강해질 수밖에 없었다. 이제 청소년기로 접어드는 시점인 열두 살이 되고 보니 지켜보는 사람 없는 시간이 그렇게 많다는 사실이 이점으로 여겨지기 시작했는데, 인생의 그 시기에는 부모님이 세상에서 가장 재미없는 사람이었고, 부모님과 보내는 시간이 적으면 적을수록 더 좋았기 때문이다. 둘은 수업을 마치고 퍼거슨네 집에서 텔레비전으로 「아메리칸 밴드스탠드」나 「밀리언 달러 무비」를 볼 수 있었고, 그렇게 아름다운 오후 시간을 집 안에서 빈둥빈둥 허비한다는 야단 따위는 맞지 않았다. 그해 봄에 두 번이나 글로리아 돌런과 페기 골스스타인을 집에 불러 거실에서 4인 댄스파티를 열기도 했는데, 퍼거슨과 글로리아가 이미 오랫동안 키스에 익숙해진 사이였기 때문에, 거기에 자극받은 하워드와 페기도 혀가 오가는 그 복잡한 예술을 시도해 볼 수 있었다. 또 다른 오후에는 스몰네 집으로 가서, 방해받거나 누군가 지켜볼지도 모른다는 불안감은 전혀 없이 하워드 형의 책상 맨 아래 서랍을 열고, 아무 잘못이 없는 고등학교 화학책 아래 숨어 있는, 여자들이 나오는 잡지 더미를 꺼내 본 적도 있었다. 벌거벗은 여자들 중 누구 얼굴이 제일 예쁜지, 누구 몸이 가장 매력적인지를 놓고 긴 대화가 이어졌고, 『플레이보이』에 나오는 모델과 『젠트』, 『스웽크』에 나오는 모델을 비교하기도 했다. 조명을 많이 받고 반들반들한 종이에 인쇄된, 거의 비현실적으로 보이는 『플레이보이』사진 속 여자들과 값싼 잡지에 실린 조잡하고 거친 이미지 속 여자들. 미국 대표라고 할 만한 젊고 화사한 여자들과 거친 피부에 금발로 염색한, 좀 더 나이 들고 선정적인 매춘부들. 토론의 요점은 누가 가장 자극적인가, 진짜 섹스를 할 수 있을 만큼 나이가 든 후에 누구랑 가장 하고 싶은가 하는 것이었다. 진짜 섹스는 아직은 둘 모두에게 가능하지 않았지만 그리 오래 남은 일은 아니었고, 아마도 6개월 혹은 1년만 지나면 어느 날 잠에서 깨어났을 때 마침내 자신들이 남자가 되었음을 알게 될 것 같았다.

퍼거슨은 열 살 반에 왼쪽 겨드랑이에 털이 한 가닥 자란 것을 신호로 남성으로서의 변화가 시작된 후, 줄곧 자기 몸의 변화를 인식하고 있었다. 그는 그 신호가 무슨 의미인지를 알고 놀랐는데, 너무 빠른 것 같았기 때문이다. 그리고 당시에는 자신이 태어난 이후 줄곧 속해 있던 소년기에 작별을 고할 준비도 되어 있지 않았다. 그는 그 털이 추하고 웃긴 어떤 것, 그때까지 결점 하나 없던 자신의 몸을 망치기 위해 어떤 알 수 없는 힘이 보낸 침입자라고 생각하고는 그대로 뽑아 버렸다. 하지만 며칠 후 털은 다시 나타났고, 다음 주에는 똑같이 생긴 쌍둥이 털이 등장하더니 오른쪽 겨드랑이에도 같은 일이 벌어졌다. 한두 가닥씩 나던 털들은 머지않아 구분할 수 없어지면서 둥지처럼 되었고, 열두 살이 되었을 무렵에는 고정불변의 현실이 되어 버렸다. 퍼거슨은 몸의 다른 부분들이 달라지는 과정 역시 두려워하면서도 감탄스럽게 지켜봤는데, 거의 보이지 않을 정도로 가는 금발이었던 팔뚝과 다리의 털이 짙어지고 굵어지면서 무성해졌고, 매끈했던 아랫배에 음모가 자라기 시작했고, 열세 살이 되자마자 코와 윗입술 사이에 검은색 솜털이 보이기 시작했다. 너무 역겹고 추해서 어느 날 아침 아버지의 전기면도기로 밀어 버렸고, 2주 후 다시 자라자 또다시 밀어 버렸다. 자신에게 일어나는 일을 통제할 수 없다는 사실, 자기 몸이 어떤 미치고 못된 과학자의 실험실이 되어 버렸다는 사실이 두려웠고, 몸의 점점 더 많은 부분에서 새로운 털이 무성하게 자라고 있었기 때문에 늑대 인간에 대한 상상을 멈출 수가 없었다. 늑대 인간은 어느 가을밤에 하워드와 함께 봤던 무시무시한 영화의 주인공이었는데, 영화에서 평범했던 한 남자가 털북숭이 얼굴의 괴물로 변하는 과정은 이제 생각해 보니 사춘기에 겪는 무력감에 대한 비유였다. 그게 어떤 모습이든 그는 유전자가 정해 놓은 대로 변하게 될 운명이었고, 그 변신 과정이 끝나기 전까지는 바로 다음 날 어떤 일이 벌어질지도 전혀 알 수 없다는 사실이 두려웠다. 하지만 그 두려움과 함께 감탄스러운 점도 있었다. 그 변신의 여정이 얼마나 길고 힘들든, 그 과정을 통해 최종적으로는 성(性)의 축복이 있는 곳에 도달할 것임을 알고 있었기 때문이다.

문제는 퍼거슨이 여전히 그 축복이 어떤 건지 전혀 모른다는 사실, 단말마의 고통에 가깝다는 그 순간에 그의 몸에 어떤 느낌이 들지 아무리 상상해 보려 해도 도무지 짐작조차 할 수가 없다는 사실이었다. 10대 초반 시절에는 온통 소문과 근거 없는 이야기만 들릴 뿐, 확실한 사실이 없었다. 형이 있는 아이들이 전하는 신기하고 확인되지 않은 이야기들에 따르면, 성의 축복을 경험할 때는 몸이 이상하게 떨리면서 성기 끝에서 하얀 액체가 뿜어져 나와 몇 미터씩 날아가기도 한다던데, 그게 소위 말하는 사정이었다. 그토록 찾아 헤매던 성의 축복에는 늘 그 사정이 포함되는데, 하워드의 형이 한 말에 따르면 세상에서 가장 좋은 느낌이라고 했다. 하지만 퍼거슨이 좀 더 구체적으로 설명해 달라고 조르자, 톰은 어디서부터 이야기해야 할지 모르겠다며 말로 설명하는 건 너무 어렵다고, 그저 직접 느껴볼 때까지 기다리는 수밖에 없다고 했다. 퍼거슨의 답답함을 조금도 가볍게 만들어 주지 못한 실망스러운 대답이었다. 정액semen 같은 몇몇 용어는 이제 그에게도 익숙했다. 정액은 그의 몸에서 나오는 끈적한 액체로, 아기를 만드는 데 필수인 정자를 담고 있다고 했는데, 퍼거슨은 누군가가 그 단어를 입에 올릴 때마다 선원들이 가득 타고 있는 배를 떠올렸다. 우유처럼 하얀 옷을 입은 상선의 선원들seamen이 해변에 도착하고,

부두를 따라 늘어선 싸구려 술집에서 반쯤 벌거벗은 여성들과 시시덕거리고, 줄무늬 셔츠를 입은 외다리 남자의 낡은 콘서티나[31] 반주에 맞춰 나이 든 뱃사람들이 술에 취해 부르는 뱃노래를 모두 함께 부른다. 불쌍한 퍼거슨. 그의 머릿속은 뒤죽박죽이었고, 여전히 그런 용어들 중 무엇에 대해서도 진짜 의미는 상상할 수 없었기 때문에, 그의 생각은 동시에 여러 방향으로 뻗어 갔다. 대단할 것 같았던 선원은 금세 평범한 선원이되고, 어느새 눈이 먼 채 흰색 지팡이를 짚고 시끄러운 술집을 헤매는 자신의 모습이 떠오르곤 했다.

사타구니 부분이 그 이야기에서 주연이라는 건 분명했다. 혹은 고대 히브리어 표현으로는 소위 〈허리loins〉라고 하는 부분, 그러니까 의학에서는 보통 생식기라고 부르는, 그의 은밀한 부분이었다. 왜냐하면 그에게 자의식이 생긴 이후로 기억하기로는 그 아래를 만지면, 그러니까 늦은 밤이나 이른 아침처럼 아무도 보고 있지 않을 때 침대에서, 튀어나온 부분의 살이 딱딱해질 때까지 성기를 만지작거리면 언제나 기분이 좋아졌기 때문이다. 두 배, 세 배, 혹은 네 배까지 커질 때도 있었는데 그 변신이 시작되는 순간부터 희미한 쾌감도 온몸으로, 특히 하반신 쪽으로 퍼져 갔다. 아직 축복이라고 할 수는 없었지만 비슷하게 만지다 보면 언젠가는 그런 축복도 찾아올 것임을 암시하는, 뭐라 꼭

31 아코디언의 일종.

집어 말하기 어려운 느낌이 몰려왔다. 그는 꾸준히 자라고 있었는데, 매일 아침 그의 몸은 전날보다 조금 커진 것 같았고 성기도 몸의 나머지 부분과 보조를 맞추며 커지고 있었다. 더 이상 털도 나지 않은 유아기의 부실한 새끼 새가 아니라 나름대로 힘이 생긴 부속 기관이 되었고, 이제는 그 자체로 생각을 갖고 있어서 아주 작은 자극에도, 특히 하워드와 함께 톰의 누드 잡지를 볼 때면 제멋대로 길어지고 단단해졌다. 이제 둘은 중학생이었고, 어느 날 하워드는 형에게 들었다는 농담을 말해 줬다.

과학 교사가 학생들에게 물었다. 신체 기관 중 평소보다 여섯 배나 커질 수 있는 부분은 어디일까요? 그는 맥길라커디 양을 가리켰지만, 그녀는 대답하는 대신 뺨을 붉히며 양손으로 얼굴을 가렸다. 교사는 이번에는 맥도널드 군을 가리켰고, 그는 눈의 동공입니다, 하고 얼른 대답했다. 정답. 교사는 그렇게 말하고는 뺨을 붉힌 맥길라커디 양을 돌아보며 짜증과 경멸이 섞인 어투로 덧붙였다. 자네한테 해줄 말이 세 가지가 있는데, 아가씨. 첫째, 자네는 숙제를 안 했어. 둘째, 자네는 아주 더럽고 지저분한 생각을 했어. 셋째, 앞으로 자네 인생에는 실망할 일만 있을 거야.

그렇다면 어른이 된 후에도 여섯 배는 아니라는 이야기였다. 미래에 기대할 수 있는 것에는 한계가 있었지만 정확한 비율이 어떻게 되든, 부드럽게 쉬고 있을 때와 단단하게 준비되어 있을 때의 차이가 얼마나 되든 상관없이, 그렇게 커진다는 사실을 확인한 것만으로 그날은 충분했고, 그날 밤에도 충분했고, 앞으로 닥칠 밤과 낮에도 충분할 것 같았다.

중학교는 말할 것도 없이, 지난 7년 동안 그를 죄수처럼 가둬 뒀던 초등학교보다는 나았다. 50분마다 1천 명이 넘는 학생이 복도로 쏟아져 나오는 중학교에서는, 9월 초부터 6월 말까지, 월요일부터 금요일까지 매일 똑같은 스물세 명이나 스물네 명의 아이들과 같은 교실에서 가깝게 지내야 하는 숨 막히는 느낌에 시달리지 않아도 되었다. 〈아홉 명 일당〉은 이제 과거의 일이었고, 심지어 크롤릭과 그의 부하 세 명도 퍼거슨과는 거의 마주칠 일이 없었기 때문에 사실상 사라진 것이나 마찬가지였다. 티머먼은 퍼거슨의 수업 중 네 개를 같이 들었기 때문에 여전히 주변에 있었지만 두 소년은 서로를 무시하고 각자의 길을 가면서 공존했고, 그건 행복하다고 할 수는 없지만 그렇다고 견딜 수 없을 만큼은 아닌 교착 상태였다. 그래도 나아진 점은, 퍼거슨이 기대한 대로 티머먼과 수지 크라우스가 헤어졌다는 사실이었다. 퍼거슨 본인도 여름을 지나면서 글로리아 돌런과 연락이 끊겼는데, 그의 첫 키스 상대는 이제 잘생긴 마크 코널리에게 눈독을 들이고 있었고, 퍼거슨으로서는 실망스러운 일이었지만 그렇다고 완전히 망가지지는 않았다. 이제 그에게는 수지 크라우스,

6학년 때 이상형이었던 그녀에게 다가갈 길이 열렸고, 일단 기회가 생긴 이상 개학 첫 주의 어느 날 저녁에 바로 그녀에게 전화를 걸었고, 그 전화는 토요일 오후의 테니스 코트 방문으로 이어졌고, 그다음 주 토요일에 그들은 첫 키스를 했고, 다음 몇 달 동안 금요일과 토요일마다 수많은 키스를 했다. 그러다 두 사람은 헤어졌고 수지는 앞에서도 언급했던 마크 코널리의 품에 안겼는데, 글로리아 돌런이 릭 배시나라는 남학생에게 빠지면서 마크 코널리도 혼자가 된 상태였던 것이다. 퍼거슨은 이번에는 더 매력적인 페기 골드스타인을 노렸고, 그녀는 하워드와 얼마 전 헤어졌는데, 퍼거슨의 절친은 큰 상처 없이 이별에서 회복했고, 이제 똑같은 마음을 밝고 명랑한 에디 캔터에게 쏟고 있었다.

그런 식으로 돌아가며 하는 짧은 연애들이 한 학년 내내 이어졌고, 그해에는 유난히 교정기를 하고 학교에 나타나는 친구가 많았고, 모두 피부에 대해 걱정하기 시작했다. 퍼거슨은 운이 좋았다. 그때까지 얼굴에 무난한 화산 서너 개밖에 생기지 않았는데, 전부 초반에 제대로 짜냈고, 부모님은 그의 이가 고르기 때문에 고통스러운 교정기를 할 필요가 없다고 판단했다. 그뿐만 아니라 부모님은 그가 그해 여름에도 천국 캠프에 가는 게 좋겠다고 했다. 그가 생각하기로 어쩌면 열세 살은 캠프에 가기에는 나이가 너무 많은 것 같아서, 크리스마스 방학 때 아버지에게 7월, 8월에 테니스 센

터에서 일해도 되냐고 물어봤다. 일할 시간은 나중에
도 많단다. 여름에는 야외 활동을 해야지, 아치. 아버지
가 웃으며 말했다. 또래 아이들과 뛰어놀고 말이야. 게
다가 열네 살이 되기 전에는 노동 계약서를 쓸 수가 없
어. 뉴저지에서는 그래. 아버지가 법을 어기기를 바라
는 건 아니지? 그렇지 않니?

퍼거슨은 캠프에서 행복했다. 거기선 늘 행복했고, 뉴
욕의 여름 친구들, 그와 마찬가지로 해마다 참가하는
여섯 명의 도시 친구들을 다시 만나는 것도 좋았다. 그
는 말이 빠르고 자존심이 높은 그 친구들이 쏟아 내는
풍자와 유머가 재미있었는데, 그건 영화에서 제2차 세
계 대전에 참전한 미군들이 나누는 대화를 떠올리게
했다. 가볍고 재치 있는 농담, 그 어떤 것도 진지하게
받아들이지 않겠다는, 모든 상황을, 또 하나의 농담을
하거나 서로를 놀릴 핑계로 만들어 버리겠다는 어떤
강박이었다. 그렇게 재치 있고 무심하게 삶을 대하는
태도에는 어딘가 존경할 만한 점이 있었지만 가끔은
지루할 때도 있었고, 캠프 오두막 친구들의 익살맞은
말에 지칠 때면 그는 어느새 하워드를 그리워하고 있
었다. 지난 2년간 그와 가장 친했던 친구, 그때까지 만
났던 그 어떤 친구보다 친한 친구 하워드가 멀리 떨어
진 버몬트의 이모와 이모부네 낙농장에서 여름을 보내
고 있었기 때문에, 그는 점심 후 한 시간의 쉬는 시간

동안 그에게 편지를 쓰기 시작했다. 짧은 편지, 긴 편지를 수없이 쓰며 그때그때 생각나는 대로 적었는데, 하워드는 세상에서 그가 속을 털어놓을 수 있는 유일한 사람, 두려움 없이 믿고 이야기할 수 있는 사람이었기 때문이다. 다른 사람에 대한 험담부터 최근에 읽은 책 이야기, 공공장소에서 방귀를 참는 어려움부터 신에 관한 생각까지 모든 걸 나눌 수 있는, 나무랄 데 없는 유일한 친구였다.

편지는 모두 열여섯 통이었는데, 하워드는 그것들을 네모난 나무 상자에 담아 어른이 된 후에도 그대로 보관하게 된다. 열세 살의 퍼거슨, 이가 고르고 용모가 빛나던 친구, 오래전에 폐간되었지만 한 번도 잊은 적은 없었던 『코블 로드 크루세이더』의 발행인, 여섯 살에 다리가 부러지고, 세 살에 발에 큰 상처를 입고, 다섯 살에 거의 익사할 뻔했던 남자아이, 〈아홉 명 일당〉과 〈네 명 무리〉의 약탈을 견디고, 글로리아 돌런과 수지 크라우스, 페기 골드스타인과 키스하고, 성의 축복이 있는 왕국에 들어갈 날만을 기다리고, 그의 앞에 수많은 인생의 날들이 당연히 있을 거라고 생각하고 또 기대했던 아이는 그 여름이 끝날 때까지 살아남지 못했기 때문이다. 그게 하워드 스몰이 그 열여섯 통의 편지를 고이 간직하게 된 이유이다 — 퍼거슨이 지상에 남긴 마지막 흔적들이기 때문이다.

〈이제 나는 신을 믿지 않아〉, 그는 어느 편지에서 적

었다. 〈적어도 유대교나 기독교, 혹은 그 어떤 종교의
신도 믿지 않아. 성서에서는 신이 자기 모습에 따라 인
간을 창조했다고 하잖아. 그런데 성서를 쓴 건 인간이
잖아, 그렇지? 그러니까 인간이 자기 모습을 본떠 신을
창조한 거야. 그 말은, 신이 우리를 지켜보고 있지 않다
는 뜻이기도 해. 인간의 생각이나 행동, 느낌에는 전혀
신경 쓰지 않는다는 거지. 우리한테 조금이라도 신경
썼다면 세상을 끔찍한 일이 이렇게 많이 일어나는 곳
으로 만들진 않았을 거야. 그랬다면 인간은 전쟁을 일
으키고, 서로 죽이고, 강제 수용소를 짓지 않았을 거야.
거짓말이나 속임수, 도둑질도 없었겠지. 신이 세상을
창조한 게 아니란 이야기를 하는 게 아니야(인간이 이
런 걸 할 순 없잖아!). 하지만 신은 그렇게 창조만 해놓
은 다음 우주의 원자와 분자 속으로 사라져 버렸고, 그
결과로 인간들이 이렇게 자기들끼리 싸우는 거야.〉

　〈케네디가 대통령 후보가 되어서 기뻐〉, 다른 편지
에서는 그렇게 적었다. 〈다른 후보들보다는 그 사람이
좋았고, 이번 가을에 닉슨도 물리칠 거라고 확신해. 왜
확신이 드는지는 모르겠지만, 미국인들이《교활한 놈》
을 대통령으로 원할 리가 없잖아.〉

　〈내가 머무는 오두막에 여섯 명의 친구들이 있어.〉
또 다른 편지에서 적었다. 〈그중에 세 명은 당장《할
수》있을 만큼 나이가 많거든. 밤마다 침대에서 싸는
데, 기분이 얼마나 좋은지 말해 주더라고. 이틀 전에 개

들이 나란히 서서 자위하는 걸 우리한테 보여 줬는데, 마침내 그게 어떻게 생겼는지, 얼마나 빨리 튀어나오는지 봤어. 우유처럼 새하얗지는 않고 크림색에 가까운데, 마요네즈나 발모제랑 비슷하더라고. 그런 다음 자위를 했던 세 명의 왕들 중 하나인 덩치 큰 앤디가 다시 커지더니, 나는 물론 거기 있던 모든 애들을 깜짝 놀라게 했는데, 고개를 숙여서 자기 자지를 직접 빠는 거야! 나는 인간의 몸으로 그게 가능한지도 몰랐거든. 그러니까, 그런 자세를 할 수 있을 만큼 몸이 유연한 사람이 있을 수 있는 거냐고! 어제 아침에 욕실에서 시도해 봤는데 입이 자지 근처에도 닿지 않더라고. 당연한 거라고 생각했지. 그나저나 스스로를 자지 빠는 사람이라고 생각하면서 돌아다니고 싶지는 않아. 그렇지 않겠어? 아무튼 그건 정말 신기한 구경이었어.〉

〈여기 온 뒤로 책은 세 권 읽었어〉, 8월 9일에 쓴 마지막 편지에서 그는 그렇게 적었다. 〈세 권 다 진짜 좋아. 두 권은 밀드러드 이모가 보내 준 건데, 프란츠 카프카의 『변신』이라는 단편과 J. D. 샐린저의 『호밀밭의 파수꾼』이라는 장편이고, 나머지 한 권은 사촌 프랜시의 남편 게리가 보내 준 볼테르의 『캉디드』야. 카프카 책은 셋 중 가장 이상하고 읽기도 어려운데, 그래도 나는 마음에 들어. 한 남자가 어느 날 아침 잠에서 깨서는 자신이 커다란 벌레로 변해 버린 걸 알게 되는 거야! SF 소설이나 공포 소설처럼 들리겠지만 그렇지는 않

아. 인간의 영혼에 관한 책이야. 『호밀밭의 파수꾼』은 고등학생이 뉴욕을 방황하는 이야기야. 대단한 일이 벌어지지는 않지만 홀든(이 사람이 주인공이거든)이 말하는 방식이 아주 현실적이고 사실적이라서, 읽다 보면 그를 응원하지 않을 수 없고 친구가 되고 싶어져. 『캉디드』는 18세기에 나온 옛날 책인데, 아주 과격하고 재미있어서 거의 모든 페이지에서 웃음이 나와. 게리는 정치적 풍자라고 했는데, 대단한 작품 같아! 꼭 읽어 봐 — 물론 나머지 두 권도. 세 권을 다 읽고 나니까 한 권 한 권이 모두 달라서 놀라울 정도야. 모두 독창적인데 또 모두 좋거든. 그러니까 좋은 책을 쓰는 방법은 한 가지가 아니라는 뜻이지. 작년에 템프시 선생님이 좋은 방법과 나쁜 방법이 있다고 여러 번 말씀하셨잖아 — 기억나지? 수학이나 과학에서는 그럴지도 모르지만, 책은 아니야. 자신만의 방법으로 쓰고, 그게 좋은 방법이라면 좋은 책을 쓸 수 있는 거지. 재미있는 점은 내가 어떤 방법을 제일 좋아하는지 모르겠다는 거야. 너는 내가 알 거라고 짐작하겠지만 그렇지 않아. 나는 다 마음에 들어. 그러니까, 내 생각엔, 뭐든 좋은 방법은 옳은 방법이기도 하다는 거야. 아직 읽지 않은 책들을 생각하면 행복해져 — 수백 권, 수천 권의 책들. 기대할 것들이 그렇게 많다니!〉

퍼거슨 인생의 마지막 날, 1960년 8월 10일은 동이 튼 후 짧게 소나기가 내리면서 시작했다. 하지만 7시

30분 기상나팔이 울릴 때는 구름이 동쪽으로 흘러갔고 하늘은 파랬다. 퍼거슨과 여섯 명의 오두막 친구들은 6월에 브루클린 대학 2학년 과정을 마친 상담사 빌 코프먼과 함께 예배실로 이동했다. 30~40분쯤 오트밀과 스크램블드에그로 아침 식사를 하는 사이 구름은 돌아왔고, 아이들이 청소와 점검을 하러 오두막으로 돌아갈 무렵에는 다시 비가 내리기 시작했다. 아주 가늘고 약한 비여서 아무도 비옷을 입거나 우산을 쓰지는 않았다. 티셔츠가 여기저기 젖었지만, 그게 전부였다. 아주 가볍게 적시는 정도였고, 물기도 거의 느껴지지 않아서 몸이 젖었다는 생각은 들지 않았다. 평소처럼 잠자리를 정리하고 바닥 청소를 하는 동안 하늘은 점점 더 어두워졌고, 얼마 후에는 비가 제대로 쏟아지기 시작해 빗줄기가 점점 거세게 지붕을 때렸다. 1~2분쯤 음정이 맞지 않는 그 소리가 듣기 좋다고 퍼거슨은 생각했지만, 잠시 후 비가 거세지자 그런 효과도 사라지고 말았다. 빗소리는 더 이상 음악처럼 들리지 않았다. 그건 밀도가 높고 변화도 없는 소리, 귀가 얼얼할 정도로 울리는 북소리처럼 되었다. 빌은 남쪽에서 새로운 구름이 몰려오는 중이며, 동시에 북쪽에서 한랭 전선이 내려오면서 오랫동안 폭풍우가 지속될 거라고 했다. 안심해, 애들아, 큰 폭풍우가 되겠지만 오늘은 대부분 오두막 안에서만 지낼 거니까. 그가 말했다.

어두운 하늘이 더 어두워졌고, 오두막 안은 사물을

분간하기 어려울 정도였다. 빌이 불을 켰지만 그래도 실내는 여전히 어두웠고, 천장 높이 달린 75와트짜리 전구 하나로는 아래쪽 전부를 비추기에 역부족했다. 퍼거슨은 침대에 누워 오두막 안에 굴러다니던 『매드』 과월 호를 뒤적였는데, 플래시 불빛으로 잡지 기사를 읽으며 이렇게 깜깜한 아침이 있었던가 생각했다. 빗줄기가 사정없이 지붕을 두드렸다. 전력 공격, 마치 빗줄기가 돌덩이로 변하기라도 한 듯 지붕널을 마구 때렸고, 수백만 개의 돌덩이가 하늘에서 떨어지는 것만 같았다. 그때 멀리서, 퍼거슨은 둔탁한 저음이 울리는 걸 들었다. 묵직하고 밀도 높은 그 소리는 마치 누군가가 목을 가다듬는 소리 같았고, 아주 먼 곳, 산속 어딘가에서 천둥이 치는 게 분명했다. 그렇다면 이상하다는 생각이 들었다. 경험상 천둥과 벼락은 늘 비에 앞서 찾아왔는데 이번에는 이미 비가 내리고 있었기 때문이다. 이보다 더 센 비가 있을까 싶을 정도로 비가 내리는데 가까운 주변에서는 천둥이 치지 않는다니, 퍼거슨은 그렇다면 두 개의 폭풍우가 한꺼번에 진행되는 모양이라고 생각했다. 빌이 말한 대로 폭풍우 하나와 한랭 전선 하나가 아니라, 두 개의 다른 폭풍우가 있는데, 하나는 지금 바로 머리 위에 와 있고, 다른 하나는 북쪽에서 내려오는 중일 것이었다. 만약 두 번째 폭풍우가 닥칠 때까지 첫 번째 폭풍우가 지나가지 않는다면, 두 폭풍우가 하나로 합쳐져서 미친 듯이 강한 폭풍우가 될 거라고 퍼거슨은 생각했다. 기념비적인 폭풍우, 다른 모든 폭풍우를 박살 내버릴 폭풍우.

퍼거슨의 침대 오른쪽에는 헬 크래스너의 침대가 있었다. 여름 캠프 초부터 둘은 『생쥐와 인간』에 나오는 영리한 조지와 어리석은 레니의 역할극 놀이를 했다. 둘 다 연초에 그 책을 읽었고, 아주 웃긴 사례들로 가득하다고 생각했다. 퍼거슨이 조지였고 크래스너가 레니였는데, 거의 매일 각자 역할을 맡아서 몇 분씩 즉흥으로 별난 대화를 이어 가곤 했다. 예를 들면 레니가 조지에게 천국에 가면 어떻게 될지를 묻거나, 조지가 레니에게 공공장소에서는 코를 후비지 말라는 식으로 말을 걸면, 그걸 시작으로 말도 안 되는 대화를 이어 가곤 했다. 스타인벡의 소설보다는 로럴과 하디의 영화에 가까운 바보 같은 대화였지만 두 소년은 헛소리에 즐겁게 빠져들었고, 캠프에 폭우가 쏟아지고 다들 실내에 갇혀 있는 상황에서 크래스너는 또 한 번 그 놀이를 하고 싶어 했다.

제발 조지, 크래스너가 말했다. 좀 멈춰 줘. 견딜 수가 없어.

뭘 멈추라고, 레니? 퍼거슨이 말했다.

비 말이야, 조지. 빗소리. 너무 시끄럽잖아, 미쳐 버릴 것 같아.

너는 항상 미쳐 있잖아, 레니. 너도 알면서.

미치지 않았어, 조지. 그냥 어리석은 거야.

어리석지, 그럼. 하지만 미치기도 했어.

나도 어쩔 수 없어, 조지. 이렇게 태어났으니까.

그게 네 탓이라고 하는 사람은 없어, 레니.

그런데?

그런데, 뭐?

나를 위해서 비를 멈춰 줄 거야?

그런 건 대장만 할 수 있어.

네가 대장이잖아, 조지. 늘 네가 대장이었잖아.

내 말은 대장 중의 대장 말이야. 단 한 명뿐인 대장.

단 한 명뿐인 그런 사람은 몰라. 내가 아는 건 너뿐이야, 조지.

그런 일을 해내려면 기적이 필요하다고.

그건 괜찮아. 너는 뭐든 할 수 있으니까.

내가?

빗소리 때문에 토할 것 같아, 조지. 네가 멈춰 주지 않으면 죽어 버릴 것 같아.

크래스너는 손으로 귀를 막은 채 신음했다. 그는 조지에게 자신은 한계에 이르렀다고 말하는 레니였고, 조지 역의 퍼거슨은 동정심에 고개를 끄덕였다. 아무도 내리는 비를 멈출 수 없다는 것, 그런 기적은 인간 능력 밖의 일이라는 것을 알았기 때문인데, 한편으로 퍼거슨은 맡은 역을 유지하는 데 애를 먹고 있었다. 크래스너의 아픈 소 울음소리는 너무 웃겼고, 몇 초 동안 계속 그 소리를 듣다 보니 그만 웃음을 터뜨리지 않을 수 없었다. 그걸로 그의 연기는 끝이었지만 크래스너는 그렇지가 않았는데, 퍼거슨의 웃음이 조지의 웃음이라고 생각한 그는 여전히 레니 역을 충실히 수행하며 귀에서 손을 떼고 말했다.

사람을 그렇게 비웃으면 안 돼, 조지. 내가 세상에서 제일 똑똑한 사람은 아니지만, 그래도 영혼이 있는 사람이잖아. 너나 다른 사람들과 마찬가지란 말이야. 웃음을 당장 멈추지 않으면 목을 부러뜨려 버릴 거야, 토끼한테 했던 것처럼.

레니 역의 크래스너가 그렇게 절절하고 효과적인 대사를 하는 바람에 퍼거슨은 다시 연극으로 돌아가지 않을 수 없다고, 크래스너는 물론 둘의 대화를 듣고 있던 다른 친구들을 위해 다시 조지가 되지 않으면 안 된다고 생각했다. 하지만 호흡을 가다듬고 비에게 멈추라는 명령 — 물은 이제 됐습니다, 대장! — 을 내리려는 순간 하늘에서 엄청난 천둥소리가 들렸다. 너무 크고 강력한 소리여서 오두막 바닥이 흔들리고 창틀이 떨릴 정도였는데, 진동이 가라앉기도 전에 또 한 번 천둥이 쳤다. 그 소리에 놀란 아이들 절반 정도가 자리에서 튀어 올라 앞으로 쓰러지며 자신도 모르게 몸을 떨었고, 나머지 절반은 반사적으로 비명을 질렀다. 허파에서부터 짧은 숨이 올라왔고, 놀라움이 섞인 그 절규는 무슨 말처럼 들렸지만 사실은 와우, 후아, 와처럼 말의 형태를 띤 본능적인 소리일 뿐이었다. 비는 여전히 세차게 내렸는데, 창문을 때리는 빗줄기 때문에 아무것도 제대로 보이지 않았다. 흘러내리는 빗물 너머로 축축한 어둠이 펼쳐져 있고, 그때그때 창살 같은 벼락이 내리칠 뿐이었는데, 심장이 열 번 혹은 스무 번 뛸 때까지 온통 암흑이다가 한두 번씩 눈을 멀게 할 정도로 환한 빛이 번쩍였다. 퍼거슨이 상상했던 폭풍우, 북쪽 대기가 남쪽 대기와 충돌하며 만들어진 엄청난 이중 폭풍우가 지금 그들 머리 위에 있었고, 그건 그가 바랐던 것보다 훨씬 크고 훌륭했다. 거대한 대폭풍. 하늘을 두 동강 내버리는 도끼. 흥분되었다.

걱정 마, 레니, 그는 크래스너에게 말했다. 겁먹을 필요 없어. 내가 당장 이 시끄러운 걸 멈춰 줄게.

자신이 하려는 일을 아무에게도 말하지 않은 채 퍼거슨은 침대에서 벌떡 일어나 문을 향해 달려갔고, 그 문을 양손으로 힘껏 열어젖혔다. 뒤에서 빌의 고함이 들렸지만 — 이런, 아치! 너 미쳤어? — 그는 멈추지 않았다. 확실히 미친 짓이라는 건 알고 있었지만 사실 그 순간 그는 미쳐 버리고 싶었고, 폭풍우 속으로 달려들고 싶었다. 폭풍우를 맛보고 폭풍우의 일부가 되고 싶었다. 폭풍우 안으로 들어가면 그 폭풍우도 자기 안으로 들어올 것만 같았다.

대단한 비였다. 일단 입구를 벗어나서 밖으로 나오고 보니, 지금까지 그렇게 강한 비는 맞아 본 적이 없다는 걸 깨달았다. 그 빗방울은 그가 맞아 본 어떤 빗방울보다 크고 속도도 빠를 뿐 아니라, 마치 납으로 된 탄환처럼 엄청나게 위력적이어서 몸에 멍이 들고 머리에 구멍이 날 것만 같았다. 장엄한 비였고, 전지전능한 비였다. 그걸 온전히 음미하려면 18미터쯤 앞에 있는 참나무 숲으로 달려가야 할 것 같았다. 나뭇가지와 잎이 떨어지는 총알들로부터 그를 지켜 줄 거라고 기대한 퍼거슨은, 내달리기 시작했다. 그는 질척거리고 미끄러운 땅을 가로질러 나무들을 향해 질주했다. 머리 위와 주변에서 천둥이 울리고 몇 미터 거리에서 벼락이 내리치는 가운데, 발목까지 잠기는 물웅덩이들을 첨벙거리며 달려 지나갔다. 나무에 도착했을 때는 온몸이 홀딱 젖어 있었지만, 기분 좋은 축축함이었다. 그렇게 몸이 젖는 건 최고의 느낌이었고, 퍼거슨은 행복했다. 그 여름은 물론 그의 인생에 있었던 모든 여름, 혹은 모든 시절 중에 가장 행복했고, 그게 살면서 한 일 중 가장 잘한 일 같았다.

바람은 거의, 혹은 전혀 불지 않았다. 폭풍우는 허리케인이나 태풍이 아니었다. 그건 그의 뼈를 흔들어 깨우는 천둥, 그의 눈앞에서 번쩍이는 벼락과 함께 찾아오는 분노에 찬 폭우일 뿐이었다. 퍼거슨은 벼락은 조금도 두렵지 않았다. 운동화를 신고 있었고 철로 된 물건은 하나도, 시곗줄이나 은제 허리띠 버클도 없었다. 그래서 그는 나무들이 만들어 준 휴식처에서 안전하게 황홀감을 만끽하며 자신과 오두막 사이에 있는, 물로 된 회색 벽을 바라봤다. 상담사 빌의 모습이 거의 지워진 듯 희미하게 보였다. 빌은 오두막의 열린 문 앞에 서서 소리를 지르고, 손짓으로는 얼른 돌아오라는 시늉을 하는 것 같았다. 하지만 퍼거슨은 빌의 말을 한마디도 알아들을 수 없었다. 빗소리와 천둥소리 때문에 들리지 않았고, 본인이 소리를 지르기 시작하면서는 더더욱 들리지 않았다. 더 이상 레니를 구하기 위해 나선 조지가 아니라 퍼거슨 본인이, 열세 살 소년이 그날 아침 자신에게 주어진 세상에서 살아 있음을 느끼고 환희에 차 내지르는 외침이었고, 머리 위 나무에 벼락이 내리쳤을 때도 그는 자신이 안전하다는 걸 알았기 때문에 신경 쓰지 않았다. 그 순간 빌이 오두막을 떠나 자신을 향해 달려오는 게 보였고, 〈도대체 왜 저렇게 달려오는 거지?〉라고 퍼거슨은 생각했는데, 미처 대답을 떠올리기도 전에 나무에서 꺾인 나뭇가지가 그의 머리 위로 떨어졌다. 충격이 전해졌다. 마치 누가 뒤에서 곤봉으로 때린 듯이 그의 머리에서 나뭇가지가 갈라지는 게 느껴졌고, 그다음은 아무 느낌도 없었다. 전혀 느끼지 못했거나, 다시 느끼지 못했다. 힘이 빠진 그의 몸이 물에 젖은 땅 위에 쓰러지고, 그의 몸 위로 비가 계속 내리고 천둥도 계속 치고, 그가 지상의 이쪽에서 저쪽으로 넘어가는 동안, 신들은 아무 말이 없었다.

2.3

그의 할아버지가 묘한 공백기라고 부른 그 시기는, 서로 다른 두 시기 사이에 낀 시간, 과거의 생활 방식과 관련한 규칙들을 모두 창밖으로 던져 버린, 어떤 시기라고도 할 수 없는 시기였다. 아버지가 없어진 소년도 그 시기가 영원히 이어질 거라고는 생각하지 않았지만, 그래도 자신에게 주어진 두 달보다는 더 길었으면 하는 바람이 있었고, 첫 두 달에 이어 다시 두 달 정도, 아니면 여섯 달, 혹은 1년쯤이면 좋을 것 같았다. 학교에 가지 않는 그 시기는 지내기가 좋았는데, 하나의 삶에서 다른 삶으로 넘어가는 사이의 그 묘한 틈새 시기에, 어머니는 아침에 그가 눈을 뜰 때부터 밤에 눈을 감을 때까지 늘 함께 있었다. 그에게 어머니는 이제 그가 세상에서 유일하게 실감하는 사람, 세상에 남은 유일한 진짜 사람이었기 때문에, 하루하루를, 몇 주를 그렇게 어머니와 공유하는 게 좋았다. 두 달 동안 거의 매일 오후에 외식을 하고, 빈 아파트를 구경하고, 영화관에 갔다. 발코니석의 어둠 속에서 수많은 영화를 봤고, 거기선 울고 싶을 때면 원 없이 울 수 있었고, 누구에게도 자신들을 설명할 필요가 없었다. 어머니는 진흙탕에서 뒹굴기라고 했고, 퍼거슨은 불행의 진흙탕을 일컫는 거라고 짐작했지만, 그렇게 불행함에 빠져드는 일에는 으스스한 만족감이 있음을 알게 되었다. 익사할 걸 겁내지만 않는다면 그렇게 빠져드는 일은 만족스러웠고, 눈물을 흘리면 어쩔 수 없이 옛날 일이 떠올랐기 때문에 미래에 관한 생각을 피할 수도 있었다. 하지만 그러던 어느 날, 어머니는 이제 미래를 생각할 때라고 말했고 울음도 그렇게 끝이었다.

아쉽게도 학교는 피할 수 없었다. 퍼거슨은 자신의 자유를 더 길게 누리고 싶었지만 그런 일들을 통제하는 건 그의 능력 밖의 일이었고, 일단 어머니와 함께 센트럴파크웨스트의 아파트에서 지내기로 결정하고 나자 다음 과제는 그를 괜찮은 사립 학교에 넣는 일이었다. 공립 학교는 고려하지 않았다. 그 문제에 관해서는 밀드러드 이모가 적극적이었고, 평소 의견 일치를 보는 일이 거의 없었던 자매 사이에서는 드물게도, 퍼거슨의 어머니도 언니의 조언을 받아들였는데, 교육 문제라면 밀드러드 언니에게 더 정보가 많다는 점을 알고 있었고, 사립 학교 학비를 감당할 여유가 있는 마당에 군이 아치를 공립 학교의 울퉁불퉁한 아스팔트 운동장에 풀어놓을 이유도 없었다. 어머니는 자기 아들에게 최고를 주고 싶었는데, 1944년 그녀가 떠난 후로 뉴욕은 더 음침하고 위험한 도시가 되어 있었다. 젊은 불량배들이 접이식 칼과 수제 권총을 지닌 채 어퍼웨스트사이드를 서성거렸는데, 그녀의 부모님 집에서 고작 스물다섯 블록 떨어진 그곳은 완전히 다른 우주였고, 지난 몇 년 동안 푸에르토리코 이민자가 몰려들면서 동네 자체가 달라져 버렸고, 전쟁 기간에 비하면 더 지저분하고, 더 가난하고, 더 다양한 색채를 띤 곳이 되어 있었다. 이제 공기에는 낯선 냄새와 소리가 가득했고, 콜럼버스 애비뉴와 앰스터댐 애비뉴에서는 다른 종류의 기운이 뿜어져 나왔으며, 문을 나설 때마다 어떤 적대감과 혼란이 공기에 스며 있음을 느낄 수 있었다. 어린 시절이나 처녀 시절에 뉴욕에서 늘 편안함을 느꼈던 퍼거슨의 어머니는 아들의 안전이 걱정되었고, 덕분에 묘한 공백기의 후반부에는 가구 구입과 영화 관람 외에도 밀드러드 이모가 보내 준 목록에 있는 대여섯 곳의 사립 학교를 살펴보고 상의하는 일이 추가되었다. 교실과 시설을 확인하고, 교장 선생님이나 입학 담당관과 면담하고, 지능 검사를 받거나 입학시험을 보러 다녔고, 마침내 퍼거슨이 밀드러드 이모의 목록 맨 위에 있던 힐리어드 남자 초등학교에서 입학 허가를 받았을 때는 온 집안이 축제 분위기였다. 할아버지, 할머니와 어머니, 이모와 이모부, 펄 종조할머니까지 따뜻하고 열정적인 반응을 넘칠 만큼 보여 준 덕분에, 아버지를 잃어버린 여덟 살 소년은 어쩌면 학교가 시간을 보내기에 나쁜 곳만은 아닐지도 모르겠다고, 어렴풋이 생각했다. 물론 적응이 쉽지는 않겠지만 2월 말이었으니 이미 학기가 3분의 2나 지났고, 매일 재킷을 입고 타이를 매는 일이 즐겁지는 않겠지만 그런 건 문제가 안 될 것이다. 교복에는 익숙해질 테고, 설사 익숙해지지 않아서 계속 문제가 된다고 해도 그 때문에 달라질 점은 없을 것이다. 마음에 들든 안 들든 그는 힐리어드 남자 초등학교에 가기로 되어 있었다.

그가 그 학교에 간 건 밀드러드 이모가 뉴욕에서 가장 좋은 학교라고, 학업 성취와 관련해서는 오랫동안 명성이 자자한 학교라고 어머니를 설득했기 때문이지만, 동료 학생들이 미국 최고의 부잣집 아이들, 특권층 자제들이자 뉴욕 토박이 부자들의 자제들일 거라는 이야기는 아무도 해주지 않았다. 같은 반 학생 중 웨스트사이드에 사는 사람은 그밖에 없다는 이야기, 유치원에서 12학년까지 거의 6백 명에 가까운 학생 중에 기독교도가 아닌 사람은 열한 명밖에 없다는 이야기도 해주지 않았다. 처음에는 모두 그가 당연히 스코틀랜드 장로회 신자일 거라고 짐작했는데, 1900년 당시 할아버지가 록펠러와 관련한 어설픈 실패 이후 얻은 이름을 고려하면 그건 이해할 만한 오해였다. 하지만 선생님 중한 명이 예배 시간에 예수 그리스도, 우리의 주님이라고 말할 때 그의 입술이 움직이지 않는다는 걸 알아차렸고, 결국 그가 576명의 다수가 아니라 열한 명의 소수에 속하는 사람이라는 말이 퍼져 나갔다. 전학생으로 뒤늦게 합류했다는 사실에 더해, 같은 반의 그 누구와도 아는 사이가 아닌 말 없는 아이였기 때문에, 힐리어드에서 퍼거슨의 위치는 처음부터, 그가 첫날 학교 건물에 발을 들여놓기도 전부터 이미 정해져 있던 것 같았다.

불친절한 사람이나 괴롭히는 사람이 있었다는 이야기는 아니고, 환영받지 못한다는 느낌이 들었다는 이야기도 아니다. 다른 학교들과 마찬가지로 그곳 역시 다정한 학생, 그저 그런 학생, 못된 학생 들이 있었지만, 가장 못된 축에 속하는 학생도 퍼거슨이 유대인이라는 이유로 그를 괴롭히지는 않았다. 힐리어드가 재킷과 타이 차림의 답답한 곳이었을지는 몰라도 그곳은 또한 관용과 신사적인 자제심을 강조하는 학교였고, 노골적인 편견을 드러내는 행동은 학교 당국의 엄한 처벌을 받았다. 퍼거슨이 직면해야 했던 상황 중 더 미묘하고 혼란스러웠던 건 같은 반 친구들이 숨기지 않고 드러내는 무관심한 태도였고, 그건 그들이 태어날 때부터 주입된 것인 듯했다. 심지어 더그 헤이스, 퍼거슨이 힐리어드에 온 첫날부터 친구가 되었고, 맨 처음 그를 생일 파티에 초대해 줬고, 이스트 78번가의 부모님 집에도 열 번 가까이 초대해 줬던 한없이 다정하고 착한 더기 헤이스마저도 여전히, 그러니까 퍼거슨을 알고 지낸 지 9개월이나 지난 시점에도, 추수 감사절에 뭘 할 계획이냐고 물었다.

칠면조 먹겠지, 해마다 그렇게 했어. 어머니랑 할아버지 집에 가서 속을 채운 칠면조 요리에 소스 찍어 먹어.

아, 몰랐네. 더그가 말했다.

뭘 몰라? 너도 그렇게 하잖아. 퍼거슨이 말했다.

당연하지. 나는 그냥 너네도 추수 감사절을 명절로 생각하는 줄은 몰랐어.

너네?

알잖아, 유대인들.

왜 우리가 추수 감사절을 명절로 생각 안 하는데?

일종의 미국 풍습이니까. 청교도들. 플리머스 바위 같은 것들 말이야. 그러니까 웃기는 검은색 모자를 쓴 채 메이플라워호를 타고 왔던 영국인들.

퍼거슨은 더기의 이야기가 너무 황당해서 무슨 말을 해야 할지 몰랐다. 그때까지 자신이 미국인이 아니라는 생각은 한 번도 해본 적 없었고, 더 정확히는, 더기와 다른 아이들이 미국인인 것처럼 자신도 그 누구보다 미국인이라고 생각했는데, 친구들은 그렇지 않다고 주장하는 것 같았다. 그들은 서로 다르며, 뭐라 꼬집어 말할 수 없고 정의 내리기도 어려운 어떤 특성, 검은색 모자를 쓴 조상과 관련이 있고, 바다 이쪽 편에서 지내면서 쌓인 시간들이나, 어퍼이스트사이드의 4층짜리 타운하우스에 살 수 있을 만큼의 부와도 관련이 있는 그 특성 덕분에 어떤 가족은 다른 가족에 비해 더 미국적이라는 생각, 결국 그 차이가 너무 커서 덜 미국적인 가족은 좀처럼 온전한 미국 가족으로 받아들여질 수 없을 거라는 생각이었다.

어머니가 그의 학교를 잘못 고른 게 분명했지만, 국경일의 유대인 저녁 식사에 관한 그 혼란스러운 대화에도 불구하고, 그리고 그 대화 전이나 후에 있었던 다른 혼란스러운 순간들에도 불구하고 퍼거슨은 힐리어드를 벗어나고 싶다는 생각은 한 번도 하지 않았다. 자신이 새로 들어선 세계의 특별한 관습이나 신념 같은 것들을 파악하는 데는 실패했지만, 거기에 따르기 위해 최선을 다했고, 자신을 그 학교에 보낸 일로 어머니나 밀드러드 이모를 원망한 적은 단 한 번도 없었다. 어찌 되었든 어딘가에는 있어야만 했다. 법에 따르면 16세 이하의 아이는 모두 학교에 가야 했고, 적어도 그에게 힐리어드는 다른 어린이 교도소보다 낫지도 나쁘지도 않았다. 그가 학교생활을 잘 못 하는 게 학교 잘못은 아니었다. 스탠리 퍼거슨 사망 이후의 그 침울했던 초반기에, 어린 퍼거슨은 자신이 뭐든지 뒤바뀔 수 있는(밤 = 낮, 희망 = 절망, 힘 = 약함) 뒤집힌 우주에 살고 있다고 결론지었고, 학교생활에서도 성공하기보다는 실패할 수밖에 없을 거라고 생각하고 있었다. 더 이상 어떤 일에도 신경 쓰지 않는 것, 실패를 기본값으로 생각하고 수모나 패배를 당할 때마다 편안함을 느끼는 게 기분이 좋았기 때문에, 그가 다른 곳에서와 마찬가지로 학교에서도 영광스럽게 실패하리라는 점은 거의 확실했다.

선생님들은 그가 게으르고 의욕이 없으며, 권위를 존중하지 않고, 산만하고, 고집 세고, 놀랄 만큼 제멋대로인 인간적 수수께끼라고 평가했다. 입학시험에서 모든 문제에 정답을 말했던 소년, 온순한 성격과 눈에 띄는 이해력으로 입학 담당자의 마음을 사로잡았던, 전학생임에도 모든 과목에서 높은 점수를 받을 것으로 기대되던 소년은, 2학년 과정의 4월에 나온 성적표에서 〈탁월함〉을 하나밖에 받지 못했고, 그 과목은 바로 체육이었다. 읽기와 쓰기, 습자에서는 〈우수함〉을 받았고(그는 일부러 글씨를 못 쓰고 싶었지만 자신의 재능을 숨기는 일에는 아직 미숙했다), 음악에서 〈만족스러움〉(볼스 선생님이 가르쳐 주는 흑인 영가와 아일랜드 민속 음악의 흥은 거부할 수 없었다)을 받았을 뿐, 수학, 과학, 미술, 사회, 품행, 시민 의식, 학습 태도 등 나머지 모든 항목에서는 〈부족함〉이라는 평가를 받았다. 6월에 나온 다음 성적표이자 2학년 마지막 성적표 역시 첫 번째 성적표와 거의 똑같았는데, 달라진 거라고는 수학이 〈부족함〉에서 〈낙제〉로 떨어졌다는 점뿐이었다. 일반적인 상황이라면 퍼거슨은 다음 학기에도 같은 학년에 한 번 더 다녀야 했다. 그의 성취도는 용납이 안 될 정도로 평균 이하였고, 그건 그에게 심각한 정신적 문제가 있음을 암시했다. 힐리어드 정도 되는 학교는 그런 부담을 안고 가는 데 익숙지 않았는데, 적어도 낙제생이 유산 있는 가문 출신이 아닌 경우에는 그러했고, 여기서 유산이란 아버지가 해마다 학교에 수표를 써주는 사람이거나 이사회의 일원인 3세, 4세, 혹은 5세들의 경우에 해당하는 말이었다. 그럼에도 학교에서는 퍼거슨에게 기꺼이 기회를 한 번 더 주기로 했고, 그건 당시 그의 환경이 너무나 평범하지 않다는 사실을 알았기 때문이다. 퍼거슨 씨가 학기 중간에, 그것도 매우 갑작스럽고 폭력적인 방식으로 사망했기 때문에 아이는 슬픔과 혼란의 깊은 바닥을 헤매고 있었고, 스스로를 추스를 때까지 당연히 시간을 더 줘야 했다. 석 달 반 만에 포기하기에는 잠재력이 너무 큰 학생이었기 때문에, 학교 측에서는 퍼거슨이 스스로를 증명할 때까지 1년 더 기회를 줘보자고 어머니에게 말했다. 그때까지 회복할 수 있다면 더 이상 지켜볼 필요는 없을 것이었다. 만약 회복하지 못하면, 뭐, 그걸로 끝이고, 그가 어떤 모습을 보이든 행운을 빌어 줄 수밖에 없었다.

퍼거슨은 어머니를 실망시킨 자신이 미웠는데, 아들의 엉망진창 학업 성적이 아니어도 이미 충분히 힘든 삶을 살고 있는 어머니였다. 하지만 그에겐 어머니를 기쁘게 해드리려고 노력하거나 〈탁월함〉 혹은 〈매우 우수함〉으로 가득한 성적표로 가족을 감동시키려고 애쓰는 것보다 더 급박한 일이 있었다. 선을 지키고 사람들의 기대에 맞춰 행동하면 그 자신에게나 모두에게 삶이 더 단순해질 거라는 점은 알고 있었다. 일부러 엉뚱한 대답을 하지 않고, 다시 정신을 차리고 모두 성실한 그를 자랑스러워하게 만들면 상황은 훨씬 쉬워지고 훨씬 덜 복잡해질 것이었다. 하지만 퍼거슨은 이미 그보다 큰 실험, 삶과 죽음이라는 가장 본질적인 문제에 관한 은밀한 조사에 착수한 상태였고, 이제 와서 되돌릴 수는 없었다. 그는 거칠고 위태로운 길, 바위투성이의 꼬불꼬불한 산길을 지나고 있었고, 언제든 낭떠러지 밑으로 떨어질 위험이 있었지만, 결론을 얻을 수 있을 만큼 충분한 정보를 모을 때까지는 그렇게 위험을 감수할 수밖에 없었다. 그 위험이 힐리어드 학교에서 쫓겨나고, 스스로 불명예를 뒤집어쓰는 것이라고 해도 어쩔 수 없었다.

문제는 왜 하느님이 더 이상 말을 걸지 않는가 하는 것이었다. 지금 하느님이 입을 다물었다는 건, 앞으로도 말을 하지 않을 거라는 뜻일까? 아니면 시간이 지나면 다시 말을 걸 거라는 뜻일까? 만약 하느님이 다시는 그에게 말을 걸지 않는다면, 퍼거슨이 그동안 속아 지냈고 하느님은 처음부터 없었다는 뜻일까?

그가 기억하는 한 그 목소리는 늘 머릿속에 있었고 혼자 있을 때면 말을 걸어 줬다. 차분하고 침착한 그 목소리는 안정감을 주면서 동시에 권위가 있는 저음의 중얼거림이었고, 세상을 지배하는 눈에 보이지 않는 위대하고 영적인 힘이 목소리의 형태로 표현된 것이었다. 퍼거슨은 늘 그 목소리에서 위안을 얻었고 또한 보호받는 느낌을 받았는데, 그 목소리는 퍼거슨 자신이 하기로 한 일을 지키는 한 결국에는 모든 일이 잘될 거라고 말해 줬다. 다른 사람을 친절하고 너그럽게 대하고, 성스러운 의무를 충실히 따르면, 그러니까 거짓말하지 않고 도둑질하지 않고 다른 사람을 시기하지 않으면, 부모님을 사랑하고 공부 열심히 하고 문제를 일으키지 않으면 다 잘될 거라는 말이었다. 퍼거슨은 그 목소리를 믿었기 때문에 가르침을 따르려 최선을 다했고, 하느님 또한 당신이 하기로 한 일들을 지키면서 퍼거슨을 위해 모든 게 잘되게 해주는 것 같았다. 퍼거슨은 사랑받는다고 느꼈고, 행복했고, 자신이 하느님을 믿는 것만큼 하느님도 자신을 믿어 준다는 걸 확인하고 안심했다. 일곱 살 반까지는 그랬는데, 11월 초의 어느 이른 아침에, 다른 아침과 조금도 다르지 않은 것 같았던 그 아침에 어머니가 그의 방으로 와 아버지가 죽었다는 말을 전했고, 그다음엔 모든 게 달라졌다. 하느님이 그에게 거짓말을 해왔던 것이다. 위대하고 영적인 힘은 더 이상 신뢰할 수 없었고, 다음 며칠 동안 그 목소리는 퍼거슨에게 계속 말을 걸었지만, 스스로를 증명할 기회를 달라고, 죽음과 애도의 어두운 기간 동안 자신과 함께 있자고 아버지 잃은 소년에게 간청했지만, 너무 화가 났던 퍼거슨은 귀 기울이지 않았다. 그러자 장례식이 있고 나흘 후에 그 목소리는 갑자기 입을 다물었고, 이후 다시는 말을 걸지 않았다.

그게 그가 직면한 도전이었다. 하느님이 여전히 그와 함께 있지만 말을 안 하는 것뿐인지, 아니면 영원히 사라져 버린 것인지를 밝혀내는 일. 퍼거슨은 알면서도 잔인한 짓을 할 용기는 없었고, 자신이 거짓말하거나 남을 속이거나 도둑질하는 것도 용납할 수 없었고, 어머니 마음에 상처를 주려는 의도도 전혀 없었다. 하지만 자신이 할 수 있는 나쁜 짓들의 좁은 범위 안에서 고려해 보면, 앞선 질문에 대한 답을 알아볼 유일한 방법은 자신이 하기로 한 일을 가능하면 자주 지키지 않는 것, 거룩한 계율을 따르라는 명령을 거부한 다음 하느님이 그에게 해로운 일을 하는지 기다려 보는 것뿐이었다. 의도적인 징벌임이 틀림없다고 받아들일 만한 불쾌하고 개인적인 일들, 팔이 부러진다든지, 얼굴에 종기가 난다든지, 미친개가 다리를 문다든지 하는 그런 일들 말이다. 하느님이 그에게 벌을 주지 않으면 그건 목소리가 말을 멈췄을 때 하느님 역시 사라져 버렸다는 증거인 셈이었고, 원래 하느님은 어디에나 있는 분이라고 했으니까, 나무 한 그루나 풀잎 한 장, 한 줄기 바람과 인간의 모든 감정 안에도 있는 분이라고 했으니까, 그의 곁에서 떠났을 뿐 다른 모든 곳에는 여전히 있다는 이야기도 말이 되지 않았다. 다른 모든 곳에 하느님이 있다면 당연히 퍼거슨과도 함께 있어야 했고, 어쩌다 퍼거슨이 있는 곳에 하느님이 없는 거라면, 다른 어느 곳에도 없고, 줄곧 없었다는, 그러니까 하느님은 실제로 존재하지 않고, 퍼거슨이 하느님의 목소리로 생각하고 들었던 목소리는, 자신과의 대화에서 들은 자기 목소리일 뿐이라는 뜻이었다.

첫 번째 반항은 테드 윌리엄스 야구 카드를 찢은 일이었다. 다시 학교에 나가고 며칠 후에 제프 밸소니가 변함없는 우정과 위로의 뜻으로 슬쩍 손에 쥐어 준 카드였다. 그 선물을 찢어 버린 건 역겨운 행동이었고, 코스텔로 선생님을 마치 없는 사람처럼 취급한 것도 부끄러운 짓이었고, 그런 다음 힐리어드에서 그렇게 일부러 자신을 망가뜨리는 태도를 보인 것 역시 비양심적인 일이었다. 전학 첫해에 미친 듯이 불안정한 성적을 차곡차곡 낸 건, 순수하게 낙제한 것보다 훨씬 효율적인 전략이었다. 예를 들어 처음 두 번의 수학 시험에서는 만점, 다음 시험에서는 25점, 그다음 시험에서는 40점, 그다음은 90점, 그리고 마지막 시험에서는 제대로 0점을 받았다. 선생님과 같은 반 학생들, 누구보다도 불쌍한 어머니와 나머지 가족들까지 모두 의아해했다. 퍼거슨은 책임감 있는 인간이라면 따라야 할 규범들을 계속 그렇게 무시했지만, 어떤 개도 그에게 달려들어 다리를 물어뜯지 않았고, 문에 부딪혀 코가 깨지는 일도 없었다. 하느님은 그를 벌주는 일에는 관심이 없는 것 같았는데, 퍼거슨이 거의 1년 동안 죄를 짓고 다녔지만 그의 몸에는 아주 작은 상처 하나도 생기지 않았기 때문이다.

그러면 문제가 한 번에 깔끔하게 정리가 되었어야 하지만, 그렇지도 않았다. 하느님이 그를 벌하지 않았다는 건 벌할 수 없었다는 뜻이고, 그렇다면 하느님은 존재하지 않는다는 이야기였다. 퍼거슨은 대충 그렇게 짐작했고, 일단 그에게서 하느님이라는 존재가 영원히 사라져 버릴 수도 있었을 그 순간에 다른 질문이 떠올랐다. 이미 충분히 벌을 받은 거라면 어떻게 되지? 아버지가 돌아가신 일이 너무 큰 벌이라면? 너무 끔찍하고 너무 영향력이 큰 벌이라서 하느님이 앞으로 그에게 다른 벌은 내리지 않기로 한 거라면? 그런 일도 가능할 것 같았다. 전혀 확신할 수 없었지만 가능은 할 것 같았다. 하지만 몇 달 동안 하느님의 목소리를 들을 수 없던 상황에서, 그는 자신의 직감을 확인할 방법이 없었다. 하느님이 그에게 잘못을 했고, 이제 퍼거슨을 너그럽고 자비롭게 대함으로써 그 보상을 해주려는 건지도 몰랐다. 만약 이전의 목소리가 더 이상 그가 알아야 할 것들을 이야기해 줄 수 없게 된 거라면, 하느님은 다른 식으로라도 그와 소통할 수 있었을 것이다. 어떤 들리지 않는 표지를 통해, 하느님이 여전히 그의 생각에 귀를 기울이고 있음을 알려 줬을 것이다. 그런 식으로 퍼거슨은 기나긴 신학적 탐구의 마지막 단계에 접어들었고, 몇 달 동안 말없이 기도하며, 하느님께 당신의 모습을 드러내 달라고, 그러지 않으면 하느님이란 이름을 가질 자격이 없는 거라고 말했다. 성서에 나올 만한 대단한 기적을 바라는 게 아니었다. 엄청난 벼락이 친다든가, 바다가 갈라진다든가 하는 기적은 필요 없었다. 그저 퍼거슨 자신만 알아볼 수 있는 작고 보잘것없는 기적이면 충분했다. 신호등이 바뀌기 전에 갑자기 바람이 불면서 거리에서 종잇조각이 휘날린다든지, 그의 손목시계가 10초쯤 멈췄다가 다시 간다든지, 구름 한 점 없는 하늘에서 빗방울 하나가 그의 손가락에 떨어진다든지, 어머니가 30초 안에 신기하다라는 말을 한다든지, 라디오가 저절로 켜진다든지, 다음 1분 30초 동안 창밖으로 사람이 열일곱 명 지나간다든지, 머리 위로 비행기가 한 대 더 지나가기 전에 센트럴 파크 잔디밭의 개똥지빠귀가 벌레를 한 마리 잡는다든지, 자동차 세 대가 동시에 경적을 울린다든지, 들고 있던 책을 펼쳤을 때 97면이 나온다든지, 조간신문의 날짜가 잘못 인쇄되어 있다든지, 그가 보도를 내려다봤을 때 마침 신발 옆에 25센트짜리 동전이 떨어져 있다든지, 다저스가 9회 말에 3점을 내고 승리한다든지, 펄 종조할머니의 고양이가 그에게 윙크한다든지, 방 안에 있는 사람이 모두 동시에 하품한다든지, 방 안에 있는 사람이 모두 동시에 웃음을 터뜨린다든지, 방 안에 있는

사람 중 누구도 33.3초 동안 아무 소리도 내지 않는다
든지, 퍼거슨은 그런 일들이 일어나기를 차례차례 바
랐지만 6개월 동안 말없이 애원해 봐도 그런 일은 생기
지 않았고, 그는 마침내 더 이상 바라지 않고 하느님에
게서 등을 돌리게 되었다.

한참 후에, 어머니 역시 처음이 오히려 덜 힘들었다고
털어놓았다. 다급하게 처리해야 할 현실적인 결정들이
많았기 때문에, 묘한 공백기는 그만하면 견딜 만했다
고 어머니는 말했다. 뉴저지의 집과 사진관을 팔고, 뉴
욕에 새 거처를 마련하고, 퍼거슨에게 제대로 된 학교
를 찾아 주면서 동시에 새집에 들일 가구를 구입하는
등, 과부가 되자마자 어머니에게 쏟아지듯 떨어졌던
그 의무들은 부담이라기보다 오히려 기분 전환을 할
수 있는 반가운 일들이었고, 깨어 있는 내내 뉴어크 화
재에 관한 생각만 하지 않게 해줬다. 그리고 그 영화들
이 있어서 너무 고마웠지, 어머니가 말했다. 그 추운 겨
울에 어두운 극장에서 말이야, 거기서 멍청한 이야기
들이 보여 주는 그럴듯한 세계로 사라질 수 있었잖아.
그리고 네가 있어서 얼마나 다행이었는지 몰라, 아치.
어머니는 덧붙였다. 나의 씩씩한 꼬마, 바위처럼 든든
하고, 닻처럼 나를 꼭 잡아 준 아들, 그렇게 오랫동안
너는 세상에서 내게 남은 유일한 사람이었으니까, 네
가 없었다면 내가 뭘 할 수 있었겠니, 아치. 나는 뭘 위

해 살고, 어떻게 계속해 나갈 수 있었겠니?

　말할 것도 없이 그 기간 동안 반쯤 제정신이 아니었다고, 어머니는 말했다. 담배와 커피, 꾸준히 폭발하는 아드레날린만으로 버티는 미친 여자였는데, 일단 집과 학교 문제를 해결하고 나니 마음속의 소용돌이도 서서히 가라앉았고 결국 완전히 멈췄다. 그런 다음에 어머니는 오랫동안 생각과 반추의 시간을 보냈는데, 그건 끔찍한 낮과 끔찍한 밤, 이런저런 가능성을 가늠해 보고 자신이 원하는 미래의 모습이 어떤 것인지 상상하며, 결정을 내리지 못하고 무감각하게 보낸 시간이었다. 그런 면에서는 운이 좋았다고, 여러 대안을 놓고 선택할 수 있는 입장이어서 운이 좋았다고 어머니는 말했다. 사실 어머니는 돈이 있었는데, 자신이 가질 수 있을 거라고 생각했던 것보다 더 큰 돈이었다. 보험금만 20만 달러가 나왔고, 거기에 밀번의 집과 로즐랜드 사진관을 판 돈은 물론, 집에 있던 가구와 사진관의 장비를 판 돈까지 모두 더하면 새 가구 구입 비용과 퍼거슨의 사립 학교 1년 치 학비, 그리고 매달 나가게 될 아파트 월세를 빼고도 앞으로 12년 혹은 13년 동안 아무 일도 하지 않아도 될 만큼의 돈이었다. 죽은 남편이 만들어 준 돈으로 아들이 대학을 졸업할 때까지 먹고살 수 있다는 이야기였고, 똑똑한 주식이나 채권 거래인에게 맡겨서 시장에 투자하면 그 돈은 훨씬 불어날 수도 있었다. 어머니는 서른일곱 살이었다. 더 이상 인생의 초

짜는 아니었지만, 그렇다고 한물간 사람이라고 하기도 어려웠다. 축복 같은 넉넉한 재산이 생겼다는 것, 마음만 먹으면 노년이 될 때까지 여유 있는 삶을 유지할 능력이 생겼다는 것을 곰곰이 생각하면 마음이 편안해졌지만, 몇 달 동안 아무것도 하지 않고 생각만 하며 지내다 보니, 아침에 퍼거슨을 학교에 데려다주고 돌아오고, 다시 오후에 학교에 가서 그를 데리고 돌아오느라 하루에 네 번씩 버스를 타고 센트럴 파크를 가로지르는 게 일과의 대부분이었다. 버스를 놓쳐서 웨스트사이드로 돌아오지 못하는 오전이면, 퍼거슨이 학교에 있는 여섯 시간 반 동안 이스트사이드 주변을 돌아다녔다. 혼자 상점을 구경하고, 혼자 식당에서 점심을 먹고, 혼자 영화관에 가고, 혼자 박물관에 가고, 석 달 반 동안 그런 일상을 보낸 후에, 여름 방학에는 저지 해변에 집을 한 채 빌려서 아들과 함께 처박혀 텔레비전만 보며 텅 빈 여름을 보냈고, 그러고 나니 그녀는 서서히 몸이 근질근질해지고 다시 일을 하고 싶어졌다. 그렇게 되기까지 한 해의 대부분을 보내야 했지만, 일단 마음이 생기자 옷장 속에 있던 라이카와 롤라이플렉스를 마침내 다시 꺼냈고, 머지않아 퍼거슨의 어머니는 다시 사진의 대륙으로 향하는 배에 올라타 있었다.

이번에 어머니는 다른 방향으로 사진에 접근했는데, 세상이 자신을 찾아오게 부르는 대신 본인을 세상 안으로 던져 넣었다. 고정된 장소에서 사진관을 운영하는 일에는 더 이상 관심이 없었는데, 그런 건 구시대의 작업이고, 급격히 변하는 시대에는 불필요하게 무거운 작업이라고 생각했다. 새로운 고속 필름이 등장했고, 더 효율적이고 가벼운 카메라들이 사진 분야를 완전히 변모시켰고, 빛과 구성에 관한 오래된 개념들을 다시 생각하게 했고, 어머니 본인 역시 고전적인 초상 사진 영역이라는 한계 너머로 나아갔다. 퍼거슨이 힐리어드에서 두 번째 학년을 시작할 때쯤이었던 9월 말, 어머니의 사촌 동생 샬럿의 결혼식 사진을 찍기로 했던 사진사가 계단에서 굴러 다리가 부러지는 사고가 생겼고, 결혼식까지 일주일밖에 남지 않은 상황에서 어머니는 비용을 받지 않고 사진을 찍어 주겠다며 첫 번째 일을 시작했다. 결혼식이 열린 유대교 회당은 가문의 첫 번째 아치와 펄 종조할머니가 살았던 브루클린의 플랫부시 지역에 있었고, 결혼식이 끝나고 남쪽으로 두 블록 떨어진 축하 파티 연회장으로 이동하기 전에, 어머니는 삼각대를 사용해 모든 하객들의 공식 흑백 초상 사진을 찍었다. 신부와 신랑부터 시작했는데, 약혼자가 한국 전쟁에서 전사한 후 결혼과는 인연이 멀어진 것처럼 보였던 스물아홉 살의 신부 샬럿과 서른여섯 살의 홀아비 치과 의사 신랑 네이선 번바움부터 시작해, 펄 종조할머니, 퍼거슨의 할머니와 할아버지, 샬럿의 쌍둥이 여동생 베티와 그녀의 회계사 남편 시모어 그래프, 밀드러드 이모(당시는 세라 로런스 대학에서 가르쳤다)와 이모부 폴 샌들러(랜덤 하우스에서 편집자로 일했다), 그리고 마지막으로 퍼거슨 본인과 두 명의 육촌 형제(베티와 시모어의 아이들)인 다섯 살 에릭과 세 살 주디가 함께 선 사진까지 모두 찍었다. 연회장에서 파티가 시작되자 퍼거슨의 어머니는 삼각대를 떼어 버리고, 이어진 세 시간 반 동안 하객들 사이를 돌아다니며 거기 모인 아흔여섯 명의 사진을 수백 장 찍었다. 조용히 대화를 나누는 나이 든 하객들, 와인을 마시고 음식을 입에 넣으며 웃음을 터뜨리는 젊은 여성들, 식사를 마친 후 어른과 춤추는 아이들, 자기들끼리 춤추는 어른들을 찍은, 포즈를 취하지 않은 자연스러운 사진들이었고, 모두 화려하지 않은, 있는 그대로의 공간에서 자연광을 활용해 찍은 사진들이었다. 어머니는 작은 무대에서 지친 모습으로 진부한 곡들을 연주하는 악단 단원들, 손녀의 볼에 입 맞추며 미소 짓는 펄 종조할머니, 캐나다에서 온 스무 살짜리 먼 친척과 춤추며 무대를 휘어잡는 벤지 애들러, 반쯤만 먹은 케이크를 앞에 둔 채 찌푸린 얼굴로 혼자 테이블에 앉아 있는 아홉 살 소녀 등을 찍었고, 어느 순간엔가 폴 이모부가 처제에게 다가가 꽤 즐거워 보인다고, 뉴욕으로 이사 온 후로 가장 행복하고 활기차 보인다고 말했다. 퍼거슨의 어머니는, 이 일을 꼭 해야 했거든요, 형부, 다시 일을 시작하지 않으면 미쳐 버렸을 거예요, 하고 대답했고, 그러자 밀드러드의 남편은 그렇다면 내가 도와줄 수 있을 것 같은데, 로즈, 하고 말했다.

그 도움이란 뉴올리언스에 가서 헨리 윌멋의 신작 소설 표지에 실릴 초상 사진을 찍는 일이었다. 퓰리처 상 수상자의 대형 기대작이었고, 예순두 살의 윌멋이 편집자에게 사진이 무척 마음에 든다고 전한 후에는, 그러니까 폴 샌들러에게 전화해서 앞으로는 그 아름다운 여인에게만 본인의 사진 촬영을 맡기겠다고 이야기한 후에는 랜덤 하우스에서 작가 촬영 요청이 더 들어왔고, 뉴욕의 다른 출판사들에서도 연락이 왔고, 이어진 몇 해 동안 『타운 앤드 컨트리』, 『보그』, 『룩』, 『레이디스 홈 저널』, 『뉴욕 타임스 매거진』이나 다른 주간지 혹은 월간지에서 작가, 영화감독, 브로드웨이 배우, 음악가, 미술가를 다루는 기사를 쓸 때면 작업 의뢰가 들어왔다. 퍼거슨의 어머니는 늘 인물들을 그들의 공간에서 찍었다. 휴대용 조명 스탠드와 접을 수 있는 반사판, 우산형 조명기를 챙겨서 그들의 집이나 작업실로 찾아가 책이 가득한 서재에 있거나 책상 앞에 앉은 작가, 혼란스럽고 여기저기 물감이 튄 화실에 있는 화가, 은은하게 빛나는 검은색 스타인웨이 피아노 앞에 앉거나 그 옆에 기대선 피아니스트, 분장실 거울을 바라보거나 빈 무대에 홀로 앉은 배우의 사진을 찍었다. 무슨 이유에서인지 그녀의 흑백 초상 사진은 대부분의 다른 사진가가 찍은 똑같은 유명인의 사진보다 인물의 내적인 삶에 관해 더 많은 걸 전해 주는 것 같았는데, 기술적인 차이라기보다 퍼거슨의 어머니 본인과 관련이 있는 특징이었다. 어머니는 늘 사진을 찍기로 한 인물의 책을 미리 읽고, 음악을 듣고, 그림을 보고 난 후에 촬영장으로 향했기 때문에 오랜 시간 작업하는 동안 그들과 나눌 이야깃거리가 있었고, 그뿐만 아니라 어머니는 편안하게 이야기했고, 근사하고 매력적인 사람이었기 때문에, 자신에 관해서만 떠벌리는 그런 사람이 아니었기 때문에, 허영심 많고 까다로운 예술가들도 그녀와 함께 있을 때면 느긋해졌고, 어머니가 본인과 본인이 하는 일에 정말로 관심을 보인다고 생각했다. 그건 실제로도, 적어도 대부분은 사실이었고, 일단 그렇게 마음을 얻고 나면 사람들의 경계심이 풀렸고, 쓰고 있던 가면이 서서히 벗겨지면서 그들의 눈에 다른 종류의 빛이 드러나기 시작했다.

잡지와 출판사에서 상업 사진을 찍는 일 외에, 퍼거슨의 어머니는 개인 작업으로도 바빴다. 스스로 방황하는 눈의 탐험이라고 부른 그 작업은, 일급 초상 사진에 필요한 정교한 조작을 포기하고 예상치 못한 상황과의 우연한 만남에 열려 있는 것이었다. 그녀는 사촌 샬럿의 결혼식에서 자신이 그런 모순된 충동을 지녔음을 알게 되었다. 1955년에 한 그 무보수 작업은 결국 세 시간 반짜리 신나는 촬영이었고, 그 시간 동안 그녀는 사람들 사이를 헤집고 다니며 뭔가에 홀린 것처럼 원 없이 사진을 찍었다. 고단한 준비 작업에서 벗어나 속사포처럼 쏟아지는 눈앞의 장면들에 곧장 뛰어들었고, 그렇게 한 장씩 한 장씩 찍어 나갔다. 정확히 바로 그때 포착하지 않으면 사라져 버리는 순간들, 0.5초만 머뭇거려도 놓쳐 버리는 순간들이었고, 그런 상황에서 고도의 집중력을 유지해야 했던 그녀는 일종의 감정적인 열병에 걸린 것만 같았다. 연회장에 있는 모든 얼굴과 몸이 자신에게 달려드는 것만 같았고, 거기 있는 사람들 한 명 한 명이 자신의 눈 안에서 숨 쉬는 것 같았고, 그들이 더 이상 카메라 반대편이 아니라 자신 안에 있으며, 자신과 분리할 수 없는 일부가 된 것 같았다.

예상했던 대로 샬럿과 그녀의 남편은 사진을 마음에 들어 하지 않았다. 다른 사진들은 괜찮다고, 그들은 말했다. 결혼식 후에 회당에서 찍은 초상 사진들은 진짜 근사해서 오랫동안 소중하게 간직할 만하지만, 연회장에서 찍은 것들은 도무지 알아볼 수가 없다고 했다. 너무 어둡고 거칠고, 너무 숨김없는 모습이라 다들 사악하거나 불행해 보인다고, 심지어 웃고 있는 사람도 어딘가 괴물 같다고, 사진들이 왜 전부 정상이 아니냐고, 왜 온통 이렇게 어둡냐고 물었다. 그런 불평에 발끈한 퍼거슨의 어머니는 초상 사진들만 인화해 신혼부부에게 보내면서 이 사진들은 마음에 든다니 기뻐라고 적은 쪽지와 함께 보냈고, 또 다른 뭉치들은 펄 종조할머니와 부모님, 그리고 밀드러드와 폴 부부에게 각각 보내 줬다. 소포를 받아 본 형부가 왜 연회장에서 찍은 사진들은 보내지 않았냐고 물었다. 그 사진들은 역겨우니까요, 하고 그녀는 대답했다. 작가들은 모두 자기 작품은 마음에 안 들어 해, 하고 그녀의 새로운 지원자이자 옹호자였던 형부가 대답했고, 결국 설득에 넘어간 그녀는 그날 오후에 찍은 5백 장이 넘는 사진 중 서른 장을 인화해서 폴의 랜덤 하우스 사무실로 보내 줬다. 사흘 후, 그는 전화를 해서 사진들이 역겹지 않은 정도가 아니라 자신이 보기에는 훌륭하다고 했고, 그녀만 괜찮다면 『애퍼처』 잡지사의 마이너 화이트에게 보여 주고 싶다고 했다. 책으로 낼 만한 사진들, 사진에 관심 있는 사람들에게 보여 줄 만한 사진들이고, 마침 그가 화이트를 좀 알기도 하니까, 거기서부터 시작해 보면 어떻겠냐고 했다. 퍼거슨의 어머니는 형부가 진심으로 하는 말인지 아니면 자신이 안됐다고 생각해서 하는 말인지 알 수 없었다. 처음엔 이렇게 생각했다. 친절한 형부가 힘든 시간을 보내고 있는 상심하고 울적한 친척을 도와주려는 거야. 아는 사람이 많은 어떤 남자가 모든 관계가 끊겨 버린 과부 사진가에게 새로운 삶을 연결해 주려는 거라고. 그러고는 다시 이렇게 생각했다. 동정심에서 그런 걸 수도 있지만 어쨌든 폴 형부는 나를 뉴올리언스에 보내 준 사람이잖아. 그게 즉흥적인 행동이었든, 맹목적인 직감이었든, 아니면 먼 미래를 보고 한 행동이었든 상관없이, 일단 그 까탈스러운 주정뱅이 월멋이 내 사진을 두고 죽여주는 작업이라고 극구 칭찬을 한 마당에, 형부는 본인이 돈을 제대로 걸었다고 생각할 수도 있잖아.

그들의 결정에 폴이 영향을 미쳤든 아니든, 『애퍼처』 편집 위원회는 그녀의 사진들을 게재하기로 결정했고, 6개월 후에 스물한 장을 묶어 〈유대식 결혼식, 브루클린〉이란 제목으로 내기로 했다. 그 성취감, 그리고 우편함에서 『애퍼처』의 편지를 발견했을 때 느낀 흥분된 고양감은 하지만 이내 좌절감으로 이어졌고, 다시 분노로 거의 무너져 버렸다. 사진에 찍힌 사람들의 허락 없이는 사진을 게재할 수가 없었는데, 퍼거슨의 어머니는 가장 먼저 샬럿에게 연락하는 실수를 저질렀던 것이다. 샬럿은 자신과 네이선의 그 괴상한 스냅 사진들을 『애퍼처』뿐 아니라 그 어떤 지저분한 잡지에도 실을 수 없다고 완강히 거부했다. 이어진 사흘 동안 퍼거슨의 어머니는 샬럿의 어머니와 쌍둥이 여동생 베티를 포함해 다른 결혼식 하객들에게 연락했고, 아무도 반대하지 않는 걸 확인한 후 다시 샬럿에게 전화해 한 번 더 고려해 달라고 했다. 고려할 것도 없다니까. 꺼지라고. 언니가 뭐라도 돼? 펄 종조할머니가 샬럿을 설득해 보려 애썼고, 퍼거슨의 할아버지는 다른 사람 생각은 안 하는 이기적인 태도라고 야단쳤고, 베티도 전화해서 무식한 나쁜 년이라고 욕했지만, 새댁인 번바움 부인은 꿈쩍도 하지 않았다. 결국 샬럿과 네이선의 사진 세 장을 빼고 다른 사진으로 채워 넣었고, 그렇게 신부와 신랑의 모습은 어디서도 찾아볼 수 없는 결혼식 사진선이 게재되었다.

　그럼에도 그건 하나의 시작, 그녀가 납득할 수 있는 유일한 미래의 삶을 향한 첫걸음이었다. 어머니는 차근차근 앞으로 나아갔고, 사진들이 게재된 후에는 더 용감해져서 의뢰를 받지 않은 다른 일, 본인 표현에 따르면 자신만의 작업을 추구하기 시작했고, 그 사진들은 『애퍼처』나 책 표지, 혹은 전시실에서 종종 볼 수 있었고, 그런 변신에서 가장 중요한 요소는 아마도 〈유대식 결혼식〉이 게재되기 전날 밤에 내린 결정이었을 것이다. 그러니까 1956년의 그 봄, 그녀는 침대 밑에 무릎을 꿇고 앉아 자신이 하려는 일을 용서해 달라고 스탠리에게 빌었다. 하지만 그렇게 해야만 한다고, 계속 뉴어크 화재의 잿더미 속에서 살다가는 자신도 결국 소진되어 아무것도 아닌 존재가 될 거라고 말했다. 그렇게, 남은 인생 내내 그녀는 자신의 작품에 로즈 애들러라고 서명하게 되었다.

　처음에 여덟 살의 퍼거슨은 어머니가 무슨 일을 하는지 희미하게만 알고 있었다. 어머니가 이전보다 바빠졌다는 것, 다양한 사진 일을 하느라 대부분 낮에는 밖에서 보냈고, 그게 아니면 한때 여분의 침실로 쓰다가 지금은 사진 인화를 위한 작업실로 쓰고 있는 방, 화학 약품에서 나는 연기 때문에 늘 문을 닫아 놓는 그 방에 들어가서 일하느라 바쁘다는 것은 알 수 있었다. 지난 봄이나 지난여름보다 어머니가 더 자주 미소 짓고, 더 자주 웃는 모습을 보는 건 좋았지만, 그걸 제외하고 지금 벌어지는 나머지 일들은 마음에 들지 않았다. 적어도 퍼거슨 자신과 관련해서는 전혀 마음에 들지 않았다. 여분의 침실은 지난 8개월 동안 그의 방이었고, 야구 카드를 늘어놓거나 플라스틱 볼링공으로 플라스틱 핀들을 쓰러뜨리거나, 나무 표적에 난 구멍으로 콩 주머니를 던지거나, 작은 붉은색 과녁에 다트를 던지며 놀던 그만의 개인 공간이었다. 그 방이 사라져 버렸고, 그건 절대 좋은 일이라고 할 수 없었다. 그다음엔 10월 말, 그러니까 환했던 그의 방이 접근할 수 없는 암실로 바뀌고 얼마 지나지 않아 좋지 않은 일이 하나 더 생겼는데, 어머니가 이제 학교를 마친 후에 그를 데리러 올 수 없다고 한 것이다. 아침에 데려다주는 건 계속할 수 있지만 더 이상 오후에는 자유 시간이 없다고, 그러니까 할머니가 학교 앞 계단에서 기다리고 있다가 아파트까지 데려와 줄 거라고 했다. 퍼거슨은 마음에 들지 않았다. 그는 그 어떤 변화든 엄격한 도덕률에 어긋나는 것으로 생각하고 반대했지만, 반대할 수 있는 입장이 아니었다. 그저 시키는 대로 따라야 했고, 한때 하루 중 가장 즐거웠던 시간 — 여섯 시간 반 동안 지루함과 꾸중, 그리고 전지전능한 하느님과의 투쟁에 시달리다가 다시 어머니를 만나는 일 — 이 뚱뚱한 몸으로 어기

적거리는 할머니와 기운 없이 걷는 따분한 시간으로
바뀌었다. 너무 수줍음이 많고 내성적이었던 할머니는
그에게 딱히 말을 걸 줄도 몰랐고, 덕분에 두 사람은 아
무 말 없이 버스를 타고 집으로 돌아올 때가 많았다.

　그도 어쩔 수 없었다. 어머니는 그가 아끼는, 혹은 편
안함을 느끼는 유일한 사람이었고, 나머지 사람들은
모두 거슬렸다. 집안사람들은 모두 각자 좋은 점이 있
었고, 그가 짐작하기에는 모두 그를 좋아하는 것 같았
다. 하지만 할아버지는 너무 소란스러웠고, 할머니는
너무 조용했고, 밀드러드 이모는 너무 잘난 체했고, 폴
이모부는 자기가 말하는 걸 너무 좋아했고, 펄 종조할
머니는 애정이 너무 과해서 숨 막힐 것 같았고, 베티 이
모는 너무 무례했고, 샬럿 이모는 너무 멍청했고, 꼬마
사촌 에릭은 너무 제멋대로였고, 다른 꼬마 사촌 주디
는 울기만 하는 어린이였고, 만날 수만 있다면 뭐든 내
줄 수 있을 것 같던 단 한 명의 친척, 사촌 프랜시는 멀
리 캘리포니아에서 대학에 다니고 있었다. 힐리어드의
같은 반 친구들이라면, 진짜 친구라고 할 만한 아이는
없고 그저 아는 사이 정도일 뿐이었다. 심지어 더기 헤
이스, 가장 자주 만나는 그 친구조차 하나도 웃기지 않
는 일에 웃음을 터뜨리고, 그가 하는 농담은 전혀 이해
하지 못했다. 어머니를 제외하고 퍼거슨은 자신이 아
는 다른 사람들에게 애착을 느낄 수가 없었고, 그들과
함께 있을 때면 늘 홀로인 듯한 기분이 들었다. 그래도

다른 사람과 함께 있으면서 홀로인 편이 실제로 홀로 있는 것보다는 덜 끔찍했는데, 혼자 있으면 예외 없이 오래된 망상에 빠져들곤 했기 때문이다. 그럴 때면 마음의 안정을 얻을 수 있게 기적을 일으켜 달라고 하느님께 계속 간청하고 싶은 생각이 들었고, 그보다 더 끈질겼던 건, 『뉴어크 스타레저』에 실렸던 그 사진에 관한 생각이었다. 원래는 보면 안 되는 사진이었지만 결국 보고 만 사진, 어머니가 담배를 가지러 간 사이 3~4분 동안 유심히 들여다본 사진이었다. 아래에 스탠리 퍼거슨의 그을린 유해라고 적혀 있던 사진, 거기 한때 삼 형제 홈 월드였던 건물의 불타 버린 잔해 더미 속에 죽어 버린 아버지의 시체가 있었다. 뻣뻣하게 굳고 검게 그을린 그 몸은 더 이상 사람이라고 할 수 없었고, 얼굴도 없고 눈도 없이 그저 비명을 지르다 그대로 멈춘 듯 입만 벌린 상태로 미라가 되어 버린 것 같았다. 그렇게 그을린, 미라가 되어 버린 시체를 관에 넣어 땅속에 묻었고, 이제 퍼거슨이 아버지를 생각할 때마다 가장 먼저 떠오르는 건 그 이미지, 땅속에서도 여전히 입을 벌린 채 비명을 지르고 있는, 반쯤 타버린 시커먼 시체였다.

날이 추울 것 같구나, 아치. 학교 갈 때 목도리 꼭 챙겨 가.

그런 음울한 상념이 여덟 살에서 아홉 살로 넘어가는 힘든 시기에 있었지만 좋은 일들도 있었고, 그중에는 매일 일어나는 일, 이를테면 학교에서 돌아온 후에 4시부터 5시 30분까지 90분 동안(중간 광고 시간은 빼고) 11번 채널에서 이어지는 텔레비전 프로그램 같은 것들도 있었다. 로럴과 하디의 옛날 영화는 세상에서 가장 근사하고, 재미있고, 만족스러운 영화였다. 가을에 새로 시작한 시리즈였는데, 10월의 어느 오후에 우연히 텔레비전에서 보기 전까지 그는 그 오래된 코미디 배우들을 전혀 몰랐다. 로럴과 하디는 1955년경에는 거의 잊힌 상태였고, 1920년대와 1930년대에 그들이 출연한 영화들 역시 극장에서는 볼 수 없었기 때문에, 대도시 권역의 꼬마 시청자들 사이에 그들이 다시 알려질 수 있었던 건 순전히 텔레비전 덕분이었다. 퍼거슨은 그 두 바보에 푹 빠져들었는데, 여섯 살 어린이의 지능을 가진 어른들, 진심과 선한 마음이 넘치지만 늘 싸우고 서로를 괴롭히는 두 사람, 언제나 가장 말도 안 되는 위험한 곤경에 빠지고, 익사할 뻔하고, 온몸이 조각날 뻔하고, 거의 정신을 잃을 뻔하지만, 역시 언제나 살아남는 사람들이었다. 불행한 남편이고, 어설픈 계략가이고, 결국에 가서는 패자가 되지만, 서로 때리고 꼬집고 발길질하는 그 둘은 한편으로는 좋은 친구였고, 『지상의 삶의 기록』에 등장하는 그 어떤 짝보다 찰떡궁합인 한 쌍이었고, 각자가 서로 떼어 낼 수 없는, 두 부분으로 구성된 인간 생명체의 반쪽이었다. 로럴 씨와 하디 씨. 영화에서 그럴듯한 로럴과 하디 역을 연기하는 인물들의 본명 역시 로럴과 하디라는 사실이 퍼거슨은 너무나 마음에 들었다. 그러니까 로럴과 하디는 그 어떤 상황에서도 로럴과 하디였다. 미국에 있든 다른 나라에 있든, 과거에 살았든 현재에 살고 있든, 가구 배달을 하든, 생선을 팔든, 크리스마스트리를 팔든, 군인이든, 선원이든, 범죄자든, 군인이든, 거리의 악사든, 마구간 인부든, 서부의 광부든 상관없이 그랬다. 심지어 둘은 다른 사람들처럼 보일 때도 언제나 같은 사람들이었다는 사실 덕분에, 영화 속 어떤 인물보다 현실적으로 보였다. 로럴과 하디가 언제나 로럴과 하디라면 그건 그 둘은 영원하다는 의미일 거라고, 퍼거슨은 결론을 내렸다.

그 둘은 그해는 물론 이듬해까지 퍼거슨의 가장 꾸준한, 믿을 만한 동료들이었다. 스탠리와 올리버, 즉 스탠과 올리,[32] 마른 남자와 뚱뚱한 남자, 심약한 순진남과 뚱뚱한 바보, 알고 보면 올리는 스탠만큼 심약하지는 않았다. 로럴의 이름이 아버지 이름과 같다는 건 퍼거슨에게 의미가 있었지만 그리 큰 의미는 아니었고, 그 새 친구들을 좋아하는 데 크게 영향을 미친 것도 아니었다. 그 두 사람이 유일한 친구들이었다고 할 수는 없지만, 금세 최고의 친구들이 되었다. 시리즈에서 그가 가장 좋아한 건 매 편 내용이 바뀌어도 달라지지 않는 부분들이었다. 오프닝 크레디트 부분에 나오는 「뻐꾸기 울음소리」 주제곡은, 두 사람이 또 다른 모험을

---

32 각각 로럴과 하디 역을 맡은 배우인 스탠 로럴과 올리버 하디를 일컫는다.

시작할 거라는, 이번엔 둘이서 무슨 엉뚱한 생각을 할까?라고 물어보는 듯한 신호였고, 퍼거슨은 그 익숙한 음악이 절대 질리지 않았다. 타이를 매만지며 과장된 표정으로 카메라를 바라보는 올리, 놀라서 눈을 껌뻑거리다 갑자기 눈물을 흘리는 스탠, 두 사람의 중절모와 관련한 수많은 장난들, 로럴의 머리에 비해 너무 큰 모자, 하디의 머리에 비해 너무 작은 모자, 찌그러진 모자, 불붙은 모자, 귀밑까지 눌러쓴 모자, 짓밟힌 모자, 틈만 나면 맨홀에 빠지는 두 사람, 부서진 마룻널을 뚫고 떨어지고, 진흙탕에 발목이 잠기거나 웅덩이에 목까지 빠지고, 자동차, 사다리, 가스 오븐, 전등갓과 관련한 불운한 사고들, 낯선 사람을 만나면 다정하게 이쪽은 제 친구 로럴입니다라고 말하는 올리의 목소리, 보이지도 않는 파이프에 엄지로 불을 붙이는 스탠의 손동작, 통제가 안 되는 두 사람의 웃음, 어느새 춤을 추는 두 사람(둘 다 발이 아주 가벼웠다), 적을 만날 때마다 의기투합하는 두 사람, 힘을 합쳐 누군가의 집을 부수거나 자동차를 망가뜨릴 때면 말다툼이나 불협화음은 모두 잊어버리는 두 사람 등등, 그뿐만 아니라 두 사람의 정체가 조금씩 달라지고, 종종 둘이 겹치거나 아예 하나의 인물로 합쳐지기도 했다. 스탠의 발을 자기 발로 착각하고 긁으며 시원한 한숨을 내쉬는 올리, 성인 스탠리와 성인 올리버가 각자의 아들들인 꼬마 스탠과 꼬마 올리를 돌보는 장면, 거기서 그 아이들은 아버지를 꼭 닮은 복사판인데, 로럴과 하디가 양쪽 역을 모두 해 냈다. 스탠이 여자 올리와 결혼하고, 올리가 여자 스탠 과 결혼한다든지, 오랫동안 만나지 못했던 쌍둥이 형 제나 친한 친구들을 만나기도 하는데, 그 친구들의 이 름도 당연히 로럴과 하디였다. 그중 최고는 방송 말미 에 수혈이 잘못되어 스탠이 올리의 콧수염을 단 채 그 의 목소리로 말하고, 부드러운 인상의 하디가 울 것 같 은 로럴의 표정을 지어 보인 장면이었다.

그랬다, 그들은 너무 익살맞고 기발했다. 물론 퍼거 슨은 두 사람의 해학에 배가 아플 정도로 웃을 때도 종 종 있었지만, 그들을 그렇게 좋아한 이유, 그들을 향한 애정이 비정상적으로 커진 이유는 그들의 광대 같은 익살 때문이 아니라 끈질김 때문이었고, 그 두 사람이 퍼거슨 본인의 상황을 떠올리게 한다는 사실 때문이었 다. 익살스러운 과장이나 과장된 폭력을 걷어 내고 보 면 로럴과 하디의 투쟁은 퍼거슨 본인의 투쟁과 다르 지 않았다. 그들 역시 반복되는 엉뚱한 계획으로 허둥 댔고, 그들 역시 수없이 많은 후퇴와 좌절로 힘들어했 고, 두 사람의 불행이 극한으로 치달을 때면 하디의 분 노는 곧 그의 분노가 되었고, 로럴의 당혹감은 그의 당 혹감을 비춰 줬다. 두 사람의 엉성한 소동에서 가장 좋 았던 점은 스탠과 올리가 심지어 그보다도 못한 사람 들, 더 멍청하고, 더 우둔하고, 더 무기력한 사람들이라 는 사실이었다. 그 점이 너무 웃겼고, 너무 웃겨서 두 사람을 보며 웃음을 참을 수 없었지만, 한편으로는 그들이 안쓰럽기도 했고, 그렇게 둘을 마치 형제처럼 받아들이게 되었다. 끊임없이 세상으로부터 내팽개쳐지지만 끊임없이 다시 일어서는, 자신과 같은 영혼들, 또 다른 무모한 계획을 세우고 일어서지만 결국엔 그 계획 역시 필연적으로 그들을 다시 한번 좌절케 할 것이었다.

대부분 그는 혼자, 텔레비전에서 약 1미터 떨어진 거실 바닥에 앉아 영화를 봤다. 어머니와 할머니는 너무 가깝다고, 브라운관에서 나오는 빛이 눈에 해로울 거라고 걱정했고, 두 분 중 누군가가 지켜볼 때면 그는 조금 떨어져 앉곤 했다. 학교에서 돌아올 때까지 어머니가 밖에서 일을 하고 있으면, 할머니는 어머니가 매일의 의무(로럴과 하디의 단편 영화 「뮤직 박스」에서, 스탠에게 엉덩이를 걷어차인 보모가 경관에게 그 사람이 제 매일의 의무[33] 한가운데를 걷어찼다고요라고 말한 적이 있었다)를 마치고 돌아올 때까지 그와 함께 아파트에 머무르기도 했다. 하지만 퍼거슨의 할머니는 로럴과 하디에게는 전혀 관심이 없었고 집 안을 청결하고 질서 정연하게 정리하는 일에만 열심이었다. 할머니는 먼저 손자에게 간식을 챙겨 줬는데, 보통은 초콜릿칩쿠키 두 개와 우유 한 잔이었고, 가끔씩 자두나 오렌지 한 알, 포도잼에

---

33 〈매일의 의무〉로 번역한 〈daily duties〉는 엉덩이를 뜻하는 속어이기도 하다.

찍어 먹는 짭짤한 크래커일 때도 있었다. 간식을 다 먹은 퍼거슨이 거실로 가서 텔레비전을 켜고 앉으면, 할머니는 주방 조리대를 박박 닦거나, 조리기 안쪽의 찌꺼기를 닦아 내거나, 두 욕실의 세면대나 변기를 청소했다. 불결함이나 세균은 두고 보지 못했던 할머니는 자신의 딸이 살림을 잘하지 못하는 것에 불평하지는 않았지만, 직접 이런저런 집안일을 하다가 한숨을 쉴 때는 있었고, 혈육이 본인의 엄격한 위생 기준을 충실히 따르지 않는 걸 유감으로 생각했다. 학교에서 돌아왔을 때 어머니가 집에 있으면 할머니는 그를 데려다주고 바로 돌아갔다. 딸과 입맞춤하고 몇 마디 나눌 뿐코트를 벗고 잠시 쉬었다 가는 일은 좀처럼 없었다. 어머니는 암실에서 현상 작업을 하거나 주방에서 저녁 준비를 하지 않을 때면 가끔은 소파에 앉아 그와 함께 로럴과 하디를 보기도 했다. 가끔은 어머니도 큰 소리로 웃었지만(예를 들어 「뮤직 박스」의 그 매일의 의무 대사에서 크게 웃었는데, 이후로 그 말은 인간의 뒤쪽 부위를 일컫는 기존의 단어들을 대체하는 두 사람만의 은어가 되었다. 그동안은 뒤쪽, 터커스,[34] 뒷주머니, 하이니,[35] 끄트머리, 엉빵, 덩어리 같은 나름 괜찮은 단어들을 써왔는데, 이제 두 사람이 각자 다른 방에 있을 때 어머니가 뭐 하니, 아치?라고 물으면, 그는 집 안 어딘가

---

34 tuchas. 둔부를 뜻하는 이디시어에서 왔다.
35 heinie. 엉덩이를 뜻하는 독일어에서 온 단어로 추정된다.

에 서 있거나 누워 있을 때가 아니면 매일의 의무를 깔고 앉아 있어요, 엄마라고 대답했다), 대부분은 스탠과 올리의 못된 장난이나 실수에 키득거리거나 조금 미소를 지을 뿐이었고, 서로 치고받는 게 너무 심하다든가 아플 정도로 때리는 등 상황이 너무 나갔다고 생각하면 인상을 찌푸리거나 고개를 설레설레 저으며 저런, 아치, 저건 좀 끔찍하구나라고 말했는데, 영화 자체가 끔찍하다기보다 어머니가 보기에 야단법석이 도를 지나친 것 같다는 뜻이었다. 당연히 퍼거슨은 동의하지 않았지만, 그도 이제 다른 사람들은 자신만큼 로럴과 하디를 좋아하지 않을 수 있다는 걸 이해하는 나이였다. 그는 그렇게 자신과 함께 앉아 있어 주는 어머니가 좋은 사람이라고 생각했다. 스탠과 올리는 어머니가 보기에는 너무 멍청하고 유치했다는 것, 비록 어머니가 거의 1년쯤 그 프로그램을 봤지만 열렬한 팬은 아니었다는 것은 그도 알고 있었다.

집안에서 그의 열정을 공유하고, 그가 사랑해 마지않는 바보들의 천재성을 알아보는 예리함을 갖춘 어른이 딱 한 명 있었는데, 그건 다름 아닌 그의 할아버지, 속을 알 수 없는 벤지 애들러였다. 퍼거슨에게 할아버지는 늘 신비에 싸인 인물이었는데, 서로 다른 인격을 두 개 혹은 세 개 가지고 있어서, 어떤 날은 감정이 풍부하고 너그러웠던 반면, 또 다른 날은 꽉 막힌 채 정신이 딴 데 팔린 것 같았다. 어떨 때는 예민하고, 심지어 신경질적이고 성마른 모습을 보였고, 어떨 때는 차분하고 대범해 보였고, 손자에게 따뜻하게 관심을 보여줄 때도 있고 거의 관심을 보이지 않을 때도 있었다. 좋은 날이면, 그러니까 기분이 좋고 농담을 마구 쏟아 내는 날이면 할아버지는 훌륭한 짝이 되어 줬고, 퍼거슨이 생각하는 지루함Bore 전쟁(보어Boer 전쟁을 잘못 듣고 잘못 이해한 퍼거슨 본인이 만들어 낸 말이었다),[36] 즉 지리멸렬한 일상에 대한 공격에 동참하기도 했다. 11월 말, 폴 이모부가 어머니에게 다른 출장 일을 줬다. 이번에는 뉴멕시코까지 가서 곧 랜덤 하우스에서 에세이 선집을 출간할 예정인 여든 살의 시인 밀리센트 커닝햄의 사진을 찍는 일이었고, 어머니가 없는 동안 퍼거슨은 콜럼버스 서클 근처의 할아버지네 아파트에서 지내기로 했다. 그때쯤 그는 로럴과 하디의 세계에 한 달쯤 빠져 지내는 중이었는데, 새로운 발견에 심취한 나머지 주말에는 버림받은 느낌이 들 정도였다. 하지만 웨스트 58번가에서 보낸 첫 밤은 마침 월요일이었고, 오후에는 5일 연속으로 뚱뚱보 씨와 홀쪽이 씨와 함께할 수 있었다. 첫날 오후에 사무실이 한가하다며 일찍 집으로 돌아온 할아버지가 그와 함께 소파에 앉아 텔레비전을 봤고, 로럴과 하디는 예순두 살 할아버지에게도 여덟 살 퍼거슨에게 미친 것과 똑같은 영

36 〈bore(지루함)〉가 〈Boer(남아프리카 공화국의 네덜란드계 백인)〉와 발음이 같은 것에 착안한 표현.

향을 미쳤는지, 얼마 지나지 않아 할아버지는 어깨를 들썩이며 키득키득 웃기 시작했고, 어느 부분에서는 기침을 하고 숨을 헐떡이며 얼굴이 벌게질 정도였다. 어찌나 재미있었는지 할아버지는 그 주 내내 오후 일찍 퇴근해서 손자와 함께 텔레비전을 봤다.

그리고 놀라운 일이 일어났다. 12월 초의 일요일에 퍼거슨의 조부모님이 센트럴파크웨스트의 아파트에 상자 여러 개를 들고 나타났다. 몇몇 상자는 너무 무거워서 건물 관리인 아서 씨가 손수레에 싣고 옮겨야 했는데, 덕분에 할아버지에게서 팁으로 5달러를(5달러나!) 받았다. 그뿐만 아니라 상자 하나는 아주 길어서 할아버지와 할머니가 함께 양손으로 들고 거친 숨을 내쉬며 옮겨야 했고, 너무 길어서 하마터면 아파트 안으로 못 들어올 뻔했다. 할머니가 미소를 짓고(할머니가 미소 짓는 일은 아주 드물었다), 할아버지가 웃음을 터뜨리고, 어머니가 그의 어깨에 지긋이 손을 얹고 나서야 그는 뭔가 예외적인 상황이 벌어질 것임을 알아차렸지만, 상자를 열어 보기 전에는 무슨 일인지 짐작도 할 수 없었다. 상자 안에는 16밀리미터 영사기와 접을 수 있는 삼각대가 달린 영사막, 그리고 「마무리」, 「두 선원」, 「또 틀렸어」, 「대사업」, 「완벽한 날」, 「만취」, 「영하」, 「다시 엉망」, 「협력자」, 「구멍에 빠지다」까지, 로럴과 하디 단편 영화 열 편의 필름이 들어 있었다.

영사기가 중고라는 사실은 중요하지 않았고, 제대로

작동했다. 필름에 긁힌 자국들이 있고, 소리가 마치 욕조에서 울리는 것 같다는 점도 중요하지 않았다. 영상은 볼 만했다. 그리고 그 영상들과 함께 그는 새로운 어휘들을 익혔는데, 예를 들어, 그을린보다는 스프로킷[37] 같은 단어를 생각하는 게 결국은 훨씬 좋았다.

어머니는 일 때문에 출장을 가 있을 때가 아니면 ― 혹은 너무 춥거나 비가 오거나 바람이 심하게 부는 때가 아니면 ― 대부분의 토요일 오전과 오후에 좋은 사진을 찾아 거리를 헤매고 다녔다. 맨해튼의 보도를 따라 빠른 걸음으로 이동하고, 시청사 건물의 계단을 오르고, 센트럴 파크의 바위를 오르거나 다리를 건너는 어머니 옆에서 퍼거슨도 종종걸음으로 따라다녔고, 그러다 보면 그로서는 알 수 없는 이유로 어머니는 갑자기 걸음을 멈추고 카메라로 뭔가를 바라보며 셔터를 누르곤 했다. 찰칵, 찰칵찰칵, 찰칵찰칵찰칵, 그게 세상에서 가장 흥미진진한 순간이라고는 할 수 없었지만, 어머니와 함께 있는 즐거움, 혹은 어머니를 독차지하는 즐거움이 있었다. 그리고 브로드웨이나 빌리지의 6번 애비뉴에 있는 커피숍에서 먹는 점심도 빼놓을 수 없었다. 그는 매번 햄버거와 초콜릿밀크셰이크를 주문했는데, 그건 토요일 나들이 중간에 즐기는 늘 같은 만찬이었다. 햄버거 주세요. 네, 햄버거 주세요. 마치 성스러

37 필름을 되감는 톱니바퀴 모양의 굴림대.

운 의식의 일부인 양 아주 작은 부분까지 조금도 달라지지 않았고, 그 후에는 토요일 저녁 혹은 일요일 오후에 함께 영화를 보러 갔다. 어머니가 체스터필드를 피울 수 있는 발코니석에 앉아, 로럴과 하디 영화가 아니라 새로 나온 할리우드 영화들을 감상했다. 「언제나 맑음」, 「거인」, 「피크닉」, 「아가씨와 건달들」, 「화가와 모델」, 「코트 제스터」, 「외계의 침입자」, 「수색자」, 「금지된 행성」, 「회색 양복을 입은 사나이」, 「우리들의 브룩스 양」, 「보와니 분기점」, 「트래피즈」, 「모비 딕」, 「솔리드 골드 캐딜락」, 「십계」, 「80일간의 세계 일주」, 「퍼니 페이스」, 「놀랍도록 줄어든 사나이」, 「삼진이 두려워」, 「12인의 성난 사람들」까지, 1955년과 1956년, 1957년에 나온 좋은 영화도 있고 나쁜 영화도 있었는데, 그런 영화 감상은 힐리어드를 다니는 동안은 물론 다음 학교에서의 첫해까지 이어졌다. 다음 학교는 84번가와 85번가 사이의 웨스트엔드 애비뉴에 있는 리버사이드 학교였는데, 소위 진보적 성향의 남녀 공학으로 29년 전, 그러니까 힐리어드보다 정확히 1백 년 후에 개교한 학교였다.

더 이상 블레이저 재킷과 타이도 없고, 아침 예배 시간도 없고, 센트럴 파크를 통과하는 버스를 타고 통학할 일도 없고, 낮 시간에 여자아이들 없이 건물 안에 갇혀 있는 일도 없었다. 그 모든 게 선택에 따른 개선이라고 할 수 있었지만, 3학년과 4학년 사이의 가장 큰 차이는 전학이 아니라 퍼거슨이 하느님과의 대결을 끝냈다는 사실이었다. 하느님이 졌고, 더는 그를 벌하거나 두려움을 일으키지 못하는 무력한 존재임이 밝혀졌다. 그리고 천상에서 그를 지켜보는 이가 사라진 이상, 퍼거슨은 〈일부러 망치는〉 놀이, 훗날 존재론적 바보 시험이라고 부르게 되는 그 놀이를 더는 할 이유가 없었다. 너무 그럴듯하게 실패를 연기했기 때문에 이내 그런 변명과 자기희생에 탁월한 자신의 재능에 싫증이 나버렸다. 힐리어드에서는 아무도 그가 무슨 일을 벌이는지 알아차리지 못했고, 그는 교사와 동료 학생뿐 아니라 어머니와 밀드러드 이모까지 모두를 속였다. 아무도 그가 일부러 그런 짓을 벌인다는 것, 들쭉날쭉했던 3학년 성적이 연기에 불과했고, 권위 있는 신성한 존재가 내려다보지 않는다면 자신이 뭘 하든 중요하지 않음을 증명해 보이려는 치밀한 노력에 불과했다는 사실을 파악하지 못했다. 그는 힐리어드에서 쫓겨남으로써 자신과의 논쟁에서 승리한 셈이었다. 정확히 퇴학당했다고는 할 수 없다. 학교에서는 연말까지 다녀도 좋다고 했지만, 이미 퍼거슨과 관련해서는 충분히 파악했다고 생각했고 더 이상은 지켜볼 생각이 없는 것 같았다. 교장 선생님은 아치가 자신이 그 학교에서 일하는 동안 겪은 학생 중 가장 수수께끼 같다고 했다. 반에서 최고의 학생이면서 동시에 최악의 학생이라고, 선생님은 말했다. 어떨 때는 반짝반짝 빛나지만 어떨 때는 완전히 바보 같아서, 학교 측에서는 더 이상 어떻게 해야 할지 모르겠다고, 잠재적인 조현병 환자를 보고 있는 건지, 아니면 그저 상심한 아이일 뿐 시간이 지나면 원래의 모습을 되찾을 수 있는 건지 알 수가 없다고 했다. 퍼거슨의 어머니는 자신의 아들이 바보도 아니고 미래의 정신병 환자도 아니라는 걸 알았기 때문에, 교장 선생님에게 시간 내주셔서 감사하다고 말한 다음 다른 학교를 찾아보기 시작했다.

리버사이드 학교의 첫 번째 성적표는 11월 중순의 금요일에 나왔다. 1년 내내 힐리어드에서 〈부족함〉과 〈낙제〉만 봐온 어머니는 새로운 학교에서는 좀 나을 거라고 기대했지만, 그렇다고 퍼거슨이 들고 온 〈탁월함〉 일곱 과목과 〈매우 우수함〉 두 과목 정도는 아니었다. 엄청난 반전에 깜짝 놀란 어머니는 5시 30분, 「로럴과 하디 쇼」가 끝나자마자 거실로 나가 아들 옆에 앉았다.

잘했어, 아치, 어머니가 오른손에 든 성적표를 왼손으로 톡톡 건드리며 말했다. 아주 자랑스럽구나.

고마워요, 엄마, 퍼거슨이 대답했다.

새 학교가 재밌나 보네?

그만하면 괜찮아요, 이것저것 고려하면.

무슨 뜻이야?

학교는 그냥 학교야, 그러니까 아주 재밌는 곳은 아니라는 뜻이에요. 가야 하니까 가는 거지.

그래도 어떤 학교는 다른 학교보다 낫잖아, 그렇지 않아?

그런 것 같아요.

예를 들면 리버사이드가 힐리어드보다는 좋잖아.

힐리어드 나쁘지 않았어요, 그러니까 학교로는.

그래도 매일 그렇게 멀리까지 다니는 건 안 좋았지? 그렇지? 이제 교복도 안 입어도 되고, 남학생만 있는 게 아니라 여학생도 같이 있으니까, 그런 것도 더 좋지 않아? 안 그래?

훨씬 좋아요. 그래도 학교 자체는 크게 다르지 않아. 읽기, 쓰기, 수학, 사회, 체육, 미술, 음악, 과학. 리버사이드에서도 배우는 건 힐리어드랑 똑같아요.

선생님들은?

대충 비슷해.

리버사이드는 훨씬 덜 엄격할 것 같은데.

그렇지도 않아요. 음악 선생님인 돈 선생님은 가끔 소리도 질러. 힐리어드의 음악 선생님인 볼스 선생님은 절대 큰소리를 내지 않았거든요. 그분은 내가 만난 선생님 중에 최고예요. 제일 친절하기도 하고.

그래도 리버사이드에는 친구들도 더 많잖아. 토미 스나이더, 피터 배스킨, 마이크 골드먼, 앨런 루이스— 모두 착한 아이들이잖아. 그리고 그 귀여운 애들, 이저벨 크래프트와 그 애 사촌 앨리스 에이브럼스는 정말 예쁜 애들이잖아. 진짜 인기 있는 애들. 두 달 만에 뉴저지에 있을 때보다 훨씬 많은 친구들을 만들었잖아.

개네는 같이 놀면 재밌어요. 다른 애들은 꼭 그렇지는 않아. 빌리 네이선슨은 지금까지 만난 애들 중에 제일 치사해. 힐리어드에 있는 그 어떤 학생보다 더.

하지만 힐리어드에서는 친구가 한 명도 없었잖아, 아치. 착한 더그 헤이스 정도 말고는 한 명도 생각 안 나는데.

내 잘못이에요. 내가 친구 안 사귀려고 했으니까.

그래? 왜 그랬을까?

설명하기 힘들어요. 그냥 안 사귀려고 했어.

한 학교에서는 친구도 없고 성적도 안 좋고. 다른 학교에서는 친구도 많고 성적도 좋고. 거기에는 분명 이유가 있을 거야. 네 생각은 어떠니?

맞아요.

그렇다면?

말 못 해요.

바보같이 굴지 말고, 아치.

말하면 화내실 거예요.

내가 너한테 왜 화를 내니? 힐리어드는 이제 지나간 일이야. 이야기해도 달라질 건 없어.

그렇겠지만, 그래도 화내실 거예요.

내가 화내지 않겠다고 약속하면?

별로 도움은 안 되어요.

퍼거슨은 바닥을 내려다보고 카펫의 올이 빠진 부분

을 찾는 척하며 어머니의 눈길을 피했다. 감히 어머니의 눈을 바라보면 자신이 지고 말 것임을 알았다. 어머니의 눈은 언제나 그가 감당하기에는 너무 강했고, 그의 생각을 읽어 내고 그에게서 고백을 끌어낼 수 있는 힘이, 저항하려는 그의 미약한 의지 따위는 압도해 버리는 힘이 가득했다. 그리고 지금, 피할 수 없는 두려운 상황이 닥쳤는데, 어머니가 몸을 앞으로 내밀고 손가락으로 그의 턱을 살짝 건드리며 고개를 들어 자신의 눈을 똑바로 쳐다보게 한 것이다. 어머니의 손이 자신의 턱에 닿는 순간, 그는 모든 희망이 사라졌음을 알았다. 눈에 눈물이 고였다. 몇 달 만에 처음 흘리는 눈물이었다. 아무런 경고 없이 그렇게 다시 수도꼭지가 열려 버리는 상황은 모욕적이었고, 어리석은 것이나 다름없었다. 〈훌쩍이는 스탠〉이라고 그는 생각했다. 머릿속 배관이 잘못되어 버린 아홉 살짜리 갓난아기. 어머니의 눈을 바라볼 수 있을 만큼 용기를 냈을 때는 양쪽 볼에서 눈물이 흘러내렸고, 입이 저절로 움직이며 말들이 튀어나왔다. 힐리어드 이야기를 하고 있었다. 하느님과의 싸움과 성적이 나빴던 이유, 멈춰 버린 머릿속 목소리와 살해된 아버지, 벌을 받기 위해 규칙을 어기고, 그다음엔 벌을 주지 않는다는 이유로 하느님을 미워했던 일까지, 퍼거슨은 어머니가 자신의 말을 이해하고 있는지 알 수 없었다. 어머니의 눈은 고통스럽고 혼란스러워 보였고, 거의 눈물을 흘릴 것만 같았다. 2분, 3분, 4분 정도 이야기를 했을 때 어머니가 몸을 숙이고 그를 껴안으며, 그만해도 된다고 했다. 됐어, 아치. 그만해도 돼. 어머니가 말했다. 그런 다음 둘은 함께 울음을 터뜨렸고, 그 눈물의 향연은 거의 10분 가까이 이어졌는데, 두 사람이 서로의 앞에서 감정이 무너져 버린 마지막 순간이었고, 스탠리 퍼거슨의 시신을 땅에 묻었던 날 이후로 거의 2년 만이었다. 울음이 천천히 멈춘 후에는 세수를 하고, 외투를 꺼내 입고 영화관으로 갔다. 저녁을 먹는 대신 발코니석에서 핫도그를 잔뜩 사 먹었고, 김빠진 콜라와 함께 커다란 박스에 든 팝콘도 나눠 먹었다. 그날 저녁 두 사람이 본 영화는 「나는 비밀을 알고 있다」였다.

시간이 흘렀다. 퍼거슨은 열 살, 열한 살, 열두 살을 지나 열세 살, 열네 살이 되었다. 그 5년 동안 집안에서 있었던 가장 큰 사건은 당연히 어머니가 길버트 슈나이더먼이라는 남자와 결혼한 일로, 퍼거슨이 열두 살 반 때의 일이었다. 그보다 1년 전 애들러 가족은 첫 번째 이혼을 겪었는데, 밀드러드 이모와 폴 이모부가 설명할 수 없는 이유로 갈라섰다. 늘 서로 잘 맞는 것 같았던 부부, 말하기 좋아하던 두 책벌레는 9년 동안 아무런 갈등이나 서로를 속이는 일 없이 지냈는데, 갑자기 끝나고 만 것이다. 밀드러드 이모는 캘리포니아에 가서 스탠퍼드 대학 영문학과에 합류했고 폴 이모부는 더 이상 퍼거슨의 이모부 폴이 아니었다. 그리고 할아버지가 돌아가셨고 — 1960년에 심장 마비로 — 얼마 후에는 할머니도 돌아가셨고 — 1961년에 뇌졸중으로 — 두 번째 장례식이 끝나고 한 달도 지나지 않아 펄 종조할머니가 말기 암 판정을 받았다. 애들러 가족은 줄어들고 있었다. 마치 아무도 장수를 하지 못하는 집안처럼 보이기 시작했다.

슈나이더먼은 어머니의 전 고용주, 독일어 억양이 남아 있고 전쟁 초기에 어머니에게 사진을 가르쳐 준 남자의 큰아들이었다. 퍼거슨은 어머니가 언젠가는 재혼할 것임을 알고 있었기 때문에 그 선택에 반대하지 않았고, 그나마 어머니에게 가능했던 몇몇 선택 중 최고라고 생각했다. 마흔다섯 살의 슈나이더먼은 어머니보다 여덟 살이 많았고, 두 사람의 첫 만남은 어머니가 슈나이더먼 아버지의 사진관으로 처음 출근했던 1941년 11월의 어느 아침에 이뤄졌는데, 그 사실이 왠지 퍼거슨에게 위안이 되었다. 어머니는 아버지를 만나기 전부터 새아버지를 알고 있었다. 1941년 대 1943년. 그 사실을 알고 나자 그때까지 그의 세상의 시작이었던 날이 이제 더 앞으로 당겨졌고, 두 사람 사이에 이미 그만큼의 과거가 쌓여 있다는 것, 그러니까 어머니가 맹목적으로 재혼을 서두른 게 아니라는 사실이 안심되었다. 어머니가 말만 번지르르한 광대 같은 남자에게 낚여서 어느 날 아침 자신이 인생의 실수를 범했음을 알게 되는 상황은 퍼거슨이 가장 두려워하던 것이었다.
아니었다. 슈나이더먼은 단단한 사람, 믿을 수 있는 사
람처럼 보였다. 한 여성과 17년 동안 결혼 생활을 유지
했고 자식이 둘 있었지만, 어느 날 아침 주 경찰이 전화
해서는 더체스 카운티의 영안실에 있는 여성의 시신을
확인해 달라고 했다. 교통사고로 사망한 아내의 시신
이었다. 그 후로 4년을 홀로 지냈는데, 그건 아버지가
죽은 후 퍼거슨의 어머니가 혼자 지낸 시간과 거의 같
았다. 1959년 9월 당시에는 할아버지와 할머니 모두
살아 있었기 때문에 결혼식은 웨스트 58번가의 조부모
님 아파트에서 열렸고, 키가 약 157센티미터쯤인 퍼거
슨이 들러리를 섰다. 하객으로는 새로 그의 의붓남매
가 된 스물한 살의 마거릿과 열아홉 살의 엘라가 있었
는데 둘 다 대학생이었다. 비틀거리는 몸으로 참석한
이매뉴얼 슈나이더먼은 입이 거칠고 고약한 노인이었
는데, 이미 그를 서너 번 만난 적이 있었던 퍼거슨은 그
노인이 자기 할아버지라고는 절대 생각할 수 없었고,
그건 외할아버지가 돌아가시고 나서도 마찬가지였다.
길의 남동생 대니얼과 제수 리즈, 열여섯 살의 조카 짐
과 열두 살의 조카 에이미(팔다리밖에 안 보일 정도로
볼품없는 외모였는데, 치아 교정기를 했고 이마에는
여드름이 있었다)도 있었다. 그리고 퍼거슨의 전 이모
부 폴 샌들러도 참석했다. 그는 밀드러드 이모와 이혼
한 후에도 여전히 어머니의 대변인처럼 활동했는데,

어머니가 낸 첫 두 권의 책인 단행본 분량의 『유대식 결혼식』, 그리고 푸에르토리코 갱단 조직원과 그들의 여자 친구를 찍은 아흔 장의 흑백 초상 사진을 모아 놓은 최신작 『거친 친구들』의 편집자이기도 했다. 밀드러드 이모는 없었는데, 스탠퍼드 대학의 수업 때문에 바빠서 올 수가 없다고 편지를 보냈다. 퍼거슨은 자신의 어머니를 바라보는 전 이모부 폴을 보면서, 혹시 그 역시 어머니가 생각했던 후보자 중 한 명이었지만 길 슈나이더먼에게 밀린 게 아닌가 하는 의심이 들었다. 그렇다면 폴이 밀드러드 이모와 헤어진 건 자신이 두 자매 중 엉뚱한 쪽에 빠져들었다는 뒤늦은 깨달음과 관련이 있을 수도 있었다. 알 도리는 없었지만, 어쩌면 밀드러드 이모가 그날 오후 뉴욕이 아니라 캘리포니아에 있던 것도 그래서일지 몰랐다. 그렇다면 이모가 퍼거슨의 어머니와 연락을 끊은 듯 보였던 것도 설명이 되었다. 결혼식 피로연에서 아무도 이모의 불참에 관해, 적어도 퍼거슨이 듣는 자리에서는 이야기하지 않았고, 전 이모부 폴이나 할아버지 할머니에게 왜 이모 이야기를 하지 않느냐고 물어볼 입장도 아니었기 때문에, 그날 오후 그의 머릿속에 맴돌던 궁금증은 끝내 해결되지 않았다. 또 하나의 알 수 없는 이야기라고 혼자서 생각하던 그는, 이내 주머니에서 반지를 꺼내 이마가 높고 귀가 큰 건장해 보이는 남자, 이제 막 그의 새아버지가 되려는 남자에게 건넸다.

어머니는 새로운 시작이라고 했고, 그 시작의 시작에는 적응해야 할 것들, 갑자기, 그리고 영원히 달라져 버린 크고 작은 일들이 많았다. 우선 두 명이 아니라 세 명인 가족으로 살아야 한다는 커다란 사실이 있었고, 그 세 번째 사람이 매일 밤 어머니와 같은 침대에서 잠을 잔다는 새로운 상황이 발생했다. 가슴에 털이 난 180센티미터 남짓한 남자, 아침마다 구식 사각팬티 차림으로 돌아다니고, 화장실에서 큰 소리를 내며 오줌을 누고, 어머니와 눈이 마주칠 때마다 포옹하며 입 맞추는 남자는 퍼거슨이 맞서야 할 새로운 남성성이었다. 어깨가 넓지만 운동선수처럼 보이지는 않았고, 묵직한 트위드 정장과 조끼를 입고, 튼튼한 구두를 신고, 평균보다 머리를 길게 기른, 조금은 산만해 보이는 구식 우아함이 느껴지는 남자였는데, 농담이나 유쾌한 대화에는 잘 반응하지 않았고 사회성 면에서는 조금 서툴렀으며, 아침에는 커피 대신 차를 마셨고, 슈납스와 코냑을 즐겼고, 저녁에는 시가를 피웠다. 꾸준하고, 둔감하고, 생업과 관련해서는 독일인답게 임했고, 종종 짜증을 내고 사람을 불편하게 했지만(의심할 것 없이 아버지에게 물려받은 유전적 특징이었다), 대부분은 친절했고 가끔은 지나치게 친절하기도 했다. 아버지의 자리를 대신하려는 욕망은 조금도 없는 새아버지였고, 〈아버지〉보다는 길이라고 불리는 것에 만족해했다. 처음 6개월 동안 세 사람은 센트럴파크웨스트의 아파트에서 함께 지냈고, 그다음에는 88번가와 89번가 사이 리버사이드 드라이브에 있는 더 큰 집으로 이사했다. 그 집의 네 번째 방은 길의 서재가 되었고, 퍼거슨은 학교 가까이에 살게 되자 아침에 잠을 좀 더 잘 수 있어서 이사가 반가웠고, 옛날 아파트 3층에서 보는 센트럴 파크의 전경이 그립기는 했지만, 대신 7층에서 보는 허드슨강의 전경이 생겼다. 물 위를 오가는 작은 배와 큰 배 들이 끊임없이 움직였기 때문에 그 풍경은 좀 더 활기를 띠었다. 강 건너 반대편 땅은 뉴저지였고, 그쪽을 볼 때마다 퍼거슨은 거기서 살았던 시절을 생각하고 꼬마였던 자신의 모습을 떠올려 봤지만, 이제 그 모습은 아주 멀리, 거의 사라진 것처럼 느껴졌다.

슈나이더먼은 『뉴욕 헤럴드 트리뷴』의 수석 음악 평론가였는데, 그건 거의 매일 밤을 공연이나 발표회, 오페라 관람으로 보내야 하고, 마감 시간에 맞춰 감상평을 쓰고 같은 날 저녁에 문화면 편집자에게 넘겨야 하는, 부담이 많은 직업이었다. 이제 막 관람을 마친 공연에 관해 두 시간 혹은 두 시간 반 만에 조리 있는 글을 쓰는 그 일은 퍼거슨에게는 거의 불가능해 보였지만, 슈나이더먼은 그렇게 압박이 있는 상황에서 일하는 데 능숙했고, 대부분의 밤에 타자기 자판에서 손을 한 번도 떼지 않은 채 원고 작성을 마쳤다. 어떻게 그렇게 뚝딱뚝딱 단어들이 생각나느냐고 퍼거슨이 묻자, 그는 내가 진짜 게으른 사람이라서 그래, 아치, 마감이 닥치지 않으면 나는 아무 일도 마칠 수 없을 거야, 하고 의 붓아들에게 대답했다. 퍼거슨은 새아버지가 그런 식으로 자기 자신에 대해 농담하는 모습이 인상적이었는데, 왜냐하면 그가 보기에 새아버지가 전혀 게으른 사람이 아니라는 건 분명했기 때문이다.

슈나이더먼은 해줄 이야기가 많았다. 안데스의 황금 탐사나 아프리카의 코끼리 사냥같이 억지로 꾸며 낸 것 외에는 거의 이야기를 들려주지 않던 퍼거슨의 아버지와 달리, 그의 이야기는 진짜였다. 적응기가 서서히 일상 비슷한 뭔가로 자리 잡아 갈 무렵, 퍼거슨은 옛날이야기를 해달라고 조를 만큼 어머니의 남편이 편해졌고, 이제 그의 생각도 더 이상 어린이의 생각이지만은 않았기 때문에, 슈나이더먼의 베를린 성장기 시절 이야기를 듣는 게 재미있었다. 그렇게 먼 곳에 있는 도시에서 인생의 첫 7년을 보낸 누군가의 이야기였다. 그곳은 퍼거슨의 상상 속에서는 〈히틀러 지옥〉 최초의 선두 도시였지만, 슈나이더먼이 알려 준 바에 따르면, 그러니까 1921년에 그곳을 떠나온 사람에게는 그렇지 않았다. 슈나이더먼은 제1차 세계 대전, 사람들이 한때 〈큰 전쟁〉이라고 불렀던 전쟁 이전에 태어난 사람이었지만 그 전쟁에 관한 기억은 전혀 없었다. 정치적 격변은 그에게는 아무 인상도 남기지 않았고, 그가 확실하게 기억하는 최초의 사건은 샤를로텐부르크의 가족 아파트 주방 식탁에 앉아 빵에 블랙베리잼을 바르며 옆자리 유아용 의자에 앉은 동생 대니얼을 구경한 일이었다. 대니얼은 이제 막 6개월 혹은 8개월밖에 되지 않은 갓난아기였다. 말하자면 전쟁이 막바지에 이르렀거나 이미 끝난 상황이었고, 그 장면이 그렇게 생생하게 남은 건 대니얼이 엄청난 양의 우유를 턱받이에 토하면서도 전혀 의식하지 못하고 있었기 때문이다. 아기는 엄청난 양을 토해 내면서도 두 손으로 식탁을 두드리며 내내 미소를 지었고, 슈나이더먼은 사람이 그렇게 토하면서도 자신이 무슨 행동을 하는지 모를 수 있을 정도로 생각이 없고 무능할 수 있다는 사실이 놀라웠다. 히틀러는 없었다, 그때는. 하지만 그럼에도 중대한 시기였고, 베르사유에서는 미래의 재앙의 씨앗이 될 일들이 뿌려지고 있었고, 베를린에서는 스파르타쿠스 단원들의 무장봉기가 일어났다가 진압되었고, 이어서 로자 룩셈부르크와 카를 리프크네히트가 체포되었고, 두 사람의 사체는 나중에 란트베어 운하에서 발견되었다. 그뿐 아니라 러시아 내전이 벌어져서 적군이 백군에 맞섰고, 볼셰비키가 전 세계에 맞섰다. 러시아는 독일에 가까웠기 때문에 갑자기 난민과 이민자가 베를린으로 쏟아져 들어왔고, 불안정하고 휘청거리는 베를린, 누더기가 된 바이마르 공화국의 심장에서는 빵 한 덩어리 가격이 2천만 마르크까지 치솟았다. 가족이 미국으로 떠날 수밖에 없었던 사정을 이해시키기 위해 슈나이더먼은 이런 기초적 역사를 퍼거슨에게 먼저 이야기해야 했다. 슈나이더먼의 아버지가 독일은 막다른 골목에 이르렀고 가능한 한 빨리 떠야 한다고 결론을 내렸는데, 지나고 보니 그건 아주 시의 적인 판단이었던 게, 미국은 1924년에 이민에 제동을 걸고 문을 닫아 버렸기 때문이었다. 하지만 당시는 1921년이었고, 슈나이더먼이 막 일곱 살이 지나고 동생은 한 달 전에 세 살이 되었던 그해 여름, 그들은 부모님과 함께 독일어 책을 한 가방 챙긴 다음 함부르크에서 증기선 인도로 가는 길호에 올랐다. 그들은 워싱턴 하이츠의 구릉 지대에 도착했는데, 그것도 실은 슈나이더먼의 짐작일 뿐이었다. 당시 그의 영어 실력은 좋다고 할 수 없었고, 사실은 거의 모르는 말이나 다름없었기 때문에 일곱 살 남자아이는 부모님이 해주는 이야기 외에는 거의 알 수 있는 게 없었다. 언어가 가장 큰 장벽이었다고, 새아버지는 말했다. 독일어 억양 없이 영어를 말하기란 어려웠고, 덕분에 외국인으로 찍혀서 같은 학교의 남자아이들에게 놀림받고 종종 두들겨 맞기도 했다. 그는 그저 외국인이 아니라 독일인, 즉 전쟁 이후였던 당시에는 가장 미천하고 인류 역사상 가장 경멸스러운 종족, 아무짝에도 쓸모없는 인간이었기 때문이다. 〈크라우트〉든, 〈훈〉이든, 〈보시〉든, 〈하이니〉든 상관없었다.[38] 영어에 대한 이해가 늘면서 그 언

---

38 순서대로 kraut, hun, boche, heinie. 모두 독일인을 경멸적으로 이르는 표현.

어와 친숙해진 다음에도, 그러니까 어휘가 늘고 영어 구문과 문법의 미묘한 차이를 이해하게 된 다음에도 어색한 억양은 혹처럼 계속 붙어 다녔다. 비 고 슈비밍 인 디 주머, 야 아치?[39] 슈나이더먼은 예를 들기 위해 그렇게 말했고, 슈나이더먼이 농담하는 일은 드물었기 때문에 퍼거슨은 그렇게 작은 장난기를 보여 준 게 고마웠다. 농담은 실제로 재미있기도 해서 그는 웃음을 터뜨렸고, 곧 두 사람은 함께 소리 내어 웃었다.

그런데 실은 독일어를 알았던 덕분에 살아남은 건지도 몰라. 슈나이더먼이 말했다.

퍼거슨이 설명해 달라고 하자 새아버지는 전쟁 이야기를 시작했다. 진주만 공격 이후에 그는 유럽에 가서 나치를 죽이고 싶어 육군에 입대했지만, 다른 군인들에 비해 나이가 조금 많았기 때문에, 그리고 독일어와 프랑스어가 유창한 대학생이었기 때문에 전투 병력에서 제외되고 정보 부서에 배속되었다. 그러니까 전선에서의 임무는 없었고, 그랬기 때문에 총탄이나 폭탄을 맞고 일찍 무덤에 들어갈 일도 없었다. 퍼거슨은 당연히 그가 정보 부서에서 어떤 일을 했는지 알고 싶어 안달이었지만, 전쟁에서 돌아온 사람들이 대부분 그렇듯 슈나이더먼은 그 이야기를 하지 않으려 했고, 그냥 독일군 신문이나 나치 장교 취조를 하면서 독일어 실

39 〈We go swimming in the summer, you Archie(여름에 수영 갈까, 아치)?〉를 독일어 억양을 섞어 발음한 것.

력을 잘 써먹은 거지, 하고만 말했다. 퍼거슨이 자세히
이야기해 달라고 하자 슈나이더먼은 의붓아들의 어깨
를 톡톡 두드리며 나중에, 아치, 하고만 말했다.

새로운 생활에 단점이 있다면 슈나이더먼이 스포츠
에 전혀 관심이 없다는 점이었다 — 야구에도 미식축
구에도, 농구나 테니스에도, 골프나 볼링, 배드민턴에
도 관심이 없었다. 그저 본인이 그런 운동을 직접 하지
않는다는 의미가 아니라, 신문의 스포츠면 자체를 쳐
다보지도 않았는데, 그건 지역 프로 스포츠 팀 성적이
오르내리는 것에 전혀 관심이 없고, 대학 팀이나 고등
학교 팀은 말할 것도 없고, 단거리 선수, 투포환 선수,
높이뛰기 선수, 멀리뛰기 선수, 장거리 선수, 스키 선
수, 볼링 선수, 테니스 선수의 활약상을 완전히 무시했
다는 뜻이었다. 퍼거슨이 어머니의 재혼에 반대하지
않은 이유 중 하나는, 어머니의 두 번째 남편이 당연히
운동 애호가일 거라고 생각했기 때문이다. 어머니 본
인이 수영과 테니스, 탁구, 심지어 볼링까지 좋아했고,
퍼거슨은 집에 남자 어른이 생기면 야구를 하든, 미식
축구 연습을 하든, 농구를 하든, 테니스를 치든(종목은
중요하지 않았다), 같이 운동을 할 수 있을 걸로 기대
했다. 만약 가상의 아버지가 운동을 좋아하지 않는 사
람이라고 해도, 적어도 한 가지 종목 정도의 팬일 가능
성은 아주 컸다. 할아버지가 그랬던 것처럼 말이다. 예
를 들어 할아버지의 종목은 야구였고, 두 사람은 로컬

과 하디에 관해 말하며 단편이 장편보다 나은지, 아니면 그 반대인지 논할 때를 제외하면 대부분 맨틀과 스나이더, 메이스의 상대적인 장점을 분석하고, 〈히트 앤드 런〉 작전이 나왔을 때 공을 우중간으로 보내는 앨빈 다크의 재능을 꼼꼼히 따져 보고, 푸릴로와 클레멘테 중 누구 어깨가 더 강한지, 요기 베라가 화이티 포드에게 공을 다시 던져 주기 전에 흠집을 내기 위해 오른쪽 종아리 보호대 밑에 면도칼을 숨기고 있다는 이야기가 사실인지를 놓고 논쟁을 벌였다. 여섯 살에서 열 살까지 퍼거슨은 해마다 적어도 세 번은 할아버지와 함께 뉴욕에 있는 야구장들, 즉 맨해튼의 폴로 그라운즈, 브롱크스의 양키 스타디움, 브루클린의 에베츠 필드를 순례했다. 에베츠 필드는 둘이서 1955년 월드 시리즈를 관람했던 곳이었다. 세 번은 최소한이었고, 퍼거슨의 아버지가 죽고 다저스와 자이언츠가 뉴욕을 떠난 후에는 시즌마다 양키 스타디움에, 즉 루스가 지은 집에 여섯 번 혹은 일곱 번씩 다녔다. 퍼거슨에게는 햇살 가득하고 지독하게 더운 7월, 8월 오후에 있었던 그 나들이가 너무나 소중했다. 무결점의 잔디와 부드러운 갈색 흙이 깔린 야구장, 거대한 석재 도시 안에 자리 잡은 공식적인 정원에 시선을 고정한 채, 관중이 내는 요란한 함성과 휘파람 소리 한가운데서 느끼는 목가적인 즐거움이 있었다. 3만 명의 목소리가 함께 내는 야유는 정말 대단한 소리였고, 그러는 내내 할아버지는 몽당

연필로 끈기 있게 기록을 정리하면서 자신이 말한 평균의 법칙에 따라 다음 선수가 출루를 할지 말지 예측하곤 했다. 슬럼프에 빠진 선수는 때가 되었기 때문에 안타를 칠 수밖에 없다는 이야기였는데, 얼마나 자주 틀리든 상관없이 할아버지는 자신의 법칙, 말도 안 되는 추측에 불과한 그 결함 있는 법칙에 집착했다. 모든 시합에서 그와 함께했던 이상하고 이해할 수 없는 할아버지, 많이 더운 날이면 모자는 너무 덥다며 벗어진 머리에 흰색 손수건을 덮었던 할아버지, 그 할아버지가 돌아가신 후 퍼거슨은 아무도 그 빈자리를 대신할 수 없다고 생각했고, 특히 슈나이더먼은 가장 거리가 먼 사람이었다. 슈나이더먼은 1957년 시즌을 마치고 다저스와 자이언츠가 캘리포니아로 이동하기로 했을 때, 뉴욕의 다섯 개 자치구를 통틀어 유일하게 심장이 무너지지 않은 한 명이었을 것이다.

몸을 쓰는 경쟁에서 아무런 극적인 감동이나 기쁨을 느낄 수 없는 남자와 지내게 된 건 그렇다면 약점, 심지어 실망이라고 할 수 있었지만, 슈나이더먼에게 공정하게 말하자면, 그 반대도 마찬가지라는 건 의심의 여지가 없었다. 퍼거슨이 악기를 연주할 수 없다는 사실은 새아버지에게 실망이었음이 틀림없다. 그는 피아노와 바이올린에 능숙했는데, 전문 연주자 수준은 아닐 테지만 적어도 훈련이 안 된 퍼거슨의 귀에 새아버지가 연주하는 바흐와 모차르트, 베토벤, 슈베르트는 깜짝 놀랄 만큼 아름답고 정확했고, 슈나이더먼이 센트럴파크웨스트에 갖고 들어온 수백 장의 LP 음반으로 들었던 그 어떤 연주들만큼이나 훌륭했다. 퍼거슨도 노력하지 않은 건 아니지만, 건반의 기초를 익히려는 그의 힘든 노력은 실패로 끝나고 말았다. 적어도 선생님, 곱슬머리 할머니 머거리지 선생님에 따르면 그랬는데, 아이들의 기를 꺾어 가며 피아노 연습을 시키지 않을 때면 마녀로도 활동할 듯한 분이었다. 1학년 때 아홉 달 동안 피아노를 배우고 나자, 선생님은 어머니에게 그가 손이 무겁고 어눌한 아이라고, 너무 일찍 교습을 시작한 것 같다고 이야기했다(모차르트가 여섯 살과 일곱 살에 각각 교향곡을 작곡했다는 사실은 상관없었다. 그는 그런 부류가 아니었다!). 어머니가 그에게 1년을 쉬었다가 다른 선생님과 다시 시작하자고 말했을 때, 퍼거슨은 머거리지 선생님을 다시 보지 않아도 된다는 생각에 안심했다. 쉬기로 했던 그해는 당연히 뉴어크 화재가 난 해였고, 일단 뉴욕으로 이사하고 묘한 공백기가 지난 후에는, 아들은 힐리어드에 다니고 엄마는 정신없이 지내는 통에 피아노는 완전히 잊히고 말았다.

그렇게 슈나이더먼은 퍼거슨을 실망하게 했고 퍼거슨은 슈나이더먼을 실망하게 했지만, 둘 다 서로에게 그 일에 대해 이야기하지는 않았고, 각자 상대의 실망감을 모르는 채 지냈다. 시간이 지나 퍼거슨이 학교 농

구부의 주전 포워드가 되었을 때 슈나이더먼은 운동에
조금 관심을 보이며 어머니와 함께 관중석에 앉아 의
붓아들을 응원하기도 했지만, 퍼거슨은 결국 악기를
배우지 못했다. 그러니까 퍼거슨이 음악 관련 활동을
하는 새아버지에게서 얻은 이득이, 새아버지가 농구에
서 득점을 올리고 상대를 밀어내고 리바운드를 하는
그에게서 얻은 이득보다 크다고 말해도 무방했다. 열
두 살 반이 된 퍼거슨은 음악이라면 친구들이 모두 좋
아해 마지않는 로큰롤을 제외하고는 아는 바가 없었
다. 그의 머릿속에는 척 베리, 버디 홀리, 델 섀넌, 패츠
도미노를 비롯해 열 명 남짓한 가수들의 가사와 멜로
디가 가득 차 있었지만 클래식 음악에 관해서는 완전
히 문외한이었고, 재즈나 블루스, 막 부활하던 포크 음
악도 당시 전성기를 맞은 킹스턴 트리오의 웃기는 발
라드곡을 제외하고는 전혀 몰랐다. 슈나이더먼을 만나
면서 모든 게 달라졌다. 그는 평생 공연장에 두 번밖에
가보지 않은 소년(밀드러드 이모, 폴 이모부와 함께 카
네기 홀에서 본 헨델의 「메시아」, 그리고 힐리어드에
간 첫 달에 저학년 반 친구들과 함께 본 「피터와 늑대」
의 낮 공연이었다), 클래식 음반은 한 장도 갖고 있지
않은 소년이었고, 어머니 역시 음반은 하나도 갖고 있
지 않고 라디오에서 나오는 옛날 노래나 빅 밴드 음악
만 들을 뿐이었다. 현악 사중주나 교향악, 칸타타 같은
건 전혀 모르던 그 소년에게 새아버지가 연주하는 피

아노나 바이올린은 하나의 계시였고, 그뿐 아니라 새 아버지가 소장한 음반들을 듣고 음악이 실제로 한 사람의 머릿속 분자들을 헤집어 놓을 수 있음을 안 것 역시 또 다른 계시였다. 센트럴 파크와 리버사이드 드라이브의 아파트에서 벌어진 일들 외에, 세 사람의 생활이 자리를 잡고 몇 주 후부터는 어머니와 슈나이더먼과 함께 카네기 홀이나 타운 홀, 메트로폴리탄 오페라 하우스로 외출하는 일도 있었다. 슈나이더먼은 딱히 가르치려는 사명감 같은 건 없었고, 아이나 그 어머니에게 정식으로 음악 교육을 하려는 생각도 없었다. 그는 그저 두 사람이 반응을 보일 것 같은 작품들을 들려주고 싶었을 뿐이었고, 그 말은 말러나 쇤베르크, 베베른이 아니라, 쩌렁쩌렁 울리고 유쾌한 「1812년 서곡」이나(퍼거슨은 처음 그 곡을 들었을 때 숨이 막히는 것 같았다), 극적인 곡들, 즉 「환상 교향곡」 혹은 「전람회의 그림」같이 생동감 있는 표제 음악부터 시작했다는 뜻이다. 하지만 그는 두 사람을 조금씩 깊이 끌어들였고, 머지않아 그들은 함께 모차르트의 오페라나 바흐의 첼로 리사이틀을 보러 다녔고, 열두 살, 열세 살의 퍼거슨은 좋아해 마지않던 로큰롤을 계속 좋아하기는 했지만, 그렇게 공연장에 가는 밤이면 자신의 마음이 어떻게 움직이는지에 관한 계시를 받는 것 같았다. 그는 음악이란 곧 마음임을, 인간의 마음에 대한 가장 충실한 표현임을 깨달았고, 그렇게 자신이 들은 음악들을 듣고 나서부터는 점점 더 잘 듣게 되었고, 더 잘 들을수록 더 깊이 느낄 수 있었고, 어떤 때는 느낌이 너무 강해 몸이 떨릴 정도였다.

애들러 집안은 줄어들고 있었다. 한 명 한 명 이른 나이에 죽으면서 세상에서 사라져 갔고, 밀드러드 이모가 캘리포니아로 이사하고 폴 이모부는 집안에서 추방되었고, 베티와 그의 남편 시모어는 (퍼거슨의 육촌 형제 에릭, 주디와 함께) 플로리다에 새로 정착했고, 베티의 언니 샬럿은 1955년과 1956년에 있었던 〈결혼식 사진을 둘러싼 전쟁〉 이후 여전히 사촌인 로즈와 말을 하지 않고 지냈다. 퍼거슨과 그의 어머니는 뉴욕에 남은 유일한 애들러 집안 사람들이었고, 종적을 감추거나 집안과 연을 끊지 않고 지내는 유일한 사람들이기도 했다. 하지만 그런 상실들이 있었던 반면, 슈나이더먼 집안 쪽에서 이런저런 새로운 친지가 그들의 삶 속으로 들어오기도 했다. 퍼거슨에게는 의붓남매와 의붓사촌들, 새 숙모와 새 삼촌, 새 할아버지 새 할머니가, 그의 어머니에게는 두 의붓딸과 의붓조카들, 시누이, 시동생, 그리고 시아버지가 생긴 셈이었는데, 시청에서 길과 그의 어머니가 법적으로 부부가 되었음을 공식적으로 인정한 이후 퍼거슨과 어머니는 그 슈나이더먼 집안 사람들과 함께 한 무리의 대가족을 이루게 되었다. 퍼거슨의 할아버지는 거의 마지막에 그와 나눴던 대화에서 이상한 변화라고 했고, 결혼식 하나로 갑자기 여자 형제가 두 명이나 생겼다는 건 과연 이상하기는 했다. 잘 모르기는 마찬가지인 어떤 남자가 서류에 서명했다는 이유로, 전혀 모르고 지내던 두 여성이 그의 가장 가까운 가족이 되었으니 말이다. 퍼거슨이 마거릿과 엘라 슈나이더먼을 좋아했다면 그런 점들은 하나도 문제가 되지 않았을 것이다. 하지만 새로 여자 형제가 된 그 둘과 몇 번 만나 본 그는 뚱뚱하고, 못생기고, 우쭐대는 그 여학생들은 애정받을 자격이 없다고 결론지었는데, 왜냐하면 그들이 본인들의 아버지와 결혼한 그의 어머니를 싫어하고, 또 본인들의 어머니, 터코닉스테이트 파크웨이에서 끔찍한 충돌 사고로 사망한 이후 거의 신성시되고 있던 어머니에 대한 기억을 배신한 아버지가 역겹다고 생각하는 게 분명했기 때문이다. 뭐, 퍼거슨의 아버지도 끔찍한 사고로 죽었고 이론적으로는 그들 모두 같은 상황인 셈이었지만, 슈나이더먼 여자 형제들은 의붓동생에게 관심이 없었고, 그 아무것도 아닌 열두 살짜리 남자아이 따위랑 굳이 말을 섞을 생각도 없었다. 보스턴 대학에 다니는 다 큰 대학생들은 본인들의 아버지를 빼앗아 간 하층민 여자의 아들에게도 전혀 관심 대상이 아니었는데, 결혼식에서부터 두 사람의 행동이 이상하기는 했지만 — 둘은 예식장 벽에 붙어서 자기들끼리만 이야기했는데, 대부분 속삭였고, 대부분 신랑과 신부에게 등을 돌린 채였다 — 그들이 얼마나 치사하고 옹졸한지를 퍼거슨이 알게 된 건 2주 후 뉴욕에서 가진 저녁 식사 자리에서였다. 특히 언니 마거릿이 심했고, 동생 엘라는 덜 밉살스럽기는 했지만 언니가 이끄는 대로 따랐고, 그게 더 나빴다. 그렇게 다섯 식구는 절대 잊을 수 없는 저녁 식사 자리를 가졌는데, 어머니는 음식을 준비하느라 몇 시간이나 보냈고, 그 자리에서 길의 딸들 눈에 들어 길과 자신의 관계가 얼마나 단단한지 보여 주고 싶어 했다. 하지만 사악하고 건방진 여학생들은 보스턴 생활이나 대학 졸업 후 계획에 관해 묻는 어머니의 질문을 못 들은 척했고, 음악을 모르는, 당연히 전혀 모르는 어머니를 신랄하게 들볶으며 아버지가 교양도 없는 무식한 사람과 결혼했음을 증명해 보이려 했다. 마거릿이 새엄마에게 바흐의 건반 음악을 하프시코드, 예를 들면 완다 란도프스카의 연주로 듣는 게 좋은지, 아니면 글렌 굴드의 연주처럼 피아노포르테(피아노가 아니라 피아노포르테라고 했다)로 듣는 게 좋은지 물었을 때, 마침내 길이 폭발하며 입 닥치라고 했다. 길이 손바닥으로 탁자를 내려쳤고, 식기가 흔들리고 물 잔의 물이 출렁거리고 침묵이 흘렀다. 마거릿뿐 아니라 방 안에 있는 모든 이들이 입을 다물었다.

그렇게 못되고 치사한 질문은 그만해라, 슈나이더먼이 딸에게 말했다. 네가 그렇게 심술궂은 생각을 하는 줄은 몰랐구나, 마거릿. 그렇게 사악하고 잔인한 줄은 몰랐다. 부끄러운 줄 알아. 부끄러운 줄 알라고, 부끄러운 줄. 새엄마는 위대하고 훌륭한 예술가고, 나는 네가 이분이 지금까지 이룬 것의 10분의 1도 못 이룰 거라고 생각하거든. 이 세상에서 아주 작은 일이라도 이뤄내려면 영혼이 있어야 하는데 말이다, 얘야. 오늘 밤에 하는 짓을 보니까, 네게 도대체 그 영혼이라는 게 있는지 의심스럽구나.

새아버지가 화내는 모습을 본 건 처음이었는데, 벌건 얼굴로 내지르는 큰소리에 엄청난 분노와 파괴적인 기운이 담겨 있어 퍼거슨은 그런 화가 자신을 향하는 일은 절대 없기를 희망했지만, 그날 밤 마거릿이 야단맞은 일은 만족스러웠다. 그녀는 호된 질책을 받아 마땅했고, 그뿐만 아니라 퍼거슨은 슈나이더먼이 딸들의 공격에 맞서 어머니를 기꺼이 지켜 주려 한다는 걸 알고 기뻤다. 위대하고 **훌륭한** 예술가라니, 결혼 생활의 미래를 위해 좋은 말이었다. 마거릿이 결국 울음을 터뜨렸고, 엘라 역시 눈물을 흘리며 언니에게 그런 말을 할 자격이 없다고 아버지에게 따졌을 때, 퍼거슨은 어머니의 말소리를 들었다. 훗날 슈나이더먼이 자제력을 잃고 흥분할 때마다 하게 될 그 말을 처음으로 하는 상황이었다. 흥분하지 말고요, 길. 그 말은 어떤 식으로든 경고와 위로를 모두 담은 표현이었고, 그가 처음 어머니의 그 말을 들은 직후 어머니는 곧장 자리에서 일어나 남편, 즉 16일 전에 결혼한 남자에게 다가갔고, 식탁 상석에 앉은 남편 뒤에 서서 양손으로 그의 어깨를 짚으며 몸을 숙여 목 뒷부분에 입을 맞췄다. 퍼거슨은 어머니의 용기와 침착함에 깊은 인상을 받았는데, 마치 사자 우리에 걸어 들어가는 사람 같았다. 어머니는 자신이 무슨 행동을 하는지 아는 듯 보였고, 덕분에 슈나이더먼 역시 어머니를 밀어내는 대신, 오른팔을 뻗어 어머니의 팔을 쥔 다음 천천히 내려 그 손에 입을 맞췄다. 두 사람은 서로를 쳐다보지도 않았지만 흥분 상태는 가라앉았다. 혹은 거의 가라앉았다고 해야 할 텐데, 아직 사과의 문제가 남아 있었기 때문이다. 슈나이더먼이 엄한 목소리로 재촉했고, 훌쩍이던 마거릿은 마지못해, 새어머니를 차마 쳐다보지도 못하는 상태에서 죄송합니다라고 말했다. 그때쯤엔 벌써 후식(딸기와 크림이었다!)을 먹던 중이었기 때문에 식사 자리는 사실상 끝이었고, 두 여자 형제는 불편한 상황을 피해 서둘러 자리를 뜰 수 있었다. 둘은 9시에 고등학교 친구들과 약속이 있다고 했지만 퍼거슨은 거짓말이라는 걸 알았다. 두 여자 형제는 원래 그 아파트에서 자고 가기로 되어 있었다. 둘이서 퍼거슨의 침실을 쓰고 퍼거슨은 거실 소파에서, 그날 밤을 위해 어머니가 특별히 사 온 접이식 소파에서 자기로 했지만, 그날 밤은 물론 이후에도 그런 일은 벌어지지 않았다. 두 여자 형제는 다음부터 뉴욕에 올 때마다 리버데일에 있는 외삼촌 집에 머물렀고, 슈나이더먼이 두 딸을 보려면 그 아파트로 가거나 공공장소에서 만나야 했다. 둘은 센트럴 파크 아파트는 한 번도 다시 찾지 않았고, 허드슨강이 내려다보이는 새 아파트에도 한참 후에야 발길을 들였다.

퍼거슨은 신경 쓰지 않았다. 그는 여자 형제 둘 중 누구와도 함께 하고 싶은 일이 없었고, 그건 길 슈나이더먼의 아버지의 경우에도 마찬가지였다. 아쉽게도 슈나이더먼 할아버지는 한 달에 한 번씩 와서 저녁 식사를 하며 미국 정치와 냉전, 뉴욕의 공공 보건 담당 직원들, 양자 물리학 등에 대한 불평을 늘어놓았다. 심지어 퍼거슨 본인에 대해서도 예외가 아니었는데, 그는 저 남자애 잘 지켜봐, 리프헨,[40] 머릿속에 섹스만 가득할 텐데 아직 제대로 알지도 못하잖아라고 말했다. 퍼거슨은 그를 피하기 위해 나름 최선을 다했고, 기록적으로 빠른 속도로 식사를 마친 후 배가 불러서 후식은 못 먹을 것 같다고 말한 다음, 이튿날 역사 시험이 있다며 자기 방으로 물러났다. 사실 역사 시험은 그날 오후였다. 새 안-할아버지not-grandfather는 마거릿과 엘라보다는 덜 끔찍하다고 할 수 있었지만 크게 다르지는 않았고, 애리조나에 있다는 J. 에드거 후버의 비밀 수용소나 뉴욕시 상수도를 오염시키려는 존 버치 협회와 공산당의 공동계획에 관해 미친 듯이 쏟아 내는 그의 이야기를 함께 앉아 들어 줄 수는 없었다. 할아버지가 그렇게 고함치듯 말하지만 않는다면 나름 웃긴 이야기로 받아 줄 수

---

40 liebchen. 친밀한 사이에 쓰는 독일어 애칭.

도 있었지만, 퍼거슨이 견딜 수 있는 건 20~30분이 최대였다. 거기까지가 그가 함께 지내기 힘들었던 세 명의 슈나이더먼, 안 보고 지낼 수만 있다면 기꺼이 그렇게 할 세 사람이었다. 하지만 또 다른 슈나이더먼 집안 사람들이 있었는데, 열세 블록 반 떨어진 웨스트 75번가에 사는 친척들이었다. 새 숙모 리즈는 심술궂고 신경질적인 사람이라는 인상이 있어서 좋아하기가 어려웠다. 그녀는 일상의 아주 세세한 부분에도 예민했는데, 삶이란 제대로 살아 보기도 전에 끝장나 버릴 수 있다는 걸 전혀 이해하지 못하는 것 같았다. 하지만 슈나이더먼의 동생 대니얼과 그 집의 두 자녀, 의붓사촌 짐과 에이미는 보자마자 마음에 들었다. 그 둘은 처음부터 퍼거슨을 다정하게 대해 줬고, 퍼거슨의 어머니처럼 딱 완벽한(에이미의 표현이었다) 여성과 결혼한 길삼촌은 정말 운 좋은 개새끼(짐의 표현이었다)라고 했다.

대니얼은 상업 미술가였고 종종 어린이책 삽화가로도 활동했는데, 일이 있을 때마다 자기 아파트 구석의 작은 방에서 하루 여덟 시간에서 열 시간 정도 작업하는 개인 사업자였다. 작업실로 개조한 그 방은 어지럽고 조명이 희미한 작은 화실이었는데, 거기서 그는 축하 카드나 광고, 달력, 기업 홍보 책자에 쓸 드로잉이나 회화를 찍어 냈고, 작가 필 코스탠자와의 공동 작업을 위해 아기 곰 토미의 수채화를 그렸다. 4인 가족이 먹고 입을 비용과 주거비를 마련하기에는 충분했지만,

긴 여름휴가를 떠나거나 아이들을 사립 학교에 보낼 만큼 풍족하지는 않았다. 그의 작품에서는 숙련된 전문가가 그린 티가 났고, 능숙한 손놀림과 변화무쌍한 상상력을 느낄 수 있었다. 놀랄 만한 독창성이 있는 작품은 아니었지만 분명 매력적인 그림들이었고, 대니얼 슈나이더먼 본인도 종종 매력적인 사람이란 평을 들었다. 알고 보니 그는 퍼거슨이 그동안 만나 본 사람 중 가장 가식 없고 쾌활한 사람, 웃기 좋아하고 실제로도 많이 웃는, 그의 형과는 완전히 다른 사람이었다. 동생은 독일어 억양 때문에 힘들어한 적도 없고, 잘생겼고, 심각하지도 않은, 운동을 좋아하는 사람이었다. 그건 의붓사촌 짐도 마찬가지였는데, 키가 크고 마른 농구 선수 짐은 길과 퍼거슨의 어머니가 결혼할 당시 막 브롱크스 과학 고등학교 11학년을 시작한 상태였고, 슈나이더먼 집안의 두 남자가 새로 생긴 조카/사촌이 자신들만큼 농구에 열정적이라는 사실을 알고 나자 2인조는 바로 3인조가 되었다. 댄과 짐은 〈가든〉에 농구 시합을 보러 갈 때마다 퍼거슨을 불러서 같이 가자고 했다. 지금은 사라진 옛날 가든, 49번가와 50번가 사이 8번 애비뉴에 있던 매디슨 스퀘어 가든이었고, 그렇게 퍼거슨은 1959~1960년 시즌에 처음으로 농구 경기를 직접 관람했다. 토요일 오후에 세 경기 연속으로 열리는 대학 농구나 할렘 글로브트로터의 농구 쇼, 그리고 리치 거린, 윌리 놀스, 점핑 조니 그린이 뛰던 고만고만

한 성적의 닉스 팀 경기였다. 하지만 당시에는 NBA 농구팀이 여덟 개밖에 없었고, 그 말은 시즌마다 보스턴 셀틱스가 여섯 경기 이상을 가든에서 뛴다는 뜻이었고, 그 팀이 올 때마다 3인조는 절대 놓치지 않으려 했다. 쿠지, 하인슨, 러셀, 그리고 두 명의 존스가 뛰는 셀틱스보다 잘하는 팀은 없었는데, 그 다섯 명은 단 하나의 뇌를 이루는 다섯 부분처럼 끊임없이 움직이는 조각들, 똑같은 의식을 가졌고, 본인이 아니라 팀만 생각하는 이타적인 선수들, 시합을 보는 내내 댄 삼촌이 원래 농구란 이런 거야라고 감탄하게 만드는 그런 선수들이었다. 사실이었는데, 닉스보다 훨씬 나은 시합을 보여주는 셀틱스를 보고 있으면 감탄이 나올 정도였고, 그에 비하면 닉스는 굼뜨고 어설픈 팀에 불과했다. 퍼거슨은 셀틱스 팀 전체도 존경했지만, 그중 특히 눈에 띄는, 그의 관심을 사로잡은 선수는 호리호리한 근육질 몸매의 빌 러셀이었다. 그는 늘 셀틱스 팀의 중심에 있는 듯 보였고, 자신의 머릿속에 나머지 네 선수의 뇌도 함께 담고 있거나, 반대로 자신의 뇌를 나머지 네 선수의 머릿속에 심어 놓은 것 같았다. 러셀은 움직임도 낯설었고 전혀 운동선수처럼 보이지도 않았다. 좀처럼 슛을 던지지 않고, 득점을 많이 올리지도 않고, 드리블을 하지도 않았다. 하지만 어느샌가 그는 아주 중요한 리바운드를 따내고, 불가능해 보이는 바운스 패스를 하고, 상대 선수의 슛을 막아 내고 있었다. 그가 있었기 때문에 셀틱스는 매 시합에서, 매 시즌에 이길 수 있었고, 시즌마다 우승하고 또 우승했다. 퍼거슨이 러셀은 여러 부분에서 평균 이하인데 왜 저렇게 잘하는 거냐고 짐에게 물었을 때, 짐은 잠시 생각해 보더니 고개를 저으며 대답했다. 나도 모르겠어, 아치. 그저 다른 선수들보다 영리한 걸 수도 있고, 아니면 다른 사람들보다 더 많은 걸 보면서 다음에 무슨 상황이 벌어질지 아는 걸 수도 있지.

키다리 짐은 퍼거슨의 오랜 기도, 즉 형 혹은 적어도 자신이 올려다보며 힘을 얻을 수 있는 친구 같은 사촌이 있으면 좋겠다는 바람에 대한 화답이었다. 퍼거슨은 둘의 관계가 너무 좋았다. 열여섯 살의 짐은 어린 의붓사촌을 동료로 받아들이는 데 아무 거부감이 없는 것 같았는데, 여자 형제와 두 명의 여자 사촌만 있던 짐 역시 자신만큼이나 남자 형제를 원해 왔다는 사실을 퍼거슨은 전혀 모르고 있었다. 짐이 고등학교를 졸업하고 MIT에서 공부하기 위해 떠날 때까지 2년 동안, 그는 종종 혼란스럽고 반항적이었던 퍼거슨에게 없어서는 안 될 존재였다. 퍼거슨은 리버사이드 학교에 잘 다니고 있었지만 태도 문제는 계속되었는데(선생님에게 말대꾸하거나 빌리 네이선슨 같은 불량배 친구에게 자극받으면 쉽게 흥분하는 등), 짐이 바로 옆에 있어 줬다. 호기심 많고, 활달하고, 수학과 과학을 좋아하고, 친절한 아이, 무리수나 블랙홀, 인공 지능, 피타고라스의 딜레마 등에 관해 이야기하기를 좋아하는 아이, 절대 속에 화를 담고 다니지 않고, 누구에게도 무례한 말이나 호전적인 행동을 하지 않는 짐의 본보기는, 확실히 과한 부분이 있었던 퍼거슨의 행동을 어느 정도 누그러뜨리는 데 도움이 되었을 것이다. 그리고 짐은 퍼거슨에게 여성 신체의 내막이나 점점 더 커져 가던 머릿속에 가득한 섹스 문제의 해결책도 알려 줬다(찬물 샤워, 자지에 얼음 대기, 운동장 5킬로미터쯤 뛰기). 무엇보다도 짐은 그와 함께 농구장에 있었다. 180센티미터쯤이던 고등학교 11학년 시절과 185센티미터쯤이던 12학년 시절 내내 짐은 토요일 오전이면 두 사람 아파트의 중간 지점에서 퍼거슨을 만나 리버사이드 파크까지 함께 걸어갔다. 빈 농구장을 발견하면 둘은 세 시간 동안 함께 연습했다. 날씨의 신이 허락하는 한 매주 토요일 아침 7시 정각에 그렇게 했다. 이슬비 정도는 감수할 수 있었지만 폭우는 힘들었고, 잠깐 내리는 눈은 괜찮았지만 진눈깨비나 폭설은 힘들었고, 기온이 영하 4도 밑으로 내려가거나(손가락이 얼었다), 35도 이상 올라가면(열사병) 아무것도 할 수 없었지만, 짐이 가방을 싸서 대학에 가기 전까지 둘은 거의 매주 토요일을 함께 보냈다. 주말에 어머니의 촬영을 따라다니던 어린 퍼거슨 군은 더 이상 없었다. 그 시절은 영원히 끝나 버렸고, 이제부터는 농구였다. 농구를 발견한 건 열두 살, 농구공이 더 이상 너무 크고 무겁지 않게 되었을 때였고, 열두 살 반이 되었을 때는 어느새 새로운 열정을 쏟는 대상, 영화나 여자아이와의 키스 다음으로 좋은 일이 되었다. 정확히 그 상황에 짐이 등장해 매주 세 시간씩 농구를 가르쳐 줬다는 건 대단히 운이 좋은 일이었다. 제대로 된 시점에 제대로 된 사람이 나타난 그런 일은 기적적인 운명의 전환이라고 할 수 있었고 — 그런 일이 얼마나 자주 있을까? — 짐이 훌륭하고 집중력도 높은 선수였기 때문에, 원하기만 했다면 고등학교 대표 팀 선수로도 뛸 수 있었을 만큼 좋은 선수였기 때문에, 그는 기본기와 관련해 좋은 선생님이기도 했다. 짐은 제대로 된 레이업은 어떻게 하는지, 수비할 때 발은 어떻게 움직여야 하는지, 리바운드를 위한 자리는 어떻게 확보하는지, 바운스 패스는 어떻게 하는지, 자유투는 어떻게 던지는지, 백보드에 맞춰 넣는 뱅크 슛은 어떻게 하는지, 점프 슛을 할 때 어떻게 최고 높이에서 공을 던지는지 등등을 차근차근 퍼거슨에게 알려 줬다. 배울 게 너무 많았다. 왼손 드리블, 수비수 길목 막기, 수비에서 팔 드는 법을 익혔고, 매번 마지막에는 호스 게임[41]을 했고, 그건 2년 차에 일대일 시합으로 바뀌었다. 퍼거슨은 163센티미터, 168센티미터, 170센티미터로 쭉쭉 자랐고, 더 키가 크고 경험도 많은 짐에게 늘 졌지만, 열네 살 생일이 지난 후에는 나름대로 맞

41 H-O-R-S-E. 한 명이 먼저 특정 슛을 지정하고 성공하면 나머지가 그 슛을 따라 해야 하는 게임.

설 수 있었고, 가끔은 리버사이드 파크 골대에 점프 슛을 대여섯 번 연속으로 넣을 만큼 무시할 수 없는 실력을 갖추게 되었다. 뉴욕의 어느 공원에서나 볼 수 있는 그물이 떨어져 버린 골대였고, 그들은 골을 넣은 쪽이 계속 공격한다는 규칙을 따랐기 때문에, 그렇게 퍼거슨이 미친 듯이 슛을 넣을 때면 거의 지지 않을 수 있을 때까지 쫓아가는 날도 있었다. 함께 운동했던 시기의 거의 마지막 무렵에 짐은, 1년만 더 있으면 아치, 키가 5센티미터나 8센티미터 정도 더 자라면 나를 코트에서 완전히 몰아낼 것 같아, 하고 말했는데, 제자를 잘 가르친 스승의 자랑스러운 만족감이 느껴지는 목소리였다. 그런 다음 짐이 보스턴으로 떠나며 작별이었고, 퍼거슨의 가슴엔 다시 새로운 구멍이 생겨 버렸다.

어머니가 길과 결혼하고 1년 반이 지나자 퍼거슨은 슈나이더먼 집안 사람들에 관한 정보를 충분히 얻을 수 있었고, 자신의 새 가족에 대해 어느 정도 최종적인 판단을 할 수 있었다. 머릿속 장부의 차변에는 쓸모없는 인간 세 명과 반쯤 쓸모없는 인간 한 명이 있었다. 언급할 가치도 없는 못난이들(둘), 정신 나간 가부장(하나), 그리고 선의는 느껴지지만 기복이 심하고 예민한 리즈 숙모(2분의 1)였다. 대변에는 다른 네 명이 있었다. 존경스러운 길, 호인 댄, 헌신적인 짐, 그리고 점점 더 매력적으로 보이는 에이미였다. 요약하면, 부정적 인물 세 명 반과 긍정적 인물 네 명이 있는 셈이었고, 수학적으로만 보자면 불평할 점보다는 고마워해야 할 점이 더 많은 셈이었고, 애들러 집안 사람들이 살아 있는 사람들의 땅에서 거의 사라지고, 퍼거슨 집안 사람은 완전히 없어져 버린 마당에(루 삼촌은 교도소에, 밀리 숙모는 플로리다 어딘가에 있었고, 아널드 삼촌과 조앤 숙모는 로스앤젤레스에, 사촌 프랜시는 샌타바버라에 있었고 — 결혼해서 애가 둘이었다 — 다른 사촌들도 전국으로 흩어져서 더 이상 연락이 닿지 않았다), 네 명의 좋은 슈나이더먼 집안 사람들이 본질적으로 그에게 남은 전부였다. 그 넷 중 한 명이 그의 어머니와 결혼했고, 나머지 셋은 그가 사는 리버사이드 드라이브에서 몇 분밖에 떨어지지 않는 곳에 있었기 때문에 그는 점점 더 그들과 가까워졌다. 가족 장부상의 긍정적 인물들이 끼치는 긍정적 영향이 부정적 인물들의 부정적 영향보다 훨씬 컸고, 어떤 면에서 그의 삶이 축소되고 있기는 했지만 다른 면에서는 훨씬 풍성해져 갔다.

에이미는 슈나이더먼의 보너스, 포장지 더미 아래 가려져 있다가 파티가 끝나고 손님들이 모두 돌아간 후에 발견된 숨겨진 생일 선물 같은 존재였다. 그녀에게 좀 더 관심을 두지 않았던 건 퍼거슨의 실수였지만 그로서는 초반에 적응해야 할 일들이 너무 많았기 때문에, 말할 때면 활짝 웃으며 팔을 가만두지 못하고, 도무지 차분하게 앉아 있는 법이 없는 이 어설픈 존재를 어떻게 대해야 할지 알 수가 없었다. 치아 교정기를 달고, 뒤엉키고 지저분한 금발을 한 이상한 여자아이였는데, 얼마 후 에이미는 치아 교정기를 떼고, 머리도 단발로 정리했다. 퍼거슨이 열세 살이 되었을 때쯤 그는 그동안 아무 역할도 못 하던 에이미의 스포츠 브라 안에서 가슴이 자라고 있음을, 이미 열세 살인 그의 의붓사촌이 열두 살 때의 모습과는 완전히 달라졌음을 알아차렸다. 센트럴파크웨스트에서 리버사이드 드라이브로 이사하고 일주일이 지난 어느 날, 에이미가 전화해 새집으로 놀러 가겠다고 대담하게 말했다. 왜 자기를 만나려는 거냐고 퍼거슨이 묻자 그녀가 말했다. 왜냐하면 우리가 안 지 6개월이 지났지만, 그동안 너는 나한테 세 마디 이상은 하지 않았으니까. 이제 우리 사촌이잖아, 아치, 너랑 친구를 할 만한 가치가 있을지 알아는 봐야지.

그의 어머니와 새아버지는 둘 다 오후에 집에 없었고, 찬장에 있는 간식이라고는 반쯤 먹다 남은 딱딱해진 무화과쿠키밖에 없었기 때문에 퍼거슨은 당황스러웠고, 그 갑작스러운 침입에 어떻게 대처해야 할지 몰랐다. 자신의 아파트에서 전화를 끊은 에이미가 그의 아파트 초인종을 누를 때까지 8분밖에 걸리지 않았는데, 그 짧은 시간 동안 퍼거슨은 그녀를 즐겁게 해줄 아이디어를 대여섯 개 떠올렸다 버리기를 반복하다가 (텔레비전을 볼까? 가족 앨범을 볼까? 길이 생일 선물

로 준 서른일곱 권짜리 셰익스피어 희곡 및 시 전집을
보여 줄까?), 다용도실에 있는 영사기와 휴대용 영사막
을 꺼내 로럴과 하디의 영화 한 편을 같이 보면 되겠다
고 결정했다. 하지만 그건 끔찍한 실수가 될 수도 있다
고 이내 깨달았는데, 여자아이들, 적어도 지금까지 그
가 알고 지낸 여자아이들은 하나같이 로럴과 하디를
좋아하지 않았기 때문이다. 2~3년 전에 알던 예쁜 이
저벨 크래프트는 그 영화가 어떠냐고 물었을 때 인상을
찌푸렸고, 그건 그가 최근 가장 관심이 있는 레이철 미
네타도 마찬가지였는데, 그녀는 두 사람이 유치하고 바
보 같다고 했다. 그런 생각을 할 무렵 에이미가, 1960년
3월의 차가운 오후에 그의 아파트에 도착해 버렸다. 흰
색 스웨터와 회색 주름치마, 새들 슈즈, 흰색 면양말
— 당시 어디서나 볼 수 있던 발목 양말이었다 — 차림
이었고, 퍼거슨이 로럴과 하디의 1930년 작 「만취」를
보는 게 어떻겠냐고 제안하자 그녀는 미소를 지으며
말했다. 좋아. 나 로럴과 하디 좋아해. 마크스 형제 이
후로 두 사람이 최고인 것 같아. 스리 스투지스나 애벗
과 코스텔로는 꺼지라고 해, 스탠과 올리가 정답이야.
   아니, 에이미는 그가 알던 다른 여자아이들과 달랐
고, 영화가 이어진 26분 중에 넉넉히 14분 동안 에이미
가 웃는 모습을 지켜보고 그녀의 웃음소리를 들은 퍼
거슨은, 그녀와 친구가 되려는 시도는 충분히 해볼 가
치가 있다고 결론을 내렸다. 그녀의 웃음은 아이들이

참지 못하고 꽥꽥 내지르는 소리가 아니라 배 속 깊은 곳에서 연달아 나오는, 울림 있는 큰 웃음이었는데, 활기차고 요란한 웃음이면서 동시에 생각이 있는, 자신이 웃는 이유를 아는 웃음이었다. 덕분에 그 웃음은 지적인 웃음, 웃게 한 대상뿐 아니라 스스로도 의식하면서 웃는 웃음이었다. 그녀가 리버사이드 학교가 아니라 공립 학교에 다닌다는 건 유감이었는데, 매일 만나기가 불가능했기 때문이다. 하지만 각자 친구가 있고, 각자 수업을 마치고 이런저런 활동을 하면서도(에이미는 피아노와 무용, 퍼거슨은 운동이었다), 중요했던 3월의 방문 이후로 둘은 어떻게든 열흘에 한 번, 그러니까 한 달에 서너 번 정도는 만났고, 그 밖에도 가족 모임이나 명절 식사, 길과 함께 가는 카네기 홀 공연 관람, 몇몇 특별한 행사(짐의 고등학교 졸업 파티, 대머리수리 할아버지의 여든 살 생일잔치) 등에서 만났다. 그래도 대부분은 단둘이서 만났고, 날씨가 좋을 때면 리버사이드 파크를 가로질러 걸었고, 날씨가 좋지 않을 때면 두 아파트 중 한 곳에서 만났고, 가끔은 영화를 보러 가거나 같은 탁자에 앉아 각자 숙제를 하기도 했고, 금요일 밤이면 당시 둘 다 빠져 있던 새로운 프로그램(「환상 특급」이었다)을 함께 보기도 했다. 함께 있을 때면 대부분은 이야기를 나눴는데, 에이미가 이야기하고 퍼거슨은 들었다고도 할 수 있었다. 퍼거슨이 아는 사람 중 에이미 슈나이더먼만큼 이야깃거리를 많이 가진 사람은 없었는데, 거의 모든 주제에 자기 의견이 있었고, 거의 모든 부분에서 그보다 아는 게 많았다. 총명하고 소란스러운 에이미, 아버지에게 장난치고, 오빠와 농담하고, 어머니의 끊임없는 안달에 대해서는 〈아니까 그만해〉라고 매섭게 말하며 야단맞거나 벌받는 상황을 피해 가는 소녀였다. 아마도 그녀가 자신의 생각을 거침없이 말해 왔고, 가족들은 그런 모습에 익숙해졌기 때문이었을 텐데, 급속도로 1번 친구가 된 퍼거슨 역시 그녀의 공격과 비판을 완전히 피할 수는 없었다. 퍼거슨을 좋아하고 존중한다고 요란스럽게 주장하기는 했지만, 종종 에이미는 그가 머릿속이 게으르다고 생각했고, 정치에 아무 관심이 없다는 사실, 케네디의 대통령 선거 운동과 민권 운동에 관해서도 아무 생각이 없다는 사실에 깜짝 놀라기도 했다. 퍼거슨 본인은 신경 쓰지 않는다고 했다. 케네디가 선거에서 이기기를 바라지만 그가 대통령이 된다고 해도 세상이 지금보다 나아질 것 같지는 않다고, 그냥 훨씬 나빠지지 않는 정도일 거라고 했다. 민권 운동에도 당연히 찬성한다고 했다. 모두를 위한 정의와 평등이라는 가치에 어떻게 반대할 수 있겠냐만, 그는 겨우 열세 살이고 전혀 중요하지 않은 한 점 먼지 같은 존재인데 그런 먼지가 어떻게 세상을 바꿀 수 있단 말인가?

핑계 대지 마, 에이미가 말했다. 영원히 열세 살은 아니잖아. 그때는 어떻게 할 거야? 너 자신만 생각하면서 평생을 살 수는 없잖아, 아치. 뭔가를 받아들여야만 해.
아니면 네가 그렇게 싫어하는 텅 빈 사람이 되는 거야,
아치. 미국의 〈좀비 도시〉에서 걸어다니는 시체들처럼
말이야.

같이 극복하겠지,[42] 퍼거슨이 말했다.

아니야, 웃긴 먼지 인간. 네가 극복해야지.

여자아이와 그렇게 가깝게 지낸다는 건 기묘한 느낌
이라는 사실을, 퍼거슨은 알게 되었다. 특히 키스하고
싶은 생각이 들지 않는 여자아이와의 우정은 그때까지
그의 경험에서 전례가 없었는데, 남자아이와의 우정만
큼 강렬했지만 어쨌든 에이미는 여자아이였기 때문에
둘 사이에는 다른 분위기가 있었다. 여자와 남자 사이
의 긴장이 그 관계에는 깔려 있었지만, 그건 레이철 미
네타나 앨리스 에이브럼스, 혹은 열세 살의 그가 반하
거나 키스했던 그 어떤 여자아이들에게 느꼈던 긴장과
도 달랐다. 그 아이들에게 느꼈던 게 요란한 긴장이었
다면 에이미에게 느끼는 건 부드러운 긴장이었는데,
그녀는 사촌, 즉 가족의 일원이었고, 그 말은 그가 그녀
에게 키스하는 건 고사하고 키스할 생각조차 할 권리
가 없다는 뜻이었다. 금기가 너무 확고했기 때문에 퍼
거슨은 거기에 맞선다는 생각은 전혀 할 수 없었고, 그
런 행동은 아주 놀라운 것까지는 아니더라도 대단히 부적

42 「We Shall Overcome」이라는 유명한 가스펠 송에 빗댄 표현으로
보인다.

절한 것이라고 여겼다. 에이미의 몸이 사춘기 초기의 여
성성을 활짝 꽃피우는 모습을 지켜보면서 그녀가 점점
매력적으로 다가오기 시작했지만, 이저벨 크래프트처
럼 예쁘다고는 할 수 없어도 매혹적이라고, 그가 보기
에는 그 어떤 여자아이보다 생기 있는 모습이라고 생
각했지만, 퍼거슨은 가족 사이의 규범을 깨고 싶은 충
동을 계속 억눌렀다. 그러는 사이에 둘은 열네 살이 되
었다. 12월에 에이미가 먼저였고 3월에 퍼거슨이 뒤따
랐는데, 갑자기 퍼거슨은 자신의 몸이 통제할 수 없는
상태가 되어 간다는 걸 알게 되었다. 원하지도 않는 상
황에 발기하고 자주 숨이 가빠지는 몸이었다. 머릿속
엔 온통 성욕과 관련한 생각만 가득한, 첫 자위를 하는
시기, 남자가 되어 가지만 남자로서 가질 수 있는 특권
은 없는 시기, 혼란과 경악과 끊임없는 내적 혼란만 있
는 시기였고, 이제 에이미를 볼 때마다 가장 먼저 드는
생각이자 유일한 생각은 그녀에게 키스하고 싶다는 것
이었고, 자신을 쳐다보는 에이미를 볼 때마다 그녀 역
시 비슷한 생각을 하고 있음을 알 수 있었다. 4월의 어
느 금요일 오후, 길과 어머니는 시내의 저녁 파티에 가
고 없었고, 그와 에이미는 7층 아파트에 나란히 앉아 키
스하는 사촌들에 관해 토론했다. 퍼거슨은 제대로 이해
한 건지 자신이 없다고 했다. 그 표현에서 그는 서로의
볼에 예의 바르게 입 맞추는 사촌들의 이미지를 떠올
렸는데, 왠지 그런 의미가 아닌 것 같았다. 그런 종류의

키스는 진짜 키스라고 할 수 없었기 때문에, 그냥 사촌이라고 해도 되는 관계를 왜 굳이 키스하는 사촌들이라고 불러야 하는지 이해할 수가 없다고, 그는 말했다. 에이미는 웃음을 터뜨렸고, 아니야, 바보야, 키스하는 사촌들은 이런 거야, 하고 말하고는, 다른 말 없이 소파에 앉은 퍼거슨 쪽으로 몸을 숙여 그를 껴안은 다음 그의 입술에 입을 맞췄다. 입맞춤은 이내 혀가 오가는 키스로 이어졌고, 그 순간 이후로 퍼거슨은 자신들이 진짜 사촌은 아닌 거라고 여기기로 마음을 먹었다, 따지고 보면.

2.4

에이미 슈나이더먼은 그의 옛날 방에서 4년째 자고 있고, 노아 마크스는 잠시 사라졌다가 다시 나타났다. 열세 살의 퍼거슨은 막 8학년이 되었고, 탈출하고 싶었다. 하지만 그는 집을 나갈 입장이 아니었으므로(어디로 간단 말인가? 그리고 돈도 없이 어떻게 지낸단 말인가?) 부모님에게 차선책을 요구했는데, 다가오는 9월에 기숙 학교에 보내 달라고, 그래서 고등학교 4년을 뉴저지 메이플우드에서 멀리 떨어진 곳에서 보낼 수 있게 해달라고 부탁했다.

부모님이 그럴 형편이 된다는 걸 몰랐다면 그런 부탁은 하지 않았을 테지만, 1956년에 가족이 이사를 한 후에도 더 큰 규모의 삶은 한층 풍요로워지고 있었다. 점점 더 커져 가던 아버지의 제국에는 지점 두 개가 추가되었고(하나는 쇼트힐스, 다른 하나는 파시퍼니였다), 이제 지역 소비자들이 집집마다 텔레비전 두세 대와 식기세척기, 세탁기, 건조기를 갖추는 게 중산층 가정의 기본이라고 생각하게 되었고, 인구 절반이 자신들이 선호하는 냉동식품을 보관할 커다란 냉동고에 돈을 쓰고 있었기 때문에 퍼거슨의 아버지는 부자가 되었다. 아직 록펠러는 아닐지 몰라도 교외 소매업의 왕이었고, 낮은 가격으로 일곱 개 카운티에서 경쟁자들을 없애 버린 수익의 선지자였다.

그런 수입 덕분에 아버지는 피스타치오 녹색의 문네 개짜리 엘더레이도를, 어머니는 날렵한 빨간색 폰티액을 타고 다녔고, 블루 밸리 컨트리클럽 회원권이 생겼고, 로즐랜드 사진관은 문을 닫았고, 독립적인 밥벌이를 하는 동시에 예술가이기도 했던 어머니의 짧은 경력도 그걸로 끝이었다(사진보다 그림을 선호하는 분위기가 이어지면서 사진관은 간신히 유지되고 있었는데, 상점 다섯 곳의 판매량이 그 어느 때보다 좋은 시기에 굳이 사진관을 계속할 이유가 없었다). 그렇게 물건을 사고 돈을 써대는 마당에, 춤추듯 흥청망청하는 마당에 기숙 학교 학비가 부모님에게 부담이 될 까닭이 없을 거라고 퍼거슨은 생각했다. 부모님이 자기 계획에 반대하면(그러니까 돈 문제와 관련해서 최종 결정권을 가진 아버지가 반대하면), 퍼거슨은 천국 캠프에 가는 대신 여름 아르바이트를 해서 비용 부담을 줄여 드리겠다고 다시 제안할 작정이었다.

몇 달 동안 그 문제와 관련한 조사를 해봤더니 최고

의 학교들은 뉴잉글랜드 지역에 있는 것 같다고, 그는 부모님에게 말했다. 대부분은 매사추세츠와 뉴햄프셔에 있지만 버몬트와 코네티컷에도 있고, 뉴욕 북부와 펜실베이니아, 심지어 뉴저지에도 두 곳이 있다고 했다. 이제 9월이니 다음 학기가 시작할 때까지 12개월이 온전히 남아 있지만, 지원서는 1월 중순까지 보내야 하니까, 지금 후보 학교들을 좁혀 놓지 않으면 시간이 부족해서 충분한 정보가 없는 상태로 결정을 내려야 할지 모른다고도 했다.

부모님에게 말할 때 목소리가 떨리는 게 느껴졌다. 그는 고고하고 이해할 수 없는 그의 부모님과 함께, 케네디-닉슨 선거 운동이 펼쳐지던 가을의 어느 화요일 저녁 식사 자리에 앉아 있었다. 오랜만에 온 가족이 함께 하는 식사였고 그런 자리는 점점 줄어들고 있었는데, 상점들이 문을 늦게 닫았고, 브리지 게임에 새로 취미를 붙인 어머니도 일주일에 2~3일 저녁은 집에 없었기 때문이다. 그날은 셋 다 식탁 앞에 앉았고, 앤지 블라이는 주방과 식탁을 오가며 새로운 요리를 내오고 이전 접시들을 치웠다. 채소수프로 시작해 두툼한 로스트비프 조각과 으깬 감자, 산더미 같은 줄기콩볶음이 이어서 나왔다. 그런 훌륭한 요리는 무뚝뚝하고 일 잘하는 앤지 블라이가 조리한 것이었는데, 그녀는 지난 4년 동안 일주일에 5일씩 나와서 청소와 요리를 해 주고 있었다. 퍼거슨은 마지막 로스트비프 조각을 넘긴 후에 마침내 입을 열었고, 마침내 몇 달 동안 그의 안에서 들끓고 있던 문제를 꺼냈다.

입에서 말이 나오는 동안 부모님을 유심히 지켜보며 그 표정에서 자기 계획에 대한 두 분의 생각을 읽을 수 있을지 살펴봤지만, 부모님은 대체로 무표정한 것 같았다. 마치 그가 하는 말을 제대로 받아들이지 못하는 것 같았는데, 그들이 보기에는 그가 완벽한 세상을 벗어날 이유가 없었기 때문이다. 학교 성적도 좋고, 야구팀과 농구팀 활동도 매우 즐겁게 하고, 친구도 많고 주말마다 여기저기 파티에 불려 다니는데, 열세 살 소년이 그 이상 뭘 더 바랄 수 있단 말인가? 퍼거슨은 바로 부모님이 자신이 떠나고 싶은 이유라고, 그들과 같은 지붕 아래 사는 걸 더는 견딜 수가 없다고 고백함으로써 부모님을 모욕하고 싶지는 않았기 때문에, 변화가 절실하다고 거짓말을 했다. 자신이 불안하고, 그 작은 동네의 소소함에 질린 나머지 새로운 변화를 갈망하고 있고, 집이 아닌 곳에 가서 자신을 시험해 보고 싶다고 했다.

자기 말이 부모님에게 얼마나 어이없게 들릴지 알았지만, 그럼에도 그는 통제가 안 되고 제멋대로 변하는 목소리로 자신이 전하고 싶은 핵심을 전하고, 설득력 있고 정교한 주장을 해보려 했다. 소년기는 지났지만 성년은 아니었던 그의 성대는, 최종적인 목소리를 찾으려는 듯 높아졌다 낮아졌다 완전히 가라앉았다 하며 떨렸는데, 그런 목소리에는 권위와 설득력이 없었을 뿐 아니라 그의 겉모습 또한 어이없어 보이기는 마찬가지였다. 손톱은 다 물어뜯었고, 왼쪽 콧구멍 왼쪽에 새로 여드름이 자라고 있는, 세상에서 누릴 수 있는 물질적인 이점들, 음식과 집, 그리고 1천 가지의 안락함을 모두 누리는 축복받은 어린 존재였다. 퍼거슨은 그렇게 상류 부유층의 요새에서 지내는 자신이 얼마나 운이 좋은지 알 만큼 나이가 들었고, 전체 인류의 10분의 9는 추위와 배고픔 속에서 결핍과 끝없는 두려움에 위협받는다는 것도 알 만큼 나이가 들었다. 그런데 자신의 운에 대해 불평하다니, 어떻게 감히 조금이라도 불만족스러운 티를 낸단 말인가. 그는 인류의 투쟁이라는 큰 그림 속에서의 자기 위치 역시 알았기 때문에 불행하다고 느끼는 자신이 부끄러웠고, 자신에게 주어진 몫을 인정하지 못하는 태도가 역겨웠지만, 그래도 감정은 감정이었기 때문에 화가 나고 실망스러운 느낌을 멈출 수가 없었다. 그 어떤 의지에 따른 행동도 개인의 느낌을 바꿀 수는 없었다.

문제들 자체는 그가 몇 년 전에 파악한 것과 같은 문제들이었지만 이제 더 악화되었고, 너무 악화되어서 바로잡을 수 있는 단계를 넘어 버렸다고 퍼거슨은 결론을 내렸다. 황당한 피스타치오 녹색 캐딜락, 활기 없는, 완벽하게 관리된 블루 밸리 컨트리클럽의 회원 전용 구역, 11월에 닉슨에게 투표하는 일에 관한 대화—

모든 게 오랫동안 아버지를 감염시켜 온 질병의 징후였지만, 아버지는 애초에 가망이 없는 사람이었고, 퍼거슨은 그런 아버지가 신흥 속물 부자 계급으로 신분 상승 하는 걸 일종의 무감각한 체념 상태에서 받아들이고 있었다. 그러다가 로즐랜드 사진관이 문을 닫았고, 퍼거슨은 그 일 때문에 몇 달이나 침울한 상태로 지냈는데, 그는 사진관이 단지 돈만의 문제가 아니라는 걸 알고 있었기 때문이다. 사진관을 닫는 건 하나의 패배였고, 어머니가 자기 삶을 포기했다는 선언이었는데, 이제 그렇게 항복하고 다른 편으로 건너가 버린 상태에서 어머니가 다른 여자들 중 한 명으로, 컨트리클럽에 다니고, 카드 게임을 하고, 칵테일 모임에서 술을 너무 많이 마시는 그런 여자들 중 한 명으로 변해 가는 모습을 보는 건 너무 울적했다. 그는 어머니도 자신만큼이나 불행해한다는 걸 감지하고 있었지만 어머니에게 그 이야기를 할 수는 없었는데, 사생활에 간섭하기에는 아직 그가 너무 어렸기 때문이고, 그럼에도 부모님의 결혼 생활이, 늘 미지근한 물에서 하는 목욕을 떠올리게 했던 그 생활이 이제는 냉랭해져 버렸고, 각자 자신의 관심사만 좇는 두 사람의 지루하고 애정 없는 동거 생활이 되어 버렸다는 건 분명해 보였다. 부모님은 꼭 필요할 때나 본인들이 원할 때만 함께했는데, 그런 일은 거의 없었다.

일요일 오전에 공공 테니스장에서 테니스를 치는 일

도 없었고, 일요일 점심을 그러닝스 식당에서 먹는 일
도 없었고, 일요일 오후에 영화관에 가는 일도 없었다.
이제 공휴일은 컨트리클럽에서 보냈는데, 조용한 퍼팅
그린이 있고, 쉭쉭 소리를 내는 스프링클러가 있고, 아
이들이 소리를 지르며 노는 사계절 수영장이 있는 곳
이었지만, 퍼거슨은 차를 타고 40분이 걸리는 블루 밸
리까지의 여정에 부모님을 따라가지 않았다. 일요일은
야구팀, 미식축구팀, 농구팀 연습이 있는 날이어서 그
랬지만, 연습이 없는 일요일에도 가지 않았다. 한발 물
러나 보면 골프 자체는 잘못된 게 없다고 그는 생각했
고, 새우칵테일과 3단 샌드위치가 있는 점심을 먹으러
가볼 만도 했지만 퍼거슨은 햄버거와 민트칩아이스크
림 한 그릇이 그리웠고, 골프가 대변하는 세계에 가까
워지면 가까워질수록 점점 더 골프를 싫어하게 되었다
— 운동 자체가 싫다고는 할 수 없을지 모르지만 그 운
동을 즐기는 사람들은 확실히 싫었다.

　재수 없는, 고고한 척하는 퍼거슨. 상류 중산층의 관
습과 행태에 맞서는 적, 지위를 갈망하고 과시적인 소
비를 하는 신(新)미국인을 폄하하는 오만한 사회악 —
소년은 탈출하고 싶었다.

　한 가지 희망은 아버지가 아들을 유명한 기숙 학교
에 보내는 일이 클럽에서 자신의 지위를 더욱 높여 줄
걸로 생각한다는 점이었다. 그럼, 우리 아들이 지금 앤도버
에 다니잖아. 공립 학교보다는 훨씬 낫지, 그렇지 않아? 학비는

엄청나지만 말이야. 부모가 자식에게 줄 수 있는 선물 중에 좋은 교육보다 나은 건 없지.

거의 승산이 없는, 열세 살 소년의 머리에서 나온 자기기만적인 낙관론에 따른 부질없는 희망이 분명했다. 9월의 따뜻했던 저녁, 식탁 맞은편에 앉아 있던 아버지는 포크를 내려놓으며 말했다. 아무것도 모르는 소리를 하는구나, 아치. 지금 네가 부탁하는 건 나한테 똑같은 것에 비용을 두 배 지불하라는 말인데, 제정신이 박힌 사람이라면 그런 사기에 말려들지는 않을 거다. 생각해 봐라. 우리는 이 집에 대해 세금을 내지, 그렇지? 아주 높은 세금이야, 주에서 가장 높은 재산세지. 나는 그게 불만이지만, 기꺼이 돈을 내는 건 뭔가를 돌려받을 수 있기 때문이고 그건 바로 좋은 학교거든. 이 나라에서 가장 좋은 공립 학교 말이다. 그게 우리가 이곳으로 이사 온 첫 번째 이유야. 왜냐하면 여기 오면 네가 좋은 교육을 받으리라는 걸 네 엄마가 알았으니까. 네가 꿈꾸는 그 사립 학교에서 하는 교육만큼이나 좋은 교육이지. 그러니 기대하지 마라, 애야. 나는 이미 갖고 있는 것에 두 배의 돈을 낼 생각이 없으니까. Farshtaist(이해했니)?[43]

보아하니 기숙 학교는 아버지의 과시욕에 포함되어 있지 않은 것 같았고, 어머니까지 끼어들어서 퍼거슨이 그렇게 어린 나이에 집을 떠난다면 가슴이 찢어질 거

43 이디시어.

라고 하는 바람에, 퍼거슨은 학비에 보태기 위해 여름 동안 아르바이트를 하겠다는 이야기는 꺼내지도 못했다. 이제 꼼짝할 수 없었다. 그해의 나머지 날들뿐 아니라 고등학교를 졸업할 때까지 4년이나 더 남아 있었다. 모두 해서 5년이었고, 무장 강도나 살인범의 복역 기간보다 긴 시간이었다.

앤지가 디저트를 들고 왔고, 퍼거슨은 초콜릿푸딩이 담긴 그릇을 내려다보며 왜 자식이 부모와 갈라설 수 있게 하는 법은 없는지 궁금했다.

아무것도 바뀌지 않았고, 혹은 바뀌지 않을 것이었기 때문에, 규칙을 바꿔 보려던 퍼거슨의 노력이 투표로 좌절되고 기존의 가족 내 의사 결정 구조가 여전히 공고했기 때문에, 반동적이고 뿌리 깊은, 일시적 기분에 좌우되는 옛날 방식이 계속 집안을 지배했기 때문에, 거기에 굴복한 반항아는 본인이 사랑해 마지않는 천국 캠프에 한 번 더 가서 보상을 받는 수밖에 없었다. 부모가 없는 도피처, 공놀이와 카누 모험과 소란스러운 뉴욕 친구들이 있는 그곳에 6년 연속으로 가는 것이었다. 퍼거슨은 휴식과 자유를 찾아 두 달 동안 어머니와 아버지를 떠나게 되었을 뿐 아니라, 출발 당일 아침 그랜드 센트럴역의 승강장에는 노아 마크스도 서 있었다. 노아 역시 북부 지역에서 또 한 번의 여름을 보낼 계획이었는데, 1956년 캠프의 후반부 절반과 1957년의 8주를 통째로 빠진 이후 노아는 다시 천국 캠프와의 인연을 이어 갔고, 새어머니의 조카와 함께 4년 연속으로 캠프에 참여하려는 참이었다. 의붓사촌이자 친구이기도 한 열네 살의 퍼거슨은 이제 키가 170센티미터쯤 되어서 노아보다는 머리 반쯤이 더 컸고, 노아는 지금도 캠프에서 하포로 통했다.

의문점이 많은 이야기였다. 돈 이모부가 번거로운 이혼 절차를 밟을 생각이 없었기 때문에 밀드러드 이모는 여전히 노아의 새어머니였고, 18개월 동안 파리에 머무르며 몽테뉴 평전을 쓰기 시작한 노아의 아버지는 다시 페리가의 옛 주소지로 돌아왔다. 하지만 이전에 이모와 함께 지냈던 3층이 아니라 2층의 작은 원룸으로 들어갔는데, 그 2층은 이모부가 없는 동안 비어 있었고, 귀국 전에 이모가 빌려 놓은 상태였다. 그게 새로운 합의였다. 1년 반 동안 결정을 내리지 못하는 혼란스러운 상태로 지낸 후에, 그사이 이모가 브루클린 대학의 휴가 기간에 세 번이나 파리에 다녀온 후에, 두 사람은 떨어져서 지낼 수는 없다고 결론지었다. 그런가 하면 두 사람은 자신들이 함께 살지 못한다는 것도 — 적어도 늘 같이, 관습적인 부부들처럼은 지낼 수 없다는 것도 이해했다. 규칙적인 집안일에서 가끔씩 벗어나지 않으면, 두 사람은 거의 상대를 잡아먹을 듯한 분노에 사로잡혀 결국 피바다를 만들고 말 것 같았다. 그래서 타협안으로 아파트를 두 채 얻기로, 소위 화해를 위한 도피처-출구를 마련하기로 했는데, 두 사람의 사랑은 불가능한 것이었기 때문에, 열정과 불일치가 뒤섞인, 똑같은 음이온들, 혹은 양이온들끼리 부딪치는 전기장 같았기 때문에, 돈 이모부와 밀드러드 이모는 똑같이 이기적이고 변덕스러우면서 또한 서로에게 완전히 헌신적이었기 때문에 싸움은 그칠 날이 없었지만, 돈 이모부가 2층 아파트로 내려가 있는 동안은 새로운 평화기가 시작되곤 했다.

퍼거슨이 보기에는 뒤죽박죽이었지만 그 문제를 깊이 생각하지는 않았다. 그가 본 바에 따르면 모든 결혼은 각각 이런저런 결함을 안고 있었기 때문이다. 돈 이모부와 밀드러드 이모의 무자비한 갈등이든 자기 부모님의 지친 무관심이든 두 결혼 모두 똑같이 결함이 있는 셈이었고, 물론 지난 10년 동안 부부간에 쉰 단어도 나누지 않았을 것 같은 조부모님도 마찬가지였다. 적어도 그가 보기에, 살아 있다는 사실 자체에서 즐거움을 느끼는 남자 어른 혹은 여자 어른은 펄 종조할머니밖에 없었는데, 그분은 남편이 사라져 버렸고 새 남편도 절대 얻지 않을 것 같았다. 그래도 여전히 퍼거슨은 돈 이모부와 밀드러드 이모가 다시 합쳐서 기뻤고, 그건 두 사람이 아니라 자신을 위해서였는데, 돈 이모부가 돌아오면서 그의 인생에 노아가 돌아왔기 때문이다. 반쯤 제정신이 아닌 노아의 어머니 때문에 18개월 동안 서로 만날 수 없었지만, 퍼거슨은 자신들이 금세 다시 친구가 되어서 놀랐다. 마치 떨어져 지낸 그 긴 시간이 불과 며칠밖에 되지 않았던 것 같았다.

노아는 여전히 정신없고 화에 차 있었고, 이전처럼 남의 비위 건드리기를 좋아하는 말 빠른 아이였지만, 열한 살 소년은 아홉 살 때만큼 자주 흥분하지는 않았고, 아동기 후반에서 비틀거리며 청소년기 초반으로 넘어오면서 두 소년은 상대의 장점에 각각 도움을 받고 있었다. 노아 입장에서는, 퍼거슨은 뭐든 하기만 하면 잘하는 잘생긴 왕자님, 야구에서 타율이 가장 높고 학교 성적도 눈부신 친구, 여자아이들이 좋아하고 다른 남자아이들이 부러워하는 그런 친구였다. 그런 소년과 사촌이 되고, 친구가 되고, 평생의 절친이 된다는 건, 그렇지 않았더라면 괴로웠을 인생, 자신의 곱슬머리와 어설픈 외모에 대해, 지난 몇 해 동안 치아에 달고 다닌 모양이 변해 버린 교정기와 놀랄 만큼 볼품없는 자신의 몸에 대해 불평만 하고 지냈을 열네 살 소년의 과도기 인생을 꽤 근사하게 만들어 주는 일이었다. 퍼거슨은 노아가 자신을 얼마나 우러러보는지 알고 있었지만, 그런 노아의 평가는 잘못되었으며 근거가 없다는 것, 노아가 자신을 실제로는 존재하지 않는 영웅적이고 이상적인 존재로 여기고 있다는 것 또한 알고 있었다. 한편 실제로는 자신의 어두운 내면세계에서만 살고 있던 퍼거슨은, 노아가 뛰어난 정신의 소유자라는 것, 정말 중요한 문제에 관해서는 젊은 마크스 씨가 자신보다 앞서 있다는 것을 알고 있었다. 적어도 한 발 이상 앞서 있었고, 어떨 때는 두 발, 가끔은 네 발, 열 발 앞서 있었다. 노아는 그에게 길을 찾아 주는 사람, 퍼거슨을 위해 먼저 숲을 살펴본 후 최고의 사냥감 — 읽을 책, 들을 음악, 웃기는 농담, 봐야 할 영화, 생각해 볼 거리들 — 이 어디에 있는지 알려 주는 정찰병이었다. 덕분에 퍼거슨은 『캉디드』와 『필경사 바틀비』, J. S. 바흐와 머디 워터스, 「모던 타임스」, 「거대한 환상」, 진 셰퍼드의 늦은 밤 독백과 멜 브룩스의 2천 살 된 남자, 『토박이의 기록』과 『공산당 선언』을(아니, 카를 마르크스는 친척이 아니었고, 아쉽게도 그라우초도 마찬가지였다) 알게 되었고, 노아가 없었더라면 삶이 얼마나 황폐했을지 상상할 수조차 없었다. 분노나 실망감이 그를 지금의 상태에 이르게 했지만, 호기심마저 없었더라면 방향을 잃어버렸을 것이었다.

그렇게 둘은 1961년 7월, 천국 캠프로 떠나려는 참이었고, 온갖 사건으로 가득했던 그해 여름엔 바깥 세계에서 들려오는 소식은 모두 나쁜 소식뿐인 것만 같았다. 베를린에 장벽이 세워지고 있었고, 어니스트 헤밍웨이가 아이다호 산악 지역에서 자기 머리에 총알을 박아 버렸고, 백인 인종 차별주의자들은 버스를 타고 남부를 돌던 프리덤 라이더스[44]를 습격했다. 위협, 낙

44 Freedom Riders. 1961년 대중교통에서의 인종 분리 철폐를 외치며 버스를 타고 시위를 벌인 활동가들.

담, 그리고 증오까지, 우주를 책임지는 이들은 이성적인 사람들이 아니라는 증거가 넘쳐났고, 한편 즐겁고 익숙한, 분주한 캠프 생활에 정착한 퍼거슨은 농구공을 다루고, 오전과 오후에 도루를 하고, 오두막 아이들의 신랄한 말이나 실없는 소리를 듣고, 다시 노아를 만난 기쁨을 만끽했는데, 그건 무엇보다도 그와의 끝없는, 두 달짜리 긴 대화에 빠져들었다는 의미였다. 저녁에는 아주 좋아하는 뉴욕 여자아이들과 춤을 췄다. 활기차고 가슴이 큰 캐럴 솔버그, 날씬하고 사려 깊은 앤 브로드스키, 여드름투성이였지만 특히나 예뻤던 데니즈 레빈슨 등이었는데, 특히 데니즈는 저녁 식사 후 〈사교〉 시간에 몰래 빠져나가 뒤쪽 풀밭에서 진한 〈입과 혀〉 놀이를 하는 것에 관해 그와 같은 생각을 갖고 있었다. 감사해야 할 좋은 일이 많았지만, 이제 그는 열네 살이었고 머릿속에는 6개월 전만 해도 전혀 떠오르지 않던 생각들이 가득했기 때문에, 퍼거슨은 스스로를 마치 다른 사람인 양 거리를 두고 바라보고 있었는데, 예를 들면, 헤밍웨이가 아이다호에서 스스로 머리를 날려 버리던 그 순간에 자신이 데니즈와 키스를 하고 있지 않았더라면 어땠을까, 혹은 자신이 천국 캠프 대 그레일록 캠프의 야구 시합에서 2루타를 치던 그 순간에 미시시피의 KKK 단원들이 보스턴에서 온, 깡마르고 머리가 짧은 어느 프리덤 라이더의 턱에 주먹을 날리고 있지는 않았을까 하는 생각을 했다. 누군가는 키스를 하고, 다른 누군가는 주먹질을 당하고, 혹은 누군가는 1857년 6월 10일 오전 11시에 어머니의 장례식에 참석하고, 바로 그 순간 같은 도시 같은 블록의 다른 누군가는 갓 태어난 아기를 품에 안고 있었다. 어떤 한 순간의 슬픔이 다른 이의 기쁨과 동시에 벌어지고, 당신이 신이 아니라면, 그러니까 주어진 어떤 순간에 일어나는 모든 일을 볼 수 있는 존재가 아니라면 동시에 벌어지는 그 두 가지 일을 알 수도 없을뿐더러, 슬픔에 빠진 아들이나 웃고 있는 어머니 당사자의 경우라면 말할 것도 없었다. 그래서 인간이 신을 고안해 낸 걸까? 퍼거슨은 자문해 봤다. 모든 걸 아우르는, 전능하고 신성한 지성의 존재를 주장함으로써 인간 지각의 한계를 극복하기 위해서?

이렇게 한번 생각해 봐, 그는 어느 날 오후에 식당으로 함께 걸어가던 중 노아에게 말했다. 차를 타고 어디를 가야만 해. 중요한 일이고, 늦으면 안 되는 거야. 가는 길이 두 가지인데, 큰길로 가는 거랑 뒷길로 돌아가는 거지. 마침 차가 밀리는 시간인데, 보통 큰길은 꽉 막히지만 만약 사고나 고장 난 차만 없다면 차들이 느려도 꾸준히 앞으로 나아가기는 해서 가는 데 20분 정도 걸릴 테고, 그러면 간신히 시간에 맞춰서 도착할 수 있어 — 하지만 남는 시간은 없지. 뒷길은 거리로는 좀 더 멀지만 차들이 더 적게 다니기 때문에, 모든 일이 잘 풀리면 15분 만에 갈 수가 있어. 원칙적으로는 뒷길이 큰길보다 나은데, 거기에도 문제가 하나 있어. 각 방향으로 차선이 하나씩밖에 없기 때문에 고장 난 차나 사고를 맞닥뜨리면 오랫동안 아예 꼼짝도 못 하게 되고, 그러면 약속에 늦는 거야.

잠깐만, 노아가 말했다. 그 약속이라는 것에 대해 좀더 알아야겠는데. 어디로 가는 거야? 그 일이 왜 그렇게 중요한 거야?

그건 상관없어, 퍼거슨이 말했다. 차로 간다는 건 하나의 예일 뿐이야. 하나의 제안, 내가 토론하고 싶은 주제에 관해 너와 이야기하기 위한 방법일 뿐이야. 도로 상태나 약속은 사실 중요하지 않아.

하지만 중요해, 아치. 모든 게 중요한 거야.

퍼거슨은 긴 한숨을 내쉬고 말했다. 좋아. 면접에 가는 거야. 평생 꿈꿔 오던 일이야 —『데일리 플래닛』파리 특파원 같은 거. 면접에 가지 못하면 목매달고 죽어버릴 거야.

그렇게 의미심장한 일이라면, 왜 닥쳐서야 출발하는 거지? 절대 늦는 일 없도록 한 시간 일찍 출발하면 되잖아.

왜냐하면…… 왜냐하면 그럴 수 없었으니까. 할머니가 돌아가셔서, 장례식에 들렀다 가야 했거든.

그럴듯해. 사람들이 말하는 중대한 날이지. 여섯 시간 동안 할머니 때문에 눈물을 흘리다가, 이제 차를 타고 면접에 간다는 거지. 그런데 어느 쪽 길로 갈 것인가?

다시 말하지만 그건 중요하지 않아. 선택지가 둘밖에 없는 거야. 큰길과 뒷길, 그리고 각각의 도로는 장점과 단점이 있어. 큰길을 택하고 제시간에 약속 장소에 도착했다고 해봐. 그러면 자기 선택에 대해 생각해 볼 필요도 없어, 그렇겠지? 마찬가지로 뒷길로 가서 제시간에 도착했다면, 역시 간단하고, 남은 인생 동안 그 사건을 떠올리는 일은 없을 거야. 하지만 문제가 흥미로워지는 건 지금부터야. 큰길로 갔는데 3중 추돌 사고가 나서 한 시간 동안 차들이 꼼짝을 못 하는 거야. 그리고 그렇게 차 안에 있는 동안 뒷길 생각밖에 안 나고, 왜 그 길로 가지 않았을까 하는 후회만 드는 거야. 잘못된 선택을 한 자신을 원망하겠지만, 그게 잘못된 선택이 될 거라고 누가 알았겠어? 그런데 뒷길에 무슨 일이 있었는지 알아? 커다란 삼나무가 쓰러져서 지나가던 차를 덮치는 바람에, 운전사가 사망하고 도로가 세 시간 반 동안 막혀 있었다는 소식을 누가 전해 준다면? 그리고 그 누군가가 시간을 확인하고는 만약 뒷길로 갔다면 네 차가 쓰러지는 나무에 맞았을 테고, 네가 죽었을 거라고 말한다면? 아니면, 아무 나무도 쓰러지지 않고, 큰길을 택했던 게 잘못된 선택으로 밝혀진다면? 아니면, 뒷길로 갔는데 나무가 쓰러지면서 네 차 바로 앞에 가던 운전자를 덮친 거야. 너는 차 안에 앉아서 큰길로 갈 걸 그랬다고 생각하는 거지. 그쪽에는 3중 추돌 사고가 나서 어차피 약속에는 늦었을 거라는 걸 모른 채 말이야. 아니면, 3중 추돌 사고가 안 일어나고, 뒷길로 간 게 잘못된 선택이었던 거라면?

하고 싶은 이야기가 뭐야, 아치?

그러니까 네가 잘못된 선택을 한 건지 아닌지는 절대 알 수가 없다는 거야. 그 모든 사실을 알았어야 하는데, 그 모든 사실을 알 방법은 두 곳에 동시에 있는 것밖에 없고 — 그건 불가능하잖아.

그래서?

그래서 사람들이 신을 믿는 거 같아.

농담이지, 볼테르 선생님?

오직 신만이 큰길과 뒷길을 동시에 볼 수 있으니까 — 그 말은 오직 신만이 네가 바른 선택을 했는지 잘못된 선택을 했는지 알 수 있다는 뜻이야.

신이 안다는 건 어떻게 알지?

몰라. 하지만 그럴 거라고 사람들이 가정하잖아. 불행하게도 신은 무슨 생각을 하고 있는지 절대 말해 주지 않아.

신에게 편지를 쓸 수는 있지.

맞아. 하지만 그건 아무 소용이 없잖아.

문제가 뭐야? 국제 우편 우표를 살 돈이 없어?

주소를 몰라.

그해 오두막에는 새로운 소년이 나타났다. 지난여름들 동안 퍼거슨의 동료였던 친구들 사이에서 혼자 신참이었는데, 도심이 아니라 뉴로셸의 웨스트체스터에 사는 아이였고, 퍼거슨 무리에서 교외 지역에 사는 아이는 퍼거슨을 제외하면 그 소년이 유일했다. 뉴욕에서 온 아이들보다는 덜 소란스럽고 말을 덜 공격적으로 했으며, 퍼거슨이 조용한 것과 비슷한 방식으로 조용했지만 정도가 조금 심해서 그 아이는 거의 말을 하지 않았는데, 그럼에도 일단 말을 할 때면 목소리가 전해지는 거리 안에 있는 사람은 모두 그 아이의 말에 집중했다. 그 아이의 이름은 페더먼이었다, 아트 페더먼. 다들 아티라고 불렀고, 아티 페더먼의 발음이 아치 퍼거슨과 비슷했기 때문에 오두막 아이들은 둘이 오래전에 헤어진 형제, 태어난 직후에 헤어진 일란성 쌍둥이가 아니냐고 놀렸다. 그 농담이 재미있었던 건 진짜 농담이 아니라 반(反)농담, 그러니까 농담 자체에 대한 농담으로 받아들여질 때만 말이 되는 농담이었기 때문이다. 퍼거슨과 페더먼은 몇몇 신체 특징들이 비슷하기는 했지만 — 키나 몸집, 큰 손과 어린 운동선수다운 날씬한 근육질 몸매 — 그 밖에는 공통된 이니셜을 제외하면 닮은 점이 거의 없었기 때문이다. 퍼거슨은 피부색이 짙은 반면 페더먼은 밝았고, 퍼거슨은 눈이 녹회색인 반면 페더먼은 갈색이었고, 코와 눈, 그리고 입도 모두 다르게 생겼기 때문에 둘이 함께 있는 걸 처음 본 사람이라면 그 누구도 둘을 형제로 착각하지는 않았을 테고, 굳이 말하자면 먼 친척이라고도 보기 어려웠다. 하지만 같은 오두막의 아이들은 둘을 한 번 보고 만 게 아니었고, 시간이 지나며 두 A. F.의 행동을 지켜보는 동안 어쩌면 그 농담 아닌 농담이 농담 이상의 뭔가라는 걸 이해하게 되었는데, 왜냐하면 그건 피와 살을 나눈 형제에 관한 이야기가 아니라 친구, 빠른 시간에 형제처럼 친해져 버린, 피와 살을 나눈 것과 다름없는 친구에 관한 이야기였기 때문이다.

자기 자신의 이상한 점 하나는, 여러 개의 자신이 있는 것 같다는 점이라는 걸 퍼거슨은 발견했다. 자신이 한 사람이 아니라 모순된 여러 자아의 집합이고, 각기 다른 사람과 있을 때마다 본인 역시 달라지는 것 같았다. 노아처럼 말이 많고 외향적인 사람과 있으면 그는 조용히 자기 안으로 닫혔다. 앤 브로드스키처럼 수줍음 많고 방어적인 사람과 있으면 그는 목소리가 커지고 유치해지면서, 그녀의 긴 침묵에 따라오는 어색함을 극복하기 위해 늘 말을 너무 많이 했다. 유머가 없는 사람들은 그를 익살꾼으로 만들었다. 재치 있는 광대들은 그를 둔하고 굼뜬 사람으로 만들었다. 또 어떤 사람들은 자신들의 영향권 안으로 그를 끌어들여, 자신들과 똑같은 방식으로 행동하게 만드는 힘이 있었다. 호전적인 마크 더빈스키, 쉬지 않고 정치와 스포츠에 관한 의견을 쏟아 내는 그 친구는 퍼거슨의 말싸움 본능을 불러일으켰다. 몽상적인 밥 크레이머와 있으면 그는 약해졌고 스스로에 대한 확신이 없어졌다. 반면 아티 페더먼은 그를 차분하게 만들었다. 다른 사람들과 있을 때는 느껴 보지 못한 차분함이었는데, 그 새로운 친구와 함께 있으면 혼자 있을 때와 같은 느낌이 들었기 때문이다.

두 A. F. 중에 하나라도 조금만 다른 사람이었다면 둘은 쉽게 적이 될 수도 있었다. 특히 퍼거슨은 이 신참의 등장을 싫어할 이유가 많았는데, 페더먼이 그보다 나은 운동선수로 밝혀졌기 때문이다. 지난 5년 동안 퍼거슨은 최고의 선수였고 특히 야구에서 그랬는데, 그말은 순회 경기가 있을 때마다 늘 유격수에 4번 타자를 맡았다는 뜻이다. 하지만 페더먼이 첫날 연습장에 나타나자, 그가 퍼거슨보다 수비 범위가 넓고 어깨도 좋다는 것, 배트도 더 빠르고 힘도 좋다는 것이 분명해졌다. 그리고 다음 날 페더먼이 자체 평가전에서 홈런 두개와 2루타 하나를 치자, 첫날 보여 준 실력이 가짜가 아니라는 게 증명되었고, 스물네 살의 코치였던 빌 래퍼포트는 퍼거슨을 밀어내고 결정을 내렸다. 페더먼이 새로운 유격수에 4번 타자였고, 퍼거슨은 3루수로 옮기고 타순도 한 계단 밀려났다. 왜 이렇게 하는지는 알지, 그렇지? 빌이 말했다. 퍼거슨은 고개를 끄덕였다. 증거들의 위력을 생각할 때, 고개를 끄덕이는 것 외에 다른 반응을 보일 수는 없었다. 너한테 문제가 있는 건 아냐, 아치, 빌이 말했다. 하지만 이 새 친구는 괴물이야.

어떻게 보든 상관없이, 빌의 새로운 타순은 하나의 강등, 순위에서 조금 밀려나는 것이었고, 천국 캠프 야구팀의 최고 지휘관 자리를 잃어버린 일이 퍼거슨은 아팠다. 감정은 감정이었기 때문에 매번 주관적으로는 1백 퍼센트 진실이었지만, 사실은 또한 사실이었고 그 경우에 빌이 옳은 결정을 했다는 건 객관적이고 반박할 수 없는 사실이었다. 퍼거슨은 이제 이인자였다. 언젠가 메이저 리그 선수가 될 거라던 소년 시절의 꿈은 서서히 녹아서 뱃속에 쌓인 끈적끈적한 찌꺼기가 되고 말았다. 얼마 동안은 씁쓸한 기분이 남아 있었지만 이내 극복했다. 페더먼이 너무 뛰어났기 때문에 경쟁해 볼 마음도 생기지 않았다. 그런 재능에 대한 적절한 반응은 그 상대가 같은 편이라는 데 감사하는 것밖에 없었다.

그 재능이 남달랐던 건, 퍼거슨이 보기에는, 페더먼 본인은 자신의 그런 재능을 전혀 모른다는 점이었다. 아무리 열심히 뛰고, 마지막 이닝의 안타나 다이빙 수비로 이긴 시합이 아무리 많이 쌓여도, 그는 자신이 다른 친구들에 비해 얼마나 잘하는지 절대 이해하지 못하는 것처럼 보였다. 야구를 잘하는 건 그냥 그가 할 수 있는 일이었고, 페더먼은 하늘이 파랗고 지구가 둥글다는 사실을 받아들이듯이 그 점을 받아들였다. 잘하려는 열망은 당연히 있었지만 동시에 무관심했고, 심지어 조금은 지루해하는 느낌까지 들었는데, 팀의 누군가가 고등학교를 마치면 프로로 전향하라는 말을 할 때마다 페더먼은 고개를 저으며 웃기만 했다. 야구를 하면 재미있지만 본질적으로는 의미 없는 일, 아이들 놀이일 뿐이라고 그는 말했다. 고등학교 졸업 후의 계획은 대학에 가서 과학자가 되는 것이었고, 물리학자가 될지 수학자가 될지는 아직 정하지 못했다고 했다.

그런 반응에는 바보 같은 면과 상대를 기운 빠지게 하는 면이 함께 있다고 퍼거슨은 생각했는데, 그런 점이 자신과 이름이 거의 같은 그 친구를 나머지 친구들과 다른 사람으로 만들어 주는 전형적인 예였다. 캠프의 모든 남자아이들이 결국 대학에 가리라는 건 피할 수 없는 결론이었는데, 그게 그들이 사는 세계, 가장 머리가 나쁜 아이들을 제외하고는 모두가 전문 학위나 더 높은 학위까지는 아니더라도 학사 학위 정도는 받는 게 당연한 유대계 미국인 3세대의 세계였기 때문이다. 하지만 페더먼은 다른 아이들이 자신에게 하는 말에 담긴 미묘한 의미를 이해하지 못했다. 그는 그 아이들이 그더러 대학에 가지 말라는 게 아니라, 원하지 않는데도 반드시 가야만 하는 건 아니라는 말을 하고 있다는 점을 알아차리지 못했고, 그가 그들보다 나은 위치, 스스로의 운명을 더 주도적으로 헤쳐 나갈 수 있는 위치에 있다는 말을 하고 있다는 점을 알아차리지 못했다. 페더먼이 수학과 과학에 뛰어난 학생이고 대학에 갈 생각이 있다는 게 사실이기는 했지만(그는 그해 여

441

름에 독학으로 미적분을 공부하고 있었는데, 도대체, 미적분의 원리를 이해할 수 있는 열네 살짜리가 몇 명이나 된단 말인가?), 그는 칭찬을 무시한 채 직설적인 대답, 너무나 분명하지만 초점에서 벗어난 대답, 하나 마나 한 대답을(그가 미적분을 공부하고 있고 결국 대학에 갈 거라는 건 모두 알고 있었다) 하곤 했다.

하지만 그게 퍼거슨이 다른 A. F.에게서 가장 좋아하는 점이었다 — 그의 순수함, 자신이 속한 사회의 역설과 모순에 대한, 이 세상 사람이 아닌 듯한 무심함. 나머지 아이들은 모두 끝날 줄 모르는 초조함이라는 고통, 충동들이 부딪치며 만들어 내는 대혼란과 일관성 없는 동요라는 덫에 빠져 있었지만, 페더먼은 고요하고, 생각에 잠겨 있고, 자신에 대해 편안해 보였는데, 자기 생각과 자기만의 방식이 단단히 자리를 잡아서 주변 소음에는 거의 관심을 두지 않았다. 오염되지 않은 존재라고, 퍼거슨은 종종 생각했다. 너무나 순수하고 충실하게 자기 자신이어서 가끔은 진짜 모습이 뭔지 종잡을 수가 없었고, 당연히 퍼거슨과 노아는 새로운 오두막 친구에게 서로 다른 인상을 받게 되었다. 노아는 페더먼이 아주 지적이면서 또한 탁월한 야구 선수이기도 하다는 점은 기꺼이 인정했지만, 자기가 보기에는 너무 진지하다고, 좋은 친구가 되기에는 유머 감각이 너무 떨어진다고 생각했다. 또한 그 아이가 풍기는 고요한 분위기, 소리 없이 퍼거슨에게 영향을 미치는 그 분위기가 노아는 왠지 불편했는데, 그는 페더 먼이 뭔가가 빠져 버린 인간, 본인의 표현에 따르면 괴 상한 귀신 소년, 뇌의 특정 부분이 빠진 채 태어난 유령 같은 존재라고 느꼈다. 페더먼은 달랐고, 그뿐이었다. 나머지 사람들과는 다른 행성에 사는 사람이었고, 노 아가 그 친구의 약점이라고 생각하는 부분 — 여자아 이들 앞에서의 수줍음이나 농담을 못 하는 성격, 그 누 구와도 싸우지 않으려는 태도 등 — 을 퍼거슨은 장점 으로 보는 경향이 있었다. 노아보다는 퍼거슨이 페더 먼과 더 많은 시간을 함께 보냈고, 그는 노아가 얕다고, 혹은 비어 있다고 여기는 부분이, 사실은 자신이 아는 그 누구에게서도 볼 수 없는 영혼의 깊이와 폭이라는 걸 이해하게 되었다. 문제는 페더먼은 단체로 있을 때 는 잘 어울리지 못했지만, 상대가 한 명뿐일 때는 다른 사람이 된다는 점이었다. 3주가 지나고 두 A. F.가 야 구장까지 함께 걸어갔다 걸어오는 일이 수십 번 이어 지면서, 퍼거슨은 그 아이를 알게 되었거나 적어도 알 아 가기 시작했고, 가장 인상적이었던 건 페더먼은 관 찰력이 정말로 뛰어나다는 점이었다. 그의 감각은 주 변 세계에 놀랄 만큼 집중하고 있었는데, 그래서 페더 먼이 머리 위를 지나가는 구름이나 꽃의 수술에 앉은 벌을 가리키거나, 숲속에 있는 보이지 않는 새의 울음 소리를 듣고 새 이름을 맞출 때마다 퍼거슨은 그 모든 걸 처음으로 보거나 듣는 듯한 기분이 들었고, 친구가 알려 주지 않았더라면 절대 그것들을 인식하지 못했을 거라고 생각했다. 페더먼과 함께 걷는 건 무엇보다도 집중력을 기울이는 훈련이었고, 집중력을 기울인다는 건, 살아 있음을 느끼기 위한 첫 단계임을 퍼거슨은 발견했다.

그리고 월말을 향해 가던 유난히 따뜻했던 목요일 오후, 여름이 곧 반환점을 맞이할 무렵이었고 부모님 방문 주간을 이틀 앞둔 날이었다. 토요일 오전과 오후에는 두려움과 증오의 대상인 캠프 스캐티코 팀과의 농구 시합과 야구 시합이 잡혀 있었는데, 스캐티코 팀이 천국 캠프를 방문하고, 천국 캠프 아이들의 부모님들도 경기를 관람할 예정이었다. 민소매 원피스를 입은 땅딸막한 여자들과 버뮤다팬츠 차림의 뚱뚱한 남자들, 딱 붙는 칠부바지 차림에 뾰족한 힐을 신은 호리호리한, 혹은 한때 호리호리했던 여자들, 머릿결에 힘이 떨어지고 흰색 비즈니스 정장 셔츠를 팔꿈치까지 걷어 올린 남자들이 관람할 그 시합은 여름 캠프 기간 중 최대의 운동 행사였는데, 시합이 끝나면 곧바로 마크스 형제의 연극 「코코넛 대소동」 공연이 이어질 예정이었다. 1929년에 그들의 첫 영화로 만들어지기도 한 작품으로, 캠프에서 하포로 통하던 노아가 묘하게도 그라우초 역을 맡았는데, 노아의 재능을 고려할 때 그보다 더 적합한 배역은 없을 것 같았다. 퍼거슨은 이틀 후에 자신도 뛰게 될 두 시합을 기다리고 있었을 뿐 아니라,

자기 사촌이 두 번째와 세 번째 손가락 사이에 담배를 끼우고 코와 윗입술 사이에 가짜 수염을 붙인 채 그라우초의 걸음걸이를 흉내 내며 무대를 휘젓고 다니는 모습을 보고 싶어 견딜 수가 없었다. 그날 있을 행사에 대한 기대가 커지는 가운데, 농구 시합에서는 천국 캠프가 질 게 확실했기 때문에(열흘 전 스캐티코 캠프에서 벌인 시합에서는 박살이 났다) 빌 래퍼포트는 야구에서는 이기고 말겠다며 단단히 각오했고, 그 목표를 위해 지난 며칠간 아이들을 혹독하게 훈련시켰다. 기본기의 정확도를 높이는 훈련(번트, 중계 플레이, 상대 주자 묶어 두기 등)과 격렬한 몸만들기 훈련(푸시업, 싯업, 단거리 뛰기, 트랙 돌기)이 이어졌는데, 특히 7월 말의 그 목요일은 여름 캠프 기간 중 가장 덥고 가장 후덥지근한 날이었기 때문에 퍼거슨은 훈련 내내 땀에 흠뻑 젖어 있었다. 두 시간의 훈련이 끝나고 그와 페더먼은 함께 오두막으로 돌아가는 중이었고, 거기서 저녁 식사 전 필수인 수영을 위해 수영복으로 갈아입을 예정이었다. 그는 운동장에서의 격심한 활동으로 에너지가 다 빠져 버려서 두 다리가 90킬로그램은 나가는 것 같다고 페더먼에게 말했고, 보통은 지칠 줄 몰랐던 뉴로셸 출신의 미적분 소년도 녹초가 된 것 같다고 인정했다. 오두막까지 절반쯤 갔을 때 퍼거슨은 점심 후 휴식 시간에 읽기를 마친『미스 론리하츠』이야기를 꺼냈는데, 너대니얼 웨스트가 쓴 그 얇은 소설은 밀드러드 이모가 해마다 보내 주는 여름 독서 목록에 포함된 것이었다. 미스 론리하츠가 사실은 남자라고, 여자인 척하면서 실연한 사람들을 위한 상담 기사를 쓰는 기자라고 설명하려는 순간, 페더먼이 작고 기어들어 가는 소리, 어처럼 들리는 소리를 내뱉었다. 고개를 돌려 오른쪽의 친구를 돌아보니 페더먼은 어지럼증을 느끼는 듯 비틀거렸고, 왜 그러냐고 퍼거슨이 묻기도 전에 무릎이 꺾이며 그대로 쓰러져 버렸다.

퍼거슨은 장난이라고, 서로 얼마나 지쳤는지 이야기한 후였기 때문에 페더먼이 그렇게 덥고 습한 여름에 운동을 너무 많이 하면 몸이 어떻게 되는지를 보여 주려 하는 거라고 생각했다. 하지만 퍼거슨이 기다렸던 웃음소리는 나오지 않았고, 사실 아티가 몰래 그런 장난을 치는 아이도 아니었다. 몸을 숙이고 친구 얼굴을 살피던 퍼거슨은 페더먼이 눈을 뜬 것도 감은 것도 아닌, 반쯤 뜨고 반쯤 감은 상태로 마치 눈알이 머리 쪽으로 말려서 돌아간 듯 흰자만 보이는 걸 보고 깜짝 놀랐다. 그건 정신을 잃었다는 뜻인 것 같아서 퍼거슨은 손가락으로 페더먼의 볼을 톡톡 두드려 봤는데, 처음에는 가볍게 두드리다가 잠시 후에는 일어나라고 말하며 꼬집어도 봤다. 볼을 두드리고 꼬집는 것만으로도 페더먼을 깨우기에 충분할 것 같았지만 그는 반응이 없었고, 어깨를 잡고 흔들어 봐도 고개가 앞뒤로 흔들릴 뿐, 힘없는 눈꺼풀은 열리지도 닫히지도 않은 채 생명의 기운을 조금도 보여 주지 않았다. 퍼거슨은 무서워졌고, 페더먼의 가슴에 귀를 대고 심장 박동을 들어 보려고, 폐에 공기가 드나들며 갈비뼈가 오르내리는 걸 느껴 보려고 했다. 호흡이 없었고, 잠시 후 퍼거슨은 일어나 외쳤다. 도와주세요! 도와주세요! 아무도 없어요? 제발 아무나 도와주세요!

뇌동맥류. 그게 공식적인 사인이라고 누군가가 이야기해 줬고, 직접 부검한 컬럼비아 카운티 법의학자가 페더먼의 사망 확인서에 그렇게 적었다. 뇌동맥류.

 퍼거슨은 뇌가 뭔지는 알고 있었지만 동맥류라는 말은 처음 들어 보는 것이었기 때문에, 수석 상담사의 방에 가서 책장 맨 위 칸에 있는 『웹스터 대학생용 사전』을 찾아봤다. 동맥 일부가 비정상적으로 부풀어 오른 상태가 영구적으로 지속되는 것을 말하며, 혈관 벽의 질환에 기인함.

스캐티코 캠프와의 시합은 다음 고지가 있을 때까지 취소되었다. 마크스 형제 희극 공연은 다음 달로 연기되었다. 일요일 오전에 예정되어 있던 가족 합창 대회는 일정표에서 지워졌다.

목요일 저녁 식사 후 큰 헛간에서 열린 전원 모임에서 아이들의 절반이 흐느꼈지만, 대부분은 페더먼을 알지도 못했다. 수석 상담사 잭 펠드먼은 신께서 하시는 일은 이해할 수 없는 거라고, 인간의 이해를 넘어서는 거라고 아이들에게 말했다.

빌 래퍼포트는 페더먼이 쓰러진 일에 대해 자신을 탓했다. 야구팀을 너무 몰아붙였다고, 그렇게 견딜 수 없을 정도로 덥고 습한 날에 벌을 주듯 훈련을 시킴으로써 아이들 모두를 위험에 빠뜨린 거라고 퍼거슨에게 말했다. 씨발 도대체 무슨 생각을 하는 걸까? 퍼거슨은 사전에서 본 단어들을 떠올렸다. 영구적으로, 비정상적으로, 부풀어 오른…… 질환. 아니에요, 코치님, 그가 말했다. 언젠가는 벌어질 일이었어요. 아티는 머릿속에 시한폭탄을 담은 채 돌아다녔던 거라고요. 아무도 몰랐던 것뿐이에요 — 본인도, 아티 부모님도, 그를 진찰했던 의사들도. 걔는 누군가가 걔 머릿속에 시한폭탄이 있다는 걸 발견하기 전에 죽어 버린 거예요.

금요일 오후 휴식 시간에 그의 이름이 스피커에서 흘러나왔다. 아치 퍼거슨, 캠프 간사의 목소리였다. 아치 퍼거슨, 사무실로 오세요. 전화 왔습니다.

어머니였다. 정말 끔찍한 일이구나, 아치. 어머니가 말했다. 그 아이도 안됐고, 너도 안됐고…… 다들 안됐어.

그냥 끔찍한 일이 아니에요, 퍼거슨이 대답했다. 최악이에요. 지금까지 있었던 일 중에 최악.

전화 반대편에서 긴 침묵이 이어진 후, 어머니는 좀 전에 아티 어머니에게서 전화가 왔었다고 말했다. 당연히 예상치 못한 통화였고, 당연히 고통스러운 통화였지만, 순전히 일요일에 뉴로셸에서 열리는 장례식에 퍼거슨을 초대하고 싶다는 말을 전하기 위해 전화한 것이었다. 퍼거슨이 캠프에서 나올 수 있을 거라고, 그리고 퍼거슨도 오고 싶어 할 거라고 가정하고 한 말이었다.

이해가 안 되네요. 퍼거슨이 말했다. 아무도 초대받은 사람이 없는데 왜 저만 초대하는 걸까요?

어머니는 페더먼 부인이 아들이 캠프에서 보낸 편지를 읽고 또 읽고 있는데, 거의 모든 편지에서 퍼거슨의 이름이 등장했기 때문이라고 설명했다. 어떤 때는 서너 문단에 걸쳐 몇 번씩이나 등장하는 경우도 있다고 했다. 아치는 제일 친한 친구예요, 어머니는 통화에서 전해 들은 편지의 문장들을 알려 줬다. 지금까지 만난 친구들 중 최고예요. 그리고 다시, 아치는 진짜 좋은 녀석이에요, 옆에만 있어도 행복해져요. 그리고 다시, 만약 형제가 있었다면 아치랑 비슷했을 것 같아요.

다시 긴 침묵이 이어지고, 퍼거슨은, 너무 작아서 스스로에게도 들릴 듯 말 듯 한 목소리로 말했다. 저도 아티한테 같은 감정이었어요.

그렇게 결정되었다. 부모님의 주말 방문은 없을 것이

다. 대신 퍼거슨이 아침에 기차를 타고 뉴욕으로 가서, 그랜드 센트럴역에서 어머니를 만날 것이다. 두 사람은 뉴욕에 있는 조부모님의 아파트에서 하룻밤을 보내고, 다음 날 아침 차를 타고 뉴로셸로 갈 것이다. 공적인 자리에 필요한 것들도 무시하지 않을 것이다. 그가 장례식에서 입을 옷들, 흰색 셔츠, 재킷, 타이, 검은색 신발, 검은색 양말, 차콜그레이색 바지는 어머니가 챙겨 오기로 약속했다.

어머니가 말했다. 캠프에 가고 나서 많이 자랐니, 아치?

모르겠어요, 퍼거슨이 대답했다. 아마 조금.

옷들이 맞을지 모르겠네.

그게 중요해요?

중요할 수도 있고 아닐 수도 있지. 셔츠 단추가 꽉 끼거나 그러면 내일 새 옷 사자.

단추가 꽉 끼지는 않았지만 셔츠는 이제 너무 작았고, 타이를 제외하고는 다른 옷들도 마찬가지였다. 34도가 넘는 날씨에 쇼핑을 나와서 끓는 듯한 도시를 터벅터벅 걷는 건 정말 성가신 일이라고, 봄 이후로 6센티미터 넘게 자란 그는 생각했지만, 캠프에서 바로 나온 청바지와 테니스화 차림으로 뉴로셸에 갈 수는 없었다. 그래서 어머니와 함께 메이시 백화점에 가서 점잖은 옷을 찾아 신사복 코너를 한 시간이나 돌아다녔는데,

그건 좋은 시기라고 해도 세상에서 가장 지루한 일이었지만 그때는 분명 좋은 시기라고는 할 수 없었고, 그는 쇼핑에 전혀 마음을 쓸 수 없었기 때문에 어머니에게 모든 결정을 맡기고 셔츠, 재킷, 바지 한 벌을 고르게 내버려 뒀다. 하지만, 그도 곧 알게 되었듯이, 다음 날 유대교 회당에 앉아서 느꼈던 황폐한 절망감에 비하면 쇼핑의 지루함이 나았다. 더운 회당에는 2백 명 이상의 사람들이 모였는데, 아티의 어머니와 아버지, 열두 살 된 여동생, 양쪽 조부모 네 명, 이모들과 삼촌들, 사촌들, 학교 친구들, 유치원 시절부터 그를 가르쳤던 이런저런 선생님들, 그가 뛰었던 운동 팀의 친구들과 코치들, 가족의 친구들, 가족의 친구들의 친구들 등, 그 많은 사람들이 환기도 되지 않는 그곳에서 서서히 익어 가는 와중에 눈을 꼭 감은 채 눈물을 흘렸는데, 남자들과 여자들이 흐느꼈고, 여자아이들과 남자아이들도 흐느꼈다. 연단에서는 랍비가 히브리어와 영어로 기도를 암송했는데, 기독교 예배에서처럼 더 좋은 곳으로 갔다느니 하는 듣기 좋은 말은 없었다. 퍼거슨과 그의 민족에게 아름다운 내세 같은 건 없었다. 유대인이란 그런 것이었다. 정신 나간 유대인들, 반항적인 유대인들에겐 단 하나의 삶과 단 하나의 장소, 현세와 지금 이곳밖에 없었고, 죽음을 받아들이는 방법도 신을 찬양하는 것밖에 없었다. 열네 살 소년의 죽음이라고 해도 신의 권능을 찬양하고, 눈알이 튀어나오고 불알이 떨어지고 몸 안에서 심장이 쪼그라드는 것 같아도, 씨발 신의 권능을 찬양하는 수밖에 없었다.

묘지에서 관이 땅속으로 들어가는 동안, 아티의 아버지가 아들의 묘 속으로 뛰어들려고 했다. 남자 네 명이 붙어서 그를 끄집어냈고, 남자들의 손에서 풀려난 아버지가 다시 뛰어들려고 하자 네 남자 중 가장 덩치가 큰 남자가, 알고 보니 친동생이었던 그 남자가 그의 목을 팔로 죄며 바닥에 쓰러뜨렸다.

매장까지 마친 후 집에서 아티의 어머니, 키가 크고 다리가 굵고 엉덩이가 펑퍼짐한 그 여인은 퍼거슨을 안으며 그도 언제까지나 자신들의 가족일 거라고 말했다.

이어진 두 시간 동안 그는 거실 소파에 앉아 아티의 동생 실리아와 이야기를 나눴다. 그는 이제 자신이 그녀의 오빠라고, 죽을 때까지 자신이 오빠 역할을 해주겠다고 말하고 싶었지만, 그 말을 입 밖에 꺼낼 용기가 없었다.

여름이 끝나고 다시 학기가 시작되었다. 9월 중순부터 퍼거슨은 단편소설을 쓰기 시작했고, 추수 감사절을 앞두고 글을 완성했을 때는 분량이 서서히 늘어나 제

법 긴 이야기가 되어 있었다. 그는 그 이야기가 두 명의
A. F.에 관한 농담 아닌 농담에서 영감을 받은 글이라
고 생각했지만 확신할 수는 없었는데, 그 이야기는 이
미 틀이 잡힌 형태로 느닷없이 떠올랐고, 그는 늘 페더
먼을 생각하고 있었기 때문에, 앞으로도 영원히 함께
할 것이었기 때문에, 그 친구 역시 어떤 식으로든 그 이
야기에 포함될 수밖에 없었기 때문이다. 처음에 쓰고
싶었던 아치와 아티라는 이름 대신 두 주인공은 행크
와 프랭크가 되었는데, 전체 발음이 비슷한 게 아니라
끝소리만 같은 이름이었다. 둘은 모든 일을 함께 겪는
평생의 친구, 마치 신발 한 켤레처럼 함께 가는 친구였
고, 그런 이유로 제목도 〈솔 메이츠〉[45]라고 정했다.

행크와 프랭크, 각각 왼발 신발과 오른발 신발인 둘
은 공장에서, 공정의 마지막 담당자가 둘을 같은 상자
에 넣으면서 처음 만난다. 둘은 튼튼하고 꼼꼼하게 만
든 끈 달린 갈색 가죽 신발, 보통은 작업화라고 부르는
신발인데, 성격은 조금 달랐지만(행크는 예민하고 내
성적인 반면 프랭크는 무뚝뚝하고 겁이 없었다), 예를
들자면 로럴과 하디, 혹은 헤클과 제클, 혹은 애벗과 코
스텔로[46]처럼 다른 게 아니라 퍼거슨과 페더먼처럼 달
랐다 ─ 그러니까 같은 콩깍지에서 나왔지만 전혀 다

45 Sole Mates. 〈밑창〉을 뜻하는 〈sole〉이 영혼을 뜻하는 〈soul〉과 발
음이 같은 데 착안한 제목.
46 헤클과 제클은 만화, 애벗과 코스텔로는 텔레비전 프로그램의 짝.

른 두 개의 콩알 같았다.

상자 안에 있는 동안은 둘 다 행복하지 않았다. 그때까지 둘의 사이는 아직 서먹서먹했는데, 상자 안은 어둡고 비좁았을 뿐 아니라 서로 아주 가까이 불편하게 붙어 있었기 때문에 처음에는 상대에게 불평하는 일도 종종 있었지만, 프랭크가 행크에게 마음을 가다듬고 진정하라고, 좋든 싫든 자신들은 붙어 있을 수밖에 없다고 말했고, 좋지 않은 상황에서 최선을 다하는 수밖에 없음을 이해한 행크는 첫발부터 잘못 내디뎌서 유감이라고 했다. 프랭크는 재미있으라고 한 이야기야?라고, 자신은 그 말이 전혀 재미가 없다는 뜻으로 말했고, 다시 행크는 목소리를 깔고 남부 사투리를 흉내 내며 나는 니가 그랬으면 좋겠다, 작업화 친구야. 농담도 없이 이 인생을 우째 지내겠노, 그쟈?라고 말했다.

행크와 프랭크가 들어 있는 상자는 트럭에 실려서 뉴욕시티로 갔고, 매디슨 애비뉴의 플로샤임 신발 상점 진열장에 최종적으로 도달해, 창고 선반 위에서 팔리기를 기다리는 수많은 신발들 무리에 합류했다. 그게 그들의 운명이었다 — 팔리는 것, 발 사이즈 11인 남자가 상자를 열고 그 가게의 창고에서 영원히 꺼내주는 것. 행크와 프랭크는 자신들의 삶을 시작하고 싶어서, 야외로 나가 주인과 함께 걸어다니고 싶어서 안달이었다. 프랭크는 자신들이 얼른 팔릴 거라고 확신했다. 둘은 매일 신는 종류의 신발이고, 특제 가죽으로 만든 드레스 슈즈나 크리스마스용 슬리퍼, 혹은 안에 털을 댄 눈밭용 부츠나 장화가 아니기 때문에, 매일 신는 신발에 대한 수요가 가장 많기 때문에 그 음울하고 냄새나는 상자에 작별을 고할 날이 머지않은 거라고 말했다. 그럴지도 모르지, 행크는 그렇게 말하면서도, 확률을 제대로 계산하려면 11이라는 사이즈도 고려해야 한다고 덧붙였다. 11이라는 사이즈가 걱정이었다. 평균에 비해 지나치게 큰 사이즈였고, 대(大)발 씨가 상점에 들어와 자신들을 신어 볼 때까지 얼마나 걸릴지는 아무도 모르는 일이었다. 사이즈가 8이나 9였으면 더 좋았을 거라고, 그는 말했다. 그게 대부분 남자들의 발 크기였고, 대부분이라는 건 그만큼 빨리 나갈 수 있다는 의미였다. 신발이 크면 클수록 팔릴 때까지 시간이 걸렸고, 11 사이즈는 무지 큰 신발이었다.

12나 13이 아닌 게 다행이라고 생각해야지, 프랭크가 말했다.

맞아, 행크가 대답했다. 6이 아닌 것도 다행이야. 하지만 우리가 11인 게 반갑지는 않아.

선반에서 사흘 밤낮을 보낸 후에, 언제 어떻게 구조될 것인지, 과연 구조되기는 할 것인지에 대한 의심과 불안한 짐작만 이어지던 그 기간이 지나고, 다음 날 아침 마침내 점원이 탑처럼 쌓여 있던 상자 더미에서 그들을 꺼내 진열장이 있는 가게 앞쪽으로 데려갔다. 손님이 관심을 보인 것이다! 점원이 상자 뚜껑을 열었고,

세상의 빛이 처음으로 그들에게 비친 순간 행크와 프랭크는 기쁨으로 몸이 따끔거렸는데, 너무나 크고 중독적인 그 기쁨은 신발 끈 끝까지 퍼져 나갔다. 다시 세상을 볼 수 있었고, 공장 직원이 그들을 상자에 담은 후로 처음 보는 세상이었다. 점원이 둘을 상자에서 꺼내 의자에 앉은 손님 앞에 내려놓았을 때 프랭크가 행크에게 말했다. 이제 본격적으로 일을 시작하나 봐, 친구. 행크가 대답했다. 나도 확실히 그랬으면 좋겠어.

(주: 신발 끈이 있는 신발이라면 신발 혀가 있는데, 이야기 어디에서도 퍼거슨은 신발들이 어떻게 말을 할 수 있는지에 관해서는 언급하지 않는다. 그게 문제라고 해도, 그는 그 문제를 고려조차 하지 않음으로써 해결하고 있는 것이다. 그렇지만 행크와 프랭크가 하는 말은 인간에게는 들리지 않는 것처럼 보이는데, 둘은 자신들이 원할 때면 언제 어디서나 이야기를 하고, 누군가가 그 대화를 들을지도 모른다는, 적어도 살아 있는 인간이 들을지도 모른다는 걱정은 하지 않는다. 하지만 다른 신발들이 있는 곳에서는 좀 더 주의하는데, 이 이야기 속에서는 모든 신발들이 말을 할 수 있기 때문이다. 나중에 알게 되었듯이, 퍼거슨의 초기 독자 중이 괴상한 가상의 언어에 이의를 제기하는 사람은 아무도 없었다. 모두 그걸 시적 허용의 대표적인 사례로 받아들였지만, 몇몇 사람은 행크와 프랭크가 주변을 볼 수 있는 능력까지 지닌 건 지나치다고 생각하기도

했다. 신발은 볼 수가 없어, 다들 아는 거잖아. 도대체 신발이 어떻게 볼 수 있다는 거야? 누군가가 말했다. 열네 살의 저자는 잠시 생각해 보더니, 어깨를 으쓱하며 말했다. 당연히 끈 구멍 eyelets으로 보지. 다른 방법이 없잖아?라고 대답했다.)

손님은 덩치가 큰 남자였다. 배가 나오고 발목이 굵고 피부는 축축하고 창백한, 어쩌면 당뇨나 심장 문제로 고생하고 있을지도 모르는 사람이었다. 어쩌면 이상적인 주인은 아니겠지만, 지난 사흘 동안 행크와 프랭크가 수도 없이 이야기했듯 신발들은 선택할 수가 없다. 그들은 자신들을 사는 사람이 어떤 사람이든 그의 의지에 따라야만 했는데, 발을 보호하는 것, 그 어떤 상황에서든 그 어떤 발이든 보호하는 것이 그들의 일이었기 때문에, 미친놈의 발이든 성인(聖人)의 발이든, 신발은 주인의 바람에 따라 자신들의 일을 완벽하게 수행해야 했다. 그럼에도 새로 제조된 작업화의 입장에서는, 아직 뻣뻣하고 싱싱한, 반들반들한 소가죽 갑피와 조금도 눌리지 않은 밑창이 있는 그들에게는 중요한 순간이었다. 왜냐하면 그 순간이 마침내 온전히 제역할을 하는 신발로서의 삶이 시작되는 순간이었기 때문이고, 점원이 행크를 손님의 왼발에, 프랭크를 오른발에 각각 끼워 줬을 때 둘은 좋아서 신음 소리를 냈는데, 자신들 안에 발을 넣은 느낌이 너무 좋아서 놀라울 정도였고, 그다음엔, 기적처럼, 신발 끈 양쪽을 잡아당겨 매듭을 만들고 단단한 나비넥타이 모양으로 묶자 그 좋은 느낌이 훨씬 커졌다.

잘 맞네요, 점원이 손님에게 말했다. 거울 한번 보실 래요?

그렇게 행크와 프랭크는 자신들이 함께 있는 모습을 처음으로 보게 된다 — 뚱뚱한 남자가 거울을 보면서 그들도 거울을 볼 수 있었다. 정말 잘 어울리는 짝이네. 프랭크가 말했고, 그 순간만큼은 행크도 같은 생각이 었다. 세상에서 제일 근사한 작업화야, 그가 말했다. 음유 시인이라면 자갈길의 왕들이라고 했을 거야.

행크와 프랭크가 거울에 비친 자신들의 모습에 감탄하는 사이에, 뚱뚱한 남자는 고개를 젓는다. 잘 모르겠네요, 저한테는 좀 촌스럽게 보이는데. 그가 점원에게 말한다.

선생님 정도 덩치가 있는 분은 튼튼한 신발을 신으셔야 합니다, 점원이 대답한다. 손님의 기분이 상하지 않도록, 있는 그대로 이야기한다는 투다.

그렇죠, 뚱뚱한 남자가 말한다. 그건 말할 필요도 없죠, 그렇지 않나요? 하지만 그렇다고 제가 무겁고 투박한 신발을 신고 다녀야 하는 건 아니니까.

이 신발은 일품입니다. 점원이 무미건조하게 말한다.

경찰 신발. 저한텐 그렇게 보이네요. 뚱뚱한 남자가 말한다. 사복 경찰들이 신는 그런 신발.

꽤 기다렸다가, 점원이 목을 가다듬고 말한다. 다른

신발들도 좀 보여 드릴까요? 윙팁 구두는 어떠세요?

네, 윙팁 좋네요, 손님이 고개를 끄덕이며 맞장구친다. 제가 찾던 게 그거예요. 작업화가 아니라 윙팁.

행크와 프랭크는 다시 상자 속으로 들어가고, 잠시 후 보이지 않는 손이 그들을 들어 창고로 옮기고, 그렇게 둘은 다시 팔리지 않는 신발 무리에 합류한다. 행크는 분노에 휩싸인다. 뚱뚱한 남자의 말이 그를 격노케 했는데, 행크가 한 시간 동안 촌스럽게와 투박한이라는 단어를 마흔세 번이나 말하자, 마침내 프랭크가 참지 못하고 그만하라고 애원한다. 우리가 얼마나 운이 좋은지 모르겠어? 프랭크가 말한다. 그 남자는 그냥 돌대가리가 아니라, 비만 돌대가리야. 그리고 그렇게 무거운 사람을 지고 다니는 건 우리가 가장 원하지 않는 일이라고. 그 살덩어리는 140킬로그램까지는 아니더라도 120킬로그램 정도는 족히 나갈 거야. 매일 산 하나를 지고 여기저기 걸어다니는 걸 상상해 봐. 우리는 조금씩 망가지고, 제대로 사용되기도 전에 소진되고, 기회도 가져 보지 못한 채 버려질 거야. 11 사이즈를 신는 사람 중에 깃털처럼 가벼운 사람은 많지 않겠지만, 적어도 마르고 탄탄한 사람, 발걸음이 가볍고 고른 사람을 기대할 수는 있는 거잖아. 어기적어기적 걷거나 터벅터벅 걷는 사람은 안 돼, 행크. 우리는 최고의 주인을 얻을 자격이 있어, 우리는 일품이니까.

다음 사흘 동안 두 번의 기회를 더 놓쳤는데, 한번은

아주 아깝게 놓쳤고(그 남자는 그들을 매우 마음에 들어 했지만, 사이즈가 10과 1/2이었다) 한번은 출발부터 완전 실패였다(찌푸린 얼굴로 그런 못생긴 군함을 신어 보라고 한 어머니에게 투덜대는 덩치 큰 10대였다). 그다음엔 기다림의 연속이었고, 그 무력하고 단조로운 상황에 기운이 빠진 행크와 프랭크는 자신들이 그 선반에 영원히 머무를 운명이 아닌가 하는 의문이 들기 시작한다 — 인기 없는, 유행이 지난, 잊힌 신발들. 그러던 중에, 못생긴 군함이라는 모욕적인 말을 들은 지 사흘 후, 둘의 마음에서 모든 희망이 사라진 그때 손님 한 명이 가게에 들어온다. 서른 살의 애브너 퀸이란 남자, 키 183센티미터에 몸무게는 77킬로그램으로 날씬하고, 11 사이즈의 작업화를 찾고 있는데, 꼭 작업화여야 한다고 한다. 그래서 행크와 프랭크는 네 번째로 선반에서 내려오는데, 결국 그게 마지막으로 내려오는 것이었고, 검은색 신발 상자라는 어두운 연옥에서 보냈던 불안한 일주일도 그걸로 끝이었다. 그들을 신고 시험 삼아 가게 안을 걸어 본 애브너 퀸은 아주 좋네요, 딱 제가 원하던 신발이에요라고 말했고, 두 〈솔 메이츠〉는 마침내 그들의 주인을 찾았다.

퀸이 경관이라고 해서 뭔가 달라지는 걸까? 꼭 그렇다고는 할 수 없었고, 장기적으로 보면 그렇지 않았다. 하지만 경찰 신발 같다는 이유로 뚱뚱한 남자에게 거절당한 적이 있던 행크와 프랭크에게는 씁쓸함이 남아 있었

기 때문에, 그런 우연의 일치가 재미있다기보다 조금 아
프고 혼란스러웠다. 작업화가 전형적인 경찰 신발이라
면 그들은 줄곧 짭새 신발, 일반 대중 사이에서 큰 놀림
의 대상이 되는 사람의 신발이 되기로 정해져 있었던
모양이다. 이 세상의 짭새들이 선호하는 신발이 된다
는 것, 그러니까 그런 짭새들의 상징이 된다는 것 자체
가, 이미 자신들에게도 놀림받을 어떤 요소가 있다는
의미였다.

인정하자, 행크가 말한다. 우리가 턱시도나 화려한
도시의 밤 문화를 위해 만들어진 건 아닌 것 같아.

그런 건 아니겠지, 프랭크가 대답한다. 하지만 우리
는 튼튼하고 믿을 만하잖아.

두 대의 탱크처럼.

뭐, 스포츠카가 되고 싶었던 적도 없으니까, 따지고
보면.

경찰 신발이야, 프랭크. 그게 우리야. 가장 미천한
종류.

하지만 우리 경관님 좀 봐, 행크. 정말 근사한 남자잖
아. 게다가 우리를 원하고 있어. 미천하든 아니든, 그가
우리를 원한다고. 나는 그거면 충분해.

다부지고 걸음이 빠른 애브너 퀸은 최근에 형사로
승진했다. 야경봉과 순경 제복 대신 정장 두 벌, 겨울용
모직 정장 한 벌과 가볍고 다림질이 필요 없는 여름용
정장 한 벌을 각각 마련했고, 플로샤임에서 산 비싼 신

발(행크와 프랭크였다!)은 계절에 상관없이 1년 내내, 형사 임무를 수행하는 동안 신고 다닐 예정이었다. 퀸은 헬스키친의 침실 하나짜리 작은 아파트에 혼자 사는데, 1961년 당시 최고의 동네라고 할 수는 없었지만 집세가 싸고 관할 구역에서 겨우 네 블록 떨어진 곳이었다. 아파트가 지저분할 때도 종종 있지만(이 형사는 집안일에는 거의 관심이 없었다), 행크와 프랭크는 퀸이 자신들을 소중하게 다뤄 주는 데 깊은 인상을 받는다. 그들의 주인은 아직 어린 나이이지만 전통적인 면이 있어서 신발을 존중해 준다. 밤이면 아무렇게나 던져 놓거나 신발장에 처박아 두는 대신, 차근차근 끈을 풀어서 침대 옆에 가지런히 놓아둔다. 신발들은 비록 임무를 맡고 있지 않을 때라도 늘 주인 가까이 있고 싶어 하기 때문에, 끈도 풀지 않고 내팽개치듯 벗어 놓으면 시간이 지날수록 구조적인 결함이 생길 수도 있다. 퀸은 사건(주로 절도였다)을 맡을 때는 바쁘고 산만해지는 경향이 있지만 신발에 뭐가 묻은 걸 그대로 두지는 않는데, 흰색 비둘기 똥이든 빨간색 케첩이든 묻으면 오른쪽 앞주머니에 넣고 다니는 화장지로 그 해로운 것들을 바로 닦아 내곤 한다. 가장 좋은 건, 그가 종종 펜역에 들러 정보원인 흑인 노인 모스와 이야기를 나눈다는 점이다. 마침 모스가 역 대합실에서 구두닦이를 하고 있기 때문에, 퀸은 의자에 앉아 모스가 전하는 최신 정보를 듣는 동안 방문의 원래 목적이 눈에 띄

지 않도록 구두를 닦곤 하는데, 그건 말하자면 일석이
조, 임무를 수행하면서 작업화를 관리하는 일이기도
하다. 행크와 프랭크는 그 계략의 행복한 수혜자이고,
모스는 전문가, 손이 빠르고 능숙한 구두닦이이기 때
문에 그런 그가 천으로 닦아 주고 솔로 다듬어 준다는
건 행크와 프랭크 같은 일상화에게는 더할 나위 없는
즐거움이다. 그건 신발이 느낄 수 있는 감각적 쾌락에
흠뻑 빠져드는 일이고, 그렇게 모스가 확실한 손길로
만져 주고 두드려 주고 나면 둘은 새것처럼 깨끗하고
방수까지 되는 상태로, 천하무적이 된다.

그건 좋은 삶, 그들이 바랄 수 있는 최고의 삶이다.
하지만 좋다를 편하다로 착각하면 안 된다. 왜냐하면 아
무리 우호적인 환경이라고 해도 열심히 일하는 건 신
발의 숙명이고, 뉴욕 같은 곳, 몇 달 동안 잔디밭이나
부드러운 흙에 밑창이 닿을 일이 없는 곳, 극단적인 더
위와 추위가 장기적으로는 가죽 제품의 상태에 나쁜
영향을 미칠 수 있는 곳에서는 특히 더 그렇다. 비나 눈
이 올 때, 무심코 물웅덩이나 쌓인 눈을 밟았을 때, 반
복해서 물에 젖거나 빠지면서 생기는 피해는 말할 것
도 없다. 비가 오거나 험한 날씨에 만나는 그런 불명예
스러운 상황들은 의식 있는 그들의 주인이 조금만 신
경을 쓰면 피할 수 있지만, 퀸은 고무장화나 덧신을 신
는 사람은 아니고, 심한 눈보라가 휘몰아치는 날에도
눈 장화를 신지 않고, 늘 고생인 자신의 작업화만 선호

한다. 당사자인 신발 두 짝은 그런 신뢰를 영광으로 생각하면서도 그의 무심함 앞에서는 혼란스럽다.

거리를 돌아다니는 것. 날이면 날마다 그렇게 하는 게 퀸의 일이고, 따라서 행크와 프랭크의 일이기도 하다. 그렇게 꾸준히 가죽과 아스팔트가 스치고 굽과 밑창이 닳아 가는 상황을 겪으면서도 위로가 되는 게 있다면 둘이 함께 있다는 점, 형제처럼 그 운명을 함께 겪는다는 점이다. 하지만 다른 대부분의 형제들처럼 그들도 의견이 다르거나 짜증이 나는 순간들, 서로 반목하고 화가 폭발하는 순간들이 있고, 비록 같은 사람의 몸에 붙어 있기는 하지만 그들은 엄연히 둘이고, 그 몸과의 관계도 각자 약간씩 다른데, 퀸의 왼발과 오른발이 늘 같은 순간에 같은 일을 하지는 않기 때문이다. 예를 들어 의자에 앉아 다리를 꼴 때, 왼손잡이인 퀸은 오른쪽 다리를 왼쪽 다리 위로 올리기보다 왼쪽 다리를 오른쪽 다리 위로 올리는 경향이 있고, 신발 입장에서는 그렇게 허공에 들린 채 잠시 땅에서 떨어져 밑창을 세상에 드러내는 것만큼 좋은 느낌도 없다. 행크가 왼쪽 신발이기 때문에 결과적으로 그런 경험을 프랭크보다 많이 하게 되고, 프랭크는 행크에게 약간의 불만을 품게된다. 그런 마음을 극복해 보려고 하지만, 가끔씩 허공에 있는 행크가 들뜬 기분이 되어 굳이 이야기를 시작하고, 주인의 오른쪽 발목 근처에 매달린 채 프랭크를 향해 거기 아래쪽 날씨는 어때, 프랭키?라고 물으면, 프랭크도 결국 침착함을 잃어버리고는, 닥치고 네 일이나 잘하라고 쏘아붙이곤 한다. 그런가 하면 또 어떤 때는 프랭크가 왼손잡이 주인의 왼쪽 신발이 되어 버린 행크의 처지를 가엾게 여기는 경우도 있다. 퀸은 보통 왼발로 첫걸음을 내딛는데, 비 오는 날이나 눈 오는 날 빨간 신호등에 멈췄다가 도로로 내려설 때는 늘 첫걸음이 가장 위험하기 마련이고, 때로는 얕은 배수로에 빠지는 참사가 벌어지기도 한다. 행크가 물웅덩이에 빠지거나 녹은 눈 더미에 파묻히는 순간에도 프랭크는 멀쩡했던 경우가 얼마나 많았던가? 셀 수도 없었다. 프랭크는 형제가 겪는 수모나 거의 익사할 뻔한 상황을 보며 자주 웃지는 않지만, 이따금 유난히 심통이 날 때는 스스로를 통제할 수가 없다.

그래도 여전히, 종종 벌어지는 실랑이와 오해에도 둘은 최고의 친구가 되고, 주인의 동료가 신은 다른 작업화, 늘 칭얼거리기만 하는 에드와 프레드(퍼거슨의 이야기에서 모든 신발 짝들 이름에는 운율이 있다)를 볼 때마다, 행크와 프랭크는 단정하지 못한 동료 경관 월터 벤튼이 아니라 반듯한 애브너 퀸 같은 사람 손에 떨어진 게 축복이라고 생각한다. 벤튼은 조사실에서 피의자들을 때리고 엉덩이에 발길질하는 데서 일의 즐거움을 찾는 사람 같다. 에드와 프레드는 그를 위해 1년도 넘게 그런 더러운 일을 해오면서 성격이 거칠어졌고 이제는 한 쌍의 고약한 하류 인생이 되고 말았는데, 냉소적인 태도로 세상을 역겨워하며 1년 가까이 서로 말도 하지 않고 있다 — 사이가 나빠서가 아니라 말하는 것 자체가 귀찮아졌기 때문이다. 그뿐만 아니라 둘은 점점 따로 놀기 시작했는데, 벤튼은 멍청하기만 한 게 아니라 무심한 주인이기도 해서 신발 굽이 닳아도 갈아 줄 생각을 하지 않고, 에드의 밑창에 구멍이 난 것이나 프레드의 갑피 앞부분 가죽이 갈라진 것에 대해서도 아무런 조치를 취하지 않는다. 행크와 프랭크는 벤튼이 그 꾀죄죄한 녀석들(행크의 표현이었다)을 광나게 닦아 준 걸 한 번도 본 적이 없다. 그와 대조적으로 퀸은 일주일에 두 번씩 행크와 프랭크에게 광을 내주고, 함께 지낸 2년 동안 굽은 네 번, 밑창은 두 번 갈아 줬다. 그들은 여전히 싱싱했지만 에드와 프레드, 겨우 6개월 먼저 일을 시작한 그 둘은 이제 낡았고, 너무 낡아서 곧 임무를 마치고 버림받을 준비가 된 것 같다.

그들은 작업화이기 때문에 주인이 여자를 만날 때는 좀처럼 함께하지 못한다. 사랑을 좇을 때는 작업화보다는 덜 편하고 덜 실용적인 뭔가가 필요하고, 행크와 프랭크는 애브너 Q.의 끈 구멍 세 개짜리 드레스 슈즈나 검은색 악어가죽으로 만든 슬립온에 자리를 양보해야 하는데, 그때마다 둘은 크게 실망한다. 어둠 속에 자신들만 남겨지는 게 두려웠을 뿐 아니라, 퀸의 연애 현장에 몇 번 함께한 적이 있었는데(일이 너무 많아 퇴근 후 집에 가서 신발을 갈아 신을 여유가 없는 날이었다),

그런 자리가 얼마나 재미있는지 알게 되었기 때문이다. 특히 주인이 여자의 침대에서 밤을 보낼 때가 좋았는데, 그 말은 행크와 프랭크도 침대 옆에서 함께 밤을 보낸다는 뜻이었고, 거기는 여자의 아파트였기 때문에 그 여자의 신발들도 보통은 그들 옆에 나란히 놓여 있었다. 맨 처음에 예쁜 빨간색 새틴 하이힐 한 쌍인 플로라, 로라와 함께 떠들고, 웃고, 노래한 일은 너무 흥겹고 유쾌했으며, 그 후로 다른 여자들의 아파트에서도 마찬가지였다. 주인이 앨리스, 혹은 자기라고 부른 덩치 큰 금발의 경우에는, 그리니치가에 있는 그녀의 집에서 리아와 미아라는 검은색 펌프스 짝, 혹은 몰리와 돌리라는 로퍼 짝과 신나게 장난치며 놀았다. 남자 주인이 옷을 벗고 알몸이 되는 걸 지켜보며 그 여자들은 키득키득 교태를 부렸고, 여자 주인이 사랑의 절정에 이를 때면 행크와 프랭크는 커다란 가슴이 아래위로 출렁거리는 모습을 넋을 잃고 구경하기도 했다. 그건 정말 눈부신 시간, 땀에 젖은 범죄자와 검은색 법복 차림의 판사들만 있는 단조로운 세상에 비하면 환하게 불타오르는 시간이었고, 행크와 프랭크에겐 그럴 기회가 적었기 때문에 더욱 소중했다.

몇 달이 지나고 앨리스가 임자라는 사실이 점점 더 분명해진다. 주인이 다른 여자들을 만나기를 그만뒀을 뿐 아니라 이제 여가 시간의 대부분을 그녀와 보내고 있다. 그의 사랑하는 자기는 빠르게 다른 호칭들도 얻었는데, 그중에는 천사, 설탕, 예쁜이, 원숭이 얼굴 등이 있었고, 그만큼 둘 사이의 친밀감은 점점 커져 결국 5월 말의 피할 수 없는 그 순간, 센트럴 파크에서 앨리스와 함께 앉은 퀸은 중요한 질문을 꺼낸다. 평일이었기 때문에 행크와 프랭크도 그 자리에서 청혼 장면을 목격하고, 앨리스가 부드러운 목소리로 자기를 행복하게 하는 일이라면 뭐든 할 거야, 내 사랑이라고 대답할 때는 그저 용기를 얻는 것 이상의 기분이 든다. 자신들도 행복해질 것만 같고, 새로운 관계 안에서도 이전만큼 행복할 것 같다.

하지만 행크와 프랭크가 이해하지 못한 건 결혼은 모든 걸 바꿔 버린다는 점이었다. 그건 단지 두 사람이 함께 살기로 결정하는 것이 아니라 한쪽의 의지가 다른 쪽의 의지와 겨루는 기나긴 투쟁의 시작이고, 종종 남편이 우위에 있는 듯 보일 때도 있지만 궁극적으로는 아내가 통제권을 갖게 된다. 신혼부부는 헬스키친과 그리니치빌리지에 있던 각자의 아파트를 처분하고 웨스트 23번가에 있는 더 크고 안락한 집으로 옮긴다. 앨리스는 지방 검사 사무실의 비서를 그만뒀기 때문에 집안일은 전적으로 그녀가 관리하고, 사고 싶은 새 커튼이나 거실에 깔 새 카펫, 식탁에 놓고 싶은 새 의자 등이 있을 때 남편의 의견을 통상적으로 묻기는 하지만 퀸의 반응은 언제나 똑같고 — 뭐든 원하는 걸로 해, 뜻대로 하세요 — 그 말은 앨리스가 모든 결정을 내린다는 뜻이다. 하지만 상관없다고, 행크와 프랭크는 생각한다. 앨리스가 보금자리의 지배자일지는 몰라도 대부분의 낮 시간은 여전히 주인과 함께 보내며 거리에서 사기꾼을 쫓고, 취조실에서 피의자를 신문하고, 재판에서 증언하기 위해 법원에 가고, 전화 통화로 단서를 찾고, 보고서를 쓰고, 어리석은 나쁜 놈들이 도주할 때마다 골목길을 달리고, 일주일에 두 번씩 펜역의 모스에게 가서 관리를 받는다. 그리고 벤튼이 마침내 에드와 프레드를 내팽개치면서, 네드와 테드라는 새로운 친구도 생긴다. 여전히 무뚝뚝한 상대들이지만 최근에 떠난 꾀죄죄한 녀석들보다는 절반도 나쁘지 않다. 그러니까 많은 것이 달라졌지만 본질적인 것은 그대로였고, 어쩌면 이전보다 조금 나아졌을 수도 있다. 적어도 행크와 프랭크는 그렇게 생각하지만, 그들이 모르는 것, 자기만족에 빠져 포착하지 못한 것은, 부드러운 목소리의 앨리스는 자기 임무에 충실한 사람이고, 남편의 생활을 개선하려는 그녀의 노력은 커튼과 카펫에서 멈추지 않으리라는 점이다. 결혼식 후 석 달 만에 그녀는 남편의 옷, 특히 근무복에 관여하기 시작했는데, 그녀가 보기에 지금 남편의 옷은 장차 서장이 될 사람의 옷이라고 하기에는 너무 심심하고 초라하다. 처음에는 퀸도 지금 정장으로 충분하다고, 자신이 하는 종류의 일에는 차고 넘친다고 말하며 방어하지만, 앨리스는 그가 아주 잘생겼기 때문에 최고급 옷을 입으면 정말

위풍당당한 사람이 될 거라는 말로 그의 저항을 무너 뜨린다. 그녀의 칭찬에 기분이 좋으면서도 불편해진 주인은 돈이 나무에서 자라는 것도 아니지 않느냐는 눈치 없는 소리를 하지만, 자신이 전투에서 졌다는 사 실을 알고 있고, 다음 날 마지못해 아내를 따라 매디슨 애비뉴의 신사복 매장에 가서 새 양복 두 벌, 흰색 셔츠 네 벌, 당시 유행 중이던 날씬한 넥타이 여섯 개를 구입 해 옷장에 채워 넣는다. 그로부터 사흘 후 아침, 주인이 새 양복 중 하나를 입고 출근할 때 앨리스가 환하게 웃 으며 아주 근사하다고 말한다. 그리고, 퀸이 뭐라고 말 을 꺼내기도 전에 그녀는 아래를 보며 〈그런데 그 신발 들도 좀 어떻게 해야겠다〉라고 말한다.

신발이 어때서? 퀸이 약간 짜증스럽게 묻는다.

딱히 문제는 없는데, 그녀가 말한다. 좀 낡았네, 그뿐 이야. 양복이랑 안 어울리기도 하고.

말도 안 돼. 지금까지 가져 본 신발 중에 최고야. 승 진한 다음 날 플로샤임에서 사서 줄곧 신고 있는 거야. 나한테는 행운의 신발이야, 천사님. 3년 됐는데, 그동 안 총을 맞은 적도 없고, 얼굴에 주먹이 날아온 적도 없 고, 몸에 멍이 든 적도 한 번도 없어.

그만하면 됐어, 애브너. 3년은 긴 시간이야.

이런 작업화한테는 그렇지 않아. 아직 망가지지도 않았고.

앨리스는 입을 오므린 채 고개를 갸우뚱거리며, 마

치 무심한 철학자의 눈으로 신발의 가치를 평가해 보려는 듯 장난스럽게 턱을 긁적거린다. 마침내 그녀가 입을 연다.

너무 촌스러워. 양복만 보면 굉장히 중요한 사람 같은데, 신발 때문에 그냥 경관처럼 보여.

하지만 그게 나야. 경관. 빌어먹을 짭새.

자기가 경관이라고 해서 경관처럼 보여야 하는 건 아니야. 신발 때문에 격이 떨어진다고, 애브너. 자기가 방에 들어서면 모두들 〈경관이다〉 할 거야. 제대로 신발을 신으면 절대 짐작 못 해.

행크와 프랭크는 주인이 자신들을 변호해 주기를, 자신들을 옹호하는 말을 좀 더 해주기를 기다리지만, 퀸은 아무 말도 못 한 채 앨리스의 마지막 말에 대해서는 들리지도 않게 불만스러운 소리만 내고, 잠시 후 행크와 프랭크는 그와 함께 아파트 현관을 나와 직장으로 향한다. 그날도 다른 날들과 다르지 않고, 다음 날도 그 전날과 다르지 않고, 행크와 프랭크는 앨리스와의 대화가 그저 잘못된 경고이기를, 자신들이 지닌 가치에 대한 앨리스의 냉혹한 평가에 퀸 본인은 동의하지 않기를, 그 모든 불쾌한 사태가 지나가는 옅은 구름처럼 곧 사라지기만을 바란다. 그러다가 토요일, 경찰 일을 쉬는 또 한 번의 휴무일이 되고, 퀸은 두 신발의 새로운 적인 고집 센 참견꾼 앨리스와 함께 주말용 로퍼를 신고 외출한다. 침대 옆에서 부부가 돌아오기만을 기다리는 동안에도 행크와 프랭크는 자신들이 지난 3년 동안 그렇게 충성스럽게 봉사해 온 남자에게 배신당할 거라고는 추호도 의심하지 않고, 결국 오후에 돌아온 주인이 새로 산 옥스퍼드 구두를 신어 보는 모습을 보면서야 마침내 자신들이 버림받고 잘렸음을, 집안일을 지배하게 된 갑작스러운 체제에 의해 축출당했음을 알게 된다. 하소연할 곳도 없고, 불만을 접수하고 자신들의 입장을 토로할 재판소도 없었기 때문에 그들의 삶은 그걸로 끝이었고, 결혼이라는 궁정 내 반란에 짓밟힌 채 쫓겨나고 만다.

어때? 옥스퍼드 구두의 끈을 다 맨 퀸이 침대에서 일어나며 앨리스에게 묻는다.

아름다워, 그녀가 말한다. 최고 중의 최고야, 애브너.

퀸이 방 안을 걸어다니며 새로 산 매일의 동반자들의 쿠션과 질감을 확인하는 동안, 앨리스가 행크와 프랭크를 가리키며 말한다. 저 구닥다리들은 어떻게 할까?

모르겠네. 일단 신발장에 넣어 두자.

버리는 건 싫어?

안 돼, 그냥 신발장에 넣어 둬. 다시 필요해질지도 모르니까.

그래서 앨리스는 행크와 프랭크를 신발장에 넣고, 비록 주인의 마지막 말이 언젠가는 그들이 임무에 복귀할 수 있다는 희망을 주기는 했지만 몇 달이 지나도 달라지는 건 없고, 점차 그들도 주인이 다시는 자기들에게 발을 넣지 않을 거라는 사실을 받아들이고 체념한다. 작업화 두 짝은 자신들의 강제 은퇴가 불만이었고, 신발장에 갇히고 처음 몇 주 동안은 자신들이 얼마나 잔인한 대우를 받았는지 이야기하고, 주인과 그의 아내에 대해 길고 사나운 혹평을 쏟아 내며 비통한 심정을 드러낸다. 하지만 그런 한탄과 불평은 당연히 아무 도움도 되지 않고, 서서히 먼지가 쌓이기 시작하고, 그 신발장이 이제 자신들의 세계라는 것, 쓰레기통에 버려지기 전까지는 절대 그곳을 벗어날 수 없다는 것을 이해하기 시작하면서부터는, 불평은 그만두고 과거에 관해 이야기하기 시작한다. 현재의 비참함에 빠져들기보다는 좋았던 옛 시절을 되살리는 쪽을 택한 셈인데, 젊고, 활력 넘치고, 세상에 자신들의 자리가 있던 시절에 주인과 함께 겪었던 모험들을 떠올리는 일, 함께 걸어다녔던 날의 날씨, 지구라는 행성의 수시로 변하는 공기를 맞으며 야외에서 느꼈던 셀 수 없이 다양한 감각들, 인간사라는 거대함의 일부였던 그 시절 자신들에게 주어졌던 목적의식을 떠올리는 일은 무척 즐겁다. 몇 달이 더 지나고 그들의 회상도 서서히 바닥나는데, 이제는 말하기도 어렵고, 기억을 떠올리는 건 더 어렵다. 행크와 프랭크가 노년에 접어들었기 때문이 아니라 일선에서 물러났기 때문이다. 관리를 해주지 않으면 신발은 급속히 상태가 나빠지는데, 구두약을 바르고 광을 내주지 않으면 외부가 건조해지며 갈라지고, 인간의 발이 정기적으로 드나들며 유분과 땀을 제공하지 않으면 내부도 부드럽고 나긋나긋한 상태를 유지하지 못하고 뻣뻣해지기 때문에, 신지 않고 넣어 둔 신발은 서서히 나무토막과 비슷해지고, 나무토막은 생각도 말도 기억도 할 수 없는 물질일 뿐이다. 이제 행크와 프랭크는 두 개의 나무토막과 비슷해졌고, 거의 혼수상태에 빠진 채 어두운 공허와 가끔씩 깜빡이는 촛불밖에 없는 그림자의 세계에 살고 있다. 그 오랜 유폐 기간 동안 몸의 감각도 둔해져서, 어느 날 퀸의 세 살 난 아들 티머시가 그들 안에 자기 발을 넣고 아파트 안을 웃으며 돌아다닐 때도 아무것도 느끼지 못한다. 아이의 조그만 발이 그 거대한, 혼수상태에 빠진 신발 안에 들어가 있는 걸 본 아이 엄마도 웃기 시작한다. 뭐 하는 거니, 티미? 그녀가 묻는다. 아빠 흉내 내는 거야, 아이가 대답하고, 엄마는 인상을 찌푸리며 고개를 젓고는, 더 근사하고 큰 신발을 주겠다고, 그 작업화는 너무 지저분하고 낡아서 이제 버려야 한다고 말한다. 행크와 프랭크가 이제 아무 소리도 들을 수 없고 아무것도 느낄 수 없어서 다행인 것이, 앨리스는 아들에게 아버지가 지금 신고 다니는 드레스 슈즈를 내어 준 후에, 행크와 프랭크를 왼손에 들고, 오른손으로는 티미의 머리를 쓰다듬으며 복도 끝에 있는 소각로 입구 쪽으로 다가간다. 그녀는 이 꾀죄죄한 녀석들이 아직도 있는 줄 몰랐네, 하고 말하며 소각로 문을 열고, 명예로운 집행, 즉 신발을 처리하는 임무는 아들에게 맡긴다. 그렇게 꼬마 티머시 퀸은 행크를 쥐고 신발아, 안녕이라고 말하며 7층 아래의 소각장으로 던지고, 이어서 프랭크를 쥐고 신발아, 안녕이라고 한 번 더 말하며 같은 동작을 반복한다. 프랭크가 불길 속 형제에게 합류하고, 맨해튼섬에 다음 날이 밝기 전에, 두 솔 메이츠는 빨갛게 타는, 형체를 알아볼 수 없는 재로 변한다.

퍼거슨은 이제 9학년, 산술적으로는 고등학교의 첫해지만 그의 경우에는 중학교의 마지막 해였고, 첫 학기에 배운 수업 중에 타자가 있었는데, 선택 과목이었지만 그해 들은 그 어떤 수업보다 가치 있는 수업이었다. 타자에 능숙해지고 싶었던 그는 아버지에게 타자기를 하나 사달라고 부탁했고, 언젠가는 필요할 텐데 타자기 가격은 절대 지금보다 낮아지지 않을 거라는 주장으로 간신히 수익의 선지자가 돈을 토해 내게 할 수 있었다. 그렇게 퍼거슨은 새 장난감을 얻어 낼 수 있었는데, 단단하고 디자인이 우아한 스미스코로나 휴대용 타자기는 즉시 가장 귀한 물건의 지위를 차지했다. 그는 그 글쓰기 기계를 너무 사랑했고, 동그랗고 오목한 자판을 손가락으로 누르면 철제 발 끝에 붙어 있는 활자가 날아가 글자가 찍히는 모습을 지켜보는 게 너무 좋았다. 캐리지가 왼쪽으로 이동하면 글자들은 오른쪽으로 불어났고, 그러다가 〈땡〉 소리와 함께 기어의 이가 바뀌는 소리가 나면서 다음 줄로 내려왔고, 검은색 단어들이 페이지 끝까지 이어졌다. 그건 지극히 어른스러운 기구, 지극히 진지한 기구였고, 퍼거슨은 그 기구가 자신에게 요구하는 책임감이 반가웠다. 왜냐하면 이제 삶은 진지한 것이었고, 아티 페더먼을 한시도 잊을 수 없었던 그로서는, 이제 어른이 되어야 할 때임을 알았기 때문이다.

11월 초 「솔 메이츠」의 자필 초고를 완성한 퍼거슨은, 타자 실력이 충분히 늘어서 퇴고 원고는 스미스코로나로 작성할 수 있었다. 수정하고 타자기로 다시 쳤을 때 최종 원고는 두 배 줄 간격 타자로 52페이지가 되었다. 자신이 그렇게 긴 글을 썼다는 사실, 멍청한 신발 한 켤레에 관해 어떤 식으로든 1천5백 단어 이상을 써낼 수 있었다는 사실을 스스로도 이해할 수 없었지만, 일단 한 가지 생각이 떠오른 다음에는 거기서부터 다른 생각들이 이어졌고, 그렇게 그의 머릿속은 새로운 상황들로 채워졌고, 주인공의 성격과 관련해서도 파고들어 개발할 여지들이 보였기 때문에, 집필을 마칠 때쯤엔 이미 그의 인생에서 두 달 이상을 그 일에 바치고 있었다. 그는 그 일을 해낸 데서 당연히 어떤 만족감을 느꼈고, 그런 긴 작품을 써냈다는 사실 자체는 어느 열네 살 소년에게든 자랑할 만한 일이었지만, 그 글을 다섯 번째로 읽고 최종판을 완성할 때까지도 그게 도대체 좋은 글인지 아닌지는 알 수 없었다. 부모님은 그 이야기는 고사하고 인류 역사에서 쓰인 그 어떤 글이든 평가할 능력이 없었고, 밀드러드 이모와 돈 이모부는 가을 학기를 맞아 런던에 가 있었고(밀드러드 이모는 반년짜리 안식년을 받았다) ─ 그 말은 노아가 자신의 어머니와 지내고 있기 때문에 1월까지는 만날 수 없다는 뜻이었다 ─ 의견을 믿을 수 있을 만한 유일한 반 친구에게 보여 주는 건 너무 무서웠기 때문에, 그는 어쩔 수 없이 영어 담당인 볼드윈 선생님에게 보여 줬다. 볼드윈 선생님은 1920년대부터 9학년 교실을 지키고 있었고, 은퇴까지 1~2년밖에 남지 않은 선생님이었다. 퍼거슨은 자신이 위험을 감수하고 있다는 걸 알았다. 볼드윈 선생님은 단어 퀴즈나 철자법 시험을 내는 데 탁월했고, 문장을 분해해서 설명하는 데는 대가였고, 어려운 문법이나 어법을 명쾌하게 정리해 주는 데는 끝내줬지만, 문학 취향은 낡고 고리타분했다. 그건 브라이언트, 휘티어, 롱펠로 같은 작가들에 대한 그녀의 열정을 보면 알 수 있었는데, 그런 과장되고 심심한, 한 물간 작가들이 그녀의 커리큘럼을 지배했고, 그녀는 수업 내내 19세기 미국 시의 경이로움을 역설했다. 퍼거슨의 작가인 짙은 눈썹의 E. A. 포는 필수 작품인 「까마귀」와 함께 그 수업에 들어 있었지만, 월트 휘트먼 ─ 너무 세속적이었다! ─ 이나 에밀리 디킨슨 ─ 너무 모호했다! ─ 은 없었다. 하지만 볼드윈 선생님에게 신뢰가 갔던 건 『두 도시 이야기』 읽기를 숙제로 내준 것도 그녀였기 때문인데, 퍼거슨으로서는 디킨스를 책으로 만나는 건 처음이었고(텔레비전에서 방영해 준 영화 「크리스마스 캐럴」을 본 적은 있었다), 그 작품을 〈두 젖꼭지 판매〉[47]로 부르는 오래된 농담을 친구들과 함께 즐기기는 했지만 그는 작품에 제대로 빠져들었고, 격렬할 만큼 힘이 넘치고 놀라운 문장들은 다른 책에서는 한 번도 경험하지 못한 방식으로 두려움과 재치를 섞어 놓은, 지칠 줄 모르는 창의력을 보여 줬다. 그는 자신이 읽은 책 중 최고로 치는 그 작품을 소개해 준 데 대해 볼드윈 선생님께 감사하는 마음을 갖고 있었다. 그게 그녀에게 이야기를 보여 주기로 한 이유였다 — 디킨스 때문에. 자신이 나이 든 찰스처럼 쓸 수 없다는 건 유감이었지만, 그는 단지 초심자, 본인 이름으로 쓴 작품이 하나밖에 없는 아마추어 작가일 뿐이었고, 선생님이 그 점을 감안해 주기를 기대했다.

예상했던 것만큼 나쁘지는 않았지만, 어떤 의미에서는 더 나빴다. 볼드윈 선생님은 오타와 틀린 철자, 문법 실수를 고쳐 줬는데, 그건 그에게 도움이 되었을 뿐 아니라 선생님이 이야기를 꼼꼼히 읽었다는 방증이기도 했다. 원고를 주고 엿새 후 수업을 마친 뒤 두 사람이 마주 앉았을 때 그녀는 그의 끈기와 풍부한 상상력을 칭찬해 줬지만, 진짜 솔직히 말하자면, 보기에는 평범

47 디킨스 소설의 제목 〈A Tale of Two Cities(두 도시 이야기)〉를 발음이 비슷한 〈A Sale of Two Titties(두 젖꼭지 판매)〉로 바꿔 부른 것이다.

하고 잘 적응하고 있는 듯 보이는 그가 세상에 대해 그렇게 어둡고 혼란스러운 생각을 갖고 있어서 크게 놀랐다고 덧붙였다. 이야기 자체만 놓고 보면 글쎄, 당연히 우스꽝스럽고, 안쓰러운 오류가 잘못 풀려 가는 상황을 보여 주는 노골적인 사례라고 할 수 있었는데, 신발 한 켤레가 생각도 하고 감정이 있고 대화를 이어 나간다는 설정을 인정한다고 해도, 퍼거슨이 그런 만화 같은 세상을 만들어 내서 뭘 얻으려 했는지 궁금하다고 했다. 당연히 감동적이거나 재미있는 장면들, 진정한 문학적 재능을 보여 주는 장면들이 있었지만 그녀는 이야기의 많은 부분이 불쾌했는데, 퍼거슨이 왜 자신을 첫 번째 독자로 정했는지 알 수가 없다고도 했다. 퍼거슨이 쓴 상스러운 말들(17페이지의 비둘기 똥, 30페이지의 이런 씨발 같은 표현들 — 선생님은 원고에서 그 표현들이 나오는 부분을 손가락으로 가리키며 지적했다)을 자신이 불편해하리라는 점을, 짭새나 경찰 신발같이 경멸적인 표현부터 시작해서, 나아가 벤튼 반장을 주정뱅이에 폭력적이고 가학적인 사람으로 묘사하며 모욕하는 등, 이야기 내내 이어지는 경찰에 대한 조롱은 말할 것도 없다는 점을 퍼거슨도 알고 있었을 텐데 말이다 — 어린 시절 선생님의 아버지가 메이플우드 경찰서장이었다는 사실을 퍼거슨은 몰랐던 걸까? 선생님이 수업 시간에 말해 주지 않았던가? 하지만 제일 나쁜 건, 선생님에 따르면, 다른 무엇보다 나쁜 건 이야기 자체의 지저분한 분위기였다. 앨리스에게 청혼하기 전 퀸이 이런저런 정숙하지 못한 여자들과 잠자리를 가진 점뿐 아니라, 앨리스 본인도 결혼 전에 남자와 기꺼이 잠자리를 가진 여자라는 점이 그랬고 — 그나저나 퍼거슨은 결혼 제도 자체를 전적으로 경멸하는 것처럼 보였다 — 그 최악보다도 더 나쁜 건, 성적 암시가 단순히 이야기 속 인간들뿐 아니라 신발들 사이에서도 풍기고 있다는 사실이었다. 신발들의 성적 생활이라니 그건 너무나 터무니없는 생각이었는데, 세상에, 주인의 발이 들어올 때 신발의 느낌이라든지, 닦아 주고 광을 내줄 때 느끼는 쾌락에 관해 <u>쓰고</u> 난 후에 퍼거슨은 어떻게 거울을 볼 수 있었을까? 그뿐만 아니라 플로라와 노라가 등장하는 장면에서 어떻게 신발들의 난교 같은 표현을 떠올릴 수 있었단 말인가? 본인은 거기까지가 한계였다고 했다. 퍼거슨은 그런 음란한 생각을 한 자신이 조금도 수치스럽지 않았던 걸까?

그는 어떻게 대답해야 할지 알 수 없었다. 볼드윈 선생님이 비판을 쏟아 내기 전에만 해도, 그는 함께 소설 작법에 관해 이야기할 거라고 예상했다. 구성이나 속도, 대화, 서너 단어 대신 한 단어만 쓰는 것의 중요성, 불필요한 곁가지를 피하고 이야기를 끌고 나가는 법 같은 기술적인 문제들, 직접 알아내 보려 애썼던, 작지만 중요한 그런 문제들 말이다. 볼드윈 선생님이 도덕적 기반에 관한 문제로 자신을 공격할 거라고, 그가 쓴 글의 가장 근본적인 부분을 문제 삼고, 그걸 품위 없다고 폄하할 거라고는 전혀 생각하지 못했다. 그녀가 동의하든 안 하든 상관없이 그건 그의 작품이었고, 그는 자신이 원하는 건 뭐든 쓸 수 있는 자유, 예를 들어, 필요하다고 판단하면 씨발이라는 단어를 쓸 자유가 있었다. 실생활에서 사람들이 하루에 1백 번은 쓰는 단어니까. 그리고 그가 아직 동정이기는 하지만 섹스에 관해서는 충분히 배웠고, 결혼 전에도 할 수 있다는 것, 인간의 욕망은 결혼 서약 따위는 전혀, 혹은 거의 신경 쓰지 않는다는 것 정도는 알고 있었다. 또 신발들의 성생활에 관해서는, 어떻게 선생님은 그게 재미없다고 생각할 수 있는 걸까? 너무나 황당하면서도 순진해서 그걸 읽는 사람들은 미소를 짓지 않고는 견딜 수 없을 텐데 말이다. 좆 까라고 퍼거슨은 생각했다. 그녀는 그런 식으로 그를 나무랄 자격이 없었지만, 그런 그의 저항에도 불구하고 그녀의 말은 의도한 효과를 발휘하기는 했다. 그 말들이 그의 내면을 끓어오르게 하고, 그의 껍질을 벗겨 버리는 것 같았다. 그 공격에 정신이 아찔해진 그는 자신을 방어할 기력이 없었고, 마침내 입을 열 수 있게 되었을 때는 겨우 한마디를 웅얼거릴 수 있을 뿐이었는데, 그건 그가 그때까지 한 말 중 가장 비참한 말이었다.

죄송합니다.

나도 미안하구나, 볼드윈 선생님이 말했다. 내가 심했다고 생각하겠지만, 다 너를 위해서야, 아치. 네 이야기가 외설스럽다는 뜻은 아니야. 최근 몇 년 동안 출판된 몇몇 책들에 비하면 절대 그렇지 않지만, 저속하고 불쾌한 건 사실이야. 나는 그냥 네가 그 이야기를 쓰면서 무슨 생각을 했는지가 궁금하구나. 특별한 의도가 있었던 거니, 아니면 그냥 음탕한 농담들로 사람들을 놀라게 하려고 한 거니?

퍼거슨은 더 이상 그 자리에 있고 싶지 않았다. 자리에서 일어나 방을 나가서, 볼드윈 선생님의 주름투성이 얼굴과 촉촉한 파란 눈을 다시는 보고 싶지 않았다. 학교를 자퇴하고 가출해서 대공황기의 부랑자처럼 여기저기 떠돌아다니고 싶었다. 식당 앞에서 음식을 구걸하고, 남는 시간에 더러운 책을 쓰는 사람, 누구에게도 신세 지지 않고 세상의 면전에 침을 뱉으며 웃을 수 있는 사람.

선생님이 기다리고 있잖아, 아치. 볼드윈 선생님이 말했다. 뭔가 할 말이 없는 거니?

제가 무슨 생각이었는지가 궁금하신 거죠, 그렇죠?

그래, 네가 무슨 생각을 했는지.

노예제 생각을 했어요, 퍼거슨이 말했다. 실제로 다른 사람의 소유물이 되어서, 태어날 때부터 죽을 때까지 다른 사람들이 시키는 대로만 해야 하는 사람들. 행크와 프랭크는 노예예요, 볼드윈 선생님. 둘은 아프리카에서 왔어요—신발 공장이요—사슬에 묶인 채 배에 실려서 미국에 왔고—신발 상자에 담긴 채 트럭으로 매디슨 애비뉴에 도착하죠—그런 다음에 노예 경매에서 주인에게 팔린 거예요.

하지만 네 이야기에서 신발들은 자신들이 신발이라서 좋아하잖아. 노예들도 자신들이 노예인 걸 좋아했다는 말을 하려는 건 아니지?

네, 당연히 아니에요. 하지만 노예제는 수백 년 동안 이어졌는데, 그사이에 노예들이 들고일어나 반란을 일으킨 게 몇 번이죠? 노예들이 주인을 죽인 경우는요? 거의 없잖아요. 노예들은 나쁜 조건에서도 최선을 다한 거예요. 심지어 할 수 있으면 농담을 하고 노래도 부르면서요. 그게 행크와 프랭크의 이야기예요. 주인의 뜻에 따라야만 하지만, 그렇다고 해서 주어진 상황을 최대한 즐기려는 노력을 하지 않는다는 뜻은 아니라는 이야기요.

그런 게 글에는 하나도 반영이 안 된 것 같구나, 아치.

너무 티가 나게 하고 싶지 않았어요. 그게 문제일 수도 있고, 어쩌면 선생님이 놓치셨을 수도 있지만, 그건 잘 모르겠어요. 어느 쪽이든, 제 의도는 그거였어요.

그 이야기를 해줘서 기쁘구나. 그렇다고 이 이야기에 대한 내 의견이 달라지지는 않겠지만, 적어도 네가 뭔가 진지한 작업을 하려고 했다는 건 알았으니까. 나는 이 이야기가 진심으로 마음에 들지 않아. 이해해 주

렴. 몇몇 부분이 훌륭하기 때문에 더 마음에 들지 않는
단다. 나는 이제 나이 든 할머니이니까, 네가 쓰는 글은
앞으로도 계속 싫어할 것 같구나. 하지만 계속 글을 쓰
렴, 아치. 내 이야기는 무시하고 말이야. 네가 좋아하는
친구 에드거 앨런 포가 젊은 작가에게 이런 말을 했지.
대담해져라 — 많이 읽고 많이 써라 — 출판은 거의 하지 말고
— 작은 마음의 움직임을 멀리하고 — 아무것도 두려워하지
마라.

그는 이야기의 마지막 부분, 앨리스가 행크와 프랭크
를 신발장에 넣어 버리는 부분에서 자신이 어떤 생각
을 했는지는 말하지 않았다. 노예제에 대한 숨은 비유
를 놓친 볼드윈 선생님이라면, 신발장은 사실 강제 수
용소이며, 행크와 프랭크는 그 시점엔 더 이상 미국의
흑인이 아니라 제2차 세계 대전 중 유럽의 유대인이라
는 것, 감금되어 있다가 결국 소각로에서 불에 타 죽은
그들이라는 것도 이해했을 리가 없었다. 그녀에게 그
이야기를 하는 건 아무 소용이 없었고, 우정에 관한 이
야기도 할 필요가 없었다. 적어도 그에겐 우정이 그 글
의 진짜 주제였지만, 그 이야기를 하려면 아티 페더먼
에 관한 이야기를 하지 않을 수 없었고, 그는 그 슬픔을
볼드윈 선생님과 나누고 싶은 마음이 없었다. 그런 것
들을 독자가 알아차릴 수 있게 충분히 드러내지 않았
다는 그녀의 말은 맞을 수도 있었지만, 드러냈다고 해

도 그녀는 알아차리지 못했을 것이다. 그래서 그는 그 글을 치워 놓고 잊어버리는 대신 볼드윈 선생님이 원고에 표시한 실수들을 수정한 다음 다시 한번 타자기로 쳤는데, 이번에는 먹지를 이용해 복사본을 만들어서 그날 오후 국제 우편으로 밀드러드 이모와 돈 이모부에게 보냈다. 12일 후에 런던에서 온 편지를 받았는데, 실은 봉투 하나에 든 두 통의 편지였다. 두 분이 따로따로 자신들의 반응을 알려 줬는데, 모두 우호적이고 열광적이었으며, 두 분 중 어느 분도 그의 선생님은 알아차리지 못한 부분을 놓치지 않았다. 커다란 행복감이 밀려오는 와중에, 참 혼란스럽다고, 그는 스스로에게 말했다. 이모와 이모부는 「솔 메이츠」가 좋은 이야기라고 했지만, 그런 판정이 나왔다고 해서 볼드윈 선생님이 여전히 그걸 나쁜 이야기라고 생각한다는 사실이 바뀌지는 않았다. 같은 원고가 서로 다른 눈에, 다른 가슴과 다른 뇌에 다르게 받아들여졌다. 누군가는 키스를 받고 다른 누군가는 주먹질을 당하는 문제가 아니라, 같은 사람이 주먹질과 키스를 동시에 받는 상황이었고, 그게 세상이 돌아가는 방식임을 퍼거슨은 깨달았다. 만약 그가 앞으로도 계속 자기 이야기를 다른 사람에게 보여 줄 생각이라면, 키스만큼이나 주먹질도 많이 받을 걸 각오해야 했다. 키스 한 번 받는 동안 주먹질을 열 번 받을 수도 있고, 키스를 한 번도 받지 못한 채 주먹질만 1백 번 받을 수도 있었다.

돈 이모부는 원고를 직접 돌려주는 대신, 노아에게 보내서 다 읽은 후에 사촌에게 전해 달라고 했다. 런던에서 온 편지를 받고 일주일쯤 지난 토요일 오전 이른 시간, 퍼거슨이 아침으로 먹은 스크램블드에그와 토스트를 치우는 사이에 주방에서 전화가 울렸다. 전화 건너편에서 노아가 기관총처럼 빠른 말로, 지금 어머니가 잠깐 쇼핑하러 나갔는데 갑자기 들어와 자신이 장거리 전화를 하고 있는 모습을 발견하면 자신을 죽여 버릴 것 같아서 빨리 말할 수밖에 없다고 했다. 퍼거슨에게 거는 전화라면 특히 그랬는데, 그는 어머니의 아파트라는 신성한 공간에서는 그 어떤 상황에서도 연락하면 안 되는 인물이었다. 그가 노아의 진짜 사촌이 아니기 때문만이 아니라, 그 악마 쌍년(맞는다고, 어머니는 제정신이 아니라고 노아는 말했다. 모두가 알고 있었지만, 그는 어머니와 함께 살아야만 하는 사람이기도 했다)과 혈연관계이기 때문이었다. 하지만 그렇게 숨도 쉬지 않고 서론을 늘어놓은 후에 노아는 원래 말하는 속도로 돌아왔는데, 그것도 빠르기는 했지만 미친 듯이 빠르지는 않았고, 세상 시간을 모두 갖고 있어서 얼마든지 긴 수다를 떨 준비가 된 사람처럼 들렸다.

그러니까, 이 치사한 인간아, 노아가 말했다. 정말 네가 해낸 거야? 그런 거야?

뭘 해? 퍼거슨이 대답했다. 노아가 자신의 글 이야기를 하고 있다고 어느 정도는 확신했지만, 아무것도 모르는 척했다.

「솔 메이츠」라는 이상한 소품 말이야.

읽었어?

한 자도 빠트리지 않고, 세 번이나.

그래서?

끝내줘, 아치. 진짜 씨발, 완전 끝내준다고. 솔직히, 너한테 이런 재능이 있는 줄 몰랐다.

솔직히, 나도 몰랐어.

내 생각엔 이거 영화로 만들어야 할 것 같아.

재밌겠네. 그런데 카메라도 없는데 어떻게?

그런 건 중요하지 않아. 그런 문제는 그때그때 해결하면 돼. 어쨌든 지금은 그럴 시간도 없잖아. 우선 학교 때문에 안 되고, 뉴욕과 뉴저지 사이의 거리 때문에도 안 되지만, 오늘은 이런저런 장애물에 관한 이야기는 하지 말자. 여름이 있잖아. 그러니까 내 말은 이제 캠프는 안 가도 되잖아, 그렇지? 그러기엔 나이도 들었고, 게다가 아티 일도 있었고 그러니까, 뭐, 내 생각엔 다시 가지는 않을 것 같은데.

맞아. 이제 캠프는 안 가.

그러니까 여름에 영화를 만들면 돼. 이제 너도 작가가 됐으니까, 그 바보 같은 운동은 그만둘 거 같은데.

야구만 그만둘 거야. 농구는 계속 해야 해. 팀이 있으니까. 너도 알겠지만 웨스트오렌지 청년회의 지원을 받는 9학년 팀이야. 일주일에 두 번씩 에식스 카운티

소속의 다른 팀이랑 시합을 하거든. 수요일 밤이랑 토요일 오전에.

모르겠다. 계속 운동을 할 거라면 왜 야구를 그만둬? 제일 잘하는 종목이잖아.

아티 때문에.

아티가 무슨 상관이야?

걔는 우리가 본 최고의 선수였어, 그렇지 않아? 그리고 내 친구이기도 했고. 네 친구는 아니었을지 몰라도, 내 친구, 좋은 내 친구였거든. 이제 아티는 죽었지만, 그래도 계속 걔 생각을 하고 싶거든. 걔 생각을 가능한 한 많이 하는 게 나한테는 중요한 일인데, 그렇게 할 수 있는 최선의 방법은 걔를 위해서 뭔가를 포기하는 거라고 깨달은 거야. 내가 아끼는 어떤 것, 나한테 중요한 어떤 것 말이야. 그래서 야구를 고른 거야. 야구는 아티가 제일 잘하는 종목이기도 했고. 그래서 지금부터는, 다른 사람들이 야구하는 걸 볼 때마다, 혹은 내가 야구를 하지 않는 이유를 떠올릴 때마다 아티 생각을 하게 될 거야.

너 이상한 사람이야, 알고 있지?

그런 것 같아. 하지만 이상한 사람이라고 해도, 뭐 어쩌겠어?

할 수 있는 게 없지.

맞아. 없어.

그럼 농구해. 원하면 여름 리그에도 참가하고. 그래

도 한 종목으로 줄이고 나면 시간이 남아서 영화도 만들 수 있을 거야.

그렇지. 카메라를 구할 수 있다는 전제하에.

구할 거야. 걱정하지 마. 중요한 건 네가 첫 번째 걸작을 써냈다는 거야. 이제 문이 열린 거야, 아치. 앞으로 더 많이 쏟아질 거야 ― 평생 걸작들이 쏟아질 거라고.

진정 좀 하자. 이제 한 편 쓴 거야, 그게 다라고. 그리고 내가 생각이 바뀔 수도 있는 거잖아. 게다가 나는 여전히 계획이 있단 말이야.

그건 아니야. 너 그 계획은 오래전에 버린 거야.

그렇지는 않아.

잘 들어, 치사한 인간아. 네가 의사가 되는 일은 없을 거야. 그리고 나는 절대 서커스의 차력사가 될 수 없겠지. 너는 수학이랑 과학 머리가 없고, 나는 몸에 근육이 하나도 없어. 고로, 의사 선생님 퍼거슨은 없고, 몸짱 노아도 없는 거야.

어떻게 그렇게 확신해?

왜냐하면 그건 네가 어떤 책을 보고 떠올린 계획이니까. 그게 이유야. 열두 살에 읽었던 그 바보 같은 소설, 네가 좋다고 하는 바람에 불행하게도 나까지 읽고야 만 그 소설 말이야. 그 책 전혀 좋지 않아. 너도 다시 읽어 보면 네가 생각했던 그런 책이 아니고, 전혀 좋은 책이 아니란 걸 알게 될 거야. 이상주의자인 젊은 의사가 마을에서 질병을 없애기 위해 하수구를 날려 버리고, 이상주의자인 젊은 의사가 돈과 화려한 집을 위해 이상을 저버리고, 한때 이상적이었고 이제는 젊지도 않은 의사가 이상을 되찾고 자기 영혼을 구원하는 이야기. 잡탕이야, 아치. 너 같은 이상주의자 어린이를 홀리는 일종의 쓰레기야. 이제 너는 어린이도 아니잖아. 다리 사이에서 울부짖는 어른 자지도 있고, 걸작을 만들어 내는 머리도 있는 건장한 남자잖아. 또 뭐가 있는지 누가 알겠어? 그런데도 너는 그 혐오스러운 책에서 벗어나지 못하고 있는 거야? 내가 머릿속에서 지워 버리려고 너무 애를 써서 이제 그 책 제목도 생각 안 난다.

『성채』.

맞아, 그거. 지금 알려 준 걸로 됐으니까 다시는 내 앞에서는 그 책 제목 말하지 마. 아니야, 아치, 책 한 권 읽었다고 의사가 되는 게 아니라고. 의사가 되는 건 의사가 될 필요가 있기 때문이야. 그런데 너는 의사가 될 필요가 없어, 너는 작가가 될 필요가 있는 거야.

통화가 짧을 거라고 생각했는데. 네 어머니 이야기 잊어버린 거 아니지? 그래?

이런. 당연히 잊어 먹었지. 끊어야겠다, 아치.

이모부가 2주 후면 돌아오시잖아. 그때 봐, 알았지?

당연하지. 투박한 가죽으로 만든 작업화 이야기 해야지 — 카메라 훔칠 방법도 생각해 보고.

퍼거슨과 노아의 대화가 있고 사흘 후인 12월 19일, 『뉴욕 타임스』는 미국 병사들이 남베트남 전쟁 지역에 진입했으며, 공격받을 시 응전하라는 지침 아래 전술 작전에 들어갔다고 보도했다. 마흔 대의 헬리콥터와 함께 4백 명의 미군 전투 요원이 일주일 전 남베트남에 도착해 있던 상황이었다. 항공기와 지상 이동 수단, 수륙 양용선이 추가로 이동 중이었다. 공식적으로 보고된 군사 자문단 685명이 아니라, 총 2천여 명의 미군이 남베트남에 주둔하고 있었다.

그로부터 나흘 후인 12월 23일, 퍼거슨의 아버지가 형들 가족을 만나기 위해 2주간 남부 캘리포니아로 떠났다. 몇 년 만에 처음으로 일을 쉬는 거였는데, 마지막으로 쉬었던 건 오래전인 1954년 12월 어머니와 둘이서 마이애미비치로 열흘짜리 겨울 휴가를 갔을 때였다. 이번에는, 퍼거슨의 어머니는 함께 가지 않았다. 그뿐만 아니라 어머니는 아버지가 출발하는 날 공항에 가서 배웅하지도 않았다. 퍼거슨은 어머니가 시아주버니들에 대해 나쁜 말을 하는 걸 자주 들었기 때문에 그분들을 만나는 데 전혀 관심이 없다는 건 이해했지만, 그럼에도 그것만이 아닌 게 분명했다. 일단 아버지가 떠나고 나자 어머니는 평소보다 더 불안하고, 정신이 딴 데 팔려 있고, 시무룩하고, 무력해 보였기 때문이다. 그가 어머니에게 말한 바에 따르면 그랬고, 자신이 기억하는 한 거의 처음으로 어머니가 너무나 산만해 보여서, 퍼거슨은 어머니가 본인의 결혼 생활을 진지하게 다시 생각하고 있는 게 아닌지 궁금했다. 아버지가 혼자 떠난 후로 그 결혼 생활은 결정적인 전환점에 이른 것 같았는데, 어쩌면 욕조 물이 그저 차가운 정도가 아니라 이제는 거의 얼어붙을 정도, 두꺼운 얼음이 낄 정도인지도 몰랐다.

그가 쓴 이야기의 복사본은 약속대로 노아를 거쳐서 메이플우드로 돌아왔고, 아버지가 출발하기 전에 복사본을 받은 퍼거슨은, 그럴 가능성이 아주 희박하기는 했지만 혹시나 아버지가 여행 중에 읽어 볼까 싶어서 그 복사본을 건네줬다. 어머니는 당연히 몇 주 전인 추수 감사절 직후의 토요일에 읽어 봤는데, 신발을 벗고 거실에 자리를 잡은 채 체스터필드를 반 갑이나 피우며 52페이지짜리 원고를 단숨에 다 읽은 후에, 정말 대단하고, 자신이 읽은 글 중 최고라고 생각한다고 했다. 예상했던 반응이라고 그는 생각했는데, 아마 지난달 쇼핑 목록을 건네며 자신이 써 본 실험 시라고 했어도 똑같은 반응이 나왔을 것이었기 때문이다. 하지만 어머니가 반대편이 아니라 자기편인 건 훨씬 좋은 일이라고 할 수 있었고, 아버지가 그 어느 편도 아닌 것 같은 상황에서는 특히 더 그랬다. 이제 「솔 메이츠」가 밀드러드 이모와 돈 이모부, 노아의 손을 거친 이상, 퍼거슨은 용기를 짜내서(그는 조금은 이중적이고 모순적인 이 표현을 좋아했다) 에이미 슈나이더먼에게 보여 줄 때가 되었다고 판단했다. 메이플우드에서 믿을 수 있는 의견을 줄 만한 유일한 사람이었고 — 그렇기 때문에 접근하기 가장 어려운 사람이었는데, 왜냐하면 에이미는 솔직한 사람이어서 아무렇지도 않게 그에게 주먹을 날릴 수 있었고, 그녀의 주먹질은 그를 납작하게 눌러 버릴 것이었기 때문이다.

어떤 면에서는, 아주 많은 면에서라고 할 수는 없었지만, 퍼거슨은 에이미 슈나이더먼을 여자 노아 마크스로 여겼다. 눈이 튀어나오고 근육 없는 남자가 아니라 여자라는 점에서 그녀가 더 매력적인 버전이라는 건 확실했으며, 그녀는 노아와 마찬가지로 영리하고, 마찬가지로 생각이 깨어 있는, 정신이 불길처럼 탁탁 소리를 내며 타오르는 사람이었다. 지난 몇 년 동안 퍼거슨은 자신이 그 둘에게 얼마나 의지하고 있는지 실감했는데, 마치 두 사람이 등에 달린 한 쌍의 나비 날개처럼 그를, 종종 무거워지고 땅에 딱 붙어 버리기도 하는 그를 높이 떠 있도록 붙잡아 주는 것만 같았다. 에이미가 좀 더 매력적이기는 했지만 퍼거슨이 연애를 생각해 볼 만큼 신체적인 매력이 크지는 않았고, 따라서 그녀는 핵심적인 친구, 교외의 지루함과 평범함에 맞서는, 점점 커져만 가는 전쟁에서 함께 싸우는 가장 중요한 동지이기는 해도 여전히 그냥 친구일 뿐이었다. 그리고 그 많은 세상 사람 중에 마침 그녀가 그의 옛날 방을 차지한 사람이 되었다는 것도 행운이었는데, 그건 그들의 인생이라는 대서사에 끼어든 우연의 장난이었지만 덕분에 둘 사이에는 특별한 유대감이, 이제는 둘 다 당연하게 여기는 특별한 친밀함이 만들어졌다. 에이미는 그가 그 집에서 마셨던 것과 같은 공기를 마시고 있을 뿐 아니라 그가 거기 살 때 썼던 바로 그 침대에서 잠을 자고 있기도 했는데, 그 침대가 새집의 그의 방에는 너무 작다고 판단한 어머니가 그들보다는 덜 부유한 에이미의 부모님에게 물려주고 나왔기 때문이었다. 그게 벌써 5년 전, 1956년 늦여름의 일이었고, 원래대로라면 에이미는 9월에 5학년에 올라갈 예정이었지만 개학 이틀 전 사우스마운틴 보호 구역에서 말을 타다 떨어져서 엉덩이뼈가 부러졌고, 다친 곳이 완전히 나았을 때는 이미 10월 중순이었기 때문에, 그녀의 부모님은 다른 학생들보다 6주나 뒤늦게 새 학년을 시작하기보다는 4학년 과정을 한 번 더 다니게 하기로 결정했고, 그런 이유로 그녀와 퍼거슨은 같은 학년이 되었다. 둘은 불과 3개월 차이로 태어났지만 학년은 다른 상태였는데, 중간에 엉덩이뼈가 부러지는 사고가 생기면서 같아진 것이었다. 첫해에 둘은 맨시니 선생님의 4학년 반을 함께 다녔고, 그렇게 제퍼슨 초등학교의 마지막 2년을 마친 후에는 메이플우드 중학교에서 3년을 함께 보냈다 — 늘 같은 반이었고, 늘 서로 경쟁했으며, 한 번도 연애 감정에 휘말린 적이 없었기 때문에, 그런 연애에서 피할 수 없는 오해와 아픈 감정으로 갈라설 일도 없었고, 늘 친구로 지낼 수 있었다.

퍼거슨의 아버지가 캘리포니아로 떠나고 다음 날인 12월 24일 일요일은 양쪽 가족과는 상관없는 휴일이었기 때문에, 퍼거슨은 에이미에게 전화해 집에 놀러가도 되는지 물었다. 전해 줄 게 있는데 바쁘지 않으면 당장 전해 주고 싶다고, 그는 말했다. 아니라고, 바쁘지 않다고 그녀는 말했다. 겨울 방학 동안 써야 할 에세이를 생각하고 싶지 않아서 잠옷 차림으로 신문만 뒤적이고 있다고 했다. 두 집은 걸어서 15분 거리였고 그로서는 많이 걸어다닌 길이기도 했지만, 그날 오전에는 날씨가 좋지 않았다. 보슬비가 내리고 기온은 영하 0.5도에서 0도 사이, 그러니까 눈이 온다고 했지만 실제로는 눈이 오는 대신 안개가 끼고, 바람이 불고, 축축한 그런 날씨여서 퍼거슨은 어머니에게 차로 좀 데려다 달라고 부탁하겠다고 했다. 그렇다면 같이 브런치를 먹으면 어떻겠냐고 에이미가 물었다. 오빠 짐이 10분 전에 연락해 아직 뉴욕에 친구들과 함께 있어서 점심을 먹으러 들어올 수 없다고 했는데, 이미 음식을 사 와버렸다고, 굶주린 사람 열 명은 먹일 수 있을 만한 양인데 그걸 버리게 되면 너무 아까울 것 같다고 했다. 잠깐만, 그녀는 그렇게 말한 다음 수화기를 내려놓고 부모님에게 아치와 퍼거슨 아줌마가 와서 양식을 같이 해치워도 되냐고(에이미는 그런 별난 표현에 약했다) 큰 소리로 물었고, 20초 후 다시 수화기를 들고 말했다. 괜찮아. 12시

30분에서 1시 사이에 와.

그렇게 「솔 메이츠」 원고가 마침내 에이미의 손에 들어갔고, 퍼거슨은 자신의 옛날 침대에서 잠을 자는 여자아이와 함께 자신의 옛날 방에 앉아서, 어른들이 바로 아래 주방에서 식사 준비를 하는 동안 자기들끼리 이야기를 나눴다. 먼저 각자의 연애 이야기를 하고 (퍼거슨은 린다 플래그라는 여자아이를 쫓아다니고 있었는데, 그녀는 지난 금요일에 영화를 보러 가자는 퍼거슨의 제안을 거절했다. 에이미는 로저 새슬로라는 남학생에게 희망을 품고 있었는데, 로저는 아직 전화를 걸지는 않았지만 에이미가 이런저런 암시를 제대로 파악한 거라면 아마도 곧 걸 것 같았다) 그녀의 오빠인 짐의 이야기로 넘어갔다. MIT 신입생이자 컬럼비아 고등학교 11학년과 12학년 시절 농구 선수로 뛰기도 했던 짐은, 에이미의 이야기에 따르면, 잭 몰리너스가 주도한 대학 농구 점수 조작 사건 때문에 엄청 화나 있다고 했다. 지난 몇 시즌 동안 수십 경기의 점수가 조작되었는데, 대학 선수들 몇 명이 몇백 달러의 뇌물을 받은 반면, 몰리너스와 그 도박꾼 일당은 매주 수만 달러를 벌어들였다. 이 나라에서는 모든 게 이미 정해져 있는 것 같아. 에이미가 말했다. 텔레비전 퀴즈 쇼, 대학 농구, 주식 시장, 정치 선거 모두 말이야. 하지만 짐 오빠는 너무 순수해서 그걸 이해 못 해. 그럴지도 모르지, 퍼거슨은 말했다. 하지만 짐이 순수한 건 사람들의 좋은 점만 보기 때문이고, 그건 좋은 자질이라고, 에이미네 오빠에게서 가장 존경스러운 면이라고 생각한다고 했다. 퍼거슨이 존경이라는 말을 꺼내자마자 대화는 다른 주제, 1월에 있을 전교생 대상 글짓기 대회에 관한 이야기로 넘어갔다. 글짓기의 주제가 내가 가장 존경하는 사람이었고, 7학년, 8학년, 9학년 학생 모두가 의무적으로 글을 제출해야 했는데, 각 학년에서 우수 작품을 세 편씩 선정한다고 했다. 퍼거슨은 에이미에게 누구에 관해 쓸지 정했는지 물었다.

당연히 정했지. 너도 알겠지만, 이미 늦었잖아. 1월 3일까지는 제출해야 해.

맞춰 보라고는 하지 마. 절대 못 맞출 거니까.

엠마 골드만.

이름은 들어 본 것 같은데, 잘은 모르겠네. 사실 전혀 몰라.

나도 몰라. 하지만 길 삼촌이 선물로 그녀의 전기를 사줬는데, 그 사람한테 푹 빠져 버렸어. 지금까지 살았던 사람 중에 가장 위대한 여성이야. (잠시 쉬었다가) 너는 어때, 퍼거슨 씨? 아직 아무 생각 없어?

재키 로빈슨.

아, 에이미가 말했다. 야구 선수. 하지만 보통 야구 선수가 아니지?

미국을 바꿔 버린 남자야.

나쁜 선택은 아니네, 아치. 잘해 봐.

네 허락을 받아야 하는 거였나?

당연하지, 이 바보야.

둘은 함께 웃었고, 에이미가 자리에서 일어나며 말했다. 가자, 내려가야지. 배고파 죽을 것 같아.

화요일, 퍼거슨은 우편물을 확인하러 나갔다가 우편함에 손으로 직접 전한 편지가 있는 걸 발견했다. 우표도 주소도 없이, 앞면에 이름만 적혀 있었다. 내용은 간결했다.

친애하는 아치,

미워 죽겠어.

사랑을 담아, 에이미가.

추신. 원고는 내일 돌려줄게. 행크와 프랭크를 놓아주기 전에 그들과 한 번 더 놀아야 할 것 같아서 말이야.

아버지는 1월 5일에 메이플우드에 돌아왔다. 퍼거슨은 아버지가 자기 글에 관해 뭔가 이야기를 해주기를, 하다못해 미안하지만 못 읽어 봤다는 이야기라도 해주기를 바랐지만 아버지는 아무 말도 없었고, 이어진 며칠 동안도 계속 아무 말이 없자 퍼거슨은 아버지가 원고를 잊어버린 모양이라고 생각했다. 그때쯤엔 에이미가 원고 원본을 돌려줬기 때문에 복사본이 없어진 건 큰 문제가 아니었다. 중요한 건, 아버지가 큰 문제가 아

닌 그 문제를 얼마나 하찮게 여기고 있나 하는 것이었
고, 퍼거슨은 아버지가 먼저 말을 꺼내지 않는 이상 그
이야기를 하지 않기로 마음먹었기 때문에, 그건 점점
더 중요한 문제, 시간이 지날수록 아주아주 중요한 문
제로 커져 갔다.

3.1

통증이 있었다. 두려움이 있었다. 혼란이 있었다. 동정
인 두 사람이, 자신들이 이제 막 시작하려는 일을 흐릿
하게만 이해하고 있는 상태에서, 서로의 처음을 경험
하고 있었다. 퍼거슨은 어찌어찌 콘돔 상자를 꺼냈고,
에이미는 자신의 몸에서 피가 날 걸 대비해 침대 아래
쪽 시트에 짙은 갈색 수건을 깔았다 — 그건 전설처럼
내려오는 이야기에 따른 대비책이었지만 실제로는 필
요가 없었다. 시작은 즐거웠는데, 기억도 나지 않는 꼬
마 시절에 함께 침대에서 폴짝폴짝 뛰었던 일 이후 처
음으로 완전히 발가벗었다는 황홀한 느낌이 있었고,
상대방 몸의 아주 작은 구석까지 손을 댈 기회였고, 맨
살이 다른 맨살을 누를 때 빠져드는 무아지경이 있었
다. 하지만 완전히 흥분하고 나서 다음 단계로 넘어가
는 데는 어려움이 있었다. 처음으로 다른 사람의 몸 안
에 들어가고, 역시 처음으로 다른 사람의 몸을 받아들

인다는 불안함 때문에, 처음 몇 번의 시도에서 에이미의 몸은 통증과 함께 경직되었고, 퍼거슨은 그녀를 아프게 했다는 사실 때문에 비참한 기분이 들었고, 속도를 늦추다 결국은 완전히 물러나고 말았다. 3분간 쉬었다가 에이미가 퍼거슨을 이끌며 다시 시작하라고 했다. 그냥 해, 아치, 내 걱정은 말고 그냥 해. 그래서 퍼거슨은 그냥 했고, 그녀 걱정을 하지 않을 수 없다는 건 알았지만, 그 선을 넘어야만 한다는 것 역시 알았다. 그건 그 둘에게 주어진 순간이었고, 안쪽으로 멍이 들고 몸이 쪼개지는 것 같은 고통을 느꼈음에도 에이미는 일이 끝났을 때 웃음을 터뜨렸다. 그녀만의 큰 웃음을 터뜨리며 말했다. 너무 행복해, 이대로 죽을 수도 있을 것 같아.

이상한 주말이었다. 아파트 밖으로는 한 번도 나가지 않은 채 소파에 앉아 존슨이 새 대통령으로서 선서하는 장면을 지켜보고, 오즈월드가 피 묻은 셔츠 차림으로 병원으로 호송되는 장면을 지켜봤다. 오즈월드는 카메라를 향해 자신은 호구일 뿐이라고 항변했는데, 그 단어는 그 후로 영원히, 자기 손으로 케네디를 죽였을 수도, 죽이지 않았을 수도 있는 그 빈약한 남자를 생각할 때마다 퍼거슨이 떠올리는 단어가 된다. 잠시 뉴스가 멈추고 관현악단이 베토벤의 「영웅」 교향곡의 애도 부분을 연주하는 장면을 지켜봤고, 일요일에 워싱턴의 거리들을 지나는 장례 행렬을 보다가 기수 없는 말들이 눈에 들어오자 에이미가 흐느끼는 모습을 지켜봤고, 잭 루비가 댈러스 경찰서에 몰래 들어가 오즈월드의 복부에 총을 쏘는 광경을 지켜봤다. 비현실적인 도시. 엘리엇의 시에 나오는 그 구절이 내내 머릿속을 떠나지 않았다. 그와 에이미가 주방에 있는 음식들, 달걀, 양고기 요리, 얇게 썬 칠면조 고기, 치즈 묶음, 참치 통조림, 아침 식사용 시리얼과 쿠키를 다 먹어 치우고, 에이미가 그 어느 때보다 담배를 많이 피우고, 둘이 만난 이래 처음으로 퍼거슨도 그녀와 함께 담배를 피우고, 둘이 함께 소파에 앉아 담배 한 대를 나눠 피우고, 그러다가 서로의 몸에 팔을 두른 채 키스하고, 그런 엄숙한 순간에도 키스라는 불경스러운 행동을 멈출 수 없었고, 서너 시간마다 소파를 벗어나 침실로 향하는 것도 멈출 수 없었고, 옷을 훌훌 벗고 침대 위로 올라가는 것도 멈출 수 없었다. 이제 둘 다, 에이미뿐 아니라 퍼거슨도 통증을 느꼈지만 자신들의 행동을 멈출 수가 없었는데, 언제나 쾌락이 통증보다 더 강했고, 그런 비참한 주말에 그런 상황이 벌어졌다는 사실이 우울하기는 했지만, 어쨌거나 그건 아직 젊은 그들의 인생에서 가장 크고 가장 중요한 주말이었다.

안된 일은 이어진 두 달간 더 이상의 기회가 없었다는 것이었다. 퍼거슨은 매주 토요일마다 뉴욕으로 나갔지만 두 사람이 침실로 돌아갈 수 있을 만큼 충분히 오랫동안 아파트가 비는 일은 한 번도 없었다. 부모님

중 한 분은 늘 집에 있었고, 가끔은 두 분 다 있었는데, 퍼거슨과 에이미는 달리 갈 곳이 없었기 때문에 유일한 해결책은 슈나이더먼 부부가 다시 뉴욕을 떠나는 것뿐이었지만, 그런 일은 일어나지 않았다. 퍼거슨이 1월 말에 함께 버몬트로 스키 여행을 가자는 사촌의 제안을 받아들인 건 순전히 그런 이유 때문이었다. 스키에 관심이 있는 건 아니었다. 스키는 한 번 시도해 봤고 다시 시도하고 싶지는 않았지만, 프랜시가 주말에 빌릴 수 있는 숙소가 다섯 개의 침실이 여기저기 흩어져 있는 낡은 집밖에 없다고 이야기했을 때, 퍼거슨은 약간 희망이 있겠다고 생각했다. 방이 아주 많다고 프랜시는 말했고, 그래서 그를 초대할 생각이 들었고, 만약 친구를 데려온다면 그 친구가 지낼 방도 있다고 했다. 여자 친구도 친구에 포함되는 거냐고 퍼거슨은 물었다. 당연하지! 프랜시는 그렇게 대답했고, 그녀가 대답하는 방식, 당연하지라는 말에서 느껴진 자연스러운 반가움 때문에, 퍼거슨은 자신과 에이미가 이제는 연인이며 같은 침실에서 지내고 싶어 한다는 뜻을 프랜시가 이해한 거라고 당연히 생각했다. 어찌 되었든 프랜시는 열여덟 살에 결혼했고, 그건 지금의 에이미보다 한 살밖에 많지 않은 나이였다. 좌절된 10대의 욕망이라면 스물일곱 살인 사촌 누나가, 그가 기저귀를 차고 다닐 때부터 가장 좋아했던 그 누나가 가장 잘 알아줄 거라고 짐작했다. 에이미는 퍼거슨이 당연하지라는 말을 그렇게 긍정적으로만 해석하는 걸 미심쩍어했는데, 둘의 관계는 당시에 받아들여지던 성적 행동에 관한 규범, 즉 결혼하지 않은 10대의 성관계를 허락하지 않을뿐더러 그런 일은 추문으로 여기던 당시의 규범에서 한참 벗어난 것임을 알았기 때문이다. 그럼에도 에이미는 버몬트에는 한 번도 가본 적이 없고 스키를 타본 적도 없다고, 주말을 눈 속에서 아치와 함께 보내는 일보다 더 좋은 일은 없을 것 같다고 했다. 스키 말고 다른 일에 관해서는 누구 말이 맞는지 확인해 보면 되고, 만일 그녀의 말이 맞는다고 해도 늦은 밤에 상대의 침대로 몰래 들어가는 것까지 할 수 없다는 뜻은 아니지 않겠냐고 했다. 그들은 금요일 오후에 출발했고, 에이미와 퍼거슨은 프랜시와 그녀의 남편 게리, 그리고 홀랜더 집안의 두 아이들, 여섯 살 로자와 네 살 데이비드와 함께 파란색 스테이션왜건에 끼어서 탔다. 스토까지 가는 다섯 시간 동안 작은 아이들은 대부분 잠들어 있었다는 게 어른들에게는 다행이었다.

프랜시는 완전히 똑같게는 아니지만, 퍼거슨의 어머니 이름을 따서 본인 딸의 이름을 지었다. 아직 살아 있는 부모나 조부모, 혹은 친척의 이름을 아이 이름으로 쓰는 일을 금한다는 건 신앙심이 두텁지 않은 유대인들도 따르는 원칙이었기 때문에, 로즈Rose와 로자 Rosa 사이에는 한 글자의 차이가 있었다. 변호사인 게리가 집안의 완고한 전통주의자들의 반대를 피하기 위해 그런 교묘한 변칙을 생각해 낸 건데, 그럼에도 그 이름은 누구나 알아볼 수 있었다. 로즈를 기리는 이름 로자, 프랜시와 게리는 그 작명을 통해 자신들이 아널드 퍼거슨에게 완전히 등을 돌렸음을 말하고 있었다. 그는 동생을 상대로 범죄를 저지르면서 가족을 파탄 낸 인물, 그랬기 때문에 두 사람은 희생자가 된 동생, 즉 스탠리와 그의 아내 로즈에게 헌신하기로 한 것이다. 그뿐만 아니라 로즈는 프랜시가 어린아이일 때 이미 첫눈에 반한 숙모이기도 했다. 여전히 어머니와 형제자매들에게는 친밀감을 느끼던 프랜시로서 아버지를 대놓고 비난하기로 한 게 쉬운 결정은 아니었겠지만, 장인을 경멸하는 게리의 마음이 너무 컸고, 그 남자의 빈약한 윤리 의식이나 솔직하지 못한 행실에 느끼는 역겨움이 너무나 확고했기 때문에, 프랜시에게는 남편의 뜻을 따르는 것 외에는 선택의 여지가 없었다. 절도 사건이 벌어졌을 때 두 사람은 이미 결혼 2년 차였고, 게리가 윌리엄스 대학에서 학부를 마치는 동안 매사추세츠 북서부에 살고 있었다. 그의 과에 있던 세 쌍의 〈아기 부부들〉 중 하나였고, 스무 살의 프랜시는 이미 첫아이를 임신한 상태였고, 그 아이는 그녀의 아버지가 창고 털기에 관여했단 사실이 밝혀지고 몇 달 후에 태어났다. 그때쯤 나머지 가족들은 모두 캘리포니아로 이주한 상태였는데, 그녀의 부모님뿐 아니라 이제 막 고등학교를 졸업한 온순한 루스도 따라갔고, 엘에이에서 비서 학교에 등록했다. 그다음은 잭이었는데, 럿거스 대학 마지막 학년을 다니다 중퇴하고 나머지 가족들에게 합류하려 들었고, 프랜시와 게리가 그런 결정을 말리자 두 사람에게 꺼져라고 했다. 그래서 로자가 태어났을 때는 프랜시의 어머니와 여동생만 동부로 와서 아기를 안아 봤다. 잭은 너무 바빠서 올 수 없다고 했고, 망신을 당한 아널드 퍼거슨은, 다시는 동부에 발을 들일 수 없었기 때문에 찾아올 형편이 아니었다.

그때 프랜시가 가족 내 다른 사람들보다 고통을 더 크게, 혹은 더 작게 느꼈던 건 아닌데, 모두들 각자의 방식으로 고통을 받았고, 적어도 퍼거슨이 아는 한 프랜시는 그 괴로움 때문에 과거보다는 더 조용하고 덜 열정적인 사람, 말하자면 과거의 자신에 비해 조금 무딘 사람이 된 것 같았다. 다른 한편 그녀는 나이가 들어 갔고, 퍼거슨이 즐겨 말하는 완전히 성숙한 성인의 단계는 이미 지난 상태였다. 비록 그녀의 결혼 생활이 겉으로는 좋아 보였어도 종종 게리가 잘난 척하고 오만하게 굴 때가 분명 있었는데, 그는 서구 문명의 쇠퇴와 몰락에 관해 장황한 독백을 늘어놓는 일이 점점 더 잦아졌고, 특히 2년 전 아버지의 법률 회사에 들어가 거물 변호사로 많은 돈을 벌기 시작하면서 더 그랬다. 프랜시는 그런 일 때문에 지쳐 갔고, 그뿐만 아니라 모두를 지치게 하는 엄마 역할은 말할 것도 없었는데, 프랜시처럼 다정하고 애정이 넘치는 엄마, 과거에 조앤 숙모가 그랬던 것처럼 자식들만을 위해 사는 엄마라고 해도 예외는 아니었다. 아니야, 퍼거슨은 점점 더 짙어지는 어둠을 뚫고 북쪽으로 향하는 스테이션왜건 안에서 생각했다. 과장은 금물이었다. 삶이 그녀를 조금 뒤흔들어 놓기는 했지만 프랜시는 여전히 옛날의 그 프랜시, 어린 시절 그가 마법 사촌이라고 부르던 사람이었고, 여전히 어딘가 부자유스럽고 아마도 본인 아버지의 배신에 얽힌 기억에서 벗어나지 못한 듯하지만, 퍼거슨이 초대를 받아들였을 때는 무척 행복해하는 것 같았고, 당연하지!라는 놀라운 반응과 함께 에이미가 와도 좋다고 했을 때는 무척 너그러웠다. 이렇게 같은 차 안에, 퍼거슨은 두 아이들과 함께 뒷좌석에, 프랜시는 앞좌석의 게리와 에이미 사이에 앉아 있는 지금, 그는 반대편 차선을 지나는 차들의 전조등이 차 안을 비출 때마다 룸 미러에 비친 사촌의 여전히 아름다운 얼굴을 볼 수 있었다. 그런 생각을 하던 중, 여정의 절반쯤에 이르렀을 어느 땐가 고개를 들고 퍼거슨이 자신을 바라보고 있음을 발견한 프랜시는, 몸을 돌리고 왼팔을 뻗어 그의 손을 오랫동안 꼭 쥐며 물었다. 괜찮아? 뒤에서 아무 말이 없네.

그때까지 그가 말을 많이 하지 않은 건 사실이었다. 하지만 그건 단지 아이들을 깨우고 싶지 않았기 때문이었고, 그는 앞좌석에서 에이미와 게리가 하는 이야기에 귀 기울이는 대신 집안의 과거사를 생각나는 대로 떠올리고 있었고, 그의 몸은 시속 97킬로미터쯤으로 달리는 차 안에서 타이어의 진동을 그대로 느끼며 나른해졌고, 머릿속까지 흐릿해지는 것 같았다. 하지만 프랜시가 손을 꼭 쥐어 준 다음부터 다시 집중해서 들어 보니 앞좌석에서는 정치 이야기를 하고 있었고, 그중에서도 대통령 암살, 두 달 전 사건이지만 여전히 사람들이 떠들기를 멈추지 않는, 오즈월드가 단독으로 저질렀다고 믿는 사람은 아무도 없었기 때문에 누가, 왜, 어떻게라고 강박적으로 묻고 있던 그 사건 이야기였다. 이미 이런저런 음모론이 돌고 있었다. 카스트로, 마피아, CIA뿐 아니라 에이미가 보기에는 심지어 존슨 본인, 미래의 인물 자리를 물려받은 텍사스 출신의 코큰 그 남자가 변수인 것 같다고 했고, 일찌감치 상황을 정리한 게리는 존슨이 유들유들한 인물이라고, 뒷방에서 협잡을 일삼는 구식 정치인일 뿐 대통령직을 수행할 그릇은 못 된다고 했다. 그리고 에이미는, 게리의 말이 맞을 수도 있다는 건 인정하면서도 그달 초에 있었던 존슨의 연설을 예로 들며 반박했다. 가난에 맞선 전쟁을 천명했던 그 연설은 그녀 인생 최고의 대통령 연설이었다고 했고, 게리는 루스벨트 이후로 그런 이야기를 당당하게 한 사람은 없었다고, 심지어 케네디도 그러지 못했다고 인정할 수밖에 없었다: 퍼거슨은 게리가 그 점을 인정하는 모습을 보며 미소를 지었고, 에이미를 떠올리면서 그의 생각은 다시 이리저리 떠다녔다. 흘랜더 가족과 이렇게 잘 지내는 놀라운 에이미, 노동절 바비큐 파티에서 자신에게 그랬던 것처럼 악수한 번으로, 첫인사를 하자마자 흘랜더 가족을 사로잡은 에이미, 버몬트주 경계에 다가가고 있던 그 순간 그는 모든 일이 예정대로 풀려 나가기를, 이제 곧 뉴잉글랜드의 한가운데, 어딘지도 모를 곳에 있는 낯선 집의 낯선 방에서 둘이 발가벗고 이불 밑으로 들어갈 수 있기를 기도했다.

들었던 대로 큰 집이었고, 어딘지도 모를 곳은 스키 리조트에서 16킬로미터쯤 떨어진 언덕의 꼭대기였다. 일반적인 2층 구조가 아니라 3층짜리 집이었고, 그들이 주말을 보낼 그 유적지는 19세기 초반 언제쯤에 지어진 건물로, 바람이 숭숭 들어오는 마룻바닥에서는 하나같이 삐걱거리는 소리가 났다. 삐걱거리는 소리는 문제가 될 수 있었는데, 프랜시의 당연하지에 대한 에이미의 해석이 옳았던 것으로 판명 났고, 여섯 명이 함께 집 안을 둘러보는 동안 프랜시에게는 그와 에이미가 한방을 쓰게 해줄 생각이 전혀 없다는 사실을 퍼거슨 또한 인정할 수밖에 없었으므로, 두 사람은 작전을 변경해야 했다. 퍼거슨은 그 두 번째 작전을 프랑스 소극(笑劇) 해결책이라고 불렀는데, 한밤중에 녹슨 경첩이 달린 문을 열었다 닫고, 두 연인이 어둑어둑하고 낯선 복도를 엉금엉금 기어가고, 두 몸이 자신들이 있으면 안 되는 침대 안으로 슬쩍 들어가고, 신음하듯 소리를 내는 마룻바닥이 두 연인의 속임수를 도와주지 않는 그런 소동이 될 것 같았다. 다행히 게리와 프랜시는 큰 아이들은 꼭대기 층의 두 침실을 쓰고 작은 아이들은 부모와 같은 층의 침실을 쓰도록 했는데, 그러면 남매가 나쁜 꿈을 꾸거나(로자), 자다가 오줌을 싸는 경우에 (데이비드) 부모가 얼른 봐줄 수 있을 거라고 했다. 그건 도움이 될 거라고, 퍼거슨은 생각했다. 삐걱거리는 바닥은 다른 침실들 바로 위였고, 그 소리는 당연히 아래층 전체에 울릴 것이었다. 하지만 사람들은 한밤중에 침실에서 나와 화장실을 가기도 하고, 이렇게 오래된 집이라면 공포 영화에나 나올 법한 그 삐걱거리는 소리는 피할 수 없는 게 아닐까? 운이 좋다면 그 모든 상황을 헤치고 해낼 수 있을 것이다. 운이 없다고 해도 최악은 아닐 것이다. 별것 아니라고, 퍼거슨은 생각했다. 어쩌면 아무 문제도 아닐 것이다.

처음 얼마 동안은 모든 일이 매끄럽게 흘러갔다. 둘은 11시 30분, 아이들이 잠자리에 들고 피곤해진 부모도 잘 자라는 인사를 하고 90분쯤 지났을 그 무렵에 몰래 만나기로 했다. 약속 시간이 되자 구멍이 숭숭 난 벽으로 몰아치는 바람 소리와 지붕 위에서 달그락거리는 풍향계 소리를 제외하면 집 안에는 정적이 감돌았다. 퍼거슨은 맨발로 바닥을 딛고 철제 간이침대에서 일어나 천천히 에이미의 방으로 이동했다. 뒤꿈치를 든 채 헐거운 마룻바닥을 조심스럽게 걸으며, 바닥에서 삐걱거리는 소리가 날 때마다 멈췄다가 다섯을 센 다음 다시 걸음을 옮겼다. 문손잡이를 돌려야 하는 상황을 피하려고 자기 방의 문은 그대로 열어 뒀는데, 걸쇠를 걸 때 갑자기 큰 소리가 나는 걸 방지하기 위해서였다. 경첩이 녹슬어 있기는 했지만 바람에 비하면 큰 소리가 나지는 않았다. 다음은 복도, 에이미의 방에 도착할 때까지 열네 걸음을 더 옮겼고, 역시 살짝 열려 있던 방문을 조심스럽게 열고 마침내 그 안으로 들어갔다.

침대는 대단히 작았는데, 에이미는 발가벗은 채 이불 속에 들어가 있었고, 퍼거슨은 팬티를 벗고 그녀 옆으로 미끄러져 들어가 역시 같은 침대에 발가벗고 누웠다. 모든 게 너무 좋은 느낌이었고, 상상했던 것과 완벽히 맞아떨어지는 느낌이었다. 그의 인생에서 유일하게 상상과 현실이 일치했고, 절대적으로, 그리고 한 번도 경험해 보지 못했던 식으로 일치했기 때문에 그건 그때까지의 인생을 통틀어 가장 행복한 순간이 틀림없다고 그는 믿었다. 퍼거슨은 모든 욕망은 실현되고 나면 실망스럽다는 개념을 믿는 사람이 아니었다. 특히 이 경우에는 그랬는데, 에이미를 원하는 욕망은 정말로 에이미를 갖지 않으면 아무 소용이 없었고 에이미 역시 그를 원하지 않으면 아무 소용이 없었을 테지만, 기적처럼 에이미 역시 그를 원했고, 그랬기 때문에 실현된 욕망은 실제로도 실현된 욕망이었고, 지상의 축복이 가득한 찰나의 순간을 보낼 기회가 생긴 셈이었다.

둘은 두 달 전의 그 소란스러웠던 주말 이후로 많은 걸 배웠는데, 거의 모든 것에 관해 사실상 아는 바가 전혀 없었기 때문에 처음에는 허둥댔지만 서서히 자신들이 하려는 일에 관해 어느 정도 지식을 얻게 되었다. 고급 지식이라고는 할 수 없겠지만 적어도 상대의 몸이 어떻게 작동하는지와 관련해 기본은 알게 되었고, 그런 지식이 없다면 진정한 즐거움도 없을 것이었다. 특히 에이미가, 무지한 퍼거슨에게 여자와 남자의 다양한 차이를 알려 줬고, 이제 퍼거슨도 어느 정도는 익숙해지고 있었기 때문에 뉴욕에서보다는 더 차분하게 확신을 갖고 움직일 수 있었고, 덕분에 이번에는 모든 게 더 좋았고, 너무 좋은 나머지 버몬트의 칠흑같이 어두운 그 방에서 몇 분을 보낸 후 둘은 자신들이 어디에 있는지 까맣게 잊어버리고 말았다.

낡은 철제 침대였고, 스물네 개의 스프링 위에 얇은 매트리스를 얹어 놓은 탓에 침대 밑의 나무 바닥과 마찬가지로 삐걱거리는 소리가 났다. 혼자 누웠을 때도 소리가 났는데 두 몸이 매트리스 위에서 함께 움직이기 시작하자 천둥 같은 소리가 났다. 퍼거슨은 그 소리에 시속 110킬로미터쯤으로 달리는 증기 기관차를 떠올렸고, 에이미는 그게 조간 타블로이드 신문을 50만 부쯤 찍는 윤전기 소리와 비슷하다고 했다. 어느 쪽이든 둘이 기획한 정교한 프랑스 소극에는 어울리지 않게 너무 큰 소리였고, 이제 두 사람 귀에도 들리기 시작해서 머릿속에는 그 소리, 자신들의 미친 듯한 짝짓기가 내는 지옥 같은 삑삑 소리밖에 없었지만, 목적지에 닿기 직전에, 욕망이 실현될 낭떠러지에 한 발 한 발 다가가는 그 시점에 어떻게 멈출 수 있었겠는가? 멈출 수 없었고, 그래서 끝까지 마친 후에야 둘은 침대 가장자리로 떨어져 누웠다. 마침내 기차가 멈추자 둘은 아래층에서 올라오는 다른 소리를 들을 수 있었는데, 놀라고 겁먹은 아이의 비명 소리, 당연히 자신들이 위층에서 벌인 난리에 놀라서 깬 둘째 데이비드가 내는 소리였다. 그 소리가 들리자마자 다른 발소리가 이어졌는데, 그건 물론 프랜시, 엄마 프랜시가 코 고는 남편 대신 아이를 달래러 오는 소리였고, 그제야 무안해지고 겁이 난 퍼거슨은 에이미의 침대에서 빠져나와 자기 방으로 허둥지둥 돌아갔다. 그렇게 대극장에서 벌어진 공연의 막이 갑자기 내려왔다.

다음 날 아침 7시 30분에 주방으로 내려온 퍼거슨은 팬케이크 주세요! 팬케이크 주세요!라고 합창하듯 외치며 나이프와 포크로 식탁을 두드리는 로자와 데이비드를 발견했다. 게리는 아이들 맞은편에 앉아 말없이 커피를 마치며 그날의 첫 담배를 피우고 있었다. 프랜시는 불 앞에 서서 사촌 동생을 짜증스러운 얼굴로 노려보다가 다시 고개를 돌려 스크램블드에그를 계속 만들었다. 에이미는 보이지 않았는데, 아마 위층의 그 작은 침실에서 아직 자고 있는 것 같았다.

게리가 커피 잔을 내려놓고 말했다. 어제 아이들한 테 팬케이크를 만들어 주겠다고 약속했는데, 재료를 깜빡하고 안 챙겨 와서 말이야. 보다시피 스크램블드 에그는 마음에 안 드나 봐.

붉은 머리의 로자와 금발의 데이비드는 계속 나이프 와 포크로 식탁을 공격하고 있었는데, 마치 「팬케이크 주 세요!」라는 합창에 맞춰 북을 두드리는 것 같았다.

근처에 상점이 있지 않을까요? 퍼거슨이 말했다.

언덕을 내려가서 서쪽으로 5~6킬로미터쯤 가야 해, 게리가 담배 연기를 크게 내뿜으며 대답했다. 거기까 지 본인이 운전해서 갈 생각은 없는 것 같았다. 내가 갈 게, 완성된 달걀 요리를 팬에서 커다란 흰색 그릇으로 옮겨 담으며 프랜시가 말했다. 아치랑 내가 다녀올게, 그렇지, 아치?

뭐든 시키는 대로 할게, 퍼거슨은 그렇게 대답하며 프랜시의 질문에 담긴 적의를 느끼고 놀랐다. 질문이 라기보다 명령처럼 들렸다. 그녀는 그에게 화가 나 있 었다. 주방에 내려왔을 때 보인 화난 눈빛과 지금 목소 리에 담긴 공격성은, 프랜시가 여전히 지난밤 다락방 에서 벌어진 소동을 생각하고 있다는 뜻이었다. 그 빌 어먹을 기관차 같은 침대 소리에 2층에 있던 꼬마들이 깼고, 그건 프랜시로서는 잊은 척할 수도, 용서할 수도 없는 민폐였고, 퍼거슨은 바로 그 순간에 그 자리에서 그녀에게 사과해야 한다는 사실을 알았지만 너무 무안해서 한마디도 꺼낼 수 없었다. 팬케이크 믹스와 메이플시럽을 사러 나가는 일은 아이들을 달래는 것과는 아무 상관이 없었다. 그건 프랜시의 구실일 뿐이었고, 진짜 이유는 퍼거슨과 단둘이 있는 자리를 만드는 것, 그래서 야단을 치고 그와 담판을 지으려는 것이었다.

그사이 아이들은 손뼉을 치며 환호했고, 자신들을 위해 추위와 눈을 뚫고 길을 나설 용기를 낸 단호한 엄마에게 손 키스를 날리며 승리를 축하했다. 무슨 일이 벌어지고 있는지 알아채지 못했거나, 적어도 무관심했던 게리는 담배를 비벼 *끄고* 스크램블드에그를 퍼 먹었다. 자신이 먼저 먹고 난 다음 포크로 달걀을 떠서 데이비드에게 내밀었고, 데이비드는 몸을 앞으로 내밀고 받아먹었다. 게리는 다시 자신이 한 입 먹고 나서 이번에는 로자에게 포크를 내밀었다. 진짜 맛있지? 그렇지 않아? 게리가 말했다. 맛있어요, 로자가 대답했다. 배에서 맛있어요Yummy in the tummy! 데이비드는 그렇게 말하고 자신의 말장난이 재미있다는 듯 웃음을 터뜨리고는 다시 입을 벌렸다. 신발 끈을 묶고 방한 재킷을 입으며 그 광경을 지켜보던 퍼거슨은 어린 새들이 먹이를 먹는 장면을 떠올렸다. 벌레를 먹든 스크램블드에그를 먹든 배고픔은 똑같은 배고픔이고 최대한 크게 벌린 입은 똑같은 입이라고, 그는 생각했다. 팬케이크, 좋다. 아침을 좋은 기분으로 시작할 수 있는 작은 준비물에 불과했다.

밖에는 진짜 새들이 있었는데, 점박이 갈색 제비와 뭉툭한 주홍색 벼슬이 달린 올리브색의 홍관조 암컷이 었다 — 회백색 하늘에 색들이 잽싸게 얼룩을 만들어 내며 무거운 겨울 아침에 생명의 숨을 몇 조각 흘리고 있었다 — 그의 사촌이 눈 덮인 마당을 지나 파란색 스테이션왜건에 오를 때쯤, 퍼거슨은 이런 주말이 의미 없는 말다툼으로 망가진다면 안타까운 일이라고 생각했다. 그와 프랜시는 그렇게 오랫동안 서로를 알고 지내면서 한 번도 말다툼한 적이 없었고, 서로에 대한 헌신은 한결같고 확고했다. 친가 쪽 친척들, 산산조각 나고 제정신이 아닌, 파괴적인 퍼거슨 가문의 사촌들, 형제자매들, 숙모들, 삼촌들 중에 서로 바보 같은 적대감을 느끼지 않는 사람은 그와 프랜시뿐이었는데, 그랬던 그녀가 지금 자신에게 발끈해 있다는 사실이 그는 아팠다.

추운 날이었지만 계절을 감안하면 유난히 춥다고는 할 수 없었는데, 영하 15도 내외였고 키를 돌리자마자 한 번에 시동이 걸렸다. 앉아서 차가 예열되기를 기다리는 동안 퍼거슨은 자신이 운전을 하는 게 나을지 물어봤다. 6개월쯤 후 열일곱 살이 될 때까지는 정식 면허가 없지만 임시 면허는 있었고, 프랜시가 면허증을 갖고 있고 마침 차에 동승했으므로 그가 운전석에 앉는 건 완벽하게 합법이었다. 퍼거슨은 자신이 운전을 잘한다는 말도 덧붙였는데, 몇 달째 부모님이 그와 어딘가를 갈 때면 한 분만 있든 두 분이 함께 있든 그에게 운전대를 맡겼고, 어머니도 아버지도 그의 운전 실력을 두고 불평하지 않았다고 했다. 프랜시는 짧게 미소를 지어 보인 다음, 그가 운전을 썩 잘할 거라는 점은 의심하지 않는다고, 어쩌면 자신보다 운전을 더 잘할지도 모르지만 이미 자신이 운전대에 앉았고, 이제 막 출발하려는 참이기도 하고, 언덕길을 내려가는 건 흙길에서 운전해 본 적 없는 사람에게는 상당히 어려울 수 있다고, 그러니 말은 고맙지만 자신이 운전하겠다고 했다. 상점에 도착해서 필요한 물건을 산 다음 돌아오는 길에는 그가 운전할 수도 있겠다고 그녀는 덧붙였다.

결과적으로, 돌아오는 길은 없었다. 밀러의 식료품점에 도착하지 못했기 때문에 거기서 돌아온다는 것도 불가능했다. 그날 아침, 훗날 퍼거슨이 아침 중의 아침이라고 부르게 되는 그 아침에 두 사촌은 그렇게 버몬트의 산간 지대 중간에서 멈춰 버린 여정의 대가를 치러야 했는데, 특히 아주 오랫동안 대가를 치러야 했던 퍼거슨으로서는, 그를 탓하는 사람은 아무도 없었지만 (그가 운전대를 잡지도 않았는데 어떻게 탓할 수 있단 말인가?) 그럼에도 프랜시가 길에서 눈을 떼게 한 건 자기 잘못이라고 생각했다. 그녀가 길에서 눈을 떼고 자신을 돌아보지 않았다면, 자동차가 얼음 위에서 미끄러져 나무를 들이받는 일도 없었을 것이기 때문이다.

핵심은, 자신 쪽에서 말싸움에 반응을 보이지 말았어야 했다는 점이다. 프랜시가 그에게 화를 내는 건 당연했고, 그로서 가장 좋은 대응은 가능한 한 말을 적게 하는 것, 그녀가 아무리 호되게 말해도 그저 고개를 끄덕이며 동의해 주는 것, 자신을 변호하려는 마음을 억누르는 것이었다. 화내게 내버려 두자고, 그는 생각했다. 하지만 그건 화를 내는 그녀가 그의 화를 돋우지 않은 한에서만 그랬다. 충돌이 있더라도 아주 짧고 작은 충돌이 될 거라고, 금방 잊힐 거라고 생각했다.

퍼거슨은 그렇게 생각했다. 제일 큰 문제는 소음이었을 거라고 짐작한 게 그의 실수였다. 경솔하게 그런 소리를 내고 다른 사람들에게 그 소리를 숨기지 않은 이기심이 문제였을 거라고 짐작했지만, 소리는 문제의 일부, 그것도 아주 작은 일부에 불과했다. 프랜시의 공격이 자신이 대비했던 것보다 훨씬 크다는 걸 알고 나자 그는 방어 태세를 내려놓았고, 그녀가 몰아붙일 때마다 맞받아쳤다.

그녀는 1.5킬로미터쯤 되는 언덕길은 어려움 없이 헤치고 내려갔는데, 다 내려간 다음 잠시 멈췄다가 왼쪽이 아니라 오른쪽으로 차를 돌렸다. 게리가 가게는 왼쪽에 있다고 했기 때문에 퍼거슨은 그 사실을 알려 줬지만, 프랜시는 손가락으로 운전대를 톡톡 두드리기만 하면서 걱정하지 말라고 했다. 게리가 방향 감각이 없어서 늘 길을 헷갈리기 때문에 그가 왼쪽으로 가라고 했다면 분명 오른쪽으로 가는 게 맞는다고 했다. 웃기는 말이라고 퍼거슨은 생각했다. 하지만 프랜시의 입에서 나온 그 말은 웃기다기보다 쌀쌀맞고 조금은 경멸 조로 들렸다. 마치 프랜시가 뭔가에 대해 게리에게 화가 나고 다른 일로 또 누군가에게 화가 난 것만 같았는데, 그 누군가는 예를 들어 더 이상 자신에게 연락도 거의 하지 않는 오빠 잭이나 목에 걸린 가시 같은 존재인 그녀의 아버지, 다시 일자리를 잃고 실업자가 된 그 아버지일 수도 있었고, 세 남자를 모두 합친 존재일 수도 있었으며, 그날 아침 함께 차를 타고 나온 퍼거슨이 이제 네 번째 남자가 되었을 수도 있었다. 그녀가 정말로 길을 잘못 들었고 그들이 상점에서 점점 멀어지고 있다는 사실이 밝혀지고, 그녀가 자신의 실수를 깨달은 뒤에도 분위기는 달라지지 않았다. 덕분에 멈춰버린 여정의 후반부는 그들이 출발했던 카운티 고속도로에 다시 오르기 위해 꾸불꾸불한 길을 되돌아가는 과정이었는데, 평소에는 공격적이지 않던 그의 사촌 프랜시는 분노와 좌절감으로 지친 상태에서 마침내 그날 아침 숙소를 나설 때 그를 데리고 나온 이유가 된 용건을 꺼냈다.

너무 슬프다고, 그녀는 말했다. 자신이 아끼는 동생이 거짓말이나 하는 사기꾼이 되어 버린 게, 길게 이어졌던 버러지 무리에 그 역시 합류해 버린 게 너무 슬프고 실망스럽다고 했다. 어떻게 그런 식으로 자신을 이용할 수 있냐고, 다른 사람들 모르게 떡을 치려고 여자 친구를 버몬트까지 끌고 올 수 있냐고 따졌다. 역겹다고, 발정한 두 애들이 여기까지 오는 동안 그렇게 모두를 반하게 만들어 놓고 밤에 몰래 다락방에 숨어들어서는 두 꼬마 위에서 떡을 치다니, 어떻게 자기한테 그럴 수 있냐고, 퍼거슨이 태어나던 날부터 그를 사랑해 줬던 자기한테, 목욕시켜 주고, 돌봐 주고, 자라는 걸 지켜봤던 자신이었는데, 사촌 누나와 함께 있으면 안전할 거라고 생각하고 그를 버몬트에 보내 준 그의 어머니에게 뭐라고 하냐고 했다. 이 모든 일에 신뢰가 얽혀 있는데 어떻게 같은 지붕 밑에서 그 신뢰를 저버릴 수 있냐고, 자제력을 잃은 10대는 하룻밤 정도 팬티를 얌전히 입고 있는 것도 못 하는 거냐고, 사실 그녀는 그를 더 이상 그 집에 두고 싶지 않다고, 그날 오후에 그와 그의 걸레 여자 친구를 버스에 태워 뉴욕에 돌려보낼 거라고, 잘 가라고, 둘이서 버스 잘 타고 가라고…….

그게 시작이었다. 5분 후에도 그녀는 여전히 말하고 있었고, 마침내 퍼거슨이 닥치고 차 세우라고 했고, 그만하면 됐으니까 돌아가서 짐 챙기겠다고 소리쳤고, 프랜시는 그를 돌아보며 눈에 뭔가 광기 비슷한 것을 담은 채 말했다. 바보처럼 굴지 마, 아치, 여기서 나가면 얼어 죽어. 그 말 때문에 그는 프랜시 안에서 뭔가가 잘못되어 버렸다고, 그녀의 머릿속이 위태롭게 흔들리며 뭔가가 부서지기 일보 직전이라고 확신했다. 그녀는 자신이 무슨 말을 했는지 더는 기억하지 못한다는 듯 그를 계속 쳐다봤고, 그는 미소를 지어 보였고, 그녀도 미소를 지어 보였을 때, 그는 그녀가 더 이상 정면의 도로를 보고 있지 않다는 걸 알아차렸고, 직후에 차가 나무를 들이받았다.

안전벨트가 없었다. 1964년엔 없었고, 차는 저속으로, 시속 50~55킬로미터 정도로 달리고 있었지만 두 사람은 그 충돌로 부상을 당했다. 프랜시는 운전대에 부딪힌 충격으로 뇌진탕을 일으키고 왼쪽 쇄골이 부러졌으며, 버몬트 병원에서 퇴원한 후에는 뉴저지 병원에 다시 입원했는데, 게리에 따르면 신경 쇠약을 치료하기 위해서라고 했다. 퍼거슨은 머리와 팔, 왼손에 피를 흘리며 의식을 잃었는데, 왼손이 앞 유리를 깨고 튀어 나가면서, 뼈가 부러지지는 않았지만(병원 직원을 모두 놀라게 한, 있을 법하지 않은 사기였고 몇몇 간호사는 의학적 기적이라고 불렀다) 그 왼손의 손가락 두 개가 자동차 앞 유리에 잘려 나가고 말았다. 엄지 두 마디와 검지 두 마디였는데, 잘려 나간 손가락이 눈 속에 파묻혀서 다음 해 봄까지 못 찾는 바람에 퍼거슨은 남은 평생을 손가락 여덟 개로 살아야 하는 운명이 되었다.

   그는 그 사실을 힘들게 받아들였다. 죽지 않아서 다행이라고 여겨야 한다는 건 알았지만, 그가 살아남았다는 건 하나의 사실, 더 이상 의문의 여지가 없는 것이었기 때문에 그의 앞에 떨어진 질문, 〈앞으로 자신에게 무슨 일이 벌어질 것인가?〉라는 그 질문은, 질문이라기보다 절망의 울부짖음이었다. 그는 망가졌고, 병원에서 붕대를 풀고 그의 손이 어떤 상태인지, 앞으로 어떻게 될지 보여 줬을 때 눈앞에 있는 걸 보고 구역질이 났다. 그의 손은 더 이상 그의 손이 아니었다. 그건 다른 누군가의 것이었고, 그렇게 꿰맨 자리를, 한때 엄지와 검지가 있었지만 이제는 매끈둥해진 자리를 내려다보다가 속이 메스꺼워져 고개를 돌리고 말았다. 너무 추하고 쳐다보기에 너무 끔찍한 괴물의 손이었다. 자신은 저주받은 자들의 무리에 합류한 거라고, 지금부터는 온전히 제 몫을 하는 인류로 받아들여지지 않는 불구자, 몸이 망가진 사람으로 여겨질 거라고 생각했다. 그런 방심할 수 없는 모욕에 대한 불안에 더해, 어린 시절부터 익혀 왔던 1백 가지 일들, 엄지 두 마디가 있는 사람들은 매일 무의식적으로 하는 수없이 많은 조작을 새로 배워야 한다는 시험이 놓여 있었다. 신발 끈 매는 법, 셔츠 단추 채우는 법, 음식 자르는 법, 타자기 쓰는 법, 그런 일들을 다시 자연스럽게 할 수 있게 될 때까지 몇 달이, 어쩌면 몇 년이 될지도 모를 시간 동안 그는 끊임없이 자신이 얼마나 추락했는지 떠올리게 될 것이었다. 아니, 퍼거슨이 죽은dead 건 아니다. 하지만 사고 이후 이어진 날들에 d 자로 시작하는 다른 단어들이 굶주린 아이들처럼 그에게 떼로 매달렸고, 그는 그런 감정들에 담긴 저주에서 벗어날 수 없었다. 의기소침하다demoralized, 우울하다depressed, 어처구니없다 dumbfounded, 낙담하다discouraged, 좌절하다 dejected, 바닥에 떨어진 기분을 맛보다down in the dumps, 절박하다desperate, 방어적이다defensive, 풀이 죽다despondent, 엉망진창이다discombobulated, 괴롭다distressed, 혼란스럽다deranged, 패배감에 빠지다defeated.

가장 큰 두려움은 에이미가 더 이상 그를 사랑하지 않을지도 모른다는 것이었다. 그녀가 원해서가 아니라, 그녀가 스스로의 감정을 이해하지 못해서가 아니라, 불구가 되고 망가진 손이 몸에 닿는 걸 즐기는 사람은 없을 것이기 때문이었다. 그런 손길은 상대를 역겹게 하고, 모든 욕망을 꺾어 버리고, 조금씩 반감이 커져 그녀는 멀어지고 마침내 그를 떠나게 될 것이다. 그리고 에이미를 잃는다면 그의 가슴이 쪼개지는 건 물론 인생 자체가 영원히 망가져 버릴 것이다. 제정신인 여자라면 누가 그 같은 사람에게, 안쓰럽고 왼팔에 손 대신 집게발을 달고 다니는 사람에게 매력을 느낄 수 있단 말인가? 끝없는 슬픔, 끝없는 외로움, 끝없는 실망 ― 그게 그의 숙명이 될 것이다. 에이미는 주말 내내 그와 함께 병원에 머물렀고, 월요일, 화요일, 수요일에도 학교에 가지 않고 그의 얼굴을 쓰다듬으며 모든 건 이전과 똑같을 거라고, 손가락 두 개를 잃은 건 꽤 큰 타격이지만 그렇다고 세상이 끝나는 건 전혀 아니라고, 훨씬 상태가 안 좋은 수백만 명의 사람이 그런 건 신경 쓰지 않고 씩씩하게 살아가고 있다고 말해 줬다. 그녀의 말에 귀 기울이고 그렇게 말하는 그녀의 얼굴을 바라보면서도 퍼거슨은 자신이 보고 있는 상대가 유령이거나 실제 에이미의 동작만 따라 하는 가짜 에이미가 아닌지 의심했다. 몇 초만 눈을 감아도 다시 눈을 뜨기 전에 그녀가 사라져 버리지는 않을지 두려웠다.

부모님도 병간호를 위해 몬트클레어에서 왔고, 에이미가 놀랄 만큼 다정했던 것과 마찬가지로, 의사와 간호사 들이 놀랄 만큼 다정했던 것과 마찬가지로 부모님 역시 다정하게 대해 줬다. 하지만 그들은 그의 감정을 알 수 없었고, 자신들이 하는 말과는 반대로 실제로 그에게는 세상이 끝나 버렸음을, 적어도 그에게 속했던 세상의 작은 일부는 끝나 버렸음을 이해하지 못했다. 야구를 떠올릴 때마다 그가 느꼈던 좌절감은 차마 말할 수 없었다. 오래전에 떠난 안마리 뒤마르탱의 표현에 따르면 세상에서 가장 바보 같은 운동이었지만, 여전히 그는 야구를 깊이 사랑하고 있다고, 2월 중순부터 시작할 대표 팀의 실내 훈련을 간절히 고대하고 있었다고 말할 수 없었다. 이제 그의 세계에서 야구와 관련한 부분은 끝나 버렸다. 왼손 손가락 두 개가 없는 상태에서는 이전에 배트를 쥐던 방식으로, 그러니까 제대로 된 방식으로 배트를 쥘 수 없었고, 힘을 실어 스윙할 수도 없었고, 다섯 손가락을 기본으로 제작된 글러브를 세 손가락으로 능숙하게 다룰 수도 없었다. 그런 결점을 안고 야구를 계속해 보려고 해도 결국 고만고만한 선수밖에 될 수 없을 것이고, 그건 그로서는 받아들일 수 없는 일이었다. 특히 지금, 연맹 전체, 카운티 전체, 주 전체 대회가 걸린 일생일대의 시즌을 준비하고 있는 시기에는 더욱 그랬다. 소문이 나고 프로 팀의 스카우터들이 4할을 치는 천재 3루수를 지켜보기 위해 몰려오고, 그는 미국 스포츠 역사 최초로 야구 선수 겸 시인이 되어 퓰리처상과 MVP를 동시에 수상할 예정이었는데, 그런 환상적인 백일몽을 아직 누구에게도 용기 내어 말한 적은 없었기 때문에 이제 와서 그 이야기를 꺼낼 수도 없었고, 몬트클레어로 돌아가 코치에게 더 이상 야구를 할 수 없게 되었다고 전하는 상황을 떠올릴 때마다 눈물이 날 것만 같았다. 야구 경력이 끝나 버린 이유를 보여 주기 위해 끔찍한 왼팔을 내민 그에게, 말이 없고 조심스러운 성격의 샐 마티노 코치는 그저 고개만 끄덕이며 우물우물 몇 마디를 건넬 테고, 아마 대충은 힘들겠구나, 얘야. 네가 그리울 거야 같은 뜻의 말일 것이다.

에이미와 아버지는 둘 다 목요일 아침에 떠났지만 어머니는 병원 근처 모텔에서 자고 작은 렌터카로 다니며 퇴원할 때까지 그를 간호했다. 어머니의 엄청난 연민은 그에게 과분하다 싶을 정도였는데, 동정심과 모성애가 가득 담긴 눈빛으로 그를 지켜보며 그의 고통이 또한 본인의 고통이라는 걸 보여 줬지만, 한편으로 어머니는 본인이 이성을 잃고 맹목적인 사랑을 드러내는 걸 그가 싫어한다는 점도 잘 알고 있었다. 그는 어머니가 늘 그의 상처만 생각하지 않고, 함부로 조언하지 않고, 힘내라고 용기를 북돋지도 않고, 눈물을 흘리지도 않는 게 고마웠다. 그는 자기 모습이 아주 엉망임을, 어머니로서는 그런 모습을 보는 일이 아주 고통스러울 것임을 알았다. 아직 낫는 중인 왼손, 꿰맨 자국이 있고, 여전히 붉고, 살점이 벗겨졌고, 부어 있는 왼손뿐 아니라, 해져 버린 피부를 예순네 바늘이나 꿰맨 자국을 일시적으로 붕대로 가려 놓은 왼팔, 그리고 군데군데 머리카락을 밀고 꿰맨 자국이 남아 있는 머리도 마찬가지였다. 하지만 흉터로 남을 부위들을 보면서도 어머니는 전혀 흔들리지 않았고, 어머니에게 가장 중요한 건 사고를 겪으면서도 그가 얼굴을 전혀 다치지 않았다는 사실이었다. 어머니는 몇 번이나 그건 축복이며 이 불운한 사고에서 단 하나 운이 좋았던 부분이라고 했다. 아직 자신의 축복을 따져 볼 기분이 아니었지만 퍼거슨 역시 어머니가 말하려는 바를 이해할 수 있었던 게, 부상에도 단계가 있다는 사실을 인정한다면, 망가진 얼굴로 사는 것보다는 망가진 손으로 사는 편이 훨씬 덜 비참할 것 같았기 때문이다.

그로서는 인정하기 어려웠지만, 퍼거슨은 어머니가 계속 함께 있어 주기를 간절히 원했다. 어머니가 침대 옆 의자에 앉아 있으면 혼자 있을 때보다 기분이 조금 나아졌고, 가끔은 훨씬 나아지기도 했다. 하지만 그런 마음을 어머니에게 고백하지는 않았는데, 자신의 멈춰 버린, 심연으로 추락해 버린 미래, 그의 앞에 놓인, 사랑받지 못한 채 쓸쓸하기만 할 긴 시간을 떠올릴 때면 얼마나 두려운지를 아직 말할 수가 없었다. 그 모든 유치한 감정, 자기 연민으로 가득한 두려움을 입 밖에 내면 너무 어리석은 소리로 들릴 것 같았기 때문에 그는 자신에 관한 이야기는 되도록 하지 않았고, 어머니도 더 이야기하라고 독촉하지 않았다. 결국에 가서는 그가 이야기를 했든 하지 않았든 차이가 없었을 텐데, 어머니가 이미 그의 생각을 알고 있었던 게 거의 확실했기 때문이다. 그가 아주 어렸을 때부터 어머니는 어떻게든 그의 생각을 알았기 때문에 고등학생이 된 지금이라고 달라질 이유는 없었다. 퍼거슨 자신에 관한 것 말고도 다른 이야깃거리는 얼마든지 있었고, 무엇보다도 프랜시와 알 수 없는 그녀의 신경 쇠약이 그랬다. 두 사람은 버몬트에 있는 내내 그 문제를 이야기했는데, 프랜시가 퇴원하고 뉴저지의 다른 병원에 입원한 상황에서 그녀에게 무슨 일이 벌어질까 하는 게 관심사였다. 어머니도 확신은 없었다. 그녀도 게리가 해준 이야기 정도만 알고 있었고 그나마도 제대로 납득하지 못했는데, 그 문제가 꽤 오랫동안 진행되어 왔다는 사실만 제외하고는 아무것도 명확하지 않았다. 아버지 문제에서 비롯된 고민 — 아마 그럴 것이다. 결혼 생활 문제 — 아마 그럴 것이다. 너무 어린 나이에 결혼한 점 — 아마 그럴 것이다. 그 모든 것일 수도 있고 그중 아무것도 아닐 수도 있었다. 의문점은 프랜시가 늘 건강하고 안정적으로 보였다는 사실이었다. 유쾌함이 넘치고 모든 사람의 눈에 띄는 반짝반짝 빛나는 사람이었는데, 지금은 이렇게 되어 버렸다.

불쌍한 프랜시, 내가 그렇게 아끼는 애가 아프다니. 어머니가 말했다. 가족은 5천 킬로미터 가까이 떨어진 곳에 있으니 돌봐 줄 사람도 없잖아. 내 일이야, 아치. 이틀 후에는 우리도 집으로 돌아갈 텐데, 일단 도착하고 나면 그게 내 새로운 일이야. 프랜시를 다시 건강하게 만드는 것 말이야.

퍼거슨은 그런 대담한 선언을 할 수 있는 사람은 어머니밖에 없지 않겠냐고 자문했다. 정신과 의사들이 프랜시의 회복에 기여할 수도 있을 거라는 가능성은 완전히 무시하고, 마치 사랑만이, 꾸준한 사랑만이 조각난 마음을 치료할 유일한 방법이라는 듯이 말이다. 너무 과격하고 무지한 말이라서 그는 웃음을 터뜨리지 않을 수 없었고, 일단 웃고 나니 사고 이후로 처음 웃었다는 사실을 깨달았다. 자신에게 좋은 일이라고, 그는 생각했다. 어머니에게도 좋은 일이라고 생각했다. 어머니의 말은 웃을 만했지만, 그렇게 웃어 버린 건 잘못된 반응이기도 했다. 어머니의 말이 아름다웠던 건 어머니가 정말로 자신의 말을 믿었기 때문이고, 세상을 등에 업을 수 있을 만큼 자신이 충분히 강하다고 온몸으로 믿었기 때문이다.

집에 돌아온 후에 가장 나쁜 점은 학교에 가야만 한다는 사실이었다. 병원도 충분히 괴로웠지만 적어도 거기서는 보호받는 느낌, 병실이라는 성스러운 곳에서 외부로부터 차단되어 있는 느낌이 들었다. 이제 다시 이전 세계로 돌아가 자신의 모습을 모든 이에게 드러내야 했다 — 그가 가장 피하고 싶은 게 바로 자신의 모습을 드러내는 일이었다.

2월이었고, 몬트클레어 고등학교로 돌아갈 준비를 하는 동안 어머니는 그에게 특별한 장갑을 떠줬다. 한쪽은 평범한 장갑이고 다른 한쪽은 줄어든 그의 왼손에 맞춰 손가락 세 개와 마디 하나만 있는 모양이었다. 그 장갑이 특히 편했던 건, 눈에 거슬리지 않는 옅은 갈색의 수입 캐시미어 재질로 만들어서, 시각을 자극하고 주의를 끄는 밝은색 장갑과 달리 거의 눈에 띄지 않는다는 점이었다. 머리가 다시 자라 밀었던 부분이 가려지면 더 이상 모자는 쓰지 않아도 될 것이었지만, 다시 학교에 나가기 시작한 초기에는 그 모자와 함께, 매일 입고 다녔던 긴팔 셔츠와 스웨터가 도움이 되었다.

그건 전형적인 2월 패션이었지만 그물처럼 흉터가 생긴 양팔, 아직 끔찍한 붉은색 얼룩이 완전히 사라지지 않은 양팔을 가리는 데도 도움이 되었다. 완치되었다는 의사의 판단이 있기 전까지 체육 수업을 빠질 수 있었기 때문에 11학년 동급생들 앞에서 옷을 벗고 샤워하는 상황은 피할 수 있었고, 그 말은 상처 난 부분이 흰색으로 바뀌고 거의 눈에 띄지 않아질 때까지 아무도 그걸 보지 못했다는 뜻이다.

그런 식으로 하면 시험을 조금은 덜 힘들게 통과할 수 있겠다는 게 퍼거슨의 계획이었지만, 어쨌든 힘들기는 마찬가지였다. 불량품(야구팀의 옛 동료 중 한 명이 뒤에서 그렇게 말하는 걸 엿들은 적이 있다)으로 복귀하기란 힘들었다. 친구들과 선생님들 모두 안된 일이라고 느끼고 장갑 낀 그의 왼손을 쳐다보지 않으려 노력했지만, 학교의 모든 사람이 친구는 아니었고, 대놓고 그를 좋아하지 않던 학생들은 도도하고 쌀쌀맞은 퍼거슨이 마땅한 처벌을 받은 모습을 보고 조금도 놀라지 않았다. 지난 몇 달 사이에 그렇게 많은 사람이 등을 돌리게 만든 건 그의 잘못이었다. 에이미를 만나고부터 사실상 그 친구들은 신경 쓰지 않았고, 토요일의 온갖 초대를 거절하고 일요일에도 거의 모습을 드러내지 않았기 때문에, 아직까지도 로즐랜드 사진관에 초상 사진이 걸려 있는 그 유명한 꼬마는 완전히 외부인이 되어 있었다. 아직껏 그를 학교와 이어 주던 건 야구

뿐이었는데, 이제 그 야구도 못 하게 되었으니 그는 곧 사라질 것만 같은 느낌이 들었다. 매일 학교에 나갔지만 하루하루 그의 존재감은 줄어들고 있었다.

그렇게 따로 놀았지만 여전히 친구들, 그가 아끼는 사람들은 있었다. 하지만 지난날 『내셔널 지오그래픽』을 몰래 함께 봤던 친구이자 야구팀 동료이기도 했던 머저리 보비 조지를 제외하면 크게 신경 쓰이는 사람은 없었다. 왜 보비를 그렇게까지 생각하는지는 스스로도 설명할 수 없었지만, 버몬트에서 돌아오던 날 보비가 그의 집으로 찾아와서는 장갑도 끼지 않고, 모자도 쓰지 않고, 스웨터도 입지 않은 퍼거슨의 모습을 보고 무슨 말인가 웅얼거리다가 갑자기 울음을 터뜨렸다. 친구가 그렇게 무방비 상태로 아기처럼 펑펑 우는 모습을 보고 퍼거슨은 보비가 몬트클레어의 그 누구보다 자신을 사랑한다는 걸 알 수 있었다. 다른 친구들도 모두 그가 안됐다고 생각했지만, 그렇게 울어 준 사람은 보비뿐이었다.

보비의 부탁으로, 투수와 포수 들의 방과 후 실내 훈련에 한 번 참석했다. 글러브로 공을 주고받는 소리나 공이 마룻바닥에 튀는 소리가 울리는 체육관에 서 있자니 힘들었지만, 보비는 그해 주전 포수로 나설 예정이었고 퍼거슨에게 와서 자신의 송구가 1년 사이에 나아졌는지 한번 봐달라고, 만약 나아지지 않았다면 어디가 잘못되었는지 말해 달라고 했다. 두 시간의 훈련

세션 동안은 선수들만 체육관에 들어갈 수 있었지만 그는 그 정도의 특권은 여전히 갖고 있었는데, 마티노 코치가 특별히 허락해 준 덕분이었다. 마티노 코치가 그의 부상에 보인 반응은 상상했던 것보다 훨씬 적극적이었는데, 평소와 달리 감정을 억제하지 않고 이런 씨발, 엿 같은 일이 생겨 버렸네라고 큰 소리로 욕하며 퍼거슨은 자신이 가르쳤던 선수 중 최고에 속한다고, 2~3학년 시즌에 대단한 성과를 낼 거라고 기대하고 있었다고 했다. 그리고 그 말을 마치자마자 투수를 해보는 건 어떻겠냐는 이야기를 시작했다. 퍼거슨 정도의 팔뚝이면 해낼 수 있을 거라고 마티노 코치는 말했고, 그러면 타율이나 홈런 수 같은 건 아무도 전혀 신경 쓰지 않을 거라고, 바로 시작하기에는 이르다면 1년 정도 생각해 보는 게 어떻겠냐고 했다. 그사이 1년 동안은 비공식적인 보조 코치로 계속 팀에 남아 수비 연습 때 공을 쳐주거나 훈련 및 몸풀기를 할 때 간단히 지도해 주고, 시합 때는 자신과 함께 전략을 상의하면 된다고 했다. 당연히 퍼거슨이 원하는 이야기였고 그렇게 하고 싶은 유혹을 느꼈지만, 그는 자신이 할 수 없다는 걸, 팀의 일부이면서 또 일부가 아니기도 한 상태, 다른 선수들을 응원하는 마스코트가 되는 상황은 그를 죽이고 말리라는 걸 알았기 때문에, 마티노 코치에게 감사하다는 인사를 한 다음 정중히 거절했다. 그냥 준비가 안 되어 있다라고 말했고, 제2차 세계 대전에 참전했던 상사로, 벌지 전투에 참전하고 다하우 강제 수용소를 해방한 부대의 부대원이었던 마티노 코치는 퍼거슨의 어깨를 두드리며 행운을 빈다고 말해 줬다. 그런 다음 마지막으로 퍼거슨과 악수하며 마티노 코치는 결론처럼 말했다. 이 세상에서 변하지 않는 유일한 건 똥뿐이다, 얘야. 모두들 매일매일 발목까지 똥에 담그고 사는 거지. 하지만 가끔씩, 그 똥이 무릎이나 허리까지 차오르면 말이야. 그냥 헤치고 앞으로 나아가는 수밖에 없는 거야. 너는 잘 나아가고 있는 거다, 아치. 그 점을 존중해 줘야겠지. 하지만 혹시라도 생각이 바뀌면, 이쪽 문이 항상 열려 있다는 걸 기억해 주면 좋겠구나.

보비 조지의 눈물과 셸 마티노 코치의 항상 열려 있다라는 말. 그건 온통 나쁜 일밖에 없을 것 같았던 세상에서 찾은 두 개의 좋은 일이었다. 맞다, 퍼거슨은 앞으로 나아가고 있었다. 그날 코치와 헤어진 이후로 이미 어디론가 나아가고 있었고, 옳은 방향으로 가는지 잘못된 방향으로 가는지는 상관없었다. 두 번째 좋은 일, 즉 마티노 코치의 말에서 가장 마음에 들었던 점은, 미래에 자신이 어디에 있든 상관없이 그는 어디에서도 피할 수 없는, 모든 걸 능가하는 똥의 위력에 관한 마티노 코치의 유창한 설교를 절대 잊지 않을 거라는 사실이었다.

그는 겨울이 끝날 때까지 대부분 혼자 지냈다. 매일 학교를 마치면 곧장 귀가했는데, 선배의 차를 얻어 타고 올 때도 있었고 20분 거리를 걸어올 때도 있었다. 그 시간이면 집은 늘 비어 있었는데, 그 말은 고요했다는 뜻이고, 고요함이야말로 학교에서 여섯 시간 반을 보내고 온 그가 가장 바라는 것이었다. 복도와 교실을 가득 채운 2천 명의 다른 몸들 앞에서 장갑을 끼고 모자를 쓴 자신의 몸을 끌고 다니는 수난에서 회복할 수 있게 해주는, 커다란, 모든 걸 감싸 주는 고요함, 다시 자기 안으로 숨어 들어가 그대로 사라지기에 그보다 더 좋은 건 없었다. 부모님은 보통 6시 조금 지나서 돌아왔고, 덕분에 그는 두 시간 반 동안 자신만의 텅 빈 요새에서 빈둥거릴 수 있었고, 대부분은 위층에 있는 자기 방에서 문을 닫고 지냈다. 방에서 창문을 열고 어머니가 몰래 피우는 담배를 한두 대 피웠는데, 담배의 해악에 관한 공중 위생국의 새로운 보고서가 막 나왔던 그 시점에 담배의 즐거움에 대한 그의 관심이 점점 커져 갔다는 건 모순이었다. 어머니의 목숨을 위협하는 체스터필드 담배를 피우며 퍼거슨은 방 안 여기저기서 음반을, 웅장한 합창곡(베르디의 「레퀴엠」, 베토벤의 「장엄 미사」)과 바흐의 독주곡(파블로 카살스, 글렌 굴드)을 번갈아 듣거나 그냥 책상에 누워 책을 읽었다. 문학 교육과 관련해서는 아낌없는 안내자였던 밀드러드 이모가 최근에 보내 준 책들을 하나씩 섭렵해 나갔는데, 그렇게 퍼거슨은 주네(『도둑 일기』), 지드(『위폐범들』), 사로트(『트로피슴』), 브르통(『나자』)과 베케트

(『몰로이』)를 읽으며 오후를 보냈고, 음악을 듣거나 책을 읽지 않을 때면 상실감을 느꼈고, 자신이 너무 낯설어서 종종 조각조각으로 터져 버릴 듯한 기분이 들었다. 그는 다시 시가 쓰고 싶어졌지만 집중할 수 없었고 머릿속에 떠오르는 아이디어는 죄다 쓸모없는 것 같았다. 사상 최초의 야구 선수 겸 시인은 더 이상 야구를 할 수 없었고, 그러자 갑자기 그의 안에 있던 시인도 죽어 갔다. 도와줘, 어느 날 그는 적었다. 왜 내가 도와줘야 하지? 자신에게 쓰는 메시지가 이어졌다. 왜냐하면 네 도움이 필요하니까, 첫 번째 목소리가 대답했다. 미안, 두 번째 목소리가 대답했다. 너한테 필요한 건 도움이 필요하다는 말을 멈추는 거야. 변하려면 뭐가 필요한지를 생각해야 해.

그런데 넌 누구지?

나는 너야, 당연하지. 내가 누구일 거라고 생각한 거야?

그의 세계에서 똥 이외에 변하지 않은 게 있다면 그건 밤마다 에이미와 나눈 전화 통화였다. 그녀의 첫마디는 언제나 좀 어때, 아치?였고, 매일 밤 그는 좋아지고 있어. 어제보다 좋아졌어라고 같은 대답을 했다. 그건 사실이었는데, 시간이 지나면서 몸 상태가 서서히 좋아지고 있었을 뿐 아니라 에이미와 대화하면 이전의 자신이 돌아오는 것 같았기 때문이다. 그녀의 목소리는 마치 최면 상태에서 깨어나라고 명령하는 최면술사가 손가락으로 내는 소리 같았다. 다른 누구도 그에게 그런 힘을 행사할 수 없었는데, 한 주 한 주 지나면서 점점 더 회복해 가던 퍼거슨은 그게 사고에 대한 에이미의 해석과 관련이 있을지 모른다고 생각했다. 다른 사람들과 달리 그녀는 그 사고를 비극으로 보려 하지 않았고, 그런 까닭에 퍼거슨을 아끼는 사람들 중에서 그녀가 그를 가장 덜 불쌍하게 여기고 있었다. 그녀의 세계관에 따르면 비극이란 사망이나 끔찍한 장애 — 마비, 뇌 손상, 혹독한 부상 — 에 적용되는 말이었고, 손가락 두 개 정도 잃는 건 사소한 문제일 뿐이었다. 나무가 차에 부딪히는 사고가 사망이나 혹독한 부상으로 이어질 수도 있었음을 감안하면 퍼거슨이 아무런 비극적 결과 없이 살아남은 건 거의 기뻐해야 할 일이었다. 물론 야구 일은 무척 유감이지만, 그건 손가락 두 개만 잃고 살아남은 일에 대해 갚아야 할 작은 빚인 셈이었고, 현재 시를 쓰기가 어려워졌다면 시도 잠시 쉬게 하고 걱정을 잊는 편이 좋고, 만약 다시는 시를 쓸 수 없게 된다고 해도 그건 애초에 그가 시를 쓸 재목이 아니었다는 뜻일 뿐이었다.

너 팡글로스 박사[48]처럼 말하네, 어느 날 밤 퍼거슨이 말했다. 가능한 모든 세계 중 최선인 이 세계에서는, 모든 일이 최상의 결과를 가져온다는 듯이 말이야.

아니, 전혀 아니야, 에이미가 말했다. 팡글로스는 무모한 낙천주의자이지만 나는 지적인 비관주의자야. 가끔 낙관적으로 되는 비관주의자라는 뜻이지. 거의 모

48 볼테르 소설 『캉디드』에 나오는 낙천적인 인물.

든 일이 최악의 결과를 가져오지만 항상은 아니야. 그러니까 항상 그렇게 되는 건 아니지만 나는 항상 최악을 예상하거든. 그리고 그 최악의 상황이 벌어지지 않으면 내가 신이 나니까 낙관적인 것처럼 들리는 거야. 너를 잃을 수도 있었잖아, 아치. 그런데 잃지 않았어. 이제 그런 상황은 생각하지 않아도 되잖아. 어떻게 행복하지 않을 수가 있겠어?

버몬트에서 돌아오고 몇 주 동안 그는 토요일에 뉴욕에 나갈 수 있는 몸이 아니었다. 월요일에서 금요일까지 학교에 다니는 건 겨우 할 수 있었지만 맨해튼은 아직 통증이 있는, 꿰매어 붙여 놓은 그의 몸으로는 너무 힘들었다. 덜컹거리는 버스 타기부터 시작해 긴 지하철 계단 오르기, 터널 안 보도에서 사람들과 부딪치기, 그리고 추운 겨울 거리를 에이미와 함께 걸어다니기란 불가능했고, 그래서 2월 전체와 3월 절반 정도가 지날 때까지는 토요일마다 다섯 번 연속으로 에이미가 그를 만나러 몬트클레어에 왔다. 표면적으로 보면 그런 조정은 길게 갈 것 같지 않았지만, 서점과 박물관을 돌아다니고, 커피숍에 앉아 있고, 영화나 연극을 보고 파티에 가던 이전의 일상과 비교해 장점도 있었다. 먼저 퍼거슨의 부모님은 토요일에도 일했기 때문에 부모님이 일하는 동안 집이 비었고, 그와 에이미는 위층 그의 방으로 가서 문을 닫은 채 다른 사람들 눈에 띌지도 모른다는 두려움 없이 침대에 함께 누워 있을 수 있었다. 그럼에도 두려움이, 적어도 퍼거슨 입장에서는 있었는데, 이제는 에이미가 자신의 어떤 부분도 원하지 않을 거라고 확신하고 있었기 때문이다. 그래서 몬트클레어 집의 자기 방에 함께 들어설 때 그는 뉴욕 아파트의 에이미 방에 처음 들어갈 때보다 훨씬 더 두려웠다. 하지만 일단 침대에 들어가 옷을 벗기 시작하자 에이미는 그의 다친 손을 잡고 거기에 입을 맞춰서 그를 놀라게 했다. 스무 번 혹은 서른 번 그 손에 키스하고, 그다음엔 붕대를 감은 왼팔에 열두 번 키스하고, 역시 붕대를 감은 오른팔에도 열두 번 키스하고, 그를 꼭 껴안은 다음 머리에 있는 작은 반창고에도 하나씩 여섯 번, 일곱 번, 여덟 번 입을 맞췄다. 왜 입을 맞추는 거냐고 물었더니, 그녀는 그곳들이 현재 그의 몸에서 가장 사랑하는 부분들이기 때문이라고 말했다. 어떻게 그럴 수 있어? 역겨운데, 역겨운 것들을 누가 사랑하겠어? 퍼거슨이 물었다. 왜냐하면, 에이미가 말했다. 그런 상처들이 그에게 일어났던 일에 관한 기억이니까, 그이가 살아 있으니까, 지금 그이가 그녀와 함께 있으니까, 그에게 일어난 일은 그이에게 일어나지 않은 일이기도 하니까. 그 말은 몸에 남은 표시들이 삶의 흔적이란 뜻이잖아. 그러니까 그건 그녀에게는 역겹지 않아. 아름다운 거야. 퍼거슨은 웃었다. 팡글로스 구조대 다시 출동!이라고 말하고 싶었지만 아무 말도 하지 않았고, 에이미의 눈을 보며 그녀가 진심으로 하는 말인지 궁금해했다. 그녀는 정말 자신의 말을 믿을 수 있는 걸까? 아니면 그를 위해서 믿는 척하는 걸까? 그녀 본인이 믿지 않는다면 어떻게 그녀를 믿을 수 있단 말인가? 그로서는 그녀를 믿어야만 했기 때문에, 그녀를 믿는 게 유일하게 가능한 선택이었기 때문에, 진실은, 소위 말하는 대단한 진실은 그녀를 믿지 않았을 때 두 사람에게 벌어질 일에 비하면 아무것도 아니라고 그는 판단했다.

다섯 번의 토요일에 매번 섹스를 했다. 2월 이른 오후의 희미한 빛이 커튼 가장자리를 감싸고 두 사람 몸 주변의 공기에 스미는 시간에, 다시 옷을 챙겨 입는 에이미를 지켜보는 즐거움을 만끽했고, 옷 안에 에이미의 발가벗은 몸이 있음을 알기에 섹스를 하고 있지 않는 동안에도 섹스의 친밀함이 이어졌고, 그 몸을 여전히 머릿속에 넣은 채 계단을 내려가 점심을 챙겨 먹거나, 음악을 듣거나, 텔레비전에 나오는 옛날 영화를 보거나, 동네에 짧은 산책을 나가거나, 윌리엄 칼로스 윌리엄스의 『브뤼헐의 그림들』에 실린 시들을 큰 소리로 그녀에게 읽어 줬다. 윌리엄스는 윌리스 스티븐스와의 치열한 경합 끝에 엘리엇을 왕좌에서 몰아낸, 근래 들어 그가 가장 좋아하는 시인이었다.

다섯 번의 토요일에 매번 섹스를 했지만, 그 시간은 또한 주중에 장거리 전화로 목소리만 듣다가 서로 얼굴을 보고 이야기할 기회이기도 했다. 다섯 번의 토요일 중 세 번은 에이미가 부모님이 돌아오실 때까지 길게 머물렀고, 덕분에 넷이서 주방에 함께 앉아 저녁 식사까지 했다. 어머니는 그가 술에 취한 벨기에 여자애가 아니라 에이미와 함께 지내는 걸 훨씬 반가워했고, 아버지는 에이미의 유창한 말솜씨와 색다른 의견을 재미있어했는데, 예를 들어 지난 2월 말에는, 그러니까 모두들 비틀스가 미국을 정복하고 캐시어스 클레이가 서니 리스턴을 이긴 그 두 사건만 이야기하던 그때, 에이미는 존 레넌과 새로운 헤비급 챔피언이 실은 같은 인물이지만 두 개의 몸으로 나뉜 것뿐이라는, 바보 같지만 꽤 통찰력 있는 의견을 제시했다. 정확히 같은 방식으로 세상의 이목을 집중시킨 20대 초반의 남자 둘, 그러니까 스스로를 진지하게 여기지 않고, 매우 불쾌할 수 있는 이야기를 대담하게, 연극적으로 말함으로써 사람들을 웃게 하는 재능을 지닌 두 사람이었다. 내가 가장 위대하다. 우리는 예수 그리스도보다 더 유명하다. 에이미가 선언하듯 말하자 퍼거슨의 아버지는 갑자기 웃음을 터뜨렸는데, 에이미가 그 자리에서 레넌의 리버풀식 거친 발음이나 클레이의 켄터키식 느린 말투뿐 아니라 두 사람의 표정까지 정확히 따라 했기 때문이었다. 아주 좋은 지적이구나, 에이미. 말이 빠르고 생각은 더 빠른 현명한 친구들, 그 말이 마음에 드네.

자신과 에이미가 토요일 오전과 오후를 그 집에서 단둘이 뭘 하면서 보내는지를 부모님이 아는지 퍼거슨은 짐작할 수 없었다. 그는 어머니는 알지도 모른다고 의심했고(어느 토요일엔가 어머니는 스웨터를 가지러 왔다며 연락도 없이 집에 들렀고 그들이 침대 커버를 정리하는 모습을 봤다) 그렇다면 아버지와도 상의했을 테지만, 알고 있다고 해도 두 분 중 누구도 그 이야기를 꺼내지는 않았다. 그 당시 에이미 슈나이더먼이 아들의 삶에 긍정적인 영향을 미치고 있다는 사실, 마치 여자아이 한 명만 있는 응급 구조대처럼 사고 후에 새로 적응해 가는 힘든 과정 내내 그를 돌봐 주고 있다는 사실이 명백했기 때문에 가능하면 자주 둘이 함께 있도록 했고, 그 무렵 집안 형편이 특히 빠듯했지만 비싼 장거리 전화에 한 번도 반대하지 않았고, 덕분에 한 달 전화비는 거의 네 배나 늘었다. 그 애는 괜찮은 것 같아, 아치라고 어느 날 어머니는 말했다. 어머니는 이전 사장님의 손녀가 자기 아들을 보살피는 모습을 보며 본인도 자신의 조카딸 프랜시를 보살피고 있었다. 매일 오후 4시에 병원에 가서 한 시간 동안 머무르며 〈사랑이 전부이고 사랑 이외에는 없는〉 자신만의 치료법을 꾸준히 실천했다. 퍼거슨은 매일 밤 어머니가 전하는 프랜시의 회복 상태를 유심히 들었고, 한편으로는 사촌 누나가 삐걱거리는 침대 소리나 사고가 나던 날 아침에 자신이 그에게 얼마나 화가 났었는지에 관해 어머니에게 이야기했을까 싶어 불안했다. 만약 그랬다면 어머니가 유쾌하지 않은 질문을 하게 될 테고, 그로서는 쑥스러움을 숨기기 위해 거짓말을 할 수밖에 없었을 것이다. 하지만 마침내 그가 먼저 용기를 내서 어머니에게 프랜시가 사고 당일에 관해 말하지 않았냐고 물었을 때, 어머니는 프랜시가 한마디도 하지 않았다고 했다. 정말일까? 그는 자문했다. 프랜시가 사고를 기억에서 하얗게 지워 버린 걸까, 아니면 어머니가 그를 자극하지 않기 위해 가만히 있는 걸까?

손 이야기는? 퍼거슨이 물었다. 누나도 알아요?

응, 게리가 이야기했어. 어머니가 말했다.

왜 그랬대? 너무 무정하잖아. 그렇지 않아요?

프랜시도 알아야 하니까. 곧 병원에서 퇴원할 텐데, 프랜시가 다시 너를 봤을 때 충격받는 건 아무도 원하지 않아.

프랜시는 3주간의 요양과 치료 후에 퇴원했고, 나중에 다시 신경 쇠약으로 입원하게 되지만 일단은 온전히 자신을 되찾았고, 쇄골이 회복되는 데 시간이 걸렸기 때문에 왼팔에 삼각건을 걸고 있기는 했지만 마지막으로 병문안을 다녀온 어머니의 말에 따르면 완전히 환해진 상태라고 했다. 일주일 후 삼각건까지 풀고 난 프랜시가 퍼거슨과 부모님을 웨스트오렌지에 있는 그녀의 집으로 초대했을 때, 그 역시 그녀가 대참사가 일어난 버몬트에서의 주말에 봤던 황폐하고 유령 같던 모습이 아니라, 환한 모습을 되찾은 상태임을 알 수 있었다. 사고 이후로 처음 서로를 만나는 그 순간은 둘 모두에게 난처했는데, 그의 손을 보고 사고가 초래한 결과를 확인한 프랜시는 눈물을 터뜨리며 그를 껴안았고, 펑펑 울면서 사과의 말을 쏟아 냈다. 그제야 퍼거슨은 사고 이후 처음으로, 자신에게 일어난 일에 대해 프랜시를 원망해 왔음을 깨달았는데, 비록 그녀의 잘못이 아니었다고 해도, 비록 차 안에서 마지막으로 그를 돌아봤던 눈빛이 미친 사람, 생각을 통제하지 못하는 사람의 눈빛이었다고 해도 어쨌든 나무에 차를 들이받은 사람은 그녀였고, 그는 그녀를 용서하고 싶었지만 완전히 그렇게 할 수는 없었다. 그의 속 깊은 곳에서부터는 그렇게 할 수 없었고, 입으로는 다 괜찮다고, 그녀에게 나쁜 감정이 없고 다 용서했다고 말했지만, 그는 자신이 거짓말을 하고 있음을, 늘 그녀에게 나쁜 감정을 느낄 것임을, 남은 평생 둘 사이에 그 사고가 자리 잡고 있을 것임을 알았다.

3월 3일에 그는 열일곱 살이 되었다. 그로부터 며칠 후 그는 교통국 지부에 가서 뉴저지주 운전면허를 따기 위해 주행 시험을 봤다. 부드럽게 회전하고, 안정적으로 가속 페달을 밟고(날달걀에 발을 얹듯이라고 아버지가 말해 줬다), 정지와 후진을 완벽히 수행하고, 무엇보다도 운전면허를 따려는 많은 수험생을 낙방하게 한 까다로운 평행 주차 방법을 완벽하게 이해하고 있음을 보여 주며 자신의 운전 기술을 선보였다. 몇 년 동안 수백 번의 시험을 봐온 퍼거슨이었지만 그에게는 그 시험을 통과하는 게 학교에서 받은 어떤 성적보다 중요했다. 그건 진짜 시험이었고, 일단 면허증만 생기면 잠긴 문을 열고 우리에서 벗어날 힘을 얻는 셈이었다.

부모님이 힘들어한다는 것, 두 분의 사업이 모두 내리막을 걷고 있고 집안 형편이 빠듯하다는 것을 알고 있었다 — 어려운 시기라고 할 정도는 아니었지만, 한 달 한 달 지날수록 그런 사태에 다가가고 있었다. 건강보험 조합에서 버몬트 병원의 입원비를 지급해 줬지만 현금으로 처리해야 하는 비용도 있었고, 현금 공제 비용과 이런저런 장거리 전화 요금, 거기에 모텔 비용과 어머니의 렌터카 비용까지 더하면 만만찮았다. 비 오는 날 찢어진 우산을 들고 신발도 없이 나가는 격이었기 때문에, 3월 3일에 부모님이 준 선물도 장난감 자동차 — 1958년산 셰비 임팔라의 미니어처 자동차 — 뿐이었다. 그는 그 선물이 일종의 장난이라고 생각했는데, 곧 치르게 될 운전면허 시험에서 행운을 빈다는 의미이면서 동시에 그 이상의 것은 줄 수 없다고 부모님이 인정한 셈이라고 짐작했다. 실제로 재미있다고 그는 생각했고, 부모님이 두 분 모두 미소를 지었기 때문에 그도 두 분을 향해 미소를 지으며 감사하다고 했지만, 너무 정신이 없어서 어머니가 이어서 한 말에는 집중하지 못했다. 걱정 마, 아치, 작은 도토리에서 튼튼한 참나무가 자라는 거니까.

그로부터 엿새 후 실물 크기의 자동차가 진입로에 참나무처럼 떡하니 나타났는데, 퍼거슨의 책상 위에서 다용도 문진으로 쓰이던 미니어처 도토리를 어마어마한 크기로 부풀린 복제품이었다. 혹은 복제품에 가까웠다고 해야 할 텐데, 진입로에 주차된 셰비 임팔라는 1958년식이 아니라 1960년식이었고, 문짝이 넷 달린 모형과 달리 문짝이 둘만 있었기 때문이다. 퍼거슨의 부모님이 차 안에 앉아 경적을 울렸고, 아들이 방에서 나와 그 소동을 확인할 때까지 멈추지 않았다.

　어머니는 원래 3일에 주려고 했지만 차가 약간 손을 봐야 할 상태였고 수리가 예정보다 오래 걸렸다고 했다. 어머니는 차가 그의 마음에 들었으면 좋겠다고 했다. 직접 고르게 하고 싶었지만 그러면 깜짝 선물이 아니게 될 테고, 이런 선물을 주는 재미는 깜짝 선물일 때 더 커지는 거라고 했다.

　퍼거슨은 아무 말도 못 했다.

　아버지가 인상을 쓰며 물었다. 그런데, 아치, 네 생각은 어떠니? 마음에 들어, 안 들어?

　아무렴, 그는 차가 마음에 들었다. 당연히 마음에 들었다. 어떻게 마음에 안 들 수가 있겠는가? 너무 마음에 들어서 무릎을 꿇고 입이라도 맞추고 싶었다.

　돈은 어디서 난 거예요? 꽤 비쌌을 텐데. 그가 마침내 입을 열었다.

　네가 짐작하는 것보다는 싸, 650밖에 안 해.

수리 전이요? 후요?

전. 수리까지 다 해서는 8백.

비싸네, 퍼거슨이 말했다. 너무 비싸. 이렇게까지 하실 건 없는데.

바보 같은 소리, 어머니가 말했다. 지난 여섯 달 동안 초상 사진만 1백 장을 찍었고 이제 책이 곧 완성될 거야. 엄마가 만난 유명한 사람들의 저택 벽에 뭐가 걸려 있을 것 같아?

아, 그렇구나, 퍼거슨이 말했다. 제작비뿐만 아니라 보너스도 있는 거네요. 그 사람들한테 본인 사진을 보는 즐거움을 선사한 대가로 얼마나 받았어요?

한 장에 150. 어머니가 말했다.

퍼거슨은 작게 휘파람을 불며, 알았다는 듯이 고개를 끄덕였다.

시원하게 1만 5천이지. 아버지가 퍼거슨이 계산을 못 할까 봐 덧붙였다.

알았지? 어머니가 말했다. 우리 구빈원에 갈 일은 없어, 아치. 적어도 오늘은 말이야. 아마 내일도 안 갈 거야. 그러니 닥치고 네 차에 타서 우리 어디든 좀 데려다 줘, 알았지?

그렇게 자동차의 시절이 시작되었다. 난생처음 퍼거슨은 자기 뜻대로 어디든 오갈 수 있는, 자기 주변 공간의 독립된 지배자가 되었다. 자신과 6기통 내연 기관 사이에 아무런 중재자도 없었고, 그 엔진은 기름을 채워 주고 4천8백 킬로미터쯤마다 오일을 갈아 주는 일 외에는 아무것도 요구하지 않았다. 봄에서 이른 여름까지 그는 매일 아침 차를 몰고 학교에 갔는데, 대부분은 보비 조지를 조수석에 태웠고 가끔은 다른 사람을 뒷자리에 태울 때도 있었다. 3시 15분에 학교를 마치면 이제 곧장 집으로 가 자신의 작은 방에 홀로 처박히는 대신 차에 올라 한두 시간을 운전했는데, 뚜렷한 목적지 없이 그저 운전의 즐거움만을 위해 운전했다. 처음 몇 분에서 15분 정도 딱히 가고 싶은 곳 없이 운전하다 보면 어느새 사우스마운틴 보호 구역을 이리저리 돌아다니고 있었다. 에식스 카운티에서 유일한 야생림 구역인 그곳은 드넓은 숲과 등산로가 있고, 올빼미와 벌새, 독수리가 서식하고, 수백만 마리의 나비를 볼 수 있는 장소였다. 정상에 오르면 차에서 내려 엄청나게 깊은 골짜기, 집과 공장과 학교와 교회와 공원이 있는 마을들, 2천만 명의 사람들, 미국 인구의 10분의 1이 모여 있는 광경을 내려다봤다. 풍경은 허드슨강을 지나 도심까지 펼쳐졌고, 산 정상에 선 퍼거슨이 가장 멀리까지 시선을 뻗으면 뉴욕의 고층 건물들, 작은 녹지로 이루어진 지평선 위로 우뚝 솟은 맨해튼의 마천루들이 보였다. 한번은 그렇게 에이미의 도시를 보고 있다가 에이미를 만나고 싶다는 생각이 들었고, 갑자기 다시 차에 올라 교통 체증으로 늘어나는 차량들 틈에 껴서 충동적으로 뉴욕으로 향했다. 한 시간 20분 후 슈

나이더먼의 아파트에 도착했을 때, 숙제를 하고 있던
에이미는 문을 열어 보고는 그가 와 있는 걸 발견하고
놀라 소리쳤다.

아치! 여기서 뭐 하는 거야?

키스하려고 왔어, 퍼거슨이 말했다. 키스 딱 한 번만
하고 갈게.

한 번만? 그녀가 물었다.

한 번만.

에이미가 팔을 활짝 벌리며 그의 키스를 받았고, 그
렇게 단 한 번의 키스를 하고 있던 중 에이미의 어머니
가 현관으로 나오며 말했다. 세상에, 에이미, 뭐 하는
거니?

뭐 하는 것처럼 보여, 엄마? 에이미가 퍼거슨의 입에
서 입술을 떼고 엄마를 돌아보며 말했다. 다리 둘 달린
사람 중에 제일 멋있는 남자랑 키스하는 중이야.

그때가 퍼거슨의 가장 근사한 순간, 열망에 가득 차
있던 청소년기의 정점이었고, 그건 자주 꿈꿨지만 단
한 번도 시도해 볼 용기를 내지 못했던, 대단하고 또한
바보 같은 행동이었다. 자신이 말을 보태면 그 순간을
망칠 것 같았기 때문에 그는 에이미와 에이미의 어머
니에게 인사한 다음 돌아서서 계단을 내려왔다. 다시
거리에 나온 그는 생각했다. 차가 없었으면 절대 일어
나지 않았을 일이야. 1월에는 차 때문에 거의 죽을 뻔
했는데, 고작 두 달이 지난 지금은 차가 그에게 삶을 되

돌려 줬다.

3월 23일 월요일, 그는 모자를 쓰지 않고 학교에 가기로 했는데, 이미 머리가 충분히 자라 버몬트에서 박박 밀기 전의 상태와 어느 정도 비슷해졌기 때문이었다. 프랑스어 수업을 같이 듣는 여자아이 서너 명을 제외하고는 아무도 그가 모자를 벗었다는 사실에 신경 쓰지 않았는데, 그중에는 마거릿 오마라도 있었다. 6학년 때 그에게 고백 편지를 보낸 적이 있는 아이였다. 목요일 아침, 1년 중 그 무렵치고는 날씨가 아주 따뜻해서 장갑도 벗었다. 이번에도 그와 어울리는 친구들 중에 별다른 말을 하는 아이는 없었고, 보비 조지만이 가까이서 봐도 되냐고 물었다. 퍼거슨은 머뭇거리며 그렇게 하라고 했다. 보비가 볼 수 있게 왼손을 내밀었고, 보비는 그 손을 눈앞에 들어서는 노련한 외과 의사처럼, 혹은 아무 생각 없는 아이처럼 유심히 살펴봤다 — 보비의 속마음은 알 수가 없었다 — 손을 앞뒤로 살피고 자기 손가락으로 손가락이 없어진 자리를 만져 보던 보비는 마침내 손을 놓아줬고, 퍼거슨은 그대로 팔을 옆으로 내렸다. 진짜 괜찮아 보인다, 아치. 다 나아서 원래 색으로 돌아왔어. 보비가 말했다.

사고 이후로 사람들은 퍼거슨에게 손가락을 잃은 후에도 훌륭한 삶을 산 이들의 이야기를 끊임없이 들려줬다. 그중 투수 모더카이 브라운도 있었는데, 〈세 손가락 브라운〉이라는 별명으로 더 유명했던 그는 14년 동안 선수로 활약하며 239승을 거두고 명예의 전당에 올랐다. 무성 영화 시대의 코미디언 해럴드 로이드는 촬영 소품이 폭발하면서 오른손 엄지와 검지를 잃은 상태에서도 커다란 시계에 계속 매달려 있었고, 그 후에도 수천 번의 불가능해 보이는 스턴트 연기를 해냈다. 퍼거슨은 그런 영감으로 가득한 이야기를 가슴 깊이 새기려 애썼고 자신도 여덟 손가락 위인들 모임의 자랑스러운 회원이 될 거라고 생각하고 싶었지만, 그런 열렬한 동료 의식은 그에게는 별로 감흥이 없거나, 무안함을 느끼게 하거나, 그 기만적인 낙관주의 때문에 불편했다. 하지만 결국, 자신보다 먼저 같은 길을 걸은 사람들의 사례와 상관없이 그는 달라진 손 모양에 서서히 적응해 갔고, 거기에 익숙해져 갔으며, 3월 26일에 마침내 장갑을 벗었을 때는 이제 최악의 상황은 지나갔다는 걸 알 수 있었다. 하지만 그는 장갑이 그를 편안하게 해줬다는 것, 꿈틀거리는 자의식이라는 두려움을 막는 방패 역할을 해줬다는 것은 알지 못했다. 맨손을 드러낸 지금, 마치 모든 게 정상으로 돌아왔다는 듯 행동하려 애쓰는 지금, 그는 다른 사람과 함께 있을 때면 왼손을 주머니에 넣는 습관이 생겼고, 그 말은 학교에 있는 동안은 늘 주머니에 손을 넣고 있었다는 뜻이고, 그 습관이 기운을 빠지게 하는 이유는, 스스로는 자기 행동을 전혀 의식하지 못했기 때문이다. 그런 동작은 순전히 반사 작용이었고 그의 의지와는 상관없이 이뤄졌기 때문에, 그는 이런저런 이유로 손을 빼는 순간에야 비로소 자신이 주머니에 손을 넣고 있었다는 사실을 깨달았다. 학교 밖에서는 아무도 그의 새 버릇을 알아차리지 못했다. 에이미도, 어머니나 아버지도, 할아버지 할머니도 몰랐는데, 그를 아껴 주는 사람들 앞에서는 용기를 내기가 어렵지 않았지만 학교에만 가면 겁쟁이가 되었고, 그런 자신이 한심했다. 하지만 자신이 하고 있는 줄도 모르는 행동을 어떻게 그만둘 수 있단 말인가? 그 문제에는 해결책이 없는 것 같았고, 그건 정신과 몸의 관계라는 오래된 골칫거리의 또 다른 예였는데, 이 경우에는 정신이 없는 몸이 제멋대로 정신의 몫까지 맡아서 해버렸고, 한 달 정도 부질없이 답을 찾아보려던 노력 끝에 그는 아주 실용적인 해결책을 마련했다. 학교에 갈 때 입는 바지 네 벌을 모두 어머니에게 가져가서 앞주머니와 뒷주머니를 다 꿰매 달라고 부탁한 것이다.

4월 11일, 에이미가 바너드 대학의 입학 허가서를 받았다. 그녀를 알던 사람들은 아무도 놀라지 않았지만 정작 본인은 지난해에 〈대수학 II – 삼각법〉 시험에서 81점을 받았다고 몇 달째 불안해하던 중이었다. 그 점수 때문에 평균이 95점에서 93점으로 떨어진 건 물론, SAT 점수 역시 목표했던 1,450점에 못 미치는 1,375점이어서 조금 부족하지 않은지 걱정했다. 결과를 기다리는 초조한 시간 동안 퍼거슨이 안심시키려 들 때마다 그녀는 인생에서 확실한 건 아무것도 없다고, 세상은 정치인들이 악수하듯 아무렇지도 않게 실망스러운 일을 쏟아낸다고 말하면서, 자신은 실망하고 싶지 않다는 바로 그 이유로 실망스러운 일을 대비한다고, 그렇기 때문에 마침내 행복한 소식이 전해졌을 때는 행복해하기보다 안심하는 편이라고 했다. 하지만 퍼거슨은 행복했다. 에이미를 위해서뿐 아니라 그 누구보다 자신을 위해서 좋은 일이었는데, 에이미는 바너드에서 거절당할 경우를 대비해 몇 가지 대안을 마련해 뒀고, 모두 뉴욕에 있는 대학이 아니었다. 퍼거슨은 그녀가 보스턴이나 시카고, 위스콘신의 매디슨처럼 멀리 떨어진 도시에 가버리면 어쩌나 하는 두려움 속에 지냈다. 그에게는 꽤 복잡하고 외로운 상황이었다. 그녀를 1년에 몇 번밖에 볼 수 없고, 그녀가 방학에 웨스트 75번가에 황급히 돌아왔다가 이내 가버리면 아홉 달이란 긴 시간 동안 전혀, 혹은 거의 그녀를 만나지 못하고, 편지를 써봐도 그녀는 너무 바빠서 답장하지 못하고, 서서히, 불가피하게 둘은 서로 다른 곳으로 떠내려가고, 그녀는 아무런 방해 없이 다른 사람들을 만나고, 대학생들이 그녀 주위에 어슬렁거리고, 머지않아 그녀는 그중 누군가와, 역사학 전공에 사회 활동가인 스무 살 혹은 스물한 살인 남자와 사랑에 빠지고, 그 남자 때문에 아직 고등학교도 졸업하지 않은 불쌍한 퍼거슨 따위는 까맣게 잊어버릴 것이었다. 그런 걱정을 하던 중 바너드에

553

서 편지가 도착했고, 그는 어쩌면 일어날 수도 있었던 우울한 상황에 관한 생각을 그만둘 수 있었다. 퍼거슨은 아직 어렸지만 최악의 악몽이 때론 현실이 될 수도 있고 — 형제가 다른 형제의 물건을 훔치는 일, 대통령이 암살자의 총에 맞는 일, 타고 있던 자동차가 나무를 들이받는 일 등 — 때론 그렇지 않을 수도 있다는 사실을 알기에는 충분했다. 2년 전 국제 위기 때는 세상이 곧 끝장날 것만 같았지만 끝장나지 않았고, 에이미가 대학에 진학하며 뉴욕을 떠날 수도 있었지만 그런 일도 없었다. 이제 그녀는 앞으로 4년은 계속 뉴욕에 있을 테고, 퍼거슨은 대학에 진학할 때가 되면 반드시 뉴욕으로 가겠다고 다짐했다.

그때쯤 야구 시즌이 시작되었지만 퍼거슨은 어떻게든 그 생각을 하지 않으려 애썼다. 그는 시합에 가기를 피했고 보비 조지와 아침에 차를 타고 등교하는 동안 대화를 통해 알게 된 팀 소식도 가능하면 외면하려 했다. 퍼거슨의 몫이었던 3루수 자리를 물려받은 앤디 멀론은 새로운 포지션에 적응하는 데 애를 먹는 것 같았고, 시합 후반부에 에러를 하면서 팀의 2승을 까먹기도 했다. 퍼거슨은 앤디는 물론 모든 팀원에게 미안한 느낌이 들었지만 많이 미안하지는 않았고, 어느 정도는 기쁘기도 했다. 인정하기 힘들었지만, 자신이 없는 팀이 덜 좋은 팀이 되었다는 사실을 알고 심술궂은 만족감이 들기도 했다. 보비와 관련해서라면, 언제나처럼 걱정

할 게 하나도 없었다. 보비는 늘 좋은 선수였지만 지금
은 팀에서 가장 좋은 선수였고, 장타력 있는 포수로 타
격뿐 아니라 수비도 썩 잘했다. 마침내 보비가 5월 둘
째 주에 열린 컬럼비아 고등학교와의 홈경기에 퍼거슨
을 데려갔을 때, 퍼거슨은 보비의 실력이 엄청나게 는
걸 보고 깜짝 놀랐다. 보비는 안타, 2루타, 그리고 3점
홈런을 쳤고, 2루 도루를 시도한 주자를 두 번이나 잡
았다. 늘 코가 막혀서 입으로 숨 쉬며 손가락을 빨던 꼬
마는 이제 188센티미터쯤 되는 청소년이 되었는데,
90킬로그램이 넘는 근육질 몸매에 발도 빠른 그는 야
구장에 나가면 성인처럼 보였고, 그뿐만 아니라 대단
히 영리하게 시합을 이끌어 가서 퍼거슨을 놀라게 했
다. 보비 조지는 야구와 미식축구, 지저분한 농담 외에
는 아무것도 관심이 없는 멍청이였고, 학교 대항 체
육 시합에서 뛰려면 반드시 받아야 하는 평균 C 학점
도, 부모님이 붙여 준, 몬트클레어 주립 대학에 다니는
과외 선생님 덕분에 간신히 유지하고 있었다. 하지만
일단 야구장에 들어서기만 하면 그는 영리한 플레이를
펼쳤고, 퍼거슨은 보비가 얼마나 좋은 선수가 되었는
지 직접 확인할 수 있었다. 그해 봄에 힘들게 다른 경기
를 볼 필요는 없을 것 같았다. 어쩌면 내년에는 모르겠
다고, 그는 생각했다. 지금은 야구를 보는 게 여전히 너
무 아팠다.

　여름이 다가오고 있었다. 대학 문제가 완전히 해결

되자 에이미는 다시 정치 이야기를 했는데, 퍼거슨에게 학생 비폭력 조정 위원회SNCC[49]나 인종 평등 회의 CORE[50]에 관한 자신의 견해를 늘어놓고, 운동의 방향을 논의하고, 아직 나이가 어려서 학기 마지막 달에 남부에서 열리는 미시시피 여름 프로젝트에 참가할 수 없다며 크게 좌절했다. 그 프로젝트는 SNCC에서 제시한 세 가지 계획을 추진하며 북부 대학생의 참여를 기다리고 있었다. (1) 선거권을 박탈당한 흑인들의 선거권 등록 독려, (2) 수십 개의 마을 혹은 소도시에서 흑인 아이들을 위해 설립될 자유 학교 운영, (3) 미시시피 자유 민주당 창립 작업, 그 세 가지를 도와줄 일손이 수백수천 필요한 상황이었다. 미시시피 자유 민주당은 8월 말 애틀랜틱시티에서 열릴 민주당 전당 대회에 대안적 대표단을 보내 온통 백인과 인종주의자로만 구성된 기존 대표단을 몰아내고자 했다. 에이미는 폭력과 편견이 난무하는 그 위험 지역에 갈 수만 있다면, 대의를 위한 대열에 합류할 수만 있다면 뭐든 하려 했지만, 참여 가능 연령이 19세였기 때문에 지원할 수 없었다. 퍼거슨이 보기에는 오히려 잘된 일 같았는데, 그 역시 대의를 믿고 있기는 하지만 에이미가 없는 여름은 견디기 어려울 것 같았기 때문이다.

이어진 몇 달 동안 견디기 어려운 일들이 많았지만

---

49 Student Nonviolent Coordinating Committee. 이하 SNCC.

50 Congress of Racial Equality. 이하 CORE.

두 사람에게는, 적어도 직접적으로는 그렇지 않았다. 에이스 스트리트 북숍(에이미)과 스탠리의 텔레비전과 라디오(퍼거슨)에서 각자 아르바이트를 했지만 두 사람은 어떻게든 자주, 주말뿐 아니라 주중에도 만났다. 퍼거슨은 일을 마치자마자 차를 몰고 뉴욕으로 나가 서점에서 에이미를 태우고 조 주니어의 햄버거 가게에 가서 식사하거나, 블리커가의 극장에서 영화를 보거나, 워싱턴 스퀘어를 산책하거나, 에이미 친구의 빈 아파트에서 옷을 벗고 뒹굴었다. 이제 퍼거슨에게 차가 있었기 때문에 원하는 곳은 어디든 갈 수 있었고, 그렇게 자유의 여름에 자동차가 주는 자유를 만끽했다. 토요일이나 일요일에는 존스 해변에 가거나, 북쪽의 전원 풍경을 보러 가거나, 남쪽의 저지 해안으로 갔다. 원대한 생각과 뜨거운 사랑과 엄청난 아픔이 있는 여름이었는데, 6월 19일에 상원에서 시민권 법안이 통과되며 희망과 함께 시작되는 듯했지만 그 직후, 정확히 일흔두 시간 후부터 견디기 어려운 일들이 일어나기 시작했다. 6월 22일, 미시시피 여름 프로젝트에 참가한 젊은이 세 명이 실종되었다. 앤드루 굿먼, 미키 슈워너, 제임스 체이니는 교회 폭발물 사건을 조사하기 위해 다른 학생들보다 먼저 오하이오의 훈련소를 떠났는데, 출발 이후로 아무런 소식이 없다고 했다. 그들이 살해되었다는 데는 의심의 여지가 없었다. 자신들의 생활 방식을 무너뜨리려는 목적으로 내려온 양키 급진

주의자 무리를 겁주려는 백인 분리주의자들에게 폭행당하고, 고문당하고, 살해당한 게 분명했지만 시체는 어디에서도 발견되지 않았고, 미시시피주 백인들은 아무도 신경 쓰지 않았다. 에이미는 그 소식을 듣고 울었다. 7월 16일, 배리 골드워터가 샌프란시스코에서 공화당 대선 후보로 결정되던 날, 할렘에서는 흑인 10대 소년이 백인 경찰이 쏜 총에 맞아 사망했다. 제임스 파월의 사망에 항의하는 폭동과 시위가 할렘과 베드퍼드 스타이버선트에서 엿새간 이어지고, 건물 지붕에 올라서서 돌과 쓰레기를 던지는 시위대 머리 위로 뉴욕 경찰이 실탄을 발사했을 때 에이미는 다시 한번 울었다. 남부에서 흑인들을 해산시키기 위해 쓴 소방 호스나 개가 아니라 실탄을 사용했고, 에이미가 운 이유는 남부와 마찬가지로 북부에서도 인종 차별이 심하다 것, 자신의 도시에서도 차별이 만만찮게 심하다는 것을 마침내 이해했을 뿐 아니라 자신의 순진한 이상주의가 죽어 버렸다는 것 역시 깨달았기 때문이다. 피부색이 의미 없는 미국, 흑인과 백인이 나란히 서는 그런 나라에 대한 꿈은 어리석은 바람에 불과했고, 불과 열한 달 전에 워싱턴 행진을 조직했던 베이어드 러스틴 같은 사람도 더 이상 아무런 영향을 미치지 못했는데, 그가 할렘의 군중 앞에서 더는 아무도 다치거나 죽는 일이 없도록 폭력을 멈춰 달라고 간청했을 때도 사람들은 그를 〈엉클 톰〉[51]이라고 부르며 내려오라고 소리쳤다.

평화로운 저항은 의미를 잃어버렸고, 마틴 루서 킹도 어제의 뉴스일 뿐이었고, 블랙 파워[52]가 최고의 복음이 되었고, 그 영향력이 얼마나 셌던지 몇 달 만에 니그로라는 단어가 미국 어휘에서 사라지게 되었다. 8월 4일, 굿먼, 슈워너, 체이니의 시체가 미시시피주 필라델피아 근처의 흙 댐에서 발견되었는데, 댐 아래쪽 진흙에 반쯤만 묻힌 그들 시체의 사진이 너무 끔찍하고 충격적이어서 퍼거슨은 신음하며 고개를 돌리고 말았다. 다음 날 통킹만(灣) 부근을 순찰하던 미군 구축함 두 척이 북베트남군 초계 어뢰정의 공격을 받았고, 어쨌든 정부 공식 보고서에 따르면 그랬고, 이어서 8월 7일, 의회는 통킹만 결의를 가결했고, 존슨에게 〈미국 군대에 대한 무장 공격을 격퇴하고 추가 공격을 방지하기 위해 어떤 수단이든 쓸 수 있는〉 권한을 부여했다. 전쟁이 일어났고 에이미는 더 이상 울지 않았다. 그녀는 이제 존슨에 대한 판단을 마친 상태였고, 너무 분노하고 너무 흥분했다. 어찌나 화를 내는지 퍼거슨은 그녀가 다시 미소를 지을 수 있을지 확인해 보기 위해 농담이라도 해보고 싶었다.

큰 전쟁이 될 거야, 아치, 그녀가 말했다. 한국 전쟁보다 크고, 제2차 세계 대전 이후 그 어떤 전쟁보다 클 거야. 네가 참전하지 않아서 기뻐.

51 백인에게 순종하는 흑인을 경멸적으로 이르는 말.
52 흑인의 사회적, 경제적 권리 획득을 위한 급진적 운동.

어째서 그럴까요, 팡글로스 박사님? 퍼거슨이 물었다.

엄지가 하나밖에 없는 남자는 군대 못 가. 하느님한
테 감사해.

3.2

3.3

에이미는 더 이상 그를 좋아하지 않았다. 적어도 퍼거슨이 좋아해 주기를 바라는 식으로는 아니었다. 키스하는 사촌들끼리 진짜 사랑을 맛보기 위해 사촌 관계를 잠시 물려 뒀던 봄과 여름의 눈부신 날들이 지나고, 둘은 평범한 사촌들로 돌아왔다. 연애를 그만두자고 한 쪽은 에이미였고, 그녀의 마음을 돌리기 위해 퍼거슨이 할 수 있는 일은 없었다. 슈나이더먼은 일단 마음을 먹고 나자 꿈쩍도 하지 않았다. 퍼거슨에 대한 그녀의 주된 불만은 자기도취가 너무 심하다는 것, 껴안을 때 너무 치근댄다는 것(특히 가슴에 집착했는데, 열네 살의 그녀는 아직 그에게 맨가슴을 드러낼 준비가 되어 있지 않았다), 그녀의 가슴을 제외한 다른 모든 문제에는 지나치게 소극적이라는 것, 너무 미성숙하고 사회의식이 없어서 뭔가 의미 있는 대화를 할 수 없다는 것이었다. 같이 있으면 좋고 계속 호감이 있는 건 사실이라고, 그녀는 말했다. 영화에 미쳐 있고, 농구를 하고, 뼛속까지 게으른 퍼거슨이 새로운 친척이 된 건 좋았지만, 남자 친구로서는 가망이 없었다.

둘의 일탈은 여름(1961년)이 끝나기 몇 주 전에 이미 끝이 났지만, 노동절 이후 학교가 개학하자 퍼거슨은 버려진 느낌을 받았다. 에이미와의 격정적인 키스가 끝났을 뿐 아니라 일탈 전의 동지애도 망가져 버린 것이다. 더 이상 상대의 집에 가서 함께 숙제하는 일도 없었고, 텔레비전으로 「환상 특급」을 함께 보는 일도 없었고, 카드놀이를 하는 일도 없었고, 음반을 듣는 일도 없었고, 영화를 보러 가는 일도 없었고, 리버사이드 파크에 산책 가는 일도 없었다. 가족 모임에서는 여전히 그녀를 볼 수 있었다. 슈나이더먼 형제의 아파트를 오가며 열리는 저녁 식사와 일요일의 브런치 모임, 브로드웨이의 쓰촨 팰리스나 7번 애비뉴의 스테이지 델리에서의 외식 등 그런 자리는 한 달에 두세 번 있었지만, 이제 그는 그녀를 보기가 힘들었다. 그렇게 차인 다음에는, 그녀가 생각하는 가치 있고 의지할 만한 인간 기준에 미치지 못한다는 이유로 거부당한 다음에는 그녀 가까이 있기가 힘들었기 때문에, 그런 모임에서 그는 이전처럼 그녀 옆에 앉는 대신, 반대편에 자리 잡고 마치 그녀가 없는 것처럼 행동하려고 애썼다. 9월 마지막 주, 댄 삼촌과 리즈 숙모의 집에서 열린 저녁 식사 도중 늙은 염소 같은 할아버지가 동독이 베를린 장벽에 독성이 강한 라듐을 심어 놓았다는 이야기를 떠벌렸고, 퍼거슨은 역겨움을 견디지 못하고 잠깐 화장실에 다녀오겠다며 자리를 떴다. 실제로 화장실에 가기는 했지만, 다른 사람들의 눈을 피하기 위해서일 뿐이었다. 모든 상황이 그에겐 너무 힘들었고, 적어도 가족 모임에서는 에이미 앞에서 예의 바른 모습을 보이겠다는 다짐을 지킬 수가 없었다. 그녀를 다시 볼 때마다 상처가 새로 벌어지는 것 같았고, 이제 그녀 앞에서 무슨 말을 하고 어떤 행동을 해야 할지 알 수가 없었다. 그는 자신이 안쓰러운 자기 연민에 빠져들기 위해서가 아니라 정말로 속을 비우기 위해 화장실에 온 거라고 다른 사람들이 믿을 수 있게, 세면대 물을 틀고 변기 물도 두 번이나 내렸다. 3~4분 후 화장실 문을 열고 나왔을 때, 에이미가 허리에 손을 얹은 채 앞에 서 있었다. 자기도 지긋지긋하다는 뜻을 전하려는 듯 도전적이고 공격적인 자세였다.

대체 왜 그러는데? 그녀가 물었다. 나를 쳐다보지도 않고, 나랑 말도 안 하잖아. 뚱하게 앉아 있기만 하고. 되게 신경 쓰여.

퍼거슨은 자신의 발만 내려다보며 말했다. 가슴이 찢어져.

그만해, 아치. 너 그냥 실망한 것뿐이야. 그게 다야. 그리고 나도 실망했어. 하지만 적어도 친구가 되도록 노력할 수는 있잖아. 우리 계속 친구였잖아, 아니야?

퍼거슨은 그때까지도 고개를 들어 그녀의 눈을 바라볼 수 없었다. 되돌릴 수는 없어. 지나간 건 지나간 거야. 그가 말했다.

장난해, 응? 그러니까 내 말은, 빡세겠지. 하지만 아무 일도 아니야. 뭘 시작했다고도 할 수 없어. 우리 겨우 열네 살이잖아, 이 울상아.

가슴이 찢어지기엔 충분한 나이야.

강해져, 아치. 너 불쌍한 어린애처럼 말하는데 정말 마음에 안 들어. 진짜 마음에 안 든다고. 우리 아주 오랫동안, 정말 오랫동안 계속 사촌으로 지낼 건데, 나는 네가 친구였으면 좋겠어. 그러니까 제발 내가 너 미워하게 하지 마.

퍼거슨은 강해지려고 노력했다. 에이미가 그렇게 야단치는 투로 자신을 공격하는 걸 듣고 있기가 힘들었지만, 자신이 나약한 자기 연민에 굴복한 건 사실이었다. 그런 행동을 그만두지 않으면 그는 그레고어 잠자가 되어 어느 날 아침 불편한 잠에서 깨어 자신이 거대한 벌레로 변해 버렸음을 알게 될 것이었다. 그는 이제 9학년, 고등학교 생활의 첫해를 보내고 있었다. 리버사이드 학교에서의 성적은 늘 훌륭했지만, 7학년과 8학년을 지나며 조금 떨어지기는 했다. 어쩌면 지루해진 것이었을 수도 있고, 어쩌면 최선을 다하지 않고도 어느 정도 성적을 낼 수 있는 자기 능력을 과신한 것이었을 수도 있다. 이제 공부가 좀 더 빡빡해졌고, 프랑스어 동사의 불규칙 단순 과거형 활용 문제나 프라하 창밖 투척 사건 혹은 보름스 의회(벌레 식단[53]이라니!) 등의 정확한 날짜를 묻는 문제에 답을 써내려면 그 복잡한 내용에 따로 시간을 들여 공부하지 않으면 안 되었다. 퍼거슨은 스스로 생각하기에 최고 수준까지 성적을 올리기로 했다. 영어, 프랑스어, 역사에서는 A, 생물과 수학에서는 B+가 목표였다. 빠듯하지만 실현 가능한 목표였다. 뒤의 두 과목에서도 A를 받으려면 농구하는 시간을 빼야만 했는데, 추수 감사절 이후에 선수 선발이 시작되면 신입생 팀에서 뛰고 싶었기 때문이다. 그는 실제로 팀에 뽑혔고(선발 포워드였다) 학업 성적도 기대에 맞게 나와 줬다. 정확히 그가 예상했던 성적은 아니었는데, A를 받기로 기대했던 프랑스어는 실망스럽게도 B+였고, B+를 예상했던 생물은 기적적으로 A−였다. 하지만 중요하지 않았다. 퍼거슨은 첫 학기에 우등생 명부에 올랐고, 에이미가 리버사이드 학교의 학생이었다면 그녀 역시 그가 얼마나 훌륭하게 해냈는지 알았을 것이다. 하지만 에이미는 그 학교 학생이 아니었고, 그런 사실도 몰랐고, 화가 나고 마음이 아팠던 그녀의 사촌은 자존심 때문에 자신이 강해졌다는 말을 그녀에게 하지 않았고, 따라서 에이미는 창피를 당한 사촌이 자신에 관한 그녀의 말이 틀렸음을 증명하기 위해 노

---

53 보름스 의회의 영어 표기는 〈Diet of Worms〉로 〈벌레 식단〉으로도 읽을 수 있다.

력했다는 사실도 전혀 알 수가 없었다.

그렇다고 해도, 그가 여전히 그녀를 원하고 있다는 점은 말할 필요도 없었다. 에이미를 되찾을 수 있다면 뭐든 할 수 있었지만, 어찌어찌해서 그녀가 다시 그를 원하게 된다고 하더라도 그때까지는 시간이 걸릴 것이었다. 어쩌면 꽤 긴 시간이 걸릴 수도 있었고, 그렇다면 그녀를 가질 수 없게 된 상황과 어쩌면 다시 그녀를 갖게 될 상황 사이의 휴식기 동안, 그런 상황을 뒤집을 최선의 전략은 새 여자 친구를 만드는 것이었다. 그러면 자신이 그녀에게 관심이 없고 이별을 기정사실로 받아들이고 있다는 걸 보여 줄 수 있을 뿐 아니라(꼭 필요한 일이었다), 늘 그녀 생각만 하는 상황에서 벗어날 수도 있었다. 그녀에 관한 생각을 적게 할수록 우울해지는 일도 줄어들 테고, 우울해지는 일이 줄어들면 그녀에게 더 매력적으로 보일 수도 있을 것이었다. 새 여자 친구는 그를 더 행복한 사람으로 만들어 줄 테고, 새로 발견한 행복 덕분에 씩씩해진 그는 분명 가족 모임에서 에이미를 더 잘 대해 줄 테고, 더 매력적이고 자기를 더 잘 통제하게 된 그는 기회만 생긴다면 시사 문제에 관해서도 그녀와 이야기를 나눌 수 있게 될 것이었다. 그 점이 그에 대한 그녀의 주된 불만이었다. 정치에 대한 무관심, 그리고 국가 차원의 큰 세상에서 벌어지는 일이나 국제 문제를 전혀 신경 쓰지 않는다는 점 말이다. 그런 결함을 메우기 위해 퍼거슨은 이제부터 뉴스를 면밀히 따라잡기로 했다. 매일 아침 아파트에는 두 개의 신문이 배달되었다.『타임스』와『헤럴드 트리뷴』. 길과 어머니는『타임스』를 주로 읽고『헤럴드 트리뷴』은 대부분 무시했는데, 후자는 비록 길의 직장이기는 했지만 어퍼웨스트사이드에 사는 사람들이 진지하게 받아들이기에는 지나치게 친공화당 성향인 신문이라고 농담처럼 말했다. 하지만 파크 애비뷰에서 월가의 돈과 미국 권력의 손발 역할을 하던 그 신문에는 길의 감상평이나 기사가 하루걸러 한 번꼴로 실렸고, 매일 아침 길의 이름이 실린 기사를 오려서 어머니를 위해 보관함에 따로 챙겨 두는 건 퍼거슨의 일이었다. 어머니는 언젠가 그 기사들을 모아 스크랩북을 만들 계획이었고, 길은 그런 쓰레기를 모으는 수고 따위는 하지 않아도 된다고 늘 말했지만, 길 본인이 부끄러워하면서도 은근히 그런 관심을 즐긴다는 걸 알고 있던 퍼거슨은 어깨를 으쓱하며 〈죄송해요, 대장님 명령이라서요〉라고 대답했다. 〈대장〉은 이미 로즈 애들러/로즈 슈나이더먼이라는 두 개의 이름을 가진 어머니의 또 다른 명칭이었고, 길은 일부러 포기한 듯한 표정을 지어 보이며 고개를 끄덕였다. Natürlich, mein Hauptmann(당연하죠, 대장님), 명령을 어겼다가 곤란한 상황에 빠지면 안 되지. 그래서 아침마다 그에게는『타임스』와『헤럴드 트리뷴』이라는 읽을거리가 있었고, 오후에 학교에서 돌아와 보면 아파트에『뉴욕 포스트』도 도착해 있었다. 그 일간지들 외에도 『뉴스위크』, 『라이프』, 『룩』 (어머니가 가끔 사진을 싣는 잡지였다), 『I. F. 스톤스 위클리』, 『뉴 리퍼블릭』, 『더 네이션』 같은 각종 잡지가 있었고, 퍼거슨은 이제 곧장 뒤쪽의 영화 평이나 서평만 읽지 않고 그것들을 차근차근 살펴봤다. 바깥세상에서 어떤 일이 벌어지는지 파악하기 위해 정치 기사를 읽었고, 에이미와의 대화에서 자신이 어떤 관점을 취하면 좋을지 생각했다. 사랑을 위해서라면 그런 희생은 기꺼이 감수할 수 있었지만, 그가 좀 더 의식 있는 시민이 되고, 민주당과 공화당의 싸움이나 미국이 우방국 혹은 적대국 정부와 맺는 관계를 더 유심히 관찰하게 되었다고 해도, 그에게 정치는 여전히 가장 따분하고, 생기 없고, 황량한 주제였다. 냉전, 태프트·하틀리법, 지하 핵 실험, 케네디와 흐루쇼프, 딘 러스크와 로버트 맥너마라, 이런 것들은 그에게 아무 의미도 없었고, 그가 보기에 정치인들은 어리석거나, 썩어 빠졌거나, 혹은 둘 다인 것 같았다. 심지어 존 케네디, 그 잘생긴 새 대통령도 퍼거슨에게는 또 한 명의 어리석고 썩어 빠진 정치인일 뿐이었고, 표를 얻으려고 서로 싸워 대는 그런 오만한 수다쟁이들보다는 빌 러셀이나 파블로 카살스 같은 인물을 존경하는 편이 정신 건강에 훨씬 도움이 된다는 걸 그는 알게 되었다. 1961년의 마지막 몇 달과 1962년 초반에 바깥세상에서 벌어진 일중 그의 관심을 끈 세 가지 사건은 예루살렘에서 있었던 아이히만 재판, 베를린 위기 — 길과 댄 삼촌이 온통 그 소식에 빠져 있었기 때문에 — 와 국내에서 벌어진 민권 운동뿐이었다 — 민권 운동을 하는 사람들은 너무나 용감했고, 그들이 받은 부당한 대접은 너무나 천박해서 미국이 전 세계에서 가장 뒤처진 나라처럼 보였다.

에이미를 대신할 사람을 찾는 일도 문제가 없지는 않았다. 퍼거슨이 에이미를 닮은 누군가를 기대했던 건 아니다. 왜냐하면 에이미는 대량 생산이 가능하게 만들어진 여자아이가 아니었기 때문이다. 그렇다고 최상의 대안이 아닌 누군가에게 만족할 수도 없었는데, 에이미에 비할 바는 아니어도 그를 무너뜨리고 심장이 빨리 뛰게 해줄 빛나는 사람이어야 했다. 불행히도, 유망한 후보자들은 대부분 다른 이에게 마음을 주고 있었고, 그중에서도 점점 더 예뻐지던 이저벨 크래프트, 9학년의 헤디 라마[54]였던 그녀는 선배 남학생과 데이트했고, 역시 매력적인 그녀의 사촌 앨리스 에이브럼스도 마찬가지였고, 한때 퍼거슨의 마음에 불을 질렀던, 달콤한 목소리의 레이철 미네타도 마찬가지였다. 9학년 생활에서 그 점만은 확실한 사실이었다. 대부분의 여자아이는 대부분의 남자아이보다 앞서 나갔는데, 그 말은 눈에 띄는 여학생은 대부분 동급생은 쳐다보지도 않고 한두 학년 위의 남자 선배를 만나고 있었다

54 오스트리아 출신의 미국 배우이자 발명가.

는 뜻이다. 빠른 결과를 얻기를, 늦어도 10월 중순, 에이미에게 강해져라는 말을 듣고 3주 후까지는 성공하기를 희망했던 퍼거슨이지만, 11월이 되어서도 여전히 상대를 찾고 있었다. 퍼거슨 쪽에서 노력이 부족하지는 않았지만(네 명의 여학생과 4주 연속으로 영화를 보며 데이트했다), 함께 있던 여자아이들은 그의 짝이 아니었다. 추수 감사절 연휴로 학교가 잠시 쉬었을 때, 그는 리버사이드 학교에는 자기 짝이 될 여학생이 없는 게 아닌지 의심하기 시작했다.

농구는 사랑에서 받은 실망감을 잊는 데 도움이 되었다. 적어도 주중에는 그랬고, 사랑이 없는 주말에는 친구들과 즉석 시합을 하거나, 토요일 밤 파티에 가거나, 누구든 시간이 된다는 사람(가끔은 어머니였다)과 영화를 보러 가거나, 길, 혹은 길과 어머니와 함께 음악회에 다니며 계속 바쁘게 지내려고 했다. 그래도 시즌이 이어진 11주 동안 농구를 한 게 수많은 우울함의 웅덩이에 빠지지 않게 도와줬다는 사실은 의심할 여지가 없었다. 선수 선발이 있던 첫 주에 간신히 합격하며 엄청나게 만족해했고, 그다음 주에는 님Nimm 코치, 차분한 성격 때문에 무감각Numb 코치라 불리는 코치의 지도 아래 방과 후에 지칠 때까지 연습하며 팀으로서 호흡을 맞추기 시작했고, 그다음 9주 동안은 계속 시합이었다. 모두 열여덟 시합이었는데 화요일 오후와 금요일 저녁에 각각 한 경기씩이었고, 절반은 그의 학교에서, 나머지 절반은 도시에 흩어져 있는 다른 사립 학교의 체육관에서 벌어졌다. 학교 대표 팀의 본시합 전에 영화 상영 전의 만화 뉴스처럼 신입생 시합이 먼저 펼쳐졌는데, 퍼거슨은 그 시합에서 뛰었다. 13번을 달고 싶다고 했던 괴짜 선수는 선발 선수 다섯 명에 포함된 다른 멤버들과 함께 코트로 뛰어나가 점프 볼을 하는 자리에 섰다.

리버사이드 파크에서 사촌 짐과 보낸 토요일 오전들 덕분에 열두 살의 초보는 이제 눈에 띄지는 않아도 꽤 안정적인 선수가 되었고, 그렇게 열네 살 9개월이 되어 뛴 리버사이드 레블스 팀의 첫 시합에서 7점을 올렸다. 퍼거슨은 자신의 재능에 한계가 있다는 것, 위대한 농구 선수가 되는 데 필요한 예외적인 민첩함이 없다는 것을 알았고, 왼손이 오른손만큼 능숙하지도 못했기 때문에 빠르고 공격적인 상대 팀을 만나면 공 처리가 미숙한 선수 이상의 활약은 보이지 못했다. 빛나지도 않았고, 현란하지도 않았고, 상대를 멋지게 속여 넘기는 일대일 플레이도 없었지만, 퍼거슨에게는 벤치에만 앉혀 두기에는 아까운 확실한 장점도 있었고, 그래서 팀에 없어서는 안 될 선수였다. 장점은 대부분 그의 다리에서 나왔는데, 그는 다른 누구보다 높이 점프할 수 있었고, 그런 능력에 시합에 대한 열정이 더해지면 — 미친 듯이 저돌적으로 달려드는 바람에 〈돌격대장〉이라는 별명을 얻었다 — 그 결과로 자신보다 키가 큰 선수들과 부딪쳐 가며 능숙하고 깔끔하게 리바운드를 잡아내곤 했다. 레이업은 거의 놓치지 않았고, 외곽 슛도 좋은 편이었으며, 더 좋아질 잠재력도 있었다. 하지만 연습에서 보여 주던 정확성은 실제 시합에서 좀처럼 드러나지 않았는데, 경쟁이 심한 상황에서는 슛을 서두르는 경향이 있었기 때문이다. 덕분에 첫해에 그는 기복이 심한 공격수, 슛이 좋을 때는 10점에서 12점을 올리지만, 슛이 빗나가는 날은 2점 정도 내거나 1점도 못 내는 선수였다. 그러니까 첫 시합에서 기록한 7점은 그 시즌 평균 득점이 되었는데, 32분만 뛰는 시합, 양 팀 모두 35점에서 45점 사이의 득점을 기록하는 시합에서 게임당 7점은 나쁘지 않은 기록이었다. 아주 흥분할 만한 기록은 아니었지만, 전혀 나쁘지 않았다.

라―라―시스―쿰―바! 레블스! 레블스! 야―야―야!

하지만 그에게 기록은 큰 의미가 없었다. 팀이 이기기만 하면 자신이 몇 점을 올렸는지는 신경 쓰지 않았고, 이기고 지는 것보다 더 중요한 건 무엇보다 자신이 팀에 속해 있다는 단순한 사실이었다. 그는 등 번호 13번이 붙은 레블스의 빨간색과 노란색이 섞인 유니폼을 입는 게 좋았고, 함께 뛰는 아홉 명의 친구가 좋았고, 전후반 사이 휴식 시간에 로커 룸에서 님 코치가 전하는, 격려가 아닌 듯하면서도 꽤 적절했던 격려 연설이 좋았고, 원정 경기가 있을 때 동료 선수와 열 명의 대표 팀 선수, 여섯 명의 대표 팀 치어리더, 네 명의 신입생 팀 치어리더와 버스를 타고 가는 게 좋았고, 버스 안의 정신없이 쾌활한 분위기와 요란한 농담들이 좋았고, 장난이 심하던 11학년생 이기 골드버그가 창문 앞에서 바지를 내리고 엉덩이를 보여 주며 지나가는 차들 안에 있는 사람들을 놀렸다는 이유로 두 경기에 출장 정지를 당했을 때는 특히 재미있었다. 시합에 열중한 나머지 자기 몸에서 벗어나는 듯한 상태, 자신이 누구인지도 의식할 수 없는 그런 상태가 좋았고, 연습 때 땀을 잔뜩 흘린 후 샤워장에서 쏟아지는 뜨거운 물로 그 땀을 씻어 내는 느낌이 좋았고, 천천히 시작했지만 시즌이 이어질수록 팀이 점점 나아진다는 사실, 전반부에는 대부분의 시합에서 졌지만 후반부에는 그 팀들 대부분을 8점이나 10점 차로 이겼다는 사실이 좋았고, 그렇게 이긴 시합 중 하나가 힐리어드와의 홈경기였고, 거기서 자신이 3점밖에 못 올렸지만 리바운드는 팀에서 가장 많이 했다는 게 좋았다.

호-호-틱-택-토! 레블스! 가자-가자-가자!

가장 좋은 점은 사람들이 와서 본다는 것, 리버사이드의 작은 체육관에서 벌어지는 두 시합엔 언제나 관중이 있다는 것이었다. 수천 명은 고사하고 수백 명도 안 되는 관객이었지만, 구경거리라는 느낌이 들 정도로는 충분했다. 처키 쇼월터가 북을 치며 분위기를 북돋았고, 퍼거슨 가족은 각자 거의 한두 번씩은 〈돌격대장〉을 응원하러 경기장에 왔다. 댄 삼촌은 대부분의 경

575

기에 나타났고, 홈경기는 하나도 빠트리지 않았다. 그 다음은 어머니였는데, 일 때문에 출장을 가 있을 때가 아니면 빠지지 않았다. 운동은 전혀 모르는 길도 몇 번인가 구경 왔고, 한번은 사촌 짐도 겨울 방학을 맞아 보스턴에서 잠시 들렀을 때 찾아왔다. 그리고 한번은, 힐리어드와의 시합에 에이미 슈나이더런 양도 나타났다. 그녀는 그가 공이 경기장 밖으로 나가는 걸 막으려 몸을 던지는 모습을 지켜보고, 빗나간 공을 잡기 위해 힐리어드 팀 선수와 몸싸움을 벌이다 상대 선수를 바닥에 쓰러뜨리는 모습을 지켜보고, 마지막 쿼터에 상대 팀의 레이업 숏을 막아서 3점 차 승리를 지켜 내는 모습을 지켜봤다. 시합이 끝난 후 그녀가 그에게 말했다. 잘봤어, 아치. 가끔씩은 무섭기도 했지만, 재밌었어.

무서웠다고? 그가 물었다. 무슨 뜻이야?

몰라. 강렬함 때문인 것 같아. 너무 강렬해. 농구가 이렇게 신체 접촉이 심한 운동인 줄 몰랐네.

늘 그런 건 아니야. 하지만 골대 밑에서는 강해야 해.

그게 지금 네 모습이야, 아치? 강한 모습?

기억 못 하는 거야?

무슨 이야기야?

강해져. 기억 안 나?

에이미는 미소를 지으며 고개를 저었다. 순간 퍼거슨은 그녀가 견딜 수 없을 만큼 아름답다고 생각했다. 그녀를 안고 키스를 퍼붓고 싶었지만, 그 어리석고 수

치스러운 짓을 저지르기 전에 댄 삼촌이 다가와 말을 걸었다. 끝내줬어, 아치. 점프 슛이 조금 어긋나기는 했지만, 내가 보기엔 지금까지 뛰었던 시합 중에 최고였다.

그러다 농구 시즌이 끝나고, 에이미도 없고 아무도 없는, 여자 친구 없는 생활로 돌아왔다. 그가 정기적으로 보는 여자는 짐이 대학에 돌아가기 전에 주고 간 『플레이보이』에 실린 〈4월의 아가씨〉밖에 없었다. 워싱턴주 스포캔 출신의 완다 파워스는 중력을 거부하는 멜론만 한 가슴을 단 채 미소 짓고 있었는데, 그 몸은 실물 완다 파워스를 모델로 고무 공장에서 만들어 낸 것처럼 보였고, 시간이 지나면서 점차 퍼거슨의 상상을 사로잡지 못하게 되었다.

좀이 쑤시고 의기소침하고, 세상 속에서 꽉 막힌 자신의 위치 때문에 더 좌절하고, 희미해져 버린 희망과 그 희망의 자리를 대신한 백일몽에 시달렸다. 바라는 게 모두 실현되고 터질 듯이 행복한 곳으로 떠나는 무의미한 정신적 여정만 끊임없이 반복하던 퍼거슨은 다시 한번, 마지막으로 에이미와의 일을 수습하고 연애를 시작해 보기로 결심했지만, 시즌이 끝나고 닷새 후 전화를 걸어 토요일 밤에 앨릭스 노드스트롬네 집에서 열릴 농구팀 파티에 함께 가자고 했을 때, 그녀는 바쁘다고 했다. 그럼 다음 날은 언제? 그가 물었다. 안 돼,

그녀가 대답했다. 그녀는 일요일도 바쁘다고 했다. 그제야 그는 그 일이 지속되는 한 그녀는 계속 바쁠 것임을 알았다. 그 일이란 그녀의 새로운 사랑이었고, 그녀는 상대 이름은 알려 주지 않으려 했고, 그걸로 끝이라고 퍼거슨은 생각했다. 이제 에이미는 없고, 희망에 물들었던 녹색 평원은 진흙탕이 되어 버렸다.

그 기운 빠지는 전화 통화 이후로 불쾌한 일이 많이 일어났다. 첫째, 파티가 있던 날 태어나서 처음으로 술에 취했다. 그와 팀 동료 브라이언 미셰브스키는 노드스트롬의 집에 있는 술 진열장을 열고 아직 따지도 않은 커티 사크 한 병을 훔쳤고, 퍼거슨의 겨울 코트 주머니에 몰래 넣은 채 파티가 끝난 후 브라이언의 아파트로 가져갔다. 운이 좋게도 브라이언의 부모님은 주말을 맞아 집을 비웠고(그곳을 둘만의 술집으로 정한 건 그렇게 설명이 되었다), 운이 좋게도 브라이언은 술병을 따고 3분의 2를 마시기 전에 잊지 않고 퍼거슨에게 부모님께 전화를 드려 친구 집에서 자고 간다고 허락을 받으라고 했다. 그 3분의 2의 3분의 2쯤은 퍼거슨의 목을 지나 위장으로 흘러들었지만, 운이 나쁘게도 그곳에 오래 머무르지는 않았다. 퍼거슨은 그날 밤 이전에는 맥주 한 캔과 와인 두 잔만 마셔 봤을 뿐 사람을 취하게 하는 43도짜리 증류 위스키의 위력은 모르고 있었고, 거실 소파에 쓰러지고 얼마 후에는 벌컥벌컥 들이켰던 술을 미셰브스키 집의 동양풍 카펫에 몽땅 토하고 말았다. 둘째, 눈물을 흘리며 거의 자살에 가까울 정도로 술에 취했던 일이 있고 불과 열흘 후, 그는 빌 네이선슨, 전에는 빌리로 불리던 친구와 싸움에 휘말렸다. 리버사이드 학교에 전학 온 첫해부터 그를 괴롭히던 덩치 큰 두꺼비 같은 네이선슨이 점심시간에 그를 바보 같은 새끼라고 했고, 그는 네이선슨의 뚱뚱한 아랫배와 여드름투성이 얼굴에 수없이 주먹을 꽂아 줬다. 사흘 동안 정학 처분을 받고, 길과 어머니로부터 정신 차리라고 매서운 경고를 받기도 했지만, 퍼거슨은 자신이 흥분했던 일을 전혀 후회하지 않았다. 적어도 자신의 기분만 생각하면, 네이선슨을 잔뜩 패준 만족감에 비하면 그 정도 대가는 치를 만했다. 그리고 셋째.

3월 말의 어느 화요일 오후, 열다섯 살 생일 이후 한 달이 지나지 않은 그날, 그는 점심시간 이후 오후 수업을 빠지고 웨스트엔드 애비뉴를 따라 브로드웨이까지 걸어가서 영화관에 들어갔다. 딱 한 번만이라고 스스로에게 말했다. 학칙을 어길 수밖에 없었던 건 보고 싶던 영화가 다음 날에도, 가까운 미래에도 상영될 계획이 없었기 때문이다. 케임브리지의 브래틀 극장에서 「천국의 아이들」을 본 짐이 그 영화가 뉴욕에서 상영되면 꼭 보라고, 안 보면 인간이라고 할 자격이 없다고 했었다. 영화는 1시 상영 예정이었고, 웨스트 95번가의 탈리아 극장까지 열 블록을 최대한 빨리 이동해야 했다. 자신이 나이가 조금만 더 들었으면 좋겠다고, 그랬다면 굳이 무단 조퇴를 하지 않아도 되었을 거라고 생각했다. 저녁 8시 상영도 있었지만 길과 어머니는 평일 밤 외출은 절대 허락하지 않을 테고, 특히 세 시간이 넘는 영화라면 말할 것도 없었다. 두 분에게 말할 변명거리를 만들어야 할 거라고 짐작했지만 그때까지는 아무 생각이 없었고, 가장 간단한 최선의 방법은 ── 점심 후에 배가 아파 집에 와서 누워 있었다는 ── 이번에 쓸 수가 없었다. 길과 어머니가 아파트에 있을 게, 길은 서재에서 베토벤에 관한 책을 쓰고, 어머니는 암실에서 사진 인화를 하고 있을 게 확실했기 때문이다. 혹시 어머니가 외출했다고 해도 길은 집에 있을 확률이 99퍼센트였다. 핑계가 없다는 건 문제였지만, 퍼거슨이 일으킨 대부분의 문제가 보여 주듯 그는 먼저 저지르고 결과는 나중에 걱정하는 경향이 있었다. 그는 원하는 건 원하는 바로 그 시점에 해야 하는 젊은이였고, 방해하는 사람 따위는 신경 쓰지 않았다. 한편, 쌀쌀한 3월 공기 사이로 사람들이 많은 보도를 반쯤 걷고 반쯤 총총걸음으로 이동하던 퍼거슨은, 화요일 오후 수업을 빼먹는다고 해서 뭔가 큰 걸 잃는다고 생각하지는 않았다. 오후 수업은 체육과 자습이었는데, 맥널티 선생님이나 울러스 선생님은 학생들에게 관심이 없었기 때문에 어쩌면 들키지 않을 수도 있었다. 만약 들킨다면, 길과 어머니를 다시 만날 때까지 거짓 핑계를 마련하지 못한다면, 그냥 사실대로 말해 버리는 방법도 있었다. 범죄나 부도덕한 짓을 저지른 게 아니었다, 따지고 보면. 영화를 보러 간 것뿐이었고, 세상에서 영화를 보러 가는 것보다 더 좋은 일은 거의 없었다.

탈리아는 작고 이상하게 생긴 극장이었는데, 자리는 약 2백 석이었고, 시선을 가리는 기둥이 있었고, 경사진 바닥은 오랜 세월에 걸쳐 사람들이 쏟은 탄산음료 때문에 끈적거렸다. 비좁고 지저분한 곳, 어이가 없을 정도로 여러모로 불편한 곳이었는데, 좌석의 낡은 스프링 때문에 몸이 꺼지고, 실내에는 타버린 팝콘 냄새가 떠다니는, 어퍼웨스트사이드에서 옛날 영화를 보기에는 최고인 공간이었다. 탈리아에서는 평균적으로 하루 두 편의 옛날 영화를 상영했는데, 오늘은 프랑스 영화 두 편, 내일은 러시아 영화 두 편, 모레는 일본 영화 두 편, 이런 식으로 매일 다른 영화를 묶어 상영했다. 그랬기 때문에 그날 오후 탈리아에서 상영된 「천국의 아이들」은 뉴욕 내 다른 어떤 곳에서도, 어쩌면 미국 내 다른 어떤 곳에서도 볼 수 없을 것이었다. 퍼거슨이 스무 번도 넘게 와본 곳이었다. 길과 어머니와 함께, 에이미와 함께, 짐과 함께, 짐과 에이미와 함께, 학교 친구들과 함께 왔지만, 학생증을 보여 주며 40센트짜리 할인 표를 받아 드는 순간, 그 극장에 혼자 와보는 건 처음임을 깨달았다. 그뿐 아니라 다섯 번째 줄 가운데쯤 앉으면서는, 혼자 영화를 보러 온 일 자체가 처음이라는 것도 깨달았다. 탈리아뿐 아니라 그 어느 영화관에도 혼자 가본 적은 없었는데, 영화관은 언제나 영화 자체가 아니라 누군가와 함께 있기 위해 가는 곳이었던 것이다. 어린 시절 로럴과 하디 영화를 혼자 볼 때도 있었지만, 그건 영화를 보던 방에 혼자밖에 없었기 때문이다. 지금은 영화관 안에 다른 사람들이 적어도 스무 명에서 서른 명 정도 있었지만, 그럼에도 그는 혼자였다. 그게 좋은 느낌인지 나쁜 느낌인지 알 수 없었다— 어쩌면 그저 새로운 느낌일지도 몰랐다.

그리고 영화가 시작되었고, 그가 혼자인지 아닌지는 더 이상 중요하지 않았다. 그 영화에 관해서는 짐의 말이 맞았다고 퍼거슨은 스스로에게 말했고, 「천국의 아이들」이 스크린에 상영되는 세 시간 10분 내내 그 영화를 보기 위해 처벌을 감수할 만한 가치가 있었다고 생각했다. 딱 열다섯 살 퍼거슨의 성정에 호소하는 종류의 영화, 강렬한 연애물이면서 동시에 유머와 폭력, 그리고 영리한 악행이 곳곳에 박혀 있는 영화였다. 아름답고 수수께끼 같은 가랑스(아를레티)부터 그녀를 사랑하는 네 남자, 즉 장루이 바로가 연기한 무언극 배우, 갈망과 후회 때문에 절름발이처럼 살 수밖에 없는 운명의 수동적인 몽상가, 피에르 브라쇠르가 연기한 활달하고 기운이 넘치는, 놀랄 만큼 재미있는 배우, 루이 살루가 연기한 냉정하고 대단히 위엄 있는 백작, 그리고 마르셀 에랑이 연기한 사악한 괴물, 백작을 칼로 찔러 죽이는 시인-살인자 라스네르까지, 모두가 흐름상 꼭 필요한 인물들이었다. 가랑스가 파리의 거대한 군중 사이로 사라지고 상심한 무언극 배우가 그녀를 뒤따르는 장면에서 영화가 끝나자, 짐이 했던 말(지금까지 나온 프랑스 영화 중에 최고야. 아치. 프랑스판「바람과 함께 사라지다」인데, 열 배쯤 좋아)이 다시 생각났고, 비록 퍼거슨이 그때까지 본 프랑스 영화는 한 줌밖에 되지 않았지만,「천국의 아이들」이「바람과 함께 사라지다」보다 훨씬 낫다는 데는 동의했다. 너무 뛰어나서 둘을 비교하는 것 자체가 무의미할 듯했다.

영화관에 불이 들어오고 자리에서 일어나 기지개를 켜던 퍼거슨은, 왼쪽으로 세 좌석 떨어진 자리에서 키가 크고 짙은 색 머리를 길게 기른 남학생을 발견했다. 퍼거슨보다 두 살쯤 많아 보이는, 역시 수업을 빼먹고 온 영화광인 듯한 남학생은 자신과 같은 종류의 반항아를 발견하고는 미소를 지어 보이며 말했다.

대단한 영화지? 낯선 친구가 말했다.

대단한 영화네, 마음에 들어.

남학생이 앤디 코언이라고 자기소개를 했고, 둘은 함께 영화관을 나왔다. 앤디는「천국의 아이들」을 세 번째 보는 거라며, 범죄자 라스네르와 무언극 배우 뒤뷔로, 또 다른 배우 르메트르가 1820년대 프랑스에 살았던 실존 인물이라는 사실을 알고 있는지 퍼거슨에게 물었다. 아니, 몰랐는데, 퍼거슨은 솔직하게 말했다. 퍼거슨은 영화가 독일 점령 기간 중 파리에서 촬영되었다는 것, 전쟁 말기에 배우 아를레티가 독일군 장교와 사랑에 빠지면서 문제에 휘말렸다는 것, 작가인 자크 프레베르와 감독 마르셀 카르네가 1930년대와 1940년대에 여러 작품을 함께 하면서 비평가들이 시적 리얼리즘이라고 부르는 형식을 만들어 냈다는 것도 몰랐다. 이 앤디 코언은 참 아는 게 많은 젊은이인 것 같다고, 퍼거슨은 생각했다. 약간 잘난 척하고, 영화사에 관한 지식으로 아직 아무것도 모르는 소년에게 인상을 남기려 한다는 느낌은 받았지만, 어쨌든 말투는 친절했고, 오만하거나 상대를 얕보는 마음이 아니라 정말 열정 때문에 그러는 것 같았다. 둘은 어느새 브로드웨이를 따라 남쪽으로 함께 걸어가고 있었고, 네 블록쯤 지났을 때 퍼거슨은 앤디 코언이 열일곱 살이 아니라 열여덟 살이라는 것, 또 시티 칼리지의 신입생이고 그날 오후에는 수업이 없었기 때문에 자기처럼 수업을 빼먹고 온 게 아니라는 것을 알게 되었다. 아버지는 돌아가셨고 (6년 전 심장 마비로) 앤디와 그의 어머니는 앰스터댐 애비뉴와 107번가의 교차점에 위치한 아파트에 살고 있었다. 남은 오후에 따로 할 일이 없던 앤디는 퍼거슨에게 함께 커피숍에 가서 뭐라도 좀 먹자고 제안했다. 안 된다고, 퍼거슨이 대답했다. 자신은 4시 30분쯤에는 집에 돌아가 봐야 한다고, 대신 다음에 같이 먹으면 어떻겠냐고 했다. 예를 들면 토요일 오후, 그때는 확실히 시간이 있을 것 같았다. 토요일이라는 단어를 들은 앤디는 코트 주머니에서 탈리아의 3월 상영 일정표를 꺼냈다. 「전함 포템킨」, 1시에 하네. 그가 말했다.

토요일 1시, 탈리아. 거기서 봐. 퍼거슨이 대답했다.

그는 오른팔을 내밀어 앤디 코언과 악수했고, 둘은 헤어져 한 명은 남쪽 88번가와 89번가 사이의 리버사이드 드라이브로, 다른 한 명은 뒤로 돌아 북쪽으로, 집인지 아닌지 알 수 없는 곳으로 향했다.

퍼거슨이 들어섰을 때 예상대로 길과 어머니는 아파트에 있었고, 예상과 달리 학교에서는 이미 그가 허락 없이 조퇴했다고 집에 연락해 놓은 상태였다. 길과 어머니는 걱정이 가득한 얼굴을 하고 있었는데, 그 얼굴은 늘 퍼거슨을 슬프게 했고, 자기 같은 아이를 돌보는 어른이 된다는 게 두 분에게 얼마나 반갑지 않은 일일지를 깨닫게 했다. 학교에서 전화가 왔다는 건 12시 30분부터 4시 30분까지 그의 행방을 알 수 없었다는 뜻이고, 그 정도면 성실한 부모가 사라져 버린 자신들의 10대 아이를 걱정하기에는 충분한 시간이었다. 그런 이유로 일찍이 어머니가 4시 30분 규칙, 즉 그때까지 집에 돌아오거나, 그러지 못할 경우에는 전화해서 이유를 알려야 한다는 규칙을 만들어 놓았던 것이다. 농구 시즌에는 방과 후에 연습을 했기 때문에 제한 시각이 6시까지 늦춰졌지만, 시즌이 끝나면서 제한 시각은 다시 4시 30분으로 되돌려졌다. 퍼거슨이 아파트에 돌아온 건 4시 27분이었고 다른 날이었다면 아무 문제가 없었을 텐데, 그는 학교에서 그렇게 신속하게 연락할 거라고는 예상하지 못했었다. 그런 점을 간과했다는 게 아쉬웠는데, 길과 어머니에게 걱정을 끼쳤기 때문이 아니라 잘못된 예상을 한 자신이 어리석게 느껴졌기 때문이다.

다음 주 용돈이 절반으로 줄었고, 그 주에 남은 사흘 동안 학교에서는 점심시간에 바닥 청소를 하고, 설거지를 하고, 불구멍 여덟 개짜리 조리기를 청소해야 했다. 리버사이드 학교는 진보적이고 미래 지향적인 학교였지만, 주방 잡무가 지닌 훈육의 가치는 여전히 신뢰하고 있었다.

토요일, 귀가 시간이 느슨하고 상대적으로 자유로운 그날에, 퍼거슨은 아침 식사 자리에서 오후에 친구와 영화를 보러 가기로 했다고 말했다. 길과 어머니는 보통 중요하지 않은 질문을 많이 하지 않는 좋은 분들이었기 때문에(본인들이 얼마나 궁금한지에 상관없이 그랬다), 퍼거슨은 영화 제목이나 친구 이름은 말하지 않았고, 제시간에 집에서 출발해 1시가 되기 10분 전에 탈리아에 도착했다. 앤디 코언이 와 있을 거라고 기대하지는 않았는데, 극장 입구에서 다시 만나기로 한 약속은 너무 즉흥적이었기 때문이다. 하지만 퍼거슨은 이제 혼자 영화 보는 맛을 알게 되었고, 다시 혼자 보게 된다고 해도 싫지는 않았다. 그런 예상을 깨고 앤디 코언은 정말로 나타났고, 악수를 나눈 다음 40센트짜리

표를 각자 살 무렵, 대학생은 이미 예이젠시테인과 몽타주 이론, 영화 제작의 혁명이라고 여겨지는 그 이론에 관해 간략한 강의를 늘어놓고 있었다. 퍼거슨은 영화사에서 가장 유명한 장면 중 하나인 오데사 계단 장면을 특히 유심히 보라는 말을 듣고는 그러겠다고 했다. 할머니가 오데사에서 태어나 불과 7개월 전에 사망했기 때문에, 오데사라는 단어를 듣자 머릿속이 좀 복잡해지기는 했다. 할머니가 살아 계실 때 좀 더 관심을 드리지 않은 게 후회되었다. 당연히 할머니는 영원히 살아 계실 줄 알았고, 앞으로 그분을 알아 갈 시간이 충분할 줄 알았지만, 물론 그런 일은 없었고, 또 할머니 생각을 하다 보면 미칠 듯이 그리운 할아버지 생각도 당연히 따라왔다. 퍼거슨과 앤디 코언이 다섯 번째 줄 — 그 줄이 제일 좋다는 데 둘 다 동의했다 — 에 앉을 때쯤 앤디는 혹시 뭐가 잘못되었냐고 물었고, 퍼거슨은 얼른 표정을 바꾸며 말했다.

할아버지 할머니 생각이 나서 그래. 그리고 아버지랑, 내가 알던 분들 중 돌아가신 분들. (자신의 왼쪽 관자놀이를 가리키며) 가끔 이 안이 꽤 어두워져.

알지, 앤디가 말했다. 나도 아버지 생각을 멈출 수가 없어 —6년 전에 돌아가셨는데.

앤디의 아버지도 죽었다는 게 도움이 된다고, 퍼거슨은 생각했다. 둘 다 세상에 없는 남자의 아들이고, 적어도 나쁜 날들, 최악의 날들은 그 유령과 함께 보내기도 한다는 게 도움이 되었고, 최악의 날들에는 언제나 세상의 빛이 가장 환했기 때문에, 어쩌면 그게 그들이 영화관의 어둠을 찾는 이유, 어둠 속에 앉아 있을 때 가장 행복한 이유인지도 몰랐다.

앤디가 그 위대한 장면의 편집에 쓰인 수백 개의 컷에 관해 이야기하고, 정확히 몇 개의 컷이 쓰였는지(그는 그 숫자를 외우고 있는 게 분명했다) 말하려는 순간, 영화관의 불이 꺼지며 영사기가 돌아갔다. 퍼거슨은 스크린에 시선을 집중하고 앤디가 그렇게 난리를 치는 장면이 뭔지 알아보려 했다.

오데사 시민들이 계단 맨 위에서, 파업 중인 선원들에게 손을 흔든다. 부유한 여인이 흰색 우산을 펴고, 다리가 없는 소년이 모자를 흔든다. 그때 〈갑자기〉라는 자막이 등장하고 두려움에 빠진 여인의 얼굴이 화면을 가득 채운다. 군중이 계단을 몰려 내려오고, 그중에는 다리 없는 소년도 보이고, 흰색 우산이 화면을 향해 다가온다. 음악이 빨라지고, 다급한 음악이 심장 박동보다 빨리 달린다. 다리 없는 소년이 화면 가운데 있고 양쪽에서 사람들이 몰려든다. 반대편 방향에서 흰색 제복을 입은 군인들이 사람들을 쫓아 계단을 내려온다. 자리에서 일어나는 여인 클로즈업. 한 남자가 무릎을 꿇고 쓰러진다. 다른 남자도 넘어진다. 한 명 더 쓰러진다. 군중이 달리고 군인들도 그들을 쫓아 계단을 내려오는 넓은 그림. 그림자 밑으로 몸을 숨긴 사람들의 가까운 그림. 군인들이 조준 사격을 한다. 다시 위축되는 사람들. 군중의 옆모습, 군중의 앞모습, 그리고 카메라는 그들 옆에서 함께 움직이기 시작한다. 위에선 장총이 발사된다. 어머니가 아이의 손을 잡고 달리고 흰색 셔츠를 입은 아이가 앞으로 고꾸라진다. 어머니는 계속 달리고, 군중도 계속 달린다. 흰색 셔츠 아이가 울음을 터뜨리고, 아이 머리에서 피가 흘러내리고, 흰색 셔츠가 피로 물든다. 군중은 계속 달리고, 어머니는 아이가 함께 있지 않다는 걸 발견하고 발걸음을 멈춘다. 어머니는 뒤돌아서서 아이를 찾는다. 불안해하는 그녀의 얼굴 클로즈업. 울음을 터뜨렸던 피 묻은 셔츠 소년이 의식을 잃는다. 어머니는 두려움에 비명을 지르며 자신의 머리칼을 움켜쥔다. 의식을 잃은 소년 위로 사람들의 발이 지나가는 가까운 숏. 음악은 계속 다급하다. 두려움에 휩싸인 어머니의 얼굴 클로즈업. 군중이 끊임없이 계단을 몰려 내려온다. 신발이 소년의 손을 밟는다. 계단을 몰려 내려오는 군중의 더 가까운 숏. 소년을 밟는 다른 발. 피 흘리는 소년의 몸이 뒤집힌다. 두려움에 찬 어머니의 눈을 보여 주는 극단적인 클로즈업. 그녀는 입을 벌리고, 머리칼을 움켜쥔 채 카메라를 향해 다가온다. 군중이 쏟아져 내려온다. 어머니가 쓰러진 아들에게 다가간다. 아이를 일으키기 위해 몸을 숙인다. 광란에 빠진 채 몰려드는 군중의 넓은 그림. 아들을 안은 채 군인들이 있는 쪽으로 계단을 거슬러 올라가는 어머니. 그녀의 입이 움직이고, 성난 말들이 쏟아져 나온다. 빽빽하게 몰려 있는 군중을 찍은 아주 넓은 그림. 돌벽 뒤에 몸을 숨긴 몇몇 사람을 보여 주는 가까운 숏, 그 사이에 코안경을 쓴 여인이 한 명 있는데…….

그렇게 시작되었고, 장면이 진행되는 걸 지켜보던 퍼거슨은 이내 잔혹한 학살을 목격하며 눈물이 고였다. 아들을 안고 가던 어머니가 차르의 병사가 쏜 총에 맞아 쓰러지는 장면이 견디기 힘들었고, 또 다른 어머니가 죽으면서 그녀가 잡고 있던 유아차가 위태롭게 계단을 굴러 내려가는 장면이 견디기 힘들었고, 코안경을 쓴 여인이 비명을 지르고 그녀의 코안경 한쪽 알이 깨지면서 오른쪽 눈에서 피가 나는 장면이 견디기 힘들었고, 기병들이 장검으로 유아차에 탄 아이를 베는 장면이 견디기 힘들었지만 — 잊을 수 없는 이미지들이었고, 그런 이유로 50년 동안 계속 그의 악몽에 등장하게 될 것이었다 — 퍼거슨은 자신이 바라보는 장면 때문에 진저리를 치면서도 한편으로는 전율을 느꼈고, 그 정도로 방대하고 복잡한 과정이 필름에 담길 수 있다는 사실에 놀랐다. 몇 분 동안 이어진 그 장면에서 쏟아져 나온 순수하고 강렬한 에너지 때문에 자신이 거의 두 동강이 나는 것 같았고, 영화가 끝났을 때는 너무 정신이 없고, 너무 흥분되고, 슬픔과 고양감이 뒤섞인 혼란을 느꼈고, 앞으로 자신에게 그 정도로 영향을 미칠 다른 영화가 있을지 궁금했다.

예이젠시테인의 두 번째 영화도 그날 일정표에 있었지만 — 원제는 〈10월〉, 영어 제목은 〈세상을 뒤흔든 10일〉이었다 — 앤디가 그것도 보고 싶냐고 물었을 때 퍼거슨은 고개를 저으며, 너무 지쳐서 공기를 좀 쐬어야 할 것 같다고 말했다. 그래서 밖으로 나오기는 했지만 둘은 뭘 해야 할지 확신이 없었다. 앤디가 자기 아파트로 가서 예이젠시테인의 책 『영화 형식과 영화 의미』를 빌려주겠다고, 간 김에 음식도 좀 먹자고 했고, 남은 오후에 아무 계획이 없던 퍼거슨은 그러지 뭐라고 생각했다. 웨스트 107번가와 앰스터댐 애비뉴를 향해 걸어가는 동안 수수께끼 같은 앤디 코언은 자신의 삶에 관한 사실을 좀 더 털어놓았는데, 먼저 자신의 어머니가 세인트루크 병원의 정식 간호사이며, 그날은 12시에서 8시까지 근무하는 날이어서 자신들이 도착할 시간에는 집에 없을 거라고 했다(하느님 감사합니다). 그리고 자기는 컬럼비아에 합격했지만 어머니가 컬럼비아 학비를 감당할 수 없기 때문에 학비가 무료인 시티 칼리지에 진학한 거라고도 했다(하지만 아이비리그에 진학할 능력이 있음을 알게 된 건 꽤 짜릿한 일이었다). 또 영화를 좋아하기는 하지만 책을 더 좋아하고, 만약 모든 일이 계획대로 풀린다면 박사 학위를 받은 후에 어딘가에서, 어쩌면 컬럼비아에서 — 하! — 문학 교수를 하게 될 거라고 했다. 앤디가 이야기하고 퍼거슨이 듣는 동안, 퍼거슨은 자신들을 갈라놓고 있는 엄청난 지적 차이에 충격을 받았는데, 마치 세 살이라는 나이 차가, 퍼거슨은 아직 출발도 못 한 수천 킬로미터의 긴 여정을 상징하는 것만 같았다. 옆에서 걷고 있는 아는 것 많은 대학생과 비교해 스스로가 너무 무식하다고 생각했기 때문에, 퍼거슨은 앤디 코언이 왜 자신과 친구가 되려고 그렇게 애쓰는 걸까 자문해 봤다. 그는 대화할 상대가 없는 외로운 사람 중 한 명일까, 퍼거슨은 궁금했다. 함께할 사람이 너무 아쉬워서 누구든 자기 앞에 나타난 사람을 붙잡은 걸까, 그 사람이 아무것도 모르는 고등학생이라고 해도? 그렇다면 그건 말이 되지 않았다. 결점이 있는 사람들, 성격적 결함이나 신체적 결함, 정신적 결함 때문에 다른 이들과 떨어져 홀로 지내는 경향이 있는 사람들도 있었지만, 앤디는 그런 사람처럼 보이지는 않았다. 그는 친근하고 비교적 잘생겼으며, 유머 감각이 없는 것도 아니고, 너그러웠다(예를 들면 퍼거슨에게 책을 빌려주겠다고 했다). 말하자면 그는 사촌 짐이랑 같은 부류의 사람이었는데, 앤디보다 한 살 많은 짐은 친구가 아주 많아서, 손이 열두 개가 있어도 그 손가락으로 다 셀 수 없을 정도였다. 실제로, 그런 생각을 하다 보니, 앤디와 함께 있을 때의 느낌이 짐과 함께 있을 때와 다르지 않은 것 같았다. 자신보다 나이가 많지만 자신을 얕보지 않는 누군가와 함께 있을 때의 편안함, 나이 든 쪽과 어린 쪽이 같은 속도로 거리를 걸을 때의 편안함이었다. 하지만 짐은 그의 사촌이었고, 가족 중 누군가에게 그런 대접을 받는 건 평범한 일이었다. 반면 앤디는, 적어도 그 순간까지는, 낯선 사람이나 다름없었다.

미래의 교수는 낡은 11층 건물의 3층에 있는 침실 두 개짜리 작은 아파트에 살고 있었다. 전쟁 이후 노후화에 접어든 어퍼웨스트사이드의 주거용 건물 중 하나였는데, 한때 중산층 중의 중산층이 사는 수수한 거주 지역이었지만 현재는 이런저런 이유로 힘들게 지내는 사람들의 차지가 되었고, 닫힌 문 안에서는 서로 다른 여러 언어가 쓰였다. 앤디는 가구가 많지 않고 정리가 잘 된 방들을 퍼거슨에게 보여 주면서, 그의 아버지가 세 번째이자 마지막으로 심장 발작을 일으킨 이후 어머니와 둘이 그곳에 살고 있다고 설명했다. 퍼거슨은 아버지의 사망 이후 힘든 시절을 넘길 수 있게 해준 보험금이 없었더라면 자신과 어머니도 그런 집을 빌려 살았겠구나 하는 생각이 들었다. 지금은 어머니가 재혼하고 사진가로서 상당한 돈을 벌고, 길 역시 음악에 관한 글을 쓰며 상당한 돈을 버는 덕분에 앤디와 그의 불쌍한 간호사 어머니보다는 형편이 좋았다. 퍼거슨은 자신의 넉넉한 형편이 부끄러웠는데, 앤디가 본인의 형편이 넉넉하지 않게 되는 과정에서 어떤 역할도 하지 않았던 것처럼, 자신 역시 본인의 넉넉한 형편에 어떤 기여도 하지 않았기 때문이다. 코언 집안이 딱히 가난하다는 이야기는 아니었지만(냉장고에는 음식이 잘 갖춰져 있었고 앤디의 침실에는 책이 가득했다), 작은 주방에 앉아 앤디가 준비한 살라미샌드위치를 먹는 동안 그는 그 집에서는 상품 교환권을 모으고, 『저널 아메리칸』이나 『데일리 뉴스』에 실린 할인권을 잘라서 쓴다는 사실을 알 수 있었다. 길과 그의 어머니가 달러 단위로 돈을 쓰면서 과소비를 하지 않는 수준이라면, 앤디의 어머니는 페니 단위까지 가진 돈은 모두 써야 하는 수준이었다.

주방에서 간식을 먹은 후 둘은 거실로 나가 잠시 『마담 보바리』(퍼거슨은 아직 읽지 않았다)와 「7인의 사무라이」(퍼거슨은 아직 보지 않았다), 탈리아의 다음 달 일정표에 있는 다른 영화들에 관한 이야기를 나눴다. 그러고는, 뭔가 이상한 일이 벌어졌다. 혹은 흥미로운 일이나 이상하게 흥미로운 일이라고 할 수도 있는, 어쨌든 예상치 못한 일, 적어도 처음에는 그렇게 보인 일이었다. 하지만 퍼거슨이 그 일에 대해 잠시 생각해보니 아주 예상치 못한 일은 아니었고, 일단 앤디의 질문을 듣고 나니 퍼거슨은 마침내 자신이 왜 그 집에 있는 건지 이해할 수 있었다.

그는 소파에 앉아 있었고 앤디는 반대편에 놓인 창가의 안락의자에 앉아 있었다. 잠시 대화가 멈췄고, 앤디는 의자에서 몸을 앞으로 기울여 한참 동안 퍼거슨을 바라보다가 난데없이 물었다. 자위해 본 적 있어,

아치?

거의 1년 반 동안 엄청나게 자위에 빠져 있던 퍼거슨은 즉시 대답했다. 당연하지, 다들 그렇지 않아?

다는 아니겠지만, 대부분이라고는 할 수 있겠지. 앤디가 대답했다. 아주 자연스러운 거야, n'est-ce pas(그렇지 않아)?

어려서 진짜 섹스를 할 수 없다면, 다른 방법이 없잖아.

너는 무슨 생각해, 아치? 그러니까 자위할 때 머릿속에 어떤 게 떠올라?

발가벗은 여자 생각하지. 변기 앞에서 자위하는 게 아니라, 발가벗은 채 역시 발가벗은 여자랑 함께 있으면 얼마나 좋을까 하는 생각.

슬프네.

맞아, 조금 슬퍼. 그래도 아무것도 없는 것보다는 나아.

그럼 누가 대신 해준 적은 있어? 뭐 고등학교 여자친구나 그런 애가?

아니, 그런 기쁜 일은 없었어.

나는 있거든, 몇 번.

뭐, 형은 나보다 나이가 많으니까. 경험이 더 많은 것도 말이 되지.

경험이 많은 건 아니야. 사실 세 번밖에 없어. 하지만 직접 하는 것보다 다른 사람이 해주는 게 훨씬 기분 좋다는 건 확실히 말할 수 있어.

그럴 것 같아. 특히 여자가 제대로 해준다면.

꼭 여자일 필요는 없어, 아치.

무슨 뜻이야? 형은 여자 안 좋아한다는 거야?

여자 무지 좋아하지. 그런데 여자들이 나를 안 좋아하는 것 같아. 이유는 모르겠는데, 여자 문제에서는 운이 없었던 편이야.

그래서 남자가 해준 적은 있어?

딱 한 명. 스타이버선트에 살던 때 친구 조지. 그 친구도 여자애랑은 잘 안됐는데, 그래서 작년에 둘이 실험을 해보기로 했거든 — 기분이 어떤지 알아보려고 말이야.

그래서?

훌륭해. 세 번이나 서로 해줬는데, 결국 우리 둘 다, 누가 해주는가 하는 게 중요하지 않다고 결론지었지. 여자가 하든 남자가 하든 느낌은 똑같은데, 사실 내 자지를 쥔 게 남자 손인지 여자 손인지 누가 신경이나 쓰겠어?

그런 식으로 생각해 본 적은 없네.

나도 없었어. 그러니까 나한테는 대단한 발견이지.

그런데 왜 세 번만 했어? 형이랑 조지가 그렇게 마음에 들었다면, 왜 그만둔 거야?

왜냐하면 조지는 지금 시카고 대학에 있으니까. 그리고 마침내 여자 친구도 찾았고.

형한테는 안된 일이네.

그런 것 같아. 하지만 세상에 조지만 있는 게 아니니까. 너도 있잖아, 아치. 내가 해줘도 된다고 하면 기꺼이 해줄게. 내 이야기가 무슨 뜻인지 알 수 있게 말이야.

하지만 나는 형한테 해주기 싫다면? 조지는 좋아했을지 모르지만 나는 관심이 없는 것 같아. 형이 싫은 건 아냐. 그런데 나는 정말 여자애들이 좋거든.

나한테도 똑같이 해달라고는 하지 않을게. 그건 잘못된 일이고, 나는 사람들에게 뭘 강요해서 하게 할 수는 없다고 믿어. 그냥 네가 괜찮은 애라서 그래, 아치. 너랑 있는 게 좋고, 너를 보고 있으면 좋아. 그래서 너를 만져 보고 싶은 것뿐이야.

퍼거슨은 어서 해보라고, 궁금하다고 했다. 원한다면 앤디가 해줘도 되지만, 이번 한 번뿐이라고 덧붙였다. 그리고 불을 끄고 창문 가리개도 내려 달라고 했는데, 그런 일은 반드시 어두운 곳에서 해야 하기 때문이었다. 앤디는 의자에서 일어나 방 안의 불을 하나씩 끄고 창문 가리개를 내렸고, 일단 그런 준비를 마친 다음, 긴장하고 조금은 겁먹기도 한 퍼거슨 옆에 앉아, 자기보다 어린 소년의 바지 지퍼를 내리고 손을 집어넣었다.

좋은 느낌이었고, 퍼거슨은 신음 소리를 내기 시작했다. 부드럽고 예민한 성기가 단단해지고, 다른 소년의 손이 움직일 때마다 점점 길어졌는데, 그 손길은 능숙하고 아는 게 많은 손길이라고 퍼거슨은 생각했다. 축 늘어져 있다가 발기할 때까지, 그리고 그 너머까지 자지가 원하는 걸 정확히 아는 손이 때로는 거칠게, 때로는 부드럽게 앞뒤로 오갔다. 앤디가 기분이 어떠냐고 물었을 때 퍼거슨은 아주 좋다고 대답하고는, 마법 같은 손이 좀 더 여유 있게 움직일 수 있도록 벨트를 풀고 바지와 팬티를 무릎까지 내렸다. 첫 번째 손이 이제는 완전히 선 물건을 만지는 동안 갑자기 다른 손이 들어와 불알을 쓰다듬었다. 퍼거슨의 열다섯 살 된 좆은 최대한으로 커졌고, 앤디가 기분이 어떠냐고 다시 한번 물었지만, 퍼거슨은 신음을 내뱉으며 말 없는 반응을 보일 뿐이었고, 이내 쾌감이 넓적다리를 지나 아랫배 쪽으로 올라오며 그 너머로의 여정이 끝났다.

이제 알겠지, 앤디가 말했다.

응, 이제 퍼거슨도 알게 되었다.

2분 반밖에 안 걸렸어, 앤디가 말했다.

인생 최고의 2분 반이었다고, 퍼거슨은 생각하다가 눈을 내려 자신의 셔츠를 바라봤다. 눈이 어둠에 적응하면서 눈에 띈 그 셔츠에 자신이 싼 정액이 잔뜩 묻어 있었다.

이런, 셔츠 좀 봐. 그가 말했다.

앤디는 미소를 지으며 퍼거슨의 머리를 쓰다듬어 준 다음, 몸을 숙여 그의 귀에 속삭였다. 발자크가 욕망에 휩싸이자 D. H. 로런스는 급류처럼 밀려드는 절정에

이르렀네.[55]

대학가의 오래된 농담 따위는 들어 본 적 없던 퍼거슨은, 놀라움이 섞인 비명 같은 웃음을 터뜨렸다. 앤디는 역시 퍼거슨에게는 익숙하지 않은, 켄트 출신의 젊은이에 관한 지저분한 옛날 노래를 읊었고, 순진한 소년, 급하게 순결을 잃어 가고 있던 그 소년은 다시 웃음을 터뜨렸다.

안정을 되찾은 퍼거슨은 바지를 올리고 소파에서 일어나며 음, 셔츠 빨아야 할 것 같아, 하고 말했다. 거실을 지나 셔츠 단추를 풀면서 주방으로 향했고, 역시 자리에서 일어나 따라오는 앤디에게 그 셔츠가 새것이라고, 어머니와 새아버지가 생일 선물로 사준 것이기 때문에 얼룩을 지우지 않으면 대답하기 싫은 불쾌한 질문을 받을 수밖에 없을 거라고 설명했다. 서둘러야지, 얼룩이 옷에 스미기 전에 지우고, 증거를 없애야 해.

둘이 함께 싱크대 앞에 섰을 때 앤디는 퍼거슨에게 한 번만 해보고 마는 유형인지, 아니면 한두 번 더 해보는 유형인지 물었다. 이번 한 번뿐이라는 생각은 까맣게 잊어버린 퍼거슨은 무슨 뜻이냐고 물었다. 앤디는 좋은 거야, 하고만 말할 뿐, 비밀은 알려 주지 않으려 했다. 하지만 거실 소파에서 느꼈던 쾌감을 넘어서는 일

---

55 〈로런스〉가 잠자리에 능한 남자를, 〈발자크Balzac〉가 음낭ball sack을 가리키는 은어임을 빗댄 표현으로 보인다. 한편 D. H. 로런스는 오노레 드 발자크의 작품을 탐독했다고 알려져 있기도 하다.

이라고, 좀 전에 했던 것보다 확실히 더 좋을 거라고 덧붙였다.

얼룩은 셔츠 아랫부분, 밑단과 두 번째 혹은 세 번째 단추의 중간쯤에 몰려 있었고, 앤디가 깨끗하게 지워 줬는데, 조금 문지르자 얼룩이 생길 때만큼 빠르게 사라졌다. 일을 마친 앤디는 젖은 셔츠를 침실로 가져가 옷장 손잡이에 걸려 있던 옷걸이에 넣었다. 됐다, 새것 같네. 그가 말했다.

퍼거슨은 작고 다정한 그 친절에 감동했다. 앤디가 얼마나 사려 깊고 배려심 있는 사람인지 보여 주는 행동이었고, 퍼거슨은 그런 식으로 애정을 받는 것, 자기 셔츠를 빨아서 옷걸이에 넣어 주는 친절한 사람의 보살핌을 받는 것이 즐거웠다. 그를 싸게 해줬으니 본인에게도 해달라고 하지 않는 친절함은 말할 것도 없었다. 초반에 느꼈던 어떤 꺼림칙함이나 망설임은 사라지고 없었고, 앤디가 옷을 벗고 침대에 누우라고 했을 때도 퍼거슨은 기꺼이 옷을 벗고 침대에 누워 다음에 자기 몸에 무슨 일이 닥칠지 기대했다. 대부분의 사람이 지금 자신이 하는 짓을 보면 인상을 찌푸릴 것임을, 스스로가 금지되고 규범에서 벗어난 충동이 지배하는 위험한 영역, 온갖 타락과 음탕함이 넘치는 동성애의 땅에 들어와 있음을 알고 있었다. 누군가가 그 사악한 나라에 와 있는 그를 발견한다면 그는 놀림받고, 미움받고, 어쩌면 두들겨 맞을 수도 있었지만, 아무에게도 말하지 않을 것이기 때문에 아무도 모를 테고, 비밀로 남겨야만 한다고 해도 그건 절대 지저분한 비밀은 아니었다. 앤디와 하고 있던 일은 그에게는 전혀 지저분하게 느껴지지 않았고, 중요한 건 그의 느낌뿐이었다.

앤디가 손바닥으로 그의 몸을 쓰다듬자 좆이 다시 커졌고, 앤디가 단단해진 그 좆을 자신의 입에 넣고 퍼거슨에게 인생 최초의 오럴을 해주자, 퍼거슨은 그 일을 해주는 게 남자인지 여자인지는 더 이상 신경 쓰지 않았다.

어떻게 생각해야 할지 몰랐다. 그날 앤디의 아파트에서 그의 몸을 관통하고 밖으로 뿜어져 나온 두 번의 절정은 그가 경험한 가장 강력하고 가장 만족스러운 육체적 쾌락이었지만, 동시에 그 목적에 이르기까지의 방식은 순전히 기계적인 방식, 앤디가 그에게 해줬지만 그로서는 앤디에게 해줄 생각이 없는 일방적인 처치였다. 그렇다면 둘이서 한 건 단어의 엄격한 의미에서 보면 섹스, 적어도 퍼거슨이 이해했던 섹스는 아니었다. 그에게 섹스란 늘 혼자가 아니라 둘이 하는 것, 극단적인 감정 상태의 신체적 표현, 다른 사람에 대한 갈망이었는데, 이 경우에는 갈망도 없고, 감정도 없고, 그저 본인 자지의 욕망밖에 없었으니까, 그 말은 앤디와의 사이에 있었던 일은 섹스가 아니라 고차원적인, 좀 더 즐길 만한 형태의 자위일 뿐이라는 뜻이었다.

그가 남자아이에게 끌렸던 적이 있던가? 그때까지
는 그런 질문을 해본 적도 없었지만, 앤디가 손으로 해
주고, 입으로 빨고, 자신의 벗은 몸을 만지게 내버려 뒀
던 그는, 이제 학교의 남자아이들을 좀 더 유심히 관찰
하기 시작했다. 특히 자신이 잘 아는 친구, 좋아하는 친
구들을 관찰했는데, 거기에는 농구팀 전원이 포함되었
다. 샤워실이나 탈의실에서 열 번도 넘게 알몸을 봤지
만 아무 생각도 들지 않던 친구들이었는데, 이제 그는
한 번 더 생각을 해봤다. 우아한 앨릭스 노드스트롬의
입술에 키스를, 혀가 상대의 입 속을 헤집고 다니는 진
짜 키스를 하면 어떨지, 혹은 근육질의 브라이언 미셰
브스키가 아랫배 맨살 위에 잔뜩 쌀 때까지 손으로 해
주면 어떨지 상상해 봤지만, 두 장면 모두 퍼거슨에게
는 별다른 감흥을 불러일으키지 못했다. 진짜로 남자
대 남자의 섹스를 한다는 생각이 역겹거나 소름 끼친
다는 뜻은 아니었는데, 그가 동성애자이지만 그때까지
스스로 모르고 있었을 뿐이라면 그 어떤 의심도, 착각
일지도 모른다는 가능성도 떨쳐 내고 확실히 알고 싶
었다. 하지만 실상은 다른 남자아이를 껴안는 상상을
해봐도 흥분이 되지 않았다는 것, 그의 자지가 빳빳해
지지 않았고, 몸속 깊은 곳에서 간절하게 솟아나는 야
한 생각이 머릿속을 가득 채우지 않았다는 것이었다.
반면 에이미는 그를 흥분시켰고, 심지어 〈다시는 만질
수도 키스할 수도 없는〉 그 잃어버린 첫사랑이 지금까

602

지도 그를 간절한 열망으로 가득 채우고 있었다. 그리고 이저벨 크래프트도 그를 흥분시켰는데, 지난 6월 28일에 열 명이 단체로 파로커웨이 해변에 놀러 갔을 때, 빨간색 비키니를 입고 돌아다니는 그녀를 본 이후로는 특히 그랬다. 친구들의 발가벗은 몸을 상상하고 그 모습을 거의 발가벗은 이저벨 크래프트의 몸과 비교해 본 그는, 여자는 자신을 흥분시키지만 남자는 그렇지 않다는 사실을 알 수 있었다.

하지만 스스로를 속이고 있는 걸 수도 있었고, 감정이 섹스에 필수적인 요소라는 자신의 생각이 틀렸을 수도 있었고, 어떤 종류의 감정도 없이 신체적인 해방감만 있는 사랑 없는 섹스, 예를 들어 자위나 창녀와의 관계 등을 좀 더 다양하게 고려해 봐야 하는 걸 수도 있었다. 앤디와의 사이에서 있었던 일과 비교하면 그런 것들은 어떤 느낌일까. 키스나 감정이 없는 섹스, 신체적 쾌락이라는 하나의 목적만을 위한 섹스, 어쩌면 사랑은 아무 관계가 없는지도 몰랐다. 어쩌면 사랑이란 그저 동물적인 정욕이라는 어둡고 통제할 수 없는 욕구를 가려 주는 과장된 표현에 불과한지도 몰랐다. 어두운 곳에 있어 자기 몸을 만지는 사람을 볼 수 없는 상태라면, 사정할 때까지 무슨 방법을 쓰든 차이가 없는 게 아닐까?

대답할 수 없는 질문이었다. 대답할 수 없는 이유는 퍼거슨이 아직 열다섯 살이기 때문이었고, 시간이 지나면서 그가 여자 짝을 원하는 어른이 될지, 아니면 남자 짝을 원하는 어른이 될지, 그것도 아니면 여자와 남자 모두를 짝으로 원하는 어른이 될지, 자신이 어떤 사람이고 섹스 문제와 관련해서 어떤 걸 원하게 될지를 알기에는 아직 너무 이르기 때문이었다. 그의 인생의 그 단계에서, 또한 역사의 그 단계에서, 그 특정한 장소의 특정한 순간, 즉 1962년 전반기의 미국에서는 올바른 성 상대라고 믿는 사람을 찾았다고 해도 아직 그에게 섹스는 금지되어 있었기 때문이었다. 그러니까 어찌어찌해서 에이미 슈나이더먼의 애정을 되찾는다든지, 놀랍게도 이저벨 크래프트를 정복한다고 해도, 둘 중 누구도 앤디 코언이 그에게 해준 걸 해주지는 않을 것이었다. 이제 그의 몸은 남자의 몸이 되어 갔지만, 그는 여전히 강제로 동정을 유지해야 하는 소년의 세계에 갇혀 있었고, 평생 그 어떤 시기와도 비교할 수 없을 만큼 열정적으로 섹스를 갈망하는 순간에 이르렀음에도, 좌절된 욕망에 시달리던 그 순간 그에게 가능했던 유일한 섹스는 올바른 성 상대가 아닌 상대와의 섹스 뿐이었기 때문에, 그는 다음 토요일 오후 앤디 코언과 함께 「라쇼몽」을 보러 탈리아 극장에 갔다. 앰스터댐 애비뉴와 웨스트 107번가 사이에 사는 시티 칼리지 대학생에게 특별히 끌려서가 아니라, 그 남자가 자신에게 해준 게 너무 기분 좋았기 때문에, 지나칠 정도로 좋았기 때문에, 그런 기분에는 저항할 수 없었기 때문이다.

두 번째는 좀 더 서둘러서 진행되었는데, 거실 소파에서의 사전 단계는 건너뛰고 곧장 앤디의 침실로 향했다. 거기서 둘 다 옷을 벗었고, 퍼거슨은 앤디가 만져주기를 바라는 곳을 차마 만지지 못했고, 앤디가 자신에게 해준 것처럼 그에게 해줄 수는 없었지만, 앤디가 직접 자위하고 자기 가슴에 정액을 싸게 내버려 뒀다. 사실 그 느낌은 좋은 편이었는데, 그 따뜻함, 그 갑작스러움, 그리고 앤디가 자신이 싼 정액을 손으로 퍼거슨의 피부에 문지를 때의 나른한 느낌이 그랬다. 그건 혼자가 아니라 둘이 하는 행위, 기분 좋고 조금 더 나은 형태의 수음이 아니라 진짜 섹스에 가까운 무엇이었다. 그래서 그 두 번째 이후 이어진 3주 연속으로 토요일마다, 「푸른 천사」와 「모던 타임스」와 「밤」을 봤던 토요일마다 퍼거슨은 앤디의 점점 대담해지는 유혹 앞에 스스로를 내려놓게 되었다. 앤디의 혀가 자기 몸 아래위를 지나며 자극할 때면 더 이상 주춤하지 않고 거기에 반응했고, 키스를 받고 키스를 되돌려 줄 때도 더 이상 경직되지 않았고, 앤디의 빳빳해진 좆을 쥐고 입에 넣을 때도 망설이지 않았다. 주고받는 게 핵심임을, 퍼거슨은 깨달았다. 하나보다는 둘이 한없이 더 좋았고, 유혹하는 이를 유혹함으로써, 그렇게 유혹당하는 쾌감을 준 그에게 감사를 표할 수 있었다.

앤디는 퍼거슨보다 부드럽고 무른 편이었다. 마르고 키가 컸지만 근육은 없는, 스포츠를 즐기거나 운동을

해본 적이 없는 몸이었고, 그는 매일 밤 역기를 들고 팔
굽혀 펴기와 앉았다 일어나기를 1백 회씩 하며 만들어
온 농구 선수 퍼거슨의 단단한 근육에 완전히 매혹되
었다. 앤디는 퍼거슨의 몸이 아름답다고 몇 번이나 말
했다. 팽팽한 아랫배를 쓰다듬으며 군살이 없는 것에
감탄했고, 그의 얼굴이 아름답다고 말했고, 그의 엉덩
이가 아름답다고 말했고, 그의 좆이 아름답다고 말했
고, 그의 다리가 아름답다고 말했고, 아름답다는 게 너
무 많아서 함께 보낸 세 번의 토요일 중 두 번째 토요일
부터 퍼거슨은 그런 말에 부담을 느끼기 시작했다. 앤
디가 자신에게 말하는 방식은 그(퍼거슨)가 여자아이
들에 관해 말할 때의 방식과 비슷한 것 같았고, 그건 퍼
거슨이 약간 의심을 품게 된 또 다른 주제였다. 여자아
이들 문제 말인데, 그가 이저벨 크래프트의 훌륭한 외
모에 관해, 혹은 에이미 슈나이더먼을 여전히 얼마나
사랑하는지에 관해 이야기할 때마다 앤디는 인상을 쓰
며 뭔가 여자들 일반에 대해 모욕적인 말들을 하곤 했
다. 예를 들어 여자들 뇌는 남자들 뇌보다 열등하다든
지, 여자들 보지는 병균과 질병이 가득한 오물통이라
든지 하는 말들을 했는데, 그러니까 3월에 처음 만났을
때 자신도 여자를 좋아한다고 했던 앤디의 말은 사실
이 아닌 것 같았다. 심지어 본인의 어머니도 그런 신랄
한 비난의 예외가 될 수는 없었는데, 앤디가 어머니에
대해 불쌍하고 어리석은 젖소니, 역겨운 똥 덩어리니 하며

험담했을 때 퍼거슨은 자신의 어머니를 세상 그 누구보다도 사랑한다고 반박했지만, 그는 그건 불가능해, 친구, 그냥 불가능하다고라고 대답했다.

나중에야 퍼거슨은 자신이 처음부터 상황을 완전히 잘못 파악했음을 이해했다. 그는 앤디가 자신과 비슷한 또 한 명의 성적으로 흥분한 남자일 거라고, 여자들과 잘 풀리지 않아서 남자라도 한번 시도해 보려는 남자일 거라고, 그러니까 두 남자아이가 재미로 뒤엉키는 거고, 동정인 청소년들끼리 재미로 하는 섹스일 뿐이라고 여겼고, 거기서 뭔가 진지한 관계로 발전할 거라는 생각은 한 번도 해보지 않았다. 그러다가 둘이서 함께 보낸 마지막 토요일, 퍼거슨이 아파트를 나서기 직전에 여전히 침대 위에 나란히 누워서, 여전히 발가벗고, 여전히 땀 흘리며 숨을 헐떡이고, 지난 15분 동안 있었던 격정적인 활동으로 진이 빠져 있는 상태에서, 앤디는 퍼거슨을 안으며 사랑한다고, 퍼거슨이 자기 인생의 사랑이고, 퍼거슨이 죽은 후에도 절대 사랑을 멈추지 않을 거라고 말했다.

퍼거슨은 아무 말도 하지 않았다. 무슨 말을 하든 그 순간에는 잘못된 말이 될 것이었기 때문에, 그는 입을 다물고 아무 말도 하지 않았다. 슬프다고 생각했고, 그렇게 엉망인 상황을 만들어 버린 게 슬프고 기운 빠졌지만, 그런 자신의 기분을 말해서 앤디의 기분을 상하게 하고 싶지는 않았다. 자신은 그를 사랑하지 않는다고, 그리고 살아 있는 한 그를 사랑하지 않을 거라고, 이걸로 끝이고, 아주 재미있었는데 이렇게 끝이 나서 아쉽다고, 젠장, 그렇게 말할 수는 없었다. 어떻게 그렇게 어리석을 수 있을까?

그는 앤디의 볼에 입을 맞추고 미소를 지어 보였다. 가야겠다.

퍼거슨은 매트리스에서 튀어 올라 바닥에 떨어져 있던 자기 옷을 집어 들었다.

앤디가 말했다. 다음 주도 같은 시간에?

영화가 뭐야? 퍼거슨은 청바지를 입고 버클을 채우며 물었다.

베리만 영화 두 편. 「산딸기」랑 「제7의 봉인」.

저런.

저런이라니, 뭐가 저런이야?

방금 생각났는데, 다음 토요일에는 부모님이랑 라인벡에 가기로 했어.

너 아직 베리만 영화 하나도 못 봤잖아. 그게 엄마 아빠랑 시간 보내는 것보다 더 중요하잖아. 안 그래?

그렇겠지. 하지만 꼭 가야 해.

그럼 그다음 주는?

그때쯤엔 신발에 발을 넣고 있던 퍼거슨은 거의 들리지 않는 소리로 어, 뭐라고 웅얼거렸다.

안 올 거지, 그렇지?

앤디는 침대에 걸터앉아 큰 소리로 반복했다. 안 올

거지, 그렇지?

무슨 소리야?

나쁜 년아! 앤디가 소리쳤다. 내가 온 마음을 다 바쳤는데, 씨발 한마디도 안 해?

무슨 말을 바라는데?

퍼거슨은 재킷 지퍼를 올리고 문으로 향했다.

꺼져, 아치. 계단에서 굴러서 죽어 버리라고.

퍼거슨은 아파트를 나와 계단을 내려갔다.

죽지 않았다.

대신, 그는 걸어서 집으로 갔고, 자기 방에 들어가, 침대에 누워, 이어진 두 시간 동안 천장만 바라봤다.

3.4

1962년 첫 번째 토요일, 퍼거슨이 재키 로빈슨에 관한 9백 단어짜리 에세이를 제출하고 사흘 후, 그는 유대교 청년회 농구팀 소속의 다른 선수 여섯 명과 함께 웨스트오렌지에 있는 홈구장을 떠나 센트럴워드의 기독교 청년회 팀과 오전 시합을 치르기 위해 뉴어크의 체육관으로 갔다. 그 시합 직후에 같은 코트에서 시합 두 개가 더 잡혀 있었고, 관람석은 연속 세 경기의 첫 시합을 뛸 퍼거슨과 친구들의 팀뿐 아니라 이어서 뛸 네 팀의 선수들 및 가족들, 친구들로 가득했는데, 거의 여든에서 아흔 명은 되는 것 같았다. 유대교 청년회 팀의 백인 선수 일곱 명과 코치인 고등학교 수학 선생님 레니 밀스타인을 제외하고는 체육관 안의 모두가 흑인이었다. 에식스 카운티 청소년 리그에 속한 웨스트오렌지 팀 선수들은 흑인 선수로만 구성된 팀과 시합을 치르는 일이 종종 있었기 때문에 그 자체가 특이한 상황은 아니었지만, 그날 아침 뉴어크의 시합에서 특이했던 점은 평소처럼 열 명이나 열두 명이 아니라 1백 명에 가까웠던 관중의 규모였다. 처음에는 누구도 코트 안에서 벌어지는 일에 별로 관심이 없는 듯했지만, 시합이 무승부로 끝나고 연장전에 들어가자 나머지 두 경기를 보러 온 사람들도 슬슬 동요하기 시작했다. 퍼거슨이 보기에 관중은 어느 팀이 이길지에는 관심이 없었는데 —— 그저 시합이 얼른 끝나서 다음 경기가 시작되기만을 바라고 있었다 ——5분의 연장전마저 동점으로 끝나자 관중의 동요는 점점 커져 초조함으로 바뀌기 시작했다. 바보 같은 놈들은 빨리 빠져라, 그런 분위기였지만, 만약 두 팀 중 어느 한 팀이 꼭 이겨야 한다면 그 구경꾼들은 교외 지역 팀보다는 뉴어크 팀이, 유대인 아이들보다는 기독교도 아이들이, 백인 아이들보다는 흑인 아이들이 이기기를 바라고 있었다. 공정한 거라고, 두 번째 연장전이 시작될 때 퍼거슨은 생각했다. 사람들이 홈 팀을 응원하는 건 당연했고, 그런 접전에서는 응원석에서 고함이 들리는 게 당연했고, 원정 팀 선수들에게 욕하는 게 당연했지만, 두 번째 연장전마저 무승부로 끝나자 갑자기 그 모든 게 불붙은 듯 타올랐다. 뉴어크 중심가의 작고 낡은 체육관은 함성으로 떠나갈 것 같았고, 열네 살 소년들의 시시한 농구 시합은 우리와 저들 사이의 상징적인 혈전이 되어 버렸다.

두 팀 모두 엉망으로 시합했고, 두 팀 모두 슛의 10분의 9가 빗나갔고, 패스의 3분의 1이 엉뚱한 곳으로 갔으며, 두 팀 모두 관중석의 함성 때문에 피곤해 집중할수가 없었고, 두 팀 모두 승리를 위해 최선을 다했지만마치 지고 싶어 하는 것 같았다. 관중은 모두 하나가 되어 한쪽 팀을 일방적으로 응원했는데, 뉴어크 선수들이 몸싸움에서 이기고 리바운드를 따내거나 패스를 가로챌 때마다 발을 구르고 함성을 지르며 호응했고, 웨스트오렌지 선수들이 점프 슛을 쏘거나 발 사이로 드리블을 할 때마다 야유를 보냈으며, 뉴어크가 점수를낼 때는 기쁨에 겨워 길게 환호했고, 웨스트오렌지가점수를 낼 때는 분노와 역겨움에 가득한 긴 비난의 함성을 질렀다. 종료를 10초 남기고 뉴어크가 한 점 차로앞서고 있었다. 레니 밀스타인이 작전 시간을 요청했고, 웨스트오렌지 선수들이 코치 주변에 모였지만, 관중석의 함성이 너무 커서 코치는 고함을 지르며 선수들에게 작전을 전달해야 했다. 현명한 레니 밀스타인,그는 뛰어난 농구인이었을 뿐 아니라 훌륭한 인물이기도 했는데, 열네 살이란 나이가 인생 최악의 시기이기때문에 열네 살 소년들은 모두 혼란스럽고 분열된 자아를 지녔다는 점을 잘 이해하고 있었고, 그런 열네 살소년들을 다루는 법도 잘 알고 있었다. 그들 중 누구도어린이가 아니었으며 또한 어른도 아니었는데, 아직분별력도 없었고, 덜 자란 몸이 익숙하지도 않았다. 용광로처럼 달아오른 밀폐된 체육관에서 고함을 지르는 호전적인 적군에 둘러싸인 상태로, 아무것도 강요하지 않고 유쾌하게 팀을 운영해 오던 금발 곱슬머리의 코치가 있는 힘껏 소리를 지르며 상대의 압박 수비를 깰 전술을 알려 줬다. 선수들이 레니의 오른손 위에 손을 얹고 가자!라고 외치기 전에, 서른네 살의 남편이자 두 아이의 아버지였던 레니는 체육관 옆쪽 출입구를 가리키며 10초 후에 어떤 일이 벌어지든, 시합에서 이기든 지든 상관없이, 종료 신호가 울리자마자 모두 그 문을 향해 달려가서 도롯가에 주차되어 있는 자신의 스테이션왜건에 올라타라고 지시했다. 본인의 표현에 따르면 체육관 안 분위기가 맛이 가고 있기 때문에, 이어질 대난동에서 누구도 다치거나 죽으면 안 된다고 했다. 그런 다음 다섯 개의 손들과 그의 손이 겹쳤고, 레니가 그날 마지막으로 가자!를 외쳤고, 퍼거슨과 다른 선수들은 잔걸음으로 코트 안으로 돌아갔다.

퍼거슨의 인생에서 가장 긴 10초였는데, 어설픈 발레 공연이 슬로 모션으로 눈앞에서 펼쳐지는 것만 같았다. 퍼거슨은 다른 작전이 실패할 경우 절박한 마지막 긴 패스를 받기 위해 반대편 코트에 서 있어야 했기 때문에, 코트 안에서 움직이지 않는 사람은 그밖에 없었다. 덕분에 그는 선 자리에서 모든 상황을 지켜볼 수 있었는데, 마치 그 공간에 새겨 둔 것처럼 생생하고 절대 지울 수 없을 것 같았던 장면, 다음 몇 달, 혹은 몇 년 동안 수없이 떠올리고, 평생 원할 때면 언제든 떠올릴 수 있게 될 장면이었다. 코트 밖에 있던 마이크 내들러가 앞에서 펄쩍펄쩍 뛰고 팔을 휘저으며 방해하는 뉴어크 수비수를 속인 후 미치 굿먼에게 패스하고, 굿먼은 드리블 없이 몸만 돌려 코트 중간쯤에 있던 앨런 셰이퍼에게 패스하고, 셰이퍼는 포환던지기를 하듯 보지도 않고 슛을 던지고, 3초, 2초, 1초, 시간이 흐르고, 믿을 수 없는 궤적을 그리며 허공을 날아간 공이 림을 건드리지도 않고 그대로 그물 속으로 빨려 들어가면서 셰이퍼의 포동포동한 얼굴에 놀란 표정이 떠오르고, 에식스 카운티 청소년 리그 사상 가장 긴 장거리 버저비터, 그동안 있었던 그 모든 마지막 장면을 눌러 버리는 최고의 마지막 장면이 펼쳐졌다.

레니 코치가 출입구 쪽으로 달려가는 모습이 눈에 들어왔다. 출입구에서 가장 멀리 떨어진 웨스트오렌지 팀 선수였던 퍼거슨은 그 누구보다 먼저 달리기 시작했는데, 공이 골대에 들어간 바로 그 순간부터 달리기 시작해 심지어 셰이퍼를 축하해 주거나 승리를 기뻐할 틈도 없었다. 문제 상황이 발생할 거라던 레니 코치의 말은 결국 옳았고, 뉴어크 팀이 승리를 빼앗긴 상황에서 관중은 완전히 이성을 잃어버렸다. 처음에는 충격받은 사람들이 집단으로 비명을 질렀는데, 아흔 명쯤 되는 사람들이 동시에 그 어이없는 행운의 득점에 머리를 한 대 맞은 것만 같았다. 그리고 잠시 후 관중의 절반 정도가 코트로 몰려 내려와서는 화가 나고 믿을 수 없다는 듯 마구 소리를 질렀는데, 열세 살, 열네 살, 열다섯 살의 흑인 소년들 무리 쉰 명쯤이 자신들에게 행해진 부당함에 항의하기 위해 여섯 명의 백인 소년들을 갈가리 찢어 놓을 것만 같았다. 코트를 가로지르며 전력으로 달리는 그 몇 초 동안 퍼거슨은 진심으로 위협을 느꼈고, 관중 무리가 자신을 붙잡아 코트에 쓰러뜨릴까 봐 두려웠다. 누군가가 아무렇게나 휘두른 주먹에 어깨를 한 대 맞기는 했지만 간신히 사람들 틈을 헤치고 나올 수 있었는데, 그 주먹질은 아팠고, 이어진 두 시간 동안 맞은 자리가 계속 아팠다. 밖으로 나온 그는 황량한 1월 오전의 차가운 공기를 가르며 레니의 스테이션왜건을 향해 달렸다.

실제로 벌어지지는 않았지만 거의 벌어진 것이나 다름없었던 압축판 인종 폭동은 그걸로 끝이었다. 돌아오는 차 안에서 다른 소년들은 모두 미친 듯이 흥분해서는, 시합의 마지막 10초에 관한 이야기를 끊임없이 반복했고, 복수심에 불타는 군중에게서 벗어난 일을 자축하고, 아직도 믿을 수 없다는 듯 계속 히죽히죽 웃고만 있는 셰이퍼와 가상의 인터뷰를 하고, 웃고 또 웃었다. 너무 많이 웃어서 차 안의 공기에 그 들뜬 기운이 가득했지만, 퍼거슨은 그런 분위기에 동참할 수가 없었다. 그는 웃을 기분이 아니었다. 마지막 순간에 던진 셰이퍼의 슛은 그가 봤던 상황 중 가장 재미있고 가장 있을 법하지 않은 것이었지만, 시합 직후에 벌어진 상황 때문에 그 시합 자체가 망가져 버렸다. 주먹에 맞은 자리가 여전히 아팠는데, 어깨 주변에 남아 있는 통증보다 그런 주먹이 날아온 이유 자체가 더 아팠다.

차 안에서 유일하게 웃지 않는 다른 사람, 체육관에서 벌어진 일에 담긴 우울한 암시를 이해하고 있는 사람은 레니 코치뿐이었는데, 그는 시즌이 시작된 후 처음으로 아이들의 느슨하고 불완전한 몸놀림에 대해 야단을 쳤고, 셰이퍼의 15미터짜리 슛은 우연일 뿐이었다고 폄하하면서, 그런 평범한 팀을 20점 차 이상으로 눌러 버리지 못한 이유가 뭐냐고 다그쳤다. 다른 아이들은 코치가 화난 거라고 받아들였지만, 퍼거슨은 그가 화난 게 아니라 혼란스러워하는 것임을, 혹은 겁을 먹었거나, 낙담했거나, 혹은 그 셋 모두임을 알아차렸다. 시합 후에 벌어진 그 추한 사태에 비하면 시합 자체는 아무것도 아니었다.

사람들이 이성을 잃고 폭도로 변해 버리는 모습을 퍼거슨이 목격한 건 그때가 처음이었다. 받아들이기 힘들었지만 그날 아침 그가 알게 된 거부할 수 없는 교훈은, 군중은 때로 그 군중에 속한 개인 한 명 한 명은 감히 드러낼 수 없는 숨은 진실을 드러낼 수 있다는 점이었다. 이 경우에 진실이란 많은 흑인들이 백인들에게 품고 있는 거부감, 심지어 증오였고, 그건 많은 백인들이 흑인들에게 품고 있는 거부감, 심지어 증오보다 약하지 않았다. 크리스마스 방학 동안 재키 로빈슨의 용기에 관해, 미국인들 삶의 모든 영역에서 완전한 통합이 이뤄져야 한다는 내용의 에세이를 썼던 퍼거슨으로서는 그날 아침에, 재키 로빈슨이 브루클린 다저스에서 처음 뛰었던 날로부터 15년이나 지난 그날 아침에 뉴어크에서 벌어진 상황 앞에서 혼란스러워하고, 겁을 먹고, 낙담하지 않을 수 없었다.

2주 후의 월요일, 9학년 영어 시간에 볼드윈 선생님은 에세이 대회에서 퍼거슨이 1등상을 받게 되었다고 발표했다. 2등상은 엠마 골드만의 삶에 대한 인상적인 찬사를 적어 낸 에이미 슈나이더먼에게 돌아갔는데, 볼드윈 선생님은 두 학생 모두 너무 자랑스럽다고 했다. 수상작 두 편이 같은 반에서, 전교에 있는 열세 개의 영어 수업 반 중 하나인 자기 반에서 나왔는데, 메이플우드 중학교에서 그렇게 오랫동안 근무했지만 연례 글짓기 대회에서 수상작 두 편을 배출하는 영광은 이번이 처음이라고 했다.

볼드윈 선생님에게는 잘된 일이라고, 퍼거슨은 생각했다. 칠판 앞에 선 자신의 문학적 적은 마치 본인이 직접 그 에세이를 쓴 것처럼 환하게 미소를 지은 채 두 개의 승리를 즐기고 있었고, 350명의 학생 중 퍼거슨이 1등상을 받은 데 대해서도 행복해하는 것 같았다. 퍼거슨은 그 수상이 하나도 중요하지 않다는 걸 알고 있었는데, 볼드윈 선생님이 좋은 글이라고 판단했다는 사실이 이미 나쁜 징조였을 뿐 아니라, 뉴어크 체육관에서의 대혼란 이후 퍼거슨 본인이 자기 에세이를 부정해 버렸기 때문이었다. 자기 글은 지나치게 낙관적이고 순진해서 현실 세계에서는 아무런 의미도 가질 수 없다는 것, 재키 로빈슨은 퍼거슨이 글에서 드러낸 찬사를 받을 자격이 충분했지만, 야구에서 인종 차별을 없앤 건 앞으로 벌어질 훨씬 큰 투쟁, 퍼거슨의 일생보다도 훨씬 긴 시간 동안, 어쩌면 한두 세기 동안 이어질 투쟁에서는 아주 작은 하나의 발걸음에 불과했다는 것을 그는 알게 되었다. 변화한 미국에 관한 공허하고 이상적인 묘사였던 자기 글에 비하면 옘마 골드만에 관한 에이미의 글이 훨씬 나았는데, 단지 더 잘 쓰고 더 깊이 생각한 글이었기 때문이 아니라, 더 섬세하고 더 열정적이기도 한 글이었기 때문이다. 에이미가 1등상을 받지 못한 유일한 이유는, 학교 측에서는 혁명적 무정부주의자, 그 정의상 미국적이지 않은 미국인으로 여겨지며, 미국적 삶의 기준에서는 지나치게 급진적이고 위협적이라는 이유로 고국에서 추방당한 인물에 관한 에세이에 블루리본을 수여할 수는 없었기 때문이었다.

볼드윈 선생님은 계속 앞에서 중얼거렸는데, 각 학년의 수상자 세 명은 금요일 오후에 열릴 전교생 모임에서 각자의 에세이를 낭독해야 한다고 설명했다. 퍼거슨은 에이미의 등을 — 에이미는 오른쪽 두 번째 앞줄에 앉아 있었다 — 바라봤고, 두 어깨뼈 사이의 정중앙에 시선을 고정하는 순간, 마치 자신의 등에 닿은 그

의 눈길을 느낀 것처럼 그녀가 돌아봐서 기뻤고, 마치
〈웃기지 마, 아치 퍼거슨. 내가 1등상을 받았어야 했어.
너도 알잖아〉라고 말하는 듯 인상을 찌푸리며 혀를 내
밀었을 때는 더욱 기뻤다. 퍼거슨은 〈나도 알아. 하지
만 내가 뭘 어쩌겠어?〉라고 말하는 듯 미소를 지으며
어깨를 으쓱해 보였고, 에이미의 찌푸린 얼굴이 미소
로 바뀌었고, 잠시 후 목까지 차오른 웃음을 더 이상 참
지 못한 그녀가 이상한 코웃음 소리를 냈고, 예상치 못
한 그 큰 소리에 볼드윈 선생님은 하던 말을 멈추고 에
이미에게 물었다. 〈괜찮은 거니, 에이미?〉

괜찮아요, 선생님. 에이미가 말했다. 딸꾹질이 나서
요. 숙녀답지 못한 행동인 건 알지만, 저도 어쩔 수가
없어서요. 죄송합니다.

모두들 인생은 책과 비슷하다고 퍼거슨에게 말했다.
1면에서 시작해 주인공이 죽는 204면이나 926면까지
계속 나아가는 이야기였지만, 이제 그가 상상했던 자
신의 미래가 달라졌으므로, 시간에 대한 이해 역시 달
라졌다. 시간은 앞으로도 뒤로도 움직일 수 있는 것임
을 그는 깨달았고, 책에 담긴 이야기는 오직 앞으로만
나아가기 때문에, 책의 비유는 말이 되지 않았다. 굳이
말하자면 인생은 타블로이드 신문의 구조와 좀 더 비
슷했다. 전쟁 발발이나 암흑가의 살인 사건 같은 큰 사
건이 1면에 실리고, 덜 중요한 소식들이 이어지는 면에

실리지만, 뒤쪽에도 머리기사는 있는데, 바로 사소하지만 관심을 갖지 않을 수 없는 스포츠 세계에서 그날 가장 화제가 된 이야기였다. 앞부분에서 신문을 오른쪽에서 왼쪽으로 넘기며 읽을 때와 반대로, 스포츠면 기사는 왼쪽에서 오른쪽으로 넘기며 거의 언제나 거꾸로 읽게 되었다. 히브리어나 일본어 문서를 읽듯이 그렇게 거꾸로, 꾸준히 기사를 살피며 훑어가다 보면 신문의 한가운데 면에 이르는데, 광고만 있는 그 황무지 같은 면, 트롬본 강습이나 중고 자전거 따위에 관심이 있는 사람이 아니라면 읽을 필요가 없는 그 면을 지나면, 그다음엔 영화 광고와 연극 관람 평, 앤 랜더스의 조언, 사설 등이 이어지고, 만약 뒤에서부터 읽은 독자라면(스포츠광이었던 퍼거슨처럼) 1면까지 계속 넘어가면 되었다. 시간은 양방향으로 움직였는데, 미래로 내딛는 걸음마다 과거의 기억이 함께했기 때문이다. 퍼거슨은 아직 열다섯 살도 되지 않았지만, 주변 세상이 자기 안의 세상에 따라 계속 모양이 달라진다는 사실을 알 만큼은 충분히 기억을 쌓아 왔다. 다른 사람들한 명 한 명이 경험하는 세상의 모양 역시 그들 각자의 기억에 따라 결정되고 있었고, 사람들은 그들이 공유하는 공통의 공간에 함께 있었지만 시간을 가로지르는 각자의 여정은 모두 달랐고, 그 말은, 한 명 한 명이 모두 다른 사람들과는 조금씩 다른 세상에 살고 있다는 뜻이었다. 문제는 그것이었다. 당시 퍼거슨은 어떤 세상에 살고 있었고, 그에게 그 세상은 얼마나 달라져 있었는가?

우선, 그는 더 이상 의사가 될 생각이 없었다. 지난 2년 동안 그는 고귀한 자기희생과 끊임없는 선행이 있는 먼 미래를 생각하며 지냈다. 아버지와는 완전히 다른 사람, 돈이나 라임색 캐딜락을 위해서가 아니라 인류의 혜택을 위해 일하는 사람, 최악의 도심 빈민가에 진료소를 열고 가난한 자들과 억압받는 자들을 돌보는 의사, 콜레라가 창궐하고 내전이 벌어지는 아프리카로 날아가 천막 진료소에서 일하는 의사, 그에게 의지하는 많은 이들에게는 영웅처럼 보이는 사람, 명예로운 사람, 동정심과 용기를 지닌 성자. 하지만 현실을 꿰뚫어 본 노아 마크스가 나타나 그 이국에 대한 환상을 찢어 버렸는데, 그건 사실 감상적인 할리우드 의사 영화나 나약하고 감상적인 의사 소설에 등장하는 장면일 뿐이었고, 퍼거슨이 자기 안에서 찾아낸 게 아니라 늘 외부에서 본 자기 모습에 맞춰 생각한 미래의 소명일 뿐이었다. 그는 마치 1930년대 흑백 영화에 등장하는 배우, 간호사이자 동료이자 아내인 아름다운 여성이 화면 구석에서 늘 서성거리고 배경에는 감동적인 음악이 흐르는 그런 영화 속 인물을 보듯 자신을 봤던 것이다. 그건 복잡하고 고통스러운 내면을 지닌 진짜 퍼거슨이 전혀 아니었고, 스스로에게 영웅적인 운명을 부여하고 싶은 욕망, 자신이, 오직 자신만이 세상 그 어떤 다른 이보다 뛰어난 사람이 되고 싶다는 욕망이 낳은 기계적인 장난감 영웅에 불과했다. 하지만 노아가 나타나 그가 얼마나 착각하고 있는지 보여 줬고, 퍼거슨은 그 유치한 꿈에 그렇게 많은 에너지를 쏟아부은 자신이 부끄러웠다.

하지만 그와 동시에, 그가 작가가 되는 일에 관심이 있다는 노아의 생각은 틀린 것이었다. 소설 읽기가 그에게는 삶이 줄 수 있는 가장 근본적인 즐거움 중 하나라는 건 사실이었고, 사람들이 그런 즐거움을 경험할 기회를 얻으려면 누군가가 그 소설들을 써야만 한다는 것도 사실이었지만, 적어도 퍼거슨 본인과 관련해서는 읽기나 쓰기가 영웅적인 행동처럼 보이지는 않았고, 성인을 향해 가고 있던 그 시점의 퍼거슨에게 미래의 유일한 야망이 있다면, 그건 그가 제일 좋아하는 작가의 말처럼 자기 인생의 영웅이 되는 것이었다. 그때쯤 퍼거슨은 두 번째로 접한 디킨스의 소설을 읽었는데, 작가 본인이 가장 아끼는 주인공의 가상의 삶, 끊이지 않는 긴 고난의 삶을 기록한 814면짜리 책을 읽느라 크리스마스 방학 2주를 고스란히 바쳐야 했고, 이제 그 긴 독서의 끝을 맞이할 참이었다. 퍼거슨은 그 책에 대해서는 그 전해에 영혼의 동반자나 다름없었던 홀든 콜필드와 생각이 달랐다. 『호밀밭의 파수꾼』 첫 면에서 『데이비드 코퍼필드』류의 쓰레기라는 표현으로 디킨스를 흉본 그 콜필드 말이다. 이제 그의 머릿속에서는 책들끼리 대화를 나누는 것 같았는데, J. D. 샐린저도 좋은 작가겠지만 찰스 디킨스가 신은 신발만큼도 빛나지 않았고, 그건 노대가의 신발이 행크와 프랭크 같은 투박한 작업화였다고 해도 마찬가지였다. 아니, 소설을 읽는 게 아주 재미있고, 소설을 쓰는 것 역시 재미있다는데는 의심의 여지가 없었지만(쓰는 과정에는 재미와 함께 불안, 분투, 그리고 좌절도 있었지만 그 모든 것에도 불구하고 재미있었다. 좋은 문장을 쓰는 기쁨── 특히 나쁜 문장에서 출발했지만 네 번 고쳐 쓰는 과정에서 좋은 문장으로 서서히 개선해 나갈 때의 기쁨── 은 인간이 느낄 수 있는 성취감으로서는 어느 것에도 뒤지지 않았다), 그렇게 재미있고 큰 즐거움을 주는 일이라면 그 정의상 영웅적인 일이라고는 할 수 없었다. 성자 같은 의사로서의 일상은 이제 지워 버렸지만 퍼거슨이 혼자서만 상상해 봐도 그 외에 영웅적인 대안은 많이 있었고, 그중에는 예를 들면 법과 관련한 직업도 있었다. 몽상, 특히 미래에 관한 몽상은 그가 무엇보다 잘하는 일이었기 때문에, 퍼거슨은 다음 몇 주 동안 법정에서 유창한 변론으로 엉뚱하게 기소된 사람들을 전기의자에서 구해 내고, 최종 변론 후에 모든 배심원을 흐느끼게 만드는 자신의 모습을 그려 봤다.

그러는 사이 그는 열다섯 살이 되었다. 그를 위해 특별히 맨해튼의 웨이벌리 인에서 부모님과 조부모님, 밀드러드 이모와 돈 이모부, 노아까지 모두 모여 저녁 식사를 했고, 그 자리에서 그는 가족들로부터 선물을 받고 또 받았다. 어머니와 아버지에게서 1백 달러짜리 수표, 조부모님에게서 또 1백 달러짜리 수표를 받았고, 마크스 집안 사람들에게서도 별도로 세 개의 선물을 받았는데, 밀드러드 이모는 베토벤 후기 현악 사중주 박스 세트, 노아는 『세상에서 가장 웃기는 농담』이라는 하드커버 책, 돈 이모부는 19세기 러시아 소설 네 권이 었다. 유명하다는 건 알고 있었지만 퍼거슨은 읽어 볼 시도를 하지 않았던 책들이었는데, 투르게네프의 『아버지와 아들』, 고골의 『죽은 혼』, 톨스토이 중단편집 (「주인과 하인」, 「크로이체르 소나타」, 「이반 일리치의 죽음」), 그리고 도스토옙스키의 『죄와 벌』이었다. 그중 마지막 책 덕분에 퍼거슨은 다음 세대의 클래런스 대로[56]가 되겠다는 어설픈 환상에서 벗어날 수 있었는데, 『죄와 벌』을 읽은 일이 그를 완전히 바꿔 놨기 때문이다. 『죄와 벌』은 하늘에서 떨어진 벼락처럼 그를 1백 개의 조각으로 쪼개 버린 것 같았고, 다시 정신을 차렸을 때 퍼거슨은 더 이상 자신의 미래를 의심하지 않았다. 만약 한 권의 책이 이런 일을 할 수 있다면, 만약 한 권의 소설이 누군가의 마음과 정신과 세상에 대한 가장 깊은 감정에 이런 영향을 미칠 수 있다면, 소설을 쓰는 건 과연 한 인간이 평생 할 수 있는 최고의 일이 분명했다. 그 소설은 만들어 낸 이야기가 그저 재미있는

56 20세기 초 미국의 유명 법률가.

오락거리를 넘어설 수 있음을, 읽는 이의 속을 까발리고 머릿속을 열어 버리는 일을 할 수 있음을, 불에 데게 하고, 꽁꽁 얼어붙게 하고, 발가벗겨서 우주의 휘몰아치는 광풍 속으로 밀어 넣을 수 있음을 알려 줬고, 그날 이후로, 소년기 내내 마구 흔들리고, 점점 짙어지던 불길한 혼란 속에서 어쩔 줄 몰라 하던 그는, 마침내 자신이 어디로 가야 할지, 적어도 자신이 어디를 가고 싶어 하는지 알게 되었고, 이어진 그 모든 시간 동안은 단 한 번도, 심지어 벼랑 끝으로 떨어질 것만 같았던 위태로운 순간에도 자신의 결정을 뒤돌아보지 않았다. 그는 고작 열다섯 살이었지만 이미 하나의 생각과 결혼한 셈이었고, 좋을 때나 나쁠 때나, 부유할 때나 가난할 때나, 아플 때나 건강할 때나, 젊은 퍼거슨은 삶이 끝날 때까지 그 생각에 대한 맹세를 지키려 했다.

여름에 영화를 제작하려던 계획이 날아갔다. 노아의 할머니가 11월에 돌아가셨는데, 유산으로 여윳돈이 생긴 노아의 어머니는 그 돈의 일부를 아들의 교육 기회를 넓혀 주는 일에 쓰기로 결정했다. 노아와 상의도 하지 않고 프랑스 몽펠리에에서 여름 내내 진행되는 외국인 고등학생 대상 프로그램에 등록해 버린 것이다 — 8주간의 프랑스어 집중 학습 프로그램이었는데, 홍보 책자를 믿을 수 있다면 프로그램을 마치고 뉴욕에 돌아올 때쯤에는 프랑스에 사는, 달팽이를 잡아먹는 개구리처럼 유창하게 프랑스어를 할 수 있다고 했다. 퍼거슨이 『죄와 벌』 읽기를 마치고 사흘 후에 노아가 전화를 해서 계획이 달라졌다고 알려 줬다. 선수를 쳐버렸다고 어머니를 원망했지만, 그렇다고 자신이 할 수 있는 일도 없다고, 노아는 말했다. 스스로 삶의 주체가 되기에는 아직 어렸고, 아직까지는 미친 여왕이 결정권을 갖고 있었다. 퍼거슨은 실망감을 숨기고 노아가 운이 좋은 거라고, 자신이 그의 입장이라면 기꺼이 그런 기회를 잡을 거라고 말했다. 본인들의 원래 계획에 관해서라면, 뭐, 아쉽지만, 아직 카메라도 없고 대본의 틀도 잡지 못한 상태였기 때문에 피해를 본 건 없으니 프랑스에서 그를 기다리고 있는 것들만 생각하라고 했다. 네덜란드 여학생, 덴마크 여학생, 이탈리아 여학생, 그 모든 미인들이 있는 고등학교가 온통 그의 차지였고, 프로그램에 지원한 남학생이 많지 않았기 때문에 그를 방해하는 경쟁자도 거의 없을 거라고, 분명 인생 최고의 시간을 보내게 될 거라고 했다.

　퍼거슨은 노아가 그리울 것이었다. 당연히 많이 그리울 것이었다. 여름은 둘이서 매일 함께 보내는 계절, 8주 내내 하루도 빠짐없이 함께 보내는 계절이었는데, 그라우초 흉내를 잘 내는 사촌 겸 친구가 없는 여름은 아마 여름처럼 느껴지지 않을 것이었다. 그건 그저 더운 날씨와 새로운 종류의 외로움만 있는 긴 시간일 뿐이었다.

운 좋게도, 부모님의 선물은 1백 달러짜리 수표만이
아니었다. 혼자 뉴욕에 나갈 수 있다는 허락도 받았는
데, 그는 새로 얻은 자유를 가능한 한 자주 즐기려고 했
다. 아름답지만 지루하기도 한 메이플우드는 사람들이
그곳을 벗어나고 싶은 마음이 들게 하려는 목적으로
세워진 동네였기 때문에, 이제 다른 세계, 더 큰 세계가
가능해지고 나자 퍼거슨은 그해 봄 거의 매주 토요일
에 동네 밖으로 나갔다. 그가 사는 곳에서 맨해튼까지
가는 방법은 두 가지였다. 어빙턴의 정류장에서 출발
하는 107번 버스를 타고 8번 애비뉴와 40번가가 만나
는 포트 오소리티 터미널까지 가는 방법, 아니면 메이
플우드역에서 이리 래커워너 철도에서 운영하는 네 량
열차를 타고 호보컨 종점까지 가는 방법이었다. 호보
컨에서 도심까지는 다시 두 가지 방법이 있었는데, 허
드슨 지하철을 타거나 허드슨 페리를 타고 강을 건너
는 것이었다. 퍼거슨은 기차-페리 쪽을 선호했는데, 기
차역까지 10분만 걸어가면 되었을 뿐 아니라(반면 어
빙턴의 버스 정류장까지는 어떻게든 차를 타고 가야
했다) 그 기차가 마음에 들었기 때문이다. 여전히 운행
하는 기차 중에는 미국 전역에서 가장 오래된 기차였
는데, 차량들이 1908년에 만들어졌다고 했다. 짙은 녹
색의 거대한 철제 차량이 산업 혁명 초기를 떠올리게
하고, 내부에는 양방향으로 돌릴 수 있는 고풍스러운
버들고리 좌석이 있는 저속 완행열차는, 바퀴가 녹슨

선로 위에서 미끄러질 때마다 요란한 비명을 내질렀다. 그런 기차에 홀로 앉아 창밖으로 으스스하고 점점 나빠지는 북부 뉴저지의 풍경을 바라보는 게 무척 행복했다. 습지와 강과 철제 도개교가 있고 그 뒤로 무너져 가는 벽돌 건물들이 배경처럼 서 있는데, 그런 과거 자본주의 잔해 중 몇몇은 여전히 작동했고 몇몇은 폐허가 되어 있었다. 너무나 추한 그 광경에서 퍼거슨은 폐허가 된 그리스나 로마의 언덕들을 보며 19세기 시인들이 받았던 것과 비슷한 영감을 받곤 했다. 창밖으로 주변의 무너져 버린 세계를 바라보지 않을 때는 당시 읽고 있던 책을 읽었다. 도스토옙스키 외의 다른 러시아 작가들이 쓴 소설을 읽었고, 카프카를 처음으로 읽었고, 조이스를 처음으로 읽었고, 피츠제럴드를 처음으로 읽었다. 그다음에는, 만약 날씨가 괜찮다고 할 수 있는 날이면 페리의 갑판에 서서, 자신을 둘러싼 갈매기들 사이에서 얼굴에 바람을 맞고 발밑으로 엔진의 진동을 느끼며 서 있었다. 그 모든 걸 따져 보면 결국 지극히 평범한 여정, 수천 명의 통근자들이 월요일에서 금요일까지 아침마다 다니는 여정이었지만, 때는 토요일이었고, 열다섯 살 퍼거슨에게 그런 식으로 로어맨해튼에 가는 길은 순수한 낭만이었고, 자신이 할 수 있는 일 중 가장 좋은 일이었다 ── 단순히 집을 벗어나는 일뿐 아니라, 거기로 가는 일, 그 모든 걸 향해 가는 일이.

노아를 만나고, 노아와 이야기하고, 노아와 논쟁하
고, 노아와 함께 웃고, 노아와 함께 영화를 보러 갔다.
토요일에 페리가에 있는 밀드러드 이모와 돈 이모부의
아파트에서 점심을 먹은 후 노아와 함께 어디로든 외
출했는데, 가끔은 아무 목적지도 없이, 그저 둘이서 웨
스트빌리지의 거리를 서성대며 예쁜 여자아이들을 멍
하니 바라보거나 우주의 운명에 관해 논의했다. 이제
모든 게 정해져 있었다. 퍼거슨은 책을 쓰고 노아는 영
화감독이 될 것이었기 때문에, 둘은 대부분 책이나 영
화, 그리고 앞으로 둘이서 함께 진행할 수많은 계획에
관해 이야기했다. 노아는 어린 시절 처음 만났을 때의
노아와는 달랐지만 여전히 사람을 괴롭히는 면이 있었
고, 퍼거슨은 그가 잘난 척하는 거라고, 마크스 형제 같
은 특징이자 무질서한 본능을 제멋대로 드러내는 거라
고 생각했다. 그런 특징은 말도 안 되는 농담으로 튀어나
오곤 했는데, 예를 들면 청과물상(저기요, 가지eggplant가
좀 이상한 것 같아요, 달걀egg이 하나도 안 보여요)이나 커피
숍의 종업원(자기, 부탁인데 계산서 주기 전에 찢어 버리면 안
돼요? 돈 안 내도 되게요), 극장 유리 매표소 안에 선 매표
원(지금 상영 중인 영화의 장점을 하나만 이야기해 봐요, 안 하
면 제 힘으로 당신 잘라 버릴 거예요)에게 하는 농담은 그가
얼마나 해로운 인간인지를 보여 주는 자극적인 횡설수
설에 불과했지만, 그런 상황은 노아의 친구로서 치러
야만 하는 대가였다. 노아 때문에 재미있으면서도 동

시에 창피했고, 마치 말 안 듣는 꼬마와 함께 다니는 것 같았지만, 그러다가 노아는 아무런 예고도 없이 갑자기 진지한 얼굴로 알베르 카뮈의 『기요틴에 대한 성찰』 이야기를 꺼내곤 했다. 아직 카뮈의 글은 하나도 읽어 보지 않았다고 대답하면 노아는 당장 서점으로 들어가 그 작가의 소설을 한 권 훔쳐다 줬는데, 당연히 그건 받을 수 없었기 때문에 다시 들어가 책을 있던 자리에 되돌려 놓으라고 말할 수밖에 없었고, 결국 퍼거슨은 자신이 위선적이고 잘난 척하는 사람이 된 것 같은 기분이 들었다. 그럼에도 그는 퍼거슨의 가장 친한 친구, 지금까지 있었던 친구 중 최고였고, 그는 노아를 사랑했다.

그렇다고 매주 토요일을 페리가에서 보낸 건 아니었다. 노아가 어퍼웨스트사이드에서 어머니와 함께 보내는 주말에는 그를 만나기가 불가능했기 때문에, 그런 깜깜한 토요일에는 다른 계획을 세워야 했다. 메이플우드 친구인 밥 스미스(맞다, 밥 스미스라는 이름의 사람이 진짜로 있다)와 뉴욕에 두 번 나갔고, 혼자서 조부모님 집에 간 적이 한 번 있고, 몇 번은 에이미와 함께였다. 에이미 루스 슈나이더먼은 특히 미술 작품 관람에 열심이었는데, 최근에 퍼거슨도 자신이 미술 작품 보는 걸 좋아한다는 사실을 알게 되었기 때문에 그런 토요일이면 둘은 함께 박물관과 미술관을 돌아다녔다. 모두들 가는 큰 곳인 메트로폴리탄 미술관이나 현대 미술관, 구겐하임뿐 아니라 프릭(퍼거슨이 가장 좋아하는 곳이었다)이나 미드타운 사진 센터같이 작은 곳도 갔는데, 그런 곳들을 둘러보고 난 후에는 둘이서 몇 시간이나 이야기를 나눴다. 조토, 미켈란젤로, 렘브란트, 페르메이르, 샤르댕, 마네, 칸딘스키, 뒤샹, 배우고 생각할 것들이 너무 많았고, 거의 모든 작품이 태어나서 처음 보는 것이었기 때문에, 그 처음이 주는 혼란과 충격을 느끼고 또 느꼈다. 하지만 둘이서 함께 한 경험 중 가장 인상적이었던 사건은 미술관이 아니라 좀 더 작은 전시관, 이스트 57번가 풀러 빌딩에 있는 피에르 마티스 갤러리에서 열린 알베르토 자코메티의 최신 조각·회화·드로잉 전시회에서 일어났다. 그 불가사의하고, 손길이 느껴지고, 외로운 작품들에 흠뻑 빠져든 둘은 전시실에 두 시간이나 머물렀고, 관람객들이 하나둘씩 빠질 때쯤엔 피에르 마티스 본인이(앙리 마티스의 아들이었다!) 두 젊은이를 발견하고 다가왔다. 환한 미소를 띤 마티스는 기분이 좋아 보였는데, 그날 오후에 새로 개종한 두 초심자를 보게 되어 행복한 것 같았다. 놀랍게도 그는 그 자리에서 15분 동안 자코메티와 그의 파리 작업실 이야기는 물론, 본인이 1924년 미국에 자발적으로 이식된 후 1931년에 갤러리를 설립했다든지, 힘든 전쟁 기간에 유럽의 예술가들이 궁핍함에 시달렸고, 미로나 그 밖의 대가들이 미국에 있는 친구들의 도움이 없었으면 살아남지 못했을 거라는 등

닥치는 대로 이야기를 해줬다. 피에르 마티스는 둘을 뒤쪽 방, 책상과 타자기, 책장이 있는 사무실로 데려가 책장에 있는 자료들을 하나씩 꺼내서 보여 줬는데, 자코메티, 미로, 샤갈, 발뒤스, 뒤뷔페 등 그 갤러리에서 열렸던 지난 전시회의 자료집들이었다. 그는 눈이 휘둥그레진 두 10대 청소년에게 그 자료집들을 건네며, 자네들 같은 젊은이가 미래야, 아마 이게 자네들 공부에 도움이 될 거야, 하고 말했다.

넋이 나간 둘은 앙리 마티스의 아들이 준 선물을 든 채 아무 말 없이 건물을 나와 57번가를 향해 걸음을 옮겼다. 그들이 미래였기 때문에, 그들의 몸이 그런 만남 후에, 그런 예상 밖의 친절함이라는 축복을 받은 후에 빨리 걸을 걸 요구했기 때문에 빨리 걸었다. 달리지 않는 수준에서 가장 빠른 속도로, 사람들이 북적이고 햇빛을 받아 반짝이는 거리를 걸었고, 그렇게 180미터쯤 이동한 후에야 에이미는 배가 고프다고 말했다. 그녀가 쓴 말은 굶주렸다였는데, 종종 그랬듯이 에이미는 다른 사람들처럼 그저 배가 고파지는 수준이 아니라 굶어 죽을 것 같고 걸신이 들리는 사람, 코끼리 한 마리나 펭귄 떼도 먹어 치울 수 있는 사람이었기 때문에, 그런 그녀가 뭔가 맛있는 식사로 배를 채우고 싶다고 말한 이상 퍼거슨은 먹을 걸 찾는 일이 자신의 임무임을 알아차렸다. 둘이 57번가를 걷고 있는 상황임을 감안해서, 그는 6번 애비뉴와 7번 애비뉴 사이의 혼 앤드 하다트 자동판매기 식당[57]에 가는 게 어떻겠냐고 했다. 가까울 뿐만 아니라, 앞서 둘이 함께 뉴욕에 나왔을 때 혼 앤드 하다트가 뉴욕 전체에서 가장 훌륭한 식당이라고 판단 했었기 때문이다.

거기서 파는 심심하고 비싸지 않은 음식들, 양키빈 수프나 그레이비소스에 담근 으깬 감자와 함께 나오는 솔즈베리스테이크, 두툼한 블루베리파이 같은 것들은 **훌륭**하다고는 할 수 없었지만, 공간 자체가 그들을 매혹 했다. 철제와 유리로 만든 거대한 매장에서 느껴지는 놀이공원 같은 분위기와 자동판매기음식을 먹는다는 신 기함이 함께 있는, 20세기 미국의 효율성이 가장 미친 형태로, 또한 가장 유쾌한 형태로 드러난 식당, 배고픈 군중에게 건강에 좋고 위생적인 요리를 제공하는 곳이 었다. 계산대에서 동전을 한 움큼 교환한 다음 수십 개 의 유리 상자 안에 빼곡히 채워져 있는 음식들을 구경 하는 게 재미있었는데, 유리문 안에는 당신을 위해 특별 히 만들었다는 음식들이 1인분 단위로 차곡차곡 정리되 어 있었다. 일단 햄치즈샌드위치나 파운드케이크 한 조각을 먹기로 결정하고 금액에 맞게 동전을 넣으면 유리문이 열리고, 그렇게 간단히 샌드위치, 속이 꽉 차 고 믿을 수 있는, 방금 만든 샌드위치가 당신 것이 된 다. 식사할 테이블을 찾아 이동하기 전에, 유리문 안의 빈자리에 재빨리 다른 샌드위치가 채워지는 모습을 구

57 19세기 말부터 20세기 말까지 운영된 미국의 프랜차이즈 식당.

경하는 건 또 하나의 재미였다. 방금 산 것과 똑같은 샌드위치였는데, 자동판매기 뒤에 사람들, 하얀색 제복을 입은 남녀가 있어서 동전을 챙기고 빈자리에 새로운 음식을 채워 넣고 있었던 것이다. 그건 참 대단한 직업이겠다고, 퍼거슨은 생각했다. 다음은 빈 테이블을 찾는 모험이 이어졌는데, 식사나 간식을 든 채, 자동판매기에서 나온 음식과 음료를 먹거나 마시고 있는 각양각색의 뉴욕 사람들 사이를 지나는 것이었다. 손님들은 대부분 노인으로, 느릿느릿 커피를 마시며 매일 몇 시간씩 앉아 있는 사람들이었는데, 40년이 지난 후에도 혁명에 관해, 한때는 곧 일어날 것만 같았지만 빛을 보지 못한 채 이제는 지나가 버린 기억에 불과해진 그 혁명이 어디가 잘못되었던 것인지에 관해 이야기하는 몰락한 좌파들이었다.

그래서 퍼거슨과 에이미는 그 눈부신 오후의 끝자락에 혼 앤드 하다트에 들어가 음식을 먹고, 피에르 마티스 갤러리에서 열렸던 지난 전시회들의 얇고 그림이 많이 들어간 자료집들을 살펴보고, 둘 다 좋은 하루라고 느끼고 있던 그날, 모든 게 좋았던 그날의 일들에 관해 이야기했다. 그런 날들이 더 많이 필요하다고, 퍼거슨은 스스로에게 말했다. 지난 몇 달간 많이 있었던 힘든 날들을 상쇄해 줄 좋은 날들. 지난 몇 달간은 우선 야구가 없었는데, 그의 결정에 친구들은 너무나 혼란스러워했고, 그래서 그는 자신의 이유를 설명하려는 노력도 포기해 버렸다. 그 자기 부정의 실험은 짐작했던 것보다 훨씬 지키기 힘든 것으로 밝혀졌는데, 그렇게 오랫동안 그렇게 속속들이 좋아했던 일, 속속들이 그의 일부가 되어 버린 일을 포기해야 했기 때문에, 가끔은 다시 배트를 쥐고 싶고, 글러브를 끼고 누군가와 캐치볼을 하고 싶고, 1루를 향해 달릴 때 야구화가 흙을 파고드는 느낌을 느끼고 싶어 몸이 아플 지경이었다. 하지만 그는 물러서지 않았는데, 자신이 한 약속을 지키지 않으면 아티의 죽음이 아무 의미가 없었다는 것, 자신이 아무것도 배우지 못했다는 것을 인정하는 셈이 되어 버리기 때문이었다. 그건 자신이 아주 나약하고 영웅적이지 않은 사람이 된다는 뜻이었고, 그러느니 차라리 개가 되는 게, 비참하고 미천한 잡종 개가 되어 남은 음식을 구걸하고 자신의 토사물을 다시 핥아먹는 존재가 되는 게 나을 것 같았다. 만약 일주일에 한 번씩 도심으로 탈출하지 않았다면, 그래서 친구들이 토요일마다 시합을 벌이는 야구장에서 멀리 떨어져 있지 않았더라면, 결국 굴복하고 그런 개가 되어 버리기로 했을지도 몰랐다.

더 나쁜 점은 야구 없는 봄이 또한 사랑 없는 봄이기도 했다는 사실이었다. 퍼거슨은 자신이 린다 플래그에게 반했다고 생각했다. 메이플우드 최고의 꼬리 치기 선수이자 수수께끼 같은 인기녀의 마음을 얻겠다고 결심하고 가을과 겨울 내내 쫓아다녔지만, 그녀는 그를 유혹했다가 내치기를 반복했고, 키스를 허락했다가 허락하지 않았다 했고, 희망을 줬다가 그 희망을 빼앗아 버리곤 했는데, 결국 퍼거슨은 린다 플래그가 자신을 사랑하지 않을 뿐 아니라 자신도 그녀를 사랑하지 않는다는 결론에 도달했다. 계시의 순간은 4월 초의 토요일에 있었다. 몇 주 동안 노력한 끝에 드디어 퍼거슨은 그녀를 설득해 함께 맨해튼에 나갈 수 있었다. 계획은 간단했다. 자동판매기 식당에서 점심을 먹고, 3번 애비뉴까지 도심을 가로지르며 산책하고, 어둠 속에서 영화 「장거리 주자의 고독」, 짐 슈나이더먼이 보라고 강력히 추천한 그 영화를 보는 것이었는데, 영화를 보는 중에 린다의 손을 잡거나, 입에 키스를 하거나, 허벅지를 쓰다듬을 수 있으면 더 좋을 것 같았다. 울적한 날씨였는데, 이슬비가 흩날리다 빗줄기가 굵어지기도 하면서 축축했고, 그들이 기대했던 것보다 추웠고, 1년 중 그 시기의 정상적인 날씨보다 더 어두웠지만, 이른 봄에는 정상적인 건 하나도 없는 거라고, 우산을 펼치고 보도에 고인 물을 피해 걸으면서 퍼거슨은 말했다. 비가 오는 것도 유감이지만 그건 자기 잘못이 아니라고, 자기가 지난주에 맑은 날씨를 내려 달라고 제우스에게 편지를 썼는데, 올림포스산까지 우편물이 배달되는 데 한 달이나 걸린다는 사실은 몰랐다고, 계속 말했다. 린다는 그 썰렁한 농담에 웃었는데, 단지 그녀 역시 퍼거슨만큼이나 초조하고 기대에 차 있었기 때문에 웃었던 건지도 몰랐다. 그건 좋은 출발을 암시하는 걸 수도 있었지만, 일단 호보컨행 이리 래커워너 열차에 오르자마자 퍼거슨은 그날은 아무것도 제대로 풀리지 않으리란 사실을 알 수 있었다. 열차가 지저분하고 불편하다고 린다는 말했다. 풍경은 우울했고, 페리를 타기에는 날씨가 너무 흐렸고(하늘이 개기 시작했지만), 허드슨 지하철은 열차보다 더 지저분하고 더 불편했다. 자동판매기 식당은 흥미롭지만 무서웠는데, 온갖 부랑자가 드나들었고, 135킬로그램은 나갈 것 같은 흑인 여성이 혼자 테이블을 차지하고 앉아 예수와 세상의 종말에 관해 중얼거렸고, 반쯤 눈이 멀고 수염을 잔뜩 기른 노인이 돋보기안경을 쓴 채 사흘 지난 구겨진 신문을 읽고 있었고, 그들 바로 옆에 앉은 나이 든 부부는 다른 사람이 썼던 티백을 뜨거운 물이 담긴 컵에 넣고 있었다. 거기 오는 사람들은 하나같이 가난하거나 미친 것 같았는데, 도대체 어떻게 돼먹은 도시길래 미친 사람들이 거리를 배회하게 내버려 두고 있는 거냐고, 린다는 말했다. 그리고, 아치 너는, 왜 뉴욕이 다른 어떤 곳보다 좋다고 생각하는 거야? 사실은 이렇게 역겨운 곳인데?

그녀 잘못이 아니라고, 퍼거슨은 스스로에게 말했다. 그녀는 상류 중산층의 안락함과 점잖음만을 담은 후 밀봉해 버린 돔, 단정한 앞마당과 에어컨이 나오는 방이 있는 무색무취의 합리적인 세계에서 자란 밝고 매력적인 여자아이였기 때문에, 누추하고 소란스러운 대도시에서 부대끼며 지낸다는 생각만으로도 본능적인 거부감을 느꼈고, 그건 마치 역한 냄새를 맡았을 때 갑자기 구역질이 나듯 그녀도 통제할 수 없는 신체적 반응이었다. 그녀도 어쩔 수 없는 거라고, 퍼거슨은 한 번 더 속으로 말했고, 그녀를 탓할 일이 아니었지만, 그녀가 모험심이 전혀 없다는 점, 너무 새침하고, 익숙하지 않은 걸 너무 경계한다는 점은 실망스러웠다. 어렵다. 그게 종종 그녀를 묘사할 때 그가 스스로에게 하는 표현이었고, 확실히 뜨겁다가 차갑다가를 반복하는 린다 플래그는 지난 6개월 동안 퍼거슨의 삶을 어렵게 만들었다. 하지만 그녀는 어리석거나 속이 빈 사람은 전혀 아니었다 ─ 단지 겁을 먹은 것뿐이었는데, 거대하고 불쾌감을 주는 대도시의 비합리성에 겁을 먹었고, 예쁜 얼굴로 남자아이들을 저항할 수 없게 하기는 했지만, 그 남자아이들에게도 당연히 겁을 먹었다. 하지만 김이 빠진 듯 지루하지는 않았고, 재치나 배려심이 없는 것도 아니어서, 영어 시간에 읽은 책들에 관해서는 늘 똑똑한 말을 하곤 했다. 그녀의 팔꿈치를 감싸 쥐고 57번가를 따라 동쪽으로 안내하면서, 퍼거슨은 일단 극장에 들어가 자리를 잡고 앉아 영화를 보다 보면 그녀도 생기를 되찾지 않을까 기대했다. 극장은 파크 애비뉴 건너편, 맨해튼에서 제일 부유하고 제일 덜 지저분한 구역에 있었고, 영화도 좋은 영화라고 했다. 린다는 좋은 책을 알아봤고 좋은 예술품에 대한 감도 있었기 때문에, 어쩌면 좋은 영화를 보면서 기분이 좋아질 수도 있었고, 그때까지 망해 버린 그날의 일정에서 뭔가 좋은 걸 건져 낼 수도 있을 것 같았다.

영화는 확실히 좋았다. 너무 좋고 너무 흡인력이 있어서 퍼거슨은 린다의 허벅지를 쓰다듬거나 입에 키스를 하는 것에 관한 생각은 금세 잊어버렸지만, 「장거리 주자의 고독」은 젊은 남자의 이야기이지 젊은 여자의 이야기는 아니어서, 퍼거슨에게는 호소력이 있었지만 린다에게는 아니었고, 그녀 역시 탁월한 영화라고 인정은 했지만, 그 작품이 지금까지 만들어진 최고의 영화 중 하나이며 걸작이라고 느낀 퍼거슨만큼 빠져들지는 않았다. 극장에 불이 들어온 후 둘은 렉싱턴 애비뉴의 빅퍼드에 가서 커피와 도넛을 주문했고(커피는 퍼거슨이 새로 발견한 삶의 즐거움이어서 가능한 한 자주 마셨는데, 향이 좋아서일 뿐 아니라 그걸 마시면 어른이 된 것 같은 기분이 들었기 때문이다 — 그 뜨거운 갈색 액체를 한 모금 마실 때마다 유년기라는 감옥에서 한 걸음씩 멀어지는 것 같았다), 혼 앤드 하다트에 오는 사람들보다 덜 뚱뚱하고, 덜 가난하고, 덜 미친 사람들 사이에 자리 잡은 후에도 영화에 관한 이야기를 이어 갔다. 특히 마지막 장면, 소년원에서 열린 장거리 경주에서 주인공(새로운 영국 배우 톰 코트니가 연기한)이 오만한 소년원장(마이클 레드그레이브가 연기한)을 위해 우승하려다가, 마지막 순간에 달리기를 멈추고 일류 학교 출신의 잘생긴 부잣집 아이(제임스 폭스가 연기한)가 우승하게 하는 마지막 장면에 관해 이야기했는데, 퍼거슨이 보기에 일부러 지기로 한 그 결정은 근사한 저항의 행동이자 권위에 대한 짜릿한 반항의 표현이었으며, 영화에서 묘사된 뻔뻔할 정도로 좆같은 상황에 싸늘하게 화가 나 있던 그의 마음을 녹여 주기도 했다. 그런 식으로 소년원장을 모욕함으로써 주인공은 원장이 대변하는 부패하고 낡아 빠진 세계, 공허한 보상과 작위적인 처벌, 그리고 부당한 계급 장벽으로 무너져 가는 영국의 체제를 거부했고, 그럼으로써 자신의 명예와 힘, 자신의 남성성을 발견한 것이었다. 린다는 눈을 굴리며 말도 안 돼, 하고 말했다. 그녀가 보기에 경주를 포기한 건 어리석은 짓이었고, 주인공이 할수 있는 일 중 가장 나쁜 일이었다. 장거리 대회야말로 소년원이라는 지옥 같은 소굴에서 벗어날 통로였는데, 이제 바닥으로 떨어져 처음부터 다시 시작해야 하는 상황이 되었다. 왜 그러는지 모르겠다고, 그녀는 말했다. 도덕적으로는 승리했지만 동시에 자신의 인생은 망쳐 버렸는데, 어떻게 그런 행동을 근사하다고 할 수 있냐고 했다.

린다 말이 틀린 건 아니라고, 퍼거슨은 스스로에게 말했다. 그녀는 기개보다는 실리가 중요하다고 주장했는데, 그는 그런 식의 논쟁을 싫어했다. 삶에 대한 현실적인 접근법, 체계를 활용해 그 체계에 타격을 주는 것, 다른 규칙이 없기 때문에 망가진 규칙을 따르고, 폐기하고 새 규칙을 만들어야 함에도 여전히 기존의 규칙을 활용하는 것. 또한 린다는 자신들의 세계에 적용되는 규칙을 믿고 있었기 때문에, 앞서 나가고, 신분을 높이고, 좋은 직장에 자리 잡고, 자신과 같은 생각을 지녔으며 마당의 잔디를 깎고, 새 차를 몰고, 세금을 내고, 2.4명의 자녀를 낳을 수 있는 누군가를 만나 결혼하는 교외 지역의 규칙을 믿고 있었고, 무엇보다도 오직 돈의 힘만을 믿고 있었기 때문에, 퍼거슨은 그 논의를 이어 가는 게 아무 의미가 없음을 이해했다. 당연히 그녀의 말이 옳았다. 하지만 그의 말도 옳았고, 갑자기 그는 그녀를 더 이상 원하지 않게 되었다.

그날 이후로 린다는 여자 친구 후보 목록에서 빠졌고, 다른 후보가 없는 상황에서 퍼거슨은 슬프고 외로운 한 해의 슬프고 외로울 것 같은, 예정된 끝을 향해 가고 있었다. 그때로부터 한참이 지나 어른이 되고 난 후에도, 종종 그 청소년기를 돌아볼 때면 그는 방안으로 의도피라는 단어가 생각났다.

어머니는 그를 걱정했다. 아버지에 대한 아들의 적대감이 점점 더 커져 갔기 때문만도 아니었고(이제 그는 아버지와는 거의 대화를 나누지 않고 지냈는데, 먼저 말을 거는 일은 없었고 스탠리의 짧은 질문에는 뚱하게 한두 단어로만 대답했다), 아들이 두 달에 한 번 뉴로셀에 가서 페더먼 가족과 저녁을 먹고 왔기 때문만도 아니었고(집에 돌아와서는 아무 말도 하지 않았는데, 그렇게 망가진 채 슬픔에 빠져 지내는 사람들에 관해 이야기하는 건 너무 우울하다고 했다), 아무 설명도 없이 갑자기 야구를 그만뒀기 때문만도 아니었고(그만하면 야구는 충분히 했다고, 이제 야구가 지겹다고 했지만 그건 사실이 아님을 로즈는 감지하고 있었는데, 4월에 시즌이 시작하자 퍼거슨은 조간신문에 실린 경기 결과를 유심히 살피며 이전과 똑같이 열정을 갖고 그 숫자들을 연구했던 것이다), 한때 인기가 많았던 아이가 당시엔 여자 친구도 없는 것 같고, 주말 파티에도 점점 드물게 나가는 것 같아서도 아니었다. 그 모든 것들이 이유였지만, 특히 퍼거슨이 뭔가 새로운 눈빛, 아이를 알고 지냈던 지난 시간 동안은 한 번도 본 적이 없었던, 사색적이고 세상을 초월한 듯한 눈빛을 띠기 시작했기 때문이었다. 아이의 감정 상태와 관련한 그런 걱정들에 더해, 그에게 말해 줘야 할 새로운 소식, 나쁜 소식이 하나 있었기 때문에 둘이 함께 앉아 이야기할 필요가 있었다.

목요일로 정했다. 마침 앤지 블라이가 쉬는 날이었고, 퍼거슨의 아버지는 10시 30분까지 돌아오지 않을 것이었기 때문에 단둘이 저녁을 먹은 다음 길게 이야기할 시간이 충분했다. 아들의 일에 관해 꼬치꼬치 캐묻는 질문으로 식사 후의 일대일 대면을 시작하면 그가 입을 다문 채 자리에서 일어나 버릴 것임을 알았기 때문에, 로즈는 먼저 나쁜 소식을 전하며 그를 붙잡아 뒀다. 에이미의 어머니 리즈에 관한 슬프고 나쁜 소식이었는데, 그녀가 암 진단을 받았고, 유난히 지독한 암이라서 몇 달, 어쩌면 몇 주밖에 더 살 수 없다고 했다. 췌장암, 희망도 없고 약도 없었으며, 그녀를 기다리는 건 고통과 확실한 죽음밖에 없는 상황이었다. 퍼거슨은 처음에는 어머니가 하는 말을 받아들이기가 힘들었다. 에이미는 본인 어머니의 상태에 관해 단 한 마디도 하지 않았는데, 에이미는 자신과 매우 친한 친구이고 초조하거나 두렵거나 확실치 않은 불안한 일들은 시시콜콜 다 이야기해 왔기 때문에, 그건 이상한 상황이었다. 그래서 췌장암이라는 단어를 깊게 생각해 보기도 전에, 퍼거슨은 슈나이더먼 부인의 딸도 전혀 모르고 있는 그런 정보를 어떻게 어머니가 속속들이 알고 있는지 알아야만 했다. 댄이 말해 줬어라고 어머니는 말했지만, 그건 아들의 혼란을 더욱 가중할 뿐이었다. 그 남자는 왜 자기 딸보다 친구에게 먼저 그런 소식을 전했을까? 그제야 어머니는 댄이 두 자녀에게 동시에 소식을 전하고 싶어 한다고, 짐과 에이미가 함께 들으면 각자 들었을 때보다 더 잘 대처할 것 같아서 다음 날 오후 짐이 보스턴에서 돌아올 때까지 기다리고 있는 거라고 설명해 줬다. 리즈는 며칠째 병원에 입원 중이지만, 두 아이는 어머니가 할머니를 만나러 시카고에 간 걸로 알고 있었다.

에이미가 안됐다고, 퍼거슨은 생각했다. 오랫동안 어머니와 사이가 좋지 않았는데, 이제 그 어머니가 곧 죽어 버리면 둘 사이의 끝나지 않은 문제는 영원히 해결되지 않을 것이다. 그건 그녀에게 무척 힘든 일, 사이가 좋았던 사람이나 아낌없이 좋아했던 사람이 일찍 죽는 상황보다 훨씬 힘든 일이 될 것 같았는데, 후자라면 계속 훈훈한 마음으로, 심지어 행복한 마음, 아프고 끔찍한 행복이지만 어쨌든 그런 마음으로 기억을 품은 채 지낼 수 있는 반면, 에이미는 이제 어머니를 생각할 때마다 후회하지 않을 수 없을 것이기 때문이었다. 슈나이더먼 부인은 복잡한 사람이었고, 퍼거슨에게는 어린 시절 처음 봤을 때부터 줄곧 어색한 존재였다. 모순되는 장점과 단점이 뒤섞인 사람이었는데, 머리가 좋고, 집안일을 솜씨 좋게 해내고, 정치적 문제에 통찰력 있는 의견을 보이고(그녀는 펨브로크에서 역사학을 전공했다), 남편과 아이에게 끊임없이 헌신했지만, 그와 동시에 슈나이더먼 부인에게서는 어딘가 초조하고 낙담한 사람의 분위기, 자신이 인생에서 하기로 되어 있었던 일(아마도 직업과 관련한 일, 영향력 있는 사람이 될 수 있는 일자리였을 것이다)을 놓쳐 버린 사람의 분위기가 풍겼다. 가정주부라는 덜 우쭐한 자리에 눌러앉았기 때문에, 그녀는 자신이 다른 사람들보다 영리하고, 다른 사람들보다 아는 게 많다는 것, 몇몇 영역이 아니라 모든 부분에서 그렇다는 것을 증명하려고 마음 먹은 사람처럼 보였다. 그녀가 엄청나게 다양한 영역에 걸쳐 놀랄 만큼 많은 걸 알고 있고, 퍼거슨이 만났던 사람 중 가장 박식한 사람이라는 건 말할 것도 없는 사실이었지만, 초조하고 낙담한 사람이 모든 걸 알고 있을 경우에 문제점은, 누군가가 뭔가를 잘못 알고 있는 걸 보면 고쳐 주지 않고는 견디지 못한다는 점이었다. 슈나이더먼 부인도 자주 그랬는데, 집안에서 그녀는 보통 크기의 당근 하나에 비타민 A가 얼마나 들었는지 아는 유일한 사람이었고, 1936년 대통령 선거에서 루스벨트가 얼마나 득표했는지 아는 유일한 사람이었고, 1960년식 셰비 임팔라와 1961식 뷰익 스카일라크의 배기량 차이를 아는 유일한 사람이었기 때문에, 비록 그녀의 말이 늘 옳았다고는 하지만, 그녀와 함께 일정 시간 이상을 보내다 보면 사람이 미쳐 버릴 것만 같았다. 말이 많다는 것 역시 슈나이더먼 부인의 결점 중 하나였고, 퍼거슨은 그녀의 남편과 두 자녀들은 중요한 일과 중요하지 않은 일을 구분하지 않은 채 쉬지 않고 폭격처럼 쏟아 내는 그 말들, 그 끊임없는 불평들, 명석한 지성과 통찰력이 느껴지기는 하지만 아무런 의미도 없는 내용 때문에 반쯤 죽어 버릴 것만 같은 그 대화들을 어떻게 견디며 살 수 있는지 종종 궁금했다. 어느 날 밤, 퍼거슨이 슈나이더먼 씨의 차 뒷좌석에 에이미와 함께 타고 영화를 보러 가는 동안, 슈나이더먼 부인은 남편에게 침실 서랍장의 옷들을 어떻게 다시 정리했는지를 30분 동안 설명했는데, 새로운 체계를 최종적으로 완성할 때까지 자신이 내렸던 결정들을 차근차근 하나씩 이야기했다. 예를 들어 긴소매 셔츠와 반소매 셔츠를 왜 따로 구분했는지, 검은색 양말과 파란색 양말은 왜 따로 정리했는지, 이어서 테니스를 칠 때 신는 흰색 양말은 왜 따로 정리했는지, 자주 입는 민소매 속셔츠를 왜 브이넥 속셔츠 밑이 아니라 위에 뒀는지, 헐렁한 팬티는 왜 꽉 끼는 팬티의 왼쪽이 아니라 오른쪽에 뒀는지 등등, 의미 없는 세세한 사항들이 다른 의미 없는 세세한 사항들에 끊임없이 더해졌고, 영화관에 도착할 때쯤에는, 30분을, 하루를 이루는 스물네 시간 중에서 그 소중한 30분을 서랍장 안에서 보낸 후에, 에이미가 퍼거슨의 팔을 꼬집었고, 퍼거슨은 그렇게 꽉 쥔 에이미의 손가락에 맞춰 비명을 지르지 않을 수 없었다. 그녀의 어머니가 부주의하거나 무심한 어머니는 아니었다고, 퍼거슨은 생각했다. 굳이 말하자면 그녀의 어머니는 너무 신경을 썼고, 너무 사랑했으며, 딸의 황금빛 미래를 너무 확신했는데, 그 너무에 따라오는 의도치 않은 부작용은, 퍼거슨이 깨달은 바에 따르면, 그게 충분치 않다는 불만으로 이어진다는 점이었다. 특히 그 너무가 과도해서 부모와 자식 간의 경계마저 희미해지는 순간 그건 귀찮은 간섭이 되었고, 에이미는 그 무엇보다 숨 쉴 공간을 원하는 사람이었기 때문에, 일상의 아주 작은 부분들, 숙제 검사부터 제대로 된 양치질 방법에 관한 연설까지, 학교 친구들과 뭘 하며 노는지 캐묻는 것부터 그녀의 머리 모양에 대한 평가까지, 음주의 위험성에 대한 경고부터 남자아이들을 자극할 수 있기 때문에 립스틱은 바르면 안 된다는 차분하고 단조로운 꾸지람에 이르기까지, 그 모든 것에 대한 어머니의 끈질긴 간섭에 숨이 막힐 때마다 강하게 반발했다. 엄마 때문에 정신 병원에 갈 것 같아라고 에이미는 퍼거슨에게 자주 말했다. 혹은 엄마는 본인이 경찰서의 서장이고, 내 머릿속에 들어올 권리가 있다고 생각하는 것 같아라든가, 확 임신해 버려서 엄마한테 진짜 걱정거리를 만들어 줄까 봐 같은 말을 하기도 했다. 에이미는 자기 어머니가 잘못된 믿음을 품고 있고, 그 믿음을 자신에게 강요하고 있다고 비난했고, 왜 오빠를 내버려 두는 것처럼 자신을 내버려 두지 않냐며 따졌고, 두 사람은 끊임없이 충돌했다. 온화하고 사람 좋은 아버지 — 놀기를 좋아하는 아버지 — 가 늘 두 사람을 화해시키려고 애쓰지 않았더라면, 에이미와 그 어머니 사이의 불화는 전면전으로 치달았을 것이다. 불쌍한 슈나이더먼 부인, 그녀는 딸을 어리석은 방법으로 사랑했기 때문에 딸의 사랑을 잃어버렸다. 그리고 한 걸음 더 나아가자면, 사랑받지 못한 채 땅속에 묻혀 버리는 부모들은 참 가엾은 운명이라고, 퍼거슨은 스스로에게 말했다 — 그 자식들도 가엾기는 마찬가지였다.

여전히 퍼거슨은 어머니가 왜 자신에게 슈나이더먼 부인의 병 이야기를, 짐이나 에이미도 아직 모르고 있는 그 치명적인 병 이야기를 하는지 이해할 수 없었고, 일단 그런 상황에서 사람들이 하는 말들, 끔찍하네요, 불공평해요, 인생 중반에 그렇게 쓰러져 버리는 건 너무 잔인해요 같은 말들을 한 후에 왜 자신에게 먼저 알려 주는 거냐고 어머니에게 물었다. 거기에는 어딘가 주제넘고 비밀스러운 면이 있다고, 그들 두 사람이 슈나이더먼 가족 모르게 속닥거리는 기분이 든다고 했다. 하지만 아니라고, 전혀 그런 게 아니라고 어머니는 대답했다. 본인이 그에게 지금 말해 주는 건 에이미에게 소식을 들었을 때 놀라지 않게, 그 충격에 미리 대비하고 차분하게 받아들일 수 있게 해주기 위해서라고 했다. 그렇게하면 그가 에이미에게 더 좋은 친구가 될 수 있을 거라고, 에이미는 그 어느 때보다 그의 우정을 필요로 할 테고, 당장은 아니더라도 언젠가는 반드시 그럴 거라고 했다. 그건 설득력이 있다고 퍼거슨은 생각했지만, 설득력이 많이 있는 건 아니었고, 결코 충분하지 않았다. 어머니는 보통은 이런 복잡한 문제를 이야기할 때면 꽤 조리 있게 하는 사람인데, 뭔가를 숨기고 있는 건 아닌지 그는 의심했다. 이야기의 일부만 밝히면서 다른 일부는 보여 주지 않은 게 아닌지, 무엇보다도 댄이 말해 줬어라는 표현에 관한 납득할 만한 설명이 빠져 있었는데, 먼저 댄 슈나이더먼은 왜 어머니를 콕 집어서 자기 아내가 암에 걸린 이야기를 고백했을까? 두 사람은 오랜 친구였고, 그건 맞지만, 20년 이상 알아 온 사이였어도 친한 친구는 아니었는데, 적어도 퍼거슨이 알기에는 그와 에이미가 친한 것처럼 친하지는 않았다. 그럼에도 에이미의 아버지는 가장 큰 문제를 겪고 있는 시기에 그의 어머니를 찾아와 자신의 무거운 짐을 내려놨다는 건데, 그건 우선은 서로에게 깊은 신뢰가 있을 때만 가능한 행동이었고, 또한 가장 가까운 친구 사이의 친밀함이 있어야 가능한 행동이기도 했다.

두 사람은 슈나이더먼 부인에 관한 이야기를 몇 분 더 이어 갔고, 그녀에 대해 무례한 말을 하고 싶지는 않았지만, 그녀가 딸에게 다가가는 제대로 된 방법을 전혀 몰랐다는 점, 가장 큰 문제는 물러나거나(로즈의 표현이었다) 빠져야(퍼거슨의 표현이었다) 할 때를 모른다는 점이라는 데 동의했다. 그러다가, 거의 모르는 사이에, 에이미와 그 어머니의 문제에 관한 이야기는 자연스럽게 퍼거슨과 아버지의 관계에 관한 이야기로 넘어갔고, 일단 그 주제가 나오자, 아마도 로즈는 처음부터 교묘하게 이야기를 그쪽으로 유도한 듯했는데, 그녀는 갑자기 말해 봐, 아치, 왜 그렇게 아버지가 싫은 거니?라고 질문을 던져서 그를 놀라게 했다. 무방비 상태에서 일격을 당한 그는 진실을 피할 생각이 없었고, 「솔 메이츠」 원고가 사라져 버린 작은 사건을 불쑥 말했고,

지난 6개월 동안 아버지가 그 일에 관해 단 한 마디도 하지 않아서 자신이 얼마나 화가 났는지 털어놓았다.

아버지는 쑥스러웠던 거야, 어머니가 말했다.

쑥스럽다고요? 무슨 핑계가 그래요? 아버지는 어른이잖아요, 안 그래요? 그냥 무슨 일이 있었는지 저한테 말해 주기만 하면 되는 거잖아요.

직접 물어보지 그러니?

제가 물어봐야 하는 게 아니라 아버지가 이야기를 해줘야 하는 거라고요.

너 정말 무정하구나, 그렇지 않니?

아버지가 무정한 거죠, 제가 아니라. 너무 무정하고, 너무 자기 안에만 갇혀 있어서 집안을 악몽으로 만들어 버렸잖아요.

아치……

알았어요, 악몽은 아니라고 쳐요. 재앙 수준이죠. 이 집은—마치 무슨 냉장고 안에 사는 것 같다고요.

그렇게 느끼고 있는 거니?

차가워요, 엄마. 아주 차가워요. 특히 엄마랑 아버지 사이가요. 아버지가 엄마 사진관 그만두게 하면 안 되는 거였어요. 엄마는 브리지 게임이나 하면서 시간 낭비를 할 게 아니라 계속 사진을 찍어야 했다고요.

엄마랑 아빠 사이에 무슨 문제가 있다고 해도, 그건 너랑 아버지 사이의 일과는 아무 관련이 없는 거야. 아버지한테 기회를 한 번 더 줘보렴, 아치.

저는 싫어요.

뭐, 그럴 줄 알았다. 잠깐 나랑 위층에 올라가자. 보여 줄 게 있어.

알 수 없는 요청에 이어서 퍼거슨과 어머니는 식탁에서 일어나 주방을 나왔다. 퍼거슨은 어머니가 어디로 가려는 건지 전혀 모른 채 그냥 뒤따라 2층으로 올라갔고, 거기서 두 사람은 왼쪽으로 돌아 부모님의 침실로 들어갔다. 이제 자신은 거의 들어갈 일이 없는 그 방에서 퍼거슨은 어머니가 아버지 옷이 있는 별실에 갔다가 잠시 후 커다란 마분지 상자를 들고나오는 모습을 지켜봤다. 어머니는 방 가운데로 와서 침대 위에 상자를 내려놨다.

열어 봐, 어머니가 명령하듯 말했다.

퍼거슨이 상자 뚜껑을 열었고, 내용물을 확인한 후에는 너무 혼란스러워서 웃음을 터뜨려야 할지, 부끄러움에 침대 밑으로 기어 들어가야 할지 알 수 없었다.

안에는 깔끔하게 쌓아 둔 소책자 더미가 세 개 있었는데, 모두 예순 부나 일흔 부 정도였다. 스테이플러로 철해 둔 48면짜리 소책자였고, 하얀 표지에는 굵은 검은색 타자 글씨로 다음과 같이 찍혀 있었다.

솔 메이츠 SOUL MATES
아치 퍼거슨 지음

소책자 한 부를 꺼내서 뒤적이던 퍼거슨은, 거기에 자신의 이야기가 11포인트 글씨 크기로 정리되어 있는 걸 보고 깜짝 놀랐다. 어머니가 말했다. 아버지는 너를 놀라게 해주고 싶었던 거야. 그런데 제목을 잘못 치는 바람에 망쳐 버린 거지. 아버지는 정말 마음이 상했고, 모든 게 제대로 되었는지 확인하지 않은 자신이 너무 바보 같다고 생각한 거야. 그런 이야기를 너한테 할 수가 없었던 거라고.

그래도 이야기했어야죠, 퍼거슨이 말했다. 목소리가 너무 작아서 어머니는 거의 들을 수가 없었다. 제목 따위가 뭐가 중요하다고.

아버지는 너를 정말 자랑스러워하고 있어, 아치. 어머니가 말했다. 그저 무슨 말을 해야 할지, 어떻게 말해야 할지를 모르는 것뿐이야. 제대로 말하는 법을 배우지 못한 사람이니까.

당시 퍼거슨이 몰랐던 것, 7년 후 어머니가 말해 줄 때까지 계속 모르고 있던 것은, 그의 어머니와 댄 슈나이더먼이 8개월째 몰래 연애를 하고 있었다는 사실이다. 일주일에 이틀 혹은 사흘이었던 브리지 모임은 사실 한 번밖에 없었고, 댄이 포커나 볼링을 치러 나간다고 했던 날들도 실은 포커나 볼링을 치는 날이 아니었다. 퍼거슨 부모님의 결혼 생활은 보이는 것처럼 그저 냉랭하고 열정 없는 겉치레 수준이 아니라, 사실 끝나 버린, 영안실에 있는 시체보다도 더 심하게 죽어 버린 상태였다. 두 분이 그런 말도 안 되는 결합을 계속 유지했던 건, 그 세계에서는 이혼이 불미스러운 일이었고, 두 사람은 자신의 아들을 결손 가정 출신이라는 낙인으로부터 보호할 필요가 있었기 때문인데, 그건 여러 면에서 공금을 횡령한 사람이나 진공청소기 외판원의 아들이 되는 것보다 나쁜 일이었다. 이혼은 영화배우나 뉴욕의 타운하우스에 살면서 남프랑스에서 여름을 보내는 부자들이나 하는 것이었지, 1950년대와 1960년대 초반 뉴저지 교외 지역의 불행한 부부는 계속 붙어 지내야 했고, 퍼거슨의 부모님도 아들이 고등학교를 졸업하고 메이플우드를 완전히 떠날 때까지는 그럴 생각이었다. 그때가 되면 두 분은 갈라서서 각자의 길을 갈 것이었는데, 아마도 서로 다른 두 동네, 가능하면 메이플우드에서 멀리 떨어진 동네에서 지낼 생각이었다. 그동안 아버지는 손님방에서 잠을 잤는데, 코를 너무 심하게 골아서 어머니가 잠을 잘 수 없다는 게 표면적인 이유였고, 퍼거슨은 부모님이 자신에게 거짓말하는 거라고는 단 한 번도 의심하지 못했다.

퍼거슨의 아버지는 로즈와 댄 슈나이더먼의 관계를 아는 유일한 사람이었고, 퍼거슨의 어머니는 스탠리가 최근에 에설 블루먼솔이라는 과부와 관계를 시작했다는 사실을 아는 유일한 사람이었다. 어른들도 열다섯 살짜리들처럼 제멋대로 놀았지만, 그들은 그렇게 은밀하고 조심스럽게 행동했기 때문에 무슨 일이 벌어지고 있는지 조그만 낌새라도 알아차린 사람은 메이플우드는 고사하고 그 어디에도 없었다. 리즈 슈나이더먼은 물론 짐과 에이미, 퍼거슨의 조부모님, 밀드러드 이모와 돈 이모부, 퍼거슨 본인까지 아무도 몰랐고, 그날 밤에 어머니가 썼던 댄이 말해 줬어라는 표현이 살짝 문을 열어 주기는 했지만 방 안의 상황을 모두 보기에는 충분하지 않았는데, 방 안이 너무 어두웠을 뿐 아니라 그로서는 불을 켜는 스위치를 찾을 수도 없었기 때문이다.

그의 부모님은 분개하지 않았고, 상대를 미워하지 않았으며, 상대가 아프기를 바라지도 않았다. 단지 결혼 생활을 계속 유지하고 싶지 않을 뿐이었고, 적어도 당분간은 겉모습을 그대로 유지함으로써 최선을 다하려고 노력하고 있었다. 18년의 시간이 한 줌 먼지, 꺼져 버린 담배 한 개비의 재보다도 무겁지 않은 가루가 되어 버렸지만 그럼에도 한 가지는 남았는데, 그건 아들의 안녕이라는, 깨트릴 수 없는 연대 책임이었다. 그런 이유로 로즈는 스탠리와 아치 사이에서 점점 커져만 가던 갈등의 틈을 메우기 위해 자신이 할 수 있는 일을 했는데, 비록 스탠리가 아버지로 적합한 사람이라고는 할 수 없었지만 아치의 주장처럼 악당도 아니었고, 그 작은 가족이 찢어지고 난 후에도 스탠리는 여전히 아치의 아버지일 것이었기 때문에, 아치가 자신의 남은 인생 내내 아버지를 원망하며 방황하게 되는 건 전혀 좋은 상황이 아니었다. 다행스럽게도 그 망쳐 버린 소책자들이 있었다. 그건 당연히 아들의 환심, 자신이 거의 이해하지 못하는 그 아들의 환심을 사보려 했던 안쓰러운 시도였고, 소책자가 잘못 인쇄되어 나온 후에 스탠리의 태도는 지극히 수동적이었지만(인쇄소에 가서 다시 찍을 생각은 왜 못 했던 걸까?), 적어도 그 시도에는 뭔가가 있었고, 뭔가를 증명해 보였기 때문에 아치는 이어진 몇 달, 혹은 몇 년 동안 아버지를 생각할 때마다 그 점까지 감안하게 될 것이었다.

대니얼 슈나이더먼은 한참 전인 1941년, 웨스트 27번가에 있는 아버지의 사진관에서 로즈가 일을 시작했을 무렵부터 그녀를 좋아한 것 같았다. 하지만 당시 로즈는 데이비드 래스킨과 약혼한 상태였고, 다음 해 8월 래스킨이 베닝 기지에서 사망했을 때 슈나이더먼은 이미 엘리자베스 마이클스와 약혼하고 입대를 앞둔 시점이었다. 나중에 그가 로즈에게 고백한 바에 따르면, 자신은 아주 작은 가능성만 보여도 파혼하려고 했지만 당시 로즈는 슬픔에 빠져 있었고, 죽음과 절망만 생각하며 어두운 옷장 안 같은 세계에 갇혀 지내면서 계속 살아야 할지 죽어 버려야 할지도 몰라 했기 때문에, 그녀가 다시 사교 생활을 시작한다는 건 생각도 못할 일이었다고 했다. 그녀는 다른 남자를 만나고 다른 남자와 사랑에 빠지는 일에는 아무 관심이 없었고, 곧 누군가와 결혼할 남자라면 말할 것도 없었다. 그렇게 아무 일도 일어나지 않았고, 다시 말하자면 댄은 리즈와 결혼하고, 로즈는 스탠리와 결혼하고, 로즈는 댄이 속으로는 자신과 결혼하기를 원했다는 건 전혀 모르고 있었다.

퍼거슨은 그 일에 관해 들었지만 구체적인 이야기는 ― 어떻게 시작했는지, 함께 저녁 시간을 보낼 때면 어디서 만났는지, 미래를 위해 어떤 계획을 세웠는지, 혹은 세우지 않았는지 ― 하나도 듣지 못했다. 다만 케네디가 취임하고 이틀 후에 시작했다는 것, 그리고 어머니가 자신이 무슨 일을 하려는지 명확히 아는 상태에서 연애를 시작했다는 것은 알 수 있었다. 이미 아버지와의 결혼 생활은 끝장난 상태였고, 6개월 전 두 사람은 1944년에 했던 서약에서 벗어나기로 결정했고, 상의할 문제라고는 앞으로 공식 이혼 절차를 어떻게 밟을지, 스탠리가 다른 침대에서 자는 걸 아치에게 어떻게 설명할지에 관한 문제뿐이었다. 하지만 댄의 상황은 좀 더 미묘했는데, 그와 리즈는 그렇게 수건을 던져버리는 듯한 대화를 나누지도 않았고, 여전히 결혼 생활을 유지하고 있었으며, 아마도 영원히 그렇게 유지하게 될 것 같아 댄은 두려워하고 있었다. 그는 20년 동안 이어 온 결혼 생활을 박차고 나올 배짱이 없었는데, 비록 우둘투둘하고 다툼이 끊이지 않았지만 완전히 비참하기만 한 생활은 아니었고, 퍼거슨의 어머니와 달리 짐과 에이미의 아버지는 자신의 불륜에 죄의식을 느끼고 있었다. 그러다 죄의식이 더 커졌는데, 이번에는 양쪽 모두에게 떨어진 죄의식, 리즈의 암에서 비롯한 소모적이고 속을 갉아먹는 종류의 죄의식이었다. 두 사람은 댄이 리즈와의 결혼을 끝내면 함께 누릴 수 있는 더 행복한 삶에 관해 수없이 생각했는데, 이제 신께서 리즈를 없애 줄 참이었고, 두 사람이 꿈꿔 왔지만 소리 내 말할 수는 없었던 그 좋은 일이 이제 너무나 나쁜 일, 두 사람이 상상할 수 있는 최악의 일이 되어 버린 것이었다. 자신들의 생각이 그 불운한 여인, 죽어 가는 여인을 무덤으로 밀어 넣은 것이라는 느낌을 피할 수가 없었다.

그게 열다섯 살의 퍼거슨이 당시 알았던 전부였고 — 슈나이더먼 부인이 곧 죽는다는 것 — 어머니로부터 슈나이더먼 집안에 재앙이 닥칠 거라는 경고를 듣고 사흘 후인 일요일 밤 늦게 에이미가 전화했을 때 그는 에이미가 눈물을 터뜨릴 상황에 대비가 되어 있었고, 그녀가 전화로 전할 괴상한 일들에 대해 어느 정도 조리 있는 말을 해줄 준비도 되어 있었다. 토요일과 일요일에 어머니가 있는 병원에 다녀왔다고 했다. 어머니는 모르핀을 맞아 정신이 흐릿하고 오락가락했고, 고통스러워하다가, 덜 고통스러워하다가, 다시 고통스러워하다가, 서서히 혼수상태 같은 잠에 빠져들었고, 납빛 얼굴이 마치 더 이상 이전의 어머니가 아닌 것 같았고,

몸 안에서 뭔가가 썩어 가고 불타며 자신을 차곡차곡 죽음에 이르게 하는 와중에 홀로 누워 있었다고 했다. 왜 아버지가 거짓말을 한 거냐고, 에이미는 흐느끼며 말했다. 왜 아버지는 어머니가 릴 할머니를 만나러 시카고에 갔다는 바보 같은 거짓말을 했던 거냐고, 그건 너무 끔찍한 일이었고, 어머니가 병원으로 실려 가던 바로 그 순간에 에이미 자신이 어머니를 놀라게 하려고 검은색 립스틱을 살까 고민 중이었다는 것도 너무 끔찍한 일이었다고 했다. 그녀는 너무 기분이 좋지 않다고, 그 모든 일들이 너무 기분이 좋지 않다고 말했고, 퍼거슨은 그녀를 진정시키기 위해 최선을 다했다. 아버지가 짐과 에이미에게 동시에 말해 주려고 짐이 올 때까지 기다린 건 옳은 결정이었다고 말하고, 퍼거슨 자신이 있다는 걸 잊지 말라고, 울고 싶을 때면 언제든 기대서 울 수 있다고, 제일 먼저 자신한테 기대서 울어 주면 좋겠다고 말했다.

슈나이더먼 부인은 4주를 더 버텼고, 6월 말, 막 학기가 끝나려던 그 시점에 퍼거슨은 지난 열한 달 사이에 두 번째로 장례식에 참석했다. 아티 페더먼의 거창했던 장례 행사에 비하면 작고 차분한 장례식이었는데, 이번에는 걷잡을 수 없는 오열이나 대성통곡은 없는 대신 적막과 충격이 감도는, 그렇게 가라앉은 분위기 속에서 본인의 마흔두 번째 생일날 아침에 사망한 한 여인과 작별하는 의식이었다. 프린츠 랍비가 관습적인

기도와 관습적인 추도사를 하는 동안 그는 주변을 둘러봤지만 슈나이더먼 집안의 가까운 친지 중 눈물을 흘리는 사람은 몇 명밖에 없었고, 어머니도 그중 하나여서 장례식 내내 눈물을 멈추지 못했다. 심지어 짐도 눈물을 흘리지 않았는데, 그는 에이미의 손을 쥔 채 가만히 바닥만 내려다보고 있었다. 장례식 중간중간의 쉬는 시간이나 묘지로 가는 차 안에서, 퍼거슨은 흐느끼는 어머니가 역시 흐느끼는 댄 슈나이더먼을 오랫동안, 꼭 안아 주는 걸 보고 감동했지만, 그 포옹의 진짜 의미나 두 사람이 그렇게 오랫동안 서로에게 매달려 있는 이유는 전혀 모른 채, 울어서 눈이 퉁퉁 부은 에이미에게 팔을 뻗어 안아 줄 뿐이었다. 에이미는 지난달에 몇 번이나 그에게 기대서 울었는데, 그로서는 그녀가 너무 안됐다고 생각했기 때문에, 또한 그녀의 몸을 안고 있으면 너무 기분이 좋았기 때문에 퍼거슨은 반드시, 꼭, 서둘러서 에이미와 사랑에 빠져야겠다고 결심했다. 너무나 불안정한 그녀의 상황을 감안하면 이제 우정 이상의 뭔가가, 그들 둘이서 지난 몇 년 동안 완벽하게 해온 〈아치와 에이미의 일상적 관계〉 이상의 뭔가가 필요했지만 퍼거슨은 그렇게 갑자기 달라진 자기 마음을 그녀에게 말할 기회를 찾을 수 없었는데, 장례식 후에 이어진 두 달 동안 에이미를 만날 수 없었기 때문이다. 에이미의 아버지는 그녀가 남은 학기의 마지막 나흘을 쉬게 했고, 닷새째 되던 날, 그러니까 메이플우드 중학교 졸업식이 있던 날, 슈나이더먼 가족 세 명은 영국, 프랑스, 이탈리아를 거치는 긴 여름 여행을 떠났다. 퍼거슨의 어머니는 좋은 생각이라고, 그 정도로 큰 고통을 겪은 가족에게는 최고의 치유책이라고 했다.

아버지는 퍼거슨이 졸업하는 날에도 일해야 했기 때문에 어머니 혼자서 졸업식에 왔다. 졸업식 후에 두 사람은 사우스오렌지빌리지로 가 그러닝스에서 점심을 먹었는데, 블루 밸리 컨트리클럽이 등장해 과거의 일요일 의식을 망쳐 버리기 전에 그렇게 자주 맛있는 햄버거를 먹었던 그 식당의 뒤쪽 테이블에 자리 잡고 퍼거슨의 여름 계획에 관해 이야기했다. 거기에는 리빙스턴에 있는 아버지의 할인 매장에서 아르바이트하기(최저 임금을 받고 이런저런 일을 하는 자리였는데, 바닥 청소, 전시용 텔레비전 화면에 광택제 뿌리기, 역시 전시 중인 냉장고나 다른 전자 제품 깨끗하게 닦기, 배달 기사인 조 벤틀리와 함께 나가 에어컨 설치하기 등이었다), 일주일에 두 번씩 메이플우드-사우스오렌지 트와일라이트 리그에서 야외 농구 시합 뛰기, 그리고 가능한 한 오랫동안 책상에 붙어 있기 등이 포함되었다. 그는 두 개의 새로운 이야기를 구상 중이었고, 다음 학기가 시작하기 전에 끝낼 수 있기를 희망하고 있었다. 독서는 말할 것도 없어서 읽고 싶은 책이 열 권도 넘게 있었고, 거기에, 시간이 남을 때마다 에이미에게 가능한 한 많이 편지를 쓸 예정이었는데, 자신이 편지를 보낸 주소지에 에이미가 계속 있기를 바랄 뿐이었다.

어머니는 그의 이야기를 들어 주고, 고개를 끄덕이고, 생각에 잠긴 듯한 깊은 미소를 지어 보이다가, 퍼거슨이 다음 말을 꺼내기 전에 끼어들었다. 아빠랑 나는 갈라설 거야, 아치.

퍼거슨은 자신이 제대로 들은 건지 확인하고 싶어서, 어머니의 말을 한 번 더 말했다. 갈라선다고요? 이혼할 때처럼?

그렇지. 안녕, 널 알게 되어 좋았어라고 인사할 때처럼 말이야.

언제 결정된 거예요?

오래전에. 네가 대학에 가거나 아니면 고등학교 졸업 후에 어디를 가든, 그때까지 기다릴 계획이었지. 하지만 3년은 긴 시간이고, 그동안 기다리는 게 무슨 의미가 있겠니? 물론 네가 동의한다면 말이야.

제가요? 제가 무슨 상관이 있다고.

사람들이 이러쿵저러쿵할 거야. 손가락질도 하고. 나는 네가 불편하지 않았으면 좋겠거든.

사람들이 어떻게 생각하는지는 관심 없어요. 제 일도 아닌데.

그래서?

모든 면에서, 어떻게 봐도, 적어도 제 입장에서만 보

자면 오랜만에 듣는 최고의 소식이에요.

진심이니?

당연히 진심이죠. 더 이상 거짓말도 없고, 척하는 것도 없고. 진실의 시대가 시작되는 거니까!

시간이 흘렀고, 이어진 몇 달 동안 퍼거슨은 종종 하던 일을 멈추고 자신의 주변을 유심히 살펴보면서 삶이 점점 나아지고 있다고 스스로에게 말했다. 이제 중학교를 졸업했고, 그 말은 자신이 뭘 쓰든 앞으로 볼드윈 선생님의 평가를 받을 일은 없다는 뜻이었다. 하지만 부모님이 갈라서기로 하면서 다른 많은 것들이 무너졌고, 이전의 예측 가능한 일상이 사라진 상황에서, 하루하루 어떤 일이 일어날지 알기란 점점 더 어려워졌다. 퍼거슨은 그 새로운 불안정한 느낌을 즐겼다. 이런저런 일들이 요동쳤고, 종종 완전히 혼란에 빠져 버리는 때도 있었지만, 적어도 지루하지는 않았다.

당분간 그와 어머니는 메이플우드의 큰 집에서 계속 지내기로 했다. 아버지는 최근에 리빙스턴에 작은 집을 빌렸는데, 여자 친구인 에설 블루먼솔의 집에서 멀지 않은 곳이었지만 두 사람의 관계는 그때까지는 비밀이었기 때문에 퍼거슨은 알 수가 없었다. 장기적인 계획은 몇 달 안에 큰 집을 팔고 이혼이 최종적으로 결정된 후에는 부모님 두 분 모두 다른 곳으로 이사하는 것이었다. 퍼거슨이 어머니와 계속 살게 되리라는 점은 말할 것도 없었다. 원할 때면 언제든 아버지를 만날 수 있었지만, 그가 아버지를 만나고 싶어 하지 않는 경우라고 해도, 아버지는 한 달에 두 번씩 그와 저녁 식사를 할 권리가 있었다. 그게 최소한이었고, 최대한은 없었다. 그만하면 공정한 타협이었고, 모두 그 점에 합의했다.

아버지는 매달 어머니에게 각종 필수 생계비라고 하는 금액을 수표로 보내 줬고, 양쪽 모두 변호사가 있어서 몇 주 만에 정리될 것 같았던 우호적인 결별은 위자료나 공동 재산의 배분, 그리고 집을 시장에 내놓는 기한 등에 관해 그리 우호적이지 않은 언쟁이 이어지면서 몇 달을 질질 끌었다. 퍼거슨이 보기에 일을 망치고 있는 건 아버지 쪽인 듯했는데, 아버지 안의 뭔가가 무의식적으로, 하지만 적극적으로 이혼에 저항하고 있었고, 비록 퍼거슨은 어머니의 입장에서 짜증이 나기는 했지만 (어머니는 가능한 한 빨리 그 과정을 끝내 버리고 싶어 했다), 이혼 절차의 초반부에 그렇게 옥신각신하는 과정에서 일 처리를 방해하는 아버지를 보며 그는 다시 한번 뭔가를 확인할 수 있었다. 그러니까 수익의 선지자도 보통 인간의 감정을 느낄 수 있는 것 같았는데, 그건 지난 몇 년 동안은 아들에게 보이지 않았던 모습이었다. 스탠리 퍼거슨이 거의 20년 전에 결혼한 여인에게 사랑의 감정이 남아 있었기 때문인지(감정적 이유), 혹은 이혼이라는 불명예가 다른 사람들 눈에는 실패나

치욕적인 일로 비칠 것이었기 때문인지(사회적 이유),
혹은 단지 퍼거슨의 어머니가 큰 집을 판 돈의 절반을
가져가는 걸 보고 싶지 않아서인지(재정적 이유)는 중
요하지 않았고, 그가 뭔가를 느꼈다는 사실 자체가 중
요했다. 결국 12월에 퍼거슨의 어머니가 집에 대한 지
분을 기꺼이 양도하겠다고 한 후에야 아버지는 이혼
합의서에 서명했지만, 그렇다고 단지 돈만이 최종적인
요소였다는 의미는 아니었다. 퍼거슨은 감정적이고 사
회적인 이유들이 그 갈등의 진짜 원인이었음을, 돈에
집착했던 건 그저 체면을 살리기 위한 시도에 불과했
음을 감지했다.

동시에, 그 돈을 협상 과정에서 볼모로 잡은 건 퍼거
슨에게는 용서할 수 없는 행동이었다. 부모님이 공동
으로 소유한 가장 큰 자산이 그 집이었다. 퍼거슨이 늘
혐오했던 커다란 집, 처음부터 들어가기 싫었던 튜더
양식의 과시용 저택이었는데, 그 가장 값비싼 자산에
서 나온 수익금을 곧 전처가 될 여인에게서 빼앗아 버
림으로써 퍼거슨의 아버지는 사실상 그의 어머니를 빈
털터리로 만들어 버렸고, 어머니는 자력으로 새로운
집을 살 수 없었기 때문에, 결국 아버지는 어머니와 본
인의 아들을 철도 선로 주변의 값싸고 허름한 아파트에
서 초라한 삶을 살 수밖에 없는 지경으로 몰아넣은 셈
이었다. 아버지는 자신을 더 이상 사랑하지 않는 어머
니를 응징했고, 퍼거슨의 어머니가 그런 가혹한 조항

에 동의했다는 건 그녀가, 비록 재정적으로 망가지는 한이 있더라도, 그만큼 절박하게 결혼에서 벗어나고 싶었음을 증명해 줄 뿐이었고, 그랬기 때문에 더욱더 퍼거슨의 아버지는 그 잔인한 요구에 집착하며 물러서지 않았다. 그 마지막 합의 사항의 구절에 일말의 희망이 있다면, 그건 이혼이 최종적으로 확정되는 2년 후, 그러니까 대략 퍼거슨이 고등학교를 마치는 시점까지는 그 집을 시장에 내놓지 않는다는 조건이었는데, 그럼에도 〈솔Sole-솔Soul〉 사건 이후로 아버지를 좋게 생각하려 했고, 리빙스턴 할인점에서 여름 내내 지루한 일을 하면서 아버지를 다정하고 예의 바르게 대하려고 최선을 다한 그였지만, 이제 아버지에 대한 퍼거슨의 반감은 거의 증오에 가까워졌다. 그는 남은 일생동안 아버지의 돈은 한 푼도 받지 않겠다고 결심했다. 용돈이든, 옷이나 중고차든, 대학 학비든, 그 어떤 용도로든 절대 받지 않을 것이며, 성인이 된 후에 책을 한 권도 팔지 못해 바우어리 인근의 가장 비참한 구역에서 주정뱅이로 살아가는 한이 있더라도 아버지가 건네는 50센트 동전을 받기 위해 자신이 쥐었던 주먹을 펴는 일은 없을 것이라고 다짐했다. 그리고 노친네가 세상을 떠나고 퍼거슨에게 8천만 달러의 유산과 473개 지점의 가전제품 상점을 물려준다면, 그는 그 상점들을 모두 폐점하고 그 돈은 빈민가에서 잊힌 존재로 지내던 시절에 알게 된 동료 부랑자들에게 공평하게 나

뭐 줄 생각이었다.

그 모든 일이 있었음에도 삶은 점점 나아지고 있었고, 일단 7월 2일에 아버지가 집을 나간 후 퍼거슨은 어머니가 새로운 환경에 대단히 빨리 적응하는 걸 보고 놀랐다. 모든 게 갑자기 달라졌고, 매달 쓸 수 있는 돈에 제약이 생기면서 어머니는 돈이 많은 남자와 결혼하면서 누렸던 안락함과 사치를 포기해야만 했다. 그중에는 앤지 블라이가 해주던 일들(덕분에 어머니는 요리나 청소 같은 지겨운 집안일에서 벗어날 수 있었다)이나 블루 밸리 컨트리클럽(새로운 상황에서는 계속 다닐 수 없었고, 골프의 즐거움이 갑자기 끝나 버렸다) 같은 것들도 있었지만, 어머니는 옷이나 신발을 마음대로 쉽게 사는 일, 격주로 있었던 미용실 예약, 페디큐어와 마사지, 충동적으로 구매한 후 좀처럼 착용하지 않았던 팔찌와 목걸이 등, 지난 10년 동안 누려 왔던, 소위 좋은 삶에 붙어 있던 그 모든 장식들을 — 퍼거슨이 보기에는 — 조금도 아쉬워하지 않고 포기했다. 어머니는 이혼 전 별거 기간의 첫 여름을 뒷마당을 가꾸고 집 안을 정리하고 주방에서 일하며 보냈는데, 주방에서 폭풍처럼 요리해 아르바이트를 마치고 돌아온 아들에게 풍성하고 맛있는 저녁 식사를 내놓았기 때문에, 퍼거슨은 아버지의 상점에서 일하는 내내 어머니가 오늘 저녁엔 뭘 만들어 줄까 상상하며 보내곤 했다. 어머니는 좀처럼 외출하지 않았고 뉴욕의 할머

니를 제외하고는 전화 통화도 거의 하지 않았지만, 그
해 여름에는 어머니의 친구 낸시 솔로몬이 자주 찾아
왔다. 어린 시절부터 어머니의 충실한 동지였던 그녀
를 보면 퍼거슨은 텔레비전 시트콤의 이웃집 사람, 그
러니까 언제든 찾아와 커피나 차를 함께 마시며 길게
수다를 떨 수 있는, 웃기게 생긴 주부가 생각났다. 2층
에 올라가 책을 읽거나 새 소설 작업을 하거나 에이미
에게 편지를 쓰면서, 아래층 주방에서 올라오는 여인
들의 웃음소리를 듣는 것보다 더 행복한 일은 없었다.
어머니가 다시 웃기 시작했다. 눈 밑의 다크서클이 서
서히 지워지고 있었고, 어머니는 점차 다시 이전의 어
머니처럼 보이기 시작했다 ─ 어쩌면 이전의 모습은
이미 사라져서 퍼거슨은 기억할 수도 없었기 때문에,
그건 새로운 어머니였을 수도 있다.

댄 슈나이더먼과 그 집 아이들은 8월 말에 유럽에서
돌아왔다. 그들이 여행을 떠나고 62일 동안 퍼거슨은
에이미에게 열네 통의 편지를 썼는데, 그중 절반은 제
시간에 제대로 된 장소에 간신히 전달되었지만, 나머
지 절반은 이탈리아와 프랑스 전역의 아메리칸 익스프
레스 사무실에서 찾아가는 사람 없이 시들어 갔다. 그
는 그 편지들에서 감히 사랑을 이야기할 용기는 없었
는데, 그렇게 그녀를 몰아붙이고, 직접 얼굴을 보지 않
고는 대답할 수 없는 질문을 던지는 건 주제넘고 공정
하지 못한 일이었기 때문이다. 하지만 그 편지들은 애

정 어리고 때로는 감정이 넘치는, 영원한 우정에 대한 맹세로 가득했는데, 그는 그녀가 그립고 너무너무 보고 싶다고, 그녀가 없는 상황에서 자신이 살고 있는 작은 세계는 너무나 공허하다고 적고 또 적었다. 에이미 쪽에서 보자면, 그녀는 편지 다섯 통과 사진엽서 열한 통을 보냈고 그것들은 모두 안전하게 뉴저지에 도착했는데, 런던, 파리, 피렌체, 로마에서 보낸 엽서들은 당연히 짧았지만(온통 느낌표투성이였다!!) 편지들은 길었고, 대부분 자신이 어머니의 죽음에 어떻게 적응하고 있는지에 관한 내용이었다. 에이미는 매일매일, 어떤 때는 매시간 기분이 달라지는 것 같은데, 어떤 때는 잘 견디다가도 어떤 때는 고통스럽고, 어머니 생각을 안 할 때면 이상할 만큼 완전히 기분이 좋았다가, 어머니 생각만 하면 죄책감을 느끼지 않을 수 없다고 적었다. 그 점이, 그렇게 끝없는 죄책감이 가장 받아들이기 힘들다고 했는데, 자신의 일부는 어머니가 없으면 자신이 더 잘 지내리라는 걸 알고 있기 때문이었고, 그런 감정을 인정하는 건 자신의 썩어 빠진 정신을 인정하는 일이나 다름없다고 했다. 퍼거슨은 그 우울하고 자학으로 가득한 편지에 대한 답장에서 자기 부모님의 별거나 다가올 이혼과 관련한 새로운 소식들을 전했다. 일이 그렇게 되어서 기쁠 뿐 아니라, 앞으로는 아버지와 단 하루도 같은 지붕 밑에서 자지 않아도 된다는 게 너무너무 짜릿하고, 그 점에 아무런 죄책감도 들지 않는

다고 했다. 감정은 어쩔 수 없는 거야, 그가 적었다. 감정에
는 책임지지 않아도 돼. 행동에는 책임을 져야 하지만, 감정은
그렇지 않다고. 네가 어머니에게 잘못한 건 하나도 없잖아. 가끔
말다툼하기는 했지만 너는 좋은 딸이었고, 지금 감정 때문에 스
스로를 힘들게 해서는 안 돼. 너는 잘못이 없어, 에이미. 그리고
네가 하지 않은 일에 대해서는 죄책감을 느낄 권리도 없는 거야.

그해 여름 그가 그녀에게 썼던 글의 절반은 사라져
버렸지만, 앞의 문장은 마침 그녀에게 전달되었다. 런
던에서, 아버지와 오빠와 함께 뉴욕으로 돌아오기 바
로 전날이었다.

돌아온 다음 날, 슈나이더먼 가족이 저녁을 먹으러
왔다. 고등학교 첫해 동안 어머니가 그들을 위해 준비
한 수많은 저녁 식사 중 첫 번째였다. 일주일에 두 번,
세 번, 어떤 때는 네 번씩 그런 자리가 있었고, 짐이 대
학에 돌아간 후로는 대부분 댄과 에이미만 왔는데, 아
직 퍼거슨은 어머니와 에이미의 아버지 사이에, 댄이 알
려 줬어라는 말을 들은 그해 봄의 좋은 친구 관계 이상
의 뭔가가 있다는 건 까맣게 모르고 있었기 때문에, 그
저녁 식사 초대 역시 친절함과 선의의 표현이라고, 애
도에 빠진 가족에게 내미는 동정의 손길 같은 거라고
만 해석했다. 아버지와 딸은 그때까지도 비통함에 빠
져 스스로 쇼핑이나 요리를 감당할 수 있는 단계가 아
니었고, 돌아다니며 집안일을 총지휘하던 리즈가 없는
상황에서 집 안은 정리 안 된 침대와 설거짓거리가 넘

쳐 나는 난장판이었다. 하지만 그런 너그러운 의도에
더해 개인적인 동기도 있는 거라고 퍼거슨은 깨달았는
데, 그의 어머니 역시 이제 혼자였기 때문에, 여름이 시
작된 후로 줄곧 혼자였고, 어머니의 삶은 죽어 버린 과
거와 알 수 없는 텅 빈 미래 사이에 매달려 있었기 때문
에, 댄 슈나이더먼과 그 딸과 함께 기분 좋은 자리를 만
드는 일을 마다할 이유가 없었다. 두 사람 덕분에 집안
에 이야기와 감정과 애정이 깃들었고, 확실히 그 저녁
식사는 장례식 후의 우울함과 이혼 직전이라는 변화의
시기를 지나던 그들 모두에게 좋은 영향을 미쳤고, 퍼
거슨 본인에게는 말할 것도 없었는데, 그는 그렇게 식
탁에 앉아 있는 시간이, 삶이 점점 나아지고 있다는 자
기 생각을 증명하는 가장 강력한 증거이자 또한 든든
한 받침대 역할을 하고 있음을 알게 되었다.

　나아졌다는 게 당연히 좋다는 뜻은 아니었고, 좋은
것과는 아주 거리가 멀었다. 단지 이전보다 덜 나쁘다
는 것, 그의 삶이 전반적으로 개선되었다는 것뿐이었
는데, 8월 말 슈나이더먼 가족과 처음으로 함께 식사를
하면서 벌어진 일들을 보면, 아직 상황은 퍼거슨이 희
망했던 것만큼 나아지지는 않았다. 에이미를 거의 두
달 이상 보지 못했기 때문에 그녀의 얼굴이 조금 낯설
어진 상태였는데, 다섯 명이 함께 앉아 어머니가 만든
포트로스트를 먹는 동안 식탁 건너편에 앉은 그녀의
얼굴을 유심히 살피던 그는, 에이미의 눈이 예쁜 건 눈

꺼풀 때문임을 알게·되었다. 눈꺼풀 주름이 대부분의 사람과 달랐는데, 덕분에 그녀의 눈은 날카로우면서도 순수한, 다른 누구에게서도 볼 수 없는 독특한 조합을 보여 줬고, 그녀가 나이 든 후에도 그 눈만은 여전히 젊은 모습으로 남을 것 같았다. 그 눈 때문에 그녀에게 빠져든 게 아닐까 하고 그는 짐작했는데, 계시의 순간은 그녀 어머니의 장례식에서 그 눈에 눈물이 흐르던 때였다. 흐느끼는 그 눈에 너무나 감동한 그는 더 이상 그녀를 그냥 친구로 생각할 수 없었고, 갑자기 그건 사랑, 그것도 다른 모든 사랑을 압도하는 빠져드는 사랑이 되었고, 그는 그녀 역시 이제 자신이 그녀를 사랑하는 방식으로 자신을 사랑해 주기를 원했다. 디저트를 먹은 후에 다른 세 사람이 계속 식탁에 앉아 이야기하는 동안 그는 에이미와 단둘이 대화하기 위해 그녀를 뒷마당으로 데리고 나갔다. 따뜻하고 눅눅한 늦여름 뉴저지의 밤이었고, 무거운 공기 중에는 1백 마리의 반딧불이 깜빡이고 있었다. 어린 시절 그와 에이미가 여름밤이면 잡곤 했던 반딧불, 깨끗한 유리병에 담아 그 빛나는 성물함을 손에 든 채 돌아다녔을 때와 같은 반딧불이었지만, 이제 그들은 그때와 같은 뒷마당에서 에이미의 유럽 여행과 퍼거슨 부모님의 끝나 버린 결혼 생활과 지난 7월과 8월에 둘이 주고받은 편지 이야기를 하고 있었다. 퍼거슨은 마지막 편지, 자신이 열흘 전에 런던으로 보낸 편지를 받았는지 물어봤고, 그녀가 받았다고 대답하자 자신이 무슨 말을 하고 싶었던 건지 이해했냐고 다시 물어봤다. 그런 것 같아, 에이미가 대답했다. 그게 도움이 될지 확신할 수는 없지만, 어느 정도 도움이 될 것 같기도 해. 감정에는 책임감을 느끼지 않아도 된다는 그 말, 당분간 곰곰이 생각해 봐야 할 것 같아, 아치. 왜냐하면 아직 내 감정에 책임감을 느끼지 않을 수가 없으니까.

바로 그 순간, 퍼거슨은 오른팔로 에이미의 어깨를 감싸며 말했다. 사랑해, 에이미. 너도 알고 있지? 그렇지?

응, 아치. 나도 알아. 나도 너 사랑해.

퍼거슨은 걸음을 멈추고 몸을 돌려 그녀를 정면으로 마주하고는, 왼손으로도 그녀를 감쌌다. 그는 그녀의 몸을 당기며 말했다. 진짜 사랑 이야기야, 슈나이더먼. 모두 바치는, 영원하고 끝이 없는 사랑, 역사상 가장 큰 사랑.

에이미는 미소를 지었다. 잠시 후 그녀가 그를 안았고, 그녀의 맨팔이 그의 맨팔에 닿는 순간, 퍼거슨은 다리가 풀리는 것 같았다.

몇 달 동안 생각해 봤는데 말이야, 그녀가 말했다. 우리가 시도를 하든 안 하든, 진짜 서로 사랑에 빠진 거든 아니든 말이야. 한번 해보고 싶지만, 아치, 무섭기도 해. 시도해 봤는데 잘 안되면 아마 더 이상 친구도 될 수 없을 거야. 적어도 지금 같은 친구는 될 수 없을 거야. 세상에서 제일 좋은 친구, 남매 같은 친구, 그게 지금까지 우리가 생각해 온 관계잖아. 남매. 그런데 매번 너랑 키스하는 상상을 할 때마다 마치 근친상간인 것 같은 느낌이 들거든. 뭔가 잘못된 것 같은 느낌, 후회할 것 같은 느낌 말이야. 그리고 나는 지금 우리가 가진 걸 잃고 싶지 않아. 더 이상 네 누나가 될 수 없다면 나는 죽어버릴 것만 같아. 어두운 곳에서 키스 몇 번 하겠다고 지금 우리가 가진 그 모든 걸 잃어버려도 되는 걸까?

그녀의 말에 너무 충격받은 퍼거슨은 그녀를 안고 있던 팔을 풀고 두 걸음 물러났다. 남매라니, 그가 말했다. 화가 나서 목소리가 높아졌다. 무슨 말도 안 되는 소리야!

하지만 말도 안 되는 소리가 아니었다. 그날 첫 저녁 식사를 하고 11개월 4일 후에 에이미의 아버지와 퍼거슨의 어머니가 결혼을 하자 두 친구는 공식적으로 남매가 되었고, 의붓이라는 말이 붙기는 했지만, 같은 가족 구성원이 되어서 고등학교를 졸업할 때까지 새로 마련한 집의 2층에 나란히 붙어 있는 침실에서 잠을 잤다.

4.1

바너드 대학 학생 편람의 주거 규정에 따르면, 뉴욕 이외 지역 출신의 신입생은 반드시 캠퍼스 내의 기숙사 중 한 군데서 지내야 하는 반면, 뉴욕 출신의 신입생은 기숙사와 부모님 집 중 한 곳을 선택할 수 있었다. 독립심 강한 에이미는 부모님과 함께 지내고 싶은 마음이 전혀 없었고, 규제가 심한 기숙사에서 누군가와 함께 방을 쓰고 싶은 마음도 없었기 때문에, 시스템의 허점을 이용해 부모님이 웨스트 75번가에서 웨스트 111번가의 더 큰 아파트로 이사했다고 주장했는데, 사실 그 아파트는 신입생이 아닌 학생 네 명, 바너드의 2학년, 3학년 학생 두 명과 컬럼비아의 3학년, 4학년 학생 두 명이 사는 곳이었고, 기다란 복도와 낡은 배관, 유리로 된 비스듬한 손잡이가 달린 문이 있는 그 거대한 아파트에 들어간 그녀는 다섯 번째 침실을 독차지했다. 그녀의 부모님은 그런 속임수에 동의했는데, 270달러의

아파트 월세 중 5분의 1만 내는 편이 기숙사에서 지내
는 것보다 싸다고 에이미가 숫자를 보여 주기도 했지
만, 무엇보다도 자신들의 고집 센 딸이 집을 나갈 때가
되었음을 알고 있었기 때문이다. 퍼거슨네 뒷마당에서
파티를 하고 1년이 조금 더 지난 시점이었고, 이제 슈
나이더면 집안의 딸과 퍼거슨 집안의 아들은 두 사람
이 가장 열렬히 바라던 바를, 즉 문에 잠금장치가 달린
방, 원할 때면 언제든 함께 잠자리에 들 기회를 얻은 셈
이었다.

　문제는 그 언제든은 질척거리는 개념일 뿐, 실행 가
능한 명제라기보다 이상화된 가능성에 가까웠다는 것
이다. 그뿐만 아니라 둘 중 한 명은 여전히 몬트클레어
에 발이 묶여 있고, 다른 한 명은 대학 생활 시작과 함
께 혼란스러운 적응의 소용돌이에 빠져 있었기 때문
에, 결과적으로 둘이 그 침대를 함께 쓰는 횟수는 기대
했던 것보다 적었다. 물론 주말이 있었고 둘은 기회만
있으면 최대한 활용했는데, 그건 9월, 10월, 그리고
11월 초 대부분의 주말을 의미했다. 하지만 여름의 자
유는 줄어들었고 여름을 통틀어 퍼거슨이 주말 밤을
뉴욕에서 보낼 수 있었던 건 단 한 번뿐이었다. 둘은 늘
하던 이야기를 했는데, 그해 가을에는 워런 위원회 보
고서[58](사실일까, 거짓일까?), 버클리 대학에서 시작된
자유 발언 운동(마리오 사비오 만세!), 나쁜 사람인 존

　58 케네디 대통령 암살 사건에 관한 조사 보고서.

슨이 말할 수 없을 정도로 더 나쁜 골드워터를 이기고 대통령이 된 사건(만세 삼창은커녕 두 번, 한 번도 아까웠다) 등이었다. 그러던 중 에이미가 주말여행에 초대받아 코네티컷에 가면서 둘만의 계획을 취소해야 했고, 다음 주에도 또 한 번 취소해야 했고(감기 기운이 있다고 그녀는 말했지만, 토요일 밤과 일요일 오후에 전화했을 때 그녀는 아파트에 없었다), 퍼거슨은 에이미가 서서히 자신에게서 빠져나가고 있다는 느낌이 들었다. 오래된 두려움이 다시 찾아왔다. 지난겨울 그는 그녀가 뉴욕을 떠날지도 모른다고, 상상 속의 그 다른 장소들에서 알게 될 다른 사람들, 다른 남학생들, 다른 연애 상대들과 어울리게 될 거라고 우울한 생각을 했었다. 고향 도시라고 달라질 이유가 있을까? 그녀는 이제 새로운 세상에 살고, 그는 그녀가 남겨 두고 떠난 옛날 세계에 살고 있었다. 북쪽으로 서른여섯 블록 떨어진 곳에 불과했지만 그곳의 관습은 완전히 달랐고 사람들은 다른 언어를 썼다.

그녀가 그에게 싫증이 났다거나, 혹은 이전만큼 그를 사랑하지 않는다는 의미가 아니었다. 그의 손이 닿았을 때 그녀의 몸이 경직된다든가, 새 아파트의 새 침대에 함께 누웠을 때 행복해하지 않았다는 의미도 아니었다. 그저 그녀가 지금 산만해 보인다는 것, 옛날처럼 그에게만 집중하지 못한다는 것뿐이었다. 그렇게 두 번의 주말을 놓친 후 추수 감사절 다음 토요일에 빈

아파트를 방문할 수 있었고(룸메이트들은 모두 명절을
맞아 집으로 돌아간 상태였다), 둘이서 주방에 앉아 담
배를 피우며 와인을 마시던 중 그는 에이미가 자신이
아니라 창밖을 바라보고 있다는 사실을 알아차렸다.
무시하고 하던 말을 계속하는 대신, 그는 대화를 멈추
고 무슨 문제라도 있는 거냐고 그녀에게 물었다. 그제
야 에이미는 그가 앉아 있는 쪽으로 고개를 돌리고, 그
의 눈을 똑바로 바라보며, 거의 한 달째 자신의 머릿속
을 맴돌던 일곱 단어를 소리 내어 말했다. 내 생각엔, 쉬
어야 할 것 같아, 아치.

둘은 고작 열일곱 살이라고, 그녀는 말했다. 마치 둘
이 결혼한 듯한 느낌, 계속 함께 지내는 것 외에 다른
미래는 없는 듯한 느낌이 들기 시작했는데, 길게 봤을
때 결국 그렇게 된다고 해도 지금 그런 헌신에 서로를
묶어 두는 건 너무 이른 것 같다고 했다. 질식할 것 같
은 기분이 들고, 지킬 수 없을지도 모를 약속에 발이 묶
이고, 머지않아 서로를 원망하게 될 거라고, 그렇다면
숨 한 번 깊게 쉬고 잠깐만이라도 그냥 쉬는 게 어떻겠
냐고 했다.

퍼거슨은 바보가 되는 기분이었지만, 그런 바보 같
은 상태에서 생각나는 질문은 하나뿐이었다. 지금 더
이상 나를 사랑하지 않는다고 말하는 거야?

내 이야기 제대로 안 들었구나, 아치, 에이미가 말했
다. 내 말은 그러니까 환기를 좀 할 필요가 있다는 거

야. 문 열고, 창문도 열고 그러자고.

다른 사람이 생겼다는 뜻이야?

다른 사람이 나한테 관심을 보였고, 한두 번 만났다는 뜻이야. 심각한 건 아니야, 믿어도 돼. 사실 그 사람을 좋아하는지도 모르겠어. 하지만 핵심은, 내가 그런 일에 죄책감을 느끼고 싶지 않다는 거야. 그런데 죄책감이 들었거든, 너한테 상처 주고 싶지 않으니까. 그래서 나 자신한테 물었어. 〈에이미, 뭐가 잘못된 거야? 아치랑 결혼한 것도 아니잖아. 아직 대학 첫해가 절반도 지나지 않았는데, 좀 더 모험해 볼 기회를 왜 갖지 않는 거야? 원하면 다른 남자랑 키스도 하고, 뭐 기분이 괜찮으면 잠자리도 갖고 말이야. 사람들이 젊은 시절에 하는 그런 일들을 왜 못 하는 거야?〉라고.

그러면 내가 죽어 버릴 거니까, 그게 이유야.

영원히 그러자는 게 아니야, 아치. 잠깐 쉬자고 부탁하는 것뿐이야.

둘은 한 시간 정도 더 이야기했고, 그런 다음 퍼거슨은 아파트를 나와 몬트클레어로 돌아갔다. 에이미를 다시 만날 때까지 넉 달 반이 걸렸다. 키스도, 애무도 없고, 그가 가장 키스하고 싶고, 애무하고 싶고, 이야기하고 싶은 단 한 사람과 이야기도 하지 못하고 지낸 음울한 넉 달 반이었지만, 퍼거슨은 산산조각 나지 않은 채 그 시간을 이겨 낼 수 있었다. 자신과 에이미가 완전히 끝난 건 아니라고, 둘이서 함께 시작한 길고도 복잡한 여정이 그저 처음으로 우회로에 접어든 것뿐이라고 확신했기 때문이다. 굴러떨어진 바위가 길을 막아서 어쩔 수 없이 숲속으로 들어왔고, 잠시 서로의 모습을 확인할 수 없는 것뿐이라고, 하지만 머지않아 다시 길을 찾아내고 둘만의 여정을 계속할 수 있을 거라고 생각했다. 그렇게 확신할 수 있었던 건 그가 에이미의 말을 있는 그대로 받아들였기 때문이었다. 에이미는 그가 아는 사람들 중 거짓말을 한 번도 하지 않은 유일한 사람, 거짓말을 할 수 없는 사람, 상황이 어떻든 언제나 진실만을 말하는 사람이었고, 그녀가 퍼거슨을 버리거나 영원히 멀리 보내는 게 아니라고 말했기 때문에, 그저 잠시 휴식을, 환기를 위해 창문을 여는 것뿐이라고 말했기 때문에, 퍼거슨은 그녀를 믿었다.

그 믿음의 힘 덕분에 그는 에이미가 없는 그 공허한 달들을 지낼 수 있었고, 전전긍긍하면서 그 시간을 최대한 활용할 방법을 연구했다. 청소년기 초반에 자주 빠져들곤 했던 자기 연민(안마리 뒤마르탱과의 이별, 손 부상)의 유혹에 굴복하지 않고, 고통(실망감에 이은 고통, 마티노 코치가 말한 똥으로 가득한 세상에서 살아가는 고통)이라는 수수께끼에 더 강하고 단호하게 접근해 보려고 노력했다. 충격에 쓰러지는 대신 그것을 흡수할 방어막을 치고, 도망치는 대신 두 발로 확고히 땅을 딛은 채, 아마도 장기간의 참호 전투가 될 것으로 보이는 사태에 대비해 열심히 땅을 파는 심정이었다. 1964년 11월 말부터 1965년 4월 중순까지. 섹스도 사랑도 없던 기간, 온통 내면만 들여다보고 육체는 없던 고독한 기간, 마침내 억지로라도 성장해 보려 한, 자신의 모습에서 아직까지 유년 시절과 관련된 것들을 전부 떨쳐 내려 애쓴 기간이었다.

고등학교에서 보내는 마지막 해였고, 뉴저지 몬트클레어에서 지내는 마지막 해였고, 부모님과 같은 집에서 지내는 마지막 해였고, 그의 인생 첫 번째 장의 마지막 해였고, 다시 혼자가 되었다. 퍼거슨은 자신의 오래되고 익숙한 세계를 새로운 눈으로 집중해서 살펴봤다. 주로 지난 14년간 알고 지냈던 사람이나 장소 위주로 유심히 봤는데, 그것들은 이미 그의 눈앞에서 흐릿해지는 듯했고, 마치 폴라로이드 사진의 인화 과정을 천천히 거슬러 가는 것처럼, 건물의 경계선이 지워지고, 친구들의 얼굴도 덜 또렷해지고, 환하던 색깔들도 흰색으로 지워져 공허한 빈 사각형이 되어 가고 있었다. 지난 1년과 달리 친구들과 다시 어울렸고, 주말이면 뉴욕으로 사라지는 일도 없었고, 은밀한 생활을 유지하지도 않았다. 세 살, 네 살, 다섯 살 때부터 알고 지내 온 열일곱 살, 열여덟 살 친구들 사이에 엄지가 하나뿐인 그림자 같은 존재로 다시 섞이고 보니, 그 친구들은 서서히 사라지는 중이었다. 그는 어느새 친구들을 다정함에 가까운 마음으로 바라보고 있었다. 파티가 있었던 노동절 오후에 에이미와 함께 위층으로 올라가면서 갑작스럽게 등을 돌렸던 바로 그 따분한 교외 사람들이 이제 다시 그에게는 유일한 동료들이었고, 그는 가장 바보 같고 생각 없는 친구라고 해도 인내심과 존중하는 마음을 갖고 최대한 잘해 줬다. 그는 더 이상 판단하는 위치에 있지 않았고, 다른 사람들의 결점이나 약점을 강박적으로 찾아보려 하지도 않았는데, 이제는 본인 역시 그들과 똑같이 약하고 결함이 있다는 걸 알게 되었기 때문이었다. 그리고 자신이 되고 싶은 종류의 사람으로 성장하려면, 입을 닫고 눈을 크게 뜬 채, 절대 다른 사람을 무시하면 안 되는 거였다.

이제 에이미는 없었고, 견딜 수 없을 만큼 긴 시간 동안 없을 테지만, 미래 어느 시점엔가 둘이 다시 함께할 운명이라는 퍼거슨의 비이성적인 확신은 대학 지원서를 쓸 시점이 되었을 때 그의 계획에도 영향을 미쳤다. 대부분의 시간을 다음 해를 생각하며 보낸다는 건, 고등학교 마지막 해의 이상한 점들 중 하나였다. 몸은 그 자리에 그대로 있지만 나의 일부는 이미 내년에 가 있다는 걸 아는 상태로, 마치 동시에 두 곳에, 시시한 현재와 불확실한 미래에 동시에 있는 것 같았다. 평균 점수와 SAT 점수 같은 숫자들에 파묻혀 지내고, 가장 좋아하는 선생님을 찾아가 추천서를 써달라고 부탁하고, 자신에 관해 말도 안 되는, 있을 수 없는 소개서를 쓰면서, 알지도 못하는 익명의 누군가들에게 자신이 그들의 학교에 다닐 자격이 있다는 인상을 남겨 보겠다는 희망을 품고, 그다음엔 재킷을 입고 넥타이를 맨 채 그 학교에 가서 합격 여부에 큰 영향을 미칠 수도 있는 사람과 면접을 보는 단순한 생활을 이어 가던 중에, 퍼거슨은 갑자기 다시 자신의 손이 걱정되기 시작했다. 자신의 미래를 결정하는 데 도움을 줄 수도 있는 사람 앞에 앉아서 그는 몇 달 만에 처음으로 손가락 두 개가 없다는 사실이 신경 쓰였고, 그 남자가 자신을 장애인으로 볼지, 아니면 그저 사고를 겪은 누군가로 볼지 궁금했다. 면접관의 질문에 대답하던 중 그는 마지막으로 에이미와 자신의 손에 관해 이야기했던 때를 떠올렸다. 지난여름, 무슨 이유에선가 그가 자신의 손을 한참 내려다보며 너무 역겹다고 했을 때 그녀는 크게 짜증 내며 그에게 소리쳤다. 한 번만 더 손 이야기를 꺼내면 식칼로 자신의 왼손 엄지를 자른 다음 그에게 선물로 줘버릴 거라고 했고, 그녀가 미친 듯이 화를 내는 바람에 그는 다시는 그 이야기를 꺼내지 않겠다고 약속했다. 면접관과 이야기를 이어 가던 중에, 그는 손가락에 관해 말하지 말아야 할뿐더러 생각도 하지 말아야 한다는 걸 깨달았고, 서서히 머릿속에서 그 생각을 몰아낸 다음 면접관과의 대화에 집중했다. 면접관은 컬럼비아 대학의 음대 교수였는데, 음대는 말할 것도 없이 그의 1지망이었고 유일하게 관심이 있는 전공이었다. 온화한 성품에 재미있고 호의적이었던 12음계 희가극

작곡가 교수는, 퍼거슨이 시에도 관심이 있고 언젠가 작가가 되고 싶어 한다는 이야기를 듣고 자신의 책장에서 학부생 문예지『컬럼비아 리뷰』최신 호 네 권을 꺼내 허드슨강 건너편에서 온 예민하고 자의식 강한 지원자에게 건넸다. 이것들 한번 봐보는 것도 좋겠네요, 교수는 그렇게 말했고, 두 사람은 악수를 하고 헤어졌다. 건물에서 나와 캠퍼스를 걷던 그는, 이미 지난가을 슈나이더먼 아가씨와의 주말 약속 때문에 대여섯 번 와본 적이 있어 익숙한 그 캠퍼스에서 그날 오후 우연히 그녀를 마주치지 않을까 하는 생각이 들었고(마주치지 않았다), 아예 웨스트 111번가에 있는 그녀의 아파트로 가서 초인종을 눌러 볼까 하는 생각도 들었다(그렇게 하지 않았는데, 하고 싶지 않았고 할 수도 없었다). 그러다 지금은 없는, 다가갈 수도 없는 사랑에 관한 생각으로 스스로를 괴롭히는 대신『컬럼비아 리뷰』한 권을 꺼내 읽다가, 너무 재미있고 외설스러운 후렴구가 있는 시 한 편을 발견했다. 정기적인 섹스가 도움이 된다라는 그 직설적인 표현이 너무 충격적이라 퍼거슨은 큰 소리로 웃었다. 대단히 시적이라고 할 수는 없었지만 퍼거슨은 그런 감정에 동의하지 않을 수 없었는데, 그 안에는 다른 시들, 적어도 그가 그때까지 읽은 시들에서는 볼 수 없었던 진실이 아주 투박하게 표현되어 있었고, 거기에 더해 컬럼비아 대학은 학생들이 그런 생각을 검열에 대한 두려움 없이 출판할 수 있게 하는 곳이라는 사실이 고무적이었다. 그건 컬럼비아에서는 학생으로서 자유롭게 지낼 수 있다는 뜻이었는데, 만약 어떤 학생이 몬트클레어 고등학교 문예지에 그런 글을 썼다면 그는 퇴학당하는 건 물론 즉시 감옥에 갔을 것이었다.

부모님은 관심이 없었다. 두 분 모두 대학에 다닌 적이 없었고, 대학들 사이의 차이에 관해서도 전혀 아는 바가 없었기 때문에 아들이 어디를 간다고 해도 행복해할 것 같았다. 그러니까 뉴브런즈윅의 주립 대학(럿거스)이든 매사추세츠주 케임브리지의 하버드 대학이든 상관없었는데, 두 분은 대학의 등급이나 특권에 신경 쓰는 속물이 되기에는 너무 아는 바가 없었고, 그저 퍼거슨이 항상 그렇게 우수한 학생이었다는 사실이 자랑스러울 뿐이었다. 하지만 밀드러드 이모, 최근 버클리의 정교수로 승진한 그 이모는 하나뿐인 조카의 진학에 관해 다른 생각이 있었고, 12월 초 아주 오랫동안 장거리 전화를 붙들고 자신의 생각에 따라 조카의 진로를 바꿔 보려고 노력했다. 컬럼비아는 훌륭한 1지망이라고, 이모는 말했다. 아무 문제도 없었다. 컬럼비아의 학부 과정은 전미에서 가장 좋은 축에 속했지만, 이모는 예를 들면 애머스트나 오벌린 같은 다른 선택지도 고려해 보라고 했다. 외딴곳에 있기 때문에 뉴욕보다 더 차분하고 덜 산만한 분위기이고, 열정적으로 공부에만 집중할 수 있는 환경이라고 했다. 만약 큰 대학에 가기로 마음을 정한 거라면 스탠퍼드나 버클리를 생각해 볼 수도 있었다. 앞으로 4년 동안 그를 캘리포니아에 데리고 있게 되면 이모는 너무 좋을 것 같다고, 두 대학 모두 여러 면에서 컬럼비아에 뒤지지 않는다고 했다. 하지만 퍼거슨은 이미 마음을 정했다고 말했다. 뉴욕이 아니면 안 되었다. 컬럼비아에서 거절당하면 NYU에 갈 생각이었고, 거기는 지원만 하면 거의 누구든 받아 주는 곳이었다. 거기서도 일이 잘 풀리지 않으면, 고등학교 졸업장만 들고서 뉴 스쿨에 등록하는 방법도 있었다. 뉴 스쿨은 지원자를 거절하는 법이 없었다. 그게 그의 계획이라고, 그는 말했다. 후보는 셋뿐이고, 모두 뉴욕에 있는 학교라고. 골라서 갈 수 있는 매력적인 곳이 많은데 왜 뉴욕이어야만 하냐고 이모가 묻자, 퍼거슨은 기억을 더듬어 에이미와 처음 만났을 때 그녀가 했던 말을 떠올렸다. 왜냐하면, 뉴욕이 답이니까요. 그가 말했다.

어쩌면 애매한 중간 상태라고 할 수 있었지만, 이곳도 저곳도 아닌 시시한 현재의 작은 틈새로, 다음에 벌어질 상황에 대한 퍼거슨의 생각을 바꿔 놓을 만한 일이 생겼다. 12월 초 그는 『몬트클레어 타임스』에 일자리를 얻었는데, 정확히는 일자리가 그에게 떨어졌다고 할 수 있는 게, 전혀 예상하지 못한 방식으로, 그로서는 어떤 진지한 노력도 없이, 우연히 떨어진 선물처럼 주어졌기 때문이다. 하지만 일단 시작하고 보니 그는 그 일을 계속하고 싶은 마음이 들었다. 일 자체를 즐겼을 뿐 아니라, 그 즐거움 덕분에 미래라는 막연한 공간이 뭔가 구체적인 어딘가로 좁혀질 수 있었고, 뭐든 될 수 있는 복수의 미래가 뭔가를 하고 있는 단수의 미래가 되었다. 달리 말하면 열여덟 번째 생일을 석 달 앞둔 시점에 퍼거슨은 일생의 소명을, 오랫동안 할 수 있는 무언가를 우연히 발견했는데, 혼란스러운 부분은 우연히 그 일을 해보지 않았더라면 그 일을 해볼 생각조차 들지 않았을 거라는 점이었다.

『몬트클레어 타임스』는 1877년부터 지역 소식을 전해 온 주간 신문이었는데, 몬트클레어는 주변 대부분의 지역보다 컸기 때문에(인구 4만 4천 명) 내용이 충실하고, 치밀하고, 에식스 카운티의 다른 주간 신문들보다 광고도 많았다. 소식들 자체는 작은 신문들과 크게 다르지 않아서, 교육 위원회 소식, 주부 원예 모임, 보이 스카우트 파티, 자동차 사고, 약혼과 결혼, 절도, 강도, 경찰 기록부에 보고된 청소년 기물 파손 사건, 몬트클레어 미술관에서 진행 중인 전시회의 리뷰, 주립 몬트클레어 사범 대학에 개설된 강의 등이었고, 지역 소속 운동 팀의 성적도 나왔다. 리틀 야구 리그, 팝 워너 유소년 미식축구, 그리고 고등학교 대표 팀의 시합 결과 등이었는데, 특히 그해 대단히 성공적인 시즌을 치르고 있던 미식축구팀 몬트클레어 마운티스의 시합 결과를 아주 자세히 전하고 있었다. 9승 무패의 완벽한 성적으로 주 대회에서 우승한 건 물론 전국에서도 3위에 올랐고, 그 말은 전국에 퍼져 있는 수천 개의 고등학교 미식축구팀 중에 몬트클레어보다 잘하는 학교는 두 개밖에 없다는 뜻이었다. 퍼거슨은 그간 토요일 경기는 모두 놓쳤는데, 그러다가 이제, 추수 감사절 이후에 이미와 음울한 대화를 나눈 지 열흘이 지난 시점에 어머니가 『타임스』에 빈자리가 생겼다며 그가 관심이 있을 듯해 알려 주는 거라고 했다. 고등학교 체육 팀 성적을 담당하던 릭 보걸이라는 젊은이가 축구팀의 영광스러운 시즌을 썩 인상적으로 전한 덕에 『뉴어크 이브닝 뉴스』에 채용되었는데, 그 신문은 몬트클레어의 주간지보다 발행 부수가 스무 배쯤 많고 재정이 넉넉해서 급여도 스무 배쯤 높았다. 『타임스』 편집장이 퍼거슨의 어머니에게 전한 바에 따르면 완전히 진퇴양난에 빠져 버렸다고, 다음 주 화요일부터 농구 시즌이 시작되는데 시합 결과를 전해 줄 사람이 없다고 했다.

그때까지 퍼거슨은 신문사에서 일하겠다는 생각은 한 번도 해보지 않았다. 그는 자신이 글 쓰는 사람이라고, 자신의 미래는 책을 쓰는 일에 바치게 될 거라고 생각했다. 소설가든 극작가든 아니면 뉴저지 출신의 월트 휘트먼이나 윌리엄 칼로스 윌리엄스의 후계자든 아무튼 예술 쪽으로 나가겠다고 생각했고, 신문사 일이 얼마나 중요한지는 모르겠지만 신문에 글을 쓰는 게 예술과 아무 관련이 없다는 사실은 확실했다. 하지만 한편으로는 기회가 그를 찾아왔다고 할 수 있었다. 딱히 할 일이 없던 그는 늘 불안하고 만사에 불만이 있었는데, 『타임스』에서 정해진 일을 하다 보면 시시한 현재에 약간의 생동감도 생기고 자신의 비참한 상황에 관한 생각에서도 어느 정도는 벗어날 수 있을 것 같았다. 금전적 이득도 있었고 — 기사 하나당 10달러였다 — 그 밖에도 『타임스』는 몬트클레어 고등학교의 『마운티니어』 같은 장난스러운 발간물이 아니라 정식 신문이었기 때문에, 만약 그 일자리를 어떻게든 지킬 수 있다면 그는 어른들의 세계에 진입하는 셈이었다. 곧 열여덟 살이 되는 고등학생이 아니라 어엿한 청년, 혹은 듣기에 썩 만족스럽지는 않지만, 신동, 즉 어른의 일을 해내는 남자아이 정도는 될 수 있을 것 같았다.

휘트먼이 『브루클린 이글』에서 언론인으로 시작했다는 사실, 헤밍웨이가 『캔자스시티 스타』에 글을 썼고 뉴어크에서 태어난 스티븐 크레인이 『뉴욕 헤럴드』의 기자였다는 사실도 잊지 않고 있었기 때문에, 어머니가 급히 자리를 비운 보결의 자리를 물려받을 생각이 있냐고 물었을 때 퍼거슨은 30초도 고민하지 않고 그러겠다고 했다. 쉬운 일은 아닐 거라고, 어머니는 덧붙였다. 하지만 뚱뚱하고 심사가 뒤틀린 『타임스』의 편집장 에드워드 임호프는 상황이 너무 다급하기 때문에 검증되지 않은 아이에게 적어도 한 경기는 맡겨 볼 테고, 만약 퍼거슨이 잘해 내지 못한다고 해도 시간을 벌수 있는 셈이었다. 하지만 그가 잘해 낼 거라는 점은 어머니나 그나 잘 알고 있지 않냐고, 어머니는 말했다. 그리고 어머니가 임호프의 신문에 실릴 사진을 10년 넘게 찍어 왔고, 뛰어난 뉴저지 시민들을 담은 그녀의 사진집에 그의 초상 사진을 실어 주기도 했기 때문에(부탁하지도 않은 호의였다) 그 수다쟁이가 어머니에게 빚진 게 있다고 했다. 어머니는 조금도 지체하지 않고 그 자리에서 전화를 걸었다. 퍼거슨의 어머니는 어떤 일을 해야 할 때면 그런 식으로 처리했다. 기회를 포착하면 바로 실행했고, 두려움도 없었고 머뭇거리지도 않았는데, 어머니와 임호프의 대화가 절반쯤 지났을 때부터 퍼거슨은 폭풍처럼 몰아치는 어머니의 말솜씨를 제대로 감상할 수 있었다. 전화 통화를 하는 7분 동안 어머니는 단 한 순간도 아들의 일을 부탁하는 어머니처럼 말하지 않았다. 어머니는 오랜 친구의 고민을 해결해 주는 영리한 인재 발굴자처럼 말했고, 임호프는 골치 아픈 문제를 해결해 준 어머니 앞에 무릎이라도 꿇어야 할 것 같았다.

그 전화 덕분에 퍼거슨은 침울하고 소화 불량에 걸린 듯한 편집장과 면접을 볼 수 있었는데, 자신이 글도 모르는 돌대가리가 아니라는 사실을 증명하기 위해 이전에 쓴 글을 두 편(『리어왕』에 관한 영어 수업 과제와 삶이 꿈이라면 / 깨어났을 때 무슨 일이 벌어질 것인가라는 행으로 끝나는 짧고 익살스러운 시였다) 가져갔지만, 전구처럼 통통하고 머리가 벗겨진 임호프는 그것들을 쳐다보지도 않았다. 야구는 좀 아는 것 같고 앞뒤가 맞는 문장도 쓸 수 있는 것 같은데, 신문은 어떤가? 신문 좀 읽어 봤나? 그가 물었다. 당연히 읽어 봤다고, 퍼거슨은 대답했다. 하루에 세 개씩, 지역 소식을 알기 위해 『스타레저』를, 전국 및 세계 소식을 알기 위해 『뉴욕 타임스』를, 그리고 필자들이 좋아서 『헤럴드 트리뷴』까지 읽는다고 했다.

최고는? 자네는 누가 최고로 잘 쓰는 것 같나? 임호프가 물었다.

정치면은 지미 브레슬린이고 스포츠면은 레드 스미스입니다. 음악 기사는 길버트 슈나이더면인데, 그분은 저랑 친한 친구의 삼촌이기도 합니다.

대단한 친구네. 그럼 지금까지 신문 기사는 몇 편이나 써봤지? 우리 일류 지원자께서는?

그건 이미 알고 계실 거라 생각합니다.

퍼거슨은 신경 쓰지 않았다. 임호프가 그를 어떻게 생각하든 상관없었고, 일자리를 주지 않아도 괜찮았다. 어머니의 씩씩함 덕분에 그도 용기를 얻어서 그렇게 무심할 수 있었고, 무심함에는 힘이 있음을 퍼거슨은 알게 되었다. 면접 결과가 어떻게 되든 상관없이 그렇게 오만하고 예의 없는, 까칠한 포대 같은 인간에게 주눅 들지 않겠다고 생각했다.

내가 자네를 고용해야 하는 이유를 한 가지만 대봐. 임호프가 말했다.

화요일 밤 경기를 취재할 사람이 필요하시고, 제가 그 일을 할 생각이 있으니까요. 저한테 맡기실 게 아니라면 지금 이렇게 귀한 시간을 낭비하실 필요가 없겠죠.

6백 단어, 임호프는 손바닥으로 책상을 치며 말했다. 망치면 그걸로 끝이고, 결과가 좋으면 하루 더 사는 거야.

신문 기사를 쓰는 일은 퍼거슨이 전에 해본 어떤 글쓰기와도 달랐다. 기사와 너무 달라서 아예 비교의 대상도 될 수 없는 시나 단편소설뿐 아니라, 그가 지금까지 써온 여러 형태의 논픽션과도 달랐다. 개인적인 편지들(그런 편지는 종종 실제로 일어난 일을 전하기도 했지만 〈사랑해〉, 〈미워〉, 〈슬퍼〉, 〈행복해〉, 〈오랜 친구가 알고 보니 혐오스러운 거짓말쟁이였어〉 등 자신이나 타인에 관한 의견이 압도적으로 많았다)과도 달랐고, 학교 과제물, 이를테면 최근에 쓴 『리어왕』에 관한 에세이와도 달랐다. 그런 에세이는 한 무더기의 말에 대한 응답으로 다른 한 무더기의 말을 쓰는 작업이었는데, 대부분의 학문적 작업이 그렇듯 말에 대한 말일 뿐이었다. 반면에 신문 기사는 실제 세계에 반응하는 한 무더기의 말, 글로 쓰이지 않은 세상을 글에 담으려는 시도였고, 실제 세계에서 벌어진 사태를 이야기로 전하기 위해서는, 모순적이게도 가장 먼저 일어난 일이 아니라 가장 나중에 일어난 일에서부터, 원인이 아니라 결과에서부터 시작해야 했다. 조지 블리플은 아침에 일어났을 때 배가 아팠다가 아니라 조지 블리플이 어젯밤 77세를 일기로 사망했다라고 적은 다음, 복통에 관해서는 몇 문단 아래에서 밝혀 줘야 했다. 무엇보다도 사실이 우선이고, 가장 중요한 사실이 다른 사실들보다 우선이었지만, 사실에 충실해야 한다고 해서 생각을 멈춰야 한다거나 상상력을 발휘해서는 안 된다는 의미는 아니었다. 예를 들어 그해 초에 열린 헤비급 타이틀전에서 서니 리스턴이 패배한 사건을 다룬 기사에서 레드 스미스는 이렇게 썼다. 〈캐시어스 마셀러스 클레이는 링을 가득 메운 채 펄쩍펄쩍 뛰는 군중 사이에서 뛰어나와, 붉은색 벨벳 로프를 다람쥐처럼 타고 올라서서는 자신의 강철 주먹을 세차게 흔들었다. 《당신들이 틀렸어》라고, 그는 앞줄에 늘어선 기자들에게 소리쳤다. 《당신들이 틀렸다고.》〉 잘 쓰려는 마음만 있다면 실제 세계에 충실해야 한다는 이유만으로 급이 떨어지는 작가가 되는 건 아니었다.

퍼거슨은 장기적으로 보면 스포츠는 전혀 중요하지 않다는 걸 알았지만, 각 시합에는 미리 정해진 서사 구조가 있기 때문에 대부분의 다른 소재에 비해 글로 옮기기가 좀 더 쉬웠다. 경쟁에 따른 갈등은 필연적으로 한 팀은 승리, 다른 팀은 패배라는 결과로 이어지게 되어 있었고, 퍼거슨의 일은 승자가 어떻게 이겼고 패자는 어떻게 졌는지, 한 점 차이였는지 스무 점 차이였는지 그 이야기를 전하는 것뿐이었다. 12월 중순의 화요일 밤에 시즌 첫 경기를 참관하면서 퍼거슨은 이미 자신이 어떤 이야기를 쓰게 될지 알 것 같았는데, 그해 몬트클레어 농구팀의 주된 화두는 아직 어리고 경험이 없는 선수들이었기 때문이다. 선발 출전한 다섯 명 중 전해에도 선발이었던 선수는 하나도 없었는데, 6월에 12학년 학생 여덟 명이 졸업하면서 현재 팀은 한 명의 예외도 없이 10학년과 11학년으로 구성되어 있었다. 그런 사실이 한 경기 한 경기 지날 때마다 자신이 쓰게 될 기사를 관통하는 줄거리가 될 거라고, 그는 결정했다. 막 시작하는 선수들이, 시즌이 진행되면서 단단한 팀으로 진화해 갈지, 아니면 그저 휘청거리며 연패를 거듭할 뿐일지 기록할 것이었다. 임호프는 첫 기사가 좋은 결과를 내지 못하면 바로 자를 거라고 했지만, 퍼거슨은 실패할 생각이 없었다. 그는 실패하지 않기 위해 온 힘을 다할 생각이었고, 첫 기사는 2월 중순에 펼쳐질 열여덟 번째 경기까지 계속 써 내려갈 대서사시의 첫 번째 장이 될 터였다.

그가 예상하지 못한 건, 학교 체육관에 들어가 중앙선에 걸쳐 놓은 탁자, 공식 점수판이 놓인 그 탁자 뒤 의자에 앉았을 때 자신이 지나치게 흥분하게 될 거라는 점이었다. 순식간에 모든 게 달라졌다. 지난 몇 년 동안 그 체육관에서 수없이 많은 경기를 봤고, 고등학교에 입학한 후로 수없이 많은 체육 수업을 들었고, 야구 대표 팀 선수 자격으로 수없이 많은 실내 훈련에 참여했지만, 그날 저녁 그 체육관은 더 이상 같은 체육관이 아니었다. 그곳은 아직 쓰이지 않은 잠재적인 글들, 막 시작한 경기에 관해 그가 쓰게 될 글들이 있는 장소가 되었고, 그 글을 쓰는 게 그의 임무였기 때문에, 그는 그곳에서 벌어지는 일을 그 어떤 경기보다 관심 있게 지켜봤고, 그렇게 관심 있게 지켜볼 때의 집중력과 분명한 목적의식만으로도 몸이 허공으로 떠오르고 혈관에 전기가 통하는 것만 같았다. 머리털이 불타는 것 같고, 눈이 확 떠지고, 몇 주 만에 처음으로 활기가 넘쳤다. 활기가 넘치고 정신이 번쩍 들면서 그 순간만큼은 주변이 환해지고 자신이 새로 깨어나는 것 같았다. 주머니 크기의 수첩을 가져가서 경기 내내 마루 코트에서 펼쳐지는 광경을 받아 적었는데, 어느새 그는 꽤 긴 시간 동안 경기를 지켜보는 일과 받아 적는 일을 동시에 하고 있었다. 글로 되어 있지 않은 세계를 글로 옮겨야 한다는 압박 덕분에 단어들이 놀랄 만큼 빠르게 생각났고, 그건 시를 쓸 때의 느낌, 심사숙고하는 과정에서의 느릿한 초조함과는 완전히 달랐다. 모든 게 속도의 문제였고, 모든 게 다급했으며, 그는 생각할 겨를도 없이 햄스터처럼 재빠르게 공을 다루는 단신의 붉은 머리 선수, 팔꿈치가 방금 깎은 연필처럼 날카로운 깡마른 리바운드 기계, 소심한 벌새처럼 기운 없이 날아가 림을 벗어난 자유투

같은 표현들을 써 내려갔고, 결국 몬트클레어가 블룸 필드에 54 대 51로 석패하자 퍼거슨은 다음과 같은 문장으로 이야기를 마쳤다. 열성적인 마운티스 팬들, 지난가을 완벽한 미식축구팀 덕분에 패배에 익숙지 않았던 그들은 축 처진 채 침묵 속에 체육관을 떠났다.

기사가 다음 날 아침에 나와야 했기 때문에 퍼거슨은 흰색 임팔라를 타고 곧장 집으로 가서는 자기 방에서 세 시간 동안 기사를 고치고 또 고쳤다. 먼저 8백 단어의 초고를 650단어로 줄이고, 다시 임호프 씨가 말한 제한에 간신히 맞춘 597단어로 줄인 다음, 올림피아사의 오타 방지 휴대용 타자기, 열다섯 살 생일에 부모님이 선물로 준 불굴의 독일산 타자기로 옮겨 쳤다. 임호프가 기사를 받아 준다고 가정할 때 그건 교내 잡지를 제외하고는 처음으로 출판하는 글이 될 테고, 작가로서의 동정을 잃을 사태에 직면한 그는 어떤 필명으로 글을 발표할지 고민하며 이리저리 허둥댔다. 아치, 혹은 아치볼드라는 이름은 늘 고민거리였다. 아치는 만화책에 나오는 지긋지긋한 바보 천치 아치, 저그헤드와 무스의 친구이자 자신이 금발의 베티와 갈색 머리의 베로니카 중 누구를 더 좋아하는지도 결정하지 못하는 새대가리 아치 앤드루스[59] 때문에 곤란했고, 아치볼드는 이제는 더 이상 쓰지도 않은 고리타분한 구식 이름인 데다가, 이 세상에서 문학계 인물 중에 아치가

59 1940년대부터 연재되어 온 만화 시리즈 〈아치〉의 주인공.

아는 유일한 아치볼드는 그가 조금도 좋아하지 않는 미국 시인 아치볼드 매클리시밖에 없었는데, 온갖 상을 다 수상하며 국보로 여겨지는 인물이지만 실상은 지루하고 아무 재능도 없는 가짜에 불과했다. 오래전에 돌아가신 종조부, 퍼거슨은 만나 본 적도 없는 그분을 제외하면 그가 가장 가깝게 느끼는 아치-아치볼드는 케리 그랜트였는데, 그는 영국에서 태어났을 때 이름은 아치볼드 리치였지만 연기자이자 광대가 되어 미국에 건너오자마자 이름을 바꾸고 할리우드 스타가 되었다. 만약 아치볼드라는 본명을 계속 붙잡고 있었더라면 그런 일은 절대 일어나지 않았을 것이다. 친구와 가족 사이에서 아치로 불리는 건 좋았다. 관심과 사랑이 있는 친밀한 관계에서 불릴 때는 아치도 아무 문제 없었지만, 공적인 영역에서 쓰일 때, 특히 작가 이름으로 아치는 어딘가 어설프고 심지어 우스꽝스럽게 느껴졌다. 아치볼드 퍼거슨이라는 이름은 어떤 상황에서도 진지하게 받아들여지지 않을 것이기 때문에, 이제 곧 열여덟 살이 되는 새싹 신문 기자는 자기 이름을 완전히 압축해서, 그러니까 T. S. 엘리엇이나 H. L. 멩켄처럼 머리글자로만 표기하기로 했고, 그렇게 A. I. 퍼거슨의 경력이 시작되었다. A. I. — 인공 지능Artificial Intelligence이라는 연구 분야로 알려져 있기도 한— 라는 약자에는 다른 의미들도 있었고, 그중 익명의 내부자Anonymous Insider는 그가 활자화된 자신의 이름을 볼 때마다 떠올리게 되는 의미였다.

퍼거슨은 다음 날 학교에 가야 해서, 어머니가 임호프의 사무실에 들러 기사를 직접 전해 주기로 했다. 어머니의 사진관은 몬트클레어 시내의 『타임스』건물에서 겨우 두 블록 떨어진 곳이었다. 그 하루는 숨 막히는 시간이었다 ― 퍼거슨은 통과한 걸까, 내쳐진 걸까, 금요일 밤 경기도 취재해 달라는 요청을 받을까, 아니면 농구 기자로서 그의 경력은 한 경기 만에 끝난 걸까? ― 일단 기사를 넘긴 상태에서 그는 더 이상 무심할 수 없었고, 신경 쓰지 않았다고 하면 거짓말일 것이다. 학교에서 여섯 시간 반을 보낸 뒤 판결을 듣기 위해 로즐랜드 사진관으로 차를 몰고 갔고, 어머니는 조금은 장난스럽게 반어적으로 소식을 전했다.

다 괜찮을 거야, 아치. 어머니는 가장 중요한 사실부터 바로 이야기했다. 내일 자 신문에 네 기사가 실릴 거야. 그리고 남은 농구 시즌과 야구 시즌까지 담당하게 될 거야. 네가 원한다면 말이야. 그나저나 그 양반도 참 대단한 인간이지. 내가 거기 서서 기다리는 동안 네 기사를 읽으며 계속 투덜대고 짜증을 내는데, 무엇보다 네 필명을 갖고 시비를 거는 거야 ― 참고로 나는 참 마음에 들더라 ― 그 양반 말로는 그 가식적인 이름을 견딜 수가 없는 모양이더라. A. I., A. I., A. I., 하고 계속 중얼거리는가 싶더니, 개자식 지성인Asshole Intellectual, 오만한 꼴통Arrogant Imbecile, 완전 무식쟁이Absolute

Ignoramus 하고 내뱉었지. 네 글이 좋다고 생각했기 때문에 너에 대한 모욕을 멈출 수가 없었던 거야, 아치. 예상 밖으로 좋았던 거지. 그런 인간은 젊은이들을 격려하고 싶지 않은 거야. 그저 깔아뭉개려고만 하거든. 그래서 몇몇 부분을 지적하며 자기가 다른 누구보다 뛰어나다는 걸 보여 주려 했는데, 소심한 벌새처럼이란 표현이 마음에 안 들었는지 파란색 연필로 죽죽 그어 버리더구나. 다른 몇 군데도 코웃음을 치고 투덜대며 수정했지만, 어쨌든 결론은 이제 너는 지역 신문사의 직원이라는 거야. 그래서 너를 고용할 거냐 말 거냐 내가 물었더니, 에드 임호프 말이 이 친구면 되겠네라고 하더라. 이 친구면 되겠네! 그 말을 들으니 웃음이 터지지 뭐니. 그래서 내가 그랬지. 할 말이 그것밖에 없어요, 에드? 그랬더니 그 양반이 그러더라. 그 말 말고 뭐요? 뭐, 새 기자를 찾아 준 나한테 고마울 것 같기도 해서요, 내가 말했지. 당신한테 고맙다니? 그가 말하더라. 아니요, 로즈. 당신이 나한테 고마워해야죠.

어찌 되었든 퍼거슨은 시험을 통과했고, 업무 방식과 관련해 좋았던 점은 임호프를 만나거나 그와 직접 이야기를 나눌 일이 거의 없다는 것이었다. 수요일과 월요일 오전에는 학교에 가야 했는데, 그날들은 각각 화요일과 금요일 밤 경기에 관한 기사의 마감일이었고, 두 기사는 목요일 오후 신문이 나올 때 함께 실렸다. 그래서 퍼거슨의 어머니가 계속 기사를 임호프에게 전달했고, 퍼거슨은 딱 두 번 토요일 회의에 나가서 (작은 물에서 노는) 〈거물〉에게 장황한 표현을 썼다고 야단을 맞았을 뿐(실존주의적 절망이나 뉴턴의 역학 법칙에 도전하는 발레 같은 움직임 같은 게 장황한 표현인지는 모르겠지만) 대부분의 대화는 전화로 이뤄졌다. 임호프는 팀이 6연승을 하고 9승 7패가 되었을 때 농구팀 코치 잭 맥널티에 관한 소개 기사를 주문했고, 한번은 퍼거슨에게 경기장에 갈 때는 재킷을 입고 타이를 매야 한다고 했다. 퍼거슨은 『몬트클레어 타임스』를 대표해 그 자리에 가는 것이기 때문에, 일을 하는 동안 신사답게 처신해야 한다는 게 이유였다. 마치 재킷을 입고 타이를 매는 게 농구 경기에 관해 글을 쓰는 일과 관련이 있다는 듯한 투였지만, 당시는 복장이나 머리 모양이라는 문제를 두고 구세대와 신세대가 막 나뉘던 시점이었다. 대부분의 다른 남학생들과 마찬가지로 퍼거슨 역시 그해에는 머리를 기르는 중이었고, 1950년대식 짧은 머리는 이제 과거의 유물이었다. 여학생들 사이에서도 변화가 일어나서, 점점 더 많은 여학생들이 머리를 솜사탕처럼 부풀리거나 원뿔처럼 세우기를 그만두고 그저 빗질만 해서 어깨까지 흘러내리게 내버려 뒀는데, 퍼거슨은 그쪽이 훨씬 매력적이고 섹시하다고 생각했다. 그리고 1965년 초반의 그 주말들 동안 사람들의 모습을 보면 볼수록 모두의 외모가 점점 나아지고 있다는 생각이 들었는데, 그런 분위기에는 뭔가 그를 즐겁게 하는 요소가 있었다.

2월 7일, 베트콩이 쁠래이꾸의 미군 기지를 공격해 미군 여덟 명이 사망하고 126명이 부상당했다 — 그리고 북베트남 폭격이 시작되었다. 그로부터 2주 후인 2월 21일, 고등학교 농구 시즌이 끝나고 며칠 후, 맬컴 엑스가 워싱턴하이츠의 오듀본 볼룸에서 연설하던 중 네이션 오브 이슬람의 암살자들에게 살해당했다. 이제 세상에는 그 두 가지 관심사밖에 없는 것 같다고, 퍼거슨은 캘리포니아의 이모와 이모부에게 보낸 편지에 적었다. 베트남에서 점점 확대되는 유혈 사태와 본국의 민권 운동, 백인들의 미국은 동남아시아에서는 황인들과 전쟁을 치르고 있었고, 본국에서는 흑인 시민들과 갈등을 일으키고 있었다. 흑인들은 점점 자기들끼리도 분열해서, 이미 여러 분파로 갈라져 있던 운동은 분파의 분파, 분파의 분파의 분파로 갈라져 모든 이들이 다른 모든 이들과 갈등하고 있었다. 그들을 구분하는 경계선이 너무 선명해서 이제 아무도 그걸 넘으려 하지 않았다. 세상은 너무나 분열되어 있었고, 1월의 어느 날 퍼거슨이 론다 윌리엄스와의 데이트에서 순진하게도 그 구분에 관해 물어봤을 때, 그는 경계선에 이제는 철조망까지 감겨 있다는 걸 알게 되었다. 그가 10년 동안 알고 지냈던 론다 윌리엄스였다. 날씬하고 말이 많은 아이, 대부분의 수업을 같이 들었고, 몬트클레어 고등학교의 다른 대부분의 학생과 달리 마침 흑인이었던 그 론다. 몬트클레어 고등학교는 지역 내에서 인종 통합에 가장 적극적인 학교였고, 모두 백인, 혹은 모두 흑인 학생밖에 없는 뉴저지 북부의 다른 학교들 사이에서 아주 작은 예외였다. 론다 윌리엄스의 집은 퍼거슨의 집보다 부자였고, 어쩌다 보니 흑인이었지만 사실 그녀의 피부색은 밝은 갈색에 가까웠고, 퍼거슨의 피부색보다 그림자 한두 개 정도만 어두웠을 뿐이다. 활기찬 론다 윌리엄스의 아버지는 오렌지 인근에 있는 재향 군인 병원의 내과 의사였고, 남동생은 몬트클레어 농구팀의 후보 가드였다. 똑똑하고 대학 진학이 확정된 론다 윌리엄스는 줄곧 퍼거슨의 친구였고 그와 마찬가지로 음악을 사랑했는데, 덕분에 스뱌토슬라프 리흐테르가 2주 후 토요일에 뉴어크의 모스크 극장에서 슈베르트의 곡으로만 구성된 연주회를 한다는 소식을 들었을 때, 퍼거슨은 가장 먼저 그녀를 떠올렸다. 그래서 론다에게 함께 가지 않겠냐고 물었고, 그건 그녀 역시 연주회를 좋아할 것 같았기 때문이기도 했지만, 에이미와 헤어진 지 두 달이나 지나고 보니 여자와 함께 보내는 시간이 애타게 그리웠고, 농구 선수들이나 보비 조지, 혹은 불쾌한 임호프가 아닌 누군가와 함께 있고 싶었기 때문인데, 학교 여자아이들 중 가장 좋아하는 친구가 바로 론다였던 것이다. 토요일 이른 저녁을 클레어몬트 다이너에서 먹고 세계에서 손꼽히게 뛰어난 피아니스트들 중 한 명의 슈베르트 연주를 듣는 일이라면 음악을 좋아하는 그 누구도 거절할 수 없을 거라고 퍼거슨은 생각했지만, 믿을 수 없게도 그녀는 제안을 거절했다. 퍼거슨이 이유를 묻자 론다가 말했다.

그냥 못 가, 아치.

내가 모르는 남자 친구가 있다는 뜻이야?

아니, 남자 친구는 없어. 그냥 못 가.

그런데 왜? 그날 밤에 다른 일이 있는 게 아니라면, 뭐가 문제야?

말 안 할래.

왜 그래, 론다, 공정하지 않잖아. 나야, 기억나? 오래된 친구 아치라고.

똑똑하니까 혼자 알아낼 수 있잖아.

아니, 모르겠어. 네가 무슨 말을 하는지 짐작도 안 된다고.

네가 백인이라서 그래, 그게 이유야. 너는 백인이고 나는 흑인이니까.

그게 이유라고?

그런 것 같아.

나랑 결혼하자는 게 아니잖아. 그냥 너랑 연주회 가고 싶은 거야.

알아, 나한테 물어봐 줘서 고마워. 하지만 못 가.

그냥 내가 싫어서라고 해줘라. 그건 받아들일게.

나 너 좋아해, 아치. 알잖아. 늘 너 좋아했어.

그 거절이 무슨 의미인지는 알아?

당연히 알지.

세상이 끝나는 거야, 론다.

아니, 그렇지 않아. 시작이야. 새로운 세상의 시작. 너도 받아들여야만 해.

세상의 끝이든 세상의 시작이든 퍼거슨은 절대 그 사실을 받아들일 수 없었고, 대화를 마치고 걸으면서는 불의의 일격을 당한 기분이 들고 화도 났는데, 남북 전쟁이 끝나고 1백 년이 지난 시점에도 그런 대화가 가능하다는 사실이 놀라울 따름이었다. 그는 누군가 붙잡고 그 이야기를 하고 싶었고, 자신이 그런 상황에 화가 난 이유를 1천 개쯤 쏟아 내고 싶었다. 그런 이야기를 터놓고 할 수 있는 유일한 상대는 에이미였지만 에이미와는 이제 대화를 나눌 수 없는 상태였고, 학교 친구들이라면 그렇게 속내 이야기를 할 만큼 신뢰가 깊은 친구는 한 명도 없었다. 심지어 보비, 여전히 매일 아침 그와 함께 차를 타고 학교에 가고, 자신이 퍼거슨의 가장 충실한 친구라고 생각하는 보비도 그런 종류의 대화에는 크게 도움이 되지 않았다. 그뿐만 아니라 당시 보비는 본인 문제로, 청소년기의 이런저런 문제 중 가장 사람을 황폐하게 만드는 연애 문제로 힘들어하고 있었다. 보비는 아무 보답도 없이 마거릿 오마라에게 애정 공세를 퍼부었는데, 그녀는 하필 지난 6년 동안 퍼거슨을 쫓아다녔던 친구라 퍼거슨으로서는 한

없이 곤란하고 충격적인 상황이었다. 추수 감사절 무렵 에이미와 이야기를 나눈 직후에 그는 마거릿에게 데이트 신청을 해볼까 생각한 적이 있었다. 흔치 않게 예쁜 얼굴이지만 지루하고 친절하기만 한 마거릿과 사귀고 싶다는 불타는 열정이 있어서가 아니라, 에이미가 다른 남자와의 키스에도 관심이 있다고 선언한 이후, 퍼거슨은 조금 씁쓸한 마음이 없지는 않았지만, 자신도 키스할 다른 사람을 찾아보는 식으로 대응하면 어떨까 싶었던 것이다. 마거릿 오마라가 최우선 후보가 된 건, 그녀라면 기꺼이 그와 키스할 거라고 거의 확신했기 때문인데, 그때, 그녀에게 전화해 보려던 참에 보비가 바로 그 마거릿 오마라에게 얼마나 빠져 있는지 고백했다. 보비는 자신에게 마거릿은 기념비적인 첫사랑인데, 그녀 쪽에서는 아무 관심도 없어 보이고 자신이 하는 말에 조금도 귀를 기울이지 않으니, 퍼거슨이 나서서 자신이 얼마나 착하고 괜찮은 녀석인지 이야기해 줄 수 없겠냐고 부탁했다(퍼거슨과 마거릿이 10학년 프랑스어 시간에 함께 봤던 영화 「시라노 드베르주라크」 같은 분위기가 느껴졌다). 그래서 퍼거슨이 마거릿에게 가서 보비 이야기를 하자(자신과 데이트하자는 이야기가 아니라), 그녀는 웃음을 터뜨리며 과연 그를 시라노라고 불렀다. 그 웃음으로 끝이었다. 결국 이쪽저쪽 모두에서 허탕이었고, 양쪽 전선 모두에서 패배였다. 보비는 여전히 그녀를 애타게 원했고, 아마도 마거릿은 퍼거슨과의 데이트라면 기꺼이 승낙하겠지만, 퍼거슨은 데이트 신청을 하지 않기로 했다. 친구에게 그런 짓을 할 수는 없었다. 그 결과 지난 두 달 동안 누구와도 데이트하지 못했고, 그러다가 마침내 데이트 신청을 한 상대가 론다 윌리엄스였는데, 그녀는 면전에서 아주 예의 바르게 그를 거절하며 퍼거슨이 살고 싶은 미국 같은 건 없다고, 아마 앞으로도 절대 없을 거라고 알려 줬다.

다른 상황이라면 어머니에게 가서 좌절감을 털어놓았을 테지만 이제 그러기에는 나이를 먹었다는 느낌도 들었고, 자신이 그리는 공화국의 암울한 미래에 관해 감정적인 폭언을 늘어놓아서 어머니를 우울하게 하고 싶지도 않았다. 부모님의 미래는 이미 충분히 황폐했는데, 로즐랜드 사진관과 스탠리의 텔레비전과 라디오에서 나오는 수입이 점점 줄어들고 있었고, 덤으로 생겼던 1만 5천 달러도 거의 떨어져 갔기 때문에 곧 대대적인 변화가 닥칠 예정이었다. 가족의 생활 방식을 점검하고, 어디서 살지 무슨 일을 할지까지 검토해야 하는 상황이 닥치는 건 시간문제였다. 퍼거슨은 특히 아버지가 안됐다고 생각했다. 아버지의 작은 소매점은 리빙스턴이나 웨스트오렌지, 쇼트힐스 등 도시 이곳저곳에 생기고 있던 대형 할인점과 더 이상 경쟁 상대가 못 되었는데, 불과 몇 킬로미터 떨어진 E. J. 코베트에서 40퍼센트나 할인된 가격에 살 수 있는 텔레비전을 퍼거슨 아버지의 가게에서 사려는 사람은 아무도 없었다. 1월 둘째 주에 마이크 앤토넬리가 그만뒀을 때 퍼거슨은 상점 운영이 막바지 단계에 이르렀음을 알아차렸지만, 아버지는 이전의 습관을 그대로 유지했다. 9시 정각에 도착해 뒤쪽 방의 작업대에 자리를 잡고 고장 난 토스터나 제대로 작동하지 않는 진공청소기를 수리하는 아버지를 보며, 퍼거슨은 『두 도시 이야기』에 나오는 나이 든 마네트 박사를 떠올렸다. 바스티유 감옥 수감실의 긴 의자에 앉아 구두를 수선하는 반쯤 정신 나간 죄수, 끊임없이 구두를 수선하는 일, 그리고 끊임없이 고장 난 가전제품을 수리하는 일. 시간이 지날수록 퍼거슨은 아버지가 아널드 삼촌의 배신에서 완전히 회복하지 못했다는, 부인할 수 없는 사실을 인정할 수밖에 없었다. 가족에 대한 아버지의 믿음이 깨져 버렸고, 그렇게 확신이 산산조각 난 와중에도 집안사람들 중에 아버지가 여전히 사랑했던 조카는 차를 나무에 들이받아 그의 아들을 불구로 만들어 버렸다. 아버지는 한 번도 사고 이야기를 꺼내지 않았지만, 퍼거슨과 어머니는 아버지가 한시도 그 생각을 멈출 수 없다는 걸 알았다.

로즐랜드 사진관의 수입도 줄어 갔다. 스탠리의 텔레비전과 라디오만큼 빠른 속도로 줄지는 않았지만, 퍼거슨의 어머니는 사진관 사진의 시대가 곧 끝날 것임을 알았고, 오래전부터 사진관의 영업시간을 줄여

가고 있었다. 1953년에는 주 5일 하루 열 시간씩 사진 관을 열었지만, 1956년에는 주 5일 하루 여덟 시간이 되었고, 1959년에는 주 4일 하루 여덟 시간, 1961년에 는 주 4일 하루 여섯 시간, 1962년에는 주 3일 하루 여 섯 시간, 1963년에는 주 3일 하루 네 시간으로 줄어들 었다. 어머니는 『몬트클레어 타임스』의 임호프와 일하 는 시간에 점차 더 에너지를 쏟았고, 신문사의 핵심 사 진 기자 자격으로 월급을 받았다. 하지만 어머니가 작 업한 〈뛰어난 뉴저지 시민〉 사진집이 1965년 2월에 출 간되고, 두 달 만에 주 내의 거의 모든 병원과 치과, 변 호사 사무실, 관공서 대기실에 배치되자 로즈 퍼거슨 은 더 이상 평범한 사람이 아니라 유명 인사가 되었고, 그 책의 성공에 자신감을 얻은 어머니는 『뉴어크 스타 레저』의 편집자(그 편집자의 사진도 사진집에 실렸다) 를 만나 정식 사진 기자 자리가 있는지 문의해 보기로 했다. 당시 어머니는 이미 마흔세 살이었지만(나이가 너무 많은가?) 사람들은 대부분 그보다 여섯 살에서 여 덟 살 어리게 봤고, 어머니의 방대한 포트폴리오를 훑 어보던 편집자는 본인 집 서재에 걸려 있는, 어머니가 찍어 준 근사한 초상 사진도 당연히 기억하고 있었기 때문에, 갑자기 팔을 뻗어 어머니와 악수하며 마침 최 근에 빈자리가 하나 생겼다고, 그 누구보다 로즈 퍼거 슨이 그 자리를 메워 줄 적임자라고 말했다. 봉급은 많 지 않아서 사진관의 초상 사진 작업과 임호프 쪽 일감에서 나오는 1년 치 수입과 대충 비슷한 정도였는데, 그걸로는 가족의 재정 상태에 손해도 이득도 되지 않았지만, 그 후에 아버지가 스탠리의 텔레비전과 라디오를 폐점하겠다는 좋은 결정을 내렸다. 3년째 적자를 내던 상점을 닫으면서 가계부의 적자가 흑자로 돌아섰고, 샘 브라운스타인이 아버지를 설득해 뉴어크에 있는 자신의 스포츠용품 상점에서 일하게 하면서(혹은, 아버지가 좀처럼 쓰지 않는 가벼운 말투로 했던 표현에 따르면 에어컨을 포수 글러브와 맞바꾸면서) 1965년 봄에 로즐랜드 사진관과 스탠리의 텔레비전과 라디오는 동시에 영원히 문을 닫았다. 그해 가을에는 퍼거슨이 대학에 진학할 예정이었으므로, 부모님은 이제 집을 팔고 새 직장에 가까운 작은 집을 얻는 방법을 고려해야 할 시점이라고, 그렇게 하면 퍼거슨의 대학 학비로 쓸 여윳돈도 생길 거라고 했다. 무슨 이유에서인지 퍼거슨의 아버지는 학자금 대출에 반대했고(어리석은 자존심, 혹은 자존심 강한 어리석음이었을까?), 근로 장학금을 신청해 부담을 줄이는 것도 반대했다. 아버지의 설명에 따르면 자신의 아들이 공부하며 일하는 건 원치 않고, 나중에 본인 서재에서 일하기를 원하기 때문이라고 했다. 말도 안 된다고 퍼거슨이 따지자, 어머니는 아버지에게 다가가 볼에 입을 맞춘 다음 아들을 돌아보며 말했다. 아니야, 아치, 말도 안 되는 건 너야.

그해 퍼거슨의 생일은 수요일이었다. 이제 그는 열여덟 살이 되었고, 그 말은 뉴욕 시내의 어느 술집이나 식당에서든 술을 마실 수 있고, 부모 동의 없이 결혼할 수 있고, 조국을 위해 목숨을 바칠 수 있고, 법원에서 성인으로 재판을 받을 수 있지만, 아직 지자체나 주, 혹은 연방 선거의 투표권은 없다는 뜻이었다. 다음 날인 3월 4일 오후, 학교에서 돌아왔을 때 그는 우편함에 에이미가 보낸 편지가 꽂혀 있는 걸 발견했다. 안녕 아치, 생일 축하하고, 내가 큰 키스를 준비하고 있어. 머지않아, 자기야, 머지않아, 가능하면 빨리 ── 그러니까 네가 여전히 관심이 있다면 말이야. 네 생각을 안 하려고 애썼는데, 안 되더라. 창문을 열고 지낸 지난겨울은 너무 추웠어. 얼어 죽을 것 같아! 사랑해, 에이미.

머지않아, 가능하면 빨리는 고사하고, 앞의 머지않아가 정확히 무슨 의미인지 몰랐던 퍼거슨은 에이미의 편지를, 비록 그 어조는 기대감을 주는 듯했지만, 제대로 이해할 수 없었다. 북받치는 감정을 담아 답장을 쓰고 싶었지만, 대학 문제가 확정되는 다음 달 중순까지 기다리기로 했다. 한편 에이미가 편지를 한 통 더 보낸다면 즉시 답장을 썼겠지만 그런 일은 없었고, 교착 상태는 계속되었다. 퍼거슨은 자신이 강한 모습을 보이고 있다고 상상했지만, 훗날, 그러니까 그 행동을 돌아보게 될 미래의 그는 자신이 그저 고집을 부렸을 뿐임을 이해하게 된다. 그는 고집스럽게 자존심을 내세웠고, 결국 그 말은 어리석었다는 말의 다른 표현일 뿐이었다.

3월 17일, 선거권 차별 철폐를 외치며 몽고메리까지 행진하기 위해 에드먼드 페터스 다리를 건너려던 535명의 시위대를, 2백 명의 앨라배마주 경찰이 공격했다. 그 이후로 영원히, 그날은 피의 일요일로 기억된다.

다음 날 아침 미 해병대가 베트남에 상륙했다. 다낭의 공군 기지를 지키기 위해 파병된 두 개 대대는 그 나라에 주둔하는 최초의 전투 병력이었다. 당시 베트남에 있던 미군 인력은 2만 3천 명이었는데, 7월 말에 이르자 그 숫자는 12만 5천 명으로 증가하게 되고, 징집 대상도 두 배로 늘어난다.

3월 11일, 매사추세츠 보스턴의 제임스 J. 리브 목사가 셀마에서 맞아 죽었다. 일신론파 교회 소속의 다른 백인 목사 두 명도 부상을 당했다.

엿새 후, 해당 지역 판사가 셀마에서 몽고메리까지의 행진은 합법이라고 판정했다. 3월 21일, 존슨 대통령이 주 방위군을 연방 지휘하에 두고 2천2백 명의 경찰력을 보내 시위대를 보호한 후에야 행진이 시작되었다. 같은 날 저녁, 디트로이트에 사는 다섯 아이의 엄마였던 비올라 리우조가 시위에 합류하기 위해 앨라배마로 향하던 중 KKK 단원의 총에 맞아 사망했다. 앞자리 조수석에 흑인 남자가 앉아 있었다는 게 이유였다.

월요일(3월 22일), 퍼거슨은 정신없고 혼란스러운 상태에서 『몬트클레어 타임스』 일을 다시 시작했다. 농구 시즌이 끝나고 한 달이 지났고 이제 야구 시즌이었다. 두렵고 아름다운 야구, 그건 농구 기사를 쓰는 것과는 완전히 다른 과제였는데, 처음에 퍼거슨은 자신이 그 일을 감당할 수 없을 거라고 생각했지만, 신문 기사를 쓰지 않고 지내는 생활을 견디기가 힘들었다. 그는 담배가 떨어진 흡연자가 담배를 그리워하는 것만큼이나 경기 기사 쓰는 일을 그리워했다. 시 작업을 해볼 수 있을 정도로 여유 시간은 충분했지만 딱히 내세울 만한 작품은 전혀 나오지 않았고, 실패한 작품들만 이어지면서 낙담한 그는 도대체 자신이 시에 재능이 있기나 한 건지 의심까지 들었다. 사고가 난 지 14개월이 지났고, 한 시즌이 통째로 지나가는 동안 야구와 관련한 일은 전혀 하지 않았기 때문에, 이제는 아무짝에도 쓸모없는 서글픔과 후회를 느끼지 않으면서 야구장에 들어설 수 있을지 시험해 볼 때가 된 것 같기도 했다. 감전된 것처럼 고속으로 글을 써내는 짜릿함이 있을 거라고, 그는 스스로에게 말했다. 보비 조지가 담장 밖으로 공을 날려 버리는 장면을 지켜보고, 보비를 평가하기 위해 올 게 분명한 메이저 리그 스카우터들과 대화하는 짜릿함도 있을 것이었다. 직접 야구에 참여할 수 없다는 사실만 견딜 수 있다면, 방금 깎은 잔디 냄새를 맡고, 파란 하늘 위로 날아가는 하얀 공을 바라보고, 공이 배트에 맞거나 글러브에 들어가는 소리를 듣는 일은 반가울 거라고, 그는 생각했다. 그렇게나 그리워한 것들이니 당연히 반가울 테고, 그런 이유로, 임호프에게는 자신의 불안함을 한 번도 내비치지 않은 채 그는 12월에 협의한 조건을 충실히 따라 3월 22일에 샐 마티노 코치를 찾아가서 다가올 시즌을 주제로 인터뷰를 진행했고, 그게 그해 봄 그가 몬트클레어 야구팀에 관해 쓴 스물한 개의 기사 중 첫 번째가 되었다.

생각만큼 어렵지는 않았다. 사실 전혀 어렵지 않았는데, 4월 초 컬럼비아 고등학교에서 열린 원정 경기로 시즌이 시작하던 날, 퍼거슨은 차를 몰고 가며 그날 오후에 벌어질 시합보다는 기사에 쓸 단어에 관한 생각을 더 많이 했다. 1년 전보다 말할 수도 없이 자란 것 같은 기분이 들었는데, 또래의 그 누구보다, 특히 야구팀, 사고가 없었더라면 자신의 팀이기도 했을 그 팀 선수들보다 훨씬 나이가 든 느낌이었다. 그새 상황이 완전히 달라졌다는 사실을 증명하기라도 하듯, 그다음 주에 수리가 필요한 임팔라를 크롤릭 씨의 정비소에 맡기고 이스트오렌지에서 열린 원정 경기를 취재하기 위해 팀 버스에 탔을 때, 그는 친구들과 함께 뒷자리에 앉지 않고 앞자리의 샐 마티노 코치 옆에 앉았다. 시끌벅적한 말장난이나 남자아이들의 큰 웃음소리는 더 이상 그에게 매력이 없었고, 갑자기 과거가 되어 버린 또 하나의 유치한 일일 뿐이었다. 나이가 든 느낌은 낯설었는데, 슬프면서 동시에 기쁘기도 했기 때문이다. 그로서는 새로운 느낌, 그때까지 그의 감정적 삶에서는 전례가 없는 어떤 것이었다. 슬픔과 기쁨이 하나의 감정의 산에서 뒤섞이는 듯한 기분, 일단 그런 이미지가 떠오르자 그는 탄산수병에 있던 화이트 록 여자아이가 생각났고, 6년 전 밀드러드 이모와 프시케에 관해 대화하며 애벌레가 나비가 되는 변신 이야기를 했던 것도 기억났다. 애벌레에서 나비로의 변신 과정에서 혼란스러웠던 부분은, 애벌레는 아마 자신이 애벌레라는 사실에 꽤 만족하고 있었을 거라는 점이었다. 흙 위를 기어다니는 애벌레는 단 한 번도 다른 무언가가 될 생각은 하지 않았을 테고, 그런 그들에게 더 이상 애벌레로 머무를 수 없다는 사실은 분명 슬펐을 것이다. 하지만 나비로 새 출발을 하는 건 분명 훨씬 낫고, 완전히 놀라운 일이었다. 나비로서의 삶이 더 위태롭고 가끔은 단 하루만 지속될 뿐이라고 해도 그랬다.

첫 다섯 경기 동안 상사병에 걸린 보비 조지는 2루타 네 개, 홈런 세 개를 쳤고, 타율 6할 3푼 2리에 볼넷 다섯 개, 타점은 여덟 개였다. 마거릿 오마라가 불쌍한 이 친구의 마음에 무슨 짓을 했는지는 모르겠지만, 야구 실력에는 아무런 영향도 미치지 못한 것이다. 한번 생각해 봐, 미네소타 트윈스 팀의 스카우터는 보비가 2루 도루를 시도하는 주자를 잡아내는 걸 보고서 퍼거슨에게 말했다. 저 친구는 내년 여름에 겨우 열여덟 살이 된다는 거야.

4월 16일, 퍼거슨은 마침내 자리를 잡고 앉아 에이미에게 짧은 편지를 썼다. 합격했어라는 말로 시작했다. 컬럼비아에서 69년 졸업반 신입생으로 나를 받아 줬거든. 미래에 있을 온갖 흥미진진한 활동을 암시하는 달콤하고 자극적인 숫자이지. 너랑 달리, 나는 지난 넉 달 반 동안 네 생각을 하지 않으려는 노력을 전혀 하지 않았고, 꾸준히, 그리고 사랑을 담아(가끔은 절박하게) 널 생각하며 지냈어. 그러니까, 맞아, 네가 쓴 수사학적 질문에 답하자면, 나는 여전히 관심이 있고, 늘 관심이 있었고, 관심이 없어지는 일은 절대 없을 거야. 왜냐하면 나는 너를 미친 듯이 사랑하고, 너 없이 사는 삶은 생각만 해도 견딜 수 없으니까. 제발 언제 너를 다시 만날 수 있을지 말해 줘. 너의 아치.

그녀는 이번에는 애써 편지를 쓰는 대신 전화를 했다. 그의 편지를 받은 직후에 집에 있는 그에게 전화했고, 그를 가장 크게 놀라게 한 건 그녀의 목소리, r 자를 약하게 발음하는, 그래서 그의 이름을 아흐치처럼 들리게 발음하는 그 뉴욕식 목소리를 다시 듣는 게 너무 좋다는 사실이었다. 그녀는 곧장 그의 편지에 있던 마지막 질문을 반복했다. 언제 나를 다시 만날 수 있냐고? 퍼거슨이 대답했다. 맞아, 언제? 그리고 그가 바라던 답이 돌아왔다. 아무 때나 너 좋을 때. 아무 때는 지금부터야.

그렇게 추방되었던 퍼거슨은 다시 한번 자신의 변덕스러운 여왕의 은혜를 입었다. 그녀 쪽에서 그가 유배 기간에 품위 있게 처신했다고 판단했기 때문에, 편지를 쓰거나 전화를 걸어 질척거리지 않았고, 자기 자리

를 돌려 달라고 애처롭게 호소하는 일도 없었기 때문
에, 다음 날 저녁 그가 차를 몰고 뉴욕으로 찾아갔을 때
그녀가 처음 한 말은 너밖에 없어, 아치, 1백만 명 중에 너밖
에 없어였다. 그가 안자마자 그녀가 울기 시작했기 때문
에, 퍼거슨은 지난 넉 달 반 동안 그녀가 좀 힘들게 지
낸 건 아닌지, 뭔가 스스로 부끄러운 짓, 당연히 섹스와
관련한 어떤 일을 저지른 건 아닌지 의심했고, 바로 그
런 이유 때문에 아무것도 묻지 않기로 했다. 그때는 물
론 앞으로 그 어느 때도 그는 그녀와 잤던 다른 사람에
관한 이야기는 듣고 싶지 않았고, 그녀가 발가벗은 채
다른 발가벗은 몸과 함께 누워 있고, 길고 단단하게 발
기한 것이 그녀의 벌어진 다리 사이를 휘젓고 다니는
장면을 상상하고 싶지 않았다. 이름이나 묘사는 없어
야 했고, 부디, 그 어떤 세세한 묘사도 없어야 했다. 물
어볼 거라고 짐작했던 질문들을 그가 전혀 하지 않았
기 때문에, 그녀는 그를 한층 세게 껴안았다.

　그의 인생에서 가장 아름다운 봄이었다. 다시 에이
미와 함께 있는 봄, 다시 에이미와 이야기하고, 다시 발
가벗은 에이미를 안고, 도미니카 공화국의 역사가이자
작가 출신으로, 자유선거를 통해 당선된 후안 보슈 대
통령을 몰아내기 위해 2만 명의 군인을 파병한 존슨과
CIA에 에이미가 퍼붓는 폭언을 듣는 봄이었다. 보슈
대통령이 공산주의자의 영향력 아래 있다는 게 이유였
는데, 사실이 아니었을뿐더러 이미 세계 곳곳에 그토

록 많은 피해를 끼치고 있는 미국이 왜 남의 나라 일에 간섭한단 말인가? 그렇게 순수하게 분노하는 모습은 너무나 존경스러웠고, 뉴욕에서, 그 역시 몇 달 후 살게 될 그 도시에서 다시 그녀와 주말을 보내는 건 너무나 만족스러웠다. 에이미가 없었다고 해도 그해 봄은 아름다웠는데, 다음 해에 대한 걱정이 지나갔기 때문이었다. 오랜 학창 시절의 끝에 처음으로 느슨하게 지내는 시기였고, 그런 상황은 그 짧고 달콤한 두 달 동안 마찬가지로 느슨하게 지내는 다른 졸업반 학생들과 다르지 않았다. 오래된 갈등이나 반감이 줄어들고, 함께 지내는 날의 끝이 다가오면서 모두 더 친해지는 것 같았다. 한편 날씨가 따뜻해지면서 아버지와 함께 하는 다른 의식이 시작되었는데, 두 사람은 평일 아침 6시에 일어나 6시 30분 이전에 집을 나서 텅 빈 공공 테니스장에서 한 시간에서 한 시간 반 정도 테니스를 쳤다. 쉰한 살인 그의 아버지는 여전히 모든 세트에서 그를 6대 2나 6대 3으로 이겼지만, 운동 덕분에 퍼거슨은 다시 최고의 몸 상태를 유지할 수 있었고, 충돌 사고 이후 오랫동안 아무 운동도 못하던 중 테니스가 여전히 강렬한, 오랜 욕구를 채워 주기도 했다. 또한 그는 아버지가 이기는 걸 봐서 기뻤고, 상점을 정리한 게 아버지에게 전혀 아픈 일이 아님을 확인해서 기뻤다. 남아 있던 텔레비전이나 라디오, 에어컨을 3분의 2 가격에, 절반 가격에, 3분의 1 가격에 팔아 치우고 나니 힘든 일은 모두 지나갔고, 아버지는 더 이상 아무 일도 신경 쓰지 않았고, 이전의 야망도 희미해져 갔다. 거기에 어머니 역시 사진관을 정리하고 있던 터라, 두 분 다 5월 13일까지는 모든 걸 비우고, 새로운 일은 6월 중순부터 시작할 예정이었다. 그해 봄에는 뭔가 어질어질한 느낌이 있었다. 누군가가 발목을 잡고 거꾸로 들었을 때 작고 활기찬 아이가 느낄 법한 느낌, 아마도 까마득한 옛날, 그와 에이미가 발가벗고 침대에서 깡충깡충 뛰었을 때도 그런 느낌이었을 것이다. 어머니가 『몬트클레어 타임스』 일을 곧 그만둔다고 전한 후에도 다행히 임호프는 복수심에 퍼거슨을 내치는 짓은 하지 않았고, 덕분에 그는 계속해서 일주일에 두 번씩 몬트클레어 대표 팀의 야구 경기를 취재할 수 있었다. 보비 조지는 1위 팀끼리 하는 주 전체 대회를 앞두고 있고, 메이저 리그 계약이 거의 확실한 상황이었는데, 퍼거슨은 보비가 유명세에 썩 잘 대처하는 모습에 깊은 인상을 받았다. 보비는 학교의 화젯거리가 되었고, 아직 학업 성적으로 힘들어하고, 여전히 농부의 딸과 외판원 이야기 같은 재미도 없는 농담에 웃음을 참지 못했지만, 뭔가 보비를 둘러싼 대단한 분위기가 있었고, 그런 분위기가 보비 본인에게도 스며들어 스스로에 대한 생각도 바뀌어 갔다. 심지어 마거릿 오마라도 보비와 이야기하기 시작했고, 보비는 만면에 미소를 감추지 못한 채 돌아다녔다. 퍼거슨이 기억하는, 네다섯 살 때 함께 어울리기 시작하면서부터 봐온 것과 똑같은, 근사한 미소였다.

그 아름다운 봄에서 가장 좋았던 건 여름을 기대하면서, 에이미와 함께 하기로 한 프랑스 여행을 위해 계획을 짜는 일이었다. 7월 중순에서 8월 중순까지 한 달 동안 여행을 가기로 했는데, 기간이 한 달인 건 둘이 여름까지 모을 수 있는 돈을 합하면 그쯤 될 것 같았기 때문이다. 퍼거슨이 『몬트클레어 타임스』에서 받은 원고료 중 자동차 기름값과 자신이 먹은 햄버거값을 뺀 금액, 퍼거슨의 할아버지 할머니가 졸업 선물로 주신 꽤 큰 돈(5백 달러), 에이미의 할아버지가 보태 주신 돈, 그리고 양쪽 부모님이 주신 돈을 합치면 전세 여객기 비용을 내고도 4주 반 정도를 간신히 버틸 수 있을 것 같았다. 따라서 그런 제한된 시간에 전 유럽을 꾸역꾸역 돌아다니기보다, 한 나라에만 머물며 최대한 그곳에 빠져드는 쪽을 택했다. 프랑스를 선택한 건 필연이었는데, 둘 다 프랑스어를 공부하고 있던 입장에서 그 언어를 더 유창하게 하고 싶을 뿐 아니라, 프랑스는 미국적이지 않은 모든 것들의 중심지였기 때문이다. 최고의 시인과 최고의 소설가, 최고의 영화감독, 최고의 철학자, 최고의 박물관과 최고의 음식이 있는 곳이었고, 그렇게 둘은 가벼운 배낭만 멘 채 7월 15일, 프랑스 혁명 기념일 바로 다음 날 저녁 8시에 케네디 공항에서 미국 땅을 떠났다. 둘의 첫 해외여행이었다. 퍼거슨은 비행기를 타보는 것도 처음이었는데, 그 말은 땅에서 떨어지는 것 자체가 처음이었다는 뜻이다.

대부분 파리에서, 프랑스에서 보낸 31일 중 22일을 보냈고, 기차를 타고 북쪽(노르망디와 브르타뉴, 오마하 해변과 몽생미셸, 생말로에 있는 샤토브리앙의 가족 성)으로 한 번, 남쪽(마르세유, 아를, 아비뇽, 님)으로 한 번 다녀왔다. 미국인 관광객들과 어울리지 않으려고 둘이 대화할 때도 가능하면 프랑스어를 썼고, 프랑스어를 연습하기 위해 닥치는 대로 현지인들에게 말을 걸고, 프랑스어 책과 신문만 읽고, 프랑스 영화만 보고, 집에 보내는 엽서도 프랑스어로 썼다. 둘이 묵은 호텔은 무척 허름하고 이름도 없었다. 입구 위 간판에는 그저 〈호텔〉이라고만 적혀 있었고, 6구의 클레망가에 면한 단출한 객실은 생제르맹 시장 바로 앞이었다. 작지만 둘이 쓰기에는 충분히 넓은 18호실에는 전화도 텔레비전도 라디오도 없었고, 찬물이 나오는 세면대는 있지만 화장실은 없었고, 하룻밤에 10프랑, 약 2달러였는데, 둘이 각각 1달러씩 부담했다. 복도 끝에 있는 화장실은 쓰고 싶을 때 항상 비어 있지는 않았고, 계단 맨 위의 벽에 끼워 넣은 좁은 철제 상자에 불과한 샤워실도 쓰고 싶을 때 항상 비어 있지는 않았지만, 그런 건 중요하지 않았다. 중요한 건 객실이 깨끗하고 밝고, 침대는 둘이서 편안하게 누울 수 있을 만큼 크다는 점이었고, 더 중요한 건 호텔 주인, 콧수염을 기른 땅딸한 앙투안 씨가 퍼거슨과 에이미가 같은 방을 쓰는 데 전혀 신경 쓰지 않는다는 사실이었다. 둘이 부부가 아님이 분명하고 앙투안 씨의 자식뻘이라고 해도 될 만큼 어린 나이였음에도 말이다.

그 점이(다른 사람의 사생활에 대한 축복과 같은 무관심) 두 사람이 프랑스에서 가장 마음에 들어 했던 점이지만, 다른 좋은 면들도 이어졌다. 예를 들어, 이유는 알 수 없었지만 파리에서는 어디에서나 뉴욕보다 좋은 냄새가 났다. 빵집이나 식당, 카페뿐 아니라 가장 낮은 곳에 있는 지하철 내부, 소독제로 바닥을 청소한 그곳에서도 뭔가 향수 비슷한 냄새가 났는데, 그에 비해 뉴욕 지하철은 지저분하고 종종 숨도 쉬기 어려울 정도였다. 끊임없이 바뀌는 하늘도 있었다. 머리 위에서 구름들이 뭉쳤다 흩어지며 변화무쌍하고 은은한 빛을 만들어 냈는데, 그 빛은 부드러우면서 동시에 놀라움으로 가득했다. 위도가 높아 한여름의 석양이 고향에서보다 훨씬 오랫동안 이어졌고, 밤 10시나 10시 30분 혹은 45분까지 어두워지지 않았다. 그저 거리를 이리저리 배회하는 재미도 있었는데, 길을 잃었지만 완전히 잃어버리지는 않은 상태, 뉴욕 빌리지의 거리들과 비슷했지만 여기서는 도시 전체가 빌리지 같았고, 호텔 주변에 격자형 교차로는 하나도 없고 직각으로 꺾이는 길도 좀처럼 찾아볼 수 없었다. 자갈이 깔린 구불구불한 길을 따라가다 보면 어느새 다른 길로 흘러들었다. 당연히 음식도 빼놓을 수 없었다. 버터 바른 빵과 진한

커피(타르틴뵈레와 카페크렘)로 아침을 먹고, 햄(장봉
드파리)을 넣은 가정식 샌드위치, 혹은 치즈(그뤼예르,
카망베르, 에망탈)를 넣은 가정식 샌드위치로 점심을
해결하고 난 후, 저녁때는 매일 식당에 가서 프랑스 요
리를 게걸스럽게 섭취했는데, 『하루 5달러로 유럽 여
행하기』 안내서에 나오는 비싸지 않으면서도 괜찮은
식당에서 제대로 된 식사를 했다. 르 레스토랑 데 보 자
르나 몽파르나스의 와자, 라 크레므리 폴리도르(제임
스 조이스가 식사했던 식당으로 알려져 있다) 같은 곳
에서 뉴욕뿐 아니라 그 어디에서도 본 적 없는 음식들
을 게걸스레 먹어 치웠다. 푸아로비네그레트, 리예트,
에스카르고, 셀르리레물라드, 코코뱅, 포토푀, 크넬, 바
베트, 카슐레, 프레즈오크렘샹티이, 그리고 바바오럼
이라고 알려진 기만적인 설탕 폭탄도 있었다. 파리에
발을 딛은 지 일주일 만에 둘은 빠른 속도로 프랑스 애
호가가 되었는데, 에이미는 프랑스어를 전공해서 플로
베르와 스탕달의 소설을 연구하겠다고 갑자기 선언했
고, 퍼거슨은 18호실이나 라 팔레트 카페 구석에 앉아
아폴리네르나 엘뤼아르, 데스노스를 비롯한 제2차 세
계 대전 이전 프랑스 시인들의 작품을 처음 읽으며 띄
엄띄엄 번역해 봤다.

　둘이 싸우거나 서로 신경을 건드리는 순간도 당연히
있었다. 서른한 번의 낮과 밤 동안 거의 모든 순간 둘은
함께 있었고, 에이미는 종종 폭풍 같은 감정에 휩싸여

험한 말을 쏟아 내는 사람이었고, 퍼거슨은 시무룩한 자기 성찰과 설명할 수 없는 침묵을 오가는 경향이 있는 사람이었기 때문이었다. 하지만 의견 대립이 한두 시간 이상 이어진 적은 한 번도 없었고, 전부라고는 할 수 없지만 대부분 길 위에서, 그러니까 고단하게 이동 중이거나 야간열차에서 잠을 이루지 못하는 상황에 벌어졌다. 여행 내내 그들의 머릿속에 미국 상황에 관한 생각이 맴도는 것 역시 당연했다. 당분간 그런 일들에서 멀리 떨어져 있는 건 좋았지만, 둘은 자신들이 없는 동안 미국에서 벌어진 두 가지 반가운 일 — 존슨이 7월 13일 메디케어 법안에, 그리고 8월 6일 투표권 법안에 서명한 일 — 에 관해, 그리고 귀국 닷새 전인 8월 11일 벌어진 끔찍한 사태에 관해 길게 이야기했다. 로스앤젤레스에서 일어난 인종 폭동, 와츠라는 동네에서 일어난 흑인들의 인종 폭동이었다. 그 사건 이후 에이미는 이렇게 말했다. 프랑스어 공부는 취소야. 나의 최우선 동기는 늘 옳은 일을 하는 거였다고. 역사학이나 정치학을 공부할 거야. 그 말에 퍼거슨은 건배하는 시늉을 하며 맞장구쳤다. 국가가 여러분을 위해 무엇을 할 수 있을지 묻지 마십시오. 에이미 슈나이더먼에게 국가를 이끌어 달라고 부탁하십시오.

뉴욕으로 돌아오던 날, 둘은 두 가지 당황스러운 상황에 직면했다. 1) 책을 너무 많이 사서 비행기에 다 실을 수가 없었다. 2) 돈이 위태로울 정도로 너무 적었다

— 물론 예산을 짤 때 책 구매 비용을 감안하지 않았기 때문이다. 해외에서 지내는 동안 둘 다 살이 빠졌지만 (퍼거슨은 약 3킬로그램, 에이미는 약 2킬로그램), 하루에 한 끼만 제대로 된 식사를 한 걸 감안하면 당연한 결과였고, 그런 재정 상태로도 둘은 빈번히 서점에 들르기를 멈출 수 없었다. 주로 생제르맹 성당 맞은편의 갈리마르 서점, 그리고 좌익 출판업자 프랑수아 마스페로가 운영하는, 생세브렝 성당 맞은편의 서점이었다. 퍼거슨이 산 시집 스물한 권과 에이미가 산 두꺼운 소설 열한 권 외에, 프란츠 파농(『대지의 저주받은 사람들』), 폴 니장(『아덴 아라비아』), 장폴 사르트르(『상황』 1~3권) 같은 작가가 쓴 정치 서적도 사지 않을 수 없었고, 결국 모두 더해 서른일곱 권이 되었다. 파리에서의 마지막 날은 몇 시간 동안 그 책들을 상자에 담고 우체국까지 끌고 가서 웨스트 111번가에 있는 에이미의 아파트로 보내는 데 허비했다. (퍼거슨의 책까지 함께 에이미의 아파트로 부친 이유는, 그의 부모님이 6월 초에 그들이 살던 집의 매매 계약금을 받았고, 두 분이 여전히 몬트클레어에 사는지 아니면 다른 곳으로 이사했는지 알 수 없었기 때문이다.) 느린 배로 — 크리스마스 전후에나 도착할 예정이었다 — 책 상자를 부치는 비용까지 치르고 나니 남은 현금은 14달러뿐이었고, 다음 날 아침 공항까지 버스로 가는 차비가 8달러였다. 마지막 저녁은 레스토랑 데 보 자르에서 거창한

작별 회식으로 하려 했던 둘의 계획은 결국 망가졌고, 생미셸 대로에 있는 윔피[60]에서 평범하고 바싹 마른 햄버거로 때워야 했다. 다행히도 둘 다 그런 상황이 재미있다고 생각했는데, 그 정도로 형편없는 계획을 세운 자신들은 세상에서 가장 어이없는 인간들이었다.

그렇게 비쩍 마르고 지저분한 두 열여덟 살은 프랑스 모험에서 돌아왔다. 짐이 너무 많이 든 배낭을 멘 채 부스스한 머리를 하고는 뉴욕 공항에 발을 딛고 출입국 심사대와 세관까지 통과하고 나니 부모님들이 두 팔을 활짝 벌려 환영해 줬는데, 마치 전쟁 영웅이나 신대륙을 발견한 사람을 환영하듯 뜨겁고 격렬하게 맞아 줬다. 에이미와 퍼거슨은 이틀 후에 다시 만나기로 약속하고 작별 키스를 한 다음, 집에 가서 목욕을 하고, 머리를 자르고, 부모님과 함께 할아버지, 할머니, 이모, 고모, 삼촌에게 인사하러 가기 위해 각자 부모님의 차가 있는 곳으로 이동했다.

차가 있는 곳까지 걸어가며 퍼거슨은, 이제 자기 집은 몬트클레어에 있는 주택이 아니라 뉴어크 위퀘이크 구역에 있는 아파트라는 사실을 알게 되었다. 부모님 중 어느 분도 교외를 떠나야 했던 그 후퇴, 사회적 지위의 명백한 추락, 혹은 경제적 지위나 세속적 지위, 혹은 어떤 의미에서든 미국에서 성공과 실패를 규정하는 기준으로 봤을 때 추락이라고 할 수밖에 없는 그 일 때문

60 미국에서 탄생한 햄버거 체인점.

에 속상해하지는 않는 것 같았다. 덕분에 퍼거슨 역시 두 분이 안됐다는 생각을 하지 않아도 되었고, 실제로 그는 어느 쪽이든 신경 쓰지 않았다.

어머니는 웃으며 말했다. 그냥 뉴어크로 돌아가는 게 아니야. 결혼 직후에 살았던 바로 그 건물, 밴벨저플레이스 25번지로 가는 거거든. 같은 방은 아니지만 같은 층이야. 3층, 네가 태어나서 3년 동안 지냈던 집 바로 맞은편이지. 정말 특별하지, 그렇게 생각하지 않니? 너도 기억할지 모르겠구나. 똑같은 아파트야, 아치. 완전히 똑같은 건 아니지만, 거의 똑같은.

한 시간 후 퍼거슨이 밴벨저플레이스 25번지의 3층에 있는 침실 두 개짜리 아파트에 들어섰을 때, 그는 이사 후 아주 짧은 시간이 지났는데도 부모님이 그곳에서 오래 살아온 것같이 아늑한 느낌이 나서 놀랐다. 3주 만에 부모님은 이미 그 집에 정착했고, 좁고 꽉 막힌 18호실에 비하면 그곳은 거대하다고 할 만했다. 당연히 몬트클레어 주택에 비할 바는 아니었지만 그 정도면 충분히 큰 편이었다.

어때, 아치? 방들을 이리저리 구경하는 그를 보며 어머니가 물었다. 뭐 기억나는 거 있니?

퍼거슨은 어머니의 기대에 찬 목소리에 호응해 줄 영리한 대답을 떠올릴 수 있으면 좋겠다고 생각했지만, 그저 미소를 지으며 고개를 저을 뿐이었다.

아무것도 기억나지 않았다.

4.2

4.3

1962년 여름은 멀리 떨어진 곳으로의 여행으로 시작해서 더 멀리 떨어진 곳으로의 두 번째 여행으로 끝났다. 비행기로 네 번을 왔다 갔다 하는 여정을 통해 퍼거슨은 캘리포니아(혼자)와 파리(어머니와 길과 함께)에 다녀왔고, 다 해서 2주 반 동안 앤디 코언과 마주칠 걱정 없이 보낼 수 있었다. 두 여행 사이에는 리버사이드 드라이브의 집에 머물렀고, 탈리아는 피하면서도 옛날 영화든 최신 영화든 가능한 한 많이 보려고 했다. 두 개의 옥외 농구 리그에 참가하고, 길의 추천에 따라 처음으로 20세기 미국 문학의 고전들(『배빗』,『맨해튼 트랜스퍼』,『8월의 빛』,『우리들의 시대에』,『위대한 개츠비』)을 읽었지만, 열다섯 살의 퍼거슨에게, 9학년과 10학년 사이의 기간에 앤디 코언과 한 번도 마주치지 않았던 그에게 그해 여름 가장 기억할 만한 건 처음으로 비행기를 타고 간 여행이었고, 캘리포니아와 파리에서 보고 겪은 것들이었다. 기억할 만하다라는 건, 물론 모두 좋은 기억뿐이었다는 뜻은 아니지만 심지어 최악의 기억, 떠올릴 때마다 큰 아픔을 주는 그런 기억도 뭔가 그에게 가르침을 주는 경험에서 비롯된 것들이었고, 일단 교훈을 얻은 이상 다시는 같은 실수를 저지르지 않을 수 있기를 그는 희망했다.

캘리포니아 여행은 밀드러드 이모의 선물이었는데, 한때 1959년의 동생 결혼식에도 참석하지 않을 만큼 사람을 피하는 등 알 수 없는 구석이 있던 그 친척, 집안사람들에게 아무것도 바라지 않는 듯 보였던 이모는, 그 치사하고 설명할 수 없는 외면에서 벗어나 두 번, 1960년 본인 아버지 장례식과 1961년 어머니 장례식 때 다시 뉴욕을 방문했고, 그 후로는 다시 원래의 친지들 품으로 돌아와 동생과도 꽤 좋은 관계를 유지했고, 새 제부와는 너무 좋은 관계를 유지했다. 이모의 태도가 바뀌면서 두 번째 방문에서는 리버사이드 드라이브 아파트에서 열린 저녁 모임에 기꺼이 참석할 정도였는데, 그 모임의 손님 중에는 이모의 전남편 폴 샌들러도 있었다. 퍼거슨의 전 이모부이자 계속 애들러-슈나이더먼 가족의 가까운 친구로 지내던 폴은 새로운 아내, 솔직하고 기탄없는 화가 주디스 보갓과 함께 왔고, 퍼거슨은 그 저녁 식사 자리에서 이모가 보여 준 느긋하고 편안한 모습에 깊은 인상을 받았다. 이모는 마치 두 사람 사이에 아무런 과거사가 없던 것처럼 전남

편과 즐겁게 대화를 나눴고, 길과는 당시 짓고 있던 링
컨 센터의 진척 상황에 관해 이야기했고, 황송하게도
동생의 최근 사진 작품을 칭찬해 줬고, 퍼거슨에게도
영화나 농구, 그리고 사춘기의 고민과 관련해 다정하
고도 기운을 북돋아 주는 질문들을 했다. 그러던 와중
에 갑자기 이모 쪽에서 팰로앨토로 그를 초대했고 —
이모 부담으로 — 덕분에 그녀의 조카는 학기를 마친 후
날아가 거기서 일주일 동안 지내기로 했다. 두 시간 후,
손님들이 모두 돌아가자 퍼거슨은 어머니에게 밀드러
드 이모가 왜 달라 보이는지, 왜 그렇게 행복해 보이는
지 물었다.

　연애하는 것 같아, 그의 어머니가 말했다. 자세한 건
모르지만 시드니란 사람을 두어 번 언급했는데, 내가
보기엔 둘이서 지금 같이 사는 거 같구나. 밀드러드 언
니 일은 늘 알 수 없지만, 요즘 기분이 좋은 건 확실해.

　이모가 공항에 마중을 나올 거라고 예상했지만, 샌
프란시스코 공항에 내렸을 때 그를 기다리던 건 다른
사람, 출구 옆에서 밀드러드 이모가 쓴 조지 엘리엇에
관한 책을 들고 서 있는, 스물다섯 혹은 스물여섯쯤 되
어 보이는 젊은 여자였다. 몸집이 작고 활달해 보이는,
거의 예쁘다고 할 수 있는 아가씨, 짧게 자른 갈색 머리
에 아랫단을 접은 청바지, 검은색과 빨간색 체크무늬
셔츠, 앞부분이 뾰족한 두 가지 색이 섞인 악어가죽 부
츠, 목에 두른 노란색 스카프 차림의, 퍼거슨이 처음 만

나는 서부 사람, 진정한 카우걸이었다!

퍼거슨의 어머니가 말했던 시드니가 그 시드니였고, 그녀의 성은 밀뱅크스였다. 지친 여행객을 데리고 주차장에 세워 둔 자기 차로 이동하는 동안 그 젊은 여성은, 밀드러드 이모는 여름 학기 수업을 하기로 되어 있는데, 그날은 학교에서 열리는 학부 회의에 참석해야 해서 아마 두어 시간 후에 집에서 하는 저녁 식사 자리에나 합류할 수 있을 거라고 알려 줬다.

퍼거슨은 캘리포니아의 첫 공기를 깊이 들이마신 후에 물었다. 그러면 요리사세요?

요리사, 가정부, 등 긁어 주는 사람, 잠자리 짝이지, 시드니가 말했다. 놀라지 않았으면 해.

사실 퍼거슨은 조금 충격받았다고, 적어도 놀랐거나 어쩌면 혼란스러웠다고 할 수 있었다. 같은 성(性)을 가진 두 사람이 함께 살 수 있다는 말은 처음 들었을 뿐 아니라, 이모가 남자 몸보다는 남몰래 여자 몸을 더 좋아하는 사람이었다는 사실에 관해 이야기를 듣기는커녕 그 어떤 암시도 받아 본 적이 없었기 때문이다. 이제 폴 이모부와의 이혼에 대한 설명이, 적어도 설명처럼 보이는 것이 주어졌고, 더 흥미로웠던 건 카우걸 시드니가 자신에게 아무것도 숨기려 하지 않았다는 점이다. 그녀의 그 솔직한 태도에는 존경할 만한 무언가가 있다고, 그는 생각했다. 남과 다르다는 걸 부끄러워하지 않는 그 모습이 좋았기 때문에, 퍼거슨은 예상치 못한 사태에 충격을 받거나 혼란을 느꼈다는 티를 내는 대신 미소를 지으며 대답했다. 아뇨, 전혀요. 밀드러드 이모가 더 이상 혼자가 아니라서 저도 좋아요.

샌프란시스코 공항에서 팰로앨토까지는 40분 정도 걸렸고, 시드니는 옅은 청색의 사브 자동차로 고속 도로를 달리며 몇 년 전 새로운 집을 찾던 자신이 밀드러드 이모네 집 차고에 딸린 방을 빌리면서 두 사람이 처음 알게 되었다는 이야기를 해줬다. 말하자면 그건 우연한 만남, 그녀가 신문에 아주 작은 글씨로 실린 네 줄짜리 광고를 발견하지 못했다면 일어나지 않았을 만남이었지만, 그녀가 들어오고 몇 주 후에 두 사람은 친구가 되었고, 두어 달 후에는 사랑에 빠졌다고 했다. 둘중 누구도 전에 여자와 사귀어 본 경험은 없었지만 그렇게 되었다고, 시드니는 말했다. 대학교수와 초등학교 선생님, 40대 초반 여성과 20대 중반 여성, 뉴욕 출신 유대인과 오하이오 선더스키 출신 감리교 신자가 일생일대의 연애에 빠진 것이다. 그 과정에서 제일 놀라웠던 건, 시드니의 말에 따르면, 자신이 과거에는 한번도 여자와 연애하는 걸 생각해 보지 않았다는 사실이었다. 그녀는 늘 남자를 좋아하는 사람이었고, 심지어 지금도, 그러니까 거의 3년째 여자와 살림을 차리고 사는 지금도 스스로를 레즈비언으로 생각하지는 않는다고 했다. 그녀는 그저 누군가와 사랑에 빠졌을 뿐이고, 그 누군가가 아름답고, 매혹적이며, 세상 그 누구와

733

도 다른 사람인데, 그게 남자든 여자든 무슨 상관이란 말인가?

그녀가 그런 식으로 말하지는 않았을 것이다. 성인 여성이 열다섯 살 남자아이에게 확신을 갖고 그런 이야기를 공유하는 건 어딘가 부적절하고 점잖지 못한 행동이었음이 분명하지만, 열다섯 퍼거슨은 그녀의 개방적 태도에 아주 신이 났기 때문에, 청소년기 내내 그 어떤 어른도 혼란스럽고 애매모호한 성생활에 관해 그렇게 솔직하게 말해 주지 않았기 때문에, 시드니 밀뱅크스를 만난 지 얼마 되지 않았음에도 그녀를 좋아하기로, 대단히 좋아하기로 결정해 버렸다. 그 역시 지난 몇 달 동안 같은 문제를 붙잡고 씨름했고, 남자-여자에 관한 욕망의 스펙트럼에서 자신은 어디에 서 있는지, 남자와 여자 쪽인지, 남자와 남자 쪽인지, 여자와 남자를 번갈아 하는 쪽인지 알아보려고 애써 왔다. 그랬기 때문에 자신이 만난 그 캘리포니아 카우걸이, 남자와 여자 모두와 연애하고, 방금 자기 삶으로 들어와 팰로앨토의 이모 집으로 데려다주고 있는 그 여인이, 그가 비웃음이나 모욕, 혹은 오해를 당할지도 모른다는 두려움 없이 이야기할 수 있는 상대일 거라고 받아들인 것이다.

맞아요, 퍼거슨이 말했다. 남자인지 여자인지는 중요하지 않아요.

많은 사람들이 그렇게 생각하지는 않아, 아치. 그건

알고 있지, 그렇지?

네, 알아요. 하지만 저는 많은 사람들 쪽은 아니에요. 저는 그냥 저예요. 그런데 지금까지 저랑 관련해서 이상한 점은, 섹스해 본 유일한 상대가 남자라는 거예요.

너 같은 나이에는 흔한 일이야. 너무 흔해서 걱정할 필요도 없어. 그러니까 지금까지 걱정을 했다면 말이야. 남자아이들 하는 짓이 그래, 맞지?

퍼거슨은 웃었다.

그래도 네가 그 경험을 즐겼던 거라면 좋겠구나, 적어도 말이야. 시드니가 말했다.

경험은 즐겼어요, 그런데 얼마 후에 그 친구를 즐길 수 없게 되어서 그만뒀어요.

그래서 궁금한 거구나, 다음은 뭔지?

여자아이랑 해보기 전까지는 다음이 뭔지 알 수 없을 거예요.

열다섯 살은 되게 재미있어, 그렇지?

나름 장점들이 있는 것 같아요, 제 생각엔.

정말? 하나만 말해 봐.

퍼거슨은 눈을 감고 잠시 생각해 본 후에, 그녀를 돌아보며 말했다. 열다섯 살이어서 제일 좋은 건, 열다섯 살을 1년만 해도 된다는 거예요.

캘리포니아에는 파리나 모기가 없었고, 팰로앨토 공기에서는 기침을 멎게 하는 사탕, 유칼립투스 맛 마름모

꿀 사탕의 상쾌하고 달콤한 향이 났는데, 주변 어디에
나 유칼립투스 나무가 있어서 모든 곳에 향을 뿌렸기
때문에 숨을 들이쉴 때마다 호흡기가 깨끗해지는 느낌
이었다. 북부 캘리포니아에서는 주민들의 행복을 위해
빅스 베이포러브[61]를 공짜로 뿌려 주는 셈이었다.

반면 동네는 퍼거슨이 보기에 괴상했는데, 실제 있
는 장소가 아니라 상상 속의 장소 같았다. 어떻게 보면
도심, 어떻게 보면 교외처럼 보였고, 먼지나 불완전한
부분은 견디지 못하는 총책임자가 설계한 변경의 전초
기지 같았는데, 덕분에 동네는 심심하고 인공적인 느
낌이었고, 머리를 단정하게 깎고 이가 가지런한 사람
들은 모두 근사한 최신 유행 캐주얼 옷을 입고 지내는
것 같았다. 다행히 퍼거슨은 동네에서 시간을 오래 보
내지는 않아도 되었는데, 한번은 시드니와 함께 그때
까지 본 가장 크고, 가장 깨끗하고, 가장 아름다운 슈퍼
마켓에 가서 식료품을 샀고, 한번은 그녀의 원시적인,
잔디깎이 엔진을 단 것 같은 사브 자동차에 기름을 넣
으러 갔고(휘발유와 오일 비율이 7 대 1이었고 둘 다
직접 연료 탱크에 주입했다), 지역 예술 영화관에 가서
캐럴 롬바드 특별전 상영작 두 편(「마이 맨 고드프리」
와 「사느냐 죽느냐」)을 보기도 했다. 밀드러드 이모가
캐럴 롬바드와 많이 닮았다는 시드니의 주장에 따른
것이었는데, 생각해 보니 어느 정도는 그런 것 같다고

61 코 막힘 치료제.

퍼거슨도 인정했고, 영화들 자체도 반짝반짝 빛나는 코미디물이었다. 퍼거슨은 좋아할 만한 새 여자 배우를 발견했을 뿐 아니라 밀드러드 이모도 다시 보게 되었다. 퍼거슨의 어머니가, 옛날에 자신이 영화를 너무 좋아한다고 언니가 놀리곤 했다는 이야기를 한 적이 있었기 때문인데, 그는 이모가 사랑 덕분에 한때 쓰레기 같은, 저속한 인생의 소일거리라고 부르던 대상에 대한 태도를 누그러뜨린 건지, 아니면 이모는 늘 위선적이었던 건지, 그래서 모든 일에서 자신의 고귀한 취향과 지성을 주장하며 동생에게 큰소리쳤지만 속으로는 다른 사람들과 마찬가지로 쓰레기에 노출되어 있던 건 아닌지 궁금했다.

두 번은, 밀드러드 이모의 검은색 푀조를 타고 팰로앨토를 벗어나 종일 나들이를 갔다. 먼저 수요일에는 태멀파이스산(山)에 갔고, 돌아오는 길에는 해안을 따라 내려오다 보데가만(灣)에 들러 바다가 내려다보이는 식당에서 저녁을 먹었다. 토요일에는 샌프란시스코에 갔는데, 가파른 언덕길을 자동차로 오르내리는 동안 퍼거슨은 놀란 관광객처럼 열 번도 넘게 탄성을 터뜨렸고, 점심때는 중국 식당에서 처음으로 딤섬을 먹어 봤다(너무 맛있어서 여러 종류의 만두를 맛보던 퍼거슨은 눈물이 고일 정도였다. 기쁨의 눈물이었고, 매운 소스가 코를 자극해서 나는 눈물이었다). 하지만 밀드러드 이모는 그 주 내내 수업과 회의로 바빴고, 그 말은 이모가 저녁 식사를 위해 돌아오는 6시나 6시 30분까지 퍼거슨은 혼자, 혹은 시드니와 함께 있었다는 뜻이다. 시드니와 함께 있으면 훨씬 덜 외로웠는데, 퍼거슨과 마찬가지로 학교에서 10주짜리 방학을 맞은 시드니는 자신이 세상에서 가장 게으른 사람이라고 고백했고, 퍼거슨 또한 늘 자신이 그런 사람이라고 생각하고 있었기 때문에, 두 사람은 테라 코타 지붕을 얹고 벽에 스투코를 바른 단층 주택의 뒷마당에 담요를 깔고 늘어져 있거나 집 안에서 빈둥빈둥 시간을 보냈다. 실내에는 책과 음반이 가득했고, 퍼거슨이 가본 집 중 유일하게 텔레비전이 없는 집이었다. 시간이 지나면서 그는 시드니를 더 잘 알게 되었는데, 거의 예쁘다고 할 수 있었던 카우걸은, 예쁜 카우걸이 되었다가 아주 예쁜 카우걸이 되었다. 처음에는 결점처럼 보였던 기다란 코는 이제 그녀만의 매혹적인 특징이 되었고, 평범해 보이던 청회색 눈도 지금은 생기 넘치고 감정이 풍부해 보였다. 그녀를 알게 된 지 불과 며칠밖에 되지 않았지만 그는 벌써 자신들이 친구가 된 것 같았는데, 그건 뉴어크 화재가 발생하기 전 그와 프랜시 사촌 누나의 관계와 많이 비슷했다.

그렇게 방문의 첫 닷새가, 그러니까 밀드러드 이모의 차를 타고 나들이를 갔던 이틀을 제외한 사흘이 지나갔다. 조용하고 아무 일도 일어나지 않던 그 시간 동안 퍼거슨과 시드니는 뒷마당에 앉아 뭐든 떠오르는 대로 이야기를 나눴는데, 누가 누구랑 섹스했는지, 왜 했는지에 관한 이야기뿐 아니라 오하이오에서 보낸 시드니의 소녀 시절, 그리고 뉴저지와 뉴욕에서 보낸 퍼거슨의 두 번의 소년 시절이 어땠는지, 책과 영화에서 이야기들이 어떻게 다르게 전해지는지, 어린아이들을 가르치는 게 얼마나 즐겁고 얼마나 짜증 나는지, 밀드러드 이모가 조카를 집에 데려온 일을 얼마나 기뻐하면서도 불안해하는지 등등도 이야기했다. 당연히 기뻐할 이유는 많았지만, 불안해했던 이유는, 동생의 아들에게 본인이 사는 모습을 보여 주기가 조금은 망설여졌기 때문이었다. 그런 이유로 이모는 퍼거슨이 와 있는 동안 시드니를 차고 방에서 자게 했는데, 이모 표현에 따르면 아이가 어색해하는 상황이 없게 하기 위한 조치였지만, 실은 본인이 어색한 상황을 피하기 위해서였다. 퍼거슨이 왜 공항에서 자신을 만나자마자 미리 사실대로 말해 버린 거냐고 시드니에게 묻자, 예쁜 카우걸은 이렇게 대답했다. 내가 뭔가 척하는 걸 싫어해서 그랬어, 그게 이유야. 뭔가 척한다는 건 자기 삶을 믿지 못한다는 뜻이니까. 아니면 자기 삶을 두려워하든가 말이야. 나는 내 삶을 믿거든, 아치, 그리고 그걸 두려워하고 싶지도 않아.

4시쯤에는 자리를 정리하고 일어나 주방에서 저녁 준비를 했고, 양파를 썰거나 감자 껍질을 벗기면서 이야기를 이어 갔다. 두 사람은 열두 살 차이였고, 그건 역설적이게도 시드니와 밀드러드의 열다섯 살 차이보다 훨씬 큰 것 같았지만, 그런 차이에도 정신적으로는 그와 시드니가, 시드니와 밀드러드보다 더 가까운 것 같다고 그는 느꼈다. 스탠퍼드 대학 출신의 순종이 아니라 잡종인 두 사람이었고, 나이가 아니라 성격이 중요하다고 그는 생각했다. 6시나 6시 30분에 밀드러드 이모가 돌아오면 퍼거슨은 두 여성이 자기 앞에서 어떻게 행동하는지 유심히 관찰하곤 했다. 밀드러드 이모는 시드니와 그런 관계, 그러니까 이미 퍼거슨이 알고 있는 그런 관계가 아닌 것처럼 행동한 반면, 시드니는 아닌 척해야 한다는 이모의 주의 사항을 철저하게 무시한 채 공공연히 애정을 드러냈기 때문에 이모는 하루하루 지날수록 점점 더 불편해했다. 자기나 천사, 설탕파이 같은 표현은 그가 식탁에 함께 앉아 있지 않은 상황이라면 당연히 이모를 기쁘게 했겠지만, 닷새째 되던 날, 퍼거슨은 자신 때문에 두 사람이 말 없는 싸움을 벌이고 있단 걸 눈치챘다. 엿새째, 그러니까 그가 떠나기 전날에는, 점점 더 불안해하고 몸도 좋지 않던 밀드러드 이모가 저녁 식사 때 와인을 너무 마시고 자제심을 잃어버렸고 — 자제심을 잃은 건 그녀가 원했기 때문이었고, 와인은 선을 넘을 수 있게 그녀를 밀어붙였을 뿐이다 — 놀라운 건 터져 버린 그녀의 성질이 시드니가 아니라 본인의 조카를 향했다는 점이었는데, 마치 그가 자기 문제의 원인이라도 된다는 것 같았다.

그리고 일단 공격이 시작되자 퍼거슨은 시드니가 그의 이야기를 이모에게 했다는 것, 카우걸이 배신했다는 것을 알게 되었다.

언제부터 불가리아 사람이 된 거니, 아치? 밀드러드 이모가 물었다.

불가리아 사람? 무슨 뜻이에요? 퍼거슨이 대답했다.

『캉디드』 읽었지, 그렇지? 불가리아 사람 기억 안 나?

무슨 말인지 모르겠어요.

남색하는buggering 불가리아 사람들Bulgarians 말이야. 그 말이 거기서 유래했거든, 알잖아. 불-가bul-gar, 버-가bug-gar, 버거bugger.

그게 무슨 뜻인데요?

다른 남자 엉덩이에 섹스하는 남자라는 뜻이야.

여전히 무슨 말인지 모르겠어요.

작은 새 한 마리가 와서는 네가 다른 남자애랑 남색을 했다고 알려 줬거든. 아님 다른 남자애가 너한테 했거나.

작은 새?

그때 시드니가 대화에 끼어들었다. 애 내버려 둬요, 밀드러드. 취했잖아.

아니, 안 취했어, 밀드러드 이모가 말했다. 살짝 술기운이 있기는 하지만 덕분에 사실을 말할 수 있는 거야. 그리고 여기서 사실은 말이야, 사랑하는 아치, 사실은 너는 그런 길로 접어들기에는 너무 어리다는 거야. 정신 차리지 않으면 네가 알아차리기도 전에 동성애자가 되어 버릴 테고, 그러고 나면 되돌릴 수가 없어. 집안에 동성애자는 이미 충분한데 한 명이 더 생기는 건 정말 원하지 않아.

퍼거슨은 한 마디도 하지 않은 채 자리에서 일어나 주방을 나갔다.

어디 가는 거야? 밀드러드 이모가 물었다.

이모 옆에 있고 싶지 않아요, 퍼거슨이 말했다. 자기가 무슨 말을 하는지도 모르잖아. 이모가 하는 쓰레기 같은 말 듣고 싶지 않아요.

이런, 아치, 이리 와. 이야기 좀 해. 밀드러드 이모가 말했다.

필요 없어요. 이모랑은 이야기 끝났어요.

퍼거슨은 눈에 고인 눈물을 참으며 거칠게 발걸음을 옮겼다. 집 앞쪽의 복도에 이르자 왼쪽으로 돌아 타일이 깔린 복도 끝에 있는 손님용 침실로 갔다. 뒤에서 밀드러드 이모와 시드니가 싸우는 소리가 들렸지만 두 사람이 말하는 내용은 알아들을 수 없었고, 방에 들어가 문을 닫자 두 사람의 목소리가 멀어지며 아무 단어도 제대로 들리지 않았다.

그는 침대에 앉아 두 손으로 얼굴을 가리고 흐느끼기 시작했다.

이제 비밀을 나누는 일 같은 건 하지 않겠다고, 스스로에게 말했다. 안심할 수 없는 고백도 더는 없을 것이고, 믿을 가치가 없는 사람을 믿는 일도 없을 것이다. 말하고 싶은 걸 세상 모든 사람 앞에서 말할 수 없다면, 입을 닫고 누구에게도 말하지 않을 것이다.

그는 이제 어머니가 본인의 언니를 존경하는 이유를 — 또한 늘 언니에게 실망하는 이유를 알 것 같았다. 아주 지성적이라고, 그는 생각했다. 재미있어지려면 아주 재미있었고, 너그러워지려면 아주 너그러운 모습도 보여 주는 사람이었다. 하지만 밀드러드 이모는 치사해질 수도 있었고, 세상 그 누구보다 더 치사해질 수 있었다. 그 치사함에 데어 보고 나니 퍼거슨은 이모와 그 어떤 것도 함께 하고 싶지 않았고, 앞으로는 이모를 머릿속에서 지워 버릴 생각이었다. 더는 밀드러드 이모도 없고, 더는 시드니 밀뱅크스도 없었다. 시드니는 마치 친구가 될 듯한 모습을 보여 줬지만 — 친구처럼 보였지만 아닌 것으로 밝혀진 사람과 어떻게 친구로 지낼 수 있단 말인가?

잠시 후 시드니가 방문을 두드렸다. 그녀가 그의 이름을 불렀기 때문에 시드니라는 걸 알 수 있었다. 그녀는 괜찮냐고, 들어가서 이야기를 좀 할 수 있겠냐고 물었지만, 퍼거슨은 싫다고 했다. 그는 그녀를 보고 싶지도, 그녀와 이야기하고 싶지도 않았다. 자신을 혼자 내버려 두기를 바랐지만 안타깝게도 방문에는 자물쇠가 없었고, 시드니는 어쨌든 들어왔는데, 먼저 문을 살짝 열고 얼굴을 들이밀었을 때 그녀의 얼굴에도 눈물이 흐르고 있었다. 완전히 방 안으로 들어온 그녀는 자신이 한 짓에 대해 사과했다. 미안해, 미안해, 미안해.

작은 새는 꺼져요, 퍼거슨이 말했다. 미안한지 아닌지는 신경도 안 쓰니까. 그냥 나 혼자 내버려 둬요.

내가 바보같이 입방정을 떨었어, 시드니가 말했다. 일단 이야기를 꺼내면 어디서 멈춰야 할지를 모르거든. 그럴 생각은 없었어, 아치, 맹세할 수 있어.

당연히 그럴 생각이었겠죠. 비밀을 안 지키는 것도 이미 나쁘지만, 거짓말은 더 나빠요. 그러니까 거짓말은 하지 마세요, 알았어요?

내가 어떻게 하면 좋겠니, 아치?

아무것도 하지 마세요, 그냥 나가세요.

제발 아치, 내가 뭐든 할 수 있게 해줘.

이 방에서 나가는 거 말고, 딱 한 가지 원하는 게 있어요.

뭐든 말만 해. 내가 해줄게.

스카치위스키.

농담이지?

스카치위스키 한 병, 가능하면 따지 않은 걸로요. 만약 땄다면 거의 안 마신 걸로 주세요.

그렇게 먹으면 몸 상해.

잘 들어요, 시드니, 가져다주지 않으면 제가 직접 나가서 사 올 거예요. 그런데 지금 당장은 나가고 싶지 않아요. 다른 방에 있는 이모를 보고 싶지 않으니까.

알았어, 아치. 몇 분만 기다려.

그렇게 퍼거슨은 스카치위스키를 손에 넣었다. 시드니 밀뱅크스가 건네준 조니 워커 레드 반병이었다. 반쯤 빈 병을 보며 퍼거슨은 반쯤 차 있는 거라고 생각하기로 했고, 시드니가 나간 뒤 조금씩, 천천히 마시기 시작했다. 베니션 블라인드 사이로 첫 새벽빛이 비칠 무렵 술병은 비었고, 그해 두 번째로, 퍼거슨은 진탕 마신 걸 남의 집 바닥에 토하고는 정신을 잃었다.

파리는 달랐다. 파리에서는 파리에 있다는 느낌을 만끽하고, 어머니와 길과 함께 거리를 돌아다니고, 보나파르트가(街)의 뱅퇴유 갤러리에서 열린 어머니의 첫 번째 개인전 개막식에 참석하고, 비비언 슈라이버라는 길의 옛 친구와 두 번 저녁 시간을 보내고, 리버사이드 학교에서 성적은 B와 B+에 불과했지만 그렇게 배운 프랑스어로도 자신의 뜻을 전하기에는 충분하다는 걸 알게 되었고, 나중에 파리에서 살고 싶다고 마음먹었다. 여름 내내 고전과 최신 프랑스 영화를 본 그로서는, 몽마르트르를 걸으며 「4백 번의 구타」에 나오는 어린 앙투안 두아넬을 마주치는 상상을 하지 않을 수 없었다. 샹젤리제 대로를 걸을 때는, 흰색 티셔츠 차림의 멋진 모습으로 『헤럴드 트리뷴』을 파는 — 새아버지가 일하는 그 신문이었다! — 진 시버그와 마주치는 상황을 희망하지 않을 수 없었고, 센강 강둑을 걸으며 중고

서적상들의 가판대를 구경할 때는 「익사 직전에 구조된 부뒤」에서 부랑자 미셸 시몽을 구하려 강물에 뛰어든 땅딸막한 서적상을 떠올리지 않을 수 없었다. 파리는 곧 파리에 관한 영화이자, 퍼거슨이 그동안 본 파리 영화를 모두 모아 놓은 곳이었고, 자신이 현실의 그 장소에 있다는 사실이 대단한 영감을 줬다. 화려하고 자극적인 실감을 그대로 담고 있는 현실이었지만, 그럼에도 그곳이 상상의 공간이기도 하다는 느낌을 지닌 채 걸어다니는 일, 머릿속에 있으면서 자신의 몸을 감싸고 있기도 한 장소, 이곳과 저곳이 함께 있는, 흑백의 과거와 천연색의 현재가 함께 있는 장소, 퍼거슨은 그 둘 사이를 오가는 게 즐거웠고, 때론 생각들이 너무 빠르게 움직여서 그 둘이 하나로 뒤섞이곤 했다.

파리 시민 절반이 도시를 떠나는 8월 말에 전시회를 여는 건 흔치 않은 일이었지만, 갤러리에서 가능한 날짜가 그때밖에 — 8월 20일에서 9월 20일까지 — 없었고, 퍼거슨의 어머니는 담당자가 적절한 일정을 잡아 주려 최선을 다했음을 알았기에 기꺼이 받아들였다. 모두 마흔여덟 점, 반쯤은 이미 발표된 사진들이었고 반쯤은 다음 해에 나올 예정인 새 사진집 『고요한 도시』에 실릴 사진들이었다. 퍼거슨은 그중 한 장이 자신을 찍은 사진이라는 사실을 이미 알고 있었지만, 그럼에도 전시실에 들어섰을 때 반대편 벽에 자기 모습이 걸려 있는 걸 보는 일은 어딘가 불안했다. 7년 전, 그러니까 아직 길은 없고 둘이서 센트럴파크웨스트의 아파트에 살던 시절, 거실에 앉아 텔레비전으로 로럴과 하디를 보는 그의 뒷모습을 멀리서 찍은 사진이었다. 여덟 살인 그의 몸은 줄무늬 반소매 티셔츠 차림이었고, 〈아치〉라는 한 단어짜리 제목이 붙은 그 사진에서 감동적인 부분은 그의 마른 등이었는데, 티셔츠 안으로 불거진 등뼈의 척추골이 다치기 쉬운 어린 시절의 굴곡을 그대로 보여 주는 것 같았다. 무방비 상태에 있는 어떤 존재, 텔레비전 속 광대들에게 완전히 빠져든 나머지 주변의 모든 걸 망각해 버린 꼬마 아이의 초상이었고, 퍼거슨은 그런 멋진 사진을 남겨 준 어머니가 자랑스러웠다. 평범한 일상 사진에 지나지 않았을 수도 있는 작품이지만 그렇지 않았고, 그날 저녁에 전시된 나머지 마흔일곱 장의 사진도 마찬가지였다. 이제는 더 이상 살지 않는 그 아파트 바닥에 앉아 있는 자신의 뒷모습을 바라보며, 퍼거슨은 묘한 공백기, 힐리어드 학교에서의 재앙 같았던 그 시기를 생각하지 않을 수 없었고, 당시 그의 머릿속에선 어머니가 신의 자리를 대신하는 초월적인 존재였음이 떠올랐다. 신성한 영혼이 인간의 모습으로 나타난 존재, 모든 인간을 괴롭히는 부루퉁함과 끝없는 혼란에 어머니 역시 취약하고 결함도 있었지만 그럼에도 성스러운 존재, 그가 그런 어머니를 우러러봤던 건, 어머니만은 절대 그를 실망시키지 않을 유일한 사람이었기 때문에, 그가 몇 번이나 실망시키고 기대에 미치지 못하는 모습을 보이더라도 어머니는 한순간도 그를 사랑하지 않은 적이 없고, 죽을 때까지 그를 사랑할 것이었기 때문이다.

예쁜데 초조해하시는구나, 개막 특별 초대전에서 미소 짓고 고개를 끄덕이고 손님들과 악수하는 어머니를 보며 퍼거슨은 생각했다. 8월 휴가 기간이었음에도 1백여 명이 찾아왔고, 갤러리의 좁은 전시실에 빽빽이 몰려든 사람들은 시끄러웠다. 그렇게 시끄러웠던 건 1백여 명이 벽에 걸린 사진을 감상하기보다는 서로 이야기를 나누는 일에 더 관심이 있는 듯 보였기 때문인데, 개막식이라는 것에 처음 참석해 본 퍼거슨은 그런 모임에서의 행동 지침에 익숙하지 않았다. 마치 전시된 작품을 무시하기 위해 전시회에 온 것 같은, 예술 애호가이리라 짐작되는 사람들의 세련된 가식이 느껴졌고, 전시실 구석에서 음료를 나눠 주던 젊은 바텐더가 친절하게도 퍼거슨에게까지 화이트와인을 한 잔 따라 주고, 20분 후 한 잔 더 따라 주지 않았더라면 퍼거슨은 항의의 뜻으로 전시실을 나가 버렸을 것이다. 어머니에겐 매우 중요한 순간이었고, 그는 거기 있는 사람들이 모두 로즈 애들러의 작품에 집중해 주기를, 그 사진들에 압도되어 말도 나오지 않을 정도로 경외감을 느끼기를 원했지만, 그런 일이 일어나지 않자 마치 야단을 맞고 의기소침해진 사람처럼 전시실 구석에 가만히 서 있었다. 그런 상황을 겪어 본 적이 없었기 때문에 벽에 걸린 작품 옆에 붙은 빨간 점들은 해당 사진이 팔렸다는 뜻이라는 것, 그래서 그날 저녁 어머니가 대단히 기분이 좋았고, 그 무례하고 무지한 사람들의 수다와 소음에 조금도 위축되지 않았다는 것 역시 모르고 있었다.

두 잔째 화이트와인을 마시던 중 퍼거슨은 길이 한 여성의 어깨를 안은 채 사람들 사이를 미끄러져 다니는 모습을 봤다. 둘은 사람들 사이를 헤집고 그가 있는 쪽, 그러니까 음료 테이블이 있는 쪽으로 다가왔는데, 가까이 왔을 때 보니 둘 다 미소를 짓고 있었고, 길의 옆에 있는 여성은 그의 옛 친구라고 했던 비비언 슈라이버가 틀림없는 것 같았다. 그녀에 관한 이야기는 이미 길에게 들었지만 큰 관심이 없었던 퍼거슨은 내용은 거의 기억나지 않았고, 뭔가 복잡한 이야기였다는 인상만 남아 있었다. 전쟁과 더글러스 갠트인지 그랜트인지 하는 비비언의 오빠와 관련한 이야기였고, 그랜트는 전쟁 당시 길의 정보 부대에서 함께 복무한 동료이자 친한 친구였고, 어찌어찌 길이 배후 조종을 해서 1944년 9월에 젊은 전우의 여동생을 프랑스로 보냈다고 했는데, 파리가 해방된 지 한 달이 지나고 그녀가 미국에서 대학을 졸업한 지는 석 달이 지난 시점이었다. 왜 비비언이 프랑스로 가야 했는지가 퍼거슨에게는 불분명했는데, 아무튼 그녀는 프랑스에 가고 얼마 지나지 않아 장피에르 슈라이버와 결혼했고, 그는 1903년 독일인과 유대인 부모 사이에서 태어난 프랑스 국적의 인물이었다(그러니까 비비언보다는 스무 살이 많은 사람이었다). 장피에르는 프랑스가 함락되기 불과 며칠 전에 중립국인 스위스로 피신했기 때문에 독일군과 비시 정부 경찰의 체포를 피할 수 있었고, 길이 퍼거슨에게 해준 이야기에 따르면 부자였는데, 옛날부터 부자였거나 가족이 전후에 사업을 다시 일으키면서 부자가 되었다고 했고, 그건 와인 수출업, 혹은 와인 생산업, 혹은 와인병 제조업, 혹은 포도를 재배하거나 파는 것과는 관련이 없는 상업 활동이었다. 자식은 없었지만 행복한 결혼 생활이었고, 그건 1958년 말까지 이어졌다고 길은 이야기해 줬다. 날씬하고 활기찼던 슈라이버가 오를리 공항에서 비행기를 놓치지 않으려고 달리던 중 갑자기 쓰러져 사망했고, 비비언은 졸지에 젊은 과부가 되었는데, 남편의 사업체 지분을 모두 그의 두 조카들에게 팔아 버린 후에는 젊은 부자 과부가 되었고, 길이 덧붙인 바에 따르면, 파리에서 가장 매력적이고 지적인 여인이자 훌륭한 친구라고 했다.

자신이 서 있는 곳으로 다가오는 길과 비비언 슈라이버를 보며 퍼거슨의 머릿속에는 그런 사실, 혹은 부분적인 사실, 혹은 반(反)사실일 수도 있는 정보들이 맴돌았다. 그 훌륭한 친구에 대한 퍼거슨의 첫인상은, 지금까지 만난 모든 여성 중에 가장 아름다운 서너 명에 속한다는 것이었다. 그러다 그녀가 가까이 다가오고 이런저런 면모를 좀 더 세밀하게 관찰하게 되면서는 첫인상만큼 대단히 아름다운 용모는 아님을 알게 되었다. 확신에 차 있고 편안한 분위기를 내뿜는 서른여덟 살의 여성, 옷이나 화장, 머리 모양이 너무나 우아하고 자연스러워서 조금도 힘들이지 않고 그런 분위기를 풍기는 듯한 여성, 모두가 서 있는 그 전시실에서 그저 한 자리를 차지하고 있는 게 아니라 마치 그곳을 지배하는 듯한 여성, 자신만의 공간을 유지하고, 전 세계 어디를 가든 자신만의 그 공간은 늘 유지할 수 있을 여성처럼 보였다. 잠시 후 퍼거슨은 그녀와 악수하고, 커다란 갈색 눈을 들여다보고, 그녀의 몸 주변에 떠다니는 향수의 향을 맡고, 그를 만나게 되어 영광이라고 말하는 유난히 낮은 그녀의 목소리를 들었고(영광이라니!), 갑자기 퍼거슨 안에서 모든 게 환하게 빛나기 시작했다. 확실히 비비언 슈라이버는 예외적인 사람, 전성기를 맞이한 영화배우 같은 인물이었고, 그녀를 알게 되었다는 사실만으로도 지난 15년 동안 슬플 정도로 평범했던 그의 삶은 달라질 수밖에 없었다.

비비언은 오프닝 후의 저녁 식사 자리에도 참석했지만 그건 식당 테이블에 열두 명이 함께 앉아 하는 식사였고, 퍼거슨은 그녀와 너무 멀리 떨어져 있어 이야기를 나눠 볼 기회가 없었다. 그는 식사 내내 그녀의 모습을 바라보는 것만으로 만족해야 했다. 그녀가 대화에 무슨 말인가 보탤 때마다 주위 사람들이 그녀의 말에 귀 기울이는 모습을 확인하고, 한두 번인가 눈이 마주쳤을 때 퍼거슨이 자신을 보고 있다는 걸 안 그녀가 미소를 지어 보이기도 했지만, 그 외에는, 또한 테이블 주위에서 들리던 말들, 비비언이 어머니의 사진을 여섯 점(「아치」를 포함해서) 구매했다는 말들 외에는, 그날 밤 두 사람 사이에 아무런 접촉도 없었다. 사흘 후 퍼거슨과 그의 어머니, 길과 비비언이 라 쿠폴에서 식사할 때는 대화를 주고받는 데 아무 장애가 없었지만, 무슨 이유에선지 퍼거슨은 수줍음을 느꼈고 비비언의 존재감에 압도당해 거의 말을 하지 않은 채 세 어른의 대화에 귀 기울이는 쪽을 택했다. 어른들은 여러 가지 주제에 관해 할 이야기가 많았다. 어머니의 사진에 대해 비비언은 숭고할 정도로 인간적이고 으스스할 정도로 직접적이라고 평가했다. 비비언의 오빠 더글러스 갠트인지 그랜트인지는 캘리포니아 라호이아에서 해양 생물학자로 일한다고 했다. 그녀는 베토벤 현악 사중주에 관한 길의 책이 어떻게 되어 가는지 물었고, 비비언 본인이 쓰고 있는 18세기 화가 샤르댕에 관한 책은 어떻게 되어 가는지도 이야기했다(당시 퍼거슨은 전혀 모르는 화가였지만 나흘 후 파리를 떠나기 전까지 그는 루브르 박물관에 있는 샤르댕의 작품을 모두 감상했고, 캔버스에 그려진 물 잔이나 도자기 그릇을 바라보는 게, 비슷한 액자에 담긴 십자가에 처형당한 신의 아들을 보는 것보다 인간의 영혼과 더 관련이 있고, 더 의미심장할 수 있다는 신비한 사실을 체득했다). 퍼거슨은 대부분 말없이 앉아 있기만 했지만 대단히 집중했고, 행복했고, 다른 사람들이 하는 이야기를 온전히 따라가고 있었다. 특히 그는 라 쿠폴을 즐기고 있었다. 거대한 동굴 같은 식당, 흰색 테이블보가 있고 검은색과 흰색의 제복을 입은 활달한 종업원들이 있는 식당이었는데, 주변 사람들이 모두 동시에 떠들어 대고 있었고, 너무 많은 사람들이 서로를 바라보며 동시에 이야기하고 있었다. 작은 강아지를 데려온, 짙게 화장한 여성들, 지탄 담배를 끊임없이 피워 대는 근엄한 남성들, 마치 연극 주연을 맡기 위해 오디션이라도 보는 것처럼 잔뜩 치장한 남녀들, 비비언은 그게 몽파르나스 광경이고, 절대 질리지 않는 구경거리라고 했다. 자코메티가 있었고, 베케트의 연극에 출연했던 배우가 있었고, 또 다른 예술가, 퍼거슨에게는 그 이름이 아무 의미도 없었지만 파리 사람들은 모두 아는 유명인도 있었다. 파리에 있었기 때문에 어머니와 길은 저녁 식사에서 퍼거슨이 와인을 마실 수 있게 해줬다. 손님 나이 따위는 아무도 신경 쓰지 않는 곳에서 부릴 수 있는 사치였고, 그렇게 식당 구석 자리에 앉아 있던 두 시간 동안 퍼거슨은 어머니와 길과 환하게 빛나는 비비언 슈라이버를 바라보며, 그렇게 네 명이서 그 자리에 영원히 앉아 있으면 좋겠다고 생각했다.

식사를 마치고 길과 어머니가 비비언에게 택시를 잡

아 줄 때, 젊은 과부는 퍼거슨의 얼굴을 감싸고 양쪽 볼에 키스해 주고는 이렇게 말했다. 조금 더 자라면 날 보러 다시 와, 아치. 내 생각엔 우리 아주 좋은 친구가 될 것 같구나.

캘리포니아와 파리 여행 사이에 뉴욕의 더운 여름이 있었다. 리버사이드 파크에서 농구 시합을 하고, 일주일에 네다섯 번은 에어컨이 나오는 영화관에 가고, 길이 침대 옆 탁자에 놓아둔 두껍거나 얇은 미국 소설들을 읽고, 학교 친구들이 모두 어딘가 다른 곳에서 7월과 8월을 보내는 동안 자신을 도시에 계속 묶어 둘 빈약한 계획들을 세웠다. 열아홉 살 짐도 매사추세츠의 합숙 캠프에서 상담사로 일하고 있었고, 종잡을 수 없고 한시도 가만히 있지 않던 에이미는 버몬트에서 열리는 두 달짜리 프랑스어 집중 학습 프로그램에 등록해 떠나 버렸다. 그 프로그램은 정확히 그가 원했던 것이고, 용기 내서 어머니와 길에게 부탁했다면 두 분은 확실히 그를 보내 줄 여유도 있었을 것이다. 댄 삼촌과 리즈 숙모는 그럴 여유가 없었지만, 에이미는 시카고의 할머니와 브롱크스의 염소 영감을 구슬려서 필요한 돈을 얻어 냈고, 뉴잉글랜드의 숲에서 그를 약 올리는 장난스러운 엽서를 보내왔다. Cher Cousin(친애하는 사촌에게), 프랑스어 〈con〉은 내가 생각했던 뜻이 아니었어. 영어에서 같은 뜻을 가진 단어는 〈jerk(바보)〉나 〈asshole(나쁜 놈)〉

정도야 —— 네가 아는 그런 뜻이 아닌 거지. 그리고 〈queue〉도 꼬리라는 뜻이지 네가 아는 그런 뜻이 아니야.[62] 그걸 알고서 생각이 났어. 내가 좋아하는 〈con〉 사촌은 뉴욕에서 뭘 하고 있을까? 충분히 덥지, 아치? 아니면 네 이마에서 흐르는 건 땀이 아닌 건가? Baisers à mon bien-aimé(사랑의 키스를 보내), 에이미. 그사이 퍼거슨은 한여름 맨해튼의 타는 듯한 열기 속에서, 사랑도 없이 이어지는 백일몽 속 자위와 우울한 몽정의 날들에 갇혀 있었다.

그 여름 집안의 가장 큰 화제는 마침내 9월 23일에 개관할 링컨 센터 필하모닉 홀에 관한, 길과 동료들의 길게 이어진 논쟁이었다. 눈에 거슬리는 그 고름 덩어리(퍼거슨의 할아버지가 그렇게 부르곤 했다) 공사장은 퍼거슨과 어머니가 뉴욕에서 지내는 내내 웨스트 60번가의 일부였다. 록펠러 집안에서 돈을 댄, 12만 제곱미터가 넘는 거대한 빈민가 정리 프로젝트는 소위 새로운 문화 허브를 만든다는 이유로 수백 개의 건물을 허물고 수천 명의 사람을 살던 아파트에서 쫓아냈다. 산더미같이 쌓여 있던 잔해와 벽돌, 그 모든 굴착기와 말뚝박기용 기중기와 땅에 난 구멍들을 목격하고, 공사 기간 내내 온 동네에 울리던 소음을 겪은 후에, 마침내 6만 5천 제곱미터에 달하는 링컨 센터 복합 부지에 첫 번째 건물이 완공될 예정이었고, 그 공연장을 둘러싼 논쟁

62 프랑스어 〈con〉과 〈queue〉는 각각 여성과 남성의 성기를 가리키는 속어이기도 하다.

은 뉴욕 역사상 가장 뜨거운 공개 설전이 될 참이었다. 크기를 중시하는 쪽과 음향학적 균형을 중시하는 쪽, 도도함과 과시를 중시하는 쪽과 수학과 이성을 강조하는 쪽이 있었고, 그런 논쟁에 불을 붙인 게 『헤럴드 트리뷴』이었기 때문에 길은 그 한복판에 있는 셈이었다. 특히 신문사에서 가장 가까운 동료 두 사람이 논쟁의 핵심에 있었는데, 예술 부문 주필인 빅터 라우리와 동료 평론가 바턴 크로세티는 새로운 공연장의 원래 청사진에 좌석 수를 늘려야 한다는 주장을 공격적으로 펼쳤다. 두 사람은 뉴욕같이 위대한 대도시라면 더 크고 더 좋은 걸 가질 자격이 있다고 주장했다. 더 큰 건 알겠다고, 길은 말했다. 하지만 이번 경우에는 더 좋다고 할 수 없었다. 공연장이 음향학적으로 2천6백 석이 아니라 2천4백 석에 맞춰 설계되었기 때문이다. 공사 계획을 책임진 건축가와 건설업자 들은 소리의 질이 달라질 거라고 했는데, 그건 나빠지거나 받아들이기 힘들어질 거라는 이야기를 돌려 말한 것에 불과했지만, 시 당국에서는 『헤럴드 트리뷴』의 요구를 받아들여 공연장의 규모를 키우기로 했다. 길은 그 항복을 뉴욕에 관현악 음악의 미래가 없다는 패배로 받아들였는데, 이제 더 큰 규모의 건물이 거의 완성되어 가던 그 시점에는 결과물이 자신이 두려워했던 것보다 덜 끔찍하기를 바랄 뿐이었다. 만약 덜 끔찍한 정도가 아니라면, 그러니까 결과가 그가 예상했던 만큼 나쁘다면 이번에는 길 자신이 다른 운동을 펼칠 거라고 했는데, 그는 시 당국에서 이미 허물 계획을 세워 둔 카네기 홀을 어떻게든 지켜 내기 위해 헌신할 생각이었다.

그해 여름 퍼거슨네 집에서 유행한 농담은 이랬다. 〈hub(허브)의 철자가 어떻게 되지?〉 답은 〈f-l-u-b(실패)〉였다.

길이 그 일에 대해 농담할 수 있었던 건, 그 밖에 가능한 다른 반응은 화를 내는 것뿐이었기 때문이다. 몸 안에 화를 담은 채 돌아다니는 건 좋은 삶의 방식이 아니라고, 길은 퍼거슨에게 말했다. 그건 의미 없고 자기 파괴적이며, 자신이 화내지 않을 거라고 믿는 상대방에게는 잔인한 일일 뿐인데, 화의 원인이 자신이 통제할 수 없는 것인 경우에는 특히 그렇다고 했다.

내가 하려는 말이 무슨 뜻인지 알겠니, 아치? 길이 물었다.

잘 모르겠어요, 퍼거슨이 대답했다. 그런 것 같아요.

(잘 모르겠어요는 센트럴파크웨스트의 아파트에서 길이 마거릿에게 불같이 화를 냈던 일이 생각나서 한 대답이었고, 그런 것 같아요는 그날 이후로 새아버지가 그 정도로 크게 화내는 모습을 한 번도 보지 못했기 때문에 나온 대답이었다. 길의 변화를 설명할 근거는 두 가지뿐이었다. (1) 시간이 지나면서 그의 성격이 좋아졌거나 (2) 퍼거슨의 어머니와 결혼하고 나서 그가 더 좋고, 더 차분하고, 더 행복한 사람이 되었다는 것이었다.

퍼거슨은 두 번째 가능성을 믿기로 했다 ― 단지 그 대답을 믿고 싶어서가 아니라 그게 정답임을 알았기 때문이다.)

그 문제가 나한테 중요하지 않다는 뜻은 아니야, 길이 말을 이었다. 내 인생은 온통 음악밖에 없으니까. 이 도시에서 공연하는 음악에 관해 글을 쓰는 게 내 인생의 전부인데, 좋은 의도를 지니기는 했지만 생각은 잘못한 사람들이 ― 슬프게도 그중에는 내 친구들도 있지 ― 내린 어리석은 결정 때문에 이제 공연이 덜 좋아지게 되어 버렸으니까, 당연히 나는 화가 나지. 너무 화가 나서 신문사 일을 그만둘까 하는 생각도 했단다. 내가 그 문제를 심각하게 받아들인다는 걸 알리기 위해서 말이야. 그런데 그렇게 한다고 해서 나한테 뭐가 좋은 걸까? 너한테나 네 엄마한테, 그 누구한테든 뭐가 좋은 걸까? 꼭 그래야만 한다면 월급 없이도 어떻게든 살아가겠지. 하지만 사실 나는 내 일을 사랑하고, 그만두고 싶지가 않은 거야.

그만두지 마세요. 뭐 거기도 문제가 있겠지만, 그래도 그만두지는 마세요.

그게 아니라도 오래는 못 갈 거야. 『헤럴드 트리뷴』은 재정적으로 가라앉는 중이고, 앞으로 2~3년 이상 버틸 수 있을지 의심스럽거든. 그러니까 나도 배와 함께 가라앉는 게 나을 수도 있어. 마지막까지 충실한 선원으로 남아서, 위험한 바다로 우리를 몰고 가는 미친 선장 옆에 서서 말이야.

농담이죠, 그렇죠?

내가 농담하는 거 본 적 있니, 아치?

『헤럴드 트리뷴』이 끝이라고 하시니까 말인데요. 아저씨가 처음 거기 데려다줬던 때 기억나요. 제가 진짜 좋아했거든요. 매번 같이 신문사에 갈 때마다 너무 좋았어요. 그 신문사가 더 이상 존재하지 않을 거라는 건 믿기가 어려워요. 심지어 저는…… 뭐, 이건 됐어요…….

네가 뭐?

모르겠어요……. 그러니까 언젠가…… 아주 멍청한 소리지만…… 언젠가는 저도 거기서 일할 수 있겠다고 생각했거든요.

멋진 생각이구나. 나 감동했어, 아치. 아주 감동했다고. 그런데 너처럼 재능 있는 학생이 왜 신문 기자가 되려는 거지?

신문 기자가 아니라, 영화 평론가요. 아저씨가 연주회에 관해 쓰듯이, 저는 영화에 관해 글을 쓸 수 있겠다고.

나는 네가 언젠가 네 영화를 만들 거라고 늘 생각했는데.

저는 그렇게 생각하지 않아요.

그래도 영화를 그렇게 좋아하는데…….

영화 보는 건 좋은데, 만드는 것도 즐길 수 있을지는 모르겠어요. 영화 만드는 데는 시간이 너무 오래 걸리

니까, 그동안은 다른 영화를 볼 시간을 낼 수가 없잖아
요. 그러니까 무슨 이야기인지 아시죠? 제가 가장 좋아
하는 일이 영화 보는 거라면, 최고의 직업은 가능한 한
많은 영화를 보는 일이잖아요.

학교가 개학하고 한 달쯤 지났을 때, 새로운 공연장이
개관한 기념으로 레너드 번스타인이 지휘하는 뉴욕 필
하모닉의 갈라 콘서트가 열렸다. CBS에서 중계할 정
도로 중요한 행사였다 — 미국의 모든 가정에 방송되는
전국적 생중계였다. 미국 유명 관현악단(보스턴, 필라델
피아, 클리블랜드)의 연주가 이어졌고, 주말이 되자 언론
과 대중은 각자 링컨 센터 대표 건물의 음향 수준에 대한
평가를 내놓았다. 〈음향학적 실패PHILHARMONIC
FLOP〉라는 기사 제목이 있었다. 〈음향학적 바보 짓
PHILHARMONIC FOLLY〉이라는 기사도 있었고,
〈음향학적 대재앙PHILHARMONIC FIASCO〉이라
는 기사도 있었다. f 발음이 두 번 반복되는 그 제목들
은, 분노한 음악 애호가들이나 늘 반대만 하는 사람들,
술집의 농담꾼들 입에서 매끄럽게 흘러나올 수 있다는
점에서, 신문 편집자들에게는 거부할 수 없는 제목인
것 같았다. 결과가 그 정도로 나쁘지는 않다고 주장하
는, 다른 의견을 가진 사람들도 있었다. 그렇게 찬성론
자와 반대론자 사이의 요란한 경쟁이 시작되었고, 그
후 몇 달, 몇 년 동안 성숙하지 못한 논쟁이 뉴욕을 가

득 채웠다.

퍼거슨은 길을 향한 충성심 때문에 사태의 진행을 지켜보기는 했다. 결함 있는 공연장이 도시의 클래식 음악 애호가들의 고막에 어떤 해를 끼치든 상관없이 새아버지가 논쟁에서 이기는 쪽에 있는 것 같아 기분이 좋았고, 어느 일요일 오후에는 길과 어머니와 함께 카네기 홀 앞에 나가 〈제발 나를 지켜 주세요〉라고 적힌 안내판을 들고 서 있기도 했다. 하지만 퍼거슨은 대부분은 그 일에 관심이 없었는데, 그의 생각은 학교 숙제와 연애에 대한 끝없는 갈망에만 초점이 맞춰져 있었고, 인쇄업자들의 파업으로 12월 초부터 3월 마지막 날까지 뉴욕의 모든 신문이 발행되지 않는 동안에도 마찬가지였다 — 덕분에 길이 오랫동안 바라던 휴가를 얻은 거라고, 너그럽게 해석했다.

에이미는 지난해의 남자 친구와 헤어졌는데, 퍼거슨은 만나 본 적도 없고 이름도 모르는 사람이었다. 하지만 그녀는 버몬트의 프랑스어 여름 캠프에서 ami intime(친밀한 친구)을 새로 사귀었는데, 이번에는 뉴욕에 사는 남자아이라 disponible pour les rencontres chaque weekend(주말마다 만날 수 있었기 때문에) 퍼거슨은 다시 한번 밀려났고, 덕분에 에이미의 마음이라는 요새를 다시 공격해 본다는 건 아예 고려 사항도 아니었다. 리버사이드의 다른 매력적인 여학생들도 마찬가지여서 모두 1년 전과 마찬가지로 짝이 있었고 접근할 수가 없었다. 그러니까 이저벨 크래프트는 그에게는 상상의 숲을 날아다니는 요정, 밤마다 흥분한 몸을 괴롭히는 상상 속 대상에 불과했다. 〈9월의 아가씨〉보다는 현실적이었지만, 큰 차이는 없었다.

지난봄에 앤디 코언이 그런 말을 하지 않았다면 어땠을까, 둘의 단순한 거래가 그렇게 복잡하고 불가능한 게 되어 버리지 않았다면 어땠을까, 하고 퍼거슨은 종종 생각했다. 앤디 코언에게 애정이 남아 있어서가 아니라 10학년 시절의 틀이 만들어진 그 시기, 웨스트 107번가를 배회하던 토요일 오후들의 의미가 이제야 분명히 보이는 것 같았기 때문이다. 적어도 누군가와 함께 있는 게 홀로 있는 것보다는 훨씬 낫다는 사실을 떠올릴 때면 그랬다. 다른 한편, 자위할 때 떠올리는 대상이 남자의 몸을 하고 나타난 적은 한 번도 없었다. 그와 함께 이불 밑으로 들어가는 건 늘 여성이었는데, 빨간색 비키니 차림으로 그와 살을 맞대는 이저벨 크래프트가 아니면 에이미였고, 어떤 때는 ― 그도 놀랐는데 ― 시드니 밀뱅크스, 그의 등 뒤에서 칼을 꽂은 두 얼굴의 카우걸이거나, 비비언 슈라이버, 그와 마흔일곱 단어 정도의 대화만 나눠 본 어머니뻘 되는 그 여성이었다. 어쨌든 두 여성, 7월과 8월에 대륙을 가로지르고 대서양을 건너가서 만난 그들이 떠올랐고, 밤마다 그 둘 중 한 명이 생각 속으로 들어오는 걸 막을 수가 없었다.

이제 둘 사이의 대조가, 그가 원하는 것과 상황이 허락하는 것 사이의 명확한 구분이 분명하게 보였다. 보들보들한 여성의 살결은 아직 한두 해 더 미뤄야만 했고, 빳빳해진 소년의 좋은 기회만 다시 생긴다면 지금 즐길 수 있었다. 가능한 것에 대비되는 불가능한 것, 한낮의 현실과 대비되는 밤의 환상, 한쪽에는 사랑이 있고 다른 쪽에는 청소년기의 열망이 있었다. 모든 게 깔끔했고 애매할 것도 없었지만, 그는 그러한 구분이 생각했던 만큼 뚜렷하지는 않다는 걸 알게 되었다. 사랑은 정신적 경계의 양쪽 모두에 존재할 수 있었고, 카우걸이 직접 겪었다고 이야기해 준 일이 그에게도 일어날 수 있었다. 원치 않았던 앤디 코언과의 사랑을 물리친 후에 그런 깨달음이 찾아왔다는 사실이 그를 두렵게 했고, 너무 두려운 나머지 그는 이제 자신이 어떤 사람인지도 알 수 없을 것 같았다.

9월 말에 그는 다시 한번 뉴욕을 떠나 멀리 떨어진 곳으로 갔고, 매사추세츠 케임브리지에서 사촌 짐과 주말을 보냈다. 이번에는 비행기가 아니라 다섯 시간 반 동안 육로로 이동했는데, 뉴욕에서 버스를 타고 스프링필드에서 환승해 보스턴까지 갔다. 처음으로 장거리 버스를 타고 어딘가로 가는 여정이었고, 그 후에는 짐의 MIT 기숙사에서 이틀 밤을 보냈다. 평소 짐의 룸메이트가 사용하는 침대에 짐을 풀었는데, 룸메이트는 금요일 아침에 떠나서 일요일 밤까지는 돌아오지 않을 거라고 했다. 계획은 막연했다. 명소들을 구경하고, 토요일 오전에는 체육관에서 일대일 농구를 하고, MIT의 몇몇 연구소를 구경하고, 하버드 교정을 구경하고, 보스턴의 백 베이와 코플리 스퀘어를 돌아다니고, 하버드 스퀘어에서 점심이나 저녁을 먹고, 브래틀 극장에서 영화를 보는, 아무 맥락도 없는 즉흥적인 주말이 될 거라고 짐은 말했다. 방문의 목적 자체가 돌아다니며 함께 시간을 보내는 것이었기 때문에, 정확히 뭘 할지는 전혀 중요하지 않았다. 퍼거슨은 신이 났다. 아니, 그저 신난 것 이상이었고, 기대감에 기뻐서 날뛸 것만 같았다. 주말을 짐과 함께 보낸다는 생각만으로도 머리 위에서 맴돌던 먹구름이 걷히고 파랗고 환한 하늘이 펼쳐진 것만 같았다. 짐보다 좋은 사람은 없었고, 짐보다 친절하고 너그러운 사람은 없었고, 짐보다 더 존경스러운 사람은 없었다. 보스턴행 버스를 타고 가는 내내 퍼거슨은 이렇게 훌륭한 사촌과 가족이 되어 정말 행운이라고 생각했다. 자신은 짐을 사랑한다고, 그는 생각했다. 그의 모든 면을 사랑했다. 그리고 리버사이드 파크에서 보낸 그 모든 토요일 오전을 떠올릴 때면 짐 역시 자신을 사랑한다는 걸 알 수 있었다. 하려고만 했으면 짐은 그 시간에 할 수 있는 다른 일이 1백 가지쯤 되었을 테지만, 그럼에도 왜소한 열두 살짜리 아이에게 농구를 가르쳐 줬다. 퍼거슨을 사랑했기 때문에 케임브리지에 와서 돌아다니며 함께 시간을 보내자라는 이유만으로 전화를 걸어 그를 초대한 것이다. 이제 퍼거슨은 남자 대 남자의 친밀함이 주는 쾌락도 맛봤기 때문에, 발가벗은 채 짐의 품에 안긴다든가, 짐의 키스를 받는다든가, 짐의 애무를 받는다든가, 그렇지, 짐에게 남색을 당하는 상황을 피할 이유가 없었다. 마지막 일은 지난봄에 시티 칼리지 학생과는 해보지 못했지만, 짐이 원하는 일이라면 그는 뭐든 할 작정이었는데, 왜냐하면 그게 사랑, 남은 인생 내내 타오를 커다란 사랑이었기 때문이다. 그가 양쪽으로 모두 능숙한 남자가 되어 가던 것과 마찬가지로, 짐 역시 그런 남자라면, 물론 그럴 가능성은 전혀 없어 보였지만, 짐과 하는 키스는 그에게 천국으로 가는 문을 열어 줄 것이었다. 그렇지, 보스턴으로 가는 여정의 한복판에서 그런 생각을 하던 퍼거슨은 그 단어들을 떠올렸다. 천국으로 가는 문.

그의 인생에서 가장 행복한 주말이었고 — 또한 가장 슬픈 주말이었다. 행복했던 이유는 짐과 함께 있던 덕분에 보호받는 느낌이 들고, 자기보다 나이가 많은 남자의 차분함이라는 편안한 후광 안에서 안전했기 때문이었는데, 매 순간 그가 짐의 이야기를 들을 때와 마찬가지로, 자신의 이야기도 짐이 열심히 들어 준다고 확신할 수 있었다. 짐과 있으면 퍼거슨은 자신이 부족하다거나, 천박하다거나, 버려졌다거나 하는 느낌이 전혀 들지 않았다. 찰스강 건너편의 작은 식당에서 먹은 거창한 아침 식사, 우주 계획과 수학 퍼즐, 언젠가는 손바닥에 들어올 만큼 작아질 거대한 컴퓨터에 관한 이야기, 토요일 밤 브래틀 극장에서 동시 상영으로 본 보가트의 영화 「카사블랑카」와 「소유와 무소유」, 금요일 밤에서 일요일 오후까지 함께 보낸 긴 시간 동안 감사할 일이 너무 많았다. 하지만 그 모든 일을 하는 동안 그가 원했던 키스는 절대 받지 못할 거라는 고통이 줄곧 따라다녔다. 짐을 소유한다는 건 짐을 소유하지 못한다는 뜻이기도 했고, 소유하면서 소유하지 못한 상태란, 진짜 감정을 드러내려면 영원한 모욕감이라는 불길 속에서 서서히 사라져 갈 걸 각오해야 하는 상태라는 뜻이었다. 최악의 상황은, 일대일 농구를 하고 탈의실에서 사촌의 발가벗은 몸을 보는 것이었다. 발가벗은 채 나란히 섰지만 팔을 뻗을 수도, 금지된 연인의 마른 근육질 몸에 손가락을 댈 수도 없는 상황이었다. 그러던 중 어느 일요일 아침, 퍼거슨은 기숙사 방에서 아무것도 걸치지 않은 채 한 시간 동안 빈둥대 보겠다는 대담한 계획을 세웠다. 짐에게 마사지를 해줄까 물어보려 했지만 용기를 내지 못했고, 침대에 앉아 짐 앞에서 자위해 볼까 했지만 용기를 내지 못했고, 자기 알몸이 철저하게 이성애자인 사촌에게 어떤 반응을 불러일으키기를 희망했지만, 그건 말할 것도 없었다. 짐은 이미 다른 사람, 마운트홀리오크 대학에 다니는 낸시 해머스타인이라는 여학생과 사랑에 빠져 있었는데, 바로 그녀가 일요일 점심때 차를 몰고 와 그들과 함께 식사했다. 완벽할 만큼 근사하고 지적인 여학생, 짐에게 서 퍼거슨이 본 것과 똑같은 것을 본 사람이었다. 그래 서 퍼거슨은 그 주말에 행복하면서도 동시에 더 큰 슬 픔을 느꼈고, 절대 자신에게는 허락되지 않을 키스 때 문에 아파했고, 그런 걸 원했던 자신이 제정신이 아니 었음을 깨달았다. 일요일에 뉴욕으로 돌아오는 버스에 서 조금 울었고, 해가 지고 버스 안이 어둠에 잠기자 더 많이 울었다. 최근 들어 우는 날이 잦아지고 있다고, 그 는 생각했고…… 나는 누구일까? 계속 스스로에게 물 었다……. 나는 누구일까……? 도대체 왜 나는 인생을 이렇게 힘들게 만들고 있는 걸까?

그런 생각을 극복하지 않으면 죽을 것 같았고, 퍼거슨 은 열다섯 살 반의 나이에 죽을 준비는 되어 있지 않았 기 때문에, 모순된 욕망의 소용돌이에 닥치는 대로 자 신을 던져 넣으며 극복을 위해 할 수 있는 걸 했다. 쿠 바 미사일 위기가 시작되고 2주 만에 끝날 때까지 폭탄 도 떨어지지 않고 선전 포고도 나오지 않고, 늘 그런 상 태인 듯했던 장기간의 냉전을 제외하면 가까운 미래에 어떤 전쟁의 위험도 없을 것 같던 그 무렵, 퍼거슨은 첫 번째 영화 평을 발표했고, 처음으로 담배를 피웠고, 웨 스트 82번가에 있는 작은 매춘 업소에서 스물한 살의 매춘부에게 동정을 바쳤다. 다음 달에는 리버사이드 학교의 농구 대표 팀에 뽑혔지만, 열 명으로 구성된 팀에서 단 세 명이었던 10학년 선수 중 한 명으로, 대부분 벤치에만 앉아 있었고 시합마다 1~2분 정도밖에 뛸 수 없었다.

　발표했다. 그 글은 영화 평이라기보다 개괄에 가까웠는데, 지난 몇 달 동안 퍼거슨의 머릿속에 맴돌던 영화 두 편의 공통된, 그러면서도 대조적인 장점에 관한 논의였다. 그 글은 안쓰러울 정도로 어설프게 인쇄된 격주간 교내 잡지 『리버사이드 레블』에 실렸는데, 학교 대항 운동 시합의 결과나 의미도 없는 학내 논쟁거리들(점점 낮아지는 구내식당 식사의 질이라든지, 쉬는 시간에 라디오 청취를 금지한 교장의 결정 같은 것들), 혹은 스스로 시인이나 단편 작가, 혹은 화가라고 생각하는 학생들이 제출한 시나 단편, 그림을 싣는 8면짜리 일반 신문 크기의 소식지였다. 그해 퍼거슨의 영어 선생님이자 『레블』의 지도 교사였던 던바 선생님이 어설픈 영화광에게도 글을 쓰는 대로 기고해 보라고 권했고, 신문에 새로운 피가 절박하게 필요하다고, 영화나 책, 예술, 미술, 음악, 공연에 관해 정기적인 기사를 싣는 건 올바른 방향으로 한 걸음 나가는 조치라고 했다. 던바 선생님의 요청에 흥미가 생기고 조금 들뜨기도 한 퍼거슨은 「4백 번의 구타」와 「네 멋대로 해라」, 여름 내내 그가 가장 좋아한 두 작품에 관해 기사를 쓰기 시작했고, 직접 프랑스까지 다녀온 마당에 프랑스 누벨바그 영화를 다룬 글로 영화 평론가 경력을 시작하는 건 아주 자연스러워 보였다. 두 영화는 모두 흑백이고 현대 파리를 배경으로 한다는 것 외에 아무런 공통점이 없다고 퍼거슨은 주장했다. 두 작품의 분위기나 감성, 서사 방식은 너무 달랐는데, 둘을 비교한다든지 어느 쪽이 나은지를 묻는 건 시간 낭비에 불과했다. 트뤼포에 관해 그는 이렇게 적었다. 숨 막히는 리얼리즘이다. 부드럽지만 강인하고, 매우 인간적이며, 엄밀하게 솔직하고, 서정적이다. 고다르에 관해서는 이렇게 적었다. 들쭉날쭉하고 분열되어 있다. 섹시하고, 혼란스럽게 폭력적이고, 재미있고, 잔인하고, 끊임없이 미국 영화를 장난스럽게 언급하고, 혁명적이다. 퍼거슨은 마지막 문단에서, 아니라고, 그는 두 영화를 모두 사랑하기 때문에 어느 한쪽이나 다른 쪽을 편들지는 않을 거라고 적었다. 지미 스튜어트의 서부 영화와 버즈비 버클리의 뮤지컬 영화를 모두 좋아하듯이, 마크스 형제의 코미디 영화와 제임스 캐그니의 갱스터 영화를 모두 좋아하듯이 둘 다 좋아하는 거였다. 왜 꼭 선택해야 한단 말인가? 그는 물었다. 가끔씩 기름기 가득한 햄버거를 한입 크게 베어 물고 싶을 때가 있는가 하면, 단단하게 삶은 달걀이나 소금 뿌린 크래커가 가장 맛있게 느껴질 때도 있는 법이다. 예술은 일종의 잔칫상이라고, 그는 결론을 맺었다. 식탁에 오른 모든 요리가 우리에게 말을 거는 것이니, 맛있게 먹고 즐겨 달라고.

피웠다. 퍼거슨이 케임브리지에 다녀오고 일주일이 지난 일요일 오전, 두 슈나이더먼 가족의 총 여섯 명은 승합차를 빌려 타고 더체스 카운티로 출발했고, 라인벡의 비크먼암스에서 점심을 먹은 후 여기저기 흩어져 동네 구경을 했다. 퍼거슨의 어머니는 평소처럼 카메라를 들고 사라져서 다시 뉴욕으로 출발할 때까지 나타나지 않았다. 리즈 숙모는 중심가의 골동품 상점들을 돌아다녔고, 길과 댄 삼촌은 다시 차에 올라 가을 숲을 돌아보고 오겠다고 했지만, 실은 점점 기력을 잃어가는 본인들의 아버지 문제를 상의하려는 거였다. 80대 중반이 된 할아버지는 이제 스물네 시간 돌봄이 필요했다. 퍼거슨과 에이미는 둘 다 골동품 가구나 죽어 가는 나뭇잎의 변색 따위에는 관심이 없었기 때문에, 에이미의 엄마가 오른쪽으로 꺾었던 갈림길에서 둘은 왼쪽으로 꺾었고 시내가 끝나는 지점까지 계속 걸었다. 거기에는 아직 풀이 무성한 언덕이 있었는데, 마치 두 사람에게 앉아 달라고 부탁하는 듯 보이는 그곳에 그대로 앉았고, 잠시 후 에이미는 주머니에서 필터가 없는 캐멀 담배를 꺼내 퍼거슨에게 권했다. 그는 망설이지 않았다. 그 암 덩어리 막대기를 시도해 보기에 적절한 시기라고, 〈기관지에 나쁘기 때문에 절대 담배는 피우지 않을 것 같은 건장한 운동선수〉였던 그는 생각했다. 당연히 첫 세 모금을 빨아들일 때마다 기침했고, 잠시 어지러웠고, 당연히 에이미는 모든 초보 흡연자가 피할 수 없는 과정을 거치는 그의 모습을 보며 웃음을 터뜨렸다. 하지만 그다음엔 그도 안정되면서

제대로 피우는 법을 익힐 수 있었고, 어느새 그와 에이
미는 이야기를 나누고 있었다. 지난 1년 동안은 불가능
했던 방식으로, 비꼬거나 무시하지 않고, 추궁하지도
않으면서, 원한이나 그동안 쌓여 온 적대감이 두 사람
의 입에서 나와, 가을 공기 속으로 흩어지는 연기처럼
사라지는 상태에서 이야기를 나눴다. 어느 순간 둘은
이야기를 멈추고 그저 잔디밭에 앉은 채 서로에게 미
소를 지어 보이고 있었다. 다시 친구가 되어 행복하고,
더 이상 어색하지 않은, 절대 다시는 어색해지지 않을
수 있을 것 같던 그 순간, 퍼거슨은 헤드록을 걸듯 에이
미의 머리를 감싸 안은 다음 그녀의 귀에 대고 잘 나오
지 않는 목소리로 말했다. 한 대만 더 줘, 부탁이야.

잃었다. 졸업반 학생 중에 테리 밀스라는, 불량하고
흥미진진한 학생이 있었다. 아무짝에도 쓸모없는 인간
이었지만 10대 소년들이 알면 안 되는 일에 관해서는
학교에서 누구보다 많이 알았다. 주말 파티에 스카치
위스키를 조달하고, 날아갈 것 같은 기분을 느끼고 싶
거나 밤을 새우려는 친구들에게는 암페타민 알약을 공
급하고, 좀 더 온건한 방식으로 취하기를 선호하는 친
구들에게는 마리화나를 나눠 주고, 동정을 잃고 싶은
친구들은 웨스트 82번가의 매춘 업소로 데려가는 알선
업자였다. 리버사이드 학교에서 가장 부유한 축에 속
하는 학생으로, 뚱뚱하고 냉소적이던 테리 밀스는 콜
럼버스 애비뉴와 센트럴파크웨스트 사이의 타운하우

771

스에서 집을 자주 비우는 이혼한 어머니와 살았고, 퍼거슨은 테리가 하는 짓의 많은 부분이 역겨웠지만 그를 좋아하지 않기도 어려웠다. 테리에 따르면 리버사이드 학교의 남학생들은 예나 지금이나 82번가 매춘업소의 방에서 소년 시절과 작별했고, 그건 오래전에 자리 잡은 전통이었다. 테리 본인 역시 2년 전 10학년 때 그 전통을 따랐고, 이제 퍼거슨도 10학년이 되었으니 감각적 쾌락의 매혹적인 영역에 발을 들이는 데 관심을 갖는 게 당연하다고 했다. 맞아, 퍼거슨은 말했다. 당연히 그는 관심이 있었다. 언제 갈 수 있어?

라인벡에서 에이미와 담배를 피우며 보낸 일요일 다음 날인 월요일 오후 점심시간에 그런 대화가 있었고, 그 이튿날 테리는 금요일 오후 4시에 모든 걸 맞춰 놨다고 알려 줬다. 그해에는 귀가 시간이 6시로 늦춰졌기 때문에 퍼거슨도 아무 문제 없었고, 테리는 업소 관리인인 M. 부인을 설득해 퍼거슨이 학생 할인을 받게 할 수 있기를 희망하고 있었는데, 다행히 퍼거슨에게는 자신을 남자로 만들어 주는 데 필요한 25달러가 있었다. 현란한 천연색의 서부 영화에서 본 걸 제외하면 매춘업소와 관련한 경험이 전혀 없었기 때문에 뭘 기대해야 할지도 알 수 없었던 퍼거슨은, 머릿속에 어떤 이미지도 떠올리지 못한 채 웨스트 82번가의 아파트로 들어갔다. 막연한 불확실성, 더할 것도 뺄 것도 없는 제로 상태였다. 그는 한때는 분명 유명한 뉴욕 중산층 대가족이 사는 우아한 집이었겠지만, 이제는 회반죽벽이 부스러지고 벽면이 누레진 어퍼웨스트사이드의 대형 아파트에 들어서 있었다. 그러나 맨 처음 들어선 공간이 거대한 응접실이고 거기 여섯 명의 젊은 여자가 앉아 있다면 회반죽이나 벽면 따위를 살피는 일은 그만둘 수밖에 없을 것이었다. 사랑을 직업으로 하는 그 여섯 명의 여자는 여기저기 의자나 1인용 소파에 앉아 있었는데, 다양한 수준으로 옷을 벗고 있었고, 실제로 두 명은 완전히 발가벗은 채였다. 퍼거슨이 발가벗은 여자를 본 건 그때가 처음이었다.

선택을 해야 했다. 그게 문제였는데, 남자든 여자든 어느 쪽에서도 경험이 없는 동정, 지금까지 성과 관련한 개인사라고는 한 명의 남자 파트너밖에 없던 남자아이에게, 그 여섯 명 중 누가 최고의 사랑 선수가 되어줄지 그는 전혀 알 수가 없었기 때문이다. 마치 그 사람들이 뇌도 영혼도 없는 섹스용 고깃덩어리 묶음이라도 되는 양 평가하는 게 불편했던 퍼거슨은 빨리 결정을 내리고 싶었고, 우선 옷을 약간만 걸친 네 명은 제외하고 발가벗은 두 명 중에서 고르기로 했다. 본격적으로 시작했을 때 놀라는 상황을 방지하기 위해 내린 결정인데, 일단 그러고 나니 남은 결정은 전혀 어렵지 않았다. 둘 중 한 명은 서른이 훨씬 넘어 보이는, 살이 처지고 가슴이 큰 푸에르토리코인이었고, 다른 한 명은 보기 좋은 흑인, 퍼거슨보다 몇 살밖에 많지 않아 보이는 사람이었다 — 날씬하고, 가슴이 작은 요정 같고, 머리가 짧고, 목이 길고, 피부가 놀랄 만큼 부드러워 보이는, 지금까지 그가 만져 본 어떤 피부보다 느낌이 좋을 거라고 약속하는 듯한 피부의 여자였다.

그녀의 이름은 줄리였다.

그는 통통하고 줄담배를 피우는 M. 부인에게 이미 25달러를 줬고(어린 초심자 할인은 없었다), 테리가 큰 소리로 꾸밈없이 퍼거슨의 자지가 아직 보지 속을 구경 못 했다고 떠벌렸기 때문에, 전에도 그 길을 가본 적이 있는 척할 필요는 없었다. 이 경우에 그 길은 좁은 복도였고, 끝에는 비좁고 창문도 없는 방, 침대와 세면대, 의자 하나만 놓인 방이 있었다. 젊은 줄리의 근사하게 흔들리는 뒷모습을 따라 복도를 걸어가는 동안 퍼거슨의 바지 안에서 묵직하던 게 점점 더 커졌고, 너무 커진 나머지 마침내 방에 들어가서 줄리가 옷을 벗으라고 했을 때 그녀는 그의 좆을 내려다보며 덧붙였다. 너는 진짜 빨리 커지는구나, 그렇지, 학생? 그 말에 퍼거슨은 즉시 기분이 좋아졌는데, 자신이 그녀의 어른 손님들보다 훨씬 빨리 발기할 수 있을 만큼 정력이 넘친다는 걸 알았기 때문이고, 그 순간 그는 행복해졌다. 그런 만남의 기본적인 규칙은 하나도 몰랐지만 조금도 불안하거나 두렵지 않았다. 줄리의 입술에 키스하려 하자 그녀는 그의 머리를 밀치며 여기서는 그런 거 안 해, 자기, 그런 건 아껴 놨다가 여자 친구한테 해, 하고 말했

지만, 그가 그녀의 작은 가슴을 만지거나 어깨에 입 맞
추는 건 신경 쓰지 않았다. 그녀가 세면대 앞에서 비누
와 따뜻한 물로 자지를 씻어 줄 때는 느낌이 너무 좋았
고, 뭔지도 모르고 반반(펠라티오+삽입이었다)에 동의
할 때는 기분이 훨씬 더 좋았다. 둘은 함께 침대에 누웠
고, 반반의 첫 번째 반이 너무나도 좋아서 그는 두 번째
반까지 버티지 못할 것 같은 두려움이 들 정도였지만
어떻게든 버텼고, 바로 그 두 번째 반이 그 모든 모험에
서 최고로 좋았던 부분, 오랫동안 기대하고, 오랫동안
꿈꿔 왔던, 오랫동안 미뤄 왔던, 다른 사람의 몸 안으로
들어가는 순간, 바로 짝짓기 행위였다. 그녀의 몸 안으로
들어가는 감각이 너무 강력해서 퍼거슨은 더 이상 참
을 수가 없었고 거의 즉시 사정하고 말았다 — 너무 빨
라서 자신의 통제력 결여를, 단 몇 초만이라도 더 미룰
수 없던 것을 후회했다.

한 번 더 할 수 있어요? 퍼거슨이 물었다.

줄리가 웃음을 터뜨렸다 — 배 속에서부터 올라오는
유쾌한 웃음소리가 작은 방의 벽에 울렸다. 이어서 그
녀가 말했다. 쌌으니까 끝난 거야, 이 재미있는 친구야
— 다시 25달러 내야 해.

25센트도 없는데요. 퍼거슨이 말했다.

줄리는 다시 웃었다. 너 마음에 든다, 아치. 그녀가
말했다. 잘생겼고 고추도 예뻐.

당신은 뉴욕에서 제일 아름다운 사람이에요.

제일 말랐다는 뜻이겠지.

아니, 제일 아름다워요.

줄리는 자리를 잡고 앉아 퍼거슨의 이마에 입을 맞췄다. 언제 다시 와서 나랑 만나. 그녀가 말했다. 주소는 알았고, 그 시끄러운 네 친구가 전화번호도 아니까. 먼저 전화해서 예약해. 내가 없을 때는 오고 싶지 않겠지, 그렇지?

네, 당신이 살아 있는 동안은요.

앉아 있었다. 10학년 때 대표 팀으로 뽑혔다는 건 여름을 지나면서 퍼거슨의 실력이 얼마나 늘었는지 보여주는 일이었다. 야외 리그는 경쟁이 너무 심했는데, 선수 중에는 할렘 출신의 가난한 흑인 아이가 넘쳐났다. 그 아이들은 농구를 진지하게 생각했고, 농구를 잘한다는 건 고등학교 팀에서 주전 선수로 뛴다는 의미임을, 그래서 대학 팀에서 뛸 수도 있고 할렘에서 영원히 벗어날 수도 있다는 의미임을 알았다. 퍼거슨은 외곽 슛과 드리블 실력을 높이기 위해 열심히 노력했고, 레녹스 애비뉴 출신의 열정적인 아이 중 한 명인 델버트 스트로핸과 함께 몇 시간씩 추가로 연습했다. 스트로핸은 그가 뛰었던 두 팀 중 더 실력이 좋은 팀의 동료 포워드였다. 퍼거슨은 키가 5센티미터쯤 더 자라면서 약 175센티미터의 단단한 체격이 되었고, 단순히 잘하는 선수에서 뛰어난 선수에 가까워지고 있었는데, 잠재적인 점프력이 좋아 그 키로도 두세 번에 한 번씩은

덩크 슛을 성공할 정도였다. 10학년이 대표 팀에 들어
갔을 때 문제는 자동으로 2군에 속하게 되고, 시즌 내
내 자투리 시간에만 뛰거나 벤치에 앉아 있어야 한다
는 점이었다. 퍼거슨은 그런 위계의 중요성을 이해했
고, 졸업반의 주전 포워드인 덩컨 나일스, 종종 〈덩크
못 하는 나일스〉로 불리던 그보다 자신이 나은 선수라
는 느낌만 없었다면 그런 부수적인 역할에 만족했을
것이다 — 실제로 그는 나일스보다 조금 더 잘하는 정
도가 아니라 훨씬 잘하는 선수였다. 그렇게 느끼는 사
람이 퍼거슨밖에 없었다면 문제가 되지 않았을 테지만
팀의 거의 모든 선수가 같은 생각이었고, 보잘것없는
다른 후보 선수들, 그중 특히 신입생 팀에서부터 그와
함께 뛴 앨릭스 노드스트롬과 브라이언 미셰브스키는
대놓고 그런 이야기를 떠벌리고 다녔다. 둘은 퍼거슨
을 벤치에 앉혀 두는 코치의 결정에 불만을 표시했고,
틈만 나면 퍼거슨이 그런 대우를 받는 건 불공정한 처
사라고 이야기했는데, 모든 사람이 알 수 있는 증거도
있었다. 1군과 2군이 연습 시합을 할 때마다 퍼거슨은
〈덩크 못 하는 나일스〉보다 득점도 많이 올렸고, 더 열
심히 뛰었고, 리바운드도 더 많이 했던 것이다.

코치는 종잡을 수 없는 사람이었고 — 반은 천재이
고 반은 바보였다 — 퍼거슨은 그 코치가 자신을 어떻
게 생각하는지 끝까지 알 수 없었다. 브루클린의 세인
트프랜시스 대학, 대도시권 가톨릭 구역에 있는 아주

작은 학교의 스타 수비수였던 호러스 〈해피〉 피니건은 농구를 제대로 꿰고 있었고 잘 가르치기도 했지만, 다른 모든 면에서는 사고 회로가 녹아 버리고 언어 관련 기능이 타버려서 뇌가 진득진득한 덩어리로 퇴화한 것만 같았다. 연습 중에 그는 선수들에게 세 명씩 쌍을 지어야지라든가 원을 만들어, 365도로 말이야 같은 주문을 하곤 했다. 아이들은 그저 코치가 머리를 긁적이는 모습을 보기 위해 엉뚱한 질문을 하기도 했는데, 저기요, 코치님, 학교에 올 때 걸어오시나요? 아니면 도시락 챙겨 오세요? 혹은 도시와 여름 중에 언제가 더 더워요? 같은, 앞뒤가 맞지 않는 질문을 던지면 코치는 정확하게 아이들이 예상한 대로 머리를 긁적이고, 예상한 대로 어깨를 으쓱해 보이고, 예상한 대로 한 방 먹었구나, 얘들아라고 대답하곤 했다. 반면 해피 피니건은 농구의 세세한 면에서는 완벽주의자여서, 퍼거슨은 선수가 자유투를 놓치거나(농구 시합 전체에서 제일 쉬운 점수잖아), 깔끔한 패스를 받지 못했을 때(제대로 보라고 이 새끼야, 아니면 코트에서 확 빼버릴 거야) 그가 보여 주는 분노에 찬 모습에 놀라기도 했다. 그는 효율적이고 영리한 플레이를 주문했고, 모두가 뒤에서 그를 놀리기는 했지만 팀은 대부분의 시합에서 이겼고, 선수들의 고만고만한 재능을 넘어서는 결과를 내고 있었다. 그럼에도 노드스트롬과 미셰브스키는 자신들의 친구에게 코치와 개별 면담을 해보라고 독촉했다. 그런다고 뭐가 달라지지는 않겠지만, 적어도 왜 스몰 포워드 자리에 엉뚱한 선수를 계속 기용하는지 그 이유만이라도 알고 싶다고 했다. 맞아, 팀이 대부분의 시합에서 이기고는 있지. 하지만 피니건 코치님도 모든 시합에서 이기고 싶지 않을까?

좋은 질문이네, 1월 초 마침내 퍼거슨이 피니건의 방을 찾아갔을 때 그는 그렇게 대답했다. 아주 좋은 질문이야. 네가 그런 질문을 해줘서 반갑구나. 맞아, 어떤 바보라도 네가 나일스보다 나은 선수라는 건 알 수 있겠지. 일대일에서도 네가 앞서고, 나일스는 시합이 끝나고 나면 사용했던 국부 보호대와 한 바가지 땀밖에 남지 않는 선수니까. 나일스는 혹 같은 선수지. 너는 완전히 멕시코 사람이잖아. 거의 인간 점프대고 우리 팀에서 누구보다 열심히 뛰기도 하지만, 코트에는 그 혹이 필요한 거야. 팀 분위기, 바로 그거야. 일대일이 아니라 5 대 5 시합이니까 — 무슨 말인지 알겠지? 나머지 네 명의 선수가 빠르게 움직이는 점과 선처럼 신나게 뛰려면 한 명은 그렇게 감자 포대처럼 있어야 하는 거야. 농구화를 신은 살덩어리, 혹은 자리를 차지한 채좀 전에 먹은 음식을 어떻게 소화할까만 생각하는, 덩치만 큰 의미 없는 존재. 내 말 알아듣겠니, 퍼거슨? 너는 너무 뛰어나. 너를 코트에 넣으면 모든 게 달라질 거야. 속도가 너무 빨라지고, 너무 정신없어지는 거지. 선수들이 모두 심장 마비를 겪고 발작을 일으킬 테고, 그러면 시합에서 질 거야. 더 좋은 팀이 되겠지만 시합에서는 지는 거지. 네가 뛸 수 있는 날이 올 거다, 애야. 나한테 계획이 있어 ─ 내년까지만 기다려라. 점과 선 들이 둥지를 떠나고 나면 팀 분위기도 달라질 테고, 그때 네가 필요할 거야. 인내심을 갖자, 퍼거슨. 엉덩이에 불이 나게 연습하고, 밤에 기도도 하고, 고추 그만 만지고, 그러면 모든 게 잘 풀릴 거야.

그는 바로 그때 그 자리에서 그만둘까 하는 마음이 들었다. 피니건이 하는 말은 남은 시즌 동안 무슨 일이 있어도 그에게 시합에서 뛸 기회를 주지 않겠다는 뜻이었기 때문이다 ─ 그러니까 소위 분위기가 망가지기 시작하고 팀이 승리하기를 멈추는 상황이 아니면 안 된다는 말이었는데, 충성스러운 팀원이라면 팀이 지기를 바랄 수는 없는 노릇이었다. 그럼에도 피니건은 내년에는 주전 자리를 주겠다고 약속한 것이나 다름없었고, 그 약속의 힘을 믿은 퍼거슨은 쓴 약을 삼키는 마음으로 계속 버텨 나갔다. 피니건에게 인상을 남기기 위해 매일 엉덩이에 불이 나게 연습은 했지만, 밤에 기도는 하지 않았고 고추에서 손을 뗄 수도 없었다.

하지만 다음 시즌이 시작되고도 그는 여전히 벤치 신세였고, 끔찍한 사실은 탓할 사람이 아무도 없다는 것이었다. 심지어 피니건, 특히 피니건을 탓할 수가 없었다. 느닷없이 새로운 선수가 나타났는데, 187센티미터쯤 되는 10학년 전학생이 인디애나주 테러호트에서 맨해튼으로 이사를 온 것이다. 괴물 촌놈 마티 윌킨슨은 너무 잘했고, 퍼거슨뿐 아니라 팀의 그 누구보다도 뛰어났기 때문에 코치로서는 그를 주전 포워드로 쓰지 않을 수 없었고, 지난해의 주전 포워드이자 안정적이고 믿을 만한 선수였던 톰 러너가 투표를 통해 팀의 주장이 되면서, 주전 자리에는 퍼거슨이 비집고 들어갈 틈이 없었다. 피니건은 그의 출전 시간을 늘려 주기 위해 나름 노력했지만 시합당 5~6분으로는 부족했고, 벤치에 앉은 퍼거슨은 자신이 시들어 간다고 느꼈다. 그는 중요하지 않은 상황에 나가는 비전투원이 되었고, 실력도 소리 없이 떨어지는 것 같았고, 점점 쌓여 가던 좌절감이, 어느 날 저녁 어머니와 새아버지에게도 털어놓았듯이 그의 정신을 갉아먹고 있었다. 새로운 시즌이 시작되고 네 경기를 치른 시점이었고, 그날은 어쩌다 보니 케네디 암살 이후 4주가 지난 때이기도 했다. 28일 전의 그 기괴했던 금요일에는 냉소적이고 무덤덤한 퍼거슨마저 다른 모두와 함께 눈물을 흘렸는데, 온 나라가 빠져 있던 슬픔에 영문도 모른 채 동참했지만, 대통령의 죽음이 9년 전에 있었던 자기 아버지의 죽음을 되살려 냈다는 것, 개인적인 슬픔에 대한 두려움이 엄청나게 큰 공적 영역에서 펼쳐지고 있다는 것은 스스로 깨닫지 못하고 있었다. 그렇게 1963년 12월 20일, 리버사이드 학교 대표 팀의 네 번째 시합이 끝나고 몇 분 후에 퍼거슨은 코치의 방으로 가서 그만두겠다고 선언했다. 나쁜 감정이 있는 건 아니고, 그냥 계속

할 수가 없다고, 그는 이야기했다. 피니건도 이해한다고 했다. 아마 사실일 것이었다. 둘은 악수했고, 그걸로 끝이었다.

그는 대신 웨스트사이드 YMCA에서 후원하는 리그에서 뛰기로 했다. 그것도 여전히 농구였고 그 역시 여전히 시합을 즐겼지만, 그리고 그가 팀에서 제일 잘하는 선수이기도 했지만, 똑같지는 않았다. 똑같을 수 없었고, 절대 똑같아지지 않을 것이었다. 빨간색과 노란색의 유니폼은 더 이상 없었다. 버스 원정도 없었다. 관중석에서 응원하는 레블의 열성 팬도 더 이상 없었고, 북을 치는 처키 쇼월터도 더 이상 없었다.

1964년 초, 거의 열일곱 살이 된 퍼거슨은 열두 편의 영화 기사를 더 썼다. 던바 선생님이 지도해 줬고, 문체나 단어 선택, 늘 어려운 문제였던, 자신이 전하려는 생각을 정확히 떠올리는 일과 그 생각을 최대한 분명히 표현하는 일에 관해서는 자주 길의 도움을 받기도 했다. 그의 기사는 미국과 외국 소재를 번갈아 다루는 경향이 있었는데, 예를 들어 W. C. 필즈의 코미디 영화에서의 언어 문제를 다룬 후에 「7인의 사무라이」나 「길의 노래」에 관해 쓰고, 「워크 인 더 선」 다음에 「라탈랑트」, 「나는 탈옥수」 다음에 「달콤한 인생」에 관해 쓰는 식이었고, 개별 영화에 대해 판단을 내리기보다는 영화를 보는 경험 자체를 묘사해 보려는 초보 수준의 평론이라고 할 수 있었다. 조금씩 그의 글은 발전했고, 조금씩 새아버지와의 우정도 깊어졌고, 영화관에 가면 갈수록 더 자주 가고 싶어졌는데, 영화관에 가는 일은 허기를 채우는 것이라기보다는 중독에 가까웠고, 영화를 보면 볼수록 영화에 대한 욕망도 더욱 커져만 갔다. 그가 자주 갔던 영화관은 브로드웨이의 뉴요커(아파트에서 불과 두 블록 거리였다), 어퍼웨스트사이드의 심포니, 올림피아, 그리고 비컨, 첼시의 엘긴, 시내의 블리커 스트리트와 시네마 빌리지, 플라자 호텔 옆의 패리스, 카네기 홀 옆의 카네기, 이스트 60번가 주변의 배러넛, 코러넷, 시네마 I, 시네마 II였고, 몇 달 만에 탈리아도 다시 찾았지만 열두 번을 갈 때까지 앤디 코언은 마주치지 않았다. 상업 영화관들 외에 현대 미술관도 있었다. 그곳은 빼놓을 수 없는 고전 영화의 보고였고, 이제 퍼거슨은 미술관 회원이 되었기 때문에(열여섯 살 생일에 길과 어머니가 준 선물이었다) 입구에서 회원 카드만 보여 주면 어떤 영화든 볼 수 있었다. 1962년 10월부터 1964년 1월까지 그는 몇 편의 영화를 봤을까? 매주 토요일과 일요일에 평균 두 편씩, 그리고 금요일에 한 편씩이면 모두 해서 3백 편이 넘는다 — 족히 6백 시간을 어둠 속에 앉아 있던 셈인데, 밤낮을 가리지 않고 계산하자면 총 25일이고, 수면 시간과 이런저런 일로 넣 놓고 있던 시간을 빼면, 지난 15개월 동안 깨어 있던 시간 중 한 달을 극장에서 보낸 셈이었다.

물론 담배는 1천 대쯤 더 피웠고(에이미가 있든 없든), 테리 밀스, 혹은 다음 해에 밀스의 자리를 물려받은, 마찬가지로 타락한 친구들이 여는 주말 파티에서 스코틀랜드 최고의 생산품을 3백 잔 정도 마시면서 독주와의 연애에 빠졌다. 이제 술이 과해도 카펫에 먹은 걸 게워 내는 일은 없었고, 대신 한쪽 구석에서 만족한 상태로 조용히 잠이 들었는데, 술에 취한 그 망각 상태로 들어가 머릿속에서 죽은 이들과 저주받은 이들을 지워 내고 싶다는 생각밖에 없었다. 술기운을 빌리지 않는 삶은 너무 끔찍하다는 결론, 감각을 마비시키려는 목적으로 만들어진 음료를 들이켜면 심란한 마음이 편안해진다는 결론에 이르렀지만, 늘 주의를 기울이며 과음하지 않는 게 중요했다. 그런 이유로 흥청망청 마시는 폭음은 주말에만, 그것도 매주는 아니고 격주 주말에만 했는데, 당장 눈앞에 술이 있지 않을 때면 딱히 술 생각이 나지 않았고 눈앞에 있다고 해도 충분히 참을 수 있었지만, 일단 한 모금 마시기 시작하면 과음할 때까지 멈출 수가 없다는 건 신기했다.

그런 주말의 술판에서는 마리화나를 구하는 일도 점점 쉬워졌지만 퍼거슨은 그건 자신에게 맞지 않는 거라고 결론지었다. 서너 모금 빨고 나면 세상에서 가장 재미없는 일도 재미있어 보이기 시작했고, 어느새 그는 미친 듯이 키득키득 웃음을 터뜨렸다. 그다음엔 몸이 허공으로 떠오르고 머릿속은 어리석은 바보가 되는 것 같아서, 마치 어린 시절의 모습으로 되돌아가는 듯한 기분 나쁜 효과가 있었다. 그 시기에 퍼거슨은 어른이 되는 일에 애를 먹고 있었고, 간신히 두 발로 버티고 서 있다가도 자주 넘어졌지만, 그럼에도 더 이상 자신을 어린이로 생각하고 싶지는 않았다. 그래서 풀은 멀리하고 술에만 집중하기로, 마비되는 것보다는 취하는 쪽을 택하기로 했고, 어른이라면 그렇게 행동할 것 같은 기분이 들기도 했다.

마지막으로 언급하지만 무시할 수 없는 일, 무엇보다 중요한 첫 번째 일은 그가 지난 15개월 동안 M. 부인의 업소를 여섯 번 더 방문했다는 것이었다. 더 자주 가고 싶었지만 25달러가 문제였다. 용돈은 일주일에 고작 15달러였고, 그는 일자리가 없었고 일자리를 가질 기회도 없었기 때문에(부모님은 학업에만 집중하기를 원했다), 10월(1962년)에 최초로 25달러를 쓴 이후 3월(1963년) 열여섯 번째 생일에 어머니가 미술관 회원권에 더해 1백 달러 수표를 써주기 전까지는 은행 잔고가 거의 텅 빈 것이나 다름없었다. 그 돈으로 웨스트 82번가의 아파트에서 줄리와 네 번 더 만날 수 있었고, 나머지 두 번은 남의 물건을 훔쳐서 현금으로 바꾼 돈으로 지불했다. 그런 범죄 행위는 퍼거슨을 괴롭혔고 양심에도 어긋나는 일이었지만 섹스가 너무 중요했기 때문에, 그의 안녕에 꼭 필요했기 때문에, 말할 것도 없이 그가 산산조각 나지 않게 해준 유일한 것이었기 때문에 그로서는 줄리의 품 안에 머무는 시간을 위해 영혼을 팔지 않을 수 없었다. 하느님은 이미 오래전에 죽어 버렸지만, 악마는 다시 맨해튼에 돌아와 북쪽 지역에서 강력한 존재감을 드러내고 있었다.

상대는 늘 줄리였는데, 그녀는 M. 부인의 여자들 중 제일 예쁘고 제일 탐나는 여자였고, 이제 그녀도 퍼거슨이 얼마나 어린지 알게 되었으므로(처음 갔을 때는 열다섯 살이 아니라 열일곱 살로 짐작했다고 한다) 그를 대하는 태도도 부드러워졌는데, 만날 때마다 그의 팔다리가 자라는 모습을 지켜보며 일종의 우스꽝스러운 동지애 같은 걸 보여 줬다. 그렇다고 그를 특별히 다정하게 대하거나 애정을 보이지는 않았지만, 규칙을 조금 유연하게 적용해서 그가 입술에 키스하고, 가끔은 혀를 밀어 넣는 것도 할 수 있게 해줄 만큼 친절했다. 줄리와 함께 있으면 좋은 점은 그녀는 절대 자기 이야기를 하지 않고 그에게 질문도 하지도 않았다는 것이다(나이를 물은 것만 제외하고 그랬다). 매주 화요일과 금요일마다 M. 부인의 업소에서 일한다는 사실을 제외하면 퍼거슨은 줄리의 삶에 관해 아는 바가 전혀 없었다. 예를 들어 도시의 다른 곳에서도 역시 매춘부로 일하는지, 아니면 M. 부인의 업소에서 이틀 일하는 건 대학 학비를 마련하기 위해서인지, 시티 칼리지에서 앤디 코언과 러시아 문학에 관한 세미나를 같이 듣는 건 아닌지, 아니면 남자 친구나 남편이 있는지, 아이가 있는지, 형제자매가 스물세 명 정도 있는지, 아니면 은행을 털거나 캘리포니아로 이주하려는 계획이 있는지, 저녁에는 치킨폿파이를 먹는지 등등에 관해 전혀 몰랐다. 모르는 편이 나을 것 같은 느낌이 들었다. 섹스를 제외하고는 아무것도 아닌 관계가 나을 것 같았고, 그 섹스가 너무나 만족스러웠기 때문에, 퍼거슨은 15개월 동안 두 번이나 어퍼웨스트사이드에 있는 서점에 가서 법을 어겼는데, 주머니가 많은 겨울 재킷 위에 울 코트를 입고 들어가 코트와 재킷 주머니에 책을 잔뜩 채운 다음, 여기저기 표시하고 책장 귀퉁이를 접은 후에 컬럼비아 대학 건너편에 있는 중고 서점에 가서 정가의 4분의 1 가격에 팔았다. 줄리와 섹스를 더 하는 데 필요한 돈을 마련하려고 수십 권의 고전 소설을 훔쳐 판 것이다.

여섯 번이 아니라 예순 번이었으면 더 좋았겠지만, 욕망에 사로잡힐 때마다 해결해 줄 줄리가 있다는 사실을 아는 것만으로도 학교에서 다른 여자아이들에 대한 관심을 죽이기에는 충분했다. 그가 스웨터와 브라와 팬티를 벗기려 할 때마다 호기심 많은 그 손을 매정하게 떨쳐 낼 열다섯 살 혹은 열여섯 살의 여자아이들, 그중 누구도 줄리가 해준 것처럼 그의 앞에서 발가벗고 돌아다니지 않을 테고, 그중 누구도 성스러운 그곳에 그의 몸을 넣는 걸 허락하지 않을 테고, 설사 그런 기적이 일어난다고 해도 이미 줄리에게서 얻고 있는 그런 만족감을 그 애들에게서 얻기까지 들여야 할 수고가 너무 많았다. 게다가 줄리라면, 그런 괜찮은 여자아이들에게 빠졌을 때 반드시 따라올 상심을 겪을 일도 없었다. 어쨌든 그런 여자아이들 중 아무도 그는 사랑하지 않았고, 너무 좋아했던 에이미만 예외였다. 리버사이드 학교가 아니라 도심 다른 지역의 헌터 고등학교에 다니고 있던 에이미, 잃어버렸다가 되찾은 그의 키스하는 사촌, 필터 없는 담배를 피우고 큰 소리로 웃는 그녀만이 위험을 감수하고 노력을 기울여 볼 가치가 있는 상대, 섹스가 곧 사랑을 의미할 수 있는 상대였다. 지난 15개월 동안 모든 게 달라져 버렸고 그의 욕망도 완전히 뒤집혀 버려서, 밤마다 떠오르는 생각에서 이저벨 크래프트와 시드니 밀뱅크스, 비비언 슈라이버는 차례차례 떨어져 나갔고, 이제 남은 건 슈나이더먼 집안 청년과 슈나이더먼 집안 여자아이, 그가 열렬히 갈망하는 짐과 에이미뿐이었다. 매일 밤 그 두 사람 중 한 명이 그와 함께 침대에 들어왔고, 어떤 날은 처음에 한 명이 들어왔다 중간에 다른 한 명으로 바뀌기도 했는데, 그건 말이 된다고, 반으로 갈라져서 스스로가 누구인지 알 수 없는 그에게는 그런 일이 일어날 수도 있겠다고 생각했다. 이제 곧 열일곱 살이 될 아치볼드 아이작 퍼거슨, 창녀를 찾아가는 섹스광이자 잡범, 전 고등학교 농구 선수이며 종종 영화 평론을 하는, 남자 의붓사촌과 여자 의붓사촌에게 각각 거절당한, 로즈와 길의 헌신적인 아들 혹은 의붓아들인 그였다. 어머니와 새아버지는 그런 그의 생각을 알면 놀라서 죽어 버릴 것이었다.

2월 말 슈나이더먼 할아버지가 귀신에게 자리를 내줬을 때, 장례식을 마치고 리버사이드 드라이브의 아파트에 가족들이 모였다. 길의 홀아비 아버지는 지난 20년 동안 새로운 친구를 만들지 않았고, 옛날 친구들은 이미 영원히 저세상으로 가버렸기 때문에 모임은 크지 않았는데, 스물다섯 명 정도 되는 참석자 중에는 길의 두 딸 마거릿과 엘라도 있었다. 1959년 가을 이후로 가족 모임에 처음 나타난 두 사람은 각자 새로 생긴 뚱뚱한 남편과 대머리 남편을 데려왔는데, 그중 한 명이 마거릿을 임신하게 한 상태였고, 비록 그 둘에게 편견이 있기는 했지만 퍼거슨은 의붓누나들이 어머니에게 노골적인 적대감을 보이지는 않았다고 인정했다. 두 사람에게도 그건 다행이었는데, 한바탕 소동을 일으키고 두 사람을 집에서 쫓아내는 건 무엇보다 퍼거슨이 원한 바였지만 그런 폭력적인 충동은 전혀 어울리지 않는 상황이기도 했기 때문이다. 늙은 염소 같은 노인을 편안히 묻어 주느라 2월의 추운 날씨 속에 거의 한 시간이나 서 있다 돌아온 후에, 퍼거슨은 뭔가 초조한 상태, 해피 피니건이라면 안절부절못한다라고 했을 상태였다. 그건 안-할아버지의 불같은 성격과 대놓고

789

시비를 걸던 태도가 떠올라서였을 수도 있고, 모든 죽음이 그에겐 아버지의 죽음을 떠올리게 했기 때문이었을 수도 있다. 애도객들이 아파트로 돌아올 때쯤 퍼거슨은 기분이 엉망이어서 빈속에 위스키를 두 잔 마셨는데, 어쩌면 그 술이 이어진 사태에 기여했을지도 모르겠다. 장례식 이후 모임이 시작되고서 그가 보여 준 버릇없는 행동은 너무나 대담하고 부적절해서, 그가 정신이 나가 버린 것인지 아니면 갑자기 전 우주의 비밀을 풀어 버린 것인지 알 수가 없었다.

이어진 사태란 다음과 같다. 첫째, 애도객들은 모두 거실에 앉거나 서서 음식을 먹고, 음료를 마시고, 둘 혹은 여럿이 모여서 대화를 주고받았다. 퍼거슨은 정면 쪽 창문 옆에서 자기 아버지와 이야기를 나누는 짐을 발견하고 그쪽으로 슬금슬금 다가가 잠깐 둘이서만 이야기할 수 있을지 물었다. 짐은 그러자고 했고, 그렇게 둘이서 복도를 따라 이동해 퍼거슨의 방으로 들어간 다음, 퍼거슨은 어떤 말이나 사전 동작도 없이 팔을 뻗어 짐을 안으며 사랑한다고, 세상 누구보다 사랑한다고, 너무 사랑해서 짐을 위해 죽을 수도 있다고 말했고, 짐이 미처 반응을 보이기도 전에, 이제 키가 183센티미터쯤 된 퍼거슨은 185센티미터쯤인 짐의 얼굴에 수없이 키스를 퍼부었다. 착한 짐은 화를 내지도 놀라지도 않았다. 그는 퍼거슨이 술에 취했거나 무슨 일엔가 심하게 화가 난 거라 여겼고, 사촌 동생의 어깨를 잡고 오랫동안 마음을 담아 안아 준 다음 말했다. 나도 사랑해, 아치. 우리 평생 친구잖아. 둘째, 그로부터 30분 후, 애도객들은 여전히 모두 거실에 앉거나 서서 여전히 음식을 먹고, 여전히 음료를 마시고, 여전히 둘 혹은 여럿이 모여 대화를 주고받았다. 퍼거슨은 정면 쪽 창문 옆에서 사촌 엘라와 이야기를 나누는 에이미를 발견하고 그쪽으로 슬금슬금 다가가 잠깐 둘이서만 이야기할 수 있을지 물었다. 에이미는 그러자고 했고, 그렇게 둘이서 복도를 따라 이동해 퍼거슨의 방으로 들어간 다음, 퍼거슨은 어떤 말이나 사전 동작도 없이 팔을 뻗어 에이미를 안으며 사랑한다고, 세상 누구보다 사랑한다고, 너무 사랑해서 에이미를 위해 죽을 수도 있다고 말했고, 에이미가 미처 반응을 보이기도 전에 그녀의 입술에 키스했다. 에이미는, 지나가 버린 둘만의 사춘기 일탈 시기에 키스를 많이 받아 봐서 퍼거슨의 입술에 익숙했던 그녀는, 입을 벌리고 그의 혀가 제멋대로 돌아다니게 내버려 뒀고, 잠시 후 그녀도 사촌을 껴안으며 두 사람은 침대 위로 쓰러졌고, 퍼거슨은 에이미의 치마 밑으로 손을 넣어 스타킹 신은 그녀의 다리를 더듬었고, 에이미는 퍼거슨의 바지 안으로 손을 넣어 빳빳해진 성기를 쥐었고, 그렇게 서로를 끝까지 만족시켜 준 후 에이미는 퍼거슨에게 미소를 지어 보이며 말했다. 이런 거 좋아, 아치. 오래전부터 이렇게 했어야 했어.

그 후에는 모든 게 나아졌다. 말도 안 되고 용납할 수 없는 공격적인 행동이라고 해서 늘 말도 안 되고 용납할 수 없는 것만은 아니었는데, 왜냐하면 퍼거슨은 어떻게든 마음을 열고 두 슈나이더먼 사촌에게 자신의 사랑을 고백했고, 덕분에 짐과의 우정은 더욱 단단해졌고, 에이미와는 다시 연인이 될 수 있었다. 장례식 다음 주에 어머니와 길이 생일 선물로 2백 달러를 줬지만 퍼거슨은 더 이상 그 돈을 줄리에게 쓰지 않았다. 그 돈을 에이미에게 써서, 길과 어머니가 외출한 후 둘이 아파트를 독차지한 밤이나 에이미의 부모님이 외출한 밤, 혹은 누군가의 부모님이 외출하고 친구들이 둘만 몇 시간 동안 쓸 수 있게 방을 빌려준 밤들에 그녀가 입을 예쁜 레이스 속옷을 사줬다. 그리고 이제 그는 영화 평론을 쓰고 있었고, 덕분에 에이미가 이전처럼 그를 얼간이로 취급하지 않았기 때문에 관계는 더욱 좋아졌다. 갑자기 그녀는 그를 존경했고, 갑자기 그가 정치에 관심이 있는지 없는지 따위는 중요하지 않게 되었다. 그는 영화광, 예술 청년, 예민한 청년이었고, 그녀에겐 그거면 충분했다. 한편 둘 중 어느 쪽도 동정이 아니었다는 사실, 둘 다 두려워하지 않았고, 서로를 만족시켜 줄 수 있을 만큼 충분히 익숙해져 있었다는 사실은 신선한 충격이었다. 확실히 그게, 그러니까 내가 사랑하고 역시 나를 사랑해 주는 사람과 함께 침대에서 행복한 시간을 보내는 게 모든 걸 달라 보이게 했고, 잠시나마 퍼거슨은 자신이 옳았다는, 팔을 뻗어 짐과 에이미를 안음으로써 우주의 비밀을 풀어냈다는 느낌을 받았다.

당연히 그런 느낌이 영원히 지속될 수는 없었다. 대단한 사랑은 잠시 물려 놓거나 어쩌면 영원히 잊어야 할 수도 있었는데, 왜냐하면 에이미는 그보다 한 학년 위였고 가을이면 위스콘신 대학으로 떠날 것이었기 때문이다. 처음에 계획했던 가까운 바너드가 아니라 멀리 떨어진 추운 땅으로 떠나기로 한 건, 에이미가 몇 주 동안 자아를 찾는 고통스러운 과정을 거친 후에 자기 어머니에게서 최대한 멀리 떨어져 지내기로 결정했기 때문이었다. 퍼거슨은 가지 말라고 빌었는데, 실제로 무릎을 꿇고 빌었지만 에이미는 흐느끼며 자기도 어쩔 수 없다고, 뉴욕에 있으면 사사건건 간섭하는 어머니 때문에 숨이 막히고 질식해 죽을 거라고, 사랑스러운 아치를 무척 사랑하지만, 그건 자기 목숨을 지키기 위한 투쟁이기 때문에 가야만 한다고, 어떤 말에도 설득될 수 없다고 했다. 그 대화는 끝의 시작, 두 사람이 만들어 낸 완벽한 세계를 천천히 해체하는 첫걸음이었고, 주말이었던 다음 날에 에이미는 오랜 계획에 따라 오빠를 방문하러 케임브리지로 갈 예정이었기 때문에, 퍼거슨은 4월의 금요일 밤 뉴욕에 혼자 있었다. 할아버지 장례식이 있던 오후 이후로 술은 한 모금도 마시지 않았던 그는 이전의 그 평판이 좋지 않은 파티에 참석해서 인사불성이 될 때까지 마셨고, 늦잠을 자는 바람에 다음 날 9시 정각에 시작될 예정이었던 SAT 시험을 놓치고 말았다.

가을에 다시 시험을 볼 기회가 있었지만, 어머니와 길은 그가 그렇게 무책임한 태도를 보인 데 화를 냈고, 그로서는 시험장에 가지 않은 자신에게 발끈하는 두 분을 탓할 수는 없었지만, 그럼에도 그렇게 야단맞는 건 아팠고, 필요 이상으로 아팠다. 처음으로 퍼거슨은 자신이 너무나 연약한 사람이라는 것을, 자신에게는 아주 작은 갈등 상황을 헤쳐 나가는 일도 너무 힘들다는 것을 깨닫기 시작했다. 그 갈등이 자기 결점이나 어리석음 때문에 발생했을 때는 특히 더 그랬는데, 요점은 그는 사랑받을 필요가 있었다는 점, 대부분의 사람보다 더 사랑받아야 했고, 깨어 있는 시간에는 잠시도 멈추지 않고 계속 사랑받아야 했고, 사랑스럽지 않은 짓을 했을 때도, 특히 이성적으로 생각해서는 사랑받을 수 없을 때도 사랑받을 필요가 있었다는 점이다. 그리고 어머니와 자신을 떼어 놓기로 한 에이미와 달리, 퍼거슨은 절대 어머니와 떨어질 수 없었다는 점이다. 자식을 숨 막히게 하지 않는 어머니의 사랑은 그에게 삶의 원천이었기 때문에, 찌푸린 얼굴로 그렇게 슬픈 눈을 하고 자신을 바라보는 어머니를 보는 것조차 그에게는 재앙이었고, 마치 가슴에 총을 맞은 듯한 기분이 들었다.

여름이 시작할 무렵 드디어 끝이 찾아왔다. 에이미가 위스콘신으로 떠나는 가을이 아니라, 7월 초 그녀가 친구, 몰리 더빈이라는 또 한 명의 신동과 함께 유럽으로 두 달짜리 배낭여행을 떠난 시점이었다. 그 주 후반에 퍼거슨은 버몬트로 떠났다. 어머니와 새아버지가 에이미의 선례를 따라 햄프턴 대학에서 열리는 프랑스어 집중 학습 프로그램에 참여하게 해줬다. 훌륭한 프로그램이었고 그곳에 있는 몇 주 사이에 퍼거슨의 프랑스어 실력은 엄청나게 좋아졌지만, 그건 섹스가 없는 여름, 뉴욕으로 돌아갔을 때 자신을 기다리고 있을 상황에 대한 두려움만 가득한 여름이었다. 에이미와의 마지막 키스 — 그리고 작별, 의심할 여지 없이 영원한 작별일 것이었다.

그렇게 에이미가 비행기를 타고 위스콘신 매디슨으로 떠나고 퍼거슨은 남았다. 고등학교 졸업반이었고, 선생님이나 친척, 만나는 어른은 모두 그의 인생 전체를 앞두고 있는 시기라고 했지만, 그는 이제 막 일생의 사랑을 잃어버린 상태였고, 미래라는 단어는 세상의 모든 사전에서 지워져 버린 것만 같았다. 거의 필연적으로, 그의 생각은 다시 줄리에게 향했다. 물론 그건 사랑이 아니었지만 적어도 섹스이기는 했고, 사랑이 없는 섹스라 해도 섹스가 전혀 없는 것보다는 나았고, 비용을 지불하기 위해 책을 훔칠 필요도 없을 때는 더욱 그랬다. 생일에 받은 돈은 그때쯤엔 떨어지고 없었다. 지난 봄에 속옷과 향수, 에이미와의 저녁 식사에 거의 다 써버렸지만 아직 38달러 정도가 남아 있었고, 그거면 웨스트 82번가의 아파트에서 한 번 더 뒹굴기에는 충분했다. 그게 성인 남자의 모순임을, 퍼거슨은 알게 되었다. 마음은 찢어질 수 있지만, 생식샘은 끊임없이 그 마음을 잊어버리라고 말하고 있었다.

그는 M. 부인에게 전화를 걸어 금요일 오후에 줄리를 예약하고 싶다고 말했다. M. 부인이 자신을 기억하지 못할까 봐(마지막으로 방문한 건 몇 달 전이었다), 경찰이 매주 받는 봉투를 챙기러 왔을 때 응접실에서 여자들과 이야기를 나누다 쫓겨난 사람이라고 알려 주기까지 했다. 아, 아, 이제 기억나네. M. 부인이 말했다. 찰리 학생. 우리끼리는 너를 그렇게 불렀지.

줄리는요? 퍼거슨이 물었다. 금요일에 만날 수 있을까요?

줄리 여기 없어, M. 부인이 말했다.

어디 있어요?

모르지. 듣기로는 약에 빠졌다고 하는구나, 애야. 앞으로도 못 볼 것 같아.

끔찍하네요.

맞아, 끔찍하지. 하지만 어쩌겠니? 여기 다른 흑인 아가씨가 한 명 있거든. 줄리보다 훨씬 예뻐. 뼈에 살도 더 붙었고, 성격도 좋아. 이름이 신시아인데. 예약해 줄까?

흑인 아가씨가 무슨 상관이에요?

네가 흑인 아가씨 좋아하는 줄 알았는데.

아가씨 다 좋아해요. 어쩌다 보니 줄리랑 만난 거

예요.

뭐, 아가씨 다 좋아한다면 아무 문제 없겠네, 그렇지? 요즘은 방들이 가득 찼어요.

생각해 보고 다시 전화할게요. 퍼거슨이 말했다.

그는 전화를 끊고 30~40초 동안 끔찍하다라는 말을 30~40번 정도 되뇌며, 약 연기가 가득한 어딘가에서 줄리가 흐느적거리는 모습을 상상하지 않으려 노력했고, M. 부인이 잘못 알고 있기를, 줄리가 시티 칼리지에서 철학 석사 과정을 우등으로 마치고 하버드 박사 과정에 진학했기 때문에 거기 없는 것이기를 희망했다. 줄리가 〈세인트 지옥 여인숙〉의 시트도 없는 매트리스에 발가벗은 채 뻣뻣해진 몸으로 죽어 누워 있는 모습이 떠오르면서 잠시 그의 눈에 눈물이 고였다.

일주일 후, 그는 신시아, 아니면 M. 부인의 업소에 있는 사람 중 팔다리가 두 개씩 붙어 있고 여자 몸 비슷한 걸 가진 상대면 누구하고든 한번 시도해 보기로 했다. 아쉽게도 생일 선물로 받은 돈 중 남아 있던 건 샘구디 음반점에서 흥청망청 써버렸기 때문에, 돈을 구하기 위해 덜 근사한 방법을 써야 했고, 10월 초의 어느 따뜻한 금요일 오후, 그러니까 다시 잡은 SAT 시험일 하루 전에, 그는 범행 복장인 울 코트와 주머니 많은 재킷을 입고 컬럼비아 대학 건너편의 서점 북 월드에 갔다. 한때 홈 월드로 불리던 불타 버린 매장을 떠올리게 하는 이름이라 잠시 망설였지만 그런 꺼림칙한 마음을 안은 채 그냥 들어갔고, 상점의 남쪽 벽면에 있는 소설 코너에서 디킨스와 도스토옙스키의 책들을 주머니에 넣고 있을 때, 뒤에서 누군가가 거친 손길로 그의 어깨를 잡으며 잡았다. 이 개새끼, 꼼짝 마!라고 쩌렁쩌렁하게 외쳤고, 그렇게 퍼거슨의 책 훔치기 작전은 안쓰럽고 바보 같은 상황으로 끝났다. 제정신인 사람이라면 바깥 온도가 17도 가까이 되는 날 울 코트를 입지는 않았을 것이다.

사람들은 그를 봐주지 않았고 엄청난 시련을 안겨 줬다. 도시 전체에서 책 도둑들이 활개를 치면서 많은 서점이 폐업 직전까지 몰려 있었고, 사법부에서는 본보기를 보이려던 참이었는데, 마침 북 월드 사장은 자기 서점에서 벌어진 일들에 지긋지긋할 정도로 분노를 느끼는 사람이었기 때문에 바로 경찰을 불러서 그를 기소하고 싶다고 했다. 퍼거슨의 주머니에 들어 있던 게 얇은 책 두 권 —『올리버 트위스트』와『지하로부터의 수기』였다 — 뿐이었다는 사실은 중요하지 않았고, 어쨌든 소년은 절도범이었고 처벌받아야 했다. 놀라고 당황한 퍼거슨은 덕분에 수갑을 찼고, 체포되었고, 경찰차에 태워져 지역 경찰서로 이송되었다. 그곳에서 경위서를 쓰고, 지문을 찍고, 이름이 적힌 명판을 든 채세 면에서 사진을 찍었다. 그런 다음 경찰은 그를 포주나 마약상, 아내를 칼로 찌른 남자와 함께 유치장에 넣었고, 퍼거슨이 거기서 세 시간을 기다린 끝에 경관 한 명이 와서 그를 판사 앞으로 데려갔다. 새뮤얼 J. 와서 먼 판사는 기소를 취하하고 퍼거슨을 집으로 돌려보낼 권한도 있었지만, 그 역시 본보기를 보일 필요가 있다고 판단했기 때문에 그런 결정을 내리지는 않았다. 판사가 보기에 퍼거슨은, 그러니까 소위 진보적인 사립학교에 다니는 콧대 높은 부잣집 아이, 다른 이유 없이 그저 재미로 법을 어긴 학생은 최적의 후보자였던 셈이다. 돌덩이가 떨어졌다. 재판은 11월 둘째 주로 잡혔고 퍼거슨은 보석금 없이 풀려났는데 ─ 부모님 관리하에 지내야 한다는 조건이 붙었다.

부모님. 부모님도 호출되었고, 두 분 모두 와서먼 판사 앞에 서야 했다. 어머니는 울었고, 그가 한 짓을 인정할 수 없다는 듯이 고개만 끄덕이며 아무 소리도 내지 않았다. 길은 울지는 않았지만 역시 고개만 끄덕였고, 그의 눈빛에서 퍼거슨은 자신이 크게 혼나리라는 걸 알 수 있었다.

책이라니, 보도에서 택시를 기다리는 동안 길이 말했다. 대체 무슨 생각을 한 거냐? 책은 내가 사주잖아, 안 그래? 원하는 책은 다 사주는데 대체 왜 책을 훔친 거야?

퍼거슨은 M. 부인이나 82번가의 아파트 이야기를 할 수 없었고, 창녀와 떡을 치기 위해 돈이 필요했다는 이야기를 할 수 없었고, 약쟁이가 되어 버린 줄리라는 창녀와 일곱 번이나 떡을 쳤다는 이야기를 할 수 없었고, 이전에도 책을 훔쳤다는 이야기를 할 수 없었기 때문에 거짓말을 했다. 친구들 때문이었다고, 담력 시험을 위해 책을 훔치기로 했다고, 일종의 경쟁이었다고 말했다.

대단한 친구들이고, 대단한 경쟁이네. 길이 말했다.

셋이서 함께 택시 뒷좌석에 탔고, 갑자기 퍼거슨은 자기 몸에서 뼈가 모두 사라지며 그대로 무너져 내리는 것만 같았다. 그는 어머니의 어깨에 기대서 울음을 터뜨렸다.

엄마 사랑이 필요해요, 그가 말했다. 엄마가 나를 사랑해 주지 않으면 무슨 짓을 할지 모르겠어요.

엄마 너 사랑해, 아치. 어머니가 말했다. 앞으로도 계속 사랑할 거야. 그냥 너를 이해할 수 없게 된 것뿐이야.

그렇게 혼란스러운 와중에 그는 다음 날 아침에 보기로 되어 있던 SAT는 까맣게 잊었고 ── 그건 어머니와 길도 마찬가지였다. 그렇게 중요한 일은 아니었다고, 그는 시간이 지나면서 스스로에게 말했는데, 사실 대학에 전혀 흥미가 없었고 지금까지 학교를 그렇게나 싫어했던 걸 생각하면, 이듬해부터는 아예 학교에 가지 않는 방향을 진지하게 고려해 봐야 할 것 같았다.

그다음 주, 퍼거슨이 사법 당국의 처벌을 받았다는 소식이 학교에 전해지자 리버사이드 학교에서는 자체적

으로 그에게 한 달간 정학 처분을 내렸고, 그건 학생 조
례에 따른 합법적인 조치였다. 그는 그 기간에 학교에
서 내준 숙제를 해야 했는데, 그걸 마치지 못하면 학교
에 돌아왔을 때 퇴학당할 거고, 그사이에 일자리도 찾
아봐야 한다고, 교장 선생님은 말했다. 무슨 일이요?
퍼거슨이 물었다. 콜럼버스 애비뉴의 그리스티즈 슈퍼
마켓에서 식료품을 포장하는 일이라고 교장 선생님이
대답했다. 왜 그 가게에서요? 그가 물었다. 왜냐하면
우리 학부모님 가게니까. 기꺼이 정학 기간에 너에게
일을 주겠다고 하시는구나. 교장 선생님이 말했다. 급
여도 주시나요? 퍼거슨이 물었다. 물론 주실 거야. 하
지만 그 돈은 저축해야 한다. 교장 선생님이 말했다. 그
돈은 기부할 거야. 전국 서점 연합회가 적당할 거라고
보는데, 네 생각은 어떠니?

　완전 찬성입니다, 브리그스 선생님. 너무 좋은 생각
인 것 같아요.

11월 재판의 주재 판사 루퍼스 P. 놀런은 퍼거슨이 기
소 내용에 대해 유죄라고 판정하고 소년 감호 시설 6개
월 수감을 선고했다. 3~4초 정도(1초가 한 시간 혹은
1년처럼 느껴졌다) 선고의 가혹함이 허공에 매달려 있
는 것 같았고, 그제야 판사는 집행을 유예한다라고 덧붙
였다.

　퍼거슨의 법적 대리인인 젊은 형사법 변호사 데즈먼

드 캐츠는 고객의 범죄 기록을 삭제해 달라고 요청했지만 놀란 판사는 거절했다. 집행을 유예한 것 자체가 엄청난 관용을 보여 준 결정이었으니, 존경하는 변호사는 그런 식으로 운을 시험하지 말라고 그는 말했다. 혐오스러운 범죄였고, 특권층 자녀인 퍼거슨은 자신이 법보다 위에 있다고 생각한 것으로 보이며, 책을 훔친 행위도 그에게는 놀이에 불과했다. 그러나 사유 재산을 존중하지 않고 타인의 권리에 무관심했던 방종한 태도는 무신경한 정신 상태를 보여 주므로, 그러한 범죄 성향의 싹을 자르기 위해서라도 엄하게 다룰 필요가 있다고, 판사는 말했다. 초범이기 때문에 기회를 한 번 더 얻을 자격은 있었다. 하지만 그는 그 기록을 계속 지니고 다님으로써 — 유사한 범죄를 다시 저지르기 전에 스스로 재고할 수 있을 것이었다.

2주 후 에이미가 편지를 써서 다른 사람과 사랑에 빠졌다고, 릭이라는 대학 선배인데, 그가 크리스마스 방학 때 밀워키에서 자기 가족과 함께 지내자고 했기 때문에 뉴욕에는 갈 수 없다고 했다. 그렇게 나쁜 소식을 전해서 미안하지만 언젠가는 벌어질 일이었다고, 지난봄의 몇 주는 너무 아름다웠고 그녀 역시 그를 사랑한다고, 앞으로도 자기들이 지상 최고의 사촌–친구로 남을 걸 생각하면 너무 기쁘다고 했다.

그녀는 그가 감옥에 가지 않게 되어서 안심이라고

추신에서 덧붙였다. 말도 안 되는 처사였다고, 모두들 책을 훔치지만, 네가 붙잡혀야 할 사람이었던 것뿐이야라고 그녀는 적었다.

퍼거슨은 붕괴되고 있었다.

스스로를 다잡아야 한다는 건 그도 알고 있었다 — 그러지 않으면 팔다리가 떨어져 나가고 그해 남은 시간은 벌레처럼 기어다니게 될 것만 같았다.

토요일에 그는 에이미의 편지를 찢어서 주방 싱크대에서 태운 다음, 정오에서 밤 10시까지 서로 다른 세 개의 영화관에서 네 편의 영화를 보았다 — 탈리아에서 동시 상영하는 영화 두 편, 뉴요커와 엘긴에서 각각 한 편이었다. 일요일에는 네 편을 더 봤다. 여덟 편의 영화가 머릿속에서 뒤섞이며 일요일 밤에 잠들 무렵에는 어떤 장면이 어떤 영화에 속하는지 기억나지도 않았다. 그는 그날부터 자신이 본 모든 영화에 관해 1페이지짜리 기록을 남기고, 그것들을 책상에 있는 3공 특별 서류철에 보관하기로 했다. 그게 삶을 놓지 않고 계속 붙들고 있을 한 가지 방법이 될 것이었다. 어둠 속으로 추락하는 중이었다. 그랬다, 하지만 늘 손에 초 하나를 들고 주머니에는 성냥 한 갑을 지니고 있어야 했다.

12월, 그는 던바 선생님의 교내 잡지에 기사를 두 개 더 실었다. 존 포드의 서부 영화가 아닌 영화 세 편(「젊은 날의 링컨」, 「나의 계곡은 푸르렀다」, 「분노의 포도」)에 관한 긴 글과 「뜨거운 것이 좋아」에 관한 짧은 글이었는데, 줄거리는 전적으로 무시하고 드래그 퀸과 부풀어 오른 치마 속으로 보이는 매릴린 먼로의 반나체에만 집중한 글이었다.

이해할 수 없는 건 학교에서 정학당한 후에도 따돌림을 받지는 않았다는 점이다. 오히려 남학생들 사이에서 그의 지위는 높아진 듯했는데, 그들은 그를 대담한 반항아, 상남자로 우러러봤고, 심지어 여학생들도 공식적으로 위험한 인물로 변신한 그를 더 매력적으로 보는 것 같았다. 그 여학생들에 대한 관심은 열다섯 살에 끝나 버렸지만, 그는 단순히 그 애들이 에이미에 대한 생각을 그만두게 해줄 수 있는지 알아보기 위해 몇 명에게 말을 걸어 봤다. 아니었다. 심지어 이저벨 크래프트를 껴안고 키스했을 때도 그런 일은 일어나지 않았고 — 그건 그가 다시 숨을 쉴 준비가 될 때까지 시간이 오래, 아주 오래 걸릴 것임을 암시했다.

대학은 가지 않는다. 그게 최종 결정이었고, 어머니와 길에게 1월 초에 있을 SAT를 보지 않겠다고, 애머스트든 코넬이든, 프린스턴이든 지난 1년 동안 상의했던 그 어떤 대학에도 지원서를 넣지 않겠다고 말했을 때, 부모님은 마치 그가 자살 선언이라도 한 것 같은 표정으로 쳐다봤다.

너는 네가 무슨 말을 하는지 모르는 거 같구나, 길이

말했다. 지금 공부를 그만두면 안 돼.

그만두는 거 아니에요, 퍼거슨이 말했다. 그냥 다른 방식으로 공부하려는 거예요.

어디서 할 건데, 아치? 어머니가 물었다. 평생 이 아파트에만 처박혀 있을 건 아니잖아, 그렇지 않니?

퍼거슨은 웃었다. 무슨 생각을 하시는 거예요, 아니에요. 여기 있지는 않을 거예요. 당연히 여기 있지는 않죠. 파리에 갈 거예요 — 그러니까 어떻게든 고등학교를 졸업할 수 있고, 두 분이 졸업 선물로 가장 싼 파리행 편도 항공권을 사주신다면요.

전쟁을 잊고 있나 본데, 길이 말했다. 고등학교를 졸업하면 나라에서 바로 징집해 베트남 가는 배에 태워버릴 거야.

아니, 안 그럴 거예요. 감히 그렇게까지는 못할 거예요. 퍼거슨이 말했다.

처음으로, 퍼거슨이 옳았다. 간신히 고등학교를 마치고 6주 뒤, 그러니까 그사이에 에이미와 화해하고, 낸시 해머스타인와 약혼한 짐을 축하해 주고, 좋은 친구 브라이언 미셰브스키와 뜻밖의 연애를 시작해 따뜻하고 편안한 봄을 보내고, 덕분에 열여덟 살의 퍼거슨은 자신이 남자와 여자 양쪽 모두 사랑할 수 있는 사람임을, 그런 양면성 때문에 자신은 다른 사람들보다 훨씬 복잡한 삶을 살겠지만, 그건 한편 더 풍성하고 활기찬 삶이 될 것임을 확신하게 되고, 학기 마지막까지 던바 선생님의 교내 잡지에 격주에 한 번씩 기사를 싣고, 3공 서류철에 1백 장 가까운 영화 일지를 남기고, 어떤 대학에도 속하지 않을 학창 시절의 첫해에 읽을 도서 목록을 길과 함께 작성하고, 콜럼버스 애비뉴의 그리스티즈 슈퍼마켓에 가서 전 동료들과 작별 인사를 하고, 북 월드에 가서 주인 조지 타일러에게 책을 훔친 데 대해 사과하고, 잡히고 나서 엄한 벌을 받지 않은 건 운이 좋은 일이었음을 이해하고, 그 누구로부터 그 어떤 물건도 훔치지 않겠다고 맹세하고 나서, 퍼거슨은 미국 정부의 안내문과 함께 화이트홀가에 있는 징집 안내 센터에서 신체검사를 받으라는 통보를 받았다. 젊고 건강한 그는 신체적 문제나 특이점은 없었지만 전과가 있었고, 신체검사를 담당한 의사에게 자신은 여자뿐 아니라 남자에게도 끌린다고 공개적으로 말했기 때문에, 그해 여름 새로 4-F 통지서를 받았다.

무능한 feckless ── 너덜너덜한 frazzled ── 엉망진창인 fucked-up ── 자유로운 free.

2권에서 계속

옮긴이 **김현우** 연세대학교 영어영문학과를 졸업하고 동 대학원 비교문학과 석사 과정을 수료했다. 옮긴 책으로 존 버거의 『코커의 자유』, 〈그들의 노동에〉 3부작, 『초상들』, 『사진의 이해』, 『A가 X에게』, 리베카 솔닛의 『그림자의 강』, 『멀고도 가까운』, 레이철 커스크의 『환승』, 『윤곽』, 존 맥그리거의 『저수지 13』, 니콜 크라우스의 『위대한 집』, 스티븐 킹의 『스티븐 킹 단편집』 등이 있고, 지은 책으로 『타인을 듣는 시간』, 『건너오다』가 있다.

4 3 2 1 ❶

발행일	2023년 11월 20일 초판 1쇄
	2024년 5월 5일 초판 5쇄

지은이	폴 오스터
옮긴이	김현우
발행인	홍예빈 · 홍유진
발행처	주식회사 열린책들

경기도 파주시 문발로 253 파주출판도시
전화 031-955-4000 팩스 031-955-4004
www.openbooks.co.kr

ISBN 978-89-329-2373-4 04840
ISBN 978-89-329-2372-7 (세트)

추천사

끝까지 읽을 분들에게만 말하겠다. 이 소설의 분량은 너무 적다. 나는 왜 이런 인생을 살게 됐을까 하고 생각하는 사람이 있다고 치자. 그 사람은 말한다. 나는 충분히 다르게 살 수 있었다. 자신의 삶이 후회된다거나 다른 삶을 살고 싶다는 게 아니다. 왜 이런 삶을 살게 됐는지, 혹시 거기에 신이나 운명이 개입됐는지 알고 싶다는 것이다. 그래서 이 남자는 자서전을 쓰기로 했다. 단, 자신이 살아 보지 못한 인생의 자서전이다. 이 자서전은 무한의 자서전일 수밖에 없다. 왜냐하면 그가 선택하고 지나왔을 경우의 수는 무한에 달할 테니까. 그런데 이 남자는 그중에서 겨우 네 개만 썼다. 그리고 네 개의 삶 역시 결국 하나의 삶, 그러니까 자신의 삶으로 귀결된다. 그래서 나는 이 소설의 분량이 너무 적다고 생각하는 것이다. 소설가에게 단 하나의 인생은 거의 쓰지 않은 것이나 마찬가지다.

폴 오스터는 10년쯤 전부터 3년 동안 매일 손으로 이 소설을 썼다고 한다. 『4 3 2 1』은 같은 부모, 같은 주변 인물, 같은 지역을 배경으로 동일 인물의 충분히 가능했던 네 개의 삶을 순서대로 오간다. 당대의 수많은 사건들이 선택지로 제시된다면, 거기에 대한 개인적 선호도가 인생의 다음 단계로 그들을 나아가게 한다. 무한의 가능성 앞에 놓인 수많은 갈림길들. 인간은 그중 하나만을 선택할 수 있다. 선택받지 못한 길은 폐기된다. 적어도 이 우주에서는. 하지만 이 우주에서 폐기된 선택지가 새로운 우주를 생성시키는 것을 목격한 사람들이 있다. 과학자들이다. 그리고 몽상가들이다. 소설가는 몽상가에 속한다. 소설가는 이 삶에서 실현되지 못한 것들을 쓰는 몽상가다. 이론적으로 소설가는 무한 권의 소설을 쓸 수 있다. 하지만 3년 동안 매일 써도 이 정도